国家社科基金重大招标项目
上海市促进文化创意产业发展财政扶持资金项目

文化观念流变中的英国文学典籍研究
British Literature midst Changes in the Idea of Culture

总主编：殷企平

卷 一
总 论

The Idea of Culture in British Literature: Volume One — Overview

阮 炜 等著

上海外语教育出版社
SHANGHAI FOREIGN LANGUAGE EDUCATION PRESS

图书在版编目(CIP)数据

文化观念流变中的英国文学典籍研究：总论/阮炜等著. —上海：上海外语教育出版社，2020

（文化观念流变中的英国文学典籍研究/殷企平主编）

ISBN 978-7-5446-6560-5

Ⅰ.①文… Ⅱ.①阮… Ⅲ.①英国文学-近代文学-文学研究 Ⅳ.①I561.064

中国版本图书馆CIP数据核字(2020)第191038号

出版发行：**上海外语教育出版社**
　　　　　　（上海外国语大学内）　邮编：200083
电　　话：021-65425300（总机）
电子邮箱：bookinfo@sflep.com.cn
网　　址：http://www.sflep.com
责任编辑：苗　杨

印　　刷：苏州市古得堡数码印刷有限公司
开　　本：710×1000　1/16　印张 36.75　字数 557千字
版　　次：2020年12月第1版　2020年12月第1次印刷

书　　号：ISBN 978-7-5446-6560-5
定　　价：128.00 元

本版图书如有印装质量问题，可向本社调换
质量服务热线：4008-213-263　电子邮箱：editorial@sflep.com

总　序

学界对于"文化"观念的研讨方兴未艾,在过去的几十年中,专门探究"文化"的论著可谓汗牛充栋,可是在英国的语境中梳理文化观念发展轨迹的工作,一直不尽如人意。最令人遗憾的是,这些工作多着眼于抽象的理论概念梳理,或者说观念史的演绎,而较少介入文学典籍的研究。我们认为,文学典籍的研究实在不可缺席,因为它能提供对文化状况的细腻、丰满的把握,并且有助于充分阐释文学典籍在引领文化走向、塑造共同价值方面所发挥的作用。偏重抽象的理论概念梳理,忽视文学典籍的研究,这种不合理倾向有其背景,即学界对所谓"大观念"有一种痴迷。如克利福德·格尔茨(Clifford Geertz, 1926—2006)所说,当今世界常常会"有一种大观念(grande idée)的突然流行",而且"一些观念往往带着强大的冲击力突现在知识图景上。顷刻之间,这些观念解决了如此众多的重大问题,似乎向人们允诺它们将解决所有的重大问题,澄清所有的模糊之处"。[①] 姑且不论这种言论是否真有道理,我们至少不难想到,所谓"流行的大观念"必须是恰当的,否则不可能解决问题,遑论"重大问题",也不可能澄清模糊认识,遑论"澄清所有的模糊之处"。由此可知,对文化观念的研讨,必须做到恰当,而这个"恰当"离不开对文学维度的深入研究。

撇开上述缺憾不提,现存相关研究的时间跨度也不甚理想,不是局限于某个时代,就是拘囿于少数代表人物。即便在这种被框定的范围内,不少专论也是貌似举其荦荦大端,却难免标举不全,甚至有严重的破绽。例如,莱斯利·约翰逊(Lesley Johnson)的《文化批评家:从马修·阿诺德到雷蒙德·威廉斯》(*The Cultural Critics: From Matthew Arnold to Raymond Williams*, 1979)一书虽然较多地讨论了英国历史上的一些文化批评家,但充其量只是文化理论意义上的断代史,而且在论及 19 世纪的文化批评家时,只是浮光掠影

[①] 克利福德·格尔茨:《文化的解释》,韩莉译,南京:译林出版社,2014 年,第 3 页。

地涉及托马斯·卡莱尔(Thomas Carlyle,1795—1881),并且完全忽略了查尔斯·金斯利(Charles Kingsley,1819—1875)。再如,杰弗里·H. 哈特曼(Geoffrey H. Hartman,1929—2016)在《文化的重大问题》(*The Fateful Question of Culture*,1997)中追溯文化主义的思想源头时,虽然具体讨论了马修·阿诺德(Matthew Arnold,1822—1888),但是对卡莱尔和约翰·罗斯金(John Ruskin,1819—1900)等重要作家的分析过于简短。又如,西蒙·杜林(Simon During,1950—)编纂的《文化研究读本》(*The Cultural Studies Reader*,1999)收录了各路名家有关"文化研究"的作品,但其中提到阿诺德和威廉·莫里斯(William Morris,1834—1896)等文学/文化思想家的寥寥无几且着墨轻浅。

相对而言,雷蒙德·威廉斯(Raymond Williams,1921—1988)的《文化与社会:1780—1950》(*Culture and Society: 1780—1950*,1958)和《漫长的革命》(*The Long Revolution*,1961)是迄今为止最详细也最经典的关于英国文学的文化主义传统的研究。威廉斯最重要的发现是,19 世纪思想史的一个重要产物是关于文化观念演变的假说。不过,他的研究有一个缺陷,即在选择研究对象时轻视乃至漏掉了许多对 19 世纪文化观念发展史做出重要贡献的文学家,如沃尔特·司各特(Walter Scott,1771—1832)、简·奥斯汀(Jane Austen,1775—1817)和艾尔弗雷德·丁尼生(Alfred Tennyson,1809—1892)等;就文化观念在 20 世纪的发展而言,其所涉作家则更加不够全面。同时,威廉斯仅侧重对文化观念的发展做宏观把握,虽然旁征博引,但是较少对具体文本做细致的研究。

在观念史研究方面,特里·伊格尔顿(Terry Eagleton,1943—)的《文化的观念》(*The Idea of Culture*,2000)和《文化》(*Culture*,2016)是两部绕不开的力作。《文化的观念》在梳理了各种文化观念之后指出,无论在前现代还是后现代时期,文化都与社会生活密切相连。该书的最大优点是指出在 19 世纪初,"文化观念开始从'文明'的同义词转变成它的反义词",[①]并对这一转变过程做了分析。在《文化》中,伊格尔顿进一步对上述过程做了饶有趣味

---

① Terry Eagleton,*The Idea of Culture*,Oxford:Blackwell,2000,9.

的描述,并精到地指出"文明如今只关乎事实,而文化却追问价值"。① 伊格尔顿的观点超越了阿瑟·O. 洛夫乔伊(Arthur O. Lovejoy,1873—1962)、昆廷·斯金纳(Quentin Skinner,1940—)和以赛亚·伯林(Isaiah Berlin,1909—1997)等人,但是后三者的贡献也都具有里程碑意义。洛夫乔伊在《存在巨链——对一个观念的历史的研究》(*The Great Chain of Being: A Study of the History of an Idea*,1936)中指出,在西方思想传统中存在一些基本的"观念单元"(unit-ideas),即"在个体或一代人思想中起作用的、或多或少未意识到的思想习惯",而观念的最具活力的部分,往往活跃在富有想象力的著作中。② 这一论断实际上为本丛书的文学典籍③研究提供了学理上的依据。在洛夫乔伊工作的基础上,斯金纳进一步指出,"观念单元"并非固定不变的,因此更有价值的工作是追溯这一概念定义在具体历史语境中不断发生的变化。④ 伯林则认为不能把观念局限在具体的历史环境中,因为伟大的观念具有自身的生命力。⑤ 所有这些研究都能为我们提供借鉴,但它们毕竟不等同于本丛书立足于文学典籍所做的研究。

本丛书名为"文化观念流变中的英国文学典籍研究",关键词为"文化观念"和"文学典籍",因此有必要先对此二者做以下界定:

1) 本丛书所说的"文化观念",是限定在文学典籍视域中的文化观念,特指文学典籍中所体现的、具有针对现代文明的批判内涵的、支配一个民族总体生活方式的思想观念。在西方思想语境中,"文化"一词的含义有其逐渐展开与深化的过程,其基本脉络是从物质走向精神、从个体走向社会两种向度的延伸和转变。早在18世纪,欧洲启蒙思想家们就从社会变迁和历史发展的角度,直接或间接地论述了"文化"与"文明"这两个概念以及它们在语义上既紧

---

① Terry Eagleton, *Culture*, New Haven and London: Yale University Press, 2016, 10.
② 诺夫乔伊:《存在巨链——对一个观念的历史的研究》,张传有、高秉江译,邓晓芒、张传有校,南昌:江西教育出版社,2002年,第5页。作者Lovejoy现在多译为"洛夫乔伊",本书亦取此译法。外国人名翻译常因人因时而异,本丛书多遵循现行规范,对已出版的文献则尊重原状,如实著录。后文同类情况不再一一说明。
③ 关于"文学典籍"的含义,请参见本序下文中的定义。
④ Quentin Skinner, "Meaning and Understanding in the History of Ideas," *History and Theory* 8, no. 1 (1969): 35-36.
⑤ 贾汉贝格鲁:《伯林谈话录》,杨祯钦译,南京:译林出版社,2011年,第24页。

密相连、又相互抵牾的关系。在英国,"文化"(culture)一词最早使用于1420 年,① 但是其语义跟如今广为使用的"文化"不尽相同。不过,在 18 世纪之前的英国,文化观念虽然还未正式形成,但是其内涵早已处于孕育期,并经历了漫长的萌芽/生发阶段,这一现象在文学作品中尤为明显(这也是本丛书着眼于文学典籍的原因之一)。自 19 世纪以降,由于卡莱尔和阿诺德等人的不懈努力,"文化"一词越来越具有针对现代文明的批判内涵,因而常被用来指涉人类完善自身的一种状态或过程,或者指涉人类精神领域的实践和成果,更指涉个体和社会大众的生活方式。广义的观念史,常常也被译为思想史,与英文 history of ideas 或 intellectual history 对应,而狭义的观念史则类似范畴史或概念史。本丛书取其折中,在宏观层面上力求通过对文学典籍文本的整理与阐释,辨梳文化观念的关键词如何借由文学典籍文本意义的衍射,来反映其思想内涵和发展过程的复杂性、多样性和矛盾性;同时也在微观层面上着力于描述文化观念及其范畴,以及它们对文学典籍生成的潜在规定和形塑影响。

2) 本丛书所说的"文学典籍",是指受到"文化观念流变"这一关键词限定的、在文化观念流变中发生重要作用的文学典籍。它有别于文学经典,是一个比文学经典宽泛的概念;它不限于单纯的文学作品,而是拓展到与文化观念相关联的文学领域。凡是与文学相关的、在阅读史和社会发展史上有重大影响的、具有重大文化价值的文献,都是我们考察的对象。因此除了文学作品,它还包括文学批评著作、文学理论著作、文学流派宣言、文学刊物中的特写、文学传记,甚至包括文学翻译著作。所有这些典籍,既延续着本土文化的血脉和基因,又吸纳着外来文明的元素和精华。总之,文学典籍具有文化史和思想史的坐标原点价值,反映着一个广阔的领域,包孕着一个民族的历史、文化、风俗、道德、思想等多重文化观念,以及文学赖以作为媒介和手段的、记录着丰富文化资料的语言文字。

本丛书题目中的"文化观念流变"即"文化观念史"。顾名思义,本丛书侧重于"文学典籍"和"文化观念史"这两个关键词的互补、互释与互证:一是在

---

① "culture," in *Oxford English Dictionary*, 2nd ed., on CD-Rom (v. 4. 0), Oxford: Oxford University Press, 2009.

欧洲思想史的背景下,在英国文化观念的系谱学演进历史中,来探讨英国文学典籍的生成、表现和发展;二是从英国文学典籍的整理、重释与研究入手,捕捉相关文本细节所衍射的文化观念以及它们所构成的思想语义场。这一研究不仅需要分析把握文学作品的细节,也需要把目光投向中西方近年来文化史研究的相关知识学背景。在设计框架和推进落实的过程中,我们注重文学作品的文本细节与相关文化理论的契合与互释,以期通过文本细读和观念细察,在爬梳文化观念流变的过程中勾勒作家、作品的"点",文学思潮与社会思潮的"线"以及英国社会变迁的"面",使三者深度结合,进而在整体感知与微观"厚描"之间保持一种思想上的张力,呈现一种学科互涉的知识学新景观。

近年来,新文化史研究在西方史学界方兴未艾,其研究思路为文学、社会学、心理学等关联学科的发展提供了新的范式借鉴。剑桥大学历史学者彼得·伯克(Peter Burke,1937—　)致力于历史学与社会科学的沟通,采用跨学科的视角,在传统文化史研究的对象、方法和视域等方面多有挖掘,开拓了新的研究空间。在伯克看来,文化史在20世纪下半叶的复兴,得益于"内部研究"和"外部研究"两种方法的有机结合。前者"着眼于在本学科范围内来解决一系列问题",而后者则更倾向于"把历史学家的实践跟他们所生活的时代联系在一起"。① 伯克认为,以往文化史研究成果斐然,但"遗漏了某种难以捉摸却又非常重要的东西",而新文化史倡导的内部研究路径恰恰提供了一种"弥补手段",即强调"复数形式'文化'的整体性",这在一定意义上克服了"当前历史学科的碎片化状态"。② 与此不同,外部研究对当下学科拓展的意义则在于"它将文化史的兴起与政治学、地理学、经济学、心理学、人类学和'文化研究'等领域中发生的广泛的'文化转向'联系了起来",使得新文化史的研究兴趣"日益"转向了"特定群体在特定时代和特定地点所持有的价值观"。③

什么是新文化史视域中的文化？伯克认为,在人文社会学科"文化转向"的大背景下,"要把什么东西说成不是'文化',反倒变得愈来愈困难"。④ 关于

---

① 彼得·伯克:《什么是文化史》,蔡玉辉译,北京:北京大学出版社,2009年,第1页。
② 同上,第2页。
③ 同上。
④ 同上,第3页。

如何以新文化史的视角观照文学典籍所折射的观念生成与变迁,伯克的《什么是文化史》(*What Is Cultural History?*,2004)一书不无启发作用。在伯克看来,经典是指"某一特定文化里的'经典书写'和'文化书写'",也就是指"所有具有读写能力的读者拥有的'共同知识及其联想物'";文学作品和"文化术语"的"经典化",其目的在于帮助读者以阅读为阶梯,以沉淀观念为思想进路,成为"新文化体里的好公民"。① 对此,我们所要加以补充的是,任何真正的文学典籍——不一定是人们刻板印象中的"经典"——都是一种文化书写。

在国内学界,早在1998年,常金仓就指出,文化史研究的目的就是"从大量的事实中捕捉、发现、确定文化现象"。② 2011年,黄兴涛在《文化史的追寻——以近世中国为视域》一书中把文化史研究定位为一种"研究省思"。③ 在他看来,所谓"省思",即指一种包含三个层面的"深度追求":

其一,一般性研究聚焦于"相对单纯的文化人物和事件",虽然"综合度相对较低","却是进一步深化研究的基础"。④

其二,文化史研究更重要的命题在于"从各文化因素和门类的相互联系的视野中找出一些有意义的、相通相贯的共像和问题",进而"揭示文化内部各因素的关系实态",由此研究者务必具备"广博的知识储备和把握文化整体的能力"。⑤

其三,文化史的研究理路应该是从"文化与社会政治、经济的互动关系"和"对具体的文化现象和问题的解析中"展现"对文化时代精神的揭示及其文化社会功能的把握"。⑥

可以说,上述"深度追求"呼应了彼得·伯克的一个重要观点,即文化史研究应从"辩证的角度考察文化与社会之间的关系"。⑦ 此外,上述三个层次的梳理还凸显了当下文化史研究"更注重揭示思想观念、文化价值的社会化过程、对社会的渗透和影响"这一趋向,⑧ 这无疑对本丛书的思路设计和细节推进具

---

① 彼得·伯克:《什么是文化史》,第164页。
② 常金仓:《穷变通久:文化史学的理论和实践》,沈阳:辽宁人民出版社,1998年,第39页。
③ 黄兴涛:《文化史的追寻——以近世中国为视域》,北京:中国人民大学出版社,2011年,第1页。
④ 同上,第4页。
⑤ 同上。
⑥ 同上。
⑦ 同上。
⑧ 同上,第5页。

有启发作用。

在西方知识学系谱中,观念史与文化史关联密切,其研究成果和范式特质在西方学界积淀已久。在伯克看来,"1800年至1950年这一时期可称为文化史的'经典'时代",这一时期的文化史学家更多关注的是"艺术、文学、哲学、科学等学科中杰出作品的'典范'",这些经典作品也由此构成了观念形成与观念传播的"伟大传统"。① 在中国学界,较早引入观念史研究的学科是政治学和历史学。在《观念史研究:中国现代重要政治术语的形成》一书中,金观涛、刘青峰将观念史研究定义为"研究一个个观念的出现以及意义演变的过程"。② 在他看来,"观念"一词"最早源于希腊的'观看'和'理解'",观念即指"人用一个(或几个)关键词所表达的思想"。③ 人们通过这些特定的关键词来"表达某种意义",并在与他人沟通的过程中"使其社会化",从而"形成公认的普遍意义",以期在更为广泛的社会语境中"建立复杂的言说和思想体系"。④ 金观涛、刘青峰认为:一方面"观念作为意识形态的组成要素,比意识形态更基本",研究者"只有厘清观念的起源,才能理解意识形态的形成和演变";另一方面,"观念作为用关键词表达的可社会化的思想",研究者要分析其形成和变迁,"就必须去探讨表达该观念的关键词的出现,并分析其在不同时期的意义"。⑤

文化观念的内涵非常丰富,其梳理需要一种跨学科的知识积淀和学术视野。在历史学家爱德华·帕尔默·汤普森(Edward Palmer Thompson,1924—1993)看来,"'文化'是一个笨重的词,它把如此多的属性纳入一个平常的包裹,实际上可能混淆或掩饰了应该在它们之间加以辨别的东西"。⑥ 在伊格尔顿眼中,"'文化'最先表示一种完全物质的过程,然后才比喻性地反过来用于精神生活"。⑦ 汤普森对文化观念的分析提醒我们应注意文学研究和文化研究在内涵与方法之间的平衡,而伊格尔顿的观点则启发我们应整体把握"文

---

① 彼得·伯克:《什么是文化史》,第7页。
② 金观涛、刘青峰:《观念史研究:中国现代重要政治术语的形成》,北京:法律出版社,2009年,第3页。
③ 同上。
④ 同上。
⑤ 同上,第5页。
⑥ 爱德华·汤普森:《共有的习惯》,沈汉、王加丰译,上海:上海人民出版社,2002年,第11页。
⑦ 特瑞·伊格尔顿:《文化的观念》,方杰译,南京:南京大学出版社,2003年,第2页。

化"一词在内容语义上的流动性,注重物质层面和精神生活的互释关联。

随着文化史研究领域的深化与拓展,"观念的文化史"研究也以其"杂糅"的特质松动了传统文学研究的学科边界束缚,在一定意义上实现了文化与文学在观念聚焦中的有机贯通。为进一步实现这种贯通,我们选择了以下10个关键词来勾勒文化观念的主要内涵:"转型焦虑""愿景描述""共同体形塑""审美趣味""心智培育""文学语言的创造""民族良心""道德伦理传统""工作/生活方式"和"秩序诉求"。这些内涵的萌芽、生长、成熟、拓展和裂变都可以在相关时期的文学典籍中得到印证。本丛书内容还涉及另外一些关键词,如"进步""财富""身体""性别""认同""地理""景观""精神""物质""阅读""传统""记忆"和"情感"等。可以说,对上述关键词在文学典籍中的复现进行重点研究,有助于重新勾勒文化观念在文学史中的嬗变轨迹。近年来,西方学界也有不少从文化史的视角来研究文学的尝试,蒂姆·阿姆斯特朗(Tim Armstrong)的《现代主义:一部文化史》(*Modernism: A Cultural History*, 2005)即是一例。作者将文学上的现代主义和社会历史语境重新进行深度连接,从时间、新媒体、市场、消费、身体、自我、政治美学、感知、科技、种族、他者、帝国、审美情趣等文化史研究视角勾勒了现代主义的知识形态和文学谱系。在阿姆斯特朗看来,现代主义与现代性互为主体,近来的研究趋势是"将现代性放在文化范畴中","放在一切受文化影响的人类活动中来加以规定和诠释"。① 随着"后现代"和全球化的演进,学科"公认的界限已被打破","代之而起的是互为交融和相互关联",在这样的社会与知识语境中,"我们所理解的文化领域是由各种互为关联的活动所组成"的,因此,"对现代主义的研究势必与文化领域紧密相连"。②

在研究过程中,我们得益于人类学家格尔茨和新历史主义批评家斯蒂芬·杰伊·格林布拉特(Stephen Jay Greenblatt,1943—   )提供的成果,前者的"厚描"理论和后者的"自我形塑"理论对于提升本丛书理论高度依然具有很重要的学理价值。在盛宁教授看来,所谓"厚描",即"把人置于他所处的环境

---

① 蒂姆·阿姆斯特朗:《现代主义:一部文化史》,孙生茂译,南京:南京大学出版社,2014年,序第1页。
② 同上。

之中、对他和他所处文化机制的关系反复加以描述",而"自我形塑"则意味着"在阐释文学作品所可能包含或表现的历史意义时,必须将文学作品纳入某种特定历史时期的生活范式"。① 格尔茨、格林布拉特和阿姆斯特朗的观点似乎都印证了一种新研究范式的出现,这种范式转型恰如彼得·伯克所言:"思想的创新常常是在躲避边界警察和跨进其他领土时取得的成果。"② 朱丽·汤普生·克莱恩(Julie Thompson Klein, 1944—)在《跨越边界——知识、学科、学科互涉》(Crossing Boundaries: Knowledge, Disciplinarities, and Interdisciplinarities, 1996)一书中指出,科际整合与知识碰撞已经成为一种新的学术潮流,"学科互涉"和"边界跨越"的趋势引领了传统研究的自我创新,有效地推动了人文社科领域中很多新概念和新范式的诞生。克莱恩在对文学的学科互涉问题进行了知识谱系考察之后,进一步指出,文学与历史是一种"毗邻关系",新历史主义既是一种"特殊的实践",也是一种"普遍的趋势",在很多学术著作中所体现的"不同联系和定位的融合"反映了近年来"知识的重大转向",这个转向意味着文化已不再是一个"单纯、连贯、整体性的系统",而是一个"倾向性、碎片性、冲突性的领域"。③ 克莱恩同时强调:"文学文本是历史、社会、政治和经济环境的产物,这些东西一度被认为是'外在于'文本,而现在必须将文本重新纳入其中。"④ 本丛书的撰写及前期研究也遵循了类似的思路。

雷蒙德·威廉斯指出,"文化"一词在19世纪的社会语境中蜕变出一种新的含义,既意味着"对自然成长的照管""社会智性之发展"以及"艺术的整体状况",也包括"物质、智性、精神等各个层面的整体生活方式"。⑤ 本丛书借鉴威廉斯对文化的这个定义,侧重从文学典籍的生成语境出发,考察文化观念与"整体生活方式"在文学作品中的互动,分析文化观念、语义变迁、话语转型和文学生产的深层关联,以期推动文学与历史学、社会学等相关人文学科之间的对话,通过点、线、面结合的跨学科研究,尝试深化对英国社会/文化的整体性

---

① 盛宁:《人文困惑与反思》,北京:生活·读书·新知三联书店,1997年,第151页。
② 彼得·伯克:《什么是文化史》,第136页。
③ 朱丽·汤普森·克莱恩:《跨越边界——知识、学科、学科互涉》,姜智芹译,南京:南京大学出版社,2005年,第200页。
④ 同上。
⑤ 雷蒙·威廉斯:《文化与社会:1780—1950》,高晓玲译,长春:吉林出版集团有限责任公司,2011年,第4页。

把握,推动"静态"的传统文学研究走向一种更具流动感的文化"实践"。

前文提到,本丛书内容涉及的关键词之一是"进步",意在指涉"进步"的异化和社会转型。在经历了19世纪相对漫长的一个稳定期的基础上,欧洲主要国家在20世纪初进入了相对的"太平盛世"。以法国为例,社会有机体虽然"有着各种弊端",但其"总体表现还算令人满意"。① 一方面,国家"体制似乎逐步稳固,国家的经济、殖民和外交地位尚未遭到挑战";另一方面,"法兰西文明的魅力又将大量的文人与艺术家引向了在当时堪称光明之城的巴黎",② 整个法国呈现出一种活力和自信。在奥地利作家斯蒂芬·茨威格(Stefan Zweig, 1881—1942)看来,"太平盛世"意味着"一切都那样稳固,在自己的位置上不可动摇","在既有的秩序中,一切都不会变"。③ 这是一个"理智的时代",理性是生活的主宰,"一切极端的、暴力的事情都不可能发生"。④ 这种"太平盛世"似乎赋予了生活一种"真正的价值",也是"大众一致的生活理想"。⑤ 茨威格显然把握到了那个时代最深层的社会心理结构——"人们深信自己一生都能阻止任何厄运闯进生活",这类想法如此普遍,如此深入人心,既代表了一种"令人动容的信念",又意味着社会心态上一种"巨大而危险的自负"。⑥ 在当时的很多欧洲人看来,时间的车轮刚刚驶过了几十年,"一切邪恶和暴力均被消灭","对于这种不断'进步'的坚信"在当时已经变成一种近乎牢不可破的"宗教信仰","普遍的繁荣已经越来越明显,越来越迅速,越来越丰富",以致"人们相信这'进步'已胜于相信圣经"。⑦ 在画家威廉·冈特(William Gaunt, 1900—1980)的眼中,此时的英国"生活费用不高,而且日渐兴旺",似乎和法国一样,也在经历着一个"镀金的时代";但是与这种"兴旺"相伴而生的却是一种"虚假的娱乐升平",人们情绪浮躁,精神领域里有很多东西"显得分外空洞,没有风

---

① 米歇尔·维诺克:《美好年代:1900—1914年的法国社会》,姚历译,长春:吉林出版集团股份有限公司,2017年,第378页。
② 同上。
③ 斯蒂芬·茨威格:《昨日世界:一个欧洲人的回忆》,史行果译,北京:作家出版社,2017年,第2页。
④ 同上。
⑤ 同上。
⑥ 同上,第3页。
⑦ 同上。

骨,也缺乏目标"。①

通观18世纪以来的欧洲社会历史,"进步"是对人们生活产生最大影响的观念之一,可是在进入20世纪之后,这一观念却面临着语义的分裂和多重的思想纠缠。人们既崇尚享乐却又"焦灼不安",因为前面有一个"并不理解的过去",而后面却必须要面对一个"难以应付的未来"。② 不仅是英国,整个欧洲当时都面临着社会与文化转型的问题。社会转型必然带动文化观念的变化,而文化观念的变化也势必触发牵引社会转型的进程,这两者以何种方式在文学作品中构成了一种相互形塑的逻辑关联? 这也是本丛书力图聚焦的一个问题。在社会学中,转型的"型"是一个"结构的概念",它包含三个层面:"社会与自然的关系""社会内部人与人的关系"以及"社会与其自身心理的、精神的和思想的关系"。③ 在社会学家看来,所谓"转型",也就是从一种结构类型向"另一种通常是更为高级的结构类型"的转变。④ 从社会与自然的关系来看,传统社会指的是"自然形成"的社会;从社会内部人与人的关系来看,传统社会指的是"各种各样自然形成的有机体、共同体社会";而从社会与自身关系来看,传统社会则是建立在心理、精神和思想三重维度上的"具备某种心理原型和共同心理的神圣社会"。⑤ 就此意义而言,社会转型也就是指"从自然形成的、神圣的共同体社会向文明创造的、世俗的政治社会的结构转型"。⑥

可以说,社会转型是现代社会学对历史进程的一种描写和判断,而"转型社会"则是指"介于传统社会与现代社会之间、处于结构性转型中的社会"。⑦ 对这种转型的回应就是一种文化,而且常见于文学典籍之中。社会转型是一个十分缓慢的过程,其漫长的轨迹则留在了文学作品里。前文所说的"太平盛世"和"镀金时代"并非一蹴而就,而是经历了几个世纪的准备阶段,而文学典籍在每个阶段都有相应的回应,这就是本丛书要从中世纪写起的原因。

"太平盛世"和"镀金时代"这两个词的内涵非常丰富,不仅概括了英、法两

---

① 威廉·冈特:《美的历险》,肖聿译,南京:凤凰出版集团,2005年,第238—239页。
② 同上。
③ 路杰:《转型社会的权威认同》,北京:国家行政学院出版社,2015年,第12页。
④ 同上。
⑤ 同上,第17页。
⑥ 同上。
⑦ 同上。

个主要欧洲国家在19世纪末、20世纪初的那种或隐或现的社会演进特质,也充分折射出一种个体对社会现实的精神感受和价值判断。这种感受和判断意味着,在大多数民众的心中,相信"进步"——从18世纪之前就开始慢慢形成的观念——已经成为一种具有主导性的社会心态。随着工业化、商业化和殖民化的进一步发展,英国社会的现代化程度不断提升,这些变化一方面佐证了"进步"一词在新时代的持续有效性,同时也迎来了文化思想界饱含质疑的反思。如诺斯洛普·弗莱(Northrop Frye,1912—1991)所说,这是一个"革命和嬗变的时代","一切过程都在加速运转"。[1] 在弗莱的眼中,这种"加速运转"本身也包含着时代的悖论,"任何想从过眼烟云似的景观中辨认出什么的努力,它本身就有一种使它过时的效应,因为一旦你们确认这是什么东西,它实际上就已经隐入过去了"。[2] 在论及变革对社会心理的影响时,弗莱指出现代世界"普遍存在着一种对于变化的惊恐情绪","事情的进展太快了,转瞬即逝,根本来不及细看"。[3] 这种感受就像中世纪"狂奔逐猎"的传说,"死者的灵魂必须整日整夜地向前飞奔,却又不知该上哪儿去。谁如果体力不支而掉队,顿时就会化为齑粉"。[4] 弗莱把这种对"进步"景观的感受和心态概括为一种"进步的异化",它意味着伴随着文明的进步,人类最终却迎来了无处安放自己灵魂的文化困境,"总有什么在催逼着你往前赶,越来越快,越来越快,致使你最终感到绝望"。[5]

波兰社会学家彼得·什托姆普卡(Piotr Sztompka,1944—)指出,自启蒙运动以来,西方语境中"进步"一词的外延和内涵得到了进一步的扩充与丰富,呈现出非常"复杂的现代意义"。[6] 在社会学研究中,"阐释进步观念的演变过程"具有丰富的思想内涵,既是为了发现"现实与愿望、存在与梦想"之间的"永久鸿沟",也是为了探寻"人类状况的根本特征"。[7] 在《社会变迁的社会学》

---

[1] 诺斯罗普·弗莱:《现代百年》,盛宁译,香港:牛津大学出版社,1998年,第7页。
[2] 同上。
[3] 同上,第8页。
[4] 同上。
[5] 同上。
[6] 彼得·什托姆普卡:《社会变迁的社会学》,林聚任等译,北京:北京大学出版社,2011年,第23页。
[7] 同上。

(*The Sociology of Social Change*，1993)一书中，什托姆普卡梳理了进步观念在西方历史中的语义演进。在他看来，"进步观念"最早可以追溯到古希腊和犹太教传统：一方面，古希腊人对社会的"进步与改善"有着自己的体认和思考；另一方面，犹太教也始终强调"神意和天意"关于人类发展的进步逻辑。"两条思想线索"碰撞汇流，形成了"犹太-基督教传统"。这一传统赋予了"进步"一词最早的知识形态和思想内涵，同时也把进步观念变成了"基督教相信天意的一种世俗化观点"。① 到了中世纪，进步观念和"思想领域"以及"乌托邦"产生了新的关联，开始成为一种面向未来世纪的愿景想象。进入启蒙运动之后，"进步"一词延续涵括了以往不同时期的语义积累，同时也在历史、文学、宗教和科学的综合维度上凸显了自身在观念史层面上的与时俱进。在1795年出版的《人类精神进步史表纲要》(*Esquisse d'un tableau historique des progrès de l'esprit humain*)一书中，孔多塞(Marie Jean Antoine Nicolas de Caritat, Marquis of Condorcet, 1743—1794)把人类历史分为"十个时代"，并以历史哲学家的眼光梳理了从部落时代到科学复兴这一漫长过程中人类社会进步的诸多变化。在他看来，历史学的作用在于能"预见人类进步""指导进步"和"促进进步"，②而"进步取决于人类理性的发展"，因此人类也有充分的理由"对未来寄予无穷的信心和希望"。③ 孔多塞还强调，"理性进步"和"科学与技术的进步"应"保持并驾齐驱"，④这种"人类不断进步"的观念带有浓郁的乐观主义色彩，并奠定了启蒙运动的基调，同时也对19世纪以后的现代进步观念产生了重要的影响。

在进入19世纪以后，"进步观念已成为常识"，不但"被哲学普遍接受"，而且也逐步"融入文学、艺术和科学"之中，逐渐辐射与沉淀为一种为普通大众所接受的主流价值取向。也正是在这一时代语境中，"浪漫的乐观主义精神和相信人类的理性和力量相伴而生"，人们开始接受并相信"科学和技术可以无限

---

① 彼得·什托姆普卡：《社会变迁的社会学》，第24页。
② 孔多塞：《人类精神进步史表纲要》，何兆武、何冰译，北京：生活·读书·新知三联书店，2003年，第9页。
③ 同上，译者序第3页。
④ 同上，第191页。

扩展和进步"。① 在什托姆普卡看来,19世纪的这一充满乐观基调的进步观不仅渗入人类精神生活的各个微观层面,同时也在宏观维度上整体形塑了对未来社会的愿景。不过,随之而来的是对进步论的怀疑。1881年,英国人麦布里奇发明了世界上第一架电影放映机,这台机器改变了世人记录时空的方式,也对人类的情感与思想交流产生了深远的影响。1887年,德国社会学家斐迪南·滕尼斯(Ferdinand Tönnies,1855—1936)出版了《共同体与社会》(*Gemeinschaft und Gesellschaft*)一书,阐明了"共同体"与"社会"这两个概念在人类文明史框架中各自的发展形态和内在关联。什托姆普卡指出,对于梳理"进步"一词的语义系谱而言,滕尼斯此书的重要贡献在于它肯定了"早期传统共同体美德","预期"了"对进步的普遍失望",同时也表达了对社会变迁中"进步本性"的"怀疑",以此提醒人们关注"发展的副作用"。② 滕尼斯在书中指出,在世纪之交,社会学研究中的"共同体概念"已经"深深地浸入普遍的意识之中",已经成为现实生活中"生机勃勃的感情的中心点"。③ 不过,在社会生活实践中,工业文明和城市文明对传统共同体的瓦解作用也愈发明显。在大城市里,怀着"金钱欲、享受欲"的人们聚集到一起,"艺术追逐着面包","对传统事务的依恋松弛了","家庭制度也陷入衰落与瓦解";少数人凭借"意志的力量","在一个十分狭小的圈子里崭露头角,兴旺起来",而更多的人则沉浸在"生意"之中,在"利益"的驱动之下"远走他乡,分道扬镳"。④ 在滕尼斯看来,西方社会已经走入一个"鼓励竞相挥金如土的世界",这个社会"千方百计"要确保的是"资本家和商人的利益优先于一切需求","追求享受"不仅变得很普遍,而且似乎已是"天经地义",在这样的现实包围中,人的精神世界正在一步步走向衰退和荒芜,走向"毁灭和死亡"。⑤

滕尼斯的上述观点可以被视为对孔多塞进步观的回应。后者的核心是基于对知识进步的理性崇拜,但是在《人类精神进步史表纲要》出版后的100年

---

① 彼得·什托姆普卡:《社会变迁的社会学》,第24—25页。
② 同上,第26页。
③ 斐迪南·滕尼斯:《共同体与社会:纯粹社会学的基本概念》,林荣远译,北京:北京大学出版社,2010年,第34页。
④ 同上,第74、262、264页。
⑤ 同上,第265页。

里,法国思想界对此反思的声音不绝于耳,并且在 1908 年乔治·索雷尔(Georges Sorel,1847—1922)出版的《进步的幻象》(*Les Illusions du Progrès*)一书中达到了高潮。新旧世纪之交,西方社会对未来世界充满着乐观与美好的愿景,而索雷尔却对延续了一个世纪的线性进步理论进行了系统的反思。在该书英译者约翰·斯坦利和夏洛特·斯坦利(John and Charlotte Stanley)看来,该书以其"反理性主义激进立场迎合了当时的风气",呈现出两种矛盾交织的思考面向。一方面是大西洋彼岸的美国后来居上,经过近 200 年的发展与"扩张",国力蒸蒸日上;在"自由理性主义"的浸润之中,进步观念对于这一时期的美国人似乎具有"某种特别的魔力"。[①] 政治家们热衷于"我们所取得的巨大'进步'",而普通人也把进步当成"生活的几大目的之一"。[②] 那一时期的美国社会主流都乐于相信"新的发现都会有益于大众","人类理性的运用可以增进人类的福祉"。[③] 但是另一方面,在西方文明发源地欧洲大陆,很多文化圈中的知识人对于进步观念却意外地表现出一种冷静和淡漠。在这些人看来,"理性和科学并没有给人类带来解放,反倒奴役、贬低了人类"。[④] 1889 年,为了庆祝法国大革命 100 周年,并赶超 1851 年伦敦世博会的耀眼光芒,法国人建成了埃菲尔铁塔。铁塔展现了 19 世纪进步观念下人类技术革命的伟大成功,但铁塔的建设也伴随着莫泊桑等 300 多位法国文化名人的反对。1900 年,也就是铁塔建成后的第 11 个年头,第 9 届世界博览会在巴黎如期召开,再一次向世人展现了西方最新的工业成果和科技进步。这次博览会与往届不同,它第一次展示了很多殖民地"落后"而新奇的文化风俗;在特定的历史语境中,"先进"和"落后"并置,文明和原生态混杂,让会展充斥着一种居高临下的反差、猎奇和怪异。在熙熙攘攘的观会人流中,高耸的埃菲尔铁塔似乎变成了一种极具机械蕴意的新景观,变成了展示西方文明与进步的人造幕布;它所包含的"进步"意象在工业、商业、科技、殖民、环幕电影等交织而成的语境中起到了二律背反的作用,促使世人对西方文明进程进行反思。

[①] 乔治·索雷尔:《进步的幻象》,吕文江译,上海:上海人民出版社,2003 年,英译者导言第 8 页。
[②] 同上。
[③] 同上。
[④] 同上。

《进步的幻象》是进入 20 世纪后西方出版的第一本反思进步逻辑的著作。索雷尔通过该书分析了"进步"这一观念如何"发轫并且盛行于一个技术性的时代"。① 在他看来,"进步观念"之所以在 21 世纪显得如此重要,就在于它已经变成了一种"居主导地位"且同时"具有深远政治后果"的"意识形态"。② 对此,什托姆普卡也有相关的论述。他强调进步并非一个"超然、客观、纯描述性的概念",而是"属于价值观范畴","总是相对于一定的价值观而言的"。③ "进步"话语之所以在 20 世纪呈现出一种动摇与衰落、一种"觉醒和幻灭",一方面是因为这个观念本身就有"各种不协调、矛盾和不合理之处",另一方面是因为在经验层面也存在着一些"与其极为矛盾的历史事实"。④ 从社会学的角度来看,"进步"一词的核心逻辑其实是一种"反思性的观念",正是在与社会现实的多向互动之中,这种观念"在明显的繁荣期盛行,在问题期衰落"。⑤ 什托姆普卡此言呼应了索雷尔对进步观念的批判,切中了"进步"话语与社会变迁之间的关联实质,也为分析 20 世纪上半叶西方社会的文化矛盾和转型危机提供了独特的视角。

　　埃里克·霍布斯鲍姆(Eric Hobsbawm,1917—2012)是 20 世纪享誉思想界的史学大家,他的系列著作考察了英国和欧洲现代历史的重要变迁,分析了西方现代化进程的演进规律和思想特质。《断裂的年代:20 世纪的文化与社会》(*Fractured Times: Culture and Society in the Twentieth Century*,2013)一书立足于世界史的学科框架,以独特的杂糅视角勾勒了西方世界在 20 世纪的整个发展历程。细密的史料爬梳以及对历史碎片中关键概念的廓清,使得该书呈现出一种独特的思想深度和知识学广度。在霍布斯鲍姆看来,20 世纪是一个"失去了方向的历史时代",其社会表征就是一种文化"断裂":"欧洲资本主义在 19 世纪确立了对全球的统治,并通过武力征服、技术优势和自身经济的全球化改变了世界;但与此同时,它还带来了一整套强大的信仰和价值观,并自然而然地认为这套观念比其他的都优越。这一切加起来构成了

---

① 乔治·索雷尔:《进步的幻象》,英译者导言第 10 页。
② 同上。
③ 彼得·什托姆普卡:《社会变迁的社会学》,第 27 页。
④ 同上,第 28、31 页。
⑤ 同上,第 31 页。

'欧洲资产阶级文明',而这个文明在第一次世界大战结束后却再也没有恢复元气。"① 霍布斯鲍姆认为,如果要对欧洲历史和社会进程中的这种文化断裂有更深层次的把握,研究者还需要结合共同体的观念来进一步辩证思考。在霍布斯鲍姆看来,"19世纪社会学家提出的'共同体'或'社会'的概念填补不了这个浩大的虚空",这种断裂的后果之一即是一种社会心理和时代精神上的"认同危机"。② 这种认同危机意味着人类在如下一系列问题上陷入了困境:"我们在这个虚空中的位置是什么？我们在实际生活中处于人群中的什么地位？我们属于谁？属于什么？我们是谁？"③

从观念史的层面来看,霍布斯鲍姆的"文化断裂"也可以具体细化为一种"话语断裂"。在霍布斯鲍姆看来,产生断裂的原因大致可以归结为三点：1)"20世纪的科学和技术先是改变了、后又摧毁了过去谋生的方法";2)"西方经济的迅猛发展催生了大规模消费的社会";3)"大众作为选民和消费者获得了决定性的政治发言权"。④ 也正是"在这三重打击下,旧有的社会制度已完全无力招架"。⑤ 小说家E. M. 福斯特(E. M. Forster,1879—1970)曾以颇带感性的文字描写了这种断裂感。在他眼中,维多利亚时代的英国"调子是温和的,地平线上悬浮的黑云也只有巴掌那么点儿大,可以说是快乐时光"。⑥ 在那个年代,人们"讲究博爱行善",言谈举止中都"洋溢着人文主义精神和知性的好奇心",大家都相信"人人各不相同且理应各不相同,对社会的日渐进化也深信不疑";而时至今日,"一切都大变特变了",生活再也不可能如以往那样"舒适惬意",旧日的"世界观"已经"危危欲坠于深渊悬崖的边缘"。⑦ 在福斯特看来,这种断裂感让人无所适从,变得焦虑和茫然,要想"成功地"应对这种"现代的挑战",就必须"调和新的经济概念和古老的道德原则"。⑧ 福斯特指出,19世纪下半叶以来的自由主义学说虽然在经济上取得了巨大成功,夯实了"进

---

① 艾瑞克·霍布斯鲍姆：《断裂的年代：20世纪的文化与社会》,林华译,北京：中信出版社,2014年,第Ⅴ—Ⅵ页。
② 同上,第208页。
③ 同上。
④ 同上,第Ⅸ页。
⑤ 同上。
⑥ 福斯特：《现代的挑战》,李向东译,北京：作家出版社,1998年,第58页。
⑦ 同上,第59页。
⑧ 同上。

步"话语盛行的物质基础,但同时也"导致"了"供求盲目和弱肉强食的资本主义丛林竞争"。① 在一波波社会变迁和观念大潮的冲击之下,很多人"已经不适应现在的物质世界",而传统的道德信仰则有可能为这"大乱之世"中"主义间的冲突"和"忠诚的分裂"找到某种救赎的良方。② 福斯特痛心于英国传统生活中那些"不可替代之物毁于一旦",他呼吁"为了世界不至于土崩瓦解",社会主流必须重扬精神生活的旗帜,务必在"新的经济关系"中,为艺术与人性的连接、为那些长期以来被物质文明所"轻蔑"的共同体元素"保有一席之地",唯有这些积极元素的维系、平衡和发展,才有可能使人类在不断的反思中"与野兽划出界线",从而在思想和文化层面"脱离原始的黑暗"。③

福斯特对上述"断裂"所做的回应,只是无数英国文学家所做回应的一个典型例子。前文提到,"进步"话语在 20 世纪呈现出了一种动摇与衰落,其原因在于进步观念本身就充满了矛盾,尤其是在经验层面存在着与其极为矛盾的历史事实。事实上,"进步"话语光环的褪去还有一个更重要的原因,这就是历代文学家对它的推敲和质疑。这不光是"19 世纪英国小说的最强音",④ 而且不同程度地体现于不同时期、不同体裁的英国文学作品。对"进步"话语的推敲,就是对现代化/现代性的回应。英国是最早见证现代化的国家,也最早见证了现代性——与现代化相匹配的现代价值体系。童明曾经巧妙地用"赋格"一说来形容现代性以及质疑它的思辨策略。与现代化相匹配的"现代性"是以工具理性、科学主义、客观知识主体论以及以鼓吹"无限进步"的宏大叙述为特征的现代价值体系,而童明所说的"现代性赋格"则多见于文学著作,二者"恰如赋格音乐中的主题和对题,一问一答,相互追逐"。⑤ 鉴于童明的相关研究几乎不涉及英国文学,而是以探讨法国、俄罗斯和德国的个别代表性作家为主,因此我们有必要延伸这一话题,在英国文学领域找到突破性空间。

本丛书审视的对象,正是上述"赋格音乐"中的对题,即英国文学家/批评

---

① 福斯特:《现代的挑战》,第 59 页。
② 同上,第 61 页。
③ 同上,第 62—63 页。
④ 殷企平:《推敲"进步"话语——新型小说在 19 世纪的英国》,北京:商务印书馆,2009 年,第 3 页。
⑤ 童明:《现代性赋格:19 世纪欧洲文学名著启示录》,桂林:广西师范大学出版社,2008 年,第 1 页。

家持续不断地从文化观念的视角对现代文明及其价值体系发出的质询。作为一种文化传统,对现代性的反思至少可以追溯到18世纪。如罗伯特·康·戴维斯(Robert Con Davis)和罗纳德·施莱伏尔(Ronald Schleifer)所说,18世纪就已经存在着一种"与启蒙理性'秩序'相对的文化秩序",[①] 但是更确切地说,"文化"的种子早在资本主义萌芽时期就已经埋下了,因而我们的视野将扩大到中世纪的一些作品,如《农夫皮尔斯》(The Vision of Piers Plowman,1370—1390)和《坎特伯雷故事集》(The Canterbury Tales,1387—1400)等——朦胧的文化意识早在那里就有迹可循了。也就是说,本丛书的研究范围远远超出了前文所说的威廉斯和约翰逊等人的著述。更具体地说,本丛书共由6卷组成,其总体框架如下:

卷一为《**总论**》,着眼于英国整个现代化转型时期文化观念和英国文学典籍之间互动关系的综述。本卷还负有一个前勾后连的使命,即引导本丛书其他各卷论证以下核心观点:就最主要的文化命题而言,伟大的英国文学家们在不同时期给出了相同的答案,即生活质量不在于发达的工业、诱人的科技经济指标,而在于共同体的和谐,在于精神与物质的互补和平衡。

卷二为《文化观念**萌芽**时期的英国文学典籍研究》,承接《总论》卷,追根寻源,展现早期英国文化观念和文学典籍之间的互动关系。时间跨度从中世纪后期开始,一直到1688年"光荣革命"。这段时期跨越了英国的近代早期(early modern)时期,是英国文化观念流变中的现代性和个人主义的源起时代。本卷的出发点之一,是承接《总论》卷中梳理的关键词,后者所代表的文化内涵有不少已经萌发于这一时期。例如,因田园文明向商业文明过渡而产生的"转型焦虑",早在杰弗里·乔叟(Geoffrey Chaucer,1342—1400)的作品里就已经初现端倪。

卷三为《文化观念**生长**时期的英国文学典籍研究》,时间跨度从1688年"光荣革命"开始,一直持续到1815年英法战争结束前后,刚好跟所谓"漫长的18世纪"相吻合。自中世纪末期开始萌芽的文化观念在这一历史时期内快速生长,在农业文明和工业文明的撞击中不断修正、融合并且成形。继弗朗西

[①] Robert Con Davis and Ronald Schleifer, *Literary Criticism: Literary and Cultural Studies*, New York: Longman, 1998, 322.

斯·培根(Francis Bacon,1561—1626)和托马斯·霍布斯(Thomas Hobbes,1588—1679)之后,经验主义哲学在英国大放异彩,约翰·洛克(John Locke,1632—1704)、乔治·贝克莱(George Berkeley,1685—1753)和大卫·休谟(David Hume,1711—1776)等人的本土哲学思想脉络深刻地影响了英国文化的构成,这种情况一直持续到19世纪二三十年代。自此之后,外来的德国浪漫主义哲学和文学思潮经由卡莱尔等人极大地影响到英国的文化观念与思想构成。就文化观念的流变而言,18世纪的文坛巨擘塞缪尔·约翰逊博士(Dr. Samuel Johnson,1709—1784)和亚历山大·蒲柏(Alexander Pope,1688—1744)等人与英国启蒙运动时期以来的洛克和沙夫茨伯里(Anthony Ashley Cooper, 3rd Earl of Shaftesbury,1671—1713)等人一脉相承,为推崇理性与注重道德的文学传统注入了强大动力。新古典主义的长期盛行、18世纪前期小说的兴起和18世纪后期浪漫主义的崛起分别成为这一历史时期之内文化观念在英国快速生长与嬗变的征兆。除"转型焦虑"以外,其他一些关键词(如"审美趣味"和"心智培育")所指涉的文化内涵在这一时期渐现雏形。例如,塞缪尔·泰勒·柯尔律治(Samuel Taylor Coleridge,1772—1834)已用"培育"来表示他心中的文化,而威廉·柯珀(William Cowper,1731—1800)和威廉·华兹华斯(William Wordsworth,1770—1850)甚至直接使用了"文化"一词。卷三对这些文化内涵雏形的揭示和分析,为卷四描写文化观念的成熟起了铺垫作用。

卷四为《文化观念**成熟**时期的英国文学典籍研究》,时间跨度基本与维多利亚时期吻合。这一卷重点探讨两个问题:1) 英国文化观念的成熟期为何是在维多利亚时期？2) 维多利亚文学家们是如何扩充文化观念内涵,从而助推其进入成熟期的？解答这两个问题的关键在于论证如下观点:就"文化"和"文明"观念而言,必须有众多文人学者致力于它们的语义区分,才能确保文化观念的成熟;恰恰是在维多利亚时期,几乎所有优秀的文学家都承担起了给"文化"和"文明"分家的工作,都奋起批判独尊"事实"的文明,都表达了含有价值诉求的文化思想。这一时期的文学家们对文化的观照,已经更自觉地表现为对秩序/共同体的诉求、对人类生活总体方式的观照、对人的全面发展状况(各种禀赋和潜能的协调发展)的观照,也表现为对追求单向度发展的"进步"

话语的强烈质疑。

卷五为《文化观念**拓展**时期的英国文学典籍研究》,聚焦从爱德华时期到二战结束之前英国文学与文化观念之间的互动。跟上一卷所关涉的历史时期相比,此时文化观念的内涵和外延更为丰富,而且有了一些新的特点。这一时期,英国社会的思想格局经历了世纪末的转变以及各种新思潮的碰撞与洗刷,而两次世界大战更是对英国民族的文化心理与身份意识产生了深远的影响,因此文学家们的文化之旅更加艰难。他们在上一时期文学家们所做工作的基础上,继续拓展文化观念的内涵,如对转型焦虑、共同体意识、文化身份和审美趣味的深度探索等。例如,伊丽莎白·鲍温(Elizabeth Bowen,1899—1973)的《心之死》(*The Death of the Heart*,1938)所呈现的转型焦虑,包含了趣味和伦理两个层面,是对转型焦虑的深度挖掘。鲍温等人继承了上一时期查尔斯·狄更斯(Charles Dickens,1812—1870)等人质疑"进步"话语的传统,而这一传统在二战之后又由格雷厄姆·斯威夫特(Graham Swift,1949—)等人予以继承(见卷六)。由此,本卷承前启后的作用也得以彰显。

卷六为《文化观念**裂变**时期的英国文学典籍研究》。这一时期的文化观念受到了后现代主义思潮和经济全球化浪潮的强烈冲击,以致新一代作家必须回应这一冲击,而这种冲击和回应导致了文化观念的裂变。例如,关于"共同体"和"英格兰特性"的观念出现了多样化和多重性的趋向,甚至出现了"反文化"这样的一些术语。此时文学家们的文化诉求和道德关注呈现出有别于上一时期的新特点。也就是说,文化观念的新变迁影响了当代的英国文学典籍,从而得到了后者的反映和折射。剖析两者间的互动关系,尤其是它们在战后全球化背景下的互动,构成了本卷的主要任务之一。如何在经济高速发展的形势下营造共同文化?英格兰特性是否还存在?英国文学如何再现英格兰特性?这些都已成为英国知识界普遍关注的话题,也是本卷要回答的问题,而回答这些问题的同时,也是在对以上各卷做出呼应。特别值得一提的是,在众多当代优秀文学家的努力下,一种更加包容、更富有弹性的英格兰特性得以形成,而种族已经不再是(作为文化身份的)英格兰特性的标识。例如,在V. S. 奈保尔(V. S. Naipaul,1932—2018)的笔下,一些国外移民逐渐抵达并融入了英国文化,甚至比原居民更熟悉其所在地,更具有共同体情怀。更值得注意的是，像彼得·阿克罗伊德（Peter Ackroyd，1949—　）这样的一些作家用出色的创作表明：杂糅拼贴并非"后现代"的专利，而是英国文化遗产的一部分；正视多元化/多样性未必意味着混沌，而杂糅/包容可以成为一种绵延不绝的民族传统。另外，阿克罗伊德和奈保尔等人都重视语言的建构性，但是他们的语言不但没有解构传统，反而因其本身的稳定性成为维护与更新传统的力量。这一切对于所有面临建设多民族共同体任务的国家都具有深刻的启示意义。

在上述每卷的正文[①]之后，都附有与之相对应的代表性文学典籍的汉语译文，或首译，或重译。在英国文化观念史中，不少意义重大的文学作品尚未译出，而已经问世的译作有些则存在较多质量问题。本丛书的翻译部分（见各卷附录）旨在弥补上述缺陷，并为各卷的阐述提供更宽厚的佐证基础。[②]

最后，还有必要强调一下本丛书各个关键词的关联性。如前文所述，本丛书用以勾勒文化观念主要内涵的关键词分别是"转型焦虑""愿景描述""共同体形塑""秩序诉求""审美趣味""心智培育""文学语言的创造""民族良心""道德伦理传统"和"工作/生活方式"。它们彼此之间都有着内在的联系，甚至密不可分。例如，对于社会转型的焦虑除了是对上述"进步"话语的回应之外，还意味着人类的工作/生活方式（因转型）出了问题，或者说"礼崩乐坏"——社会秩序混乱，伦理道德败坏。本丛书所说的"文化"既因为"转型焦虑"而发生，又必须提供走出焦虑的途径，如描述各种愿景，包括共同体愿景、乌托邦愿景或者关于美好社会秩序的愿景等。而这些愿景的实现离不开心智的培育、民族良心的锻造和民族特性的构建以及提倡理想的工作/生活方式等。对于所有这些文化内涵的关联性、复杂性和丰富性，非文学典籍不足以充分表达。这就是本丛书的题目赖以立足的理由。

总之，从中世纪后期开始，英国文学伴随着近代社会的转型而演变；几个世纪以来的英国文学既是这一社会转型进程的产物，又积极影响着这个进程。从《乌托邦》（*Utopia*，1516）到《一九八四》（*1984*，1949），从莎士比亚到石黑一雄（Kazuo Ishiguro，1954—　），英国文学不断对侧重物质文明的现代价值体

---

① 本丛书部分正文章节已作为阶段性成果发表过。
② 本丛书（包括正文和附录）未注明译者的汉语译文为笔者自译，不再一一注明。

系发出质疑,通过展望理想的共同体生活,逐渐形成一个强大的文化主义传统。大量的文学典籍在争论与创新中以丰富多彩的文学意象不断地影响着民族的想象,打造着英国的公共文化,成为民族核心价值体系的建设者与守望者,帮助英国在世界各民族中相对顺利地完成了社会转型。

当代中国在现代化进程中处于重大的历史转折时刻,习近平总书记强调指出:"文化是一个国家、一个民族的灵魂","文运同国运相牵,文脉同国脉相连"。① 如今,建设"文化强国"这一目标已上升为我国的国策。在这样的时代背景下,对文化观念流变中的英国文学典籍进行充分的梳理、阐释和评价,以期提供借鉴,已经成为他山之石的当然之选。

殷企平　胡　强

---

① 习近平:《在中国文联十大、中国作协九大开幕式上的讲话》(2016年11月30日),《人民日报》2016年12月1日第2版。

本卷撰写分工说明

（按姓氏拼音排列）

陈　恒：翻译　附录3　"英国人与美国人"
陈礼珍：第五章（第二节）　心智培育与社会生活：智慧之光（合写）
陈诗琴：翻译　附录2　上帝与《圣经》（第三章）
高晓玲：第一章（第一节）　社会转型理论与英国的现代化转型
　　　　第一章（第二节）　财富观在道德焦虑中转变
　　　　第一章（第三节）　中产阶级的出现与身份焦虑
　　　　第一章（第四节）　认识论转向与诗性真理
何　畅：第四章（第一节）　"趣味"概念在18世纪的美学转向
　　　　第四章（第二节）　"趣味"概念在19世纪的文化转向
　　　　第四章（第三节）　"大众趣味""日常趣味"与"现代性"
胡　强：总序（合写）
黄莉华：第二章（第一节）　乌托邦共同体
　　　　第二章（第二节）　莫里斯的乌托邦
　　　　第二章（第三节）　乌托邦、民族-国家（Nation-State）和帝国主义
梁　讯：第六章（第一节）　文学语言的创新和范式的转换
　　　　第六章（第二节）　作为文化载体的语言
　　　　第六章（第三节）　作为文化象征的文学人物：哈姆雷特与文学语言
阮　炜：绪论
　　　　第七章（第一节）　阿诺德的"永在者"与英国人的"道德心"
　　　　第七章（第二节）　乔治·爱略特的无神论人道主义
　　　　第七章（第三节）　19世纪主要文学家的道德关怀
　　　　第七章（第四节）　民族性格中一以贯之的道德意识

孙怡冰：翻译　附录2　上帝与《圣经》(第一章至第二章)

唐立新：第八章(第一节)　工作方式即生活方式：《亚当·比德》所代表的核心价值

　　　　第八章(第二节)　工作与劳动：卡莱尔的"救世"良言

　　　　第八章(第三节)　"工作福音"的完善：金斯利、罗斯金、莫里斯及其同路人

　　　　第九章(第一节)　追求"完美"：阿诺德文化批评的目标和路径

　　　　第九章(第二节)　英国文学中的愿景变迁

　　　　第九章(第三节)　共同的生活理想：从乌托邦到共同体

汤梦颖：翻译　附录1　《仙后》第六卷(第一章至第六章)

徐晓东：第五章(第二节)　心智培育与社会生活：智慧之光(合写)

殷企平：总序(合写)

　　　　第三章(第一节)　英国文学中的会话与共同体形塑

　　　　第三章(第二节)　英国文学中的音乐与共同体形塑

　　　　第五章(第一节)　心智培育与文明进程

　　　　结语　高品质的生活与壮丽的和谐体

　　　　各章引言

应　璎：第五章(第三节)　"完人"的培育

郑洁儒：第八章(第四节)　20世纪以来英国作家的工作观

目 录

绪 论 ·· 1

第一章 转型焦虑 ·· 17
第一节 社会转型理论与英国的现代化转型 20
第二节 财富观在道德焦虑中转变 25
第三节 中产阶级的出现与身份焦虑 35
第四节 认识论转向与诗性真理 48

第二章 乌托邦愿景 ·· 61
第一节 乌托邦共同体 66
第二节 莫里斯的乌托邦 70
第三节 乌托邦、民族-国家（Nation-State）和帝国主义 81

第三章 共同体观念与英国文学的互动 ································· 89
第一节 英国文学中的会话与共同体形塑 91
第二节 英国文学中的音乐与共同体形塑 104

第四章 英国文学中的"趣味"概念 ······································ 123
第一节 "趣味"概念在 18 世纪的美学转向 128
第二节 "趣味"概念在 19 世纪的文化转向 135
第三节 "大众趣味""日常趣味"与"现代性" 142

第五章 心智的培育 ·· 149
第一节 心智培育与文明进程 151
第二节 心智培育与社会生活：智慧之光 164
第三节 "完人"的培育 179

第六章　文学语言的创造 ·············· 191
第一节　文学语言的创新和范式的转换　194
第二节　作为文化载体的语言　202
第三节　作为文化象征的文学人物：哈姆雷特与文学语言　209

第七章　转型时代英国人的道德意识 ·············· 215
第一节　阿诺德的"永在者"与英国人的"道德心"　218
第二节　乔治·爱略特的无神论人道主义　227
第三节　19 世纪主要文学家的道德关怀　234
第四节　民族性格中一以贯之的道德意识　240

第八章　英国文学中的工作/生活方式 ·············· 247
第一节　工作方式即生活方式：《亚当·比德》所代表的核心价值　254
第二节　工作与劳动：卡莱尔的"救世"良言　260
第三节　"工作福音"的完善：金斯利、罗斯金、莫里斯及其同路人　268
第四节　20 世纪以来英国作家的工作观　275

第九章　文化愿景面面观 ·············· 285
第一节　追求"完美"：阿诺德文化批评的目标和路径　287
第二节　英国文学中的愿景变迁　297
第三节　共同的生活理想：从乌托邦到共同体　302

结语　高品质的生活与壮丽的和谐体 ·············· 307

主要参考文献 ·············· 312

附录 1　《仙后》第六卷（第一章至第六章） ·············· 339
附录 2　上帝与《圣经》（第一章至第三章） ·············· 446
附录 3　"英国人与美国人" ·············· 511

索引 ·············· 539

绪 论

15—18世纪的西欧上演了文艺复兴、宗教改革、殖民扩张、现代资本主义崛起、启蒙运动、法国大革命这一系列文明史上的大戏,令人目不暇接。而身处这些重大事态的发源地和核心区,英国首当其冲(仅文艺复兴和法国大革命,英国不处在中心位置),感受到这些事态对人与人、人与社会、人与自然关系的强烈冲击。及至18—19世纪英国率先进入工业资本主义时代,上述重大事态之外,现在又平添了一个新的强大因素:英国社会由此经历的农业文明向工业文明转型的危机,实乃前所未有,由此经受的转型焦虑乃至阵痛同样史无前例。因此,与资本主义紧密勾连的工业革命的重要性,怎么估计也不过分;其在促使价值观剧变以及引发转型危机方面所起的作用,怎么估计也不过分。如果说文艺复兴、宗教改革和启蒙运动所触动的,主要是上层建筑或意识形态,那么工业革命所直接冲击的却是经济基础层面的无数个人。如我们所知,19世纪中叶的英国,工业革命接近完成,或已经完成,理性化、机械性的生产和生活方式突然之间把巨大的生产力奇迹般地呈现出来,为人们所掌握和利用。这种情形也不妨这样表述:工业化使人驾驭自然的能力突然之间有了质的飞跃,大规模利用地球在亿万年中存储下来的巨量太阳能突然之间成为可能,劳动生产率由此得到了之前完全不可想象的巨大提升,人类历史上价廉物美工业品的大规模生产终于成为现实,高效廉价的交通手段甚至电报之类魔术般的通讯方式也已实现;与之相应的是,人口数量(含移居新大陆者)在很短的时间内虽有了成倍的增长,但人均拥有的财富不仅没有减少,反而明显增长,甚至可以说整个社会平均生活水平也有了较大的提高。值此巨变,整个社会为之天翻地覆,所经历的振荡、苦痛和焦虑之深之巨,今人已很难理解。

英国社会之所以天翻地覆,是因为生产力的剧增、物质财富的突然丰富不可能不付出巨大代价。几乎与工业革命同时,英国经济结构大变,传统价值崩塌,贫富分化陡然加剧,生态环境遭到严重的破坏,人与人、人与社会以及人与自然的关系都被异化(所谓"异化"在很大程度上表现为精神与物质、德性与才能、情感与理智、使用价值与交换价值等的分离)。故完全可以说,理性主义、工业资本主义和机械主义文明在创造巨量物质财富的同时,也释放出了一个巨大的魔鬼。因此,这里要问的问题是,英国文学家、思想家对此做出了什么样的回应?正是这一问题构成了本卷的主旨。转型期的英国既然出现了整体性的价值危机、社会危机、生态危机以及相应的"转型焦虑"(详下),一大批文学家、思想家站出来,担负起拯救世风、匡正世道的责任,便是情理之中的事。他们当中,马修·阿诺德(Matthew Arnold,1822—1888)可谓一马当先,极具代表性。尽管不能说在阿诺德之前,英国竟然没能产生过其他具有社会良知而且为之呐喊的重要文学家和思想家,例如16—18世纪一大批重要的哲学家、戏剧家、诗人、散文作家和小说家——从莎士比亚(William Shakespeare,1564—1616)、弥尔顿(John Milton,1608—1674)、班扬(John Bunyan,1628—1688)到弗朗西斯·哈奇森(Francis Hutcheson,1694—1746)、大卫·休谟(David Hume,1711—1776)、亚当·斯密(Adam Smith,1723—1790)、埃德蒙·伯克(Edmund Burke,1729—1797)、乔纳森·斯威夫特(Jonathan Swift,1667—1745)等等,不一而足,可是同他们相比,阿诺德不仅问题意识同样敏锐,对时代的问题把脉同样准确,更在一个极为重要的方面超越了他们,那就是,极具针对性地抛出了一整套方案来救治世道人心,甚至高呼"文化"这一响亮的口号(完全可视为当今的"关键词")以应对时代的庸俗性、市侩性和混乱状态。事实上在英国文学家、思想家中,阿诺德是大张旗鼓用极富精神意涵的"文化""诗歌""完美""美好与光明"来因应"无政府状态"的第一人。①

上文提到的价值危机、社会危机、生态危机是什么,或许不是问题,但何为转型,确切地讲,何为社会转型,却并非不需要解释。简单说来,这里所谓社会转型就是生产方式(及相应生活方式)从农业主导形态向工业主导形态的转变。在18—19世纪的英国乃至整个西欧,生产方式的这种转变(以及相应交

---

① 马修·阿诺德:《文化与无政府状态》,韩敏中译,北京:生活·读书·新知三联书店,2002年,全书各处。

换方式的变化)带来了生产力水平的巨大提升,同时也导致社会经济结构、政治制度、宗教体制、价值观念、文化形态等都相应发生了深刻的变化。因此完全可以说,上述基于生产方式之深刻变革的社会转型是一种文明形态的转变,或者说,是一种从基于农业的文明到基于工业的文明的过渡。一个紧密相关的问题是:这种转型发生在何时呢? 或者说,英国是什么时候从农业社会过渡到工业社会的呢? 19 世纪以降,诸多论者讨论过这个问题。马克思(Karl Heinrich Marx,1818—1883)认为,17 世纪中叶英国资产阶级与新贵族结成反对君主制和教会的同盟,共同确立起了君主立宪制,是封建社会与资本主义社会的分界线。采用马克思这一思路,则现代社会肇始于此,农业文明向工业文明的过渡早在 17 世纪亦即现代社会早期就已开始了。政治哲学家托克维尔(Alexis de Tocqueville,1805—1859)所持观点与马克思相似,也认为英国自 17 世纪以后便基本废除了血缘至上的封建制度,自此财富成为社会地位的重要标杆,同时兴起了人人平等之现代法制思想以及言论自由、出版自由等新的社会原则。凡此种种意味着英国已成为一个现代国家。除马克思和托克维尔外,其他论者——如托马斯·麦考莱(Thomas Macaulay,1800—1859)、威廉·斯塔布斯(William Stubbs,1825—1901)、劳伦斯·斯通(Lawrence Stone,1919—1999)、基思·托马斯(Keith Thomas,1933—)和纳森·克拉克(J. C. D. Clark,1951—)等——也有相同或类似的论述。其中历史学家基思·托马斯的城市化研究特别值得注意。城市化本身尽管不等于现代转型,但社会经济结构、政治制度、宗教建制、价值观念、认知模式、文化形态、民族心理的转变无不与城市化进程紧密相伴,无不反映现代转型。托马斯用历史人类学方法所做研究表明,最显著的转变发生在 18—19 世纪:至 1700 年,仍只有 13% 的英国人口生活在城市;至 1800 年,英国已成为除荷兰外城市化程度最高的欧洲国家,城市人口上升至 25%;尤其令人震惊的是,短短 50 年后,即工业革命完成后的 1851 年,城镇居民竟已占人口的大多数;与此同时,英国城乡差异也远超现代初期。[①]

不难看出,英国社会的现代转型尽管可以说始于 17 世纪的资产阶级革

---

① 基思·托马斯:《人类与自然世界:1500—1800 年间英国观念的变化》,宋丽丽译,南京:译林出版社,2009 年,第 253 页。详见本书第一章的相关讨论。

命,但数量上相对迅速而明确的转变——从农业文明到工业文明的决定性转变——却发生在18世纪中叶至19世纪中叶的工业革命时期。17世纪中叶的资产阶级革命(其本质是一场披着清教运动外衣的资产阶级反对贵族势力和君主制度的血腥战争)以及政治体制的深刻变革当然反映了中产阶级的政治经济要求,但在此之后,尤其是在工业革命时期,还得有生产方式的重大变革与经济社会结构、宗教建制等方面的进一步变革,以及价值观念、认知模式、文化形态、民族心理等的相应转变,方可以说发生了从农业文明向工业文明的转型。这里必须强调的是,发生在英国的这种文明转型不仅在人类历史上前所未有,即便以人们观照重大事态的通常时间尺度来衡量,也是相对突然和迅速的。在这种情况下,旧文明与新文明之间不可能不发生断裂,旧世界与新世界之间不可能不出现震荡。正是文明转型的这种相对突然性、迅速性、断裂性、震荡性造成了阶级关系、政治状况、社会秩序、价值观念、认知模式、文化形态和民族心理等方面的持续混乱、无序或"无政府状态"。如果从人们的精神状态来考察,可以说,英国社会经历了一种转型的焦虑。这焦虑是一个远非顺畅的"吐故纳新"过程的产物。在此过程中,旧东西还来不及死去,新东西已闹嚷嚷要降生了;或者说,传统事物明明显得已不合时宜,却无比顽固倔强地不要离去,而新事物意气风发,正欲大展拳脚,却发现处处受制于既有强大传统,只好竭力与之磨合共处。也正是在这种混乱无序的"吐故纳新"过程中,大众社会兴起了,这就进一步加深了转型的焦虑。如何对此做出回应,是摆在文学家、思想家面前的一个大问题。这里应注意的是,转型焦虑跟工业化社会的混乱亦即"无政府状态"是互为因果的,跟人与人、人与社会的关系、人与自然关系的异化是互为因果的。甚至可以说,这种混乱或"无政府状态"本身便意味着焦虑。那么焦虑的背后是什么呢?是深刻的价值危机、社会危机、生态危机,而所有这一切的根本原因,不仅在于旧文明向新文明的过渡本身,更在于这种过渡的相对迅速性、突然性和断裂性、震荡性。

转型时期的焦虑,是必须化解和克服的。这正是英国文学家、思想家要做的事。他们用以化解和克服焦虑的最重要手段是什么?是"文化"。这里的"文化"跟现代人类学、社会学和历史学领域所理解的文化有明显的区别,而与现代汉语中的"文化修养"有较大程度的吻合。"文化"乍听起来还有点空泛,在马修·阿诺德看来,它甚至可能被视为"一席清谈",即便使用了"诗歌""完美""美好与光明",甚至"精神境界"①等来解释这个概念,依然如此。但是大体而言,英国文学家并不是什么社会活动家,更不是政治家,而是一群有着强烈信念和生命激情的思想家。因此,他们不会仅仅停留在几个口号上,而是对"文化"的内涵做了相当清楚的阐述。这里,最具代表性者无疑是马修·阿诺德。在他看来,"文化"要"通过客观的主动阅读、思考、观察等手段,去了解最优秀的知识"。②"文化"遵从"健全的理智",以之为"可靠权威的基础"。③"文化"代表"美好与光明",而"美好与光明显然同人性中可以称为希腊品性的倾向有关"(事实上,实现美好与光明与传播希腊精神是一回事),而提倡"美好与光明"就是张扬"希腊智慧",就是寻求"事物的真实、稳定并且是可理解的规律",就是追求"事物的真谛"。④"文化"应是"公正客观、不带偏见"的,尤其应摈弃清教徒式的"狭隘"和"狂热",⑤甚至应"不计利害地、客观公允地寻求认识事物的真相"。⑥"文化"还非常注重"精神",或者说,非常注重"精神境界",认为"美好与光明很有价值",不应把"天生的低级趣味当作崇高来赞赏"。⑦"文化"虽然更看重"希腊精神",甚至对清教徒式的希伯来化倾向提出了批评,对希腊式的艺术和科学精神赞赏有加,但"也不能没有灵活性,不能不承认自己的判断也有过渡性、暂时性的特点";但与此同时,"文化"也认识到,宗教尽管不是人们生活的全部,却发挥着极为重要的作用,具有"神圣的一面",非常"值得尊重"。⑧ 最后,"文化"的终极目的,是要"充分而和谐地完善人性","让思想自由地作用于习以为常的观念",敦促人们在"各方面达到完美,让人性得到全面和谐的发展",要用"全面和谐发展的完美人性这一理想来指导人生";甚至可以说,"文化""唯一且永远具有神圣性和约束力的事,就是走向全面的完美"。⑨

---

① 马修·阿诺德:《文化与无政府状态》,第 200 页等处。
② 同上,第 148 页。
③ 同上,第 130 页、138 页。
④ 同上,第 116 页、109 页。
⑤ 同上,第 201 页、117 页。
⑥ 同上,第 211 页。
⑦ 同上,第 200—201 页。
⑧ 同上,第 214 页、211 页。
⑨ 同上,第 125 页、129 页、131 页、201 页、209 页。

阿诺德对文化内涵的界说虽然很清楚,虽然不是简单的口号,却只是软性的,甚至只可以视为一种总体性的宣言。然而,假如文学家、思想家能够对跟工业化形影相随的"机械性文明"乃至大众社会进行批判性的反思,对人与人、人与社会、人与自然关系的异化进行对冲和反制,其所代表的文化可能就不那么软性了。在他们看来,及至18—19世纪,理性至上的思维方式和机械主义的自然观、人生观、社会观在西欧尤其是英国社会大行其道,几乎已经是无孔不入;理性化、工业化尽管给时代带来了进步,但人类却为此付出了极大的代价,因为理性化、工业化的背后是现代资本主义生产-交换关系;而所有这一切对个人的情感自我乃至心灵心智的发展有着强烈的压制作用,对人与人、人与社会、人与自然的关系有着强烈的扭曲和异化作用。在托马斯·卡莱尔(Thomas Carlyle, 1795—1881)——与阿诺德齐名甚至可能比他更为著名的19世纪"文化"论者——看来,资本主义生产-交换关系和机械主义的猖獗,以及人与人、人与社会关系的扭曲已产生了严重后果,那就是物质与精神的失衡:一方面是从前完全没法想象的物质财富的丰富,即所谓"进步",一方面是信仰崩溃、道德沉沦和社会两极分化。作为一个出生在宗教传统保持得较好的地区,而且深受埃德蒙·伯克影响的思想家,卡莱尔的路径可谓保守主义的。在他眼里,19世纪的英国虽然"现代"了,那却是一种物质主义,拜金主义和个人主义盛行的"现代";虽然"进步"了,那却是一种贫富悬殊、分裂为不事劳作的纨绔子弟与被剥削压榨的劳作者两个世界的"进步"。[①] 他认为,对于这种极其可悲的境况,没能与时俱进、没能对社会保持批判态度的教会负有不可推卸的责任;尽管如此,英国的未来仍然在于人们的宗教信仰,因为宗教信仰给人们树立了一种正确与错误、孰是孰非的尺度,因而是医治个人主义、加强个人对国家和社会责任的根本途径;既然理性主义和科学思维已使宗教建制破产,现代社会中人就不得不绕过既有教会,直接与上帝沟通,把命运掌握在自己手中。[②] 为此,卡莱尔提出了他著名的"工作"和"劳动"福音。在他看来,工作本身就是生活,就是生活方式,人们

---

① David Morse, *High Victorian Culture*, New York: New York University Press, 1993, 85; Joseph Harris, *Private Lives, Public Spirit: A Social History of Britain 1870—1914*, Oxford: Oxford University Press, 1993, 224.

② John Morrow, *Thomas Carlyle*, London: Hambledon Continnuum, 2006, 54—55.

应该以崇敬的态度对待它;也可以说,工作和劳动是神圣的,是人们应当信奉的宗教,劳动使人高贵,懒惰使人沉沦,懒惰可耻,劳动光荣!① 假如人人劳动,不当寄生虫,时代最大的疾病——社会分裂为不事劳作的纨绔子弟和受剥削压榨的穷苦大众——就定能得到治疗。这种懒惰可耻、劳动光荣的教诲与阿诺德的"文化"福音何尝没有异曲同工之妙?但是,比之阿诺德的"文化""诗歌""完美"和"美好与光明",卡莱尔的"工作"福音、"劳动"药方可能更具实效、更具可操作性。这就解释了为什么他对19世纪英国文学创作和文化观念的演进产生了极大影响。揪住时代的问题不放,牛虻般紧紧噬之叮之,讥之讽之,同时抛出自己的救治方案,这就是卡莱尔的进路。

文学家、思想家若能对时代的问题有清醒的认识,大声疾呼、呐喊,对社会弊端进行抨击,这固然好,但如果能针对时代正在经受的价值危机、社会危机和生态危机提出自己的愿景,尤其是在对丑恶的现实进行尖锐批评的同时提出自己的愿景,哪怕是一种遥远的乌托邦愿景,其所代表的文化就会变得更具体、更充实、更美好。小说家、设计家、艺术评论家和社会主义活动家威廉·莫里斯(William Morris,1834—1896)就是这么做的。在其著名乌托邦小说《乌有乡消息》(*News From Nowhere*,1891)中,莫里斯用新旧对比的方法,一方面揭露抨击19世纪后期资本主义社会基于私有制的种种罪恶,另一方面勾勒出一幅未来世界的美好图画。通过笔下人物之口,作者表达了这么一种看法:他所处的时代是资本主义社会的最后一个阶段,资本家为了使利润最大化,残酷剥削压榨工人,使其无法享有最起码的生活条件,更丧失了劳动的乐趣;高效的生产方式造成了商品过剩,但所生产的大部分商品却并非人们真正所需;为了消化过剩的商品,英国等欧洲帝国主义国家用武力打开海外市场,强迫其他国家——尤其是欧洲的殖民地、半殖民地——的人们接受其并非真正需要的商品,同时掠夺当地自然资源。在对现实进行批判的同时,作者描绘出一幅共产主义社会的美丽图景。主人公盖斯特(Guest,意为"客人")从梦中醒来,发现自己生活在一个未来的新世界,在那里,私有制已不复存在,人们已不知私有财产为何、货币为何,若需要什么生活用品,径直去配送点领取即可。私

---

① Asa Briggs, *The Age of Improvement: 1783—1867*, Edinburgh: Pearson Education Limited, 2000, 412.

有制既然已被废除,家庭也就消失——现在所谓"家庭"已不再受法律的束缚和强制,男人和女人都可自由加入或退出它。私有制既已被废除,女性就不再被视为男性的财产,而是独立自主的社会个体。私有制既已被废除,犯罪现象也就消失了,民法、刑法等就不再具有任何功用,人们甚至已不知犯罪为何。私有制既已被废除,自然就跟人一样,不再被当作盘剥、掠夺和利用的对象,人类与自然的关系因而不再疏离,而是和谐共生了。私有制既已被废除,托马斯·卡莱尔所深恶痛绝的旧社会痼疾——懒惰——也就被消灭了,现在人们热爱工作,因为工作总是富于创意;人们热爱劳动,因为从劳动中总能得到快乐;人人各尽所能,热心服务他人,服务社会,因为从服务中能获得满足。阶级社会的贫富悬殊现象早已消失,人们甚至不知贫困为何,因为人人丰衣足食,无忧无虑。整个社会的日常习俗和道德风貌与资本主义旧世界全然不同,旧社会那种人压迫人、人剥削人或者说"人吃人"的现象已不见踪影,从前司空见惯的人与人互相撕咬、相互压榨、相互掠夺的现象已完全消失,所有人彼此平等,以礼相待、和睦相处。很明显,莫里斯的乌有乡就是马克思所憧憬的共产主义社会,太过美好,遥不可及。莫里斯的理想国也包含一个几乎无法克服的、巨大的内在矛盾,即在一个物质极其丰富,各尽所能,按需分配的社会,人们怎么可能依然保有先前时代所有的那种工作、劳动和服务的起码热情,更遑论让工作永远富于创意,让劳动总是快乐,让服务总是惬意?尽管如此,尽管莫里斯愿景的空想成分太过浓重,作为对丑陋、罪恶的资本主义社会的一种尖锐批判,其所发挥的匡治时弊的社会政治作用,以及对现代条件下一种新文化观念的形成所做的贡献,却是不容否认的。

农业文明向工业文明转型所致的焦虑,不仅催生了共产主义式的乌托邦愿景,还引发了对美好的共同生活即共同体(community)[①]的集体想象和憧憬,而这种想象和憧憬背后的逻辑,与卡莱尔对资本主义社会中猖獗的个人主

---

① 共同体思想家斐迪南·滕尼斯(Ferdinand Tönnies, 1855—1936)认为,"共同体是持久的和真正的共同生活,社会不过是一种暂时的和表面的共同生活。因此,共同体本身应该被理解为一种生机勃勃的有机体,而社会应该被理解为一种机械的聚合和人工制品。"根据这一定义,"共同体"与"社会"相对立的:共同体是一种美好的、理想状态的共同生活,而"社会"只是一种不持久的、不自然的、仅具有共同体表象的"共同生活"。Ferdinand Tönnies, *Community and Civil Society*, trans. Jose Harris and Margaret Hollis, Cambridge: Cambridge University Press, 2001, 19.

义的强烈憎恶,莫里斯对资本主义社会中的少数人剥削、压榨并掠夺多数人现象的激烈抨击完全一致。不难想见,共同体想象在很大程度上是通过文学活动以及文化实践来传达的。事实上,"优秀的文学家大都有一种'共同体冲动',即憧憬一种未来的美好社会,一种超越亲缘和地域的、有机生成的、具有活力和凝聚力的共同体形式。英国文学家亦如是。他们一方面通过文学创作对'共同体观念'(the idea of community)的形成和流变做出了贡献,另一方面又受共同体话语的影响,两者之间形成了互动。"[①]研究表明,这种共同体观念产生于工业革命和资本主义全球化如火如荼的18世纪。此时欧洲人突然发现,不仅周遭的自然世界面目全非,人类总体心理状况及所处的社会环境也发生了极大变化:既有阶级关系遭到颠覆,贫富差别日益扩大,传统价值观摇摇欲坠,人与人以及人与社会的关系被扭曲异化,眼中只有个人私利而置国家和公众利益于不顾的个人主义甚嚣尘上,实在是人心不古,世风颓坏。在这种情况下,文学家、思想家中产生一种建构美好共同体的愿景太自然不过了(顺便说一句,英国知识分子的共同体想象与欧陆思想家的共同体理论建构大体上同步,二者间存在密切的互动关系,但总的说来受欧洲大陆思想家——从黑格尔(Georg Wilhelm Friedrich Hegel,1770—1831)、马克思到斐迪南·滕尼斯不一而足——影响更多一些)。文学家、思想家们认识到,建设美好的共同体,在很大程度上就是建设一种工业化条件下的公共文化。但公共文化的建设并非一种孤立的举措,更不是一个空洞的口号,而需要在无数个人身上努力培养公共责任意识或公共责任伦理。不如是,就不能使他们在追求小我私利的同时,还能有对国家和社群大我的担当。这又意味着,英国亟需社会政治变革;不能指望在一个人剥削人、人压榨人、贫富差别巨大的社会,人人对国家和社会能普遍怀有责任感。那么如何才能使原子化的个人能够对国家和社会抱有责任感呢?这又需要社会各阶层充分和广泛的政治参与,直而言之,需要越来越大程度的民主化。唯其如此,才能形成真正意义上的共同文化。唯其如此,最终才能实现真正意义上的美好共同体或共同生活。

不难想见,农业文明向工业文明的转型必然引起普遍的伦理道德失范。

---

① 参见本书第三章关于共同体的讨论。

这既是转型本身的重要表现形式,也是转型焦虑的一个最重要和最直接的原因。因强大清教传统的存在,英国人作为一个民族有着强烈的伦理道德意识。面对转型期普遍的伦理道德失范,英国文学家和思想家必然会做出自己的回应,这又必然反映在文学创作和新文化观的建构中。那么面对理性主义、机械主义之大行其道,工业资本主义之迅猛推进,既有宗教建制和传统价值体系之摇摇欲坠,面对整个民族正在经历的空前混乱状态和严峻道德危机,英国文学家和思想家是如何做出回应的呢?出于强烈的伦理道德意识亦即"道德心",他们一方面解放思想,破除迷信,与旧宗教旧思维划清界线,另一方面努力建构一种富于道德情怀的新价值观和新文化观。他们甚至顽固地"崇道抑美,先德后艺,以说教取代浪漫"。① 大力张扬"文化"概念、以此作为救世良方的阿诺德甚至认为,伦理道德固然简单,却贯穿在人们的日常行为中,"占生活的八分之六";艺术与科学固然重要,能提升人们的精神水平,却只"占生活的八分之二"。② 同样,乔治·爱略特(George Eliot,1819—1880)也提倡一种新的道德观念。在一篇杂文中,她说巴尔扎克虽然是个了不起的"小说作家",但他却用"魔术般的力量"营造出"一个又一个腐化堕落的场景",直至在人们心中激起一股股"道德恶心",而对人性中的"慈爱"和"同情心"却视而不见。③ 阿诺德和爱略特表现出的这种极为重视伦理道德的态度,其实是一种从莎士比亚直到威廉·戈尔丁(William Golding,1911—1993)一以贯之、根基深厚的民族心理的产物,是"希伯来"式民族性格的结晶,或者说是根深蒂固的清教传统使然。这一传统固然使英国人在艺术上对欧洲大陆和东亚艺术风格亦步亦趋,甘拜下风,却也使其在固守"道德心"的同时,大力发扬浪漫主义运动所崇尚的情感、直觉和神秘,成功开启了一个既富于艺术精神又有强烈道德关怀的、蔚为大观的文学传统,即利维斯(Frank Raymond Leavis,1895—1978)所谓"英国文学的伟大传统"。④ 这里暂且不论近代以来英国殖民主义和帝国主义的非

---

① R. J. Cruikshank, *Charles Dickens and Early Victorian England*, New York: Chanticleer Press, 1949, 185—186.
② Matthew Arnold, *Literature and Dogma*, in *The Complete Prose Works of Matthew Arnold*, 11 vols, ed. R. H. Super, Ann Arbor: University of Michigan Press, 1962—1977, Vol. 6, 356.
③ Thomas Pinney ed., *Essays of George Eliot*, New York: Columbia University Press, 1963, 146.
④ F. R. 利维斯:《伟大的传统》,袁伟译,北京:生活·读书·新知三联书店,2009年,全书各处。

正义性,在很大程度上,正是那种富于道德心(以及法治和科学精神)的氛围,使英国人在国家和社会管理方面取得了突出的成绩,不仅英国本土治理良好,其衍生国美国、加拿大、澳大利亚、新西兰也都发展顺利。

如前所述,为了消除机械主义、功利主义和物质主义的人生观、社会观和自然观所带来的负面影响,为了应对转型时期阶级分化、贫富悬殊和道德失范所带来的诸多问题,英国文学家和思想家的反应是努力建构现代条件下新的价值观、文化观。而他们对新价值观、新文化观的建构,在很大程度上又是通过审美趣味的培养、心智的培育、文学语言的创造,以及对新工作/生活方式的倡导等来实现的。培养个人的审美趣味,很大程度上就是培育审美情趣和审美判断,目的当然是要跟物质主义、功利主义、工具主义的人生观做斗争,使机械主义思维盛行时代的人们不至于沦陷在对物质利益的单向度追求中,使其心灵不至于干涸在枯燥单调、灵性全无的物质生活中。简而言之,审美趣味能使精神生活更为丰富。心智的培育跟审美情趣的培养紧密勾连,意味着文学家、思想家对健全社会的向往,对"完人"理想的憧憬,具体说来,指个人品性的锤炼、激情的节制,目的是使其心态开明,举止文雅、礼貌,甚至在其身上培育一种自我怀疑、自我约束和自我牺牲的精神——这种精神对一个社会或者国家尤其是一个正在获得巨大物质财富的社会和国家之正常运作是不可或缺的。显然,英国文学家、思想家在这两个方面的努力与美好共同体或共同生活的建设关系密切。在本卷的论述中,文学语言的创造也是近代以来英国文化观念流变的一个重要内容,跟审美情趣、心智培育紧密相连。这是因为心智的培育离不开一种总的文化或精神氛围,而这种总的文化或精神氛围又必然是语言——尤其是文学语言——的演进和创化的产物,或者说与文学语言的演进和创化是相辅相成的。前文提到,是卡莱尔提出了新的工作/生活观,但宣扬推广这一观念的并不止是卡莱尔。在这一点上,乔治·爱略特、约翰·罗斯金(John Ruskin,1819—1900)和威廉·莫里斯等小说家和文化批评家与卡莱尔是同道。比如,爱略特小说《亚当·比德》(*Adam Bede*,1859)的主人公亚当·比德就是一个诚实做人、富于同情心、勤奋工作的人物形象,作者正是通过这个人物形象来宣扬其新的价值观——懒惰可耻,劳动光荣!罗斯金则提出,要"建设一个理想社会;在其中,'劳动者应该经常思考,思想者应该经常劳动'"。① 莫里斯同样让其"乌有乡"的居民"不再是机械主义桎梏下的碎片,而是与社会乃至自然和谐相处的、全面发展的、有艺术品位的劳动者……一个人从事多种职业,同时还能兼顾脑力劳动和体力劳动的平衡"。②

最后要问的一个重要问题是:英国文学家、思想家的努力是否取得了成功?尽管成功为何,或者说,成功究竟有何衡量标准,其本身也是一个难以回答的问题,而鉴于全球范围内现代资本主义、工业革命(已从18世纪的蒸汽机版本、电器化版本、信息化版本演化到21世纪最新的人工智能版本)仍方兴未艾,物质主义、机械主义、功利主义和工具主义的价值观仍很有市场,故完全可以怀疑,他们的工作很可能并未取得预期的成效,但有一点是肯定的,即,假如没有他们的努力,现代社会价值观的混乱程度、贫富悬殊的程度、生态环境的破坏程度,以及人的异化问题等不知要比实际情形严重多少。甚至可以说,假如没有他们的努力,在理性主义、工业资本主义和机械主义文明释放出来的巨大物质财富这一魔鬼面前,人类仍将是一头雾水,不知所措;极而言之,我们仍将在黑暗中彷徨。这意味着,成功与否并不重要,重要的是,要有问题意识。优秀的英国文学作品都带有强烈的问题意识,尤其是对于那些同工业资本主义生产方式+新技术与生俱来的难题,如物质主义、机械主义、功利主义和工具主义,以及伴随而来的传统价值的崩塌、贫富分化的加剧、生态环境的破坏,人与人、人与社会和人与自然关系的异化,等等。最可怕的是,人们不仅根本未能意识到它们是问题,反而沾沾自喜于生产力的极大提高与物质财富的极大丰富,甚至盲目陶醉在脱贫致富的狂喜中而不能自拔,全然无视跟魔鬼做交易必得付出巨大代价这一事实,甚至全然忘记了魔鬼并非美女,而是一个必得加以驯化、制服的可怕存在。正是在此,英国文学家、思想家工作的意义彰显出来。他们高擎"文化"的大旗,与魔鬼进行了可歌可泣的英勇斗争。及至目前,已很清楚,这是一场旷日持久的斗争,甚至是一场跨世代、跨世纪、跨国家、跨文明的宏大斗争,英国人

---

① 殷企平:《"文化辩护书":19世纪英国文化批评》,上海:上海外语教育出版社,2013年,第13页。
② 同上,第14页。

只是开了个头,目前仍远未结束,甚至连结束的迹象也见不到,迟一步采用工业资本主义生产方式+新技术的国家和民族仅仅迟一步加入这场斗争,但必得加入这斗争,因为它们别无选择。

第一章

转型焦虑

谈文化观念的流变，必得讨论这种流变得以发生的大背景。就17—19世纪的英国而言，这便是理性高歌猛进、工业革命如荼如火条件下现代性的社会转型。在前所未有的历史条件下，不仅社会必然经历结构性的转化或曰转型，而且用宏观尺度衡量，这种转型必然是快速的、剧烈的。本章既然主要论述英国现代转型期的社会焦虑，不妨首先对社会转型现象本身做一个简单的讨论。进入21世纪以来，社会转型日益成为学界的焦点话题。由于我国社会转型的独特性，许多学者选择以中国问题为研究对象，如刘明珍的《公民社会与治理转型》(2008)、符国涛的《社会转型期的理论与现实问题研究》(2012)、李培林的《社会转型与中国经验》(2013)等。这些著作从政治、经济、社会等不同角度把脉中国问题，为过渡期问题的解决提供了多种方案。与此同时，论述转型问题的西方经典著作也被大量译介给中国读者，如社会学家休厄尔(William H. Sewell Jr., 1909—2001)的《历史的逻辑：社会理论与社会转型》(*Logics of History: Social Theory and Social Transformation*, 2012)、政治文化学者英格尔哈特(Ronald Inglehart, 1934—)的《发达工业社会的文化转型》(*Culture Shift in Advanced Industrial Society*, 2013)。从2013年起，光明日报出版社发行了系列丛书"西方社会转型经典译丛"，目前已翻译出版美、德两国关于转型问题的三部著作，分别是罗布·柯克帕特里克(Rob Kirkpatrick)的《1969：革命、动乱与现代美国的诞生》(*1969: The Year Everything Changed*, 2013)、瓦尔特·伍伦韦伯(Walter Wüllenweber)的《反社会的人》(*Die Asozialen*, 2014)以及格茨·海达·阿利(Gotz Haydar Aly, 1947—)的《累赘：第三帝国的国民净化》(*Die Belasteten: Eine Gesellschaftsgeschichte*, 2017)。无论是纵向的历史研究，还是横向的社会研究，这些论著都为更好地理解我国社会转型问题研究提供了有益借鉴。然而，与其他人文社科领域丰富的研究成果相比，我国英美文学批评界对转型话语的关注明显不足。作为一种特殊话语形式,文学全面再现一个时代的精神风貌、思想特征和情感结构,在此意义上,英国文学——特别是英国文学经典作品——尤其值得重视。由于中国目前所经历的转型与英国历史上的现代转型有诸多相似之处,多维度考察英国历史上相关文学作品中的转型话语,将为我们反观中国问题提供视角,带来启示。

在讨论英国社会转型问题之前,首先要解决两个问题:首先,究竟何为社会转型?其次,英国的社会转型是何时发生的?

第一节
社会转型理论与英国的现代化转型

经典社会学理论一般采用传统社会和现代社会的二分法作为转型研究的基本范式。马克思依据生产关系将社会划分为封建社会和资本主义社会;法国政治学家托克维尔(Alexis de Tocqueville,1805—1859)以社会政治层面的民主程度为标准,把社会划分为专制型社会和民主型社会;德国著名社会学家韦伯(Max Weber,1864—1920)将社会划分为宗法传统经济社会和理性资本主义社会。丹尼尔·贝尔(Daniel Bell,1919—2011)则以生产力发展水平为根本性标准,将人类社会划分为前工业社会、工业社会和后工业社会。以上这些分类方法虽然各持不同标准,但大致都涵括了工业化、城市化、民主化、世俗化等重要社会指标,体现了从传统社会向现代社会变革的本质。[①] 本节延循这一思路,将"现代化"作为研究英国社会转型问题的基本线索。问题是,英国是何时由传统社会进入现代社会的呢?

如我们所知,在工业革命和现代化方面,18—19世纪的英国走在世界前

[①] 金耀基:《从传统到现代——转型中的中国社会》,北京:中国人民大学出版社,1999年,第98—99页。刘祖云:《社会转型解读》,武汉:武汉大学出版社,2005年,第3页。孙慕天、刘玲玲:《西方社会转型理论研究的历史和现状》,《哲学动态》,1997年第4期,第40—45页。

列。由于其所处的先发地位,英国走过的道路很特殊,因而流传下来的相关著述非常丰富,这使得英国现代化研究成果也异常丰富,甚至可以说是卷帙浩繁。然而关于英国何时进入现代社会这个问题,无论是在历史学还是社会学领域,学者的观点都存在较大分歧,并未形成统一认识。

从 19 世纪开始,历史学家便开始关注英国的社会转型问题。维多利亚时代政治家兼历史学家麦考莱(Thomas Macaulay,1800—1859)在《麦考莱英国史》(*The History of England from the Accession of James the Second*,1848)中以 1685 年詹姆斯二世即位到 1702 年威廉三世去世期间的 17 年历史为界,认为从此以后英国从野蛮走向文明,从无知走向启蒙。尽管麦考莱的历史叙述因粗疏武断遭到多方批评,但这并不妨碍他的史书成为当时的畅销书,后世称之为"辉格史学"(Whig interpretation of history);① 同时代历史学家、牛津主教威廉·斯塔布斯(William Stubbs,1825—1901)则相信,英国的基本规则变化甚微,英国历史的连贯性从未中断。不过他也承认,16—17 世纪的英国见证了一系列变革,这些变革"发生在国民的生活、心理和性格上,发生在阶级关系上,也发生在各政治势力之间的平衡上,皆为诺曼征服以来英格兰民族经历过的最深刻的变革"。② 同时代不少著名欧洲学者也对英国转型问题进行过深入研究。马克思以 1648 年英国长期议会的召开为资本主义社会开始的标志,他认为在这次革命性事件中,君主立宪制得以确立,"资产阶级和新贵族结成了同盟反对君主制度,反对封建贵族和反对占统治地位的教会",这次革命性事件不仅是英国资产阶级的胜利,也意味着新社会制度的胜利。③ 韦伯也将分界点定在 16 世纪,他认为英国社会转型主要起源于两大重要变革:首先是家庭与经营活动分离;其次是失去土地的自由劳动阶层的产生。④ 深谙英国问题的托克维尔则认为,英国自 17 世纪以后便基本上废除了封建制度,"财富成为一种势力,法律面前人人平等,赋税人人平等,出版自由,辩论公开",在他

---

① 托马斯·麦考莱:《麦考莱英国史》,刘仲敬译,长春:吉林出版集团,2014 年。
② William Stubbs, *The Constitutional History of England, in its Origin and Development*, Vol. 3, Cambridge: Cambridge University Press, 1878, 3.
③ 卡尔·马克思:《资产阶级和反革命》,选自《马克思恩格斯选集》第一卷(上),北京:人民出版社,1972 年,第 320—321 页。
④ Sam Whimster and Scott Lash and Max Weber, *Rationality and Modernity*, London: Routledge, 2014, 360.

看来,这种种新原则标志着英国已经成为现代国家。①

由于19世纪的英国仍然处于激烈的变革时期,当时的学者很难置身事外来审视自己时代变革的意义。而进入20世纪以后,学者则将英国社会转型置于更为广阔的历史图景中进行审视和考察。美国历史学家彭慕兰(Kenneth Pomeranz,1958—)在《大分流:欧洲、中国及现代世界经济的发展》(*The Great Divergence: Europe, China, and the Making of the Modern World Economy*,2000)中将中国纳入现代问题的研究视野,他详细考察了18世纪欧洲和东亚的经济状况,对欧洲的英格兰和中国的江南地区做了具体比较,提出了这样的观点:1800年以前的世界是多元的,没有经济中心,西方也没有任何独有的明显内生优势,此前中国的工薪、生产力、人均寿命和物质财富与英格兰大致相当。然而以1800年为界,中国与英国之间开始出现巨大差别。由此开始的经济"大分流"并非源于社会、宗教、政治或经济的差异,而是由两个"偶然事件"引发的:一个是煤和铁在英格兰的广泛分布和使用;另一个是欧洲将美洲部分地区变成了殖民地,故而能榨取那里的财富。②

彭慕兰的观点在学界产生了广泛影响,但并非毫无争议。同样关注中西文明比较的麦克法兰(Alan Macfarlane,1941—)在《现代世界的诞生》(*The Birth of Modern World*,2013)中明确提出了一个与彭慕兰,甚至韦伯、涂尔干(Émile Durkheim,1858—1917)等思想家完全不同的观点。麦克法兰将旧制度与现代世界的"大分流"追溯至12—18世纪。他认为正是在这个时期,经历工业革命(Industrial Revolution)的英国与陷入勤业革命(Industrious Revolution)的欧亚大陆分道扬镳,因而得以走在现代化的前列。③ 通过对历史文献的考察与整理以及对社会生活各个层面的研究,麦克法兰反复论证了一个观点:英国从中世纪以来便是一个资本主义国家。"从乔叟的作品和14世纪以来的法律档案可以看出,英格兰正在完成一种攫取的、贪财的、理性的、非互嵌的资本积累……英格兰不仅早已具有资本主义的外在形式,而且早

---

① 阿历克西·托克维尔:《旧制度与大革命》,冯棠译,北京:商务印书馆,1997年,第57—58页。
② 彭慕兰:《大分流:欧洲、中国及现代世界经济的发展》,史建云译,南京:江苏人民出版社,2010年。
③ "勤业革命"是日本经济史学家速水融于1967年提出的概念,用以概括德川幕府时期日本劳动密集型的经济发展,以区别于英国的资本技术密集型的"工业革命"。

已具有资本主义的内在精神。"①因此,他将"现代"的起点前推至了中世纪。实际上,麦克法兰早在《英国个人主义的起源》(*The Origins of English Individualism*,1978)中就已经提出了不同于传统分期的观点。他在此书第二章提出了这样一个问题:"农民社会何时在英格兰终止?"②他分析比较了历史学家麦考莱、政治学家马克思和社会学家韦伯的三种不同观点,通过各种日记、传记和档案等资料分析,发现自 14 世纪以后,或者说自中世纪以后,英国就已经迈入现代社会。麦克法兰挑战传统历史认知的做法在学界引起了轩然大波,批评者甚多,赞同者较少。

另一个具有影响力的划分法来自英国历史学家乔纳森·克拉克(J. C. D. Clark,1951—),他在《1660—1832 年的英国社会》(*English Society, 1660—1832*,2000)中首次把 1660—1832 年称为"漫长的 18 世纪"(the long eighteenth century),认为正是在这个时期,通过君主、贵族和教会的密切配合,英国完成了向现代社会的过渡。③ 克拉克的划分方式在历史学界得到了广泛认同,此书被认为开辟了英国历史研究的新时期。

还有一些历史学家将这个转型期回溯至 16 世纪。例如,英国著名历史学家劳伦斯·斯通(Lawrence Stone,1919—1999)的《英国的家庭、性与婚姻: 1500—1800》(*The Family, Sex and Marriage in England, 1500—1800*,1977)记录了从 16—19 世纪英国在价值体系、社会风俗、情感结构、家族关系等方方面面发生的巨大变化。④ 牛津大学现代史学家基思·托马斯(Keith Thomas,1933—)在《人类与自然世界:1500—1800 年间英国观念的变化》(*Man and the Natural World: Changing Attitudes in England, 1500—1800*,1983)中查考了 16—19 世纪英国自然观念的变迁,记录了人与自然关系的微妙变化。不过基思认为,最为明显的转变发生在 18—19 世纪,他主要以城市化为考察指标:

---

① 艾伦·麦克法兰:《现代世界的诞生》,管可秾译,上海:上海人民出版社,2013 年,第 59 页。
② 艾伦·麦克法兰:《英国个人主义的起源》,管可秾译,北京:商务印书馆,2008 年,第 47 页。
③ J. C. D. 克拉克:《1660—1832 年的英国社会》,姜德福译,北京:商务印书馆,2014 年,第 2—6 页。
④ 劳伦斯·斯通:《英国的家庭、性与婚姻,1500—1800》,刁筱华译,北京:商务印书馆,2011 年。

1700年,四分之三强的英国人口还生活在乡村;据统计,只有13%的人住在城里,大约5 000多居民。但是1800年城市人口上升到25%,而到了1851年,城镇居民占了大多数。此外,19世纪的城乡差异远远超过了现代初期。在18世纪结束之前,英国已经成为欧洲除荷兰之外最城市化的国家。①

由以上历史研究成果可以看出,关于英国社会转型的分期问题尽管存在很多不同观点,但基本上都覆盖了17—19世纪,把这个阶段看作转型发生的巅峰时期。我们将采用这个普遍接受的分期方式,把英国社会转型时期基本确定在这300年间。从1688年的光荣革命到1832年的第一次议会改革,英国不仅经历了政治制度的变革,也见证了工业革命所带来的生产方式的改变以及随之而来的经济关系、社会结构和认知方式等各个领域的深刻变革,而这个时期的各种文学典籍不仅展现了波澜壮阔的转型图景,而且作为思想载体和大众媒介,它们在不同程度上为转型提供了合法化话语,推动了价值观念的变迁。这个时期最突出的精神特质,便是由社会转型引发的各种焦虑。

对于焦虑的心理学研究始于19世纪,丹麦哲学家、心理学家克尔凯郭尔(Søren Aabye Kierkegaard, 1813—1855)于1844年发表《焦虑的概念》(*Begrebet Angest*, 1844),此书可以被看作第一部讨论焦虑的哲学著作。他在书中举了这样一个例子:一个人站在悬崖边,当他向下看时,他经历的是一种坠落的恐惧,同时,他也会感到一种跳下悬崖的可怕冲动。这种体验便是"焦虑",因为此时他拥有完全的选择自由,既可以站着不动,也可以跳下去。而恰恰是这种可能性和选择的自由引发了焦虑,克尔凯郭尔称之为"自由的眩晕"(dizziness of freedom)。他认为,"焦虑总是在场。"②克尔凯郭尔关于焦虑的研究使其不仅成为存在主义哲学的先驱人物,而且也深刻影响了20世纪心理学界对焦虑问题的看法。

美国存在主义心理学家罗洛·梅(Rollo May, 1909—1994)的代表作《焦

---

① 基思·托马斯:《人类与自然世界:1500—1800年间英国观念的变化》,宋丽丽译,南京:译林出版社,2009年,第253页。
② Søren Kierkegaard, *Concept of Anxiety*, ed. & trans. Reidar Thomte, New Jersey: Princeton University Press, 2013, xvi.

虑的意义》(The Meaning of Anxiety，1950)是研究焦虑的经典文献。梅指出，焦虑是人类的基本处境，原始人最初的焦虑体验来自野生动物尖齿利爪的威胁和警示，现代人的焦虑形式则发生了改变，转向精神层面的危机体验。至于为何在此之前关于"焦虑"的研究如此不足，梅认为，其主要原因在于理性主义的影响："自从文艺复兴时代以后，我们对'非理性'现象的观察，便普遍采取一种保持距离的态度。我们只有当某些经验能够被'理性的'表达——也就是能提出知识上的'理由'时，才会认可这些经验，并把它们纳入合理的研究范围。"①在罗洛·梅之前，对于焦虑的研究多停留在哲学和生物学层面，他则将其推演至心理学和文化层面，而在他所处的20世纪中期，人们已经从"隐性的焦虑年代"转向奥登(Wystan Hugh Auden，1907—1973)和加缪(Albert Camus，1913—1960)所说的"显性的焦虑年代"。②他把文艺复兴时期称为焦虑初期，自由选择权利的获得是焦虑的开始；到了现代社会，焦虑的主要来源则是人与人之间的疏离、异化以及共同体的缺失。本章所涉及的转型焦虑研究思路部分基于相关心理学研究成果，关注焦点放在由社会转型引发的道德、阶层和认知焦虑及其文学表征，重点探讨财富观念改变带来的道德焦虑、新兴中产阶级的身份焦虑以及认识论转向带来的认知焦虑等问题。

第二节

财富观在道德焦虑中转变

在英国人的传统观念中，金钱被看作引发贪欲的万恶之源，是来自魔鬼的

---

① 罗洛·梅：《焦虑的意义》，朱侃如译，桂林：广西师范大学出版社，2010年，第21页。
② 奥登曾以《焦虑的年代》(The Age of Anxiety)为题出版诗集，罗洛·梅在《焦虑的意义》的再版注释中提到，此书初版时，他发现犹太裔美国音乐家于1949年首度公演的一部交响乐以《焦虑的年代》为标题。"伯恩斯坦相信，奥登的诗真正地把'时代的情状'展现了出来，同时也把像他这样的个体心声表露无遗，因此，伯恩斯坦就把奥登的诗转译成音乐的符号表现出来。"参见罗洛·梅：《焦虑的意义》，第6页，注释4。

试探,因此以道德教化为原则的文学作品常常描述由贪财而招致的败坏与堕落。然而,这一情形在 19 世纪发生了微妙的变化,而且对于英国人财富观念的转变,观察和记录最多的并非英国本土作家,而是来自邻国法国。托克维尔曾分别于 1833 年、1835 年和 1857 年赴英国游历,对维多利亚时代的英国做过非常详实的记录,后来结集成书为《英格兰及爱尔兰游记》(*Journeys to England and Ireland*,1835)。他对英国最深刻的印象,便是人们对财富的崇拜。他惊奇地发现,在英国,财富已经取代血统,成为身份的象征。财富不仅能带来声望、享乐和幸福,而且能够带来权力,这是在任何其他国家都未曾发生过的。他在 1835 年 5 月 11 日的笔记中以《财富的特权》("Privileges of Wealth")为题讨论了这个问题,文中连用了 6 个排比句来说明在英国"一个人得有钱才能如何如何"。① 同年 7 月 7 日他在笔记中这样写道:

> 在任何国家,贫穷都是坏运气;但是在英格兰,贫穷是极其可怕的厄运。在这里,财富等同于幸福以及一切与幸福相伴的东西;而贫穷,甚或小康,则意味着不幸以及一切与不幸有关的东西。因此,人类精神的全部源泉被投入对财富的攫取中。其他国家的人追求富贵是为了享受生活,而英格兰人追求富贵,不妨说,是为了活着。②

比起自己的祖国法兰西,托克维尔对客居的英格兰怀有更多的好感,但他依然对英国人对财富的热衷感到震惊,用他的话说,"英国人对财富的尊敬足以让人感到绝望。"③

不只托克维尔,另一位法国历史学家依波利特·泰纳(Hippolyte Taine,1828—1893)也有类似的看法。他在《英国笔记》(*Notes on England*,1872)中指出,贫困在英国成了一种让人丢脸的事情,人们担心由于财富不足,而被排挤出体面阶层,于是出于一种恐惧和焦虑,疯狂地攫取财富。财富不仅与金钱

---

① Alexis de Tocqueville, *Journeys to England and Ireland*, New Jersey: Transaction Publishers, 1979, 91. 另参见盛仁杰:《三次英国之旅对托克维尔的影响》,《英国研究》,2014 年第 6 期,第 118—126 页。
② Alexis de Tocqueville, *Journeys to England and Ireland*, 115.
③ Ibid., 17.

有关,而且关乎道德、教育以及绅士教养等社会身份。"(英国人)心胸变得狭隘,人们变得孜孜求利,拼命工作,产生了不知餍足的需求……人人都染上了平民、无产者或店主的习气,变得尖刻、顽固、焦虑和不快乐。赚钱是今人朝思暮想和全神贯注的念头,但在这个国家尤甚于在其他国家。"①从泰纳的描述中也可以看出,"平民、无产者或店主"被划归一类,是可鄙的下层人,有别于"绅士"代表的上层人。他们之间的差别不仅仅在于财富本身,而且暗示了与财富相对应的道德评价标准。

同样的现象也见诸苏格兰游记作家莱恩(Samuel Laing,1780—1868)的笔端。莱恩发现,对财富的追求让英国人陷入一种莫名的焦虑当中:"在英格兰的生活中,人们永不满足,永不快乐,除非是在一场攀爬更高地位而且被公众认可的奋斗中获得满足和快乐。商人、手艺人、劳动者,无论他们——以其社会地位衡量——眼下是多么春风得意,前途是多么光明,他们都不可能像在同样处境中的德国人那样,随和而知足,坐下来闲谈和小酌,每天白白浪费掉三四个钟头。"②

财富不仅改变着人们的物质生活,也改变着人们的精神世界,改变着人们对社会地位和权力的看法:

> 智慧,甚至美德,若无金钱相伴似乎就算不得什么。每一件值得一为的事情都是以某种方式与金钱捆绑在一起。金钱填充了你在人与人之间发现的一切间隙,任何东西都无法取而代之……金钱在所有的社会只是享乐手段,但是在一个将财富作为贵族阶层唯一的,甚至首要的立足之本的国家,金钱也能带来权力。有了这两个优点,金钱成功地将人的全部想象力都吸引到了它自己身上,最终变成了——我们简直可以说——人们趋之若鹜的唯一荣耀。③

也就是说,当经济地位变为主要考量标准,能够决定一个人的阶级地位、政治

---

① 依波利特·泰纳:《英国笔记》,转引自艾伦·麦克法兰,《现代世界的诞生》,第60页。
② 塞缪尔·莱恩:《1848—1849年间欧洲人的社会、政治状态观察报告》,转引自艾伦·麦克法兰,《现代世界的诞生》,第115页。
③ 同上,第61页。

权利和社会声誉时,它就不再停留在经济领域,而悄然转变为一个社会学概念。

19世纪后期美国经济学家托尔斯坦·凡勃伦(Thorstein Bunde Veblen,1857—1929)在《有闲阶级论》(*The Theory of the Leisure Class*,1899)中指出,从19世纪早期开始,金钱便成为商业社会衡量每个成员的核心标准。[①] "财富已成为获得尊重的社会基础。要想在社会中占据受人尊敬的地位,占有财富成为必需……那些没有相对较多财富的社会成员,很难受到他们周围人的欣赏,其结果就是他们也很难受到他们自己的欣赏。"[②]

从鄙薄到推崇,对财富的态度何以发生了如此大的转变?在这一转变中发挥关键作用的有三位重要人物:伯纳德·曼德维尔(Bernard Mandville,1670—1733)、大卫·休谟(David Hume,1711—1776)和亚当·斯密(Adam Smith,1723—1790)。他们对商业和财富的积极肯定为资本积累提供了合法化话语。

曼德维尔无论是作为哲学家还是政治经济学家,其名望都无法与后来的休谟或斯密相匹敌。尽管名望不如后两者,他作为一个有争议的人物却仍被载入社会学研究的史册。即便在他所处的时代,他也常常成为批判的对象。他的恶名主要来自其代表作《蜜蜂的寓言》(*The Fable of the Bees*,1714)。

17世纪之前,英国人普遍受到《圣经》的影响,相信"贪财乃万恶之源",财富或金钱常与罪恶和堕落紧密关联,对财富的渴望被看作危险的欲望。然而曼德维尔却冒天下之大不韪,提出了与此截然相反的观点,即,对财富的追求不仅无害,而且有益;正是个人欲望推动了社会的进步。正如他的代表作《蜜蜂的寓言》的副标题——"私人的恶德 公众的利益"(*Private Vices*,*Public Benefits*)所示,曼德维尔相信,私人的恶德并非可憎之物,恰恰是不断膨胀的私欲和自利本能促成了公众领域的福祉:

---

① 托尔斯坦·凡勃伦,政治经济学家,社会评论家,奠定了制度经济学派的基础。他在《有闲阶级论》一书中抨击了经济自由主义和大商业对社会的影响。他创造了"显性消费"一词,批评有闲阶级的炫耀性消费。参见托尔斯坦·凡勃伦:《有闲阶级论》,甘平译,武汉:武汉大学出版社,2014年。
② 阿兰·德波顿:《身份的焦虑》,陈广兴、南治国译,上海:上海译文出版社,2015年,第181页。

人的种种需要,人的恶德及缺点,加上空气及其他基本元素的严酷,它们当中却孕育着全部艺术和技能、工业及劳动的种子……我们从事的各种行业,皆是为了满足我们种类无限的需要,而这些需要会随着我们知识的增长和欲望的增加而倍增。饥、渴和赤裸乃迫使我们奋起的主要暴君。然后是我们的骄傲、懒惰、好色及变幻无常。它们是刺激一切艺术、科学、贸易、手工业和各行各业发展的主顾。而需求、贪婪、嫉妒、野心以及人的其他类似特质,则无一不是造就伟业的大师。①

这些话即便现在读来仍让人觉得危言耸听,而且有大逆不道之嫌,但细读之下却不无道理:文明的发展和进步的确未必源于美德,而是有可能来自于人们心灵无法餍足的欲望。这一观点后来受到斯密推崇,他在此基础上发展出了"看不见的手"(invisible hand)等自由经济学概念。不仅如此,他还认为慈善、仁爱等美德会导致某些穷人更加懒惰和不负责任。相反,富人对物质享受的追求不仅能够使生活更加舒适便利,而且在改变社会样貌的同时也在某种程度上为穷人提供更好的生活条件。政府要做的则是透彻地了解这些欲望,并懂得"如何将那些个人最大的弱点转变为服务于公众的长处"。②

曼德维尔思想的核心在于,他将自利行为视为社会文明、经济发展和文化观念进步的源泉,并借此赋予财富追求以正当性和合理性。曼德维尔一再否定并批评关于节制和克己等传统教义,试图用另一种更为世俗化的话语来取代已经不再合乎潮流的宗教话语。他鼓励人们不要满足于现状,要不断地扩展生意、增加收益,这无疑为上升期的资本积累活动提供了有力的意识形态支持。曼德维尔的观点在当时遭到了很多嘲讽和批评,但后来逐渐被大众接受,并且在不同程度上影响了18世纪以后的政治经济学家,其中最著名的便是休

---

① 伯纳德·曼德维尔:《蜜蜂的寓言》,肖聿译,北京:中国社会科学出版社,2002年,第233页。曼德维尔,英国古典经济学家、哲学家,1670年生于荷兰鹿特丹,1691年获莱顿大学医学博士学位,1696年旅居英国。虽然在曼德维尔之前,霍布斯和洛克都曾就自利和社会利益等问题做过论述,但并未明确地把社会利益或公共利益与社会经济进步和繁荣相关联,常常只是将之等同于社会安定有序。曼德维尔被看作首位系统阐述了自利与公众利益关系的经济学家,在《蜜蜂的寓言》发表后引起轩然大波,被判定为"扰乱社会秩序"的"一种公害",他本人也遭到人身攻击。不过在他去世以后得到相对客观的评价,人们承认他"非凡的智慧和强有力的判断力",是"诚挚的朋友","是一位绅士"。参见伯纳德·曼德维尔:《蜜蜂的寓言》,"中译本序言"第4页。

② 同上,第161页。

谟和斯密。

大卫·休谟作为哲学家的光芒太过耀眼,以至于读者常常忽略了他关于经济学的著述。他的经济学论述常常与政治和道德作品混杂在一起出版,他的《政治论丛》(Political Discourses,1752)虽名为政治,实际上其中收录的12篇文章几乎全为经济学内容,如《论商业》《论货币》《论利息》《论贸易平衡》等。另外,1741年和1742年出版的《道德、政治、文学论文集》(Essays, Moral, Political, and Literary,1741—1742)中也有相当大的篇幅涉及经济学,这些文章集中体现了他的经济学观点。

在《论技艺的精进》("Of Refinement in the Arts")中,休谟基本上重述了曼德维尔的观点。他认为,是富人对财富的追求和对奢侈品的消费,而非穷人的劳作,最终为社会创造了财富;奢侈消费会提升国民的幸福感,而且能刺激就业。反之,"如果人们无意追求奢华的生活,那么,人们会变得懒惰,失去对生活的乐趣,那么这些人将对社会毫无用处,因为社会不能指望这样的懒汉来供养维持自己的海军和陆军。"[①]

与曼德维尔的立场相似,休谟把人类经济活动归结为人类的自利本性。休谟指出,自私和贪欲是人的本性,欲望是促使人们劳动的唯一动机。一个人的劳动无法满足自己的多种欲望,就引发了交换活动。自然界的"稀少供应"无法满足人类欲望,就导致了私人占有制度的产生。只要对私利的追求不威胁到公共利益,就可以不必加以限制。他认为,人们对享乐的需求是刺激一切勤劳和发明创造的巨大动力——"需求促进人的才智发展"。[②]

与曼德维尔不同的是,休谟并未将美德从经济活动中排除。相反,他认为对财富的追求不仅能激发人们的聪明才智,而且能够让人民勤劳节俭、谨守秩序;人们富足安逸以后,其价值导向会出现变化,文化观念会发生变迁,最终就会变得温和宽厚,乐善好施。他虽然承认过分的享受会带来祸患,但还是相信适当享乐比游手好闲强得多,后者无论是对个人还是对社会都会带来更大的祸害,因为"如果游荡成风,那么一种庸俗、缺乏教养的生活方式便在人们中间

---

① 大卫·休谟:《休谟经济论文选》,陈玮译,北京:商务印书馆,1984年,第21页。译文有所改动。
② 同上,第16页。

流行起来,既没有交流(commerce),也没有乐趣"。① 在《论利息》("Of Interest")中,休谟指出,人类的本性是要追求快乐,赚钱既能让他们盈利,可以用来享乐,还能让他们有事可做而不至于堕落败坏。②

不仅如此,休谟还将商业的价值提升到促进文明发展的高度。在《论商业》("Of Commerce")一文中,休谟这样写道,

> 一般公认,国家的昌盛,黎民百姓的幸福,都同商业(commerce)有着密切难分的关系,尽管就某些方面而言,也可以认为彼此之间并无制约互赖的关系。而且,只要私人经商和私有财产得到社会权力机构的较大保障,社会本身就会随着私人的富足和广泛交流(extensive commerce)而相应强盛起来。③

上文中多次出现"commerce"一词,根据《牛津大辞典》(*Oxford English Dictionary*, 2009)的解释,commerce 在 18 世纪之前具有双重含义,既可以指互通有无的商业活动(mercantile dealings),也可以指国家之间或者人与人之间的沟通交流(communication)。休谟在行文中似乎涵括了这双重含义。实际上在他的其他论述中也常常把 commerce 和 community 以及 communication 交替使用,以突显商业活动中所包含的人际关系的双向流动及共同体建构特质。亚历山大·道(Alexander Dow)在《苏格兰经济思想史》(*A History of Scottish Economic Thought*, 2006)中指出,对于休谟而言,"commerce"不仅意味着商品交换,而且也指人际交流。道认为休谟的这一看法来自同时代的法国思想家孟德斯鸠(Charles-Louis Montesquieu, 1689—1755)的影响,孟德斯鸠有句名言:"商业的历史便是人民交流的历史"(The history of commerce is that of communication among people)。④ 在休谟看来,正是国家与国家之间、人与人之间在商品和文化方面的互相交流,带来了科学和技术水平的革新

---

① 大卫·休谟:《休谟经济论文选》,第 28 页。此处原文中的"commerce"语义双关,既指"交流",也暗示"商业",详细论述见下文。
② 同上,第 46 页。
③ 同上,第 5 页。
④ Alexander Dow and Sheila Dow, *A History of Scottish Economic Thought*, London: Routledge, 2006, 66.

与提升。

将曼德维尔和休谟的财富观推至巅峰的是经济学界的代表人物亚当·斯密,他在《国富论》(*The Wealth of Nations*,1776)中不仅对曼德维尔的观点表示赞同,而且进一步发展了后者的观点,并在此基础上建构了自由市场理论,提出了他的著名概念——"看不见的手"。

与曼德维尔相似,斯密也相信利己的天性是维系社会运转和繁荣的驱动力量。正如《国富论》中著名的片段所示:

> 人类常常需要同胞的帮助,但无法完全依赖他人的善行。当他能够激发他人的利己心来做对自己有利的事情,并且告诉他人按照他的要求行事对其自身也是有利时,他更容易获得帮助……我们得到的食物,并非来源于屠夫、酿酒师和面包师的恩惠,而是出于他们自利的动机。我们致力于唤起他们的自利心而非仁慈;我们从来不告诉他们我们的需要,而告诉他们可能得到的好处。①

亚当·斯密认为,无论富人们天性怎么自私自利,怎么贪得无厌;尽管他们的唯一目的是为自己捞取便利,剥削成千上万为他们劳作的工人们的劳动所得以满足他们所谓的虚荣,填充他们无底的私欲,然而实际结果却是,人们似乎"受到一只看不见的手的引导,去尽力达到一个并非他本意想要达到的目的。……而比起他意欲促进社会利益的情况,他在追求自己的利益时,反而能更为有效地达成前一目标"。②

与休谟相似,斯密也在商业与美德之间建立了巧妙关联,他相信商业活动能够培养人们的规则秩序意识、勤勉节约的习惯和小心谨慎的品质,此外"商业与生产逐渐带来秩序与良好的政府管理,随之而来的是个体的自由与安全。这些国民过去几乎一直生活在与邻国持续不断的战争当中,而且不得不成为

---

① 亚当·斯密:《国富论》(节选译本),章莉译,南京:译林出版社,2011年,第15页。由于该选文为节选译本,下文部分引文出处改用英文原著版本。

② Adam Smith, *An Inquiry into the Nature and Causes of the Wealth of Nations*, ed. W. B. Todd, Oxford: Oxford University Press, 1976, 456.

其他强国的附庸"。① 斯密指出,过去很少有人关注到商业与国民自由的关系,休谟是唯一一位观察到这种关联的思想家。②

我国历史学家钱乘旦认为,在亚当·斯密之前,已经有不少人为摆脱中世纪道德枷锁和确立新道德标准而做出努力,但均未能完全从理论或哲学的高度来证实新的经济制度的优越性,确立一种适合于工业精神的崭新的价值标准。然而,"亚当·斯密以他庞大的理论体系完成了这一艰巨任务":

> (他)为新生的工业资产阶级提出了道德标准。斯密认为一切个人行为的原始动机都是大同小异的,人人都是他自己利益的最好判断者,因而应该让他享有按自己方式行动的自由。假如他不受外界的强力干预,他不仅会达到他的最高目的,而且还有助于推进公共的利益。③

钱乘旦指出,对斯密而言,追求利润已变成积极的伦理行为,自私的动机可以带来社会福祉。那种认为做生意可能有罪,或有失绅士尊严的潜在的负罪感,正在逐渐消失。在这种对财富的强烈渴望的驱动下,人们急切地扩大生产,从而激发了工业革命。④

除了政治家、哲学家为财富积累积极代言之外,这个时期的文学家也热情讴歌盈利精神,其中的代表人物便是小说家笛福(Daniel Defoe, 1660—1731)。他的代表作《鲁滨逊漂流记》(*Robinson Crusoe*, 1719)中生动描绘了一位冒险家追逐财富的历程:年轻的鲁滨逊不顾父亲的劝阻,执意出海经商,在非洲做金砂、象牙生意,赚取了几十倍的利润,后来乘葡萄牙货船到巴西又买下种植园,成了庄园主。然而他并不满足,再次出海,到非洲贩卖奴隶,直到遭遇船难,在孤岛上独自谋生20多年。即便到了故事结尾,他还是选择了再次出海经商。可以说,谋求财富已经成为鲁滨逊唯一的生活乐趣。虽然小说中包含了"浪子回头"等宗教救赎主题,但是对当时读者产生了最大影响的,仍然是代

---

① Adam Smith, *An Inquiry into the Nature and Causes of the Wealth of Nations*, 412.
② Ibid.
③ 钱乘旦、陈晓律:《在传统与变革之间:英国文化模式溯源》,南京:江苏人民出版社,2010年,第80—81页。
④ 同上,第82—83页。

表了英帝国的勤勉克己的英国商人形象。鲁滨逊常常表现出一个英国店主的本能,他热衷于列举各种各样的详尽物品清单,有时甚至会花上数页篇幅,一一列举从船上搬运的各样物品的品种、数量,所有"账目"如同商店的盘存明细般一清二楚。小说中有一个有趣的情节——当鲁滨逊回到行将沉没的船上搜集可用之物时,他偶然看到许多金币,并做出了一系列有趣的反应:

我感到好笑。"噢,你们这些废物!"我大声说,"你们现在还有什么用处呢?对我来说,现在你们的价值还不如粪土。那些刀子,一把就值你们这一大堆,我现在用不着你们,你们就留在老地方沉到海底里去吧,根本不值得救你们的命!"可是,再一想,我还是把钱拿走了。我一边把钱用一块帆布包好,一边考虑再做一只木排……①

笛福把鲁滨逊这段心理变化描绘得非常生动真实。讲求实用的鲁滨逊心口不一,一方面大声宣告对金钱的蔑视,接下来一转念又把钱拿走了,不仅如此,还精心地"用一块帆布包好"。这里鲁滨逊的言行不一虽然显得幼稚可笑,却并不违背人物性格的统一性,反而合乎他作为商人的身份和本能。即便后来他又把这些金币称为"肮脏、可悲而又无用的东西",支配他的始终是以商品交换为主导的商人思维模式,他不断在脑子里盘算着用它们换"12打烟斗",还是换一个磨谷的手磨,或者"6个便士的萝卜",等等。② 鲁滨逊对财富表现出的矛盾态度恰恰是18世纪英国社会最突出的特征:一方面,基于传统观念对金钱流露出不屑态度,另一方面又热衷于赚钱,积极投身商业活动。

我国18世纪英国文学研究专家黄梅指出,在18世纪的英语词汇中,"冒险"(adventure)一词本身代表的并非浪漫冲动,而是对殖民活动中的超额利润的狂热追求,甚至它本身指的就是"货物";鲁滨逊也并非单纯谋温饱的劳动者,而是新型的"经济人",是"经济个人主义的化身":"他像资本家那样小心翼

---

① 丹尼尔·笛福:《鲁滨逊漂流记》,郭建中译,北京:中国对外翻译出版公司,2012年,第58—59页。
② 同上,第132—133页。

翼地累积并数计财富,而且还不断地修篱筑墙,以保护他的财产。"[1]

笛福其他的小说也多以商人为主人公,把商人描绘成一些"最聪明能干的人":辛格尔顿船长横贯非洲,纵横太平洋,既当探险家又当海盗,最后成为巨富,得以安享天年;杰克上校虽然被卖为奴隶,但奋力摆脱绝境后获得自由,终于当上殖民者,发家致富;就连莫尔·弗兰德斯也最终在弗吉尼亚殖民地找到了安身立命之地,获得财产。笛福之所以对商业活动大加颂扬,与他自己的从商经历不无关联。除了写小说之外,笛福还做过报商,他主办的报纸《评论报》(*The Review*)已经具备当代商业报纸的基本特征。他还做过砖瓦厂老板,经营过袜子批发和烟酒进口,从事过航海保险业等。在他心目中,商人是推动国家经济繁荣和文明进步的英雄。[2] 以笛福为代表的小说家一方面自己身为"经济人",另一方面通过文学作品宣扬勤勉聪明的新型商人形象,这些作品不仅为促进合理谋利提供了话语支持、构筑了新型价值观念,而且为中产阶级的兴起铺平了道路。

第三节
中产阶级的出现与身份焦虑

从社会结构来看,英国转型期最突出的变化便是中产阶级的诞生。学界一般把1688年的光荣革命作为时间节点,认为此前英国社会的双层结构——贵族和农奴阶层——在光荣革命之后分化为三层结构,即土地贵族、中产阶级和劳工阶层。不过实际上,在光荣革命之前中产阶级(也称"市民阶级""资产阶级")一直在壮大,甚至可以说已经诞生,否则绝不可能发生与封建王朝摊牌的资产阶级清教革命,而清教革命最终在"光荣革命"中完满结局。

---

[1] 黄梅:《推敲"自我":小说在18世纪的英国》,北京:三联书店,2003年,第45页。
[2] 钱乘旦、陈晓律:《在传统与变革之间:英国文化模式溯源》,第84页。

讨论"阶级"是一个非常棘手的问题。在史学家克拉克看来,"阶级"并非一个事实,而是描述事实的一种方式;它没有成为客观存在,却缓慢地、部分地被用作一个专有名词。① 耶鲁大学历史学家莱斯顿(Keith Wrightson)这样定义"阶级":

社会阶级意味着一个松散的个人之间的集合,通过相对而言的经济地位变化,由于地位、权力、生活方式和机会的相似之处和分享的文化特质、一系列互动关系而联系在一起。②

阶层可以是以经济状况或利益为基准的分配,也可以是以社会身份,即共同体验或意识为标准。③ 在前工业社会,阶层一般用 rank, order, station 等词,与头衔、血统、社会地位关联;到了 18 世纪以后,逐渐被 class 所取代,更多意义上与经济收入和政治权利等因素发生关联。④

与阶层含义变迁相伴而生的,便是中产阶级的兴起。"中产阶级"在不同语境中有时也称"中等阶层"(middling orders)或"中间阶层"(middling sort)。恩格斯(Friedrich Engels, 1820—1895)在《英国工人阶级状况》(*The Condition of the Working Class in England*, 1845)中把贵族和中产阶级统称为"资产阶级"(bourgeoise)。实际上,"中产阶级"一词在不同语境中的指涉可能千差万别,这个群体可能包括恩格斯所说的压榨剩余价值的冷酷资本家,也指依靠专业技术或商品交易为生的人士,如店主、制造商、独立工匠、公务员、专业人员和小商人等,区别于靠世袭产业为生的贵族和依靠体力劳动谋生的下层人。

虽然"中产阶级"这个说法更为普遍,但事实上,英国的社会分层很大程度

---

① J. C. D. 克拉克:《1660—1832 年的英国社会》,第 234 页。
② Keith Wrightson, "The Social Order of Early Modern England: Three Approaches," in *The World We Have Gained: Histories of Population and Social Structure*, eds. Lloyd Bonfield, Richard Michael Smith, and Keith Wrightson, Oxford: Basil Blackwell, 1986, 196.
③ Jürgen Kocka, "The Study of Social Mobility and the Formation of Working Class in the 19th Century," in *Le Mouvement social*, Georges Haupt parmi nous 111 (1980): 97—117.
④ Steven Wallech, "'Class versus Rank': The Transformation of Eighteenth-Century English Social Terms and Theories of Production," *Journal of The History of Ideas* 47, No. 3 (1986): 409—431.

上并不完全依赖经济指标,更多时候是以职业和其他潜在元素作为参考指标,因此常常以复数形式出现,被称为"middling sorts or middling orders"。正如巴尔赞(Jacques Martin Barzun,1907—2012)在《从黎明到衰落:西方文化生活 500 年,1500 年至今》(*From Dawn to Decadence: 500 Years of the Western Cultural Life, 1500 to the Present*,2001)中所指出的,"在资产阶级内部,正如在贵族内部一样,存在着由财富或职业、才能、举止或纯习惯所决定的等级。因此,煞有介事地提到资产阶级或中产阶级,甚至小资产阶级,好像它们各为整体,那完全是空谈。在每一种特定情况中都必须讲明指的是哪种资产阶级,具体说明其在财富、教育或职业方面的特征"。① 因此,史学家和社会学家在讨论英国中产阶级的时候,一般会考虑到英国阶层问题的复杂性,比如麦克法兰在《现代世界的诞生》中把"小生意人、小地主、小制造商"称为中产阶级,此外他又细分出两个"次阶层":其一为"约曼阶层",属于"中中产阶级"(middle middle class),而通常意义上的"技工和劳工"则被他称为"下中产阶级及劳工阶级"(lower middle class and working class)。②

麦克法兰把英国的社会结构形象地形容为"铃铛":一个小规模的贵族阶层,一个庞大的"中间阶层",最后是一个基本上同样庞大的劳工阶层,这个看法不无道理。随着工业化的推进,英国经济迅猛增长,创造了巨额的国民财富,而这些财富大部分落到了新兴的中等阶级手中。到 19 世纪初,中产阶级已超越贵族阶层,成为社会上最富有的群体。③ 据英国统计学家格里高利·金(Gregory King,1648—1712)测算,1688 年,英国贵族和乡绅收入总计 628.6 万镑,各类商人总收入为 240 万镑,比前者少 388.6 万镑。到了 1803 年,即工业化高潮时期,贵族和乡绅收入增长到 2 754.5 万镑,而商人和工厂主的收入则猛增到 3 600 万镑,反超前者 800 多万镑。④ "中产阶级是社会上人数最多、迄今为止最富有的阶级,贵族们即使把城堡、采邑、鸟兽饲养权和

---

① 雅克·巴尔赞:《从黎明到衰落:西方文化生活 500 年,1500 年至今》上册,林华译,北京:中信出版社,2013 年,第 263 页。本文为方便理解统一使用"中产阶级",但不局限于其经济或政治地位的暗示,也包括各种文化元素如职业、教育、社会地位、身份认同等。
② 艾伦·麦克法兰:《现代世界的诞生》,第 103—104 页。
③ 刘金源:《现代化与英国社会转型》,北京:三联书店,2013 年,第 60 页。
④ 钱乘旦:《工业革命与英国工人阶级》,南京:南京出版社,1992 年,第 5 页。

狩猎权加上所有广阔的田地统统以50年期限出卖,也比不上中产阶级庞大而坚固的财富。"①

与此同时,对中产阶级生活方式的推崇也通过各类文学作品悄然影响着人们对中产阶级的看法,逐步强化着人们对中产阶级的认同感。

《鲁滨逊漂流记》开篇,笛福就借鲁滨逊父亲之口赞颂了中产阶级。鲁滨逊的父亲为了劝阻儿子出海,极力向他铺陈中产阶级生活的优点,他这样劝勉鲁滨逊说:

> 就我(Robinson Crusoe)的社会地位而言,正好介于两者之间,即一般所说的中间阶层(middle station of life)。从他长期的经验判断,这是世界上最好的阶层,这种中间地位也最能使人幸福。他们既不必像下层大众从事艰苦的体力劳动而生活依旧无着;也不会像那些上层人物因骄奢淫逸、野心勃勃和相互倾轧而弄得心力交瘁。他说,我自己可以从下面的事实中认识到,中间阶层的生活确实幸福无比;这就是,人人羡慕这种地位,许多帝王都感叹其高贵的出身给他们带来的不幸后果,恨不得自己出生于贫贱与高贵之间的中间阶层。明智的人也证明,中间阶层的人能获得真正的幸福。《圣经》中的智者也曾祈祷:"使我既不贫穷,也不富裕。"②

这段话最后的《圣经》原文出自《箴言》,其中的格言警句对于英国读者来说耳熟能详:

> 我求你两件事,在我未死之先,不要不赐给我:求你使虚假和谎言远离我;使我也不贫穷也不富足,赐给我需用的饮食。恐怕我饱足不认你说,耶和华是谁呢?又恐怕我贫穷就偷窃,以致亵渎我神的名。(箴30:7—9)

休谟也曾援引此节经文,用以证明中产阶级生活的好处。他在《论中产阶级生活》("Of the Middle Station of Life", 1753)一文中比较了中产阶级与上层阶

---

① 钱乘旦:《第一个工业化社会》,成都:四川人民出版社,1987年,第245页。
② 丹尼尔·笛福:《鲁滨逊漂流记》,第3—4页。

级及下层阶级之间的差别,指出中产阶层生活是最适宜的生活方式。他指出,中产阶级的生活是蒙上帝悦纳的最佳生活方式——中产阶级既可以向上层展示下层顺服隐忍的美德,也可以像上层社会一样对下等人仁慈宽厚、慷慨施舍。

细心的读者会注意到,休谟与笛福的论证模式如出一辙——把美德、智慧、福乐集中赋予这个阶层。不同的是,鲁滨逊父亲把重点放在了"幸福安乐"上面,作为中产阶级可以避开上层和下层生活的"盛衰荣辱、瞬息万变":"中间阶层不会像阔佬那样因挥霍无度、腐化堕落而弄得身心俱病;也不会像穷人那样因终日操劳、缺吃少穿而搞得憔悴不堪。唯有中间地位的人可尽享人间的幸福和安乐。"[①]相比之下,休谟更强调这个群体拥有的实际才干和美德,"每一种能够打动人心的道德品格,在他(中等阶级人士)身上都有机会被唤起、被付诸行动。"[②]休谟认为"因为中产生活最能培养美德。……中产生活还为实践美德提供了最佳机会,为展现每一种我们可能具备的良好品格创造了条件"。[③] 此外,他还指出,中产生活要求人们具备比上层人士更卓越的能力和才干,"做一名好律师或医师,要比做一位伟大的君主具备更多的天资和更强大的才干。"[④]休谟一边挖苦英国历史上平庸无能的王族,另一方面对中产阶级的美德与能力赞美有加,尤其是他们能够即兼具贵族和平民的优点,而绝无他们的缺点,简直到了完美的地步。在一定程度上,休谟的观点对于强化中产阶级的身份认同起到了推波助澜的作用。

笛福和休谟分别通过流行小说和短论的形式把中产阶层的价值观悄然传播开来,并将他们推举为社会最具尊荣的阶层,这不仅在很大程度上改变了贵族阶层对中产阶级的偏见,为后来一系列的政治改革奠定了基础,而且强化了中产阶级的身份认同,为阶层流动创造了机会。下层人可以通过财富积累进入中产阶级,中产阶级可以借助财富进入贵族阶层,反之亦然。阶层之间的流动性和不稳定性,为社会发展注入了前所未有的活力和动力。托克维尔观察

---

① 丹尼尔·笛福:《鲁滨逊漂流记》,第4页。
② 大卫·休谟:《论道德与文学》,马万利、张正萍译,杭州:浙江大学出版社,2011年,第127页。
③ 同上。
④ 同上,第128页。

到:"英格兰的贵族和中产阶级一齐遵守同样的生意经,加入同样的职业,更加意义深远的是,他们之间相互通婚。当时,英格兰最大贵族的女儿已经能够毫不脸红地嫁给一个'新'男人。"① 托克维尔所说的"新"男人暗示的是"newly rich",即快速发财或者说暴富的群体。

但问题是,这个阶层并非如休谟和笛福描述的那样完美无缺,他们仍然存在不可掩饰的问题。马修·阿诺德在《文化与无政府状态》(*Culture and Anarchy*,1869)中将当时英国的中产阶级称为"非利士人"(philistines),批评他们情趣狭隘,只顾追求物质利益,平庸市侩。② 历史学家霍布斯鲍姆(Eric Hobsbawm,1917—2012)用"缺乏教育、讲求实用"来描述这个阶层:

> 不管是持18世纪不可知论的偏激知识分子,或是为中产阶级代言的自学成才的学者和作家,都不应当掩饰下列事实:即绝大多数的中产阶级只顾忙于赚钱,以致无暇关心一切与赚钱无涉的事。③

在很多上层人士眼中,中产阶级常常与"自私自利""高利贷"等字眼联系在一起。他们虽然拥有大量财富,却未获得与财富相当的社会地位和普遍肯定,为了获得与财富相应的社会认可,他们努力在言谈举止方面向"绅士"阶层看齐。然而有趣的是,这个过程中,"绅士"反而逐渐脱离了贵族,生发出独特的中产阶级特征,并且成为中产阶级社会地位变迁的推动者和记录者。

绅士最初的含义与世袭的贵族头衔有关,流传最广的定义来自16世纪的英国牧师威廉·哈里森(William Harrison,1534—1593)。哈里森分别查考了"绅士"的拉丁语词源(*nobiles et generosos*)和法语词源(*nobles or gentle hommes*),指出该词的拉丁语原文 *gens* 是族群和姓氏(特指高贵的族群和姓氏,大致相当于汉语中所谓的名门望族)的标识,因此尊贵的出身和崇高的社会地位是其主要特点。他这样描述"绅士":

---

① Alexis de Tocqueville, *Journeys to England and Ireland*, 114.
② 关于"非利士人"的论述可参看马修·阿诺德:《文化与无政府状态》(修订译本),韩敏中译,北京:三联书店,2008年,第15页、第68页译注。
③ 艾瑞克·霍布斯鲍姆:《革命的年代》,王章辉等译,北京:中信出版社,2014年,第214页。

举凡研究本王国法律的人,举凡在大学潜心钻研书本或讲授自然学科或人文学科的人,举凡在战时服务于指挥官职位或在国内出谋划策以造福于国家的人——同时,如果他们可以无需靠体力劳动为生,能够并愿意承担绅士之尊荣、费用和仪容,就应当以他的金钱为代价授予他家族贵族纹章,即可顺理成章地被尊称为"先生"(Master),这便是诗人给予老爷、君子们的名号,从此以后他们便享有绅士之名了。①

实际上,在17世纪之前,除了所谓的纹章之外,"无需靠体力劳动"才是所谓"绅士"最明显的标志,不仅如此,讨论金钱或者和金钱有关的商业活动都被看作下等的、丢脸的事情。② 然而英国内战以后,贵族失去了他们作为国民典范或守护者的身份,即便拥有高贵出身,也不再拥有天然的道德优越感,而与此同时,中产阶级的勤勉和坚忍逐渐为他们赢得了"绅士"的称誉。

长期旅居英国的瑞士作家梅吉(Guy Miège,1644—1718)对英国的"绅士"问题做过详细研究。在他最广为人知的著作《威廉国王和玛丽女王治下英格兰的新状态》(*The New States of England Under Their Majesties K. William and Q. Mary*,1691)中,他一方面坚定地维护贵族的上流地位,同时也不得不承认一种新现象的出现:"没有任何盾形纹章,但是接受过人文或文雅教育,看起来像绅士一样(不管他是不是),拥有自由体面生活必要资金的人,在英格兰通常被称为绅士。"③到了1745年,在《大不列颠及爱尔兰的当前状态》(*The Present State of Great Britain and Ireland*,1745)第11版中,梅吉进一步完善了"绅士"的定义:

简而言之,绅士的称号通常在英格兰被授予所有将自己与普通大众区别开来的人,这种区别通过得体的着装、优雅的风度、良好的教育、学识或者独立

---

① William Harrison, *The Description of England*, ed. Georges Edelen, New York: Dover Publications, 1968, 113—114.
② Nicholas Hudson, *Samuel Johnson and the Making of Modern England*, Cambridge: Cambridge University Press, 2003, 14.
③ Guy Miège, *The New State of England Under Their Majesties K. William and Q. Mary*, London: Mortlock and Robinson, 1691, 226.

的身份地位(genteel Dress and Carriage, good Education, Learning or an independent Station)获得。①

很明显,文化素养已经取代头衔或出身,成为绅士的标志。

绅士概念的扩展为很多中产阶级,特别是商人,提供了地位上升的机会,其中颇具代表性的人物就是商人兼小说家笛福。无论是在个人生活还是小说作品中,笛福都表现出对"绅士"身份的热切追求。笛福原姓"福",为了彰显自己的身份,他特意在自己的姓前加上了听起来颇具贵族范儿的"De"。他在小说中把商人的地位推崇到贵族之上,称他们为"最好的绅士",因为勤勉能干的商人比那些无所作为的贵族对社会有更大贡献:"一个地道的商人是全国最好的绅士,无论在知识上,在仪态上还是在判断力上,商人都比许多贵族强。他们一旦控制了世界,虽然没有地产,也比有地产的绅士富有。"②如果一个人缺少美德和教养,即便出身贵族,也不能称为贵族。不仅如此,笛福认为商人不但具有财富,而且聪明理性、勇气可嘉,甚至温和低调,"若能辅之以文雅教育,使之为国效力,必能在各方面显现出作为完美绅士之特质。"③

来自法国的托克维尔也敏锐地察觉到了英国人"绅士"概念的变化。他这样写道:

"绅士"(gentleman)一词在我们法语中纯粹指高人一等的血统,可是在你们英语中怎么就被用来表达某种社会地位,某种与血统无关的教育程度,以至同一个词汇在英法两国虽然读音依旧相似,意思却相差千里呢?……显而易见,英语的 *gentleman* 和法语的 *gentilhomme* 有着相同的词源,但是 *gentleman* 在英格兰用来指任何一个受过良好教育的人,而不问其出身如何,相反,*gentilhomme* 在法国仅仅用来指世袭的贵族。由于英法两国的社会环境迥然

---

① Guy Miège and Solomon Bolton, *The Present State of Great Britain and Ireland*, 11th ed., London: Brotherton, 1745, 157.
② Daniel Defoe, *Roxana or the Fortunate Mistress*, Oxford: Oxford University Press, 1998, 170.
③ Daniel Defoe, *The Compleat Gentleman*, qtd. in Nicholas Hudson, *Samuel Johnson and the Making of Modern England*, 15.

不同,这两个同源单词的意思发生了极大的变化,以致今天简直无法互译了,除非伴随一通洋洋洒洒的解释。①

除托克维尔以外,莱恩对此也颇有感触,他认为英格兰的"店主"已经足以跻身"绅士"阶层:"英格兰是一个店主之国,但是这些店主很有自尊心,与顾客打交道时很有荣誉感,所以这些店主是绅士,不亚于乡间那些自称受过高等教育、更富于骑士精神的绅士。"②莱恩显然在店主与绅士之间进行了道德层次的对比,而且试图将属于中世纪的骑士精神移植到过去曾处于下层的店主身上,绅士不再是地产、财富、出身的标志,而成为一种道德品质和行为典范,意味着温文尔雅、谦和有礼。在这个时期,"绅士"一词的阶层意涵慢慢淡化,转而表现文化观念上某个人的品质,具体说来就是言谈举止、品德行为、内在素养、气质风度等,融合了上层社会和下层社会的各种品质,这种阶层之间的流动也体现了英国从等级社会向平等社会的转型。

到了19世纪中期,"绅士"的现代含义通过英国教育家、红衣主教纽曼(John Henry Newman,1801—1890)得以确立。他在《大学的理念》(*The Idea of a University*,1854)中更为明确地把绅士与博雅教育(liberal education)和良好教养联系起来。纽曼在书中把"绅士"称为"一个绝不会给别人带来痛苦的人。……他最关心的是让每个人感到舒服、自在。他关注所有的伙伴;他亲切地对待局促不安的人,和蔼地对待关系较远的人,仁慈地对待可笑的人"。③ 他心目中的绅士温和、审慎、自律、明智,简单说,就是具有健全心智的"完人"。纽曼进一步使"绅士"一词脱离了血统和头衔的束缚,日益与美德和智慧联系起来,这在某种程度上也呼应了休谟对中产阶层的价值期待。

维多利亚时代的中产阶级通过种种努力终于获得了更高的社会地位,可以享受贵族般的体面生活与社会认可。然而,他们一方面为自己新获得的绅士地位暗自欢喜,另一方面对来自下层群体的威胁也不无担忧,除了对于下层劳工运动带来的社会动荡之外,使他们忧心忡忡的还有来自下层的"道德污

---

① Alexis de Tocqueville, *Journeys to England and Ireland*, 67.
② 艾伦·麦克法兰,《现代世界的诞生》,第70页。
③ 约翰·亨利·纽曼:《大学的理念》,高师宁译,贵阳:贵州教育出版社,2003年,第182页。

染"。维多利亚小说家狄更斯(Charles Dickens,1812—1870)的许多城市小说都生动描绘或再现了中产阶级这种焦虑情绪。

狄更斯常常因他小说中生动鲜活的下层人物形象而被误认为是无产阶级的代言人,实际上即便在他自己的时代,他也从来没有被当作下层阶级的作家。他同时代的作家兼评论家玛格丽特·奥利芬特(Margaret Oliphant,1828—1897)曾犀利地指出:"虽然狄更斯有时俯首去表现下层阶级,有时高攀他不大熟悉的时尚阶层,但狄更斯先生的作品充斥着中产阶级的气息。"①英国现代作家奥威尔(George Orwell,1903—1950)在评论狄更斯时提到一个片段:列宁晚年去看狄更斯作品的演出时,发现其中的"中产阶级温情"让他难以忍受,戏演到一半他就中途退场了。②奥威尔认为,狄更斯早年贫寒的经历使他对粗鄙野蛮的无产者心怀恐惧。"他凡是写到穷人中最穷的人即贫民窟里的住户时,都毫无疑问地表现出这种恐惧来。他关于伦敦贫民窟的描写总是充满了这种毫不掩饰的憎恶"③:

道路狭窄肮脏;店铺住屋破败;人们面貌丑陋,衣不蔽体,潦倒邋遢,酒气熏天。穷街陋巷像许多臭水潭一样发出恶臭,排出垃圾和生命;整个地方都是犯罪、污物、苦难充斥……④

狄更斯回忆起20年前在黑鞋油厂做工的经历时认为,他最痛苦的并非打工之苦,而是不得不与下层人为伍的痛苦:"没有言辞能够表达我在沉沦到与这些人为伍时内心感到的隐秘痛苦。"⑤狄更斯虽然真心为穷人权益摇旗呐喊,但这绝不意味着他本人认同这个阶层。更多时候,他是担心如果不关心这个阶层的疾苦,中产阶级和上层社会也迟早会被连累而遭殃。

狄更斯的很多小说都渗透着他作为中产阶级的焦虑情绪,比如《荒凉山庄》

---

① 转引自李维屏、张定铨:《英国文学思想史》,上海:上海外语教育出版社,2012年,第383页。
② 乔治·奥威尔:"查尔斯·狄更斯",《奥威尔文集》,董乐山译,北京:中央编译出版社,2010年,第422页。
③ 乔治·奥威尔:《英国式谋杀的衰落》,董乐山译,上海:上海译文出版社,2012年,第70页。
④ 转引自乔治·奥威尔:《英国式谋杀的衰落》,第70页。
⑤ 同上,第73页。

(*Bleak House*，1852—1853)的开篇。狄更斯描述了一个让人过目难忘的浓雾场景,这场大雾毫无偏见地弥漫至伦敦的每个角落,渗透到每个普通人的生活中,从养老院到商船、再到大法官法庭,没有一个地方能避开这大雾的侵入。污浊的雾气不仅暗示了当时环境污染的严重程度,也预示了后来从底层传播到上流社会的可怕瘟疫。从更深的层面来看,迷雾也象征着复杂的人物关系和命运纠葛,象征着吞噬生命的诸多案件:加迪斯案的财产继承、女仆谋杀律师案、废品店老板的自燃案等——社会罪恶如大雾般弥漫到每个阶层。当镜头最终定格在大法官法庭时,狄更斯毫不隐晦地点明了这一主题:"再浓密的雾、再泥泞的道路也比不上那些银发罪人中最罪大恶极的大法官那天法庭上在天地注视下摸索和深陷的境况。"[1]因为官司、疾病和罪恶,小说中不同阶层人物的命运被纠缠在一起。下层流浪儿童乔、废品店老板克鲁克、中产阶级分子加迪斯及其所监护的埃斯特、艾达、查理,上流社会的德洛克和德洛克夫人这些看似毫无关系的人们,以一种不可思议地方式如蛛丝般缠绕在一起,形成了千丝万缕的关联。在狄更斯看来,社会是一个有机体,没有哪个阶层能独善其身,某个人或某个阶层的罪恶必将蔓延至其他人或其他阶层,最终将导致社会的整体性毁灭。

狄更斯曾在《董贝父子》(*Dombey and Son*,1848)中描述过伦敦贫民区的场景,他把住在这里的人们看作疾病和犯罪的渊薮。正如疾病会传染一样,罪恶也会四处传播,从身体到灵魂、从下层到中上层:

研究自然科学的人用自然科学来研究人的健康,告诉我们如果污浊空气里升起的有害粒子可以被肉眼看到,我们就会看见它们像浓重的乌云在这种人类常来的地方降下,而且慢慢地弥漫开来,污染一座城市的一些**较好部分**。但是,如果精神上的毒物同它们一起升起,并且按照受到伤害的大自然的永恒法则,同它们不可分割,可以被看到的话,那么,这种展现会是多么可怕!那时我们就会看到堕落、渎神、酗酒、盗窃、谋杀和一长串反对人类天然好恶的无名罪恶悬在这些注定要遭殃的地方上空,蔓延开来,毒害无辜,并在**纯洁**的人们中传播毒素。[2]

---

[1] 查尔斯·狄更斯:《荒凉山庄》,张生庭、张宝林译,武汉:长江文艺出版社,2010年,第2页。
[2] 查尔斯·狄更斯:《董贝父子》,上海:上海译文出版社,祝庆英译,1994年,第798页。

这段话可以看作《荒凉山庄》最好的注脚,从"污浊的空气"到"精神上的毒物",无论是自然还是人类社会,污染会蔓延,疾病会传染,堕落也像疾病一样会从下层开始,互相感染、传播到上层人物中间。狄更斯小说中出现的堕落、渎神、酗酒、盗窃、谋杀等社会问题常常发生在社会最底层。他本人作为中产阶级的一员与同阶级的其他人一样,把自己看作城市"较好的部分"和"纯洁"的人们,担心社会底层的贫穷和犯罪等问题会蔓延至社会中上层,招致整个社会的精神品质和文化观念的败坏。

除了狄更斯之外,同时代还有其他一些不太知名的作家论及中产阶级的身份焦虑问题。比如英国作家奥古斯都·梅修(Augustus Mayhew,1826—1875)的小说《黄金铺路或名伦敦街道的传奇与现实:一部非流行小说》(*Paved with Gold, or the Romance and Reality of the London Streets: An Unfashionable Novel*,1858)以"伦敦街道的传奇与现实——非时尚小说"为副标题,描述了中产阶级对下层的焦虑和恐惧,描述了穷人的失信,还刻意渲染这样一种观点,即若把下层阶级误认为中产阶级,那就可能带来财产损失。这其实表露了中产阶级的矛盾心理:一方面想要帮助穷苦贫民,另一方面又因为担心被他们的恶习污染而急于逃开。[①]

近年来,不少评论家关注中产阶级的身份焦虑问题。评论家拉若·维兰(Lara Baker Whelan)在《维多利亚时代的阶层、文化和郊区焦虑》(*Class, Culture and Suburban Anxieties in the Victorian Era*,2010)中以19世纪的郊区住宅为切入点,论述了中产阶级的空间意识和身份焦虑问题。维兰指出,郊区住宅主要兴起于维多利亚时代,这种住宅各自独立,有篱笆与外界隔开,居住者多为中产阶级。作者指出,那些供单独一个家庭居住的独立或半独立住宅在19世纪之前并不存在,它们本质上都属于郊区房屋。通过这种房屋设计,房主可以通过自己花园的篱笆营造一个独立隐蔽的堡垒,与外部世界隔绝开来,但同时又能向邻居展示其外部样貌,由此创造出一种体面感。[②] 他们希

[①] Augustus Mayhew, *Paved with Gold, or the Romance and Reality of the London Streets: An Unfashionable Novel*, London: Chapman and Hall, 1858.

[②] Lara Baker Whelan, *Class, Culture and Suburban Anxieties in the Victorian Era*, New York: Routledge, 2010, 17.

望打造一幅理想的中产阶级生活图景：隐蔽、安静、体面、纯粹的同质社会（social homogeneity）。① 这样的住宅体现了中产阶级试图与城市下层隔离、追求田园生活的一种理想，其设计理念主要基于这样一种原则——那是穷人永远不会居住的地方。② 中产阶级拥有足够的财产，他们想过体面的、优越的生活，却缺乏生活的安全感，单户居住使他们与那些下层聚居的人们区分开来。在《伦敦生活光影》("Lights and Shadows of London Life"，1867)中，勒·法诺(J. S. Le Fanu，1814—1873)记录了中产阶级逃离城市的情景：

> 有钱的、有地位的、受过教育的、宗教界的人们都通过铁路、蒸汽船逃出了伦敦或者说伦敦的贫困区，他们逃到了美丽的郊区，住在青山绿水间，没有放荡、酗酒或罪恶，却有树荫遮阳，有香草红花可闻。他们把那些穷人、劳工阶层留下来，任其在污秽、痛苦、罪恶中自生自灭。③

法诺认为中产阶级一方面想帮助穷人，另一方面又担心被污染，他们急切地要确立自己的身份认同，同时又担心这种身份遭到下层的破坏。这种矛盾心理其实是一种文化心态，它在前文提到的狄更斯作品里表现得最为生动。

维兰犀利地指出，郊区住宅只是中产阶级的一个乌托邦幻象，他们无法与下等阶层完全隔离。他们的隐私随时会因仆人的出入而被侵犯，他们的日常生活需要和各类劳工打交道：马夫、屠户、垃圾清运工、房屋修理工，等等。这些人会通过各种方式侵蚀中产阶级所谓"纯洁的"生活，当时一些流行的惊悚小说和犯罪小说便选取此类题材，以博取读者眼球。由于郊区生活的种种问题，维多利亚时代中期以后，中产阶级陆续搬离了郊区，返回到他们曾经抱怨过的伦敦市区——因为随着城市环境的改善和法案的设立和实施，城市重新成为中产阶级维持体面身份的最佳场所。英国工业革命和城市化所带来的，不仅有财富和道德观念和身份地位的变革和转变，也在精神领域引发了认知模式和文化观念的转型。

---

① Lara Baker Whelan, *Class, Culture and Suburban Anxieties in the Victorian Era*, 39.
② Ibid., 15.
③ J. S. Le Fanu, "Lights and Shadows of London Life," *Meliora* 1, No. 3 (1867): 270.

第四节
认识论转向与诗性真理

1960年,美国哲学家兼心理学家柏格曼(Gustav Bergmann,1906—1987)提出了"认识论转向"(epistemological turn)的概念。他认为,从笛卡尔开始,哲学的问题从本体论转向了认识论,而促成这一转向的代表人物不仅有"近代哲学之父"、法国哲学家笛卡尔,也包括英格兰哲学家洛克(John Locke,1632—1704)和苏格兰哲学家休谟。[①]

17世纪法国哲学家笛卡尔(René Descartes,1596—1650)针对知识的确定性提出了怀疑,这种怀疑源于对感官可靠性的怀疑。既然感官是不可靠的,那么由感官获得的知识必然是可疑的。他这样写道:"我在好多年前就已经觉察到,我从早年以来,曾经把大量错误的意见当作真理加以接受,而我以后建立在一些这样不可靠的原则上的东西,也只能是极其可疑的、极不确实的。"[②]他发现,很多所谓的"真理"不过是主观"看法"而已。评论家布劳特恩认为,正如整个西方哲学的历史可以看作为柏拉图做注脚一样,整个现代西方哲学似乎只是为笛卡尔的思想做了注脚。在他之前,哲学关注的是我们获得**什么**(what)知识,而从他开始,人们更加关注的是我们**如何**(how)获得知识。从此开始,认识的主观性成为哲学家不得不面对的棘手问题,对知识确定性的焦虑成为现代社会转型的一个重要表征。[③]

与笛卡尔所代表的欧陆理性主义认识传统相对,英国逐渐形成了以洛克和休谟为代表的经验主义哲学。洛克虽然也跟笛卡尔一样,把知识的确定性

---

① Thomas M. Lennon, *The Plain Truth: Descartes, Huet, and Skepticism*, Leiden: Brill, 2008, 55—56.
② 田志亮、师英杰、黄竹:《哲学导论》,北京:中国财富出版社,2013年,第121页。
③ Janet Broughton, John Carriero, *A Companion to Descartes*, Oxford: Wiley-Blackwell, 2008, 469.

作为探究的起点,但他并不认同笛卡尔关于天赋观念的看法。笛卡尔认为,要获得确定性知识不能依赖感觉,只能诉诸天赋观念;数学是确定性知识的典范,因为不管是算术还是几何,它们的知识都是建立在普遍公理的基础上,然后通过严格的演绎证明出来;除了那些自明的直观知识和演绎知识之外,人类没有其他可以通向确定性知识的途径;因此,这些天赋观念是确定性知识的来源。但在洛克看来,如果心灵中有某些天赋的原则,那么心灵一定能够意识到它们,因为没有任何事物在心灵中存在而不被意识到的。据此,洛克对天赋真理论做了进一步的反驳。他在《人类理解论》(*An Essay Concerning Human Understanding*,1689)中把心灵形容为一块"白板"(tabula rasa):人的心灵开始时就像一块白板,向它提供精神内容的是经验,亦即观念。我们具有的知识不能越出我们具有观念的范围。他把经验分为两类:外部经验和内部经验,或者说感觉与反省。外部经验是指由客观事物作用于感官而引起的感觉,内部经验则是指对心理活动的反省,即心灵在考察自己所获之感觉经验以后的心理活动所产生的观念。他称前者为简单观念,后者为复杂观念。正是后者为认识的主观性保留了空间。他在《人类理解论》中写道:

简单的观念统统都是从事物本身来的,而人心所有的简单观念,亦不能多于自己所接受的观念,亦不能异于自己所接受的观念。……不过它一得到这些简单的观念以后,它便不限于单纯的观察,同由外界传来的东西;它会借自己的能力,把它所有的那些观念结合起来,做成新的复杂观念。①

这当然是经验主义的思维。承袭了洛克的经验主义,休谟同样认为知识受到现象界的限制,从而对实体、上帝等观念提出质疑。在他看来,既然我们所认识的不过是我们的知觉经验,我们便无法断定除此之外的事物的存在,便无法获得关于本体、灵魂、上帝等现象之外的知识;人的精神仅靠感觉根本不可能接触实在,人们所拥有的科学不过是建立在"意见"基础上的;我们的经验只能是一系列毫无关联的感觉印象;因果律不可能完全从经验中得出;它不过是我

---

① 约翰·洛克:《人类理解论》,关文运译,北京:商务印书馆,1983年,第131页。

们的人为设定。① 那么如何才能获得相对确定性的知识呢?

休谟从认识的主观性出发,转向对人类本性的研究,并将人性看作所有科学认识的基础。他发现,人类虽千差万别,却存在一个共同特征,即共情能力(fellow feeling)。他在《人性论》(*A Treatise of Human Nature*,1739—1740)中写道,"一切人的心灵在其感觉和作用方面都是类似的。凡能激动一个人的任何感情,也总是别人在某种程度内所能感到的。"②

休谟曾经用"弦乐器"来形容人类的共同本性:

> 如果我们考究人类心灵,我们将发现,就情感而论,心灵并非如管乐器似的,在依次吹出各个音调时,吹气一停,响声就停顿了;心灵倒像一架弦乐器,在每次弹过之后,弦的震动仍然保留某种声音,那个声音是不知不觉地逐渐消逝下去的。③

在休谟看来,共情是人性的第一原则:"人类灵魂的交感是那样密切和亲切,以至于任何人只要一接近我,他就把他的全部意见扩散到我心中,并且在或大或小的程度内影响我的判断。"④正是这种情感的共性使个体微妙的情绪体验能

---

① 罗兰·斯特龙伯格:《西方现代思想史》,刘北成、赵国新译,北京:金城出版社,2012 年,第 220 页。康德试图解决休谟提出的这些问题。康德认为,我们的精神调节且决定着我们的知识,正是借助一些先天的感知形式和范畴,我们杂乱的感觉材料被赋予了意义。如果没有内在精神结构,感官印象就没有任何意义。这种思维像从面团中切出饼的形状的刀一样,创造了数学结构。因而我们所见的可研讨的世界不外是思维戴上有色眼镜所见的现象。同时,康德意识到,科学知识并非唯一的知识,它是一种关于表象的知识,而非关于本质的知识。在《纯粹理性批判》中,康德写道:"我的这本书只不过会在这个人类认识领域中引起一种全面的思想变革。"这并非妄谈。他的"哥白尼革命"主要体现为,把舞台从精神之外转移到精神之内。人的精神是具有创造性的,而不是消极被动的;能动的主体给自然界赋予了规则。以康德为代表的德国哲学不仅催生了德国浪漫主义运动,也通过施莱格尔、谢林、席勒、歌德等人传入英国,对 18—19 世纪英国文学的创作思想产生了深刻影响。参见兰西·佩尔斯、查理士·撒士顿:《科学的灵魂》,潘柏滔译,南昌:江西人民出版社,2006 年,第 156 页。

② 大卫·休谟:《人性论》,关文运译,北京:商务印书馆,1996 年,第 617—618 页。休谟常常把 benevolence 和 sympathy 交替使用。对于人类共性的看法在埃德蒙·伯克的著述中得到呼应,他在论述中也常常用"我们共同的本性"、"人类共有情感"等说法:"表面看来,我们可能彼此之间在理智和感觉方面差异很大;但尽管有这种差异存在——在我看来,这仅是一种表面现象而非真实——还是可能有某种人类理性与趣味的共通标准";"正是因为同情的存在,我们才关心其他人所关心的事物,才感动于别人所感动的事物,并且不至于对人们所做或所经受的一切事情无动于衷,做一个冷漠的旁观者。"参见埃德蒙·伯克:《关于我们崇高与美观念之根源的哲学探讨》,郭飞译,郑州:大象出版社,2010 年,第 15 页,第 39—40 页。

③ 大卫·休谟:《人性论》,第 479 页。

④ 同上,第 635 页。

够被理解和感受,并激发出共情心理,使认识成为可能。休谟的"共情说"与乐器比喻在浪漫主义文学中得到了呼应,成为文学真理性诉求的基础。

如果说 18 世纪的思想家主要从哲学角度探索认识本质问题的话,浪漫主义诗人则通过诗歌展现他们对知识和真理的反思。柯尔律治(Samuel Taylor Coleridge,1772—1834)曾于 1795 年创作一首题为《风奏琴》("Aeolian Harp",1795)的诗歌,后来成为浪漫主义的一个典型意象。柯尔律治在诗中不仅描述了在风掠过时琴弦拨弄出的曼妙乐音,而且由此感受到声音与光亮的交叠,乐音与思想的合拍,外物与灵魂的合一状态。诗人把心灵比作乐器,正如风吹过时琴会发出乐音一样,心灵也会随外界变化而产生波动。① 风奏琴成为一种能够同时激发情感与思想的奇妙乐器。柯尔律治之所以赋予风奏琴与音乐如此重要的地位,是因为现代生活导致的想象力匮乏问题,用他的话说,"我们有眼睛,却看不到;有耳朵,却听不到;有心灵,却不去感受和理解。"②工业化进程导致物质主义加剧,人们对事物的认识只停留在表层,缺乏深刻的洞察力和真正的认识。柯尔律治的"风奏琴"与休谟的"弦乐器"一样,都用音乐的意象来描述人类心灵,侧重听觉而非视觉在认识活动中的作用。换句话说,他们都意识到,本真的世界是无法用肉眼看见的,认识世界需要更为敏锐的知觉。

华兹华斯(William Wordsworth,1770—1850)在诗中将肉眼称为"最霸道的感官"③或"漫不经心的目光",④因为目光所看到的只有肤浅表象,由此获得的肤浅知识然后误导人们。在《序曲》(*The Prelude*,1805)中他回忆起过去:

---

① 风奏琴是流行于 18 世纪后期的一种借助风力而鸣奏的弦乐器;刘若端译文用"埃奥利亚的竖琴",杨德豫译文用"风瑟",我们此处为方便理解统一用"风奏琴"。刘注释:"埃奥利亚是古希腊人在小亚细亚的殖民地,其名得自希腊神话中的风神埃奥罗斯(Aeolos),据说这位风神能用他的竖琴模拟世界上一切声音。"参见刘若端译:《十九世纪英国诗人论诗》,北京:人民文学出版社,1984 年,第 119 页注释。另可参见《诺顿英国文学选集》第二卷浪漫主义部分介绍,柯尔律治的诗《风奏琴》。详见 *The Norton Anthology of English Literature*, 6th ed., 2 vols., ed. M. H. Abrams, New York: Norton, 1993, Vol. 2, 326—328。
② 柯尔立治:《文学生涯》,选自《十九世纪英国诗人论诗》,刘若端译,刘若端编,北京:人民文学出版社,1984 年,第 63 页。本节中采用现今更为通用的译名"柯尔律治"。
③ 威廉·华兹华斯:《序曲或一位诗人心灵的成长》,丁宏为译,北京:中国对外翻译出版公司,1999 年,第 315 页。
④ 同上,第 333 页。

> 在那游荡的日子里,我深深地
> 感觉到我们如何相互误导,
> 尤其是书籍如何将我们蒙骗,
> 只从少数富人的见解中求得
> 赏识,而照亮他们视野的只是
> 人造的光线;它们为取悦这些
> 少数人而贬低大众,以娇弱的气度
> 将**真理**等同于某些笼统而凡庸的
> **概念**,只为让人快速理解,
> 或因为著书者的脑袋里本来就无
> 更高的知识。于是以其文字助长
> 自负,一味张狂地列出**外在的**
> **区别**,无非那些**表面的标志**,
> 让社会将人们相互分开,但却对
> 全人类共有的心灵视而不见。①

那些只看到"人造的光线"、将"真理等同于笼统凡庸概念"的人可能是指以葛德汶(William Godwin, 1756—1836)为代表的理性至上主义者和功利主义者。葛德汶忽视心灵作用,强调冷静而具体的分析和学识的作用。华兹华斯早年曾一度追随葛德汶,但后来与之决裂,得以在自然中复苏心灵的力量,借助创造性的想象探求恒久的真理。华兹华斯意识到,分析理性只能"列出外在的区别"和"表面的标志",无法触及真正的知识,也正因为如此,才有了"我们解剖一切,却谋杀了生命"(We murder to dissect)的诗句。②

上面引文最后诗人提到的"全人类共有的心灵",某种意义上呼应了休谟的人性观。华兹华斯常常选择一些无名无姓的平凡人作为自己诗歌的主人

---

① 威廉·华兹华斯:《序曲或一位诗人心灵的成长》,第335页。另参见《序曲或一位诗人心灵的成长》的第5卷,第115—117页,第397、453行。
② William Wordsworth, "The Tables Turned," in *William Wordsworth: Selected Poems*, ed. Stephen Gill, London: Penguin, 2004, 60. 此句译文参考殷企平:《"文化辩护书":19世纪英国文化批评》,上海:上海外语教育出版社,2013年,第2页。

公,比如"坎伯兰的老乞丐""没孩子的父亲""孤独的割麦女""被遗弃者""水手的母亲"等,通过描写这些没有任何声望地位的普通人的故事,华兹华斯聆听到了人性沉静的悲曲,正如《坎伯兰的老乞丐》中的名句所示——"我们都共有一颗人的心灵"(We have all of us one human heart)。这便是上文中提到的休谟和伯克的观点——对人类共性的认识。这种共性无法通过肉眼或理性分析获得,人需要的是"心眼"或内心之眼。在《我如孤云游荡》("I Wandered Lonely as a Cloud",1807)中,华兹华斯提到了"内心之眼"的说法:

> 常常当我躺卧榻上
> 心绪茫然或冥思苦想
> 它们(水仙)便在我**心眼**(inward eye)前闪现
> 此时孤独也变成喜乐
> 与水仙起舞徜徉①

此刻水仙并非以具象在外部世界显现,而是在"沉静中回忆"(recollected in tranquility)起的形象,虽然肉眼并未真正看到,却借助想象力再次呈现在脑海中,成为生命的滋养。"内心之眼"(inward eye)或"心灵的眼睛"(mind's eye)作为想象力和敏锐感受力的象征,在《序曲》中更加频繁地出现。借助这"内心之眼",诗人得以"觉察到事物的多重特性与变化,而迟钝的人们(common eye)看不见任何差异"。② 在华兹华斯看来,万物之间存在着"亲缘关系"(affinities)或者"手足关联"(brotherhood),愚钝的心灵看不到这种微妙关联,只有"创造性的敏感"(creative sensibility)能够"迫使一切事物做出情感的共鸣",使他洞见万物一体的本相③:

> 常常在这样的时刻,一种神圣的

---

① William Wordsworth, *William Wordsworth: Selected Poems*, ed. Stephen Gill, London: Penguin, 2004, 164.
② 威廉·华兹华斯:《序曲或一位诗人心灵的成长》,第42页。
③ 同上,第45页。

> 平静感向内心涌来,于是我全然
> 忘记肉眼的视觉功能(bodily eyes);我所
> 看到的是内在的事物,是梦境,
> 是心灵的景色缓缓展开。①

这种"神圣的平静感"(holy calm)对理解华兹华斯乃至浪漫主义都非常关键。读者提及浪漫主义时常常会引用《抒情歌谣集》序言中的"强烈情感的自发涌出",却常常忽略了后半句:"这是沉静中回忆起的情感。"②这种"平静"或者"沉静"的回忆暗示了与情感冲动相对的理性,经历了沉淀和反思后的二次感性体验,此刻心灵与头脑共同作用,打破了情感与理性的对立,由此为诗人带来对世界更为深刻的认识。

批评家贝特(Walter Jackson Bate,1918—1999)指出,浪漫主义诗人相信真理隐藏在表象之下,物质世界之外,通过敏锐的感受力和丰沛的想象力,他们便能够抓住事物的本质特征,触及事物的真相。③ 外部的感官或习惯性认知方式让人们看到的是"死的宇宙",而心灵的眼睛却让人们感知到"充满辉光与活力的世界——而只有这世界才真实、确在、神圣"。④ 只有借助内在的眼睛,我们才能够"看到事物内在的生命"(see into the life of things)。⑤

年轻一代的浪漫主义诗人比华兹华斯和柯尔律治走得更远。对于雪莱(Percy Bysshe Shelley,1792—1822)而言,诗性想象不仅带来认识,也成为道德情感的基础,因此评论家艾布拉姆斯(Meyer Howard Abrams,1912—2015)将雪莱的想象力称为"共情想象力"或者说"交感"(sympathetic imagination)。⑥

雪莱在《为诗辩护》("A Defence of Poetry",1821)中指出,诗歌能够"替

---

① 威廉·华兹华斯:《序曲或一位诗人心灵的成长》,第44页。
② William Wordsworth & Samuel Taylor Coleridge, *Lyrical Ballads*, eds. R. L. Brett & A. R. Jones, New York: Routledge, 1991, 251.
③ Walter Jackson Bate, *From Classic to Romantic: Premises of Taste in Eighteenth-Century England*, New York: Harper, 1961, 132.
④ 威廉·华兹华斯:《序曲或一位诗人心灵的成长》,第351页。
⑤ William Wordsworth, "Lines Composed a Few Miles above Tintern Abbey," in *William Wordsworth: Selected Poems*, 61—65.
⑥ M. H. 艾布拉姆斯:《镜与灯:浪漫主义文论及批评传统》,郦稚牛等译,北京:北京大学出版社,2004年,第156页,第411页。关于诗歌真理的讨论可参见此书第390—405页。

我们**心灵的眼睛**扫除那层凡胎俗眼的薄膜，使我们窥见我们人生中的神奇。它强迫我们去感觉我们所知觉的东西，去思想我们所认识的东西"。① 也就是说，借助诗歌，他能够获得对世界更清楚也更准确的认识。"诗是生活的惟妙惟肖的表象，表现了它的永恒真实。"②他将诗歌的认知价值置于科学之上："它既是知识的圆心又是它的圆周；它包含一切科学，一切科学也必须溯源到它。它同时是一切其他思想体系的老根和花朵；一切从它发生，受它的润饰。"③

除了认知价值，诗性想象也能产生道德价值："要做一个至善的人，必须有深刻而周密的想象力；他必须设身于旁人和众人的地位上，必须把同胞的苦乐当作自己的苦乐。"④借助这种共情想象力，人们才能够突破自我的局限，不仅感知到自己的存在，也能体会到他人的感受，从而产生道德上的同情和仁慈之心。而诗歌则是培养人们"共情想象力"的最佳媒介，因为"正如锻炼能够强健人的身体一样，诗歌能够促进人的想象力，这是主导人类道德本性的机能"。⑤ 雪莱也把心灵比作风奏琴(aeolian harp)："人是一个乐器，一连串外在和内在的印象掠过它，有如一阵阵不断变化的风，掠过风奏琴，吹动琴弦，演奏出不断变化的曲调。"⑥不仅如此，心灵中弹奏出的不仅有曲调，而且是优美的和声(harmony)，如同音乐家自己的声音与风奏琴的声音相互共鸣一样。同样，人的情感就如同琴弦一样，能够传导并感染他人，引发共鸣和交感反应。借助这样的交感，我们得以理解和认识他人。

如果说雪莱将诗性真理与道德结合，那么济慈(John Keats，1795—1821)则确认了真理与审美的统一。他通过著名的诗句"美即真，真即美"消除了艺术与真理之间的界限，确认了艺术所揭示想象世界的真实性。他于1817年11月22日给贝莱的信中写道："别的我没有把握，可我深知心灵中真情的神圣性和想象力的真理性——由想象力捕捉到的美也就是真的。"⑦同年

---

① 珀西·雪莱：《为诗辩护》，选自《十九世纪英国诗人论诗》，缪灵珠译，第156页。译文有所改动。
② 同上，第125页。
③ 同上，第153页。
④ 同上，第129页。
⑤ 同上，第129页。
⑥ 同上，第119页。
⑦ 约翰·济慈，《论诗书信选》，选自《十九世纪英国诗人论诗》，周珏良译，第167—168页。

12月22日,济慈在给弟弟的信中提出一个著名的概念——"消极能力"(negative capability),他自己为这个概念做出了解释:"也就是说有能力禁得起不安、迷惘、怀疑而不是烦躁地要去弄清事实,找出道理。"①他在1819年9月写给乔治和乔治安娜的信中用另一种方式表达了相似的看法:"唯一一种增强心智的方式便是对任何事都不要下定论——让头脑如同一条通道般,使所有思想通过。"②艾布拉姆斯认为济慈所提出的"消极能力"是对于身外之物存在的一种纯粹体验,诗人与所思之物产生一种完全的认同的状态。③ 换句话说,济慈主张的是,通过主体自我的暂时缺席,我们得以暂时摆脱理性思维的桎梏,达到物我同一的和谐境界,从而获得对客体更为完整和充分的认识。济慈的这个说法有可能受到了柯尔律治的启发。

在《文学生涯》(*Biographia Literaria*,1817)中,柯尔律治曾提出"不妨信之"(the willing suspension of disbelief)的说法,也称之为"诗性的信仰"(poetic faith)或"逆向信仰"(negative faith),用以描述头脑暂时搁置理性判断,接收各种信息的能力。④ 柯尔律治相信,在这样的过程中,想象力不仅被动接收信息,而且能够"改变被观察的对象"(modify the objects observed)。华兹华斯也曾提出过相似的悖论概念,如"明智的被动"(wise passiveness):

> 我既有眼睛就不能不看,
> 我们也无法让耳朵休息;
> 无论置身何处,我们总会感受,
> 不管我们愿不愿意。
>
> 我同样相信:有一些力量
> 自能打动我们的心房

---

① 约翰·济慈,《论诗书信选》,选自《十九世纪英国诗人论诗》,周珏良译,第172页。本节所用"消极能力",取自李赋宁主编:《欧洲文学史》第二卷,英国浪漫主义部分,北京:商务印书馆,1999年,第77页。

② John Keats, *The Letters of John Keats*, 2 vols., ed. Hyder Edward Rollins, Cambridge: Cambridge University Press, 2012, Vol. 2, 213.

③ M. H. Abrams, ed., *The Norton Anthology of English Literature*, 6th ed., 2 vols, New York: Northon, 1993, 358.

④ Samuel Taylor Coleridge, *Biographia Literaria*, New York: Wiley and Putnam, 1847, 442, 562.

> 使我们可以
> 在明智的被动中得到滋养。①

正如身体无法停止体验一样,心灵也拥有自动接收能力,华兹华斯所说的"明智的被动"可以被理解为如中空的容器般任由外相充满心灵,或者说接收外部刺激,然后等待时间的沉淀,正如水仙在诗人茫然若失的时刻再次显现在"心灵的眼睛"前一样,过去的影像经过反思和沉淀展现出新的面貌。②

贝特把这种由想象力而获得认识的过程看作浪漫主义的共有特征:"浪漫主义的一个普遍原则就是,想象力能够通过一种同情式直觉,获得与客体的身份认同,而通过这种认同,同情或想象能够在某种直接经验或情感中,捕捉到思考对象的个体本质、特性,或者说其'真理'。"③这种对于诗性真理的肯定在维多利亚社会得到了很多作家的共鸣。卡莱尔将诗人与先知并置,认为诗人有着先知一样"洞察一切的目光"(seeing eye),能够洞察那潜藏的"神圣理念":

> 我们把诗称作富有音乐的思想。诗人就是以这种方式进行思维的人。但从根本上说,诗人仍然要凭借理智的力量,唯有真诚的和洞察力深远的人,才能成为诗人。要有深远的目光,才能发现音乐的和谐,自然界内在地处处有音乐,只是看你能否找到它。④

在卡莱尔看来,无论是远古的先知还是近代的诗人,或是当代的政治家,只要

---

① William Wordsworth, "Expostulation and Reply," in *William Wordsworth: Selected Poems*, 59.
② 有评论家认为,华兹华斯的"明智的被动"与济慈的"天然接受力"只是表面相似,实际上存在本质区别。济慈主张自我的缺席,他认为华兹华斯的自我中心和教条阻碍了他的开放性。相关评论参见 Thomas McFarland, *The Masks of Keats: The Endeavor of a Poet*, Oxford: Oxford University Press, 2000, 17—18. Jacob D. Wigod, "Negative Capability and Wise Passiveness," *PMLA* Vol. 67, No. 4 (1952): 383—90.
③ Walter Jackson Bate, *From Classic to Romantic: Premises of Taste in Eighteenth-Century England*, New York: Harper, 1961, 132.
④ 托马斯·卡莱尔:《论英雄、英雄崇拜和历史上的英雄业绩》,周祖达译,北京:商务印书馆,2005年,第94页。

拥有能够看到万物一体的洞察性眼光,便都可以被称为英雄。①

阿诺德在《诗歌研究》("The Study of Poetry",1850)中对华兹华斯的诗歌观表示认同。他相信,"如果没有诗歌,科学将是不完整的;目前我们看作宗教或哲学的东西将被诗歌取代。"②他认为评判诗歌价值的最重要标准便是"至高真理"和"至上的严肃性"(high truth and high seriousness)。换言之,诗歌能够帮助人们看到事物的本相(to see things as they are)。在阿诺德的论述中,诗歌与"文化"一样,是阿诺德为对抗维多利亚社会日益加剧的无政府状态开出的一剂良药,尽管诗歌最终无法承载阿诺德的理想,他的"文化"概念却无可置疑成为现代思想的重要源头。③

以上分析表明,经历现代社会转型的英国文人对知识的本质问题充满焦虑,无论是哲学家引领的认识论转向,还是诗人们探求的诗性真理,都可以看作对理性至上主义所发出的一种回应或反拨。可以说,这种认知焦虑不仅构成了英国现代转型的主要精神特质,而且这种焦虑至今尚未止息,仍然弥漫在现代或后现代的话语当中。

经历现代化转型的英国社会不得不应对来自政治、经济等各社会问题的挑战,然而最难以捉摸的问题来自文化观念和认知方式的转型。穆勒(John Stuart Mill,1806—1873)在《时代精神》("The Spirit of the Age",1831)中将自己所处的时代称为"转型时代"——"旧的教条已经不再适用,新的教义却尚未产生。"④在这样的状况下,穆勒担心会出现"智性的无序"(intellectual anarchy),即由话语的混杂而导致思想领域和文化观念混乱和失序,因为"在转型时期,受教育人士之间的分歧消解了他们的权威,而未受教育的人们则对

---

① 参见高晓玲:《卡莱尔的知识话语研究》,《外国文学评论》,2016年第1期,第172—188页。
② Matthew Arnold, "The Study of Poetry," in *Essays in Criticism*, ed. Susan S. Sheridan, Boston & Chicago: Allyn and Bacon, 1896, 2.
③ 阿诺德的这个说法在维多利亚后期被佩特(Walter Pater,1839—1893)和王尔德(Oscar Wilde,1854—1900)颠覆,佩特在《文艺复兴》(*The Renaissance: Studies in Art and Poetry*,1873)序言中将其改写为"认识事物留给我们的印象"(to know one's impression as it really is),王尔德则直接否定了阿诺德的说法,在《作为艺术家的批评家》("The Critic as Artist",1891)中指出,批评家让我们看到事物的"非其所是"(to see the object as in itself it really is not)。相关评论参见 Wendell V. Harris, "Arnold, Pater, Wilde, and the Object as in Themselves They See It," *Studies in English Literature, 1500—1900*, 11, 4 (1970): 733—747。
④ John Stuart Mill, "The Spirit of the Age," in *Victorian Essays*, ed. Gertrude Himmelfarb, New Haven: Yale University Press, 2007, 57-58.

他们失去了信任。大众失去了向导。当那些未曾在任何知识领域进行过全面研究的人试图自行细节判断时,整个社会充满了谬误和危险"。① 穆勒主张让能够平衡智性与感受力的"哲学家诗人"(philosopher-poet)担当社会思潮的引领者,重新树立"智者的权威"(authority of the wisest),而卡莱尔则将希望寄托在先知一样的"文人英雄"身上;阿诺德则相信,只有少数精英才能担当起传播文化、教化大众的任务。

维多利亚时代文化人、思想家的观点虽然在20世纪被称为"精英主义"而遭到普遍批评和摒弃,然而智性的失序却并未随着维多利亚时代的终结而结束,价值观的混乱仍然持续困扰着似乎已进入"后时代"的人们。诗人黑塞(Hermann Karl Hesse,1877—1962)在1927年发表的《荒原狼》(*Der Steppenwolf*,1927)中写道:"当现代人被困在两个不同的年代 / 以及两种不同的生活模式中,/他们了解自身的能力便全然丧失,/没有标准、没有安全感,/也没有最起码的共识。"② 罗洛·梅将这段话作为《焦虑的意义》的题词,在书中分析了现代人的精神困境。他赞同社会学家曼海姆(Karl Mannheim,1893—1947)的观点,认为现代社会的焦虑普遍存在的原因"就在于潜藏现代文化之下的价值与标准本身受到了威胁"。③ 这一观点与维多利亚时代思想家的观点并无本质区别,他们的不同之处在于,罗洛·梅将"社群"或"共同体"(community)、而非"最优秀的自我"作为解决方案。他认为从文艺复兴时期开始,追求自我实现的个人主义占据上风,中世纪的社群形式如家庭、教会、领主附庸关系等被逐渐割裂,个体陷入异化和疏离状态,由此引发的无力感和无助感成为现代焦虑心理的主要诱因。因此,要克服焦虑,就需要重塑健康的"共同体"。他将"共同体"界定为"个人与社会环境中的其他人之间,具有正向连结的质素"。④ 他与德国社会学家滕尼斯(Ferdinand Tönnies,1855—1936)一样,将"共同体"与"社会"(society)区别开来。后者是个体无法选择的必然状态,他可能对社会发展做出贡献,

---

① John Stuart Mill, "The Spirit of the Age", 63, 77.
② 赫尔曼·黑塞:《荒原狼》,转引自罗洛·梅,《焦虑的意义》,第1页。
③ 罗洛·梅:《焦虑的意义》,第198页。
④ 同上,第199页。

也可能对其造成破坏。然而,前者则意味着个人与他人之间的肯定性连结,包含了责任感、心理认同感和基于共同文化观念的归属感。建立这样的共同体不光是转型期英国知识分子的理想,就当下社会的知识群体而言,仍是无可推诿的责任。

第二章

乌托邦愿景

如我们所知,文化观念是19世纪英国社会批评传统的一个核心议题,它"把艺术想象作为社会道德力量",是"社会变革的根本性机制";通过"文化""这一重要的传统术语",文学家不仅表达了"对当时英国社会的不满、抗议和批判",也彰显了他们的社会关怀,更重要的是,"提供了一种建设性的愿景(vision)。"①纵观这个时期的经典文学作品,不难发现,英国文学家、思想家的新文化观念之所以得以产生,与他们的社会批评和对理想社会的憧憬密切相关,而他们的社会批评和对理想社会的憧憬又产生于深刻的时代焦虑。

尽管许多维多利亚人会高歌机器创造的种种奇迹,并享受到越来越多源自工业文明的便利,但在19世纪英国文学家中,普遍存在着一种从农业文明到工业文明转型时期所特有的焦虑以及建立在这种现代性焦虑之上的对于其所处时代的机械文明以及所谓"进步"的反感和敌对情绪。这种焦虑源自他们这一基本认知:工业化时代的机器尽管给人类带来了物质进步,但人类为此付出了巨大的代价,因为机器不仅是摧毁人类感知的工具,更是提升个体心智的敌人。他们借以克服现代性焦虑、抗拒工业主义和机械文明的一个重要手段,则是高扬"文化"观念。首先让我们来看看19世纪英国文学家对工业化文明亦即机械文明所做的批判。约翰·罗斯金(John Ruskin,1819—1900)的《威尼斯之石》(*The Stones of Venice*,1851—1853)以及《现代画家》(*Modern Painters*,1856)这两部艺术史和艺术理论著作就具有强烈的反工业主义的色彩。② 狄更斯在其小说《董贝父子》里把蒸汽式火车的奔跑等同于"死亡"(第20章);然后又在另一部小说《艰难时世》(*Hard Times*,1854)中,向读者展示

---

① Lesley Johnson, *The Cultural Critics: From Matthew Arnold to Raymond Williams*, London: Routledge & Kegan Paul, 1979, 1—2.
② 评论家 P. D. 安东尼(P. D. Anthony)认为罗斯金的艺术批评理论反映出比较激进的反资本主义思想,见他的专著 *John Ruskin's Labour, A Study of Ruskin's Social Theory*, Cambridge: Cambridge University Press, 1983;罗布·布雷顿(Rob Breton)的文章 "The Stones of Happiness: Ruskin and Working-Class Culture" 也提出了类似的观点,见 *Journal of Victorian Culture* 10, No. 2 (Winter 2005), 210—228。

了机器使人变得机械、死板、灵气全失的可怕后果。勃朗宁夫人（Elizabeth Barrett Browning，1806—1861）则在其长诗《奥罗拉·李》（*Aurora Leigh*，1855）中探讨了艺术和机械文明的冲突，着重描绘了一幅城市社会生活冷漠无情、失去人性的灰暗图景。

相比之下，以马修·阿诺德为代表的文化批评家和思想家对机械文明的抨击可能更加猛烈：

> 整个现代文明在很大程度上是机械文明。……在我国，机械性已到了无与伦比的地步。更确切地说，在我们这个国家里，凡是文化叫我们所确立的几乎所有的完美品格，都遭到强烈的反对和公然的藐视。关于完美是心智和精神的内在状况的理念与我们尊崇的机械和物质文明相抵牾，而世上没有哪个国家比我们更推崇机械和物质文明。……对机械工具的信仰是纠缠我们的一大危险。①

阿诺德对于维多利亚时代机械文明的批评实际上也总结了弥漫在英国文学家圈子内的反机器文化、反工业文明的情绪。到了19世纪最后30年，敏感的文学家开始寻求摆脱或者逃离机械文明影响的途径。他们或加入新兴的、蓬勃发展的协会、工会等组织，或是发表作品表达重建文化和文明的诉求。后者显然具有更大的影响力。这就是他们的另一个贡献，即通过乌托邦叙事给现实社会提供变革的例证、新的文化观念和建设性的愿景。评论家欧文·霍兰（Owen Holland）指出，"在乌托邦的政治想象里愿景语言（language of vision）占据着核心位置。"②乌托邦就是一种愿景和理想，同时隐含着对社会现实的批判。

特里·伊格尔顿（Terry Eagleton，1943— ）曾经强调要把"作为乌托邦思辨的文化"（culture as utopian critique）、"作为生活方式的文化"（culture as a way of life）和"作为艺术创造的文化"（culture as artistic creation）三者结合

---

① 马修·阿诺德：《文化与无政府状态》，韩敏中译，北京：三联书店，2012年，第11—12页。
② Owen Holland, "William Morris's Utopian Optics," *Victorian Network*, Vol. 5, No. 1 (Summer 2013): 44—64, 44.

起来,以便更有效地应对实际进程中的现代工业文明的失败。① 按照他的观点,乌托邦主要分成两类:"坏的"乌托邦("bad" utopia)和"好的"乌托邦("good" utopia)。前者是纯粹主观情绪的体现,虽表达对美好愿景的渴望,却脱离实际,以构某种难以实现的理想社会之名全盘否定现实社会;后者则不仅立足于当下,试图从所处的时代里寻找能够潜移默化地改造现实社会的力量,从而搭建连接现在和未来的桥梁。一个理想的未来应该也是一个切实可行的未来。在审视现有文化观念的同时,将更具乌托邦色彩的文化与之联系,便可成就一种内在的批判;如此这般,便能更好地判断现实的问题和不足。在此意义上,文化既是对现实社会的说明,又是对理想社会的预示。②

托马斯·莫尔(Thomas More,1478—1535)的《乌托邦》(*Utopia*,1516)描绘了一个"好的"乌托邦。该作品主要是通过刻画一个位于虚构的岛上的理想社会,来批判和讽刺莫尔当时所在的英国社会,特别是都铎王朝的君主专制制度。作者所提出的社会道德伦理思想虽然带有空想的成分,但毕竟首次提出了消灭私有制、建立公有制的问题。莫尔为后世对空想社会主义理论的发展和科学社会主义理论的产生起了重要的作用。同时,由于问世之后一版再版,并被翻译成不同语言广泛流传,《乌托邦》成为后世乌托邦小说效仿的典范,奠定了乌托邦叙事发展的基础。19世纪后半叶,英国乌托邦小说得到了蓬勃的发展,如爱德华·布尔沃-利顿(Edward Bulwer-Lytton,1803—1873)的《即临之族》(*The Coming Race*,1870)、塞缪尔·巴特勒(Samuel Butler,1835—1902)的《埃瑞璜》(*Erehwon*,1871)、理查德·杰弗里斯(Richard Jefferies,1848—1887)的《伦敦之后》(*After London*,1885)、W. H. 哈德逊(William Henry Hudson,1844—1922)的《水晶时代》(*A Crystal Age*,1887)、尤勒斯·沃格尔(Julius Vogel,1835—1899)的《公元2000年》(*Anno Domini 2000*,1889)以及威廉·莫里斯的《乌有乡消息》等。

乌托邦叙事在这个时期迅速发展的主要原因之一,是由于英国社会正处于封建社会解体、资本主义制度确立的"转型期"(transitional period)。在这

---

① Terry Eagleton, *The Idea of Culture*, Oxford: Blackwell Publishers, 2009, 20.
② Ibid., 22.

个转型期里,整个社会虽然因迅速推进的城市化和工业化进程受到剧烈震荡,感受到强烈的转型焦虑,却仍然由一个保守守旧的政府管理和统治着。在当代马克思主义文化批评家弗里德里克·詹明信(Fredric Jameson,1934—　)看来,乌托邦叙事在社会焦虑中的"转型期"往往发展得最为活跃。在这个时期,主要的社会变革总是伴随着一段政治停滞期,即政治意愿或政治手段不足以为社会变革提供影响并指明方向。因此,乌托邦就以一块"现实社会空间里的想象飞地"的形象出现;它类似于现实社会无法触及的一个封闭的空间,自我运转良好,但它的运作完全不同于加速现实社会进程的那种"世俗化、国家以及商业发展的繁忙运转";它一方面印证现实社会的"政治无力感",另一方面提供愿景即理想社会的蓝图以"详细说明或用实验证明"其可行性。[①] 詹明信今日的观察固然犀利深刻,但我们仍需着重讨论19世纪英国文学家的乌托邦作品,其中莫里斯的《乌有乡消息》又特别值得关注。这不仅是因为此书或多或少地受到莫尔《乌托邦》的影响,还因为它给读者带来一种建设性的、富于"正能量"的愿景描述。

第一节
乌托邦共同体

　　谈转型时期英国文学作品中的乌托邦,很大程度上就是谈乌托邦共同体。德国社会学家和哲学家斐迪南·滕尼斯在其成名作《共同体与社会》(*Gemeinschaft und Gesellschaft*,1887)一书中这样来定义"共同体":[②]"共同体指的是真正的、持久的共同生活,而社会则是一种暂时的、表面的东西。"他认为,"仅仅是在个体和平共处的意义上,社会才在表面上类似于共同体。"换

---

① Fredric Jameson, *Archaeologies of the Future: The Desire Called Utopia and Other Science Fictions*, London: Verso, 2005, 15—16.
② 参见本书第三章关于共同体概念和"共同体形塑"的相关讨论。

句话说，社会与共同体的区别主要是："在共同体中，人们本质上是团结的，尽管也存在种种分裂因素；而在社会中，人们本质上却是分裂的，虽然也有种种联合的因素。"①滕尼斯用共同体这一概念来形容这样一种社会团体：他们具有共同的价值观，彼此之间关系亲密，相互帮助，富有人情味；人们之所以在这样的团体中，不是出于个人意愿，而是因为他们生长在这个团体之内。滕尼斯的共同体概念是把共同体看作一种有机的、田园的、农业的和宗教的社会关系；而社会却是机械式的、大都会的、全球性的、工业化的、科学的以及理性的。这两个术语（尤其是前者）自20世纪以来一直是英国的文学、文化批评和政治问题探讨的一个关键词，也成了社会学家和社会历史学家分析并比较当前和历史上社会团体的理论依据。②

文学评论家约翰·基勒姆（John Killham）在《英国小说中的共同体观念》（"The Idea of Community in the English Novel"，1977）一文中指出，在英国共同体观念中最大的变化发生在18世纪至20世纪这几百年间，它是城市化、工业生产和资本主义发展的共同产物。③ 传统意义上的共同体及相应文化观念在这种发展中受到冲击而濒临瓦解。这就引起了不少文学家、思想家的关注。他们试图描绘一幅理想的共同体愿景，如诗人华兹华斯在《辛特拉公约》（*The Convention of Cintra*，1809）里所描述的"联系生者与死者的精神共同体"④以及

---

① Ferdinand Tönnies, *Gemeinschaft und Gesellschaft*, trans. Charles P. Loomis, New York: Harper & Row, 1963, 247—248.

② 如雷蒙德·威廉姆斯（Raymond Williams）的著作 *The English Novel from Dickens to Lawrence* (London: Chattto & Windus, 1970)。其他早期的文献如罗纳德·弗兰肯伯格（Ronald Frankenberg）的 *Communities in Britain: Social Life in Town and Country* (Harmondsworth: Penguin Books, 1966)，玛格丽特·斯普福德（Margaret Spufford）的 *Contrasting Communities: English Villagers in the Sixteenth and Seventeenth Centuries* (London: Cambridge University Press, 1974)，近期的如休·莫根尼斯（Hugh Magennis）的 *Images of Community in Old English Poetry* (Cambridge: Cambrisge University Press, 2006)、德里克·艾迪芬（Derek Edyvane）的 *Community and Conflict: The Sources of Liberal Solidarity* (Bashingstoke: Palgrave MacMillian, 2007)，以及 J. 希利斯·米勒（J. Hillis Miller）的 *Communities in Fiction* (New York: Fordham University Press, 2015)等。

③ John Killham, "The Idea of Community in the English Novel," *Nineteenth-Century Fiction* 31, No. 4 (1977): 379—396, 382.

④ 华兹华斯提出的"精神共同体"（spiritual community）出自 *William Wordsworth: Selected Prose*, edited by John O. Hayden, New York: Penguin, 1988, 245. 对此，评论家库尔特·福索（Kurt Fosso）的文章"Community and Mourning in William Wordsworth's *The Ruined Cottage*, 1797—1798"有详细的讨论，见 *Studies in Philosophy*, Vol. 92, No. 3 (Summer, 1995), 329—345.

在《序曲》第七卷中对城市(伦敦)中的共同体的想象。① 又如,狄更斯的《小杜丽》(*Little Dorrit*,1857)和乔治·爱略特的《弗洛斯河上的磨坊》(*The Mill on the Floss*,1860—1861)都关注了共同体中的经济关系;爱略特的《米德尔马契》(*Middlemarch*,1871—1872)和哈代(Thomas Hardy,1840—1928)的《卡斯特桥市长》(*The Mayor of Casterbridge*,1886)都探讨了知识人共同体;《乌有乡消息》则建构了一种乌托邦共同体。基勒姆认为,任何一部关于个人生活的小说总是会涉及共同体及相关文化观念的。因此,尽管他批评滕尼斯的共同体和社会的定义建立在不太牢靠的人类动机之基础上,但承认后者的共同体概念有助于理解和分析19世纪的英国社会风貌,尤其是城乡差别、阶级分化等问题。② 事实上,滕尼斯的共同体概念有助于我们很好地理解并对比乌托邦叙事中的理想社会与乌托邦小说作家所处的现实社会。莫里斯的《乌有乡消息》就是一个很好的例子。小说描绘的未来社会正是一个有机的、田园的乌托邦共同体,人民安居乐业,平等和谐,互助互爱,而叙事者所处的则是一个冷漠的、工业化和机械性的社会。社会批评家克里斯托弗·阿代尔·托特夫(Christopher Adair-Toteff)称滕尼斯为"乌托邦的预言家"(utopian visionary)③,因为后者在《共同体与社会》中通过分析共同体的积极特征以及社会的消极因素,表达了构建一个理想社会的愿望。在这个愿景里,平等、自由和伦理行为是构建共同体的基石,配之以对传统习俗的适度利用,将有助于稳固共同体中的各种关系和相关文化观念。

维多利亚时代晚期至20世纪初,一部分文学家在批判机械文明和工业社会问题的同时,也对那些不可避免会渐渐逝去的传统感到痛心。他们的作品通常贯穿着两个主题:一个是某种怀旧情绪,尤其是对中世纪封建式的、淳朴简单的田园生活方式的怀念;另一个是构建一种理想化社会的冲动。前者体现在一种要从物质上和心理上逃离现有的、新兴的城市工业化环境的渴望;后者则表现为一种更加积极的,其最终目的是要改造现实社会的愿景。菲利

---

① 见尼科尔·拉罗斯(Nicole La Rose)的文章"Wordsworth's Urban Theater and the Imaging of Community," *Interdisciplinary Literary Studies*, Vol. 7, No. 2 (Spring 2006),74—88。
② Killham, "The Idea of Community in the English Novel," 381—383.
③ Christopher Adair Toteff, "Ferdinand Tönnies: Utopian Visionary," *Sociology Theory* 13, No. 1 (March 1995): 58—65, 59.

普·E. 维格纳(Phillip E. Wegner)指出,在不断地审视和对比新旧两种不同的社会秩序,或者对比现实社会和理想社会的过程中,文学家产生了各种焦虑情绪。他们担心"'个人主义'的瓦解力量已经'破坏'了社会状况的稳定'",因此,重塑共同体的理想成了"19世纪末社会以及政治辩论中最重要的任务"。① 换言之,如何重建切实可行的共同体,业已成为19世纪英国文学家关注的一个主要问题,而莫里斯是这方面颇具代表性的人物。他称自己为"一个公开宣明信仰的社会主义者,或者更确切地说,一个集体主义者"。② 这既体现了对资本主义社会中个人主义的反感,又表达了对建立一种和谐稳定的共同体的愿望。纵观这一时期的乌托邦小说,我们不难发现,作家们大多把乡村(或者是偏远的、极富田园气息的地方)建构成为他们理想中的共同体。例如,《即临之族》的故事发生在与世隔绝的隐秘世界里;《埃瑞璜》中的乌托邦是个充满诗情画意的偏僻之所;《伦敦之后》的背景是都市毁灭后复原成的自然世界;《水晶时代》里的理想社会中几乎没有现代科技和城市化的痕迹;《乌有乡消息》展现的未来伦敦是个大型村落。把乌托邦建立在世外桃源显然反映了文学家对现实社会和机械性文化观念的批判,更说明他们普遍认为田园生活才是理想的共同体生活。这里我们要详细讨论的,是莫里斯和他的小说《乌有乡消息》。从表面上看,莫里斯把乡村建构为乌托邦的共同体模板,但实际上,他的乌托邦共同体完全消除了城市和农村的区别,甚至废除了传统的专政体制。

安娜·瓦宁斯卡雅(Anna Vaninskaya, 1983—)在著作《威廉·莫里斯和共同体观念》(*William Morris and the Idea of Community*, 2010)中以莫里斯为主要例子探讨了共同体观念在19世纪末英国的文学、艺术和社会等环境下的发展以及变化过程。和维格纳一样,她指出共同体观念在这个时期里经历的变化反映了当时激烈的社会主义活动、政治辩论和社会探讨。她认为,莫里斯的晚期作品如《梦见约翰·鲍尔》(*A Dream of John Ball*, 1888)、《狼

---

① Philip E. Wegner, *Imaginary Communities: Utopia, the Nation, and the Spatial Histories of Modernity*, Berkeley and Los Angeles: University of California Press, 2002, 2.

② Qtd. in Philip Henderson, ed., *The Letters of William Morris to His Family and Friends*, London: Longmans, 1978, 189.

崽之家》(*The House of the Wolfings*, 1888)和《山根》(*The Roots of the Mountains*, 1890)都表现出一种渴望,即扬弃业已成熟的资本主义制度,进而建立理想的共同体。① 这些作品表达了对共同体的兴趣,并提倡实际上(批判性地)利用较为成熟的资本主义价值体系。现代主义的发展不仅勾起人们对过去的共同体社会的怀念和追忆,更重要的是,试图利用现有的最先进、最现代的手段来重建这个共同体。瓦宁斯卡雅指出,莫里斯创作的罗曼史或探险小说并非"重点关注孤身奋战的英雄们或独自行走的人们的冒险经历",而是试图呈现"一个切实可行的理想公民社区"。② 这个"理想公民社区"即乌托邦共同体,建立在莫里斯的共产主义理念基础之上,重视对中世纪社会文化观念的继承以及对现实社会的批判利用。小说《乌有乡消息》就给读者呈现了一个这样的乌托邦共同体:它既包含了中世纪手工业行会的特点,又富于现代工人协会的特色,既是平静悠闲的乡村共同体(village community),又像是活泼开放的城市社会。用瓦宁斯卡雅的话来说,莫里斯的乌托邦共同体既体现了中世纪的"原始文化"(primitive cultures),又折射出维多利亚晚期的文化影响。③

第二节

莫里斯的乌托邦

1887年11月13日晚间,在伦敦刚刚发生了"血腥星期日"的惨剧之后(社会民主联盟和爱尔兰民族同盟组织的反失业、反铁腕统治爱尔兰的示威游行遭到警察和军队的镇压),莫里斯在特拉法尔加广场发表了《未来的社会》

---

① Anna Vaninskaya, *William Morris and the Idea of Community: Romance, History and Propaganda, 1880—1914*, Edinburgh: Edinburgh University Press, 2010, 6.
② Ibid., 48.
③ Ibid., 5—6.

("The Society of the Future")的演说。在演说中,莫里斯强调了自由以及培养个人意志的重要性,同时他还向大众描绘了他所设想的未来社会的种种细节:

> 这个社会里没有贫富、财产、法律和国家的概念;这个社会里没有被统治的意识;在这里平等的条件是理所当然的,在这里没有人因为为共同体服务而被赋予权力就可以破坏它。在这个社会里,人们有意识地愿意保持生活简单,放弃一些过去时代所获得的某些能够驾驭自然的力量,以便变得更人性化、少些机械化,并且愿意为之做出某些牺牲。①

在这篇文章中,他还尚未提及社会主义或者共产主义社会。两年后,莫里斯发表了题为《那么我们该如何生活?》("How shall we live then?")的演说。他认为,现行的"所谓自由契约式社会"在未来将会被共产主义社会所取代。② 他随后完成的小说《乌有乡消息》恰恰为读者描绘了一个这样的社会。跟大多数的乌托邦小说一样,《乌有乡消息》通过建立一个理想社会来批判现实社会。这主要是因为,现实社会在主人公盖斯特(Guest)亦即"客人"看来,已经没有可能有所改善,所以他只能从梦境中寻找理想——一个乌托邦共同体社会,一个共产主义社会。显然,这个设定不是巧合。小说创作于19世纪80—90年代,其时正值英国社会主义复兴的巅峰时期。小说的叙述以伦敦的一位名叫威廉·盖斯特的社会主义者的活动和梦境为线索,向读者展示了他梦中的、在共产主义制度下的英国生活的经历。他通过实地考察,并通过与船夫、图书管理员、纺织工人、青年妇女等人物的交谈,看到整个社会的经济、政治、文化、生活等方面都发生了翻天覆地的变化。

评论家普遍认为,美国小说家爱德华·贝拉米(Edward Bellamy,1850—1898)的小说《回顾》(*Looking Back*,1888)激发了莫里斯的创作灵感,促使他

---

① William Morris, "The Society of the Future," 摘自 F. MacCarthy, *William Morris—A Life for Our Time*, London: Faber & Faber, 1995, 545—546。
② William Morris, "How shall we live then," in *International Review of Social History* 16, (1971)。

建立了自己理想中的乌托邦。① 《回顾》讲述了一位波斯尼亚青年在沉睡了 100 多年之后，醒过来发现，理想的社会主义社会已经建立！贝拉米所提供的乌托邦愿景，是一个消灭了犯罪的社会主义社会，主要靠全球化的中央集权的体制运作：欧洲的主要国家、澳大利亚、墨西哥和一部分南美洲国家像美国那样，变成了巨大的商业实体和工业化国家；年满 21 岁的男女必须加入工业大军，齐心协力打造更加强大的、集权组织的国有企业。这样一个社会主张遏制个人主义，讲究完全服从，并竭力消除差异。从这个层面上看，贝拉米的乌托邦有些类似于乔治·奥威尔在其反乌托邦小说《1984》中所描绘的那个压制个性的未来集权社会。贝拉米认为，个人主义是资产阶级世界观的核心，因此必须要建立一种新的社会秩序来消除它。但是，贝拉米的乌托邦是通过资本主义社会的平缓过渡来实现的，并不是通过工人阶级的革命发展建立起来的。它是资本逐渐聚积和私有企业的资源逐步汇集以后形成的新型法人国家（corporate state）。贝拉米推崇工业文明和中央集权的体制，这跟莫里斯崇尚的去中心化的社会体制截然不同。

此外，贝拉米把社会主义景象描绘得呆板乏味，莫里斯对此感到震惊、失望和反感，称之为"伦敦东区的天堂"（Cockney Paradise），并批评《回顾》没有完全呈现"生活的多样性"。② 在贝拉米的乌托邦里，生产的机械化程度很高，机器在生活中占有非常重要的位置。这跟莫里斯所构想的那种田园诗般的景象完全相悖。他原本期待从贝拉米小说中看到的是"纯粹的社会主义"社会，而不是一个将公民征兵组成工人军团的国家政权。因此，莫里斯创作《乌有乡消息》，以驳斥贝拉米的不健康空想。与贝拉米的乌托邦愿景相反，莫呈现的是一个没有私有财产、工业机械和中央集权政府的理想社会，从中找不到工业

---

① 见 Peter Stansky, "Utopia and Anti-Utopia: William Morris and George Orwell," *The Threepenny Review*, No. 10 (Summer, 1982): 3—5; Krishan Kumar, "A Pilgrimage of Hope: William Morris's Journey to Utopia," *Utopian Studies* 5, No. 1 (1994): 89—107; Marcus Waithe, "News from Nowhere, Utopia and Bakhtin's Idyllic Chronotope," *Textual Practice* 16, No. 3 (2002): 459—472; Matthew Beaumont, "News from Nowhere and the Here and Now: Reification and the Representation of the Present in Utopian Fiction," *Victorian Studies* 47, No. 1 (Autumn 2004): 33—54。

② William Morris, "Looking Backward," *William Morris: Artist, Writer, Socialist*, 2 vols., ed. May Morris, Oxford: Basil Blackwell, 1936, Vol 2, 501—507, 502.

资本主义(industrial capitalism)社会里的"肮脏、盲目、丑陋的混乱"。① 在莫里斯的笔下,集体自由(collective freedom)取代了资本主义社会里一味进取的个人主义(aggressive individualism)。在新的社会秩序下,人们已经废除了监狱、阶级、正规的教育以及传统意义上的男女分工模式。男人、女人和孩子们都身体健康,并享有平等的权利。每一位公民都为了公共福利(commonweal)而工作,工作即快乐。

莫里斯的乌托邦是梦幻般的、惬意的田园天堂。他力图给读者传递一种较为完整和全面的、身处新世界的体验,于是花了大量的笔墨刻画人物、服饰、房屋、花园和大自然,让笔下的每一处景致、每一个人物、每一样事物都栩栩如生。正如评论家玛丽·露易丝·博纳瑞(Marie-Louise Berneri)所说,人们在欣赏《乌有乡消息》时,"应该把它当作一幅画一样欣赏它的整体。"② 博纳瑞认为,《乌有乡消息》的独特之处在于它所营造的氛围中充满了自由、宁静、美好和幸福等元素。莫里斯如此注重营造田园般的理想社会,主要是受到了当时社会批评传统的影响。彼得·C. 古尔德(Peter C. Gould)指出,19 世纪的最后 20 年间,英国许多社会批评家转向自然世界和乡村,以寻求解决他们心目中个人和社会问题的途径和方法。这些问题主要是由 19 世纪末期加剧发展的世界贸易活动所引发的,如贫困、犯罪、环境污染、人口暴增和失业等。当时的英国社会发起了"回归土地——回归自然"("Back to the Land—Back to Nature")运动。严格地讲,这一运动包含两个方面的内容:"回归土地"和"回归自然"。前者起源于 19 世纪 40 年代的宪章土地计划(the Chartist Land Plan),其目的是为小型农村社区购买土地,从而将工人从城市生活的困境中解放出来,并使其获得一定的经济独立性。所谓"回归土地",就是要让城镇的工人们能够自由地选择和拥有土地,并在自己的土地上工作。至于"回归自然",则是倡导远离污染、嘈杂和拥挤不堪的城市贫民窟,回归乡村和自然,过上更加健康的生活。③ 两个部分的内容侧重点不同,"回归土地"运动政治性较

---

① William Morris, *Political Writings of William Morris*, ed. A. L. Morton, London: Lawrence & Wishart, 1979, 245.
② Marie-Louise Berneri, *Journey to Utopia*, London: Freedom Press, 1980, 260.
③ Peter C. Gould, *Early Green Politic: Back to Nature, Back to the Land, and Socialism in Britain, 1880—1900*, Sussex and New York: Harvester and St. Martin's Press, 1988, 19—22.

强,因其所关注的是人们是否能够获得土地并在乡村建立人口密度不高的社区,从而逐步取代城市,而在去中心化和去城市化的同时,还要求社会更民主和公平。"回归自然"运动则更多是从生活质量的层面上来考虑。应该说,这两方面的运动都影响了莫里斯,并体现于他所构建的乌托邦。

"回归土地"运动对于莫里斯的影响,主要体现为他所建构的愿景是多个乡村共同体的集合。乌有乡和盖斯特所生活其中的大英帝国呈现出两种截然相反的社会风貌:前者注重集体性(communality)、公平性(equality)和去中心化(decentralization);后者推崇个人主义、自由市场式的自由主义和等级制度。莫里斯创作《乌有乡消息》时,英国已经完成了城市化,伦敦更是一个大都会。与现实相反,伦敦在他的乌托邦里不是大都市,而是由许多小村落组成的大社区。小说展现的是一种自给自足、自我管理的小型共同体,其成员和睦相处,亲密互助。用小说中的原话说,莫里斯的乌托邦就是"一个美妙的乡间庄园",而现实中的英国则是"一个由丑恶的大工厂和更加丑恶的大赌窟所组成的国家",不过它经由莫里斯的想象变成了"一个花园"。① 工业城市都消失了,伦敦的郊区已经和乡村合二为一,从前的贫民窟则变成了独立的村庄。在去城镇化和去中心化的进程中,乌有乡的人民已经抛弃城市生活,转向了农村,这样一来,整个社会的人口能够均匀地分散在英国的各个地方。由于"城市侵入农村",城市居民"变成了乡村居民"。② 伦敦已经被去中心化,城市的环境得到极大程度的净化,处处可见绿树成林,空气清新,房屋都"造得很低"。③ 曾经浑浊的泰晤士河变得"清澈"了;工厂和"吐着浓烟的烟囱不见了";曾经发生过惨案的特拉法尔加广场,已变成了果园和花园,随处可见"飒飒作响的树木和香气扑鼻的鲜花"。④ 然而,这些翻天覆地的变化并非意味着要完全抹杀城市生活的影响。莫里斯强调的是:逐渐消除城市与乡村的差别,吸取两种生活的优点。在乌有乡,城市和农村已经融为一体,"乡下人"的概念也已经不存在,因为城市居民与乡村居民聚居在一起并互相影响,整个社会的生活变得"快乐、

---

① 威廉·莫里斯:《乌有乡消息》,黄嘉德译,北京:商务印书馆,2009年,第4,93—94页。
② 同上,第93页。
③ 同上,第31页。
④ 同上,第8,10,55页。

悠闲而热烈"。①

　　从莫里斯的演讲"未来的社会"中,我们也可以看出"回归自然"运动对他的影响。在他构建的愿景里,"人们有意识地愿意保持生活简单,放弃一些过去时代所获得的某些能够驾驭自然的力量,以便变得更人性化、少些机械化"。② 这种简单的生活,实际上就是与城市生活完全相反的生活方式。古尔德认为,"回归自然"运动的内涵就是简单生活的理念,是城市生活之外的另外一种选择,是摒弃工业化的生产模式,与自然和谐共处,并成为其中一部分。莫里斯强调乡村生活能够提升人们的幸福感——这显然是受到了"回归自然"运动的影响。乌有乡的居民们热爱"荒野和森林",愿意"散居在比较辽阔的地方","已经把过去的生活方式大大简化了。"③ 不仅如此,书中人物克拉娜还批评19世纪的英国人"老是把人类以外的一切生物和无生物、也就是人们所谓的'自然'当作一种东西,而把人类当作另一种东西。具有这种观点的人当然会企图使'自然'成为其奴隶,因为他们认为'自然'是在他们以外的东西"。④ 莫里斯借克拉娜之口,批判了现实社会中人们的生活方式以及他们对待自然的态度。"对于大地上的生物及其和人类的关系",19世纪英国人总"怀着一种阴沉的厌恶心情";而且,他们"把人生当作要人忍受而不是供人享受的对象"。⑤ 与之相反,乌有乡居民们对自然和生活的态度是一种无比热情、毫无保留的热爱。在这个乌托邦共同体里,私有制已经被废除,人们不再把自然当作一个可以随意开发和利用的对象,人也不可能成为被奴役、被剥削的对象了。可以说,乌有乡居民们对待自然的态度折射出他们对待他人、对待自己的态度。所有的人都享有平等的权利,人与人之间是友爱的关系,人与自然的关系不是疏离的,而是和谐共生的。乌有乡人"以各自不同的方式热爱大地",而且"大自然与人类接触以后变得更好"。⑥ 总而言之,"新时代的精神"就是"热爱尘世生活,强烈地、充满了骄傲地爱人类所居住的这个地球的外壳和表

---

① 威廉·莫里斯:《乌有乡消息》,第93页。
② William Morris, "The Society of the Future," 545。
③ 威廉·莫里斯:《乌有乡消息》,第95,103页。
④ 同上,第227页。
⑤ 同上,第263页。
⑥ 同上,第263页。

面"。① 在文章《小艺术》("The Lesser Arts," 1877)中，莫里斯也提到过人与自然的和谐关系。他指出，"在英国的乡村，在人们关心在意这些东西的年代里"，总是有"满满的同情心存在于人们的劳动与劳动者脚下的土地之间"。② 对莫里斯来说，人类的幸福与自然总是有着不可分割的密切关系。

莫里斯的田园乌托邦明显带有中世纪的色彩。他相信乌托邦是一种重建社会的方式，而过去能够提供重建社会所需的丰富资源。对他来说，生活就是实验，是一个不断展望未来的过程，而过去是一块基石，能保障现在走向更好的未来。维格纳认为，"莫里斯的天堂，从其现象学或生活形式看，类似于现代城镇中心兴起以及复杂的工业社会迅猛发展之前的一个理想化的封建英格兰。"③在莫里斯构建的愿景里，妇女"衣服的样式多少介于古代的古典服装和19世纪比较朴素的服装之间"；男士的衣服像是"14世纪生活的图像上的服装"，"十分朴素，但质地很好。"④建筑也带着中世纪的特点，"很像中世纪的同类房屋"，让盖斯特感慨仿佛"生活在14世纪似的"。⑤ 莫里斯从文艺复兴时期的社会和文化传统中寻找建构乌托邦的灵感，这一点应该是受到了罗斯金的影响。后者指出，现代建筑虽然井然有序，但缺乏多样性，恰好作为"我们英格兰奴隶制"⑥的一个标志。罗斯金对文艺复兴时期的建筑评价很高，认为它是"我们引以为傲的那种民居建筑"。⑦ 他对莫里斯的影响是多方面的，其中最值得一提的是他对于工人阶层、劳动和艺术的看法。在《建筑的七盏明灯》(*The Seven Lamps of Architecture*, 1849)中，他提出建筑的设计价值应该以工人在修建它的过程中所感受到的幸福、自由和率性来衡量。也就是说，如果工人对自己的产品或作品毫无兴趣，不因为创作出了它而感到自豪和幸福，那么这个作品本身就没有什么艺术性。莫里斯在《乌有乡消息》里同样批判了19世

---

① 威廉·莫里斯：《乌有乡消息》，第 167，66 页。
② William Morris, *The Collected Works of William Morris*, ed. May Morris, Vol. 22, London: Longmans Green, 1914, 17.
③ Philip E. Wegner, *Imaginary Communities: Utopia, the Nation, and the Spatial Histories of Modernity*, 76.
④ 威廉·莫里斯：《乌有乡消息》，第 19 页。
⑤ 同上，第 9，30 页。
⑥ John Ruskin, *The Works of John Ruskin*, 39 vols, London: George Allen, 1903—1912, Vol. 10, 193.
⑦ Ibid., Vol. 11, 76.

纪的英国工业社会,指出人们在资本主义的商品贸易体系中不但不能生产出真正的艺术品,而且还会牺牲他的全部生活。①

罗斯金认为,中世纪的工人是"勇敢的",而现代社会的工人应该像在中世纪那样,"工作是首位,薪水次之。"②他心目中的工人阶级形象是这样的:他们拥有表达个人意识的自由,但这种自由是有条件的,是限制在对领导者的忠诚和依靠的范围以内的。他幻想有这样的一天:"那时人们终将明白,服从另外一个人,为他劳动,尊敬他或他的地位,这其实并不是奴隶制。这通常是最好的一种自由——源自关怀的自由。"③卡莱尔也持有类似的看法。在他的作品《文明的忧思》(*Past and Present*,1843)里,卡莱尔表现出对类似封建家长制制度的推崇。他笔下的工人服从权威,埋头苦干,接受生活的艰苦,对于恶劣的工作环境和条件毫无怨言。从罗斯金和卡莱尔对工人形象的塑造中,我们能够看出,他们并不期待英国社会来一场彻底的革命,这是因为他们很害怕社会动荡,尤其是害怕工人阶级发动暴乱。对于1850年因阶级矛盾而爆发的冲突,罗斯金曾这样写道:"昨天那位埋伏起来的爱尔兰佃户手持火枪,伺机袭击地主,用枪管透过破旧的篱笆猛戳过去,而在200年前的因弗基辛有一位年迈的山地仆人,他为了主人而献出自己以及7个儿子的性命。这两个人相比,哪一位实际上更具有农奴的奴性呢?"④从措辞和口气来看,罗斯金显然是肯定了后者,这说明他潜意识中并不赞同劳工阶级用武力反抗统治阶级。

罗布·布雷顿(Rob Breton)认为,罗斯金的问题背后"隐藏着对曼彻斯特起义和宪章运动抱有的卡莱尔式的恐惧"。⑤ 和罗斯金一样,卡莱尔也是保守主义者,他赞美封建时代的那些效忠主人的农奴:"如果有需要,(工人们)时刻准备为(封建贵族)牺牲自己。这种行为是美好的,是有人性的。"⑥与罗斯金和卡莱尔不同,莫里斯对阶级问题的认识更深刻。首先,他对于中世纪的工匠评价很高。他曾在《富豪统治下的艺术》("Art Under Plutocracy",1883)一文里

---

① 威廉·莫里斯:《乌有乡消息》,第120—124页。
② John Ruskin, *The Works of John Ruskin*, Vol. 18, 413.
③ Ibid., Vol. 10, 194.
④ Ibid., 195.
⑤ Rob Breton, "The Stone of Happiness: Ruskin and Working-class Culture," *Journal of Victorian Culture* 10, No. 2, (Winter 2005): 210—228, 218.
⑥ Thomas Carlyle, *Past and Present*, Boston: Riverside, 1965, 271.

回顾历史上那些繁荣兴旺的时代,并总结道:"最好的艺术家仍然是工人,最卑贱的工人是艺术家。"①对他来说,不是某个个体而是"集体创造了历史上一切杰出的、一切真正的艺术"。② 换句话说,大众艺术才是真正伟大的艺术,它掌握在人民的手中。其次,莫里斯认为要实现大众艺术,必须要告别"奴役和不平等的旧世界",建立起完全民主、"人人平等"③的新社会。从消灭私有制、消除阶级差别、实现完全平等这个意义上说,莫里斯比罗斯金和卡莱尔走得更远,对社会问题的根源看得更加透彻。

莫里斯对工业社会和资本主义制度的批判也更为深刻。在题为《沉闷的人生》("The Dull Level of Life," 1884)的文章中,他感叹:无数劳苦大众失去了创造潜力,在资本主义制度下他们的个性被无趣的劳作惯常地碾压。换言之,劳动者如果屈从于统治阶级,毫无反抗意识,那么他们就不会有创造力。④ 工人阶级的创造性能量虽不那么尊贵,但它力量惊人,"可能改变产生它的社会秩序本身。"⑤对于资本主义社会中的赢家(即资本家),莫里斯虽然承认他们"为世界做了不少有用的工作",但批评他们"大多心胸狭窄"。⑥ 同时,他表现出对劳苦大众境遇的关切:"那些在逆境中被击垮的人们……他们的损失和不幸……我们不了解也无法了解。"⑦对莫里斯来说,资本主义给现实社会带来的最严重伤害不仅仅是它扼杀了人们的创造潜力,而且是让人们连想象去实现这样的创造潜力都变得不可能。这可以看作对罗斯金和卡莱尔思想的批判。莫里斯对资本主义的认识也比罗斯金和卡莱尔深刻。在他看来,工人阶级和中上层阶级在生活条件方面的悬殊差距不是因出身不同而引起的,而主要是由资本家对工人阶级的剥削和压迫所造成的。在《乌有乡消息》里,老哈蒙德这样评价19世纪:"由于社会建立在有系统的掠夺的基础上,人们生活在极端贫困中。"⑧造成这种社会现象的根源主要是"有关私有财产的法律",即私

---

① William Morris, *Political Writings of William Morris*, 57.
② Ibid., 277.
③ 威廉·莫里斯:《乌有乡消息》,第 165,136 页。
④ William Morris, "The Dull Level of Life," *Justice*, 24 April 1884, 2.
⑤ Terry Eagleton, *The Idea of Culture*, 22.
⑥ Morris, "The Dull Level of Life," 2.
⑦ Ibid.
⑧ 威廉·莫里斯:《乌有乡消息》,第 83 页。

有制。私有制造成了家庭的专制主义,一味追求利润的经济模式使得教育与工作之间的关系逐渐恶化,科学成为商业制度的附属品,市场成为艺术价值的唯一评判标准,工厂主决定生产的商品以及生产的方式,政府保护富人的利益并反对穷人,宗教成了掠夺别国的工具。总而言之,在盖斯特"所生活的阶级社会中,不平等和贫困被认为是上帝的法律和维系整个世界的东西"。[1]

莫里斯认为只有消灭私有制,消除阶级分化,淡化城乡区别,人们才能过上平等幸福的生活。田园般的生活环境是他所建构的愿景模板,主要是因为它决定了工人工作的条件。[2] 和罗斯金一样,他反对工业化,赞美劳动。罗斯金曾指出"现代文明社会"里的批量化生产模式无法让工人们对劳动产生愉悦,因为其运作"仅仅是为了达到某些雄心勃勃的目标",人们在这样的社会里"对于享受简单的快乐都感到羞愧"。[3] 莫里斯赞同他的观点,并认为资本主义取得的进步在英国只不过是商业资本的不断积累,文明却不断衰退。在资本主义条件下,人们的劳动是不快乐的,因为工业化生产和劳动分工剥夺了人的创造性,所以不能创造出真正美的东西。人们制造商品不是根据需要才制造,而是为了满足资本家为了获取更多利润的野心。原本用来为人们服务的商业,在资本主义条件下颠倒过来了,变成了人们为商业服务,所以劳动的快乐渐渐丧失殆尽。19世纪的人们生活"唯一的目的就是躲避劳动",因为对他们来说,"一切劳动都是一种痛苦。"[4]自然环境也因此遭到了严重破坏,到处是"吐着浓烟的烟囱""污秽不洁的痕迹"。[5] 人类因此逐渐丧失了与自然的整体与和谐关系,支配社会的既有观念也因之腐朽堕落。

然而在莫里斯虚构的乌有乡中,在"纯粹共产主义的社会制度"下,机器的使用大大减少,生产按需开展,环境得到很好的保护,"**一切**劳动现在都是快乐的……劳动已变成一种愉快的**习惯**。"[6]莫里斯在《有益的工作和无益的劳动》("Useful Work versus Useless Toil", 1884)一文中指出了劳动在不同社会体

---

[1] 威廉·莫里斯:《乌有乡消息》,第105,99页。
[2] Peter Faulkner, *William Morris and the Idea of England: Kelmscott Lecture 1991*, Nottingham: Russell Press, 1992, 20.
[3] John Ruskin, *The Works of John Ruskin*, Vol. 11, 222.
[4] 威廉·莫里斯:《乌有乡消息》,第227,119页。
[5] 同上,第10—11页。
[6] 同上,第136,119页。

制下的区别,并强调:"当革命已经使得'生活变容易',当所有人都和谐地在一起工作,而且没有人会剥削工人的时间,即他的生活,那么未来就没有什么能强迫我们继续生产并不需要的东西。"① 这样的物质条件和社会环境在资本主义或任何一个竞争性的商业体系下是不可能实现的。这是建设未来社会主义社会的基石。只有在像乌有乡这样的共同体里,劳动才能实现它的基本承诺——"获得休息的希望,获得成果的希望,获得乐趣的希望。"② 更具体地说,在乌有乡,现代社会中的竞争机制已被团结协作的生产模式所取代,工人们能够尽他们最大的可能去发挥其工作潜力和才干,共同享受"工作的乐趣"。③ 莫里斯的共同体是一个由各种互利共生关系组成的有机体,人们不是为了个人的利益而是为了集体的、全民的幸福去劳动。每一位公民都是乌有乡这个有机体的一部分。现代工业社会里普遍存在的社会分裂和两极分化现象在这里是不存在的。保罗·梅尔(Paul Meier,1924—2011)称莫里斯是一位马克思主义梦想家。④

帕特里克·布朗特林格(Patrick Brantlinger)也认为,从马克思主义理论的角度看,《乌有乡消息》提供了"最佳的、虚构未来的愿景"。⑤ 也就是说,莫里斯对资本主义条件下劳动问题的理解和认识,与马克思本人所分析的劳动问题很相似。后者曾指出,在资本主义社会里,工人阶级"在自己的劳动中不是肯定自己,而是否定自己。不是感到幸福,而是感到不幸,不是自由地发挥自己的体力和智力,而是自己的肉体受折磨、精神遭摧残"。⑥ 我们以上的分析表明,马克思的这一思想其实在《乌有乡消息》里得到了生动的演绎。也就是说,莫里斯通过独特的乌托邦建构,为文化观念中共同体形塑这一内涵增添了浓厚的马克思主义色彩。

---

① William Morris, *Political Writings of William Morris*, 96.
② Ibid., 87.
③ 威廉·莫里斯:《乌有乡消息》,第168页。
④ 详见 Paul Meier, *William Morris: The Marxist Dreamer*, 2 vols, trans. Frank Gubb, Brighton: The Harvester Press, 1978。
⑤ Patrick Brantlinger, "'News from Nowhere': Morris's Socialist Anti-Novel," *Victorian Studies* 19 (September 1975): 35—49, 39.
⑥ 卡尔·马克思:《1844年经济学哲学手稿》,北京:人民出版社,2000年,第54页。

第三节
乌托邦、民族-国家(Nation-State)和帝国主义

维格纳在《想象的共同体：乌托邦、民族和现代化的空间历史》(*Imaginary Communities: Utopia, the Nation, and the Spatial Histories of Modernity*, 2002)一书中指出，乌托邦叙事在现代民族-国家的形成和历史中发挥了关键作用。他认为，这种体裁对于社会变革具有潜在而活跃的影响，因为它不仅能让读者想象乌托邦社会及其生活方式，而且能使我们更好地理解自己所生活的世界，并为之努力奋斗。[1] 社会学家齐格蒙特·鲍曼(Zygmunt Bauman, 1925—2017)也把乌托邦和民族-国家的概念联系起来，认为乌托邦通常表现了现代民族-国家的形式，它作为一个有明确地域疆界的实体，能够为乌托邦想象提供必要的主权空间。乌托邦也反映了民族-国家对秩序的明确诉求，这个秩序最好是固定的，因而不容易遭受到颠覆性的改变。[2] 维多利亚时代的乌托邦叙事大多流露出对帝国主义问题的态度和看法。E. P. 汤普森(E. P. Thompson, 1924—1993)指出，莫里斯是第一个把帝国主义理解成为"世界主义和国内人民事业最具有破坏性的敌人"[3]的作家。爱德华·萨义德(Edward Said, 1935—2003)也曾指出，莫里斯"完全反对帝国主义"。[4] 早在1877年，莫里斯就开始积极参加政治活动并加入了东方问题协会，[5]公开反对英国保守党

---

[1] Philip E. Wegner, *Imaginary Communities: Utopia, the Nation, and the Spatial Histories of Modernity*, 16—17.
[2] Zygmunt Bauman, "Utopia with No Topos," *History of the Human Sciences* 16, No. 1 (2003): 11—25, 22—24.
[3] E. P. Thompson, *William Morris: Romantic to Revolutionary*, New York: Pantheon Books, 1977, 53.
[4] Edward Said, *Culture and Imperialism*, New York: Vintage Books, 1993, 241.
[5] 东方问题协会(The Eastern Question Association)于18世纪末由自由党的左派和社会人士联合组织而成，其最初的宗旨是反对保守党政府和土耳其联盟对俄国进行侵略战争，到了19世纪发展成为反对欧洲列强为争夺奥斯曼帝国及其属国领土而发动侵略战争。

政府实行的武力外交政策(jingoism)。他认为,维多利亚时代资本主义经济的发展驱使保守党政府策划海外军事冒险和领土扩张运动,因而帝国主义就是"商业战争"(commercial war)的结果。莫里斯在《艺术与社会主义》("Art and Socialism",1884)一文中谈到,英国保守党参与的商业战争建立在两个必不可少的因素之上:一个是国内的阶级斗争,另一个是与欧洲列强为了争夺海外市场发动弱肉强食的侵略战争。他指出,商业竞争本质上就是"一种战争体系",是从最初个人之间的竞争发展到商业之间、阶级之间,最终发展成为抢夺新的市场而用武力(即战争)解决争端。英国帝国主义就是这样形成的,并造成了毁灭性的后果:它"毁了印度,让爱尔兰经受饥饿并失去自主权,并且使埃及陷入痛苦"。①

从殖民主义的角度看,《乌有乡消息》批判了帝国主义贸易活动给非欧洲人带来的种种严重后果:"那些在'文明'(也就是有组织的灾难)圈子里的国家,给市场上的过剩商品堵塞着,于是人们不惜使用武力和欺骗手段去'开拓'这个圈子*之外*的国家"。② "19 世纪最丑恶的罪恶本质"就是殖民者们"用伪善和伪君子的口吻来规避残酷行为的责任"。③ 而被殖民者④则"不得不出卖自己,在毫无希望的劳作中过着奴隶的生活,以便获得一点点报酬来购买'文明'制造出来的毫无价值的东西"。⑤ 莫里斯还批评了殖民者在宗教方面的输出:他们"推行一种其提倡者早已不信仰的宗教……只要能达到目的,任何借口都行"。⑥ 莫里斯对于帝国主义本质的认识主要建立在对其经济政策的理解上。他把帝国主义看作"文明社会的最后阶段",而这个阶段的人们"陷入了商品经济的恶性循环之中"。⑦ 帝国主义和世界贸易所造成的最负面的影响,是对英国这个民族造成的伤害:

---

① William Morris, "Art and Socialism," *William Morris: Stories in Prose, Stories in Verse, Shorter Poems, Lectures and Essays*, ed. G. D. H. Cole, New York: Random House, 1978, 645.
② 威廉·莫里斯:《乌有乡消息》,第 122 页。
③ 同上。
④ 莫里斯在《乌有乡消息》里并没有具体说明是哪些受压迫国家的人民,而是简单列举了两种:"不自由的红种人"和非洲的"斯坦利人"(第 123 页)。
⑤ 威廉·莫里斯:《乌有乡消息》,第 123 页。
⑥ 同上。
⑦ 同上,第 120—121 页。

> 世界市场一旦发生作用以后，就迫使他们去继续生产更多的商品，不管他们是否需要。……后来，他们……迫使自己在这种不必要的生产的可怕重压下蹒跚前进，……不断地努力争取在任何一种物品的生产上花费尽可能少的劳动力，而同时又设法去生产尽可能多的商品。为了达到这种所谓"廉价生产"的目的，一切全都牺牲了：工人在劳动中的快乐，他的最起码的安适和必不可少的健康……整个社会都被赶入了这个贪得无厌的怪物——世界市场所造成的"廉价生产"——的血盆大口中。①

世界市场在乌有乡被废止，这显然是一种反资本主义的举措。与此同时莫里斯还表达了这样的意思：民族认同、民族团结高于拓展世界市场之经济行为。

在小说中，有关国家、民族的言论主要借老哈蒙德即盖斯特的一位向导之口来传达。哈蒙德是个107岁的历史学家，和小说中的其他人物一样，代表着未来社会。但是和迪克、安妮、鲍勃和博芬等其他那些不了解历史或对历史不感兴趣的乌有乡人不同，老哈蒙德博学多闻。如同莫尔作品《乌托邦》里的游客，哈蒙德也是未来世界的信使，存在只为了讲述他的所见所闻以及回答盖斯特关于乌托邦的所有提问，并且和盖斯特共同探讨后者所在的19世纪英国社会和未来理想社会的各种差别。通过老哈蒙德与盖斯特之间的一问一答，莫里斯得以探讨两个问题：我们想要实现的是一个怎样的社会？为了实现它我们应该怎么做？老哈蒙德在回答这两个问题之前，先向盖斯特解释了乌有乡的管理和运作方式：乌有乡（即英格兰的未来）"与其说是一个民族-国家，倒不如说它是一个地方"。② 传统意义上的、中央集权制或君主制的国家和政府在这个乌托邦里已不存在。哈蒙德认为，"国家"通常是指民族和部落的总称，即"迥然不同的、互相倾轧的民族或者部落"被迫聚合在一起形成"一些人为的、不自然的集团"。③ "国家"的目的是使社会保持不平等的阶级状态，而不是为了推进人们在种族、民族、宗教和文化等方面的多样性。这些特定形成的各种群体存在的唯一理由就是要营造爱国主义情怀，而所谓的爱国主义不过是一

---

① 威廉·莫里斯：《乌有乡消息》，第121—122页。
② Peter Faulkner, *William Morris and the Idea of England: Kelmscott Lecture 1991*, 22.
③ 威廉·莫里斯：《乌有乡消息》，第111页。

套特有的"愚蠢的、嫉妒的偏见"。① 同时,由国家这一层面所激发的忠诚感使得政府能够防止一切革命性的变革,并将"国家"置于掌控之中。莫里斯借老哈蒙德之口,批判了英国历史上政府过多干预国家建设的严重后果,即"只会产生贫困和饥荒"。②

那么,在乌有乡是否还有国家的概念呢?它是如何被管理的?莫里斯的乌托邦里没有关于国家的明确概念。当盖斯特站在特拉法尔加广场上询问迪克某座建筑物的名字时,迪克说:"它叫作国家美术馆(National Gallery);我有时候弄不明白这个名词的意义。"③迪克的疑惑和不解,除了说明他历史知识匮乏之外,更暗示了"国家"(nation)的概念在这个社会共同体里也许已经消失,或者只作为标签、名称而存在。乌有乡由所有的乌有乡人共同管理,因为"议会就是全体人民"。④ 而 19 世纪的众议院议会现在失去了它传统意义上的功能,已经被"用来做一种附属市场,当作粪便储藏所"。⑤ 议会大厦在维多利亚英国代表政府和政治权力中心,可是在乌有乡竟成了粪便市场!这样的转变有几重含义。

首先,它代表着对现有政府的否定,即政府没有存在的必要,因此在小说中哈蒙德说道:"叫作政府的那种东西……已经不存在了",因为它"只不过是过去时代的冷酷无情、漫无目的的专政政治的必然结果;政府只不过是专政政治的机器"。⑥

其次,作为隐喻的粪便市场说明议会大厦的意义在于它是一个不折不扣的垃圾市场,"没有价值。"⑦议会大厦职能的转变在瓦宁斯卡雅看来,也表明莫里斯对英国政府管理体制的退化感到失望。⑧ 全民治理的社会管理模式在小说中贯穿始终,这是为了说明乌有乡人为了实现共同的幸福和安宁,把所有精

---

① 威廉·莫里斯:《乌有乡消息》,第 97 页。
② 同上。
③ 同上,第 58 页。
④ 同上,第 97 页。
⑤ 同上,第 42 页。
⑥ 同上,第 97,102 页。
⑦ 同上,第 43 页。
⑧ Anna Vaninskaya, *William Morris and the Idea of Community: Romance, History and Propaganda, 1880—1914*, 95.

力都投入到令人愉快的劳动、团结友爱的协作和建设美好家园的事业当中。乌有乡不存在民法、刑法,也不存在商品交易的规则,一切活动全凭自觉,"以一般习惯为指导原则";而管理和组织的工作则交给那些"喜欢做整理和收集东西的工作"①的人。哈蒙德进一步指出,乌有乡"没有政治问题","政治"之所以被消灭,一方面是因为人们反感"那种国家与国家互相敌对和竞争的整个体系",另一方面是因为他们和不同的民族"互相帮助,愉快相处,丝毫也不需要互相掠夺"。② 换言之,由于资本主义体系已经被社会主义制度所取代,帝国主义以及世界市场也完全消亡。平等、美德、自由、愉悦的工作和需要的满足——这些在乌有乡能够拥有的东西其实构成了莫里斯所认为的共产主义社会。在他看来,只有"纯粹共产主义的社会制度"才能对抗资本主义时代的混乱,因为它是"唯一合理的"。③

总的来说,莫里斯的政治主张是反资本主义和反帝国主义的,这与他所处时代的主流观点不同。他在《乌有乡消息》里面提供的愿景具有建设性的意义。以伦敦这个大都市为依托,他的立场从根本上说,是要明确和清晰地展现一个民族的、国家的愿景。斯蒂尔(Philip Steer)认为,《乌有乡消息》构建的愿景是要"回到民族的过去,因为那是在资本主义和帝国主义发生之前的时代"。④ 诚然,对于莫里斯来说,作为维多利亚时代社会批评的常用比喻,中世纪精神(medievalism)是理解英国社会的重要术语。它的特殊意义和价值在于促进了"在一个独立的国家里实现艺术实践(artistic practice)和社会结构(social structure)的统一"。⑤ 在《封建英格兰》("Feudal England",1887)一文中,莫里斯曾这样评价爱德华三世统治时期的英格兰:"中世纪已成熟起来……(它)拥有自己的艺术……代表了人类思想和技术创造中最可爱、最鲜

---

① 威廉·莫里斯:《乌有乡消息》,第 108—109 页。
② 同上,第 110,110—111,112 页。
③ 同上,第 136 页。
④ Philip Steer, "National Pasts and Imperial Futures: Temporality, Economics, and Empire in William Morris's *News from Nowhere* (1890) and Julius Vogel's *Anno Domini 2000* (1889)," *Utopian Studies* 19, No. 1 (2008): 49—72, 53.
⑤ Ibid., 55.

明和最快乐的部分。"①尽管这个时期的生产力落后,文学发展"缺乏统一性",但是它"能够表达完全属于自己的、这个时代的思想和生活"。② 从某种意义上说,中世纪是"辉煌的、进步的",因为在这个时代"劳动者的生活前所未有得美好"。③ 斯蒂尔的观点固然有可取之处,但莫里斯并不是要建构一个完全效仿中世纪英格兰社会的乌托邦。中世纪英格兰背景的作用在于它能够给莫里斯提供一个理想社会的模板,也能够让他置身于现实社会之外去评判、反对资本主义和帝国主义,从而尽力提升和增强民族认同感。在《文明的希望》("The Hopes of Civilization",1888)一文中,莫里斯曾惊叹:"如果我们能回到14世纪的英格兰,那将是多么奇异的事儿!"④

但他显然并非真的要完全复制一个中世纪英格兰。回顾过去、赞美过去的目的,是要对现代社会进行反思,而且他真正的着眼点是在未来:"我真希望生活在这个伟大商业时代的后期。"⑤他假设那些来自未来社会的人们应该也同样"会疑惑我们在19世纪是如何生活的"。⑥ 在《乌有乡消息》小说开头,主人公自言自语地说道:"但愿我能看到这么一天的到来。"⑦这一感慨其实重复了三次:"但愿我能看到这么一天!"⑧此处"但愿"(If I could)流露出一种失落感(他意识到自己不可能亲自体验后资本主义社会或社会主义社会的感性现实),也表明接下来小说展现的不过是叙述者的梦境,或者说是虚构的乌托邦,但是它更表达了试图把目光从冷漠的、混乱的、看不到希望的当下社会投向一个崭新的未来社会的一种强烈渴望。盖斯特的叙述即便是对一个美梦的描述,它也是一个有实在意义的过程。之所以有意义,并非因为它能告诉我们这个理想社会里有什么,或者我们该如何抵达,而是因为对我们来说它像是一面镜子:我们依赖它来重新审视自己、他人和整个社会,从而有所领悟,做出改

---

① William Morris, *William Morris on History*, ed. Nicholas Salmon, Sheffield: Sheffield Academic Press, 1996, 71—89, 83.
② William Morris, *William Morris on History*, 71—89, 83.
③ Ibid., 85.
④ William Morris, *The Collected Works of William Morris*, 61—62.
⑤ 威廉·莫里斯:《乌有乡消息》,第62页。
⑥ 同上。
⑦ 同上,第4页。
⑧ 同上。

进并对未来抱有希望。

在小说中,盖斯特的所到之处都与现实社会息息相关。事实上,乌有乡中不仅有英国的历史,更有19世纪现实社会中他所熟悉的各种地名。当他驱车经过并游览汉默史密斯(伦敦西区),当他在泰晤士河里游泳,当他穿过伦敦中心,走过特拉法尔加广场、国家美术馆和议会大厦,这些看似陌生但又非常熟悉(因为名字没有更改)的地方能够让他(也许也能让当时的读者)产生一种认同感和归属感。这也是《乌有乡消息》和其他乌托邦叙事的不同之处:大多数乌托邦是虚构的、幻想的地理空间,但莫里斯的乌有乡完全建立在真实的地理环境中。盖斯特和读者们需要一个过程去重新认识他们所熟悉的地方,因为在乌有乡,这些地方都发生了巨大的变化:特拉法尔加广场变成了一个果园,泰晤士河两旁的工厂已经消失,河水变得清澈,而议会大厦竟成了粪便市场。将熟悉的地方陌生化,呈现另一种可能,而这种可能也许就潜在现实之中。莫里斯试图让主人公盖斯特逐渐适应并理解新社会及其文化精神,并能够客观地欣赏其优越性和魅力。更重要的是,盖斯特学会了将现实与乌托邦联系起来思考,这隐含了构建理想社会的可行性。一言以蔽之,盖斯特的故事传达了一种信仰:社会主义总有一天会实现,理想的人类文化和人类共同体总有一天会形成。

在小说结尾,盖斯特对他所见到的理想社会有了更深刻的认识:"当外界仍然笼罩着怀疑和斗争的时代偏见、忧虑和不信任的时候,我为什么一直觉得自己的确是从外界看见了这一切新生活的景象呢?"①答案很清楚:因为他相信现实社会中总会有一些人能够像乌有乡中的那些发动变革的工人们那样,是"眼光比较远大的",尽管会经历"失望,毁灭,苦难,绝望",②但是他们能够"预见到战争的到来",③愿意为了建设美好社会而在革命中献出生命,因为他们希望革命"会给他们带来和平的生活"。④ 也就是说,莫里斯相信自由、进步、民主以及乌托邦共同体只有通过革命、通过工人阶级发动武装革命才有实现

---

① 威廉·莫里斯:《乌有乡消息》,第134页。
② 同上。
③ 同上,第136页。
④ 同上,第138页。

的可能。1885年,他在叙事诗《向希望前进的人们》(*The Pilgrims of Hope*)中以挽歌的形式歌颂法国大革命,并哀悼曾经在1871年短暂地统治过巴黎的巴黎公社。在《乌有乡消息》里,他详细地描述了工人联合会召集群众发动武装革命并取得胜利的经过。他坚定地认为,工人阶级是社会变革的中坚力量。对他来说,乌有乡不是一个白日梦,而是把理想中的愿景和现实社会中具体的、有效的因素结合起来的一种可贵的尝试。

莱昂内尔·特里林(Lionel Trilling,1905—1975)曾批评莫里斯所展现的乌托邦社会不切实际,其理由之一是莫里斯在小说中描绘的生活过于安逸,人们缺少进步的动力,而且没有进取心;另一理由是他没有在小说中强调人类社会传统的核心理想,如个体自主性、渴望和创新精神等。[①] 然而,特里林的批评是不公平的。莫里斯在小说中明确地指出,"对于自由和平等的渴望"是社会"变革的巨大推动力"。[②] 他坚信社会主义终有一天会实现,正如他在《乌有乡消息》的结尾所说:"如果其他人也能像我这样看到这一点,那么,这不应该说是一场幻梦,而应该说是一个**愿景**。"[③] 评论家克里斯蒂安·库玛(Krishan Kumar,1942—)指出:"只有像莫里斯所建构的社会主义乌托邦中展现出来的魅力,才能恢复人们对于在现代社会建立伟大的乌托邦的信心。"[④] 库玛的这一评论点出了莫里斯乌托邦愿景的特色。正是这一特色标志着英国文化观念里又增添了新的内涵。

[①] Lionel Trilling, "Aggression and Utopia: A Note on William Morris's *News from Nowhere*," *Psychoanalytic Quarterly*, 42.2 (1973): 214—225, 214.
[②] 威廉·莫里斯:《乌有乡消息》,第137页。
[③] 同上,第267页。莫里斯小说的原句是:"It may be called a vision rather than a dream"。黄嘉德的译本里,"vision"被翻译成"预见",但我们认为"愿景"更贴切,故如此修改。
[④] Krishan Kumar, "*News from Nowhere*: the Renewal of Utopia," *History of Political Thought* 14, No.1 (spring 1993): 133—143, 143.

第三章

共同体观念与英国文学的互动

优秀的文学家大都有一种"共同体冲动",即憧憬一种未来的美好社会,一种超越亲缘和地域的、有机生成的、具有活力和凝聚力的共同体形式。英国文学家亦如是。他们一方面通过文学创作对"共同体观念"的演进做出了贡献,另一方面又受共同体话语的影响,两者之间形成了互动。共同体观念的生发始于18世纪。从黑格尔到马克思,从滕尼斯到威廉斯(Raymond Williams,1921—1988),把有机性、内在性、凝聚力、和谐性等属性看作共同体主要内涵的观点一直占据共同体思想史的主流地位。本章拟从这一基本认知出发,从英国文学中的会话和音乐场景/意象这两个角度探讨英国文学典籍中的共同体形塑问题。

第一节

英国文学中的会话与共同体形塑

30多年来,批评界对英国文学中共同体形塑这一话题的关注逐渐增多,但是从会话这一角度加以探讨的很少。2011年,英国沃里克大学乔恩·米(Jon Mee)教授出版《会话世界:文学、争辩与共同体,1762—1830》(*Conversable Worlds: Literature, Contention and Community 1762 to 1830*)一书,揭示了"会话"与"共同体"之间的天然联系,并把会话看作英国文人用以创建共同体的模式和文化实践。该书堪称这方面的开山之作,不过它的视野仅局限于18世纪下半叶和19世纪上半叶的英国文学,可事实上,近300年的英国文学史都可以看作一部会话和共同体的交融史。无论是在1830年之前,还是在其后,英国文学家们对于共同体的构想从来都是充分运用会话元素的。有鉴于此,本节拟从更宽广的角度,考察英国文学家们是如何通过会话的诸多形式来想象/塑造共同体的。

一、会话与共同体的血缘关系

作为一般概念,"会话"与"共同体"自来有着血缘关系。根据《牛津英语词典》,"会话"(conversation)最早包括"相处""交往""交流""社交""亲密""跟他人结交或打交道"以及"在某个地方或某些人中间生活或生存"等涵义,这跟我们如今所说的"共同体"——"真正的、持久的共同生活"[①]——在语义上密切关联。本节所要强调的是,会话和共同体的亲缘关系还需从文化层面上来理解。

在英国文学史上,最早把"会话"跟"文化"相提并论的恐怕是 18 世纪诗人柯珀(William Cowper,1731—1800)。柯珀在其题为《会话》("Conversation",1782)的一首诗中直接用了"文化"(culture)一词:"虽然大自然权衡我们的才能,施予/每个人些许判断力,/而且臻于佳境的会话源于天赋而非艺术,/但是会话在很大程度上取决于文化,/就如播种取决于耕种者的耕耘那样。"[②] 大概是受了柯珀的启发,乔恩·米在其著述中把会话直接跟文化挂上了钩,并多次使用了"关于文化的会话"(conversation of culture)、"作为会话的文化"(culture as conversation)和"作为一种会话形式的文化"(culture as a form of conversation)这类说法。[③] 换言之,作为文化观念内涵的会话在乔恩·米笔下得到了较充分的论证。然而,令人遗憾的是,乔恩·米似乎没有提出"作为共同体的文化"(culture as community)这样的说法。我们认为,共同体也属于文化观念的范畴。假如乔恩·米当初把共同体和会话同时作为文化观念的内涵加以论证,那么两者之间的血脉就会更加清晰。我们知道,在过去的 300 多年

[①] Ferdinand Tönnies, *Community and Civil Society*, trans. Jose Harris and Margaret Hollis, Cambridge: Cambridge University Press, 2001, 19.

[②] William Cowper, *The Poems of William Cowper*, Vol. I, ed. John D. Baird and Charles Ryskamp, Oxford: Oxford University Press, 1980, 354.

[③] Jon Mee, *Conversable Worlds: Literature, Contention, and Community 1762 to 1830*, Oxford: Oxford University Press, 2011, 30—32.

中,文化观念的最重要内涵"是对社会转型的回应,是对于社会转型的焦虑,以及化解这种焦虑的对策"。① 此处所说的"转型焦虑",是指农业文明向工业文明转型而引起的焦虑,它散见于诸多英国文学家笔下。或者说,许多优秀的英国文学作品对上述社会转型做出了回应,其用以化解焦虑的思想和策略往往表现为对美好共同体的想象和憧憬以及在此基础上通过文学话语从事文化实践或相关探索。正是在这一意义上,会话对于共同体形塑的作用得以凸显,文学家们给予会话的讲求也就顺理成章了。

我们在上文中引用了柯珀的诗行,紧随其后的几句也颇值得一读:"死记硬背的文字,连鹦鹉都能演习,/然而谈话并非总是会话,/就如乡野里不停的嘎吱声/与神圣的和谐境界相去甚远……"② 这些诗行其实可以看作一种文化新现象的标志,即当时的英国文人们已经开始区分会话与谈话(talking)的不同含义。进行这种区分的努力更早地见于沙夫茨伯里(Anthony Ashley Cooper, 3rd Earl of Shaftesbury, 1670—1713)、艾迪生(Joseph Addison, 1672—1719)和斯梯尔(Richard Steele, 1672—1729)的言论,他们多次提醒世人要警惕"闲言碎语的危害性",并且主张以有品位的会话来与之抗衡,强调"会话不仅仅是社交界的原则,而且是创建主体性过程的一部分"。③ 艾迪生和斯梯尔还在他们先后创办的《闲话报》(*The Tatler*)和《旁观者》(*The Spectator*)刊物上界定会话的性质,将其等同于思想情感的"流畅的循环",并将其功能界定为树立"人类的榜样,使之传播并广受模仿","深化人们对文雅的体验"乃至"加强公民社会的基础"。④ 此处,会话明显地被提到了文化生活的高度,或者说共同体/公民社会生活的高度。不过,要达到这样的高度并非易事,因为斯梯尔等人面临着一个难题,即"如何在一个攫取挥霍的世界里树立公共价值观"。⑤ 在斯梯尔关于会话及其功能的诸多论述中,有一句话令人回味:"我们应该提升公共娱乐的品位,改善享受生活的方式,使之与我们在国

---

① 殷企平:《"文化辩护书":19世纪英国文化批评》,第239页。
② William Cowper, *The Poems of William Cowper*, Vol. I, 354.
③ Jon Mee, *Conversable Worlds: Literature, Contention, and Community 1762 to 1830*, 45.
④ John Money, "The Masonic Moment: Or Ritual, Replica, and Credit: John Wilkes, the Macaroni Parson, and the Making of the Middle-Class Mind," *Journal of British Studies* 32, No. 4 (1993), 361.
⑤ Jon Mee, *Conversable Worlds: Literature, Contention, and Community 1762 to 1830*, 44.

力和荣耀方面的进步相匹配。"① 言下之意,英国人的文化/精神生活跟他们的物质生活不相匹配,这种畸形的发展是产生我们在前文所说"转型焦虑"的根本原因。对斯梯尔等人来说,18世纪英国物质文明与精神文明严重脱节的症状表现为会话品味的缺失、沟通能力的丧失以及语言质量的堕落。对于这种现象的焦虑,乔恩·米有过以下的总结:(当时的英国见证了一种)"与日俱增的焦虑,即担忧日常语言过于腐败,无法作为情感传递的真正媒介"。② 对此,我们还须补充一句:语言的堕落还必然影响思想的交流、真理的诉求和知识的传播,而这些交流、诉求和传播都是共同体的建构所不可或缺的。正因为如此,斯梯尔等人除了对会话的词义进行甄别等工作以外,还用文学形式展示出什么样的言谈才称得上会话。《旁观者》从第二期开始,刊出了许多属于小品文样式的人物特写,这些人物(其中罗杰·德·科弗利爵士成了不朽的文学人物)来自社会各界,并常常聚在一起讨论关乎公共生活的一些事情。就在这些普普通通的会话场面中,细心的读者不难体会到感人的共同体情怀,因此《旁观者》的人物特写常被誉为"现代小说的先声"。③

我们在上文中使用了"因此"一词,无非是要传递这样一层意思:英国现代小说从一开始就带有共同体冲动。享有"现代小说之父"美誉的菲尔丁(Henry Fielding,1707—1754)除了在小说中展示丰富多彩的会话形式之外,还专门在一篇以《论会话》("An Essay on Conversation")为题目的小品文中把会话界定为"思想的互惠交流,由此真理得以审视,事物得以改变,我们所有的知识得以相互传递"。④ 自菲尔丁以降,以会话见长的英国小说家层出不穷。以"会话女元老"(the doyenne of conversation)著称的奥斯汀(Jane Austen,1775—1817)自不消说,从19世纪的乔治·爱略特到世纪之交的詹姆斯(Henry James,1843—1916),直至当代的拜厄特(Antonia Susan Byatt,1936—)和德拉布尔(Margret Drabble,1939—),都在各自的小说里展现

---

① Sir Richard Steele, *The Tatler*, Vol. I, ed. Donald F. Bond, Oxford: Clarendon Press, 1987, 104.
② Jon Mee, *Conversable Worlds: Literature, Contention, and Community 1762 to 1830*, 78.
③ William J. Long, *English Literature: Its History and Its Significance for the Life of the English-Speaking World*, Boston: Ginn and Company, 1909, 279.
④ Henry Fielding, "An Essay on Conversation," in *The Works of Henry Fielding*, Esq., 12 vols. London: John Bell, 1775, Vol. 12, 6.

了会话的风采,并借此抒发了共同体情怀。也就是说,英国小说家们以会话来形塑共同体的努力从来就没有停止过。曾在 20 世纪叱咤英国文坛的利维斯(Frank Raymond Leavis,1895—1978)一贯提倡"有机共同体",这已经是文学界的常识。他所抱持的共同体情怀常常表现为对文学作品中会话的关注。例如,他在分析詹姆斯的《波士顿人》(*The Bostonians*,1886)中维芮娜和奥莉芙之间的会话以后,给予了这样的赞扬:"在女性主义与良知的关系上,詹姆斯把握得很好……在奥莉芙·钱斯勒身上,他把良知、女权主义、文化以及教养联系在了一起。"① 此处的"良知""女权主义""文化"和"教养"显然都是跟共同体密切相关的话题。利维斯的女弟子德拉布尔继承了他的共同体思想,她的 17 部长篇小说都凸显了共同体情怀,而且都体现在她对会话的处理上。例如,《光辉灿烂的道路》(*The Radiant Way*,1987)的情节主线是莉兹、艾丽克斯和艾斯特三人之间的关系,小说叙述者称之为"几十年机缘巧合的友谊",② 但是我们认为,在这"巧合"中有其必然,即共享的理念、情感和价值观。书中有很多她们三人之间的会话以及她们跟各自亲友之间的会话,其话题包括"钢铁工人的罢工……紧随其后的矿工们的罢工……失业率的稳步增长",③ 这些都关乎公众的利益,也就涉及共同体的建构。一段最典型的会话发生在莉兹和斯蒂芬之间,后者在解答莉兹有关"实用政治纲领"的疑问时,直接使用了"共同体"一词:"如果得以实施,它更能够造福于整个共同体,以及组成共同体的个体成员;更有助于健康、财富和幸福。"④ 由此可见,从菲尔丁到德拉布尔,以会话促进共同体建设的努力一直延续至今。

当然,会话与共同体的亲缘关系不仅体现于小说,而且体现于诗歌和戏剧等文类。英国的诗人和剧作家们在这方面的建树,理应受到同等的重视,但是由于篇幅有限,我们只能割爱。不过,有一种文类值得格外重视,即"会话体随笔"(the conversation piece)。有趣的是,乔恩·米在其书中也谈到了这一文类,然而只是把它作为"在 18 世纪 20 年代和 30 年代崛起的一种重要的视觉

---

① F. R. 利维斯:《伟大的传统》,袁伟译,北京:生活·读书·新知三联书店,2002 年,第 226 页。
② Margret Drabble, *The Radiant Way*, New York: Ivy Books, 1987, 81—82.
③ Ibid., 163.
④ Ibid., 250.

艺术样式"来讨论。① 把它作为文学样式来探讨并颇有建树的是著名诗人兼批评家戴维（Donald Davie，1922—1995）。他不无道理地指出，虽然会话体随笔在英国"奥古斯都时期的作家"（the Augustans）中颇为盛行，而且算不上新生事物（因为它明显地带有柏拉图对话体的痕迹），但是它在17—18世纪成了英国作家们培育"诚恳"（candour）和"礼貌"这两种美德的常见手段，因而它具有"一种新增的力量"。② 这股新力量的主要推手是伯克利（George Berkeley，1685—1753），他用会话体随笔把文学和哲学完美地融为一体，或者说"把'优质会话'引入了哲学作品"。③ 他不但用优质会话来传递哲学思想，而且用实例来展示什么是优质会话。就后者而言，最杰出的要数《希勒斯和斐洛诺斯三篇对话》（*Three Dialogues between Hylas and Philonous*，1713）。下面这段对话可以作为凭证：

斐洛诺斯：然而全世界都被骗了，都愚蠢地相信自己的感官，这难道不奇怪吗？我真不明白人们何以心安理得地吃喝，睡觉，处置生活中的所有事务，好像他们说什么就懂什么似的。

希勒斯：的确如此。不过，你知道普通的实践不需要精妙的思辨性知识。因此，庸俗者尽管一错再错，却总能设法在生活中弄出些声响。

斐洛诺斯：但是哲学家比较明智。

希勒斯：你是说他们**知道**自己**什么都不懂**。

斐洛诺斯：那才是人类知识的最高境界。④

这是一段浸润着睿智的语言，其核心思想是提倡谦卑的美德，而这正是任何共同体都不可或缺的。这段会话的口气也值得回味：会话者的口气带着坦率（如对世人的愚蠢自负的讽刺），而这也是共同体所倚赖的美德。此外，会话内容还涉及知识、思辨和心智的培育，这些都跟共同体的建构关系密切。如上文

---

① Jon Mee, *Conversable Worlds: Literature, Contention, and Community 1762 to 1830*, 5.
② Donald Davie, "Berkeley and the Style of Dialogue," in *The English Mind*, eds. Hugh Sykes Davies and George Watson, Cambridge: Cambridge University, 1964, 93.
③ Ibid., 92.
④ Qtd. in Davie, "Berkeley and the Style of Dialogue," 96.

举例所示，伯克利笔下的会话内容远远超越了个人的私利；虽然他的观点未必都正确，但是他通过会话形式提出的问题，是每个有志于共同体建设的人所不能回避的。正如戴维所说，伯克利的"对话除了其他优点以外，堪称良好教养和无私行为的典范"。①

伯克利对后人产生过很大影响，尤其是对休谟和伯克。虽然休谟和伯克似乎没有留下著名的会话体作品，但是他们对会话思想及其形式的贡献非常大，对此乔恩·米在《会话世界：文学、争辩与共同体》中已有详细论述（令人费解的是他对伯克利只字未提），此处就不再赘言。我们要强调的是，伯克利也好，休谟和伯克也好，他们对会话的关注都持有共同体情怀。威廉斯曾经直言休谟和伯克在事业上的"失败"，但他的下列评价却十分中肯："像伯克的事业一样，休谟的事业强调共同体，因而化作了思想的溪流，超越了局部性的失败。"② 威廉斯的评价其实也适合伯克利。

正是有了像上述所有作家那样的无数涓涓细流，才汇成了英国史上会话/共同体的思想洪流。不弃涓涓，终成江河。

二、分寸的拿捏

会话的共同体精神还体现在对于会话分寸的拿捏方面。会话者能否成功地交流思想和情感，往往取决于他们的态度、语气和措辞是否得体。英国文学家们对分寸的关注程度，是世界上最讲究的，在会话方面尤其如此，而这跟他们对于共同体的想象有关。

一个民族对于共同体的想象，必然涉及对于民族特性的想象。200多年来，英国历史上关于"英格兰特性"（Englishness）的争论从来就没有停止过，而且在近几十年来愈演愈烈。我们认为，在所有相关的界说中，要数美国小说家库珀（James Fenimore Cooper, 1789—1851）的观点最值得参考："英格兰是一个讲究举止得体的国度。如果我必须用一个单词来形容，那么我就会选择'得

---

① Qtd. in Donald Davie, "Berkeley and the Style of Dialogue," 95.
② Raymond Williams, "David Hume: Reasoning and Experience," in *The English Mind*, 144.

体'一词,这是因为它最接近英格兰的民族特性。"① 库珀的判断不一定精确,不过英国文学中有关"得体"的探究和描写至少堪与任何国家媲美。就会话而言,对"得体"的诉求常常表现为对"说真话"和"礼貌"之间分寸的拿捏,这看似小事,却关乎共同体的健康发展。共同体的建构有赖于思想的交流、真理的审视和知识的传播,这些都要求会话者既说真话,又讲礼貌,可是实际生活中会话的目的、语境和参与者的背景千变万化,因而说真话与讲礼貌之间的分寸并不容易把握,会话者顾此失彼的现象成为生活常态。更确切地说,真诚/坦率与礼貌/文雅在现实生活中是一对矛盾。

针对上述矛盾,英国历史上曾经有过一场"两种模式之争",即"礼貌会话模式"(the polite model of conversation)和"交锋会话模式"(the combative model of conversation)之争。推崇"礼貌模式"的文人学者主要有艾迪生、斯梯尔、休谟、理查逊(Samuel Richardson,1689—1761)和斯密等,他们或主张"压制分歧,把各种特殊意见带入平衡状态",② 或提倡在会话中凸显"人类中优雅的那一部分",③ 或强调"会话和社交的极大愉悦""见解的契合"和"心智的某种和谐"。④ 这方面最典型的可能要数理查逊,他在小说《查理士·格兰狄生爵士的历史》(*The History of Sir Charles Grandison*,1754)中写道:会话能使人变得"有教养,变得平易近人,和蔼可亲"。⑤ 所有这些主张都有一个共同点,即注重会话的礼貌、文雅、和谐等要素,因而可以概括为"礼貌会话模式",或称"休谟范式"(the Humean paradigm)。

跟休谟等人不同,沃茨(Isaac Watts,1674—1748)、约翰逊(Samuel Johnson,1709—1784)和葛德汶等提出了"交锋会话模式"。在他们看来,会话的首要功能是追求真理,传播知识,而这少不了思想的交锋和争斗。他们不仅"把会话看作知识的生产形式"和"真理的中转渠道",而且直接向上述"休谟范

---

① Qtd. in Paul Langford, *Englishness Identified: Manners and Character 1650—1850*, Oxford: Oxford University Press, 2000, 157.
② Jon Mee, *Conversable Worlds: Literature, Contention, and Community 1762 to 1830*, 42.
③ Ibid., 62.
④ Adam Smith, *The Theory of Moral Sentiments*, eds. D. D. Raphael and A. L. Macfie, Indianapolis: The Liberty Fund, 1984, 23.
⑤ Samuel Richardson, *The History of Sir Charles Grandison*, Vol. Ⅲ, ed. Jocelyn Harris, Oxford: Oxford University Press, 1972, 250.

式"挑战,直言"须警惕过于讲究礼貌或趣味的倾向"。① 较早提出这一主张的是沃茨,不过持相同主张的约翰逊在这方面的影响最大。后者有一个美称,即"用会话巩固英国文化的不朽典范",② 而为他赢得这一美称的是他提出的一系列口号(他在文学俱乐部等地的会话实践除外),如"需要创造性的碰撞",③ "为胜利而交谈"(talking for victory)以及"把会话当作思想斗争的形式",等等。④ 继约翰逊之后,葛德汶也大力提倡"交锋会话模式",并提出了以下理由:"如果存在着真理这东西的话,那么它必然在心智与心智的碰撞中得以产生,除此,别无他法。"⑤ 在所有这些主张中,真理/知识和交锋/碰撞之间几乎画上了等号。

　　细心人不难察觉,上述"两种模式之争"实际上隐含着一种非此即彼的偏执型弊病。"文雅派"也好,"交锋派"也好,他们在推行自己的观点时,都忽视了这样一个事实:如果一味追求"说真话"而不顾礼貌,那么很有可能伤人,因而也就达不到思想交流的目的;相反,过于"讲礼貌"而言不由衷,那更谈不上真正的交流。理想的会话应该既说真话,又讲礼貌。同理,共同体的建设既需要真诚坦率,又需要文雅礼貌。然而,如前文所示,在实际生活中,会话者顾此失彼的情况常有发生。换言之,对于真诚与礼貌之间分寸的拿捏远非易事。该如何破解这一难题呢?为寻求答案,不少英国文学家做出过不懈的努力,其代表人物当首推奥斯汀。乔恩·米在论及奥斯汀对会话的贡献时曾经注意到小说《爱玛》(*Emma*,1816)中的一段对话(爱玛称赞丘吉尔的会话才能,但是奈特利不予认同):

"我的看法是,他能根据每个人的趣味调整会话内容。他既有让大家都愉快的愿望,又有让大家都愉快的能力。跟你,他会谈农业。跟我,他会谈绘画和音乐。不管是谁,他都能投其所好。不管是什么话题,他都有个大致的了

---

① Jon Mee, *Conversable Worlds: Literature, Contention, and Community 1762 to 1830*, 38.
② Ibid., 31.
③ Ibid., 69.
④ Ibid., 82.
⑤ William Godwin, *Political and Philosophical Writings of William Godwin*, Vol. Ⅲ, ed. Mark Philp, London: William Pickering, 1993, 15.

解,因而总能搭得上话,或引领某个话题,而且谈吐得体,每个话题都处理得极佳。这就是我对他的看法。"

奈特利热切地答道:"在我看来,假如他真的如你所说,那他就是世上最难以容忍的家伙!……"①

乔恩·米援引上举对话,为的是强调"奈特利的回应……旨在表明随机应变的礼貌会牺牲太多的诚恳"。② 在我们看来,上引对话中最值得关注的是"得体"一词。奥斯汀此处不仅像乔恩·米所说的那样,指出了过分的礼貌会以牺牲诚挚为代价,更重要的是引出了"得体"话题,即如何在真诚与礼貌之间拿捏分寸的话题。不过,上引对话中的"得体"是反其意而用之——丘吉尔那以牺牲真诚为代价的文雅恰恰是不得体的。

那么,怎样的会话才是得体的呢?事实上,奥斯汀向世人展示过分寸拿捏得当的会话,只不过恰恰被乔恩·米忽视罢了。我们认为,最佳的例子见于《傲慢与偏见》(*Pride and Prejudice*, 1813)。在小说第 38 章中,有一段柯林斯先生向伊丽莎白吹嘘自己婚姻美满的插曲:"我亲爱的夏洛特跟我同心同德。不管遇到什么事儿,我们都情投意合,这真是少见的缘分。我们就像是天生的一对。"③ 读过这部小说的人都知道,夏洛特是迫于生计才嫁给柯林斯的,根本谈不上同心同德,只不过柯林斯比较愚钝,毫无察觉罢了。作为夏洛特闺蜜的伊丽莎白对此心知肚明,可是她若一味地求真,直言柯林斯夫妇同床异梦,那不免有失礼貌(更何况此时的她正在柯林斯家做客——后者尽管俗不可耐,却尽了地主之谊);相反,她若只顾礼貌,一味地应和,那又会流于虚假。这真是两难啊!且看伊丽莎白如何作答:

伊丽莎白不失礼貌地答道:那样的婚姻确实幸福美满;她还带着同等的真诚补充说道:她坚信他很享受家庭生活,并且为他感到高兴。④

---

① Jane Austen, *Emma*, Toronto: Bantam Classic, 1981, 138.
② Jon Mee, *Conversable Worlds: Literature, Contention, and Community 1762 to 1830*, 205.
③ Jane Austen, *Pride and Prejudice*, New York: Bantam Classic, 2003, 185.
④ Ibid., 185.

此处的分寸拿捏得十分精妙：伊丽莎白礼貌地祝福了柯林斯，同时又不失真诚——她所承认的美满婚姻只是"那样的婚姻"，而非柯林斯和夏洛特实际拥有的婚姻；她"坚信他很享受家庭生活"，所强调的是"他"，并不包括夏洛特，因而伊丽莎白始终保持了真诚。奥斯汀通过伊丽莎白之口，向世人提供了一个鱼和熊掌兼得的会话范例。

会话时最难拿捏的分寸，莫过于批评方式的选择。《傲慢与偏见》在这方面提供的范例也堪称上乘。在第 31 章中，有一段达西和伊丽莎白之间的对话：

> 达西说："有些人很善于跟陌生人攀谈，我可没有那样的才能。跟先前从未见过的人会话时，我无法捕捉他们的语气，无法跟着他们的兴趣转。我经常看到有人能那样做，可我做不到。"
>
> 伊丽莎白答道："我看到许多女子弹钢琴时指法娴熟，而我的手指却不那么听使唤。它们达不到相同的力度和速度，因而不具有相同的表现力。然而，我一直认为那是我主观上不够努力的缘故——是我没有花足够力气练习的缘故。我并不认为自己的手指天生就不如那些指法高明的女子。"①

此处，伊丽莎白其实是在批评达西的矜持与傲慢——他不愿意跟生人交谈，还找客观理由来为自己辩护。虽然是批评达西，但是她选择了从批评自己的方式切入。达西足够聪明，应该能听出她的言下之意：就像伊丽莎白应该多练习钢琴指法一样，达西应该多练习跟人交谈，尤其是跟生人交谈，而不应该用客观理由来为自己开脱。这样的方式显然非常得体，容易被人接受。

在上举例子中，文雅跟坦诚结合得完美无瑕。然而，批评/会话形式实际上是多种多样的，有时候并非一定要那样文雅，甚至有必要以激烈的形式呈现，此时的分寸应该如何拿捏呢？乔治·爱略特的《丹尼尔·德隆达》（*Daniel Deronda*，1876）在这方面为我们提供了启示。女主人公关德琳曾去音乐家克莱斯摩尔那里拜师，后者在听完她的演唱之后，给出了如下批评：

---

① Jane Austen, *Pride and Prejudice*, 151.

> 你未被教好。这并不是说你没有天赋。你的调子很准,而且音色很美,但是你的发声不好,所选择的曲调趣味低下。这类形式的旋律表现了一种幼稚的文化——是一种虚张声势的玩意儿——表现了那种没有开阔视野的人的情感和思想。这种曲子的每一个乐句都带有愚蠢的自满情绪:没有深切而神秘的激情的爆发——没有冲突——没有对大千世界的感受。听这种乐曲的人会变得渺小。唱点儿豪放的曲子吧……①

此处的"未被教好""趣味低下"和"愚蠢的自满情绪"等措辞相当激烈,语气也同样激烈,可是它们的冲击力经由"调子很准"和"音色很美"等词语的缓冲,让关德琳在感到羞耻的同时,还能感受到克莱斯摩尔的公允。此外,"唱点儿豪放的曲子"这样的建议透着关爱和不凡学识,不能不让人佩服,因而加强了整个批评意见的可接受度。换言之,即便是激烈的批评,也需要拿捏分寸,甚至比一般会话更需要拿捏得体。从《丹尼尔·德隆达》的情节来看,这类激烈而又得体的批评是行之有效的——正是在受克莱斯摩尔的影响之后,关德琳第一次学会了"在普通水平上看待自己"。② 可以说,爱略特继承了奥斯汀的会话思想传统,并将其发扬光大。

上述传统一直延续到了当代。如今仍然活跃在英国文坛的杰出小说家拜厄特在21世纪的一次访谈中,就曾把"人类共同体"(the human community)、"得体"(decorum)和"会话"相提并论——触发话题的是她的短篇小说《糖》以及她父亲临终前的情景(她父亲逝世于一家荷兰临终医院,那里的医生和护士"做得很得体,既悉心照料他,又不让他因倚赖他人而没有自尊");跟这一情景交融的是拜厄特跟父亲的"最后一次会话",其间后者"试图建构一个故事,一个神话,一种令人满意的、有关他自己人生的叙述"③:

> 我想我看到的是一个很复杂的人类共同体意象。这个共同体的维系体现

---

① George Eliot, *Daniel Deronda*, Oxford: Clarendon Press, 1984, 42—43.
② 殷企平:《从自我到非我:〈丹尼尔·德隆达〉中的心智培育之路》,《外国文学研究》,2015年第2期,第76页。
③ A. S. Byatt, "Editor's Notes Interviewed by Jean-Louis Chevalier," *Journal of the Short Story in English*, 41 (Autumn 2003): 5.

于得体的言行和良好的举止;当人们相互传递精心烹调的食物时,或是周到而体贴地相互交谈时,或是恪守某些规矩时,共同体就得以维系了。……我确实很钦佩我的父亲……他不停地讲着人类的历史,其中既有他亲身经历过的,也有他从书本中体验到的,一直从第一、二次世界大战讲到狄更斯、乔治·爱略特和夏洛特·勃朗特(Charlotte Brontë,1816—1855)。参与那场有趣会话的还有那些荷兰医生,他们非常文雅。他们不会在接诊时糊弄一番了事,而会停下来,站着跟他谈读书心得。这些举止并没有减少我们因他去世而产生的悲痛,但是让我们获得了人的尊严,这才是那些得体举止的意义所在。……我指的是修养,是良好的举止,这些非常、非常重要。①

修养/得体的举止跟会话和共同体之间的关系,在这里被阐述得再清楚不过了。如果我们结合拜厄特的创作实践,就会发现她对"得体"的理解还有赖于会话者共通的才思与见解,这在小说《占有》(Possession,1990)中艾什跟拉蒙特之间的书信里可见一斑——这些书信的第一封(出自艾什之手)就是由一次会话引发的:

> 亲爱的女士:自从我们那一次令人惊喜的谈话以后,我的脑中就再也容不下其他思绪。对于身为诗人的我……竟能体验到如此心领神会的共鸣,如此共通的才思与见解……②

触发艾什跟拉蒙特之间恋情的是得体的会话,而这得体则是以共通的修养——共通的才思与见解——为前提的。《占有》中还有一个细节值得注意:贝雅特丽斯曾经写过一篇专论,其中"她唯一引以自豪的字词就是'交谈'",而这交谈所追求的情景"同时融合了高尚的谈吐以及不加掩饰的热情"。③ 高尚的谈吐和不加掩饰的热情也好,共通的才思与见解也好,它们都是会话分寸得以恰当拿捏的基本保证。透过这种分寸的拿捏,我们还应看到拜厄特的共同

---

① A. S. Byatt, "Editor's Notes Interviewed by Jean-Louis Chevalier," 5—6.
② A. S. 拜厄特:《占有》,于冬梅、宋瑛堂译,海口:南海出版公司,2012年,第6页。
③ 同上,第146页。

体情怀,或者用她自己的话说,看到"一个很复杂的人类共同体意象"。

同样擅于把握会话分寸的当代英国作家还有许多。篇幅有限,仅再以德拉布尔为例。上一小节曾用了《光辉灿烂的道路》中的例子,说明德拉布尔以会话为促进共同体建设所付出的努力。这种努力还见于她的另一部小说《七姐妹》(*The Seven Sisters*, 2002)。女主人公坎迪达遭丈夫背叛,又因社会风气的败坏,逐渐陷入自我封闭的境地;随后她在各种外因和内因的促使下奋力走出了自我,开始跟其他 6 位不同身份的妇女交往,还结伴赴意大利旅游。途中她们情同姐妹,完成了一次共同体之旅。七姐妹的许多会话都投射出拿捏分寸的重要性,其中最耐人寻味的一次发生在坎迪达和杰罗尔德太太之间:坎迪达第一次造访杰罗尔德太太(一年前坎迪达曾修过她的夜大课程),离开时适逢下雨;杰罗尔德太太要把自家的雨伞借给坎迪达,但是后者不肯接受,于是杰罗尔德太太说:"如果我把伞借给了你,你就会再来我家了。你就不可能一消失就是一年了。我想再跟你见面。"① 此处,杰罗尔德太太其实是在批评坎迪达自我封闭,可是她捕捉了借雨伞的话题而乘势发挥,拿捏得既圆熟自如,又感人至深。因此,坎迪达不仅接受了雨伞,而且后来常与杰罗尔德太太来往,进而渐渐地把社交圈扩大为七姐妹旅行团。这足以说明,一次得体的会话,埋下了形成美好共同体的种子。

正是有了无数像上述作家那样的精细推敲,英国文学中以会话促进共同体的传统才绵延不断,绚丽多彩。正所谓精诚所至,金石为开。

第二节
英国文学中的音乐与共同体形塑

2006 年,美国圣路易斯大学教授菲莉丝·韦利弗(Phyllis Weliver

---

① Margret Drabble, *The Seven Sisters*, Orlando: Penguin Books, 2002, 106—107.

1968—)出版了《英国小说中的音乐群体,1840—1910:阶级、文化与民族》(*The Musical Crowd in English Fiction*,*1840—1910: Class*,*Culture and Nation*)一书,审视英国小说中有关音乐事件/场景的描写,并使之与想象共同体的方法相联系。此前已有学者关注英国文学与音乐的相关性,也有学者关注英国文学中的共同体形塑问题,但是把两者结合起来研究的当首推韦利弗。她不仅率先用小说的镜头来聚焦音乐和共同体想象之间的关系,而且在研究方法上独辟蹊径,尝试从(音乐会等)观众的角度来探讨音乐在形塑共同体方面的作用。鉴于韦利弗的研究仅限于 1840 年至 1910 年的时段,并且仅限于小说体裁,本节拟从更宽广的角度来论证如下观点:通过音乐来想象共同体,是英国文学中古往今来的普遍现象。

一、音乐与公共领域

韦利弗著作中的一个关键词是音乐厅(the concert hall),因为它"作为公共领域的一部分而颇具价值"。① 这一观点的灵感来自哈贝马斯(Jürgen Habermas,1929—)。后者把公共领域界定为现代性状况下的新型话语空间,这已经是学术界的一个常识。美国耶鲁大学本哈比卜(Seyla Benhabib,1950—)在哈贝马斯的基础上对公共领域或"公共空间"(the public space)做了进一步的界定:"(公共空间)不是任何地形或机构意义上的空间:即便在市政厅或城市广场,如果人们没有'同心协力',那么它们也称不上公共空间。反之……一片田野或森林也能成为公共空间,只要它们是人们'同心协力'的对象或场所。例如,人们可能在上述地方集会,抗议在那里建公路或军事基地,这时就形成了公共空间。"② 此处的"同心协力",其原文是"act in concert",而"concert"还有音乐会的意思。韦利弗由此看到了学界的一个盲点,即只关注 19 世纪文学中有关政治/城市集会的描写如何影响哈贝马斯关于公共领域的思考,而忽视了作品中的音乐话语/意象如何助推了哈氏相关概

---

① Phyllis Weliver, *The Musical Crowd in English Fiction*, *1840—1910: Class*, *Culture and Nation*, Houndmillls: Palgrave Macmillan, 2006, 45.

② Seyla Benhabib, *Situating the Self: Gender*, *Community and Postmodernism in Contemporary Ethics*, New York: Routledge, 1992, 93.

念和思想的形成。有鉴于此,韦利弗仔细研读了上自勃朗特、下至福斯特(E. M. Forster,1879—1970)等人的作品,并指出它们都"介入了一场辩论",其中心议题恰好是以下两个:"公共领域是什么?应该怎样对它做出反应?"① 在韦利弗所做的工作中,最有意思的是她围绕公共领域——共同体的核心领域——的建构方法所展开的论述,而这又要从她所引入的"全景敞视型监狱"(the Panopticon)这一概念说起。

韦利弗认为,19 世纪 50 年代以降的许多英国小说都可以看作对边沁(Jeremy Bentham,1748—1832)及其功利主义思想的回应。众所周知,边沁对社会——其内涵包括我们如今所说的公共领域——的管理提出过一整套重理性、重监视、重惩戒的办法。福柯(Michel Foucault,1926—1984)在探讨现代性特征时就一直追溯到边沁,并在《规训与惩罚》(*Surveilier et Punir*,1975)一书中这样评论边沁所谓的"全景敞视型监狱"及其背后的管理思想:"对于边沁来说,这种具备一座有权力的和洞察一切的高塔的、著名的透明环形铁笼,或许是一个完美的规训机构的设计方案。……全景敞视结构提供了这种普遍化的模式。它编制了一个被规训机制彻底渗透的社会在一种易于转换的基础机制层次上的基本运作程序。"② 福柯虽然洞察了"全景敞视型监狱"对现代社会的影响,却忽视了与边沁同时代的文人们对其提出的质疑。换言之,早在福柯之前,英国文人们就批判了"全景敞视型监狱"所隐含的管理范式。韦利弗指出了这一点,因此她所做的工作可以看作对学术史的一种修正。有意思的是,她所援引的第一个例子并非小说家,而是随笔作家黑兹利特(William Hazlitt,1778—1830)。后者在《时代精神》(*The Spirit of the Age*,1825)里直接批评边沁的"全景敞视型监狱"这一概念,并接着发问:"当一个人皈依伟大的功利原则之后,他在边沁的眼皮底下时会被迫工作,但是一旦离开了边沁的视线,他还会照样工作吗?"③ 如韦利弗所说,"黑兹利特反对全景敞视型监狱,其最终目的是想说明社会的凝聚力并非来自'惩罚与规训',而是来

---

① Phyllis Weliver, *The Musical Crowd in English Fiction*, 1840—1910, 55.
② 米歇尔·福柯:《规训与惩罚》,刘北成、杨远婴译,北京:三联书店,2003 年,第 234—235 页。
③ William Hazlitt, *The Spirit of the Age: Or Contemporary Portraits*, London: Colburn, 1825.

自'同情心'。"① 黑兹利特与边沁之争实际上围绕着一个焦点问题，即公共领域的建构——或公共凝聚力的形成——最应依靠的是监视、规训和惩罚等刚性力量呢，还是信念、情操、爱心和想象力等柔性力量？

除了黑兹利特，韦利弗还提到了穆勒。后者早期追随边沁，可是后期与之渐行渐远，其主要原因是边沁的幸福观里缺少了下文所说的"情感文化"（穆勒以华兹华斯的诗歌为例）："华兹华斯的诗歌……似乎正是我所追求的情感文化，从中似乎能汲取源源不断的内心欢乐，一种人和万物一体同仁的愉悦。这种愉悦可以由全人类共享；它跟争斗或瑕疵毫不相干，却可以因人类的物质和社会状况的每一点改善而变得更为丰富。即便在生活中所有较大的邪恶都被祛除之后，我似乎仍然可以从这些诗歌中找到幸福的永久源泉。"② 我们知道，边沁也追求人类共同体的福祉，但是他的幸福观只关注客观世界的改造，而穆勒的幸福观则兼顾了人类主观世界的改造，因而后者要丰富得多，深刻得多。正因为如此，才有了"情感文化"一说，也就是上文所说的柔性力量——穆勒把"情感"（feelings）跟"文化"（culture）搭配，也就是把情感提到了文化的高度，可谓用心良苦。穆勒是在《自传》（*Autobiography*，1873）里表述"情感文化"的。韦利弗注意到了这部书，但是她未留意"情感文化"，更未留意穆勒对音乐的强调："……音乐的最佳效果在于激发热情（就这一点而言，它也许胜过其他任何艺术），在于唤醒人类品格中潜在的那些高尚情感，并提升其强度。这种兴奋状态赋予升华了的情感一种光和热，后者最强烈的状态虽然短暂，却能持续维持这种升华的情感，因而弥足珍贵。"③ 从这字里行间，我们不难感受到穆勒主张用音乐营造公共文化、建构公共领域（虽然他未用"公共领域"这一术语）的热情。还须一提的是，《自传》就像黑兹利特的随笔一样，虽然属于文学范畴，但是已经超出了韦利弗的研究范畴。换言之，对边沁做出回应的不仅有韦利弗笔下的那些小说，而且有同时期的其他文学样式。

在韦利弗所重点分析的小说中，要数勃朗特的《维莱特》（*Villette*，1853）和萧伯纳（George Bernard Shaw，1856—1950）的《爱在艺术家中间》

---

① Phyllis Weliver, *The Musical Crowd in English Fiction*, 1840—1910, 33.
② John Stuart Mill, *Autobiography*, London: Penguin Books, 1989, 121.
③ Ibid., 119.

(*Love among the Artists*,1881)最能反映音乐和公共领域之间的关系。这两部作品中都有许多描述音乐厅及其所含活动的场景。韦利弗对它们的分析,旨在说明"音乐厅是公共领域的宝贵部分"。[1] 确实,勃朗特和萧伯纳都通过音乐场景表达了各自有关公共领域建构/管理的思想,而且都刻画了两类音乐群体/观众:一类只关注音乐场所的规矩、音乐演奏的技巧、音乐家及其作品的市场价值、音乐会期间的服饰/座次等显示的身份和地位,甚至只对如何监视别人的行为感兴趣;另一类也服从音乐会的礼仪和规矩,或者欣赏音乐演奏的技巧,但是更多地随着音乐去想象,去感受情感的升华。前者正好与边沁重理性、重监视的管理思想契合,而后者则与黑兹利特、穆勒等人重情操、美感、爱心和想象力的公共文化思想相匹配。例如,《维莱特》女主人公露西在第一次参加音乐会时比较注重理性规范,然后在随后的几次音乐会中"更多地向情感生活的信条偏移",而陪伴露西出席音乐会的"约翰医生和其他几位公共集会的成员则试图通过公共监视来调节行为"。[2] 又如,在《爱在艺术家中间》中有两类音乐家和音乐迷:一类以作曲家杰克为代表,他们把音乐跟人类大同世界的梦想相联系;另一类以"音乐精英"菲普森为代表,后者"总是仔细地阅读配有分析的节目单",[3] 或者说总是拘泥于音乐的规则。杰克对这后一类人嗤之以鼻,并曾这样讽刺他们所喜欢的一个名叫"安提恩特·俄耳甫斯"的乐队:"他们文雅过度了。他们害怕展露自己的个性,好像他们自己就是那些常见的绅士。"[4] 对此韦利弗有过如下分析:"他们的演奏风格表明,附庸风雅的行为是有问题的,但又是'常见'的——循规蹈矩地寻求同质效应,这种常见的现象不无讽刺意味。用文雅和平静的掌控当作衡量音乐的标准,这样的理解未免过于平庸,不免成为英国音乐前进道路上骇人的绊脚石;在这种对音乐的理解背后,显露的是一种由规训和理性构筑的公共领域,而不是有机生成的、充满激情的公共领域。"[5] 这一分析可谓切中肯綮。

---

[1] Phyllis Weliver, *The Musical Crowd in English Fiction*, 1840—1910, 45.
[2] Ibid., 42—46.
[3] G. Bernard Shaw, *Love Among the Artists*, New York: Herbert S. Stone and Company, 1900, 270.
[4] Ibid., 181.
[5] Phyllis Weliver, *The Musical Crowd in English Fiction*, 1840—1910, 138.

不过，比上述两部小说更值得重视的是狄更斯的《艰难时事》。不知为什么，韦利弗没有把它作为重点分析的对象。这部小说有许多音乐意象。例如，（西丝父亲所在的）马戏团每次表演时总是要以音乐开场；它第一次在书中露面时就伴随着音乐：当时葛擂硬先生正走近马戏团，"音乐声侵入他的耳朵，原来是乐队的打击乐声……"①这里的"侵入"一词十分传神，它表明音乐跟葛擂硬格格不入。韦利弗注意到了这一点，并且指出"'乐队的打击乐声'宣告了马戏团的存在，一种与功利主义相对立的生活方式的存在"，②但是她未能进一步结合故事中隐含的监狱意象来探讨音乐意象。事实上，利维斯早在《伟大的传统》(The Great Tradition, 1948)中就以"监狱"来比喻葛擂硬所代表的"管教体制"："马戏团获取意义的方式出色地阐明了狄更斯手法的诗意-戏剧化的特征。葛擂硬先生从功利主义的教室走回他功利主义的寓所——石屋。狄更斯笔下的石屋让我们深刻而具体地认识到了那个模范管教体制是一副何等样的面目：对于小葛擂硬们（包括马尔萨斯和亚当·史密斯）来说，它简直就是一座难以逃脱的监狱。"③此处的"监狱"就是边沁推崇的、黑兹利特/福柯所批判的"全景敞视型监狱"。它意味着一种强制性的管理方式，也意味着一种压抑美好情感的生活方式和思维方式。在这种思想氛围下营造出来的公共领域必然像一座监狱，而《艰难时事》中的音乐和马戏团可以看作与之相对峙的合成意象，其背后的价值取向在下面这段描述中得到了生动的体现："……即便把全团人的学问合在一起，也换不来任何一门学科的合格证书。然而，这些人温良敦厚，天真无邪，不屑于任何诡诈行为；他们互相怜悯，助人为乐，有求必应。他们在日常生活中表现出来的美德，足以与世界上任何一个阶层媲美；再多的尊敬，再大的褒奖，对于他们都不过分。"④这里，马戏团成员的行为方式跟前文所说的"同心协力"正好契合，因而构成了一个理想的公共领域；他们和睦相处，形成了一个理想的共同体。狄更斯的这些描写，显然可以为哈贝马斯有关公共领域的概念和思想提供养料。

---

① Charles Dickens, *Hard Times*, Beijing: Foreign Language Teaching and Research Press/Oxford: Oxford University Press, 1994, 14.
② Phyllis Weliver, *The Musical Crowd in English Fiction, 1840—1910*, 35.
③ F. R. 利维斯：《伟大的传统》(2002年版)，第385页。
④ Charles Dickens, *Hard Times*, 46.

我们所要强调的是,上述文学现象远远超出了韦利弗的研究范围。例如,普里斯特利(J. B. Priestley, 1894—1984)的代表作《好伙伴》(*The Good Companions*, 1929)就是一部以音乐主线贯穿全书的小说。不仅如此,它还堪称共同体想象的典范。英国曼彻斯特大学教授盖尔(Maggie B. Gale)就曾赞扬该书,理由是"深深镶嵌在小说中的共同体意识"。[1] 瑞士巴塞尔大学的哈伯曼(Ina Habermann)教授也关注了《好伙伴》的共同体情结,并且把它跟音乐会挂上了钩:"音乐厅表演会是普里斯特利笔下英格兰共同体生活的关键性象征。"[2] 确实,《好伙伴》中的音乐厅表演会属于典型的音乐事件,也不失为想象共同体的诸多方式之一,但是若要使它真正成为共同体生活的象征,还须满足一个前提,即参与者和组织者都拥有共同的生活目标和价值取向。更具体地说,必须具备前文所述公共领域的一大要素,即"同心协力"。小说中的歌舞剧团(同时也是音乐团体)——取名为"好伙伴"——正好具备了这一要素。书中人物乔利芬特在讨论剧团名称时,最强调的就是"好伙伴的情谊"和"齐心合力"。[3] 在"好伙伴歌舞剧团"成立之前,乔利芬特、特兰忒小姐、奥克劳依特和苏茜等主要人物就像一个个孤岛,但是在剧团成立之后,他们逐渐形成了一个名副其实的共同体。不仅在内部形成了很强的凝聚力,而且通过音乐/舞蹈表演在社会上形成了公共影响力。这在他们一次义演所呈现的不凡吸引力中可见一斑:"……本该待在医院里的人来了,本该待在监狱里的人也来了,本该去维多利亚街卫斯理教堂听音乐会的人也来了……各行各业的人都来了……"[4] 这吸引力自然跟音乐/歌舞的感染力有关。下面就是关于那次义演的一段描述:

    幕布要拉开了吗?不,他们先要放一段音乐;他们总是如此。音乐来了:拉姆啼——嘀——啼嘀——嘀,拉姆啼——嘀——啼嘀。观众中有人熟悉这曲调。它是一首名叫《轻快地旋转》的歌曲……从神奇灯光照射下的幕布后

---

[1] Maggie B. Gale, *J. B. Priestley*, *Modern and Contemporary Dramatists*, London & New York: Routledge, 2008, 126.
[2] Ina Habermann, *Myth, Memory and the Middlebrow: Priestley, du Maurier and the Symbolic Form of Englishness*, Hampshire: Palgrave Macmillan, 2010, 50.
[3] J. B. Priestley, *The Good Companions*, London: Arrow Books, 2000, 277.
[4] Ibid., 550.

面,传来轻柔妙曼的歌曲。此时,那旋律淘气得就像酵母,对台下黑乎乎的那片观众产生着潜移默化的作用。那旋律真美妙!是爱心和平常心的狂想曲!它传递着来自另一个世界的消息,那世界比我们的更光明——在我们这个世界里,大家只忙着分工资。在翩翩起舞的乐曲声中,加特福德剧院消失得一干二净;周围的街道、厂房和商店、成排的房屋、有轨电车和卡车、丑陋的小教堂和鬼鬼祟祟的酒吧全都消失了;它们起先颤抖了一阵,然后开始摇摆,接着是剧烈的晃动,最后消逝得无影无踪,全都旋转到某个硕大而难以想象的角落里去了。乐曲声更响了一些,好似凯旋归来。一切都消失了,只留下朗朗大地和星光闪耀的天空,还有那轻快的旋律和节奏……①

这段描述分明是对"比我们的更光明"的世界的想象,是对"朗朗大地"的想象,也就是对美好共同体的想象,而这想象的翅膀显然是音乐赋予的。整段叙述采取观众感受的视角,为的是传递出他们怎样因音乐的感染而产生了强烈的情感共鸣,进而凸显了音乐在促进公众的、对共同体的认同感方面的作用。与此形成互动的是小说的情节:特兰忒小姐出任经理时,剧团已债台高筑,她赔上了所有的积蓄,帮助还清债务并发放工资,同时还要负担剧团的运行费用;在她的带领下,剧团成员们同甘苦,共患难;每当某个演员因疾病等意外情况而不上不了舞台时,总有其他成员挺身而出,无偿地加班加点工作。例如,吉米·纳恩、苏茜、米切姆和乔利芬特等人都有过额外的付出,吉米·纳恩甚至抱病工作。换言之,特兰忒小姐管理剧团靠的是爱心、友情和事业心,而不是前文中"监狱"意象所隐含的强制手段。

类似的例子在当代也能找到。杰出的女作家拜厄特就喜欢通过音乐来想象共同体。仅以她的小说《孩子们的书》(*The Children's Book*,2009)为例:书中频频出现音乐意象,甚至连战地的描写都有歌声相伴,如朱利安在野战医院"想到人们唱的那些歌,既残忍又欢乐"。② 最引人注目的是书中人物演出莎士比亚戏剧《仲夏夜之梦》的场景——从排练到演出,整段叙述长达10页,中间有许多插叙,大都跟共同体的想象/建设有关。例如,汉弗莱在牛津大学的

---

① J. B. Priestley, *The Good Companions*, 550—551.
② A. S. 拜厄特:《孩子们的书》,杨向荣译,海口:南海出版公司,2014年,第707页。

同学们经常"走入社会,亲自为穷人做好事。他们到东区去管理出租房。他们举办大学工人辅导班";他们还受汤因比的感召,"后者对贫困和早夭问题投入了极大的热忱,加农·巴内特建的汤因比会堂就是对他这种奉献精神的纪念,这幢建筑被设计成一个毕业生公社,那些学生将在穷人中间生活并教书。"[①]又如,"爱德华·皮塞成立了新生活同人会,年轻的威尔伍德夫妇参加过这个组织的好几次集会。他们在那儿以及民主联盟里讨论失业劳工的组织、寄宿学童的伙食、厂矿和铁路的国有化,乃至公共机构建立民居等问题。"[②]此处"公社""公共机构""国有化""大学工人辅导班"和"新生活同人会"等都可视为共同体意象,有关人物所从事的活动都可视为构成了公共领域;把它们穿插在《仲夏夜之梦》——该剧有许多音乐场景——的排练、准备和表演过程中,这显然是在暗示共同体/公共领域的建构需要音乐所唤起的那种美好情感和奉献精神。

上述例子还给了我们一个新的启示:凭借音乐想象共同体的思想雏形是否早就存在?至少在莎翁时代就已存在?《仲夏夜之梦》从表面上看,是一个浪漫神奇的爱情故事,其实却关乎国家/社会的治理这一重大问题。雅典少女赫米娅爱上了拉山德,不肯嫁给狄米特律斯,而这违抗了父命;雅典公爵忒修斯按照法律做出裁决,命令赫米娅在四天内服从父命,否则将受死或做修女。这是一种十分严酷的规训,即便赫米娅屈服了,其结果也不可能给任何人带来幸福;好在忒修斯后来回心转意(他被赫米娅和拉山德、海丽娜和狄米特律斯这两对有情人的忠贞所打动),不仅劝说伊吉斯(赫米娅之父)放弃"依法惩办"[③]的念头,而且提议三对新人(包括他自己和希波吕忒)共同举行婚礼。就在忒修斯改变主意之前,出现过接二连三的音乐画面:先是仙王奥布朗反复下令奏乐,然后是迫克声称"听见云雀歌吟",接着是忒修斯要求希波吕忒"听一听猎犬的音乐",并同他一起"领略猎犬们的吠叫和山谷中回声应和的妙乐",而希波吕忒则回应说自己"从来不曾听见过那样谐美的喧声,那样悦耳的

---

① A. S. 拜厄特:《孩子们的书》,第38—39页。
② 同上,第42页。
③ 莎士比亚:《仲夏夜之梦》,朱生豪译,载《莎士比亚全集》第2卷,北京:人民文学出版社,1984年,第347页。

雷鸣";其间忒修斯还表白自己"已把五朔节的仪式遵循"。① 此处特别值得一提的是,英国旧俗于"五朔节"(May Day)这一天早起,以露盥身,采花唱歌,因而它是一个融音乐与共同体意识于一体的象征。正是在"五朔节"这一象征以及上述音乐意象所营造的氛围中,忒修斯选择了支持真诚的爱情,并对伊吉斯说了一句意味深长的话:"你的意志只好屈服一下了。"② 这里的"意志"其实与后来福柯所说的"规训与惩罚"不无相通之处,而剧中"谐美的"音乐则跟哈贝马斯所说的公共领域十分契合。

当然,无论是莎士比亚,还是后来的狄更斯,甚至是 20 世纪的普里斯特利,都不可能使用"公共领域"这样的术语。然而,他们描绘的有关图景,及其展示的信念、情操、爱心和想象力,为后人想象音乐与共同体/公共领域之间的关系提供了启示。

二、音乐与民族认同感

作为表意形式的音乐,除了能参与公共领域的建构之外,还具有促进民族认同感的重要作用,这也是韦利弗的主要观点之一。当然,在她之前,已有不少学者探讨过音乐在促进民族大团结方面的功能。韦利弗的独特之处有二:1) 通过小说的镜头来聚焦音乐和共同体/民族形塑之间的关系;2) 强调一个民族想象共同体的方法有赖于其成员对音乐的反应能力。换言之,韦利弗为小说文本的解读开辟了一个新视角,即着眼于相关人物如何对音乐做出反应,以此展示他们如何想象共同体,如何认同自己的民族。韦利弗的贡献还在于揭示了如下情形:对于民族的想象,会因某个成员所在阶级的不同而不同,而这一点可以由其对音乐的不同反应而得到折射。

在韦利弗分析的小说中,最能说明上述观点的是梅瑞狄斯(George Meredith, 1828—1909)的《桑德拉·贝诺利》(*Sandra Bellonil*, 1864)。故事发生在 19 世纪 40 年代中期的英国,而女主人公埃米莉亚则来自意大利,其时后者正处于反抗奥匈帝国的民族解放运动之中。埃米莉亚歌喉出众,弹一手

---

① 莎士比亚:《仲夏夜之梦》,第 345—346 页。我们根据原文对译文做了少量更动。
② 同上,第 348 页。

好琴（竖琴），而且还能自己作曲。书中最先表示欣赏她的是波尔家四姐弟（阿拉贝拉、科妮莉亚、阿黛拉和威尔弗里德，其父靠经商发家）以及百万富翁佩里科尔斯。他们对埃米莉亚示好，并非出于对音乐的确切理解，而是想做后者的赞助人，并借此捞取社会声誉。更复杂的是，威尔弗里德和佩里科尔斯还打着更多的小算盘——前者开始追求埃米莉亚，而后者完全是想占她的便宜。小说第2章围绕埃米莉亚在林中月下唱歌、弹奏的场景而展开（本是独自练习，却引来了波尔家姐弟和佩里科尔斯等人的围观），在唱其中的一首歌曲时埃米莉亚"热血沸腾，激情四射，甜美歌声的深处缭绕着悲伤，这分明是现代意大利的标志"。① 埃米莉亚身在英国，心系意大利的民族解放运动，所以有"现代意大利的标志"一说，然而这音乐声中的政治元素根本未被察觉——威尔弗里德和三姐妹听完埃米莉亚表演以后的中心话题只是"她歌声中有没有伤感之情"。② 与此形成鲜明对照的是书中劳动阶层对埃米莉亚演唱的反应。在第11章中，有一个埃米莉亚（在用作酒吧的临时窝棚里）为穷苦大众演唱的场景，当时"所有的人都很虔敬……大家的表情看上去就像在听一首喜爱的国歌那样"。③ 埃米莉亚起先唱的是意大利歌曲，然后她意识到在座的都是英国人，所以主动要求听众挑一首大家喜欢的歌曲，接着就出现了如下场面："埃米莉亚开始演唱那首为人熟知的歌曲，序曲刚奏响，窝棚内就沸腾起来；观众们开始手舞足蹈，并用手指打起了拍子。他们的身体全都听命于她的旋律，随时准备扭动、伸展或弯曲。她完全捕捉住了他们的心。"④ 显然，此处的听众在乐曲声感召下形成了一股凝聚力。韦利弗曾经把这一场景跟先前埃米莉亚在林中月下唱歌的情景加以比较，并指出"这两个不同的场景首先揭示了新兴资产阶级的无知，然后……表现出工人阶级自然具有的洞察力"。⑤ 事实上，韦利弗花了很大的篇幅对此做了分析，其中较有说服力的是她对历史原因的考察——从1848年到1870年期间，英国工人阶级对意大利的独立运动给予

---

① George Meredith, *Sandra Belloni (Originally Emilia in England) — Complete*, London: Constable, 1914, 11.
② Ibid., 13.
③ Ibid., 94—95.
④ Ibid., 96.
⑤ Phyllis Weliver, *The Musical Crowd in English Fiction, 1840—1910*, 88.

了积极的支持(所以《桑德拉·贝诺利》中工人/农民们从埃米莉亚那里听到的不仅是热烈的旋律,而且是政治热情),而英国的资产阶级和贵族阶级当时则与奥匈帝国的统治者沆瀣一气(波尔家有亲戚在奥地利的骑兵队伍里服役;威尔弗里德自己在印度当过英帝国骑兵队的掌旗官,其帝国情结与意大利民族解放运动格格不入,因此他对埃米莉亚歌声中的民族主义元素充耳不闻)。① 鉴于韦利弗在这方面已经做了很详尽的探讨,我们此处就不再赘述。

假如韦利弗在上述分析中采用了已故牛津大学教授热尔韦(David Gervais)的观点,那么她本来可以更全面地把握《桑德拉·贝诺利》所展现的共同体形塑问题,可惜她未能在这方面深入地加以探讨。热尔韦在《文学英格兰:现代作品中"英格兰特性"的不同版本》(*Literary Englands: Versions of "Englishness" in Modern Writing*, 1993)一书中提出了"多重英格兰"一说,并赞扬诗人爱德华·托马斯(Edward Thomas,1878—1917)把目光投向了"漏洞与边角里的英格兰",即"在官方地图上找不到的一个英格兰"。② 言下之意,在统治阶级把持的官方话语中,英国的下层阶级并不属于英格兰,或者说只存在于官方话语/统治阶级心目中的漏洞和边角里。虽然《桑德拉·贝诺利》不在热尔韦的研究范围之内,但是它跟托马斯的诗歌一样,也呈现了被遗忘在"漏洞与边角里的英格兰"——那些随着埃米莉亚的歌声手舞足蹈的穷苦百姓就生活在漏洞与边角里。书中有许多这方面的描写。例如,在埃米莉亚去酒吧窝棚演唱之前,波尔家姐妹曾极力劝阻,双方因此展开了激烈的争辩。且看阿拉贝拉对埃米莉亚的责问:"把你的歌喉和了不起的才能浪费在这些人身上,你会从中获得乐趣吗?"③ 科妮莉亚的辩词更加激烈:"作为你的朋友,我们无法允许你作践自己,竟然要从我们家去酒吧窝棚,那里面都是抽烟喝酒的粗人啊……社会永远不能容忍一个跟乡巴佬们混得很熟的人。"④ 从这些指责中,我们可以看到波尔家姐妹是如何看待共同体的。她们心目中的"社会"根

---

① Phyllis Weliver, *The Musical Crowd in English Fiction*, 1840—1910, 85—129.
② David Gervais, *Literary Englands: Versions of "Englishness" in Modern Writing*, Cambridge: Cambridge University Press, 1993, 2—28.
③ George Meredith, *Sandra Belloni (Originally Emilia in England) — Complete*, 76.
④ Ibid.

本就不能容忍所谓的"粗人"和"乡巴佬",而埃米莉亚的歌声则强烈地反衬出这种"伪共同体想象"的荒谬之处。

放眼通观英国文学史,我们会发现通过音乐意象来唤醒民族认同感,这远远不止是韦利弗笔下那些小说家的使命,而是古往今来英国文学中的一个亮点。这方面最典型的例子当推阿克罗伊德(Peter Ackroyd,1949—)的小说《英国音乐》(*English Music*,1992)。它不仅以"音乐"命名,而且以音乐意象贯穿全书。小说主人公蒂莫西从小受父亲的熏陶,终生热爱音乐。该书的编排很奇特:编号为奇数的章节讲述蒂莫西的成长故事(主要背景为20世纪20—30年代的英国),而编号为偶数的章节则记录他的梦境——在这些梦境中,他不仅跟英国历史上许多文学家相遇,还跟他们笔下的虚构人物相遇,其间穿插着许多轶事和对话,和音乐形成了千丝万缕的关系。例如,在第2章中,蒂莫西梦见了班扬(John Bunyan,1628—1688)笔下的人物克里斯琴以及卡罗尔(Lewis Carroll,1832—1898)虚构的人物爱丽丝,三人结伴同行(互相之间的对话常以歌曲的形式呈现);在第4章中,他先后与《伟大前程》(*Great Expectations*,1861)里的人物皮普、埃丝特拉和哈维沙姆邂逅,甚至还跟作者狄更斯本人晤面交谈。蒂莫西还经常梦见音乐家和画家,如有"英国音乐之父"美誉的伯德(William Byrd,1539—1623)以及号称"英国绘画之父"的贺加斯(William Hogarth,1697—1764)。之所以会这样,是因为在蒂莫西——其实是阿克罗伊德——眼中,"音乐"跟"文学""历史"和"绘画"是同义词,这在蒂莫西的相关回忆中叙述得非常清楚("他"为蒂莫西的父亲):

……他所说的"英国音乐"不仅指音乐本身,而且指英国历史、英国文学和英国绘画。对他来说,一个话题总会导向另一个话题。在讨论威廉·伯德或亨利·普赛尔(本卷作者按:巴洛克早期的英国作曲家 Henry Purcell,1659—1695)时,他会中途停下来,以便向我介绍诗人丁尼生和勃朗宁。在讨论诗人塞缪尔·约翰逊时,他会突然话锋一转,对托马斯·庚斯博罗的绘画做一番点评。在讨论帕凡舞曲和加利亚德舞曲时,他会把话锋转向颂诗和十四行诗。在讨论丹尼尔·笛福笔下的伦敦时,他会谈起查尔斯·狄更斯笔下的伦敦。在他的点拨下,所有这些东西在我的想象中汇成了一个世界。我相信

这世界仍然活着……①

此处"仍然活着"一语堪称振聋发聩:音乐也好,文学与绘画也好,都象征着一个民族的文化遗产;只要活着,它们就能唤起人们的民族认同感。显然,阿克罗伊德是要用音乐来连接英国的过去和现在,而民族认同感就在这"连接"之中。

英国利物浦约翰摩尔大学的史密斯(Gerry Smyth)博士曾经承认,阿克罗伊德作品的"中心主题是过去——尤其是英国的过去——与现在之间的牢固关系",② 不过他在涉及《英国音乐》具体文本时却话中有话:"'英国音乐'这题目……看上去指的是一种贯穿英国历史的精神:更具体地说,一种似乎有史以来一直持续的、特殊的文化想象。"③ 史密斯此处接连用了"看上去"和"似乎"两个词语,其用意无非是否定"贯穿英国历史的精神"的存在——在他看来,宣扬这种精神的话语隶属于本质主义,或者说是一种"本质话语"(discourse of essence),而"英国音乐"所隐含的"英国特性"(Englishness)其实是一种人为的建构,是一种可以被不断抹去而重新建构的东西,因而也就谈不上有任何本质;为这一观点他做了如下阐述:

蒂莫西·哈库姆在故事里所经历的一切都导向了他最后的顿悟,这在小说的末句里得到了概括:"我听到了音乐。"这一陈述看似简单,却涵盖了一系列复杂的历史、政治进程。它跟弥漫于全书的本质话语是格格不入的……换言之,作者召唤音乐固然有其目的,然而音乐此处并不为他的目的服务:"英国音乐"的"英国特性"永远是一种正在被抹去的能指。④

言下之意,阿克罗伊德所提倡的"英国音乐"只是一种无根的能指,它没有任何坚实的所指与之匹配。若要评判史密斯是否说得在理,我们必须细察小说结

---

① Peter Ackroyd, *English Music*, London: Penguin Books, 1993, 21.
② Gerry Smyth, *Music in Contemporary British Fiction: Listening to the Novel*, New York: Palgrave Macmillan, 2008, 172—173.
③ Ibid., 173—174.
④ Ibid., 176.

尾的那一句,即"我听到了音乐。"史密斯单独把这一句拎出来,不顾它的上文,强行使用时髦的解构理论,便得出了上面那段引语中的结论。事实上,在"听到了音乐"之前,蒂莫西刚经历了史密斯所忽视的一桩轶事:年事已高的蒂莫西帮助朋友爱德华的小孙女儿塞西莉亚埋葬了一只死去的小鸟,然后就有了全书的结尾段落(第二人称"您"指读者):

  于是我们蹲了下来,我为这只死鸟的灵魂做了祷告。我不知道我为何要在结尾时给您讲那么简单的一个故事,不过那也许是我如今所做的最好的事情——简单的事情,就像葬鸟。我们祷告以后,另一只鸟从我们前面的一棵树上飞了下来,栖息在我家花园的门上。没过多久,它也吟唱起来,歌声在整条小径上回荡。所以您明白了吧,就像我先前解释的那样,我已经不再需要从旧书中去寻找音乐。我听到了音乐。①

这是一个极具象征意味的结尾。葬鸟的小姑娘跟蒂莫西的母亲(她在蒂莫西出生那天因难产而死去,生前擅长弹奏曼陀林)同名,而她俩又跟音乐主保圣人圣塞西莉亚(Saint Cecilia,? —230?)同名。从古代的圣塞西莉亚到蒂莫西的母亲,再从后者到小姑娘塞西莉亚,古人虽已死亡,但是象征音乐精神的名字却代代相传,就如会唱歌的小鸟一样,先前的死了,却总有后来者接替。小说的所有章节都跟这一段形成了呼应,其中最直接的要数第 9 章——音乐教师阿米蒂奇询问了蒂莫西(他在外祖父的家乡上学)母亲的名字,并告诉他这一名字跟圣塞西莉亚的关系,还在课堂上发表了一通议论:"我们可以把英国音乐的开端追溯到 16 世纪,从此它一直实实在在地持续着……这音乐还活着。你们听过埃尔加和沃恩·威廉斯②的音乐吗?……这音乐是不朽的。古老的音乐仍然是我们的一部分。它永远是我们的一部分。几百年来,同样的旋律总是在重复着,传给了一代又一代。"③ 书中与此明显相似的表述还有许

---

  ① Peter Ackroyd, *English Music*, 400.
  ② 埃尔加(Edward Elgar, 1857—1934)和威廉斯(Ralph Vaughan Williams, 1872—1958)都是英国作曲家。
  ③ Peter Ackroyd, *English Music*, 196.

多。例如,第6章中斯莫尔伍德(一个长得很像福尔摩斯的侦探)对蒂莫西这样说:"英国音乐很少变化。乐器会更换,形式会变更,但是精神似乎永远不变。精神永存。我想,我们所说的和谐就是这个意思。"① 又如,在第12章里,贺加斯(他把绘画与音乐相提并论)在蒂莫西的梦境中强调"音乐有其线条美",强调自己的工作是"描绘我们英格兰民族的风俗习惯,使之保留到未来",并这样抒发自己的理想:"我们的英国音乐必须持续,直到我们到达最后一个音符。"② 这里,通过音乐/绘画来促进民族认同的热情跃然纸上。

也就是说,阿克罗伊德所说的"英国音乐"并非没有坚实的所指与之匹配——这所指就是关于民族共同体的想象。这想象虽然不可触摸,而且形式多变,可是其精神却异常坚固。阿克罗伊德的这一思想跟安德森(Benedict Anderson,1936—2015)的共同体理论十分契合。后者在其《想象的共同体:民族主义的起源和散布》(*Imagined Communities: Reflections on the Origin and Spread of Nationalism*,1983)一书中强调了想象在共同体形塑方面的作用;他认为虽然一个民族的绝大多数成员无法彼此相识,甚至彼此之间的关系并不平等,但是他们可以通过想象来分享"一种深度的、平行的同志情谊"。③ 跟安德森一样,阿克罗伊德也有着对"深度共同体"(the deep community)④的诉求,而且将其与民族想象紧紧地联系在一起。阿克罗伊德曾经发表《阿尔比恩:英格兰想象的起源》(*Albion: The Origins of the English Imagination*,2002)一书,其中第53章的标题为"英国音乐",其实就是以音乐来形容民族想象。"阿尔比恩"(Albion)是古代不列颠或英格兰的指称,阿克罗伊德用它来冠名全书,自然是指"英格兰想象"源远流长。该书开篇之处就把这想象比作"河流",紧接着又把它比作"风竖琴",⑤ 然后又在第53章与之呼应——在列举多位音乐家(包括前文所提的伯德和沃恩·威廉斯)之后,出现了下面这段

---

① Peter Ackroyd, *English Music*, 128.
② Ibid., 268.
③ Benedict Anderson, *Imagined Communities: Reflections on the Origin and Spread of Nationalism*, London: Verso, 1991, 7.
④ 威廉斯(Raymond Williams)语,详见他的 *The Long Revolution*, Harmondsworth: Penguin Books, 1961, 65。
⑤ Peter Ackroyd, *Albion: The Origins of the English Imagination*, London: Chatto & Windus, 2002, xix.

文字：

（沃恩·威廉斯的音乐）既拥抱现在，又拥抱往昔；在这乐曲声中，对英国古代文化的兴趣变成了一种魔力，催生出一种亘古永恒的品质。艾略特从英国山水中感悟到的就是这样一种品质，他在诗歌《四重奏》中令人难忘地展现了这一品质："就在此刻，就在英格兰。"那感觉就像比德（笔者按：Saint Bede，627—735，盎格鲁-撒克逊神学家、历史学家）在《英格兰人教会史》中描绘的那只小鸟，穿越了盎格鲁-撒克逊宴会厅，吸到了户外的空气，变成了在沃恩·威廉斯的乐队背景中腾飞的百灵鸟。它就是雪莱诗中的云雀，"啼声婉转如清澈的溪流。"这同一只鸟还出现在乔治·梅瑞狄斯的诗行中，沃恩·威廉斯借用过这些诗行："飞腾而起，继而盘旋，/她的歌声宛如银链，/环环相扣，一环又一环。"这牢不可破的银链就是英国音乐之链。①

类似的描述也见于《英国音乐》。该书第16章第一句就把"阿尔比恩"跟"英国音乐"联系在了一起："苏醒吧，阿尔比恩，倾听英国音乐那永无休止的曲调……"② 这一章取名为"阿尔比恩之歌"，并模仿布莱克（William Blake，1757—1827）的笔法（第15章以蒂莫西倾听父亲朗诵布莱克诗歌的情景结尾，诗中有"苏醒吧，阿尔比恩，苏醒！"这一句），全用歌谣体写成。在这一章中，"阿尔比恩"一词的出现频率高达22次，且多与英国史上的伟大文学家相连，如涉及乔叟（Geoffrey Chaucer，1342—1400）的这些诗行："……神圣的气息进入阿尔比恩，/时光轮回，英格兰苏醒复生，/这复苏的生命在乔叟的诗中永存。"③ 又如涉及莎士比亚的这几句："莎士比亚俯察人世，融入了人世。/他融入了自己的文字：他脱胎换骨，/一如节奏和音节再造了他的激情……锻造了铿锵文字，供阿尔比恩居住……所有的忧伤痛苦，所有的友情亲缘，/在这里刻入了英国音乐的作品。/莎士比亚从露珠般的卧榻起身，阿尔比恩则留在身

---

① Peter Ackroyd, *Albion: The Origins of the English Imagination*, 440.
② Peter Ackroyd, *English Music*, 349.
③ Ibid., 350.

后,/永远被他的诗文环绕。"① 此处需要留心的是"在这里刻入了英国音乐的作品"一句:"在这里"显然指的是莎士比亚的诗句,而后者又被等同于"英国音乐",从中我们可以瞥见文学、音乐和民族/共同体想象之间的关系。

还须一提的是,"阿尔比恩之歌"中几乎每位诗人都负有承前启后的"音乐"使命。例如,布莱克不但"听到了把代代相连的音乐",而且"为后来者铺平了道路:/不,不是为克雷布②……而是为柯尔律治和华兹华斯"。③ 不久,我们看见"拜伦随后崛起",然后"雪莱继承了那音乐",紧接着我们又看到济慈在吟唱:"美即真,真即美,/想象不是心态,而是人类存在的形态。/大自然没有轮廓,唯有想象本身,/因为语言即永恒,它源自阿尔比恩的嘴唇。"④ 当然,除了"美即真,真即美"那一句出自济慈外,此处的诗行是阿克罗伊德杜撰的。不过,他借此点明了想象——尤其是代代相传的想象——在民族/共同体形塑中的重要作用,而"音乐"则是想象的代名词。

除了过去、现在乃至未来的彼此沟通外,民族认同感的形成还有赖于许多其他复杂的因素。例如,不同阶级和种族在想象共同体方面会有或多或少的不同。正是在这方面,阿克罗伊德不免会受到攻讦。美国罗德岛大学英语系主任特里姆(Ryan Trimm)就批评《英国音乐》反映的民族文化遗产观"在政治上排斥少数族裔",或者说"掩盖了移民的存在"。⑤ 确实,阿克罗伊德未能在他的"音乐"中思考由少数族裔——尤其是当代大量移民的涌入——而带来的问题。然而,我们不应该仅凭这一缺憾就否定《英国音乐》在民族想象方面的积极意义。阿克罗伊德至少表达了通过文化遗产来促进民族认同感的强烈愿望,而且表达得十分生动。此外,他还跟爱德华·托马斯和梅瑞狄斯一样,把目光投向了"漏洞与边角里的英格兰"——《英国音乐》中真正爱好音乐的全都是些小人物。哈库姆先生(蒂莫西的父亲)一生贫困,那些常常聚在他周围的人也全是些穷苦的老百姓,如靠做清洁工为生的小矮人玛格丽特和餐馆侍者

---

① Peter Ackroyd, *English Music*, 352.
② 英国诗人,英文名为 George Crabbe(1754—1832)。
③ Peter Ackroyd, *English Music*, 356.
④ Ibid., 357—358.
⑤ Ryan S. Trimm, "Rhythm Nation: Pastiche and Spectral Heritage in English Music," *Critique: Studies in Contemporary Fiction* 52, No. 3 (2011), 251—257.

伯登。他们并没有出众的音乐天赋和造诣。玛格丽特"唱歌时声音很高,但是嗓子有些破",① 就连哈库姆先生也"在音乐表演方面并不专业"。② 然而,他们都很善良,常常互相帮助,并且只要他们"发现大家都在一起",就能"突然找到通向幸福的秘诀"。③ 书中有很多类似的描写,从中不难瞥见共同体情怀。

还须强调的是,阿克罗伊德的音乐情结远非当代英国文坛上的孤立现象,而且他的缺陷因其他一些作家——如拉什迪(Salman Rushdie,1947—)和石黑一雄(Kazuo Ishiguro,1954—)等移民作家——的贡献而得到了弥补。这些作家常常把目光投向移民或侨民,后者的生活大都漂泊不定,但是他们也有共同体诉求;他们的共同家园之路,跟阿克罗伊德笔下的情形相比,往往要艰难得多,不过他们也总能从"音乐"中找到一丝希望。拉什迪的小说《她脚下的土地》(*The Ground Beneath Her Feet*,1999)是这方面的典型例子。这部小说的男女主人公奥默斯和维娜都是摇滚乐手,他们居无定所,浪迹孟买、伦敦和纽约等地,可是他们从未放弃对共同文化遗产的追求,这在奥默斯的一次表白中可见一斑:"……不管我们在哪里,不管我们的母语是什么,不管我们最先学会的是哪一种舞蹈,那种流动在我们血液里的、占有并激励我们的音乐说着全人类的秘密语言,它就是我们的共同遗产。"④ 这里,我们可以看见对阿克罗伊德的民族共同体思想的一种补充:在一个健康的社会里,民族认同感应该包括对"全人类""共同遗产"的诉求。

综上所述,通过音乐来想象共同体,这是英国文学史上的一大特色。我们可以在韦利弗所做工作的基础上,把视角从1840年至1910年的英国小说扩大到整个英国文学史。在本节涉及的文学作品中,无论是音乐事件,还是音乐场景,或是音乐意象,都强烈地呼唤着民族认同感,都为公共领域的构建、公共文化的建设提供了启示。在这些音乐事件/场景/意象的背后,是各种社会/政治话语的交集和互动,是世代文学家为重塑共同体的不断努力——它们汇成了此起彼伏的强音。

---

① Peter Ackroyd, *English Music*, 56.
② Ibid., 3.
③ Ibid., 56.
④ Salman Rushdie, *The Ground Beneath Her Feet*, New York: Henry Holt and Company, 1999, 89.

第四章

英国文学中的"趣味"概念

"趣味"(Taste)一词与本研究的核心关键词"文化"密切相关。它不仅是西方美学史中的重要概念,也频繁出现在哲学、伦理学、社会学,乃至现代神经学等众多领域。更重要的是,"趣味"理论的发展与文化观念的演进和文学批评的兴起息息相关。正如德国哲学家西奥多·阿多诺(Theodor Adorno, 1903—1969)所说:"审美趣味是历史经验最精确的测震器。"①因此,通过聚焦文学作品中有关"趣味"的讨论,我们得以了解"趣味"理论背后的社会语境与文化观念的变迁。如果以英国文学为例,我们不难发现:从18世纪到19世纪,随着自由资本主义的发展,英国社会逐渐从农业社会过渡到工业社会,从农业文明逐渐过渡到工业文明。正是在这一转型期间,"趣味"理论在文学领域得到了广泛的讨论,18世纪甚至被称为"趣味"的世纪(the Century of Taste)。在当时的《鉴赏家周报》(*The Connoisseur*)上,化名"唐恩先生"(Mr. Town)的主笔如此评价18世纪英国人对"趣味"的热衷:

目前,"趣味"成了文人雅士追逐的偶像。实际上,它更是被当作所有艺术和科学的精华。淑女和绅士们着装讲究"趣味";建筑师(无论他是哥特派还是中国园林派)设计讲究"趣味";画家画画讲究"趣味";诗人写诗讲究"趣味";批评家阅读讲究"趣味"。简而言之,小提琴家、钢琴家、歌手、舞者和机械师们,无一不成为"趣味"的子女。然而,在这"趣味"泛滥的时代,却很少有人能说明白究竟什么是"趣味",又或者,"趣味"究竟指代什么。②

"趣味"究竟指代什么呢?为什么"趣味"一词突然成为18、19世纪英国社会的

---

① Theodor Adorno, *Minima Moralia: Reflections from Damaged Life*, trans. E. F. N. Jephcott, London and New York: Verso, 2005, 145.
② Mr. Town, Critic and Censor-General, "On Taste," in *The Connoisseur* 4, eds. George Colman and Bonnell Thornton, London: R. Baldwin, 1757, 121—127.

关键词之一？可以说，上述唐恩式的追问始终回响在 18、19 世纪的英国文学中，并通过不同的作品、人物得以展现。以英国文学为例，"趣味"理论的变迁至少经历了两次转折，而这两次转折都与英国中产阶级的发展亦步亦趋。尤其在 19 世纪，"趣味"显然担负起了区分阶级、建构阶级美学景观和新文化观念的重任。进入 20 世纪之后，随着大众文化的兴起，"趣味"的阶级区分作用日渐淡化，而"日常趣味"则开始成为文化研究的焦点，并成功地融入许多批评家关于"文化""大众"以及"现代性"等核心概念的争论之中。本章以 19 世纪英国文学为着眼点，旨在说明文学如何以微妙的形式来凸显"趣味"与中产阶级文化建构之间的关联。考虑到该话题的复杂性和延续性，我们有必要先追述一下其"前世今生"，从而更敏锐地把握与该词相关的阶级景观与社会景观。

从英语词源来看，"Taste"一词表示"味觉"。在德语中，与"Taste"相对应的是"gescmhack"。根据康德的定义，这个词"其本来意义是指某种感官（舌、愕和咽喉）的特点，它是由某些溶解于食物或饮料中的物质以特殊的方式刺激起来的。这个词在使用时既可表示口味的辨别力，也可被理解为合乎口味"。[①] 有意思的是，由于"味觉"必须来自一物对另一物的物理接触，因此，以柏拉图为代表的古希腊哲学家们在无形中将它与肉欲画上了等号。例如，柏拉图在《蒂迈欧篇》中规劝"不朽的灵魂"必须远离口腹之欲：

> 我们这个种族的创造者明白，人类会在饮食方面不节制，会远远超过必要的或恰当的程度大吃大喝。为了不让疾病很快摧毁人类，使我们这个有生灭的种族不至于在没有完成使命的时候就死亡，诸神在做了预见之后就在我们身上安置了所谓的下腹部，作为接受过量饮食的一个容器，还在腹内安装了弯弯曲曲的肠子，以免食物通过太快而使身体马上就需要更多的食物，成为永不满足的婆餐之徒，使整个种族成为哲学和文化的敌人，反叛我们身上最神圣的部分。[②]

[①] 伊曼纽尔·康德：《实用人类学》，邓晓芒译，重庆：重庆出版社，1987 年，第 137 页。
[②] 柏拉图：《柏拉图全集》（第 3 卷），王晓朝译，北京：人民出版社，2003 年，第 326 页。

可见，在西方美学发展的初期，"趣味"并不属于美学范畴，而是一个与道德相关的概念。尤其在18世纪英国经验主义哲学形成之前，味觉这一感官体验很容易使人联想到肉体的放纵与无节制。

追根溯源，上述联想与《创世记》的影响不无关系。人类的堕落似乎始于夏娃的一口苹果。因此，与"味觉"相关的"Glut"和"Gluttony"都成为罪恶、堕落、贪婪的同义词。17世纪中期，《失乐园》(*Paradise Lost*，1667)开篇即讲到死亡和灾难来自人类"致命的一口"(Mortal taste)。在弥尔顿笔下，夏娃受到了撒旦的诱惑，在梦中预见到自己的逾越之举。她如此说道："他（夏娃梦中的天使）摘下了果子，他品味了果子"(He plucked, he tasted)。① 显然，此处的"品味"(taste)带有伦理学的含义。很多评论家，包括诗人雪莱都注意到了这一舌尖上的罪恶。② 雪莱是这样说的："亚当与夏娃偷食邪恶之树的禁果，致使他们的子孙后代在上帝的迁怒之下失去了永生的机会。这一寓言恰恰解释了以下论断：不自然的饮食(unnatural diet)必然滋生疾病与罪恶。"③ 可见，"品味"(taste)意味着一种十足的伦理学困境。更重要的是，夏娃的这一口开启了她的自我探索之旅。丹尼斯·吉甘特(Denise Gigante)指出，"弥尔顿挑战了'taste'一词本身的本体论创制力量(the ontopoetic power)。应该说，从弥尔顿开始，'taste'不仅仅表示主体的辨别行为，它更是主体的构成要素。"④ 换言之，对自我的探索开始成为"趣味"概念的另一层含义，并预示着这一概念在18世纪的美学转向。

---

① John Milton, *Complete Poems and Major Prose*, ed. Merritt Y. Hughes, New York: Odyssey, 1957.
② 雪莱对于"不自然"饮食的关注跟他的素食主义背景有关。跟大部分17世纪的素食主义者一样，雪莱认为"食肉"是一种不自然的、堕落的饮食选择。因此，在这一点上，他表现得像基督教神学家一样，将"品尝"与道德的罪恶相关联。此外，17世纪的主流饮食观还将未煮熟的生果列为"不自然"的饮食。正是在上述原因的共同作用下，才有了下文中雪莱关于"不自然"饮食的论断。详见 Denise Gigante, *Taste: A Literary History*, New Haven: Yale University Press, 2005, 24.
③ Percy Shelly, *Shelley's Prose; or the Trumpet of a Prophecy*, ed. David Lee Clark, London: Fourth Estate, 1988, 24.
④ Denise Gigante, *Taste: A Literary History*, 24.

第一节
"趣味"概念在 18 世纪的美学转向

虽然 18 世纪被认为是理性的世纪,但"理性的人"显然只是故事的一半。经验主义哲学家约翰·洛克认为,"自我这一社会建构(物)取决于人如何处理由感官获得的经验。"①上述感官经验自然包括了味觉体验。随着 18 世纪经验主义哲学的发展,沙夫茨伯里伯爵、休谟、伯克等人一再将"趣味"概念与"美"的概念相提并论,从而将"趣味"发展成为经验主义美学的核心概念之一。事实上,经验主义美学在 18 世纪英国的盛行绝非积句来巢,空穴来风。伊格尔顿在《美学意识形态》(*The Ideology of the Aesthetic*,1990)一书中指出:"正是在 18 世纪这个特殊的时期,随着早期中产阶层的出现,各种美学概念开始出现在英国这个阶级社会的主流意识形态结构中,并不动声色地起着非同寻常的核心作用。"②在随后几个世纪中,美学一直在英国社会发挥着重要作用,它的重要性在于"当它讨论艺术时,它实际上在讨论其他事情,而这些事情恰恰关乎中产阶级政治霸权(领导权)的核心问题"。③ 无独有偶,如果我们追述"美学"(aesthetics)一词的希腊语词源,就会发现:

在德国哲学家亚历山大·鲍姆加登(Alexander Baumgarten,1714—1762)所做的最初的阐释里,这个术语首先指的不是艺术,而是如同其希腊语词源(aisthesis)所表达的一样,表示人类的全部感知(perception)与感受领域

---

① 关于此观点,详见 John Lock, *An Essay Concerning Human Understanding*, Oxford: Clarendon Press, 1979。
② Terry Eagleton, *The Ideology of the Aesthetic*, Oxford UK: Blackwell Publishing Ltd, 1990, 4.
③ Ibid., 4.

(sensation),与精妙深奥的概念思想领域形成鲜明的对照。①

可见,美学本身即有关感官的话语。作为人类感知世界的方式之一,"趣味"被囊括在美学的范畴之内,并随着经验主义美学在 18 世纪的盛行完成了其美学转向。

如果说经验主义美学在英国的发展与中产阶级的崛起密切相关,那么,"趣味"理论的"美学转向"亦与后者脱不了干系。我们知道,从 18 世纪开始,对自我的探索就是中产阶级主体建构的核心问题。与此相映成趣的是,在 18 世纪经验主义美学中,"趣味"概念始终代表着一种由表及里的探索过程,即从品尝外部世界开始,由此形成个体经验,从而产生"趣味"判断。例如,沙夫茨伯里伯爵曾指出,"趣味"始终与"自我"有关,"正是我们自己创造并形成属于我们的趣味。一切取决于我们自己是否想形成一个正确的趣味。"②在《独白,或给一位作家的建议》("Soliloquy: Or, Advice to an Author")一文中,沙夫茨伯里伯爵多次将作家的"趣味"暗示为一种自我形塑(self-making)的哲学,是个体的人"摈弃一切杂质"(method of evacuation)的过程。③ 此处,"摈弃杂质"(evacuation)一词折射了 18 世纪生理学关于肠胃功能研究的发展,也让人联想起"趣味"的本义:品尝。可见,从 18 世纪开始,"趣味"一词实现了由表及里的蜕变,即从"品尝"美味佳肴之义延伸为表示"摒弃"文化中的粗糙、未成熟之物(crudities),从而形成正确的趣味判断之义。确切地说,自此开始,"趣味"(taste)一词与主体所可能获得的"心智培育"(the cultivation of the mind)建立起了密不可分的联系。

更重要的是,沙夫茨伯里伯爵关于"趣味"的可塑性这一观点在无形中为中产阶级的社会地位提升打开了大门。例如,在《道德家们》("The Moralists")一文中,沙氏将"趣味"划分为三种类型:坏的趣味,即"做作的"(artificial)趣味;好的趣味,即"合宜的"(well-formed)趣味;以及两者之间的趣

---

① Terry Eagleton, *The Ideology of the Aesthetic*, 13.
② Anthony Ashley Cooper, *Characteristics of Men, Manners, Opinions, Times*, ed. Lawrence E. Klein, Cambridge: Cambridge University Press, 1999, 417.
③ Ibid., 74.

味,"自然的"(natural)趣味。① "自然的"趣味如果得以栽培,则发展成为"合宜的"趣味;反之,则流为"做作的"趣味。② 随后,在《人、风俗、意见与时代之特征》(*Characteristics of Men, Manners, Opinions, Times*, 1711)一书中,他再次强调:"一种合理的、正确的趣味的获得、形成、孕育或者产生都离不开之前的努力和批评的阵痛。"③可见,沙氏认为,"合宜的"趣味可以通过个人的努力和外界的修正获得,即"趣味"可以后天形成。

沙氏的这一观点对哈奇森(Francis Hutcheson,1694—1746)、休谟、伯克的"趣味"观都有极大的影响。例如:在哈奇森看来,"教育和习俗会影响我们的内在感官……可以提高人心记忆、比较复杂结构的能力;在这种情况之下,面对最美的东西,我们所感受到的快感就远远高于通常的情形。"④休谟的"趣味观"显然与沙氏和哈奇森一脉相承。在《论趣味与激情的敏感性》("Of the Delicacy of Taste and Passion")一文中,他指出激情的敏感不同于趣味的敏感,而矫正"激情的敏感"是"培养更高级、更雅致的趣味"的第一要义。⑤ 因此,良好的"趣味"必须"在实践中提高,在比较中完善"。⑥ 可以说,"矫正""实践""比较"这几个词充分暗示了"趣味"的后天可塑性。与前面三位经验主义美学家相比,伯克的"趣味观"则显得更为激进。他完全割裂了"趣味"与内在器官的关联,并指出"趣味"来自以下三要素:感觉、想象力和理性判断。⑦ 显然,这三要素的形成与"教育"和"习俗"相关,也与"矫正""实践""比较"不无关系,都可以通过后天的"心智培育"得以提高。此外,在《论趣味与激情的敏感性》一文中,他直言不讳地将产生错误"趣味"的原因归咎为"缺乏恰当的、有良好指导的训练",并且指出"单单这种训练就可以增强和完善判断力"。⑧ 试想,既然

---

① 此处"自然"的趣味指"天生"的趣味,取决于内在器官的感受力。沙夫茨伯里认为,"人天生就有审辨善恶、美丑的能力,这种审辨美的特殊感官就是'内在的眼睛',它根植于人性中,是人的心灵的一种能力。"详见沙夫茨伯里:《道德家们》,载北京大学哲学系美学教研室编,《西方美学家论美和美感》,北京:商务印书馆,1980年,第95页。
② 沙夫茨伯里:《道德家们》,第95页。
③ Anthony Ashley Cooper, *Characteristics of Men, Manners, Opinions, Times*, 408.
④ 哈奇森:《论美与德行两个概念的根源》,《西方美学家论美和美感》,第100页。
⑤ 大卫·休谟:《论道德与文学》,马万利、张正萍译,杭州:浙江大学出版社,2011年,第3页。
⑥ 同上,第107页。
⑦ 埃德蒙·伯克,《关于我们崇高与美观念之根源的哲学探讨》,郭飞译,郑州:大象出版社,2010年,第25页。
⑧ 同上。

"趣味"得益于后天的心智培育,那么,中产阶级群体为何不能通过"审美趣味"的培养来丰富文化观念,提升文化身份呢?

正是在这个层面上,"趣味"理论从 18 世纪开始就似乎与中产阶级文化建立起了某种亲缘关系。更重要的是,在 18 世纪经验主义美学家们对"趣味"的讨论中,"趣味"不仅关乎个人,而且与社会的整体发展息息相关。对沙夫茨伯里来说,良好"趣味"的培养能有效实现"利己"与"利他"的双赢,因为任何个体都是社会的一部分,个体只有通过主动与他人建立积极的联系才能算是一个"有趣味的人"(Man of Taste)。因此,沙氏的"有趣味的人"必须义无反顾地承担起帮助他人形成良好趣味的道德责任。[①] 换言之,他们不再是感官之味(to taste)的被动承受者和消费者,相反,他们成了"趣味"的创造者和生产者。华兹华斯在 1815 年写过一段关于"趣味"的名言,非常生动地描述了上述从被动转为主动的过程:"'趣味'一词所涉及的范围早已超过了原本的哲学范畴。作为一个隐喻,它来自人类身体的被动感知,却转而表示本质上并不被动的事物,如智力的行为活动。"[②]不难看出,上述语义转变折射了中产阶级个体希望通过自主创作,实现群体发展的心理诉求。

事实上,从 18 世纪中后期开始,个体与他人之间的对立与融合,个体发展与群体发展之间的矛盾与冲突一直让英国中产阶级成员倍感焦虑。正如伊格尔顿指出的那样,虽然新兴的中产阶级成员信心百倍地把自己定义为自由的、普遍的主体,但他们始终焦虑地意识到:他们追捧的个人主义过于琐碎与务实,是一种粗鲁的个人主义。"粗鲁"一词的原文为 robust,虽有苗壮之意,却一语双关,道出了个人主义的致命缺陷:只顾个人,不顾他者;只顾个体,不顾总体。因此,在伊格尔顿看来,审美的介入是化解上述矛盾的有效手段。用他的话来说,审美是一个"和解之梦","梦想每一个个体能在无损个性的前提下交织成为亲密的总体,而在抽象的总体中则洋溢着真切实在的个体生命。"[③]

从以沙氏为代表的经验主义美学家们关于"趣味"的阐释来看,他们做着

[①] Denise Gigante, *Taste: A Literary History*, 52.
[②] Wordsworth, "Essay, Supplementary to the Preface" (1815), qtd. in Denise Gigante, *Taste: A Literary History*, 68.
[③] Terry Eagleton, *The Ideology of the Aesthetic*, 25.

同样的"和解之梦"。除去沙氏外,休谟在《趣味的标准》一文中也提出:"寻求一种趣味的标准是很自然的,它是一种能够协调人们各种不同情感的原则。"① 此外,他还强调:一个批评家要进行良好的趣味判断,就必须"把自己当成一个普通人,如果可能的话,要忘记自己的存在以及具体的环境"。② 可见,在休谟这里,"忘我"是协调与他人情感的前提,也是实现趣味判断的必要手段。与沙氏、休谟形成呼应的是伯克关于"趣味"的定义。《论趣味与激情的敏感性》一文是《关于我们崇高与美观念之根源的哲学探讨》(*A Philosophical Enquiry into the Origin of Our Ideas of the Sublime and Beautiful*,1756)一书的序言。在该文中,伯克指出:"趣味"来自于"对感官初级感觉、想象力的次级感觉以及理性能力所得结论的整体把握",更重要的是,它与"人类的激情、习惯和行为方式"密切相关。③ 在随后的文章中,伯克又指出人类的激情大体分为两种:惊恐、害怕等涉及个体自保的激情以及温柔、爱恋等涉及社会交往的激情,④前者与"崇高"相对应,后者与"美"相对应。换句话说,伯克的"趣味"观兼顾"个人"与"社会",既是"崇高"的,又是"美"的。

显然,在18世纪经验主义美学家关于"趣味"的论述中,主体的感官经验有着举足轻重的地位,但与此同时,强烈的他人意识让"趣味"判断在成为美学判断的同时,又不失为一个伦理判断。从这一点来看,"趣味"理论脱胎于伦理学范畴,成熟于伦理学之外,却始终与人作为伦理个体的成长息息相关。值得注意的是,在18世纪中产阶级成员眼里,如何成为一个有"趣味"的人,也是一个关乎本阶级文化观念建构的核心问题。一方面,"趣味"理论重视"趣味"的后天培养和获得,这必然有助于中产阶级群体建立其文化正当性(cultural legitimacy);另一方面,18世纪的"趣味"理论强调在主体与他人的关系中形成正确的"趣味"观,这无形中体现了中产阶级内部对咄咄逼人的经济个人主义的反思。实际上,到18世纪接近尾声时,尤其在1789年法国大革命的枪声打响之后,越来越多的英国人开始意识到无限制的个人主义可能带来的震荡与混乱。

---

① 大卫·休谟:《论道德与文学》,第95页。
② 同上,第105页。
③ 埃德蒙·伯克:《关于我们崇高与美观念之根源的哲学探讨》,第25页。
④ 同上,第35页。

正如威廉斯在《文化与社会》(Culture and Society: 1780—1950, 1958) 一书中所说:"随着变革的潮流日益高涨,对稳定的肯定变成了拼命式的防卫。"①因此,从某种程度来讲,"趣味"理论中的"他人"意识有利于中产阶级群体维护自身的政治稳定性。

总的说来,循着18世纪的历史脉络,我们在18世纪的"趣味"理论中读出了一种共同体式的理想。在这个共同体中,有对自我探索的肯定与信仰,又不乏对利他主义和社会情感的强调。拿康德的话来说,在一个以阶级分层和社会竞争为标志的社会秩序中,最终在美学中也只有在美学中才能建立起一个亲密的共同体(Gemeinschaft)。② 不可否认,康德式的"美学共同体"与英国中产阶级"稳中求进"的心理不谋而合。作为上述"美学共同体"的一部分,"趣味"理论在18世纪的美学转向,自然为文化观念的形塑起到了推波助澜的作用。

需要强调的是,对英国中产阶级成员而言,18世纪末到19世纪初是一个重要的历史阶段。通过一系列涉及税收、议会、市政改革等措施以及废除《谷物法》运动,脱胎于工业革命的制造商和商人日渐合法化了自身的政治、经济地位。但是,直到18世纪末,这部分具有很强异质性的人才开始形成共同的文化观念和文化诉求。因此,美国历史学家约翰·斯梅尔(John Smail)在以人类学的视角考察了英国地方史后指出:"直到18世纪末19世纪初,各种地方性的中产阶级文化才呈现出某种共同的特征,而这些共同特征的认同和明确表达则直接导致了英国中产阶级文化的形成。"③同样,威廉斯在考证"中产阶级"(middle-class)一词的起源时也指出:对英国人来说,"中产阶级"这一说法始于18世纪末19世纪初,并在19世纪得到广泛使用。④ 换句话说,正是从18世纪末19世纪初开始,英国中产阶级试图通过梳理其"共同的特征"来建构

---

① 雷蒙德·威廉斯:《文化与社会》,吴松江、张文定译,北京:北京大学出版社,1991年,第32页。
② Terry Eagleton, *The Ideology of the Aesthetic*, 75.
③ 约翰·斯梅尔:《前言》,《中产阶级文化的起源》,陈勇译,上海:上海人民出版社,2006年,第7页。
④ 根据威廉斯的考证,具有社会意义的"class"一词的现代结构在18世纪末才开始建立。18世纪90年代,出现"中产阶级"(middle classes)、"中层阶级"(middling classes)等词。"中上阶级"(upper middle classes)在19世纪90年代首次耳闻,"中下阶级"(lower middle classes)则始闻于20世纪。详见雷蒙德·威廉斯,《文化与社会》,第16页。

属于自身的"文化秩序"和"文化合法性"。对他们而言,对"趣味"概念的探索依然像在18世纪一样举足轻重,因为对"共同的特征"的定义势必包含对共同"趣味"的表达。正因为如此,在19世纪,我们看到各类以"行为指导""生活指导"命名的小册子风靡一时。实际上,关于礼仪、着装、语言、休闲生活等"趣味"标准的探索早在18世纪就已初见端倪。艾琳·麦基(Erin Mackie)在其著作《时尚的市场:〈闲话报〉与〈旁观者〉中的时尚、商品与性别》中曾指出:通过对趣味标准的操控,18世纪的《闲话报》与《旁观者》之类的报刊对读者群体的消费行为、态度和观念都产生了巨大的影响。① 而且,在进入19世纪以后,对"趣味"的狂热非但没有降温,反而愈演愈烈。对合宜的"趣味"的培养似乎成为各类人士实现社会抱负的重要途径之一。

另一方面,随着自由主义经济的迅猛发展,越来越多的中产阶级成员意识到,18世纪"趣味"理论中的共同体情怀有悖于资本主义市场竞争的本质。也就是说,面对市场竞争,美学转向后的"趣味"理论犹若炙冰使燥,积灰令炽,日益与中产阶级群体的发展诉求相脱节。对此,伊格尔顿直言不讳:

> 美学显然不能充当中产阶级的主导意识形态,因为在工业资本积累的混乱过程中,中产阶级需要比情感和直觉更为牢固的东西来维持其统治地位。……对19世纪英国中产阶级而言,这是一个逐步发展的问题。为了使其意识形态合法化,中产阶级依旧依赖于某些抽象的价值观。但是,其赖以生存的物质活动却使其深陷颠覆上述价值观的危险。……在此意义上,"经济基础"的本质与"上层建筑"的要求形成了尖锐的对立。②

可见,19世纪英国中产阶级所需依赖的"抽象的价值观"远非美学所能囊括,它指向美学领域之外更为广阔的价值体系。

至于什么是"更为广阔的价值体系",伊格尔顿语焉不详,但他以19世纪

---

① Erin Mackie, *Market a' La Mode: Fashion, Commodity, and Gender in* The Tatler *and* The Spectator, Baltimore: Johns Hopkins University Press, 1997.
② Terry Eagleton, *The Ideology of the Aesthetic*, 61—63.

的文化批评家卡莱尔和罗斯金为例,做了如下阐释:

> 工业资本主义绝不能粗暴地低估"精神"的价值,即使这些价值日益带上空泛而难以置信的意味儿。只要提到维多利亚时代的资产阶级,人们既不能完全相信,也无法完全否定以卡莱尔或罗斯金为代表的、怀旧式的新封建主义(neo-feudalism)。虽然他们的幻想极有可能是怪异而不真实的,但它们是对意识形态的激励和道德教诲的源泉,而市场——至少市场的低级秩序——则无法提供上述激励与源泉。①

读了这一段阐释以后,我们还是要问:伊格尔顿所说抽象的、"精神"的价值究竟是什么呢？19世纪中产阶级成员对它的需求又是如何促使"趣味"理论在该时期转向英国的文化批评传统的呢？

第二节
"趣味"概念在19世纪的文化转向

可以说,英国的文化批评传统滥觞于英国社会在19世纪所经历的"转型焦虑"。"转型焦虑",指传统社会向现代化范型(modernization paradigm)社会结构系统转换所引起的焦虑,尤指人类社会从农业文明向工业文明转型所引起的不安与忧虑。哈特曼(Geoffrey Hartman,1929—2016)将上述"焦虑"定义为"对文明的肤浅及其悖逆自然的效应的焦虑",并指出,正是这种对于工业文明的忧虑开始赋予"文化"一词以新的价值含义。② 因此,在19世纪,逐渐有了"文明"与"文化"的永久性区别(the permanent distinction between

---

① Terry Eagleton, *The Ideology of the Aesthetic*, 63.
② Geoffrey H. Hartman, *The Fateful Question of Culture*, New York: Columbia University Press, 1997, 207.

civilization and cultivation)。且看塞缪尔·柯尔律治如何形容"文明":

> 国家的长久存在……国家的进步性和个人自由……依赖于一个持续发展、不断进步的文明。但是,文明如果不以教养(cultivation)为基础,不与人类所特有的品质与感官共同发展的话,那么,这种文明本身就是一种混合低劣的善,不亚于任何一种腐化的影响力。换句话说,它更像是疾病引起的潮热,而不是健康导致的容颜焕发,而以这种文明著称的国家,与其说是一个文雅的民族,还不如称之为虚饰的民族。①

紧接着,他总结道:"一个国家永远都不会教养过度,却很容易变成一个过度文明的种族。"②柯尔律治的言外之意非常明显,即任何健康的文明都必须以"教养"为基础,否则,它将走向文化的对立面。

值得注意的是,柯氏对"文化"概念的重视与边沁式功利主义导致的一系列问题密切相关,也与19世纪中产阶级对自我发展的探索不无关系。对于寻求崛起的中产阶级来说,早期的功利主义哲学让其受益匪浅。但是,当工业革命进入下一阶段之后,以约翰·斯图亚特·穆勒为代表的经济学家们开始注意到:边沁式功利主义虽然造就了"一个持续发展、不断进步的文明",但这个文明不可能导向一个鼓励"人类所有特质和官能共同发展"的社会。③ 究其原因,是因为边沁"从未曾意识到人有能力把精神的完美当作一个目的来追求"。④ 柯氏的观点与穆勒颇为相同。他认为:生活的总体发展需要追求精神的完美,而满足这种"完美的冲动"的唯一途径是培养一颗有教养的心。此处,柯氏所说的"教养"即"文化"一词,也是本节第一部分所说的"心智培育",⑤它又与前文中伊格尔顿所说的抽象的、"精神"的价值相契合。对于上述从"文明"到"文化"的重心位移,威廉斯如此评价道:

---

① 转引自雷蒙德·威廉斯,《文化与社会》,第95—96页。
② 同上,第96页。
③ 同上,第95页。
④ 同上,第97页。
⑤ 威廉斯在《文化与社会》一书中指出:柯尔律治所说的"教养"在别处成为"文化"。具体参见雷蒙德·威廉斯,《文化与社会》,第96页。

面临根本的变迁,在 18 世纪被看作理想性人格的教养——使人能参与礼仪社会的个人修养——如今被重新定义为整个社会所依赖的一种条件。在上述情境下,教养或文化(cultivation, or culture)显然变成了一种社会因素。①

也就是说,"心智培育"不再只是一个个体提升自我的过程,反之,它是社会得以整体发展的必要条件。正因为如此,其内涵在 19 世纪从单纯的"个人修养"转变为凝集社会力量的"社会因素"。如果我们以此反观(上一小节中)伊格尔顿的相关论述,就不难理解他为什么说 18 世纪中产阶级无法仅仅满足于成为单个美学主体了。更需强调的是,"心智培育"不仅仅包括对美学鉴赏力的培育,还包括对人的禀赋与品质等抽象的、精神价值的培养。因此,随着中产阶级内部的发展危机愈演愈烈,人们开始将"心智培育"问题从个人层面推向社会层面。

事实上,正是"心智培育"这一共通点将"趣味"理论纳入到了 19 世纪文化批评的体系之中,使其在 19 世纪转向文化批评,从而成为对抗与化解转型期焦虑的有效批评维度。应该说,在 19 世纪,"趣味"理论特指与工具理性、功利主义,单向度追求物质利益的"文明"相对立的批评话语体系。因此,19 世纪文化批评家对"趣味"的讨论往往与他们对文明的批判有关,而中产阶级的趣味问题则往往是他们的切入点。纵观 19 世纪的英国文学,这样的例子比比皆是。

例如,马修·阿诺德在《文化与无政府状态》一书中将沉闷乏味的中产阶级形容为毫无"趣味"可言的非利士人,并以中产阶级对《不列颠旗报》(*British Banner*)②的追捧来说明中产阶级成员身上"狭隘的小家子气"与其文学判断力的低下(亦即趣味低下)不无干系。③ 因此,早在写《法国的伊顿》(*A French Eton*, 1864)一书时,阿诺德就提出要通过"心智培育"来改良中产阶级"趣味",并立志将"一个心胸狭隘、不具亲和力、不具吸引力的中产阶级"转变为"一个有教养、思想自由、心灵崇高、洗心革面的中产阶级"。④ 事实上,这样的转变并非易事。不久之后,他就意识到:完成上述心智培育过程所需对抗的

---

① 雷蒙德·威廉斯:《文化与社会》,第 96 页。
② 转引自马修·阿诺德,《文化与无政府状态》(修订译本),第 78 页,脚注 2:《不列颠旗报》是英国福音教徒,尤其是公理派的周刊,通过传播虔敬行为、流言蜚语和制造恐惧来迎合中产阶级的趣味。
③ 同上,第 78 页,脚注 1。
④ 徐德林:《作为有机知识分子的马修·阿诺德》,《国外文学》,2010 年第 3 期,第 17—18 页。

是中产阶级成员奉为圭臬的工具理性主义。因此,他不无反讽地说道:"非利士意味着僵硬地对抗光明与光明之子,而我们的中产阶级岂止不追求美好与光明,相反他们喜欢的就是工具,诸如生意啦,小教堂啦,茶话会啦,墨菲先生的讲演啦,等等。"① 可见,在阿诺德这里,对"趣味"的批评最终导向其对以工具理性为代表的"文明"的质疑。

同样,当罗斯金讨论起"趣味"问题时,也不忘记强调"趣味"与"文明"之间的关系。在面向布雷德福交易所(其成员为以中产阶级为主的商人)的讲座中,他指出:"好的趣味本质上是一种道德品质",它不仅是"道德的组成部分和道德的标志,而且是最高尚的道德"。② 随后,罗斯金以特尼尔斯(David Teniers the Younger,1610—1690)的画为例,说明了"恶魔的趣味"与"天使的趣味"之间的差别。在他看来,特尼尔斯的画虽然异常精美,但画所展现的主题(一群酒鬼正在为掷骰赌博而争吵)却"粗野"而"不道德",因此是"不良趣味",也是"恶魔的趣味",而与此相反的是"一幅提香的画、一尊希腊雕像、一枚希腊钱币或者一幅透纳的风景画,它们表现了对善良和完美事物不断回味的快乐——这是一种天使的趣味"。③ 初看之下,"趣味"问题似乎又回到了道德、伦理层面。然而,值得注意的是,与上述审美判断、道德判断紧紧联系在一起的还有罗斯金对19世纪英国社会的社会判断。在他看来,自由资本主义经济在创造大量财富的同时,也滋生了一种错误的"实用的宗教",即对财富的崇拜。④ 正是在这位"市场雅典娜"的领导之下,维多利亚人的道德力量日益衰退,并最终将陷入灾难的"暴风云"。⑤ 因此,他不无痛心地呼吁道:"如果把那个应该禁止的财富偶像之神,继续视为你的主神的话,那么,可能很快就会不再有艺术,不再有科学,不再有快乐。"⑥ 同样,按照罗斯金的标准,维多利亚人也不再会有"天使的趣味"。上述推断并非空穴来风。既然"教授趣味就是塑造性格",那

---

① 马修·阿诺德:《文化与无政府状态》(修订译本),第69页。
② 约翰·罗斯金:《罗斯金读书随笔》,王青松、匡咏梅译,上海:上海三联书店,2001年,第128页。
③ 同上,第130页。
④ 同上,第140—41页。
⑤ 在《19世纪的暴风云》一文中,罗斯金以自然现象中的"暴风云"为隐喻,详述了19世纪自由资本主义经济导致的道德黑暗和文化无序。详见何畅:《环境与焦虑:生态视野中的罗斯金》,中国社会科学出版社,2012年,第111—115页。
⑥ 约翰·罗斯金:《罗斯金读本笔记》,第150页。

么一个文明如果缺乏艺术、科学、快乐等心智培育所必需的养分,又该如何形成良好的"趣味"呢?在对工业文明的批判这一点上,罗斯金与阿诺德可谓颇有默契。

作为受罗斯金最直接、最深刻影响的人,威廉·莫里斯从来不掩饰其对中产阶级毫无趣味可言的生活的抨击。在他看来,富有的中产阶级人士从来都不会是变革"趣味"的主力,因为,他们对"机械的进步"心满意足,并且"几乎都真的认为除了继续摆脱野蛮时代的少数可笑残余而使文明更完美之外,再也没有什么事要做的了"。① 除此之外,英国中产阶级的"无眼的庸俗"(eyeless vulgarity)来自他们对新的经济秩序即商业文明的依赖。因此,在《艺术与社会主义》("Art and Socialism", 1884)一文中,莫里斯如是说:

> 今天的英国中产阶级……对艺术有高度的志趣,又意志坚强,他们深信文明必须以美作为人类的生活环境;我还知道有成千上万修养比他们略差一点的人,文雅且有教养,追随中产阶级并赞同他们的见解。但是无论是领路人还是他们的追随者,都无法从商业的掌控中救出几个平民(commons)。他们尽管拥有天赋,又不乏文化,却犹如许多操劳过度的鞋匠一样束手无策。②

正是基于上述原因,莫里斯声明自己不再愿意把时间和精力浪费在中产阶级准艺术家们(the quasi-artistic of the middle classes)所提出的改良方案上,因为他们的艺术早已成无根之木、无源之水。③ 反之,他更愿意将一生的激情投入对现代文明,即商业文明的痛恨之中,④并称之为向现代社会的腓力士主义(市侩主义,尤指中产阶级的庸俗趣味)宣战。⑤ 换言之,和他的导师罗斯金一样,莫里斯对中产阶级"趣味"的抨击来自其对商业文明的失望。不同的是,莫里斯把对文明的批判这一传统依附在了一股实际的、不断增长的社会力量,即

---

① William Morris, "How I Become a Socialist," in *News from Nowhere and Selected Writings and Designs*, London: Penguin Group, 1962, 35.
② 威廉·莫里斯:《艺术与社会主义》,转引自雷蒙德·威廉斯,《文化与社会》,第203—204页。
③ William Morris, "How I Became a Socialist," 37.
④ Ibid., 36.
⑤ Ibid., 33.

有组织的工人阶级身上。①

不难看出,以阿诺德、罗斯金和莫里斯为代表的19世纪文化批评家对中产阶级趣味的批评基于他们对"过度的文明"的忧虑,因此,它不啻为一种"转型的焦虑"。与此同时,如果我们沿着"趣味"概念在19世纪的发展轨迹细细探究,就会发现上述对文明的焦虑只是故事的一部分。

威廉斯曾说:"在一个充分工业化的发达社会中,极少有人能避免夹杂以本阶级为重的阶级感受。"②因此,19世纪的"趣味焦虑"不仅包括了中产阶级群体对过度发展的文明的焦虑,也包括了对自身文化建构的焦虑。如果说前者是一种外在的、以社会有机发展为目标的焦虑,那么后者则是内在的,以中产阶级群体发展为终极目标。更有意思的是,在后一种"焦虑"中,中产阶级的"趣味"不再是众矢之的。相反,它成为中产阶级区分"他者"并构建自己文化身份的有效编码(codes)。

事实上,关于"趣味"的"区分"作用,威廉斯在梳理"趣味"一词意义的嬗变时已经指出:从17世纪开始,该词变得日益重要,并几乎等同于"甄别"(discrimination),③"它……意味着明察秋毫的禀赋或智力,我们借此甄别良莠,区分高低。"④尤其从18世纪末到19世纪,Taste和Good Taste已经从积极的显示人类本性的意涵(active human sense)转化为表示"某些习惯或规范的获得"。⑤威廉斯的分析在无形中回应了法国社会学家皮埃尔·布迪厄(Pierre Boudieu,1930—2002)在《区隔:关于趣味判断的社会批判》(*Distinction: A Social Critique of the Judgement of Taste*,1979)一书中对"趣味"的论述。在后者看来,趣味能起到从本质上区分他人的作用,因为"你所拥有的一切事物,不管是人还是事物,甚至你在别人眼里的全部意义,都是以'趣味'为基础的。你以'趣味'来归类自己,他人以'趣味'来归类你"。⑥换

---

① 雷蒙德·威廉斯:《文化与社会》,第199页。
② 同上,第163页。
③ 在《关键词:文化与社会的词汇》一书中,刘建基将discrimination译为"鉴赏力"。
④ Raymond Williams, *Keywords: A Vocabulary of Culture and Society*, Oxford: Oxford University Press, 1983, 313.
⑤ Ibid.
⑥ Pierre Boudieu, *A Social Critique of the Judgement of Taste*, trans. Richard Nice, London: Routledge, 2010, 56.

言之,"趣味"意味着肯定"差异",而合法化一种"趣味"则意味着否定其他"趣味"。因此在"趣味"这件事情上,所有的"确定"都意味着"否定"。① 如果我们以布迪厄的理论对照威廉斯的分析,就不难看出两者讨论的内容如出一辙。"某些习惯或规范的获得"意味着肯定主体的趣味判断,肯定主体所在阶层的文化的正当性,并以此区分并否定他者的趣味选择。一言以蔽之,"趣味"发挥着阶级标志的作用。②

有意思的是,社会学家欧文·戈夫曼(Erving Goffman,1922—1982)在《日常生活中的自我表现》(*The Presentation of Self in Everyday Life*,1956)一书中大量引用 18—19 世纪英国文学来阐明"自我表演"(self-performance)背后的社会阶级意识。由此可见,当时的英国文学家们并非没有察觉到以下事实:阶级"趣味"将决定"自我表演"的性质,并区分表演主体的社会阶层。尤其对中产阶级成员而言,"趣味"的选择即一次"自我表演",是其向上"区分"贵族阶层,向下"区分"劳工阶层的有效手段。因此,尽管中产阶层试图模仿并挪用(appropriate)绅士文化的一些元素,但总的说来他们希望重新定义"趣味",在"良好的趣味"与"道德敏感性"(moral sensibility)之间形成崭新的关联,并以此区分贵族阶层的衰败与劳工阶层的粗暴。③ 不可否认,这个重新定义的过程是充满着焦虑和不安的。可以说,在 19 世纪英国文学中,这样的例子不胜枚举,它们都以各自的方式体现了中产阶级群体通过否定"他者"来肯定自身文化秩序的焦灼心态。正如伊格尔顿所言,"中产阶级主体需要他者来证明他的权力和财产不只是幻想,他的活动是有意义的……然后,对主体而言,他者的存在又是难以容忍的,他要么被排斥出去,要么被吸纳进来。"④值得一提的是,"趣味"所产生的"区分"往往是软性的,模糊的。因此,以"趣味"来排斥"他者"更像是一种象征性的颠覆或控制。对英国 19 世纪的中产阶级主体而言,这一点尤为重要。一方面,他们与贵族阶层仍然存在着合谋

---

① Pierre Boudieu, *A Social Critique of the Judgement of Taste*, 56.
② Ibid., 1.
③ Marjorie Garson, *Moral Taste: Aesthetics, Subjectivity, and Social Power in the Nineteenth-Century Novel*, Toronto: University of Toronto Press, 2007.
④ Terry Eagleton, *The Ideology of the Aesthetic*, 71.

关系;另一方面,他们也不愿与劳工阶层反目为仇。① 有鉴于此,"趣味"区分作为一种"间接"的"否定",能有效化解剑拔弩张的阶级对立,不失为一种"隐形"的权力话语。

  总之,"趣味"话语在 19 世纪有机地融合到了英国文化批评传统的脉络之中,成为该传统不可或缺的组成部分。应该说,弥漫在 19 世纪英国文学中的"趣味"焦虑既来自中产阶级群体对过度文明的焦虑,也来自该群体对自身文化观念建构的焦虑。通过聚焦"趣味"一词从 18 世纪到 19 世纪的意义嬗变,我们看到了英国中产阶级群体对以下三个层面的反思与考量:个人的发展、团体或阶级的发展以及社会的发展。艾略特在《文化定义札记》(*Notes Towards the Definition of Culture*, 1948)一书中曾说道:"文化"有三种含义,即个人的文化、团体或阶级的文化和社会的文化。② 也正是通过上述三个层面,"趣味"批评始终与 19 世纪文化批评传统水乳交融,相得益彰。此外,不难看出,从 18 世纪中产阶级成员对个人"心智培育"的重视,到 19 世纪中产阶级群体对自身文化正当性以及社会整体发展的反思,"趣味"理论在 19 世纪完成了其文化转向,即实现了"由个体的精神层面延伸到社会公共领域的转变"。③ 与此同时,其主体也相应地从精英阶层扩展至大众阶层。因此,"大众趣味"在当代的发展也在情理之中。

第三节
"大众趣味""日常趣味"与"现代性"

  事实上,早在 17 世纪,圣埃弗雷蒙(Saint-Evremond,1613—1703)就从贵

---

  ① 从席卷 19 世纪英国的"反《谷物法》运动"和"宪章运动"来看,中产阶级与城镇劳工阶级之间的关系是错综复杂的。前者争取政治、经济权益的活动都离不开后者的参与与拥趸。
  ② T. S. Eliot, *Notes Towards the Definition of Culture*, London: Faber and Faber Limited, 1948, 24.
  ③ 黄仲山:《权力视野下的审美趣味研究》,中国社会科学院博士论文,2013 年,第 38 页。

族的立场出发，提出了"有趣味的**大众**"这个概念。① 然而，真正将"趣味"与"大众"概念相关联并加以讨论的还是 F. R. 利维斯和雷蒙德·威廉斯两位文化批评家。

让我们先回到威廉斯在《关键词：文化与社会的词汇》一书中对"趣味"的阐释。在谈及"趣味"一词在当代的发展时，威廉斯意味深长地说："最后，值得注意的是，要理解当下的'趣味'概念，就不得不提'消费者'这个概念。"② 威廉斯的话不无道理。根据朱丽叶·约翰(Juliet John)和艾丽丝·詹金斯(Alice Jenkins)的研究，消费文化大致兴起于维多利亚时代，并导致当时的社会价值观发生了巨大的变迁。可以说，从维多利亚时代起，"判定价值的标准就发生了重心转移，即由强调生产和再生产过程中的劳动转变为注意消费者的趣味与欲望。"③ 换句话说，消费者的"趣味"决定了商品的生产规模。因此，在进入工业化社会以后，"趣味"的市场引导作用不容忽视。然而，更不容忽视的是：究竟谁是当代社会的"趣味"主体呢？我们已经在前文中提及，当"趣味"理论在19世纪完成了文化转向之后，其主体也相应地从精英阶层逐渐扩展至普通大众。但是，究竟谁是"大众"呢？我们又该如何界定"大众"？应该说，利维斯和威廉斯对"大众趣味"的讨论都与对"大众"概念的界定密切相关。

在利维斯这里，"大众"应该是"心智成熟的民众"(the educated public)。他呼唤后者的出现，因为在他看来，英国民众已然在高歌猛进的现代文明中失去了对文明应有的正确判断，并没有意识到"当前的物质环境和知识环境会如何影响趣味、习惯、成见、生活态度及生活质量"。④ 换言之，"心智成熟的民众"所拥有的"趣味"才是正确的"大众趣味"。那么，什么样的民众才是"心智成熟的民众"呢？在其晚年演讲集《我的剑不会休息》(*Nor Shall My Sword*, 1972)中，利维斯写道：

---

① Michael Moriarty, *Taste and Ideology in Seventeenth-Century France*, Oxford: Cambridge University Press, 1988, 107.
② Raymond Williams, *Keywords: A Vocabulary of Culture and Society*, Oxford: Oxford University Press, 1983, 314.
③ Juliet John and Alice Jenkins, "Introduction," in *Rethinking Victorian Culture*, ed. Juliet John and Alice Jenkins, Houndmills: Macmillan Press Ltd., 2000, 10—11.
④ F. R. Leavis and Denys Thompson, *Culture and Environment: The Training of Critical Awareness*, London: Chatto & Windus, 1964, 4—5.

> 心智成熟的民众即便被称作有教养的阶层……也不可能被看作寡头政治……更不应该被称作"精英人物"。……心智成熟的民众或阶层,由来自广泛的不同社会地位、不同经济利益和政治立场的人民组成,他们的重要性正在于他们思想倾向的多元和意识形态的非统一性。①

事实上,早在 1961 年,利维斯就已经提出了类似的说法。在针对斯诺(C. P. Snow,1905—1980)所谓"两种文化"的演讲(美国版)前言里,他指出:"我相信在当今的英国(我所言仅限于英国)存在这样一个民众的基础;这个群体由许多有教养、有责任感的个人组成,正在形成某种知识共同体……"②显然,"心智成熟的民众"来自于社会各个阶层,并非通常意义上的社会、文化精英。或者说,这些"心智成熟的民众"本身就是"大众"的一部分。可是民众又该如何走向心智成熟呢?

在《大众文明与小众文化》(*Mass Civilization and Minority Culture*,1930)一书中,利维斯以阅读趣味为例,详细地说明了"民众"该如何通过"少数人"的引导完成心智培育,成为"心智成熟的民众"。他在文中指出,"图书行会"(The Book Guild)将《荒原》(*The Waste Land*,1922)、《尤利西斯》(*Ulysses*,1918—1920)、《到灯塔去》(*To the Lighthouse*,1927)等作品划为高眉文学(High-brow),这实际上是一种将大众与真正的时代趣味相隔离的做法。事实上,只有在这些作品中,这个时代最卓越的创作性才得以体现。③ 更重要的是,将"表达时代最精致的意识"的作品划在大众趣味之外,这本身就是贬低大众趣味的做法。"图书行会"所推崇的大众阅读模式④看似简单明了,易为大众接受,却只会使大众远离真正的"趣味"。因此,他呼吁少数人带领大众

---

① F. R. Leavis, *Nor Shall My Sword: Discourses on Pluralism, Compassion and Social Hope*, London: Chatto & Windus, 1972, 213.
② F. R. Leavis, *Two Cultures? The Significance of C. P. Snow*, Cambridge: Cambridge University Press, 2013, 81—81.
③ F. R. Leavis, *Mass Civilization and Minority Culture*, Cambridge: Minority Press, 1930, 17.
④ 利维斯在书中指出,"图书行会"对优秀书籍的选择遵循以下模式:一个好听的故事,投合大众的口味,却仍然可以成为优秀文学作品——成为优秀文学作品,却依然趣味盎然,引人入胜。详见 Leavis, *Mass Civilization and Minority Culture*, 16。

突破标准化的文明所制造的重重壁垒,走向真正的大众文化。① 可见,在利维斯这里,"少数人"并非"精英式"的"少数人",②他们是帮助大众突破重围的"少数人"。正是在"少数人"的引导之下,"大众"完成了心智培育的过程,成为"有趣味的大众"。应该说,通过对"阅读趣味"的讨论,利维斯在无形中消解了"少数人"与"大众"之间的对立,为大众趣味在日后走向多元化与日常化打下了基础。

有意思的是,利维斯在形容"大众"时用的是英文单词"public",但在威廉斯的讨论中,他却用了"mass"一词。两者的感情色彩不尽相同。在威廉斯看来,"大众趣味"(mass taste)这个说法本身带有贬义。因为自法国大革命之后,"大众"一词就带有"不稳定""粗俗"或"低下"的意思。因此,即使在20世纪,虽然与"大众"相关的词语日渐摆脱了其负面涵义,但"大众"依然隐含"乌合之众"(mob)的意思。③ 例如,在右翼理论家的保守立场里,"大众趣味"这一说法仍然体现出强烈的阶级区隔感。但是,威廉斯也指出,在大众(mass)与群众(masses)所构成的组合词的现代用法里,最有趣的一点就是它们本身所包含的对立的社会意涵。④ 可以说,一方面,保守主义者们对"大众"嗤之以鼻,另一方面,社会主义者们却对他们赞赏有加。在《文化与社会》一书中,威廉斯坦率地指出:这种对立来自如何看待"大众"。在他看来:

> 实际上没有大众,有的只是把人看成大众的那种看法……事实上,为了实现政治或文化剥削,如何看待他人变得日益举足轻重。这已经成为我们这种社会的特征之一。客观地说,我们看到的是其他人,许许多多的其他人,是我们并不了解的其他人。正是我们自己根据某种方便的程序,将他们聚集为众,并阐释他们。……不是大众,而是这些程序本身有待于我们的检验。同时,我们自己也将随时被其他人聚集成众。如果我们记住上述一点,那么,这将有

---

① F. R. Leavis, *Mass Civilization and Minority Culture*, 17.
② 学界往往将利维斯简单、粗暴地贴上"精英主义"的标签,这未免有失公允。欧荣教授在《"少数人"到"心智成熟的民众"——利维斯的文化批评与"共同体"形塑》一文中也指出利维斯主义并非单纯的精英主义和复古主义。利维斯的"少数人"和"心智成熟的民众"之间存在着争吵、对话与合作关系。详见《杭州师范大学学报》(社会科学版),2015年第4期,第98—105页。
③ Raymond Williams, *Keywords: A Vocabulary of Culture and Society*, 195.
④ Ibid., 196.

助于我们进行这种检验。①

也就是说,对少数人而言,其他人是大众,而对其他人而言,少数人也是大众。虽然权力话语的构建需要我们采用某些准则来"区分"大众,但极有可能我们自己"一不小心"就成了大众。正因为如此,威廉斯在文中再次回到了"大众"(masses)与"公众"(the public)这两个概念,并指出:"'公众'包括我们在内,但并非就是我们,而'大众'概念则稍微复杂一点,但情况却相似。"②从这一点来看,威廉斯的"大众"与利维斯的"民众"虽用词不同,却异曲同工,只不过威廉斯更彻底地消弭了"少数人"与"大众"之间的隔阂。因此,在威廉斯的论证之下,精英趣味与大众趣味的对立也自然成了无本之木,无源之水。

应该说,威廉斯所倡导的"趣味"观和他的文化观一样,旨在淡化根深蒂固的阶级观念以及上述观念在人与人之间形成的壁垒。正如他所说,"一个文化的范围,似乎常常是与一个语言的范围相对应的,而不是与一个阶级的范围相对称的。"③同样,他所提倡的"趣味"观也与精英或大众等称呼背后的阶级指涉无关,而是作为一种特殊的生活方式融入所有人的共同生活之中,成为日常生活的一部分。值得一提的是,一旦"趣味"与"日常生活"建立起了联系,那么,它就成了"美学现代性"(Modernism,或称"现代主义")的一部分。

在我们展开上述观点之前,有必要说明"现代性"与"美学现代性"之间的关系。童明在《现代性赋格:19世纪欧洲文学名著启示录》一书中对"现代性"的描述如下:

> 现代性是启蒙思想家在变革激情之下对未来提出的理想蓝图,是怀抱着梦想而绘制的一套哲理设计。欧洲人根据柏拉图以来的理想传统和他们当时对历史、世界和科学的看法与愿望,对这套设计几经拼补而形成体系,成为"体系化的现代性"(systematized modernity),或称作"现代体系"。④

---

① Raymond Williams, *Culture and Society: 1780—1950*, London: Chatto & Windus Ltd., 1958, 300.
② Ibid., 299.
③ Ibid., 320.
④ 童明:《现代性赋格:19世纪欧洲文学名著启示录》,桂林:广西师范大学出版社,2008年,第5页。

与"现代性"相对应的是"美学现代性",即以文学、艺术等手法"针对现代化、现代哲学体系,时时提出问题",做"不事体系的思辨"。① 更重要的是,"美学现代性"所推崇的"不事体系的思辨"也是后现代的重要特征之一。客观地说,"不事体系的思辨"并非"拒绝秩序,而是希望在历史、变化、新语言认识的更大格局中,寻求启蒙所必需的心智之光",因此"对启蒙的再思辨是为了再一次启蒙,换一个说法,后现代也是现代"。② 更确切地说,后现代也是"美学现代性"。

无独有偶,英国社会学家迈克·费瑟斯通(Mike Featherstone,1946—)的说法与童明如出一辙。在《消费文化与后现代主义》(*Consumer Culture and Postmodernism*,1991)一书中,他指出:

> 假如我们考察后现代主义的种种定义,那么就不难发现,这些定义的一个侧重点,是在于艺术与日常生活、高雅艺术与大众文化之间的边界不复存在。此种后现代经验,毋宁说就是波德莱尔笔下的"现代性"。因为波德莱尔使用"现代性"(modernité)这个术语,表达的正是19世纪巴黎这类现代都市里的人们,同传统社交形式决裂之后,那种惊诧、迷惘和栩栩如生的感觉印象。③

事实上,波德莱尔(Charles Baudelaire,1821—1867)笔下的"现代性"正是童明所说的"美学现代性"。我们且看波德莱尔在《现代生活的画家》(*Le Peintre de la vie modern*,1863)里是如何描述那个寻找"现代性"的画家的:

> 这个富有活跃的想象力的孤独者,有一个比纯粹的漫游者的目的更高些的目的,有一个与一时的短暂的愉快不同的更普遍的目的。他寻找我们可以称为现代性的那种东西,因为再没有更好的词来表达我们现在谈的这种观念了。对他来说,问题在于从流行的东西中提取出它可能包含着的在历史中富有诗意的东西,从过渡中抽出永恒。……现代性就是过渡、短暂、偶然,就是艺

---

① 童明:《现代性赋格:19世纪欧洲文学名著启示录》,桂林:广西师范大学出版社,2008年,第3页。
② 同上,第3页。
③ 陆扬:《费瑟斯通论日常生活审美化》,《文艺研究》,2009年第11期,第19页。

术的一半,另一半是永恒和不变……这种过渡的、短暂的、其变化如此频繁的成分,你们没有权利蔑视和忽略。①

可见,这个富有活跃想象力的孤独者所寻找的"现代性"来自日常生活的琐碎与偶然。它转瞬即逝,却又包含永恒;它不事体系,却又与体系对话。可以说,波德莱尔式的"美学现代性"和威廉斯的"文化"理论一样,将日常生活推到了前台,并将日常生活构建成为与"现代性"的理性体系相异的领域。由此推论,"日常趣味"既是美学现代性的构成要素,也是后现代的重要表达方式。它质疑现代性,却又与现代性两相呼应,是"现代性赋格"中不可或缺的音符。

纵观"趣味"理论在英国文学中的变迁,我们发现,在社会、历史语境的作用之下,"趣味"逐渐发展成为一个复杂的概念。它关系到中产阶层个体的社会提升,却又与该阶层实现整体发展的愿景密切相关;它是消费文明的产物之一,却又有机地融入英国文化批评的传统之中,并成为对抗转型期焦虑的重要维度;它有区分阶级的符码作用,却又在日常生活的洗礼中逐渐消弭了精英与大众的隔阂;它是现代性的衍生物,却又构成美学现代性,并以后现代的方式"推敲"现代性的理性体系。一言以蔽之,它脱胎于伦理概念,却又转化成为美学研究以及文化研究中的重要话题,并与文化观念的一些重要内涵——如"心智培育""转型焦虑""工作和生活方式""道德伦理概念"——都有着难以忽视的关联。应该说,"趣味"理论的变迁在英国文学中得到了敏感的反应,并以其独特的方式进入英国民族精神和文化观念里边。它不仅是阿多诺所说的历史经验最精确的测震器,也是情感结构最精确的探测仪。

---

① 夏尔·波德莱尔:《1846年的沙龙》,郭宏安译,桂林:广西师范大学出版社,2002年,第424页。

第五章

心智的培育

文化观念与英国文学之间的互动,在很大程度上表现为文学作品中"心智培育"(the cultivation of the mind)话题的生发和延伸。心智培育是文化观念的重要内涵之一,它意味着文学家们对文明进程的回应,对健全社会的向往,对"完人"理想的憧憬。换句话说,历代英国文学家、思想家在建构文化理想的道路上,往往从三个方面入手:1)点燃想象力这一文化火炬,以消除西方文明进程中出现的种种弊端;2)关注社会肌体的健康,即以智慧之光引领社会全面而均衡地发展;3)致力于人的全面/均衡发展,反对畸形发展,进而从根本上遏制社会畸形发展的趋向。

本章的讨论也将沿着这三方面的话题展开。

第一节
心智培育与文明进程

在众多"文化"定义中,很少出现"心智"一词,其原因曾被威廉斯一语道破:"欲从'心智状态'这一意义上界定**文化**,就立即会遇上互相矛盾的情感因素,后者积淀很深,彼此纠结,因而会使文化观念一词的使用进一步复杂化。"[①] 威廉斯是在《文化观念》("The Idea of Culture", 1953)一文中说这番话的。不知何故,该文并未像威氏的其他著述那样受到重视,因而后人在沿用并发展他的文化理论时,往往忽视上述心智话题,更何况这一话题的难度本来就让人生畏。

---

① Raymond Williams, "The Idea of Culture," *Essays in Criticism: A Quarterly Journal of Literary Criticism* 3, No. 3 (1953): 241, 239—266.

然而,要研究文化观念,就须从心智及其培育入手,否则就是忽略了文化观念的一个重要内涵。如威廉斯所说,得益于罗斯金、阿诺德、艾略特和利维斯等人的不懈努力,"用**文化**表示'生活方式',这一用法进入了普通人的言语",但是"文化"还有一个重要的意思,即"可以解释为'完美的标准',并用其来描述一种理想的心智状态"。① 我们知道,把"文化"视为对"完美"的追求,是阿诺德的一个著名观点,而它又基于"对社会(从农业文明向工业文明)转型及其对策的思考"。② 一旦我们从这一角度看问题,就不难发现威廉斯的意图:他把"理想的心智状态"与"文化/完美"等量齐观,无非是要揭示心智培育与西方文明进程之间的关系。他在《文化观念》中论述这一话题时,大都局限于概念的阐述,其佐证材料大都来自维多利亚时期(少量取自稍后时期)的论著。事实上,从16世纪至今的英国文学作品中,我们可以不断地发现对心智培育的关注以及借此回应文明进程的努力。换言之,在过去的4个多世纪中,尤其是自启蒙以降,英国文学家们不断从心智培育的角度,逐步拓展了文化观念的内涵。他们虽然不像威廉斯那样擅长理论阐释,却凭借生动的文学语言和故事,提倡心智培育,凸显其作为文化观念内涵的重要性。要阐明这一点,我们以下还得从"文明"说起。

一、心智培育的背景:文明火炬瞎了

在西方思想史上,把文明比作火炬可谓司空见惯。当年的启蒙运动,就是要给人类带来光明,因而启蒙精神常被比作火炬。然而,以启蒙精神开道的文明进程,在发出理性之光的同时,更多地带来了黑暗和破坏,这恰恰违背了启蒙思想家们的初衷。在康拉德(Joseph Conrad,1857—1924)的名著《黑暗的心脏》(*Heart of Darkness*,1899)中,有一段影射文明火炬的喻说:马洛(小说中他曾自称为"光明的使者"③)在遇见"科学和进步的使者"④库尔兹之前,首先与后者的一幅画作相遇,"画上有一个女人围着斗篷,眼睛用布蒙着,手里举

---

① Raymond Williams, "The Idea of Culture," 241.
② 殷企平:《"文化辩护书":19世纪英国文化批评》,第83页。
③ 康拉德:《黑暗的心脏》,王金玲译,济南:山东文艺出版社,1984年,第207页。
④ 同上,第228页。

着燃烧的火炬,背景很阴沉——几乎全是黑的。这个女人仪态高贵,但是炬光映在脸上的效果却带着凶兆。"① 此处的火炬固然在燃烧,可是拿火炬的人却被蒙住了眼睛,就如火炬本身瞎了眼一样。美国学者谢弗(Brian W. Shaffer)对此做过精到的评论:"就行动和动机而言,火炬未能照亮欧洲,这一意象暗示西方文明虽然'仪态高贵',貌似迷人,但是'带着凶兆'。"② 文明为何变成了瞎子?这正是康拉德及其同时代作家要探讨的问题,也是此前此后文学家们要探讨的问题。

康拉德所在的年代,正值西方文明的"顶峰"时期。以"日不落"为特征的大英帝国不可一世,而康拉德笔下的库尔兹则是帝国"所有雄心壮志的代表","他的故事演绎了最典型的文明冲动。"③ 库尔兹是一个畸形人物,理性异常发达,可是情感和良心却极度萎缩,以致他在为"文明世界"积累——其实是掠夺——财富时大开杀戒,残酷至极。从库尔兹畸形的人生轨迹中,我们可以瞥见西方文明的畸形进程。正如库尔兹一味地敛财那样,整个西方文明越来越倒向功利和物质,导致了精神贫困、两极分化、环境恶化和战争频发等恶果。在《黑暗的心脏》中,库尔兹就是一个高擎文明火炬的形象,可是这火炬由于缺乏道德良心的指引,成了十足的瞎子,这就是康拉德向世人提供的警示。这一警示还暗含一个启示:治疗文明的疾病,是否应该从治疗人的心智开始?

康拉德揭示的问题,早在他之前就已经存在了。在18世纪颇有影响的巴特勒主教(Joseph Butler,1692—1752)曾经高唱"理性时代"的赞歌,并宣扬理性"是我们用以判断任何事物的唯一心智能力,就连在判定上帝的启示时也不例外"。④ 专注于某一种能力,而置其他能力于不顾,这就是西方现代文明的特征。它所带来的后果,席勒早已予以揭示:在现代文明社会中,一切"都分裂开来了;享受与劳动,手段与目的,努力与报酬都彼此脱节。人永远被束缚在整体的一个孤零零的小碎片上,人自己也只好把自己造就成一个碎片……他

---

① 康拉德:《黑暗的心脏》,第227页。部分译文(根据原文)做了更动。
② Brian W. Shaffer, *The Blinding Torch: Modern Fiction and the Discourse of Civilization*, Amherst: The University of Massachusetts Press, 1993, 2.
③ Ian Watt, "Joseph Conrad: Alienation and Commitment," in *The English Mind*, 261.
④ Qtd. in George Watson, "Joseph Butler," in *The English Mind*, 107.

永远不能发展他本质的和谐"。① 既然人不能发展他本质的和谐,不能全面发展他的心智/才能,那么社会的和谐自然无从谈起。对此种状况的忧虑在罗斯金笔下表达得更为清楚:"伟大文明的一大发明"表现为"人被分成了一个个片段——分解成了生命的碎片和细屑。结果,一个人的智力所剩无几,甚至不足以制造一枚别针或一颗钉子。仅仅制造针尖或钉子头就耗尽了一个人的智力"。② 透过这层忧虑,我们还听到罗斯金的呼唤——他在呼唤健康/全面发展的心智,呼唤世人正视心智培育的紧迫性。在同一时期,跟罗斯金形成呼应的还有卡莱尔、阿诺德、金斯利(Charles Kingsley,1819—1875)和莫里斯,③ 其中以阿诺德最为典型:他的诗作里到处是"分裂"意象,包括社会的分裂以及人们心智的分裂。正如瑞士苏黎世大学斯特劳曼教授所说,"在他的诗歌里,尤其是在他最好的诗歌里,分离主题、分裂主题以及渴望整合不协调要素的主题……出现得如此频繁,以致它们……很明显地构成了诗人主旨的组成部分。它们象征着人的内心分裂。"④不知何故,斯特劳曼用以说明上述观点的例证竟然不包括阿氏名篇《多佛海滩》("Dover Beach",1867),然而该诗的核心意象就是"分裂";在其最后三行里的"夜战"情景中,"分裂"主题/意象达到了无以复加的程度:"我们犹如处在黑暗的旷野,/斗争和逃跑构成一片混乱与惊怖,/无知的军队在黑夜中互相冲突。"⑤ 此处的"惊怖"和"无知"显然指涉心智,而"黑暗""斗争""逃跑""混乱"和"冲突"则既指社会的分裂,又跟心智分裂相关。需要指出的是,此处"无知的军队"特指当年"狂热地从事自由竞争的个人主义者和自由主义者",后者在《文化与无序》中被阿诺德明确地称为文化的"敌人",其原因是他们只专注于"办工业发大财",可是"一种能力过度发展,而其他能力则停滞不前的状况,不符合文化所构想的完美"。⑥ 一种能力过度发展,

---

① 弗里德里希·席勒:《审美教育书简》,冯至、范大灿译,北京:北京大学出版社,1985年,第29—30页。
② John Matteson, "Constructing Ethics and the Ethics of Construction: John Ruskin and the Humanity of the Builder," *Cross Currents* 52, No. 3 (2002), 299.
③ 参见殷企平:《"文化辩护书":19世纪英国文化批评》,第242—244页。
④ Heinrich Straumann, "Matthew Arnold and the Continental Idea," in *The English Mind*, 253—254.
⑤ 马修·阿诺德:《多佛海滩》,《英国维多利亚时代诗选》,飞白译,长沙:湖南人民出版社,1985年,第184页。
⑥ 殷企平:《"文化辩护书":19世纪英国文化批评》,第113—114页。

而其他能力停滞不前,这正好跟"文化/完美"——也就是前文所说"理想的心智状态"——相违背,因而就需要用培育心智的方法来矫正。

比阿诺德稍早的柯尔律治和华兹华斯,也曾强调用心智培育矫正文明进程的必要性。柯尔律治认为,"文明本身的好处掺杂着劣质,其腐蚀作用甚至远远大于其好处",其原因是"如今文明没有以心智培育为基础,没有和谐地发展那些作为我们人类特征的品质和禀赋"。① 在与柯尔律治遥相呼应的文人中,最典型的当属华兹华斯。他许多诗作的主题都是反对"分裂",即主体和客体的分裂、理性和感性的分裂、理智与情感的分裂以及灵魂与肉体的分裂,同时主张身心统一以及主客体统一。他和柯尔律治共同创作的《抒情歌谣集》(Lyrical Ballads,1798)题目本身就是在呼唤身心统一和主客体统一,这一点已由美国弗吉尼亚大学教授麦根(Jerome McGann,1937—)指明:"对华兹华斯来说,'抒情'意味着私人的主观情感风格,而'歌谣'则指天真而客观的写作形式,两者的结合在席勒、华兹华斯乃至柯尔律治看来,代表了一种诗学理想以及一种道德理想;他们都憧憬内心世界与外部世界的结合,心灵与身体的结合。"② 更确切地说,这种憧憬是一种文化理想,而通往它的必由之路就是心智培育,这在麦根的以下论述中说得更为明白:

在整个《抒情歌谣集》里,华兹华斯让笔下人物现身说法:他们总是通过情感来调节并矫正("修正……修复")自己对事物的理解。这类写作的目的就是要治疗只懂抽象思维的心智,就像《我们是七个》等诗歌里明显表现的那样。治疗的方法则是如布莱克所说的那样,"增进感官的愉悦",也就是让心智透过洗涤一新的门户去感知世界,从而恢复其最高能力。③

此处有两点特别需要说明:1)"只懂抽象思维的心智"就是分裂的心智;2)布莱克所说"增进感官的愉悦",其实有很丰富的含义,其矛头直指文明进程中理

---

① Samuel Taylor Coleridge, *On the Constitution of Church and State*, London: Hurst, Chance, and Co., 1830, 49.
② Jerome McGann, *The Poetics of Sensibility: A Revolution in Literary Style*, Oxford: Clarendon Press, 1996, 121.
③ Ibid., 126.

性游移于感性之外的分裂现象以及洛克的相关理论;关于这一点,虽然麦根语焉不详,但是弗莱(Northrop Frye,1912—1991)在《可怕的对称:威廉·布莱克研究》(*Fearful Symmetry: A Study of William Blake*,1947)一书中有过详尽的阐释。弗莱指出,洛克虽然重视感性知识,却把感性作用于理性的过程看得过于机械,而布莱克则把感觉上升到"更高的想象层面"(麦根所说的"洗涤后的感官大门",大概也是这个意思),① 即感知与想象密不可分,两者你中有我,我中有你,从而构成了心智活动的丰富性。例如,布莱克认为视觉活动意味着"心智通过眼睛来主动地看事物",而洛克则把视觉解释为"事物通过眼睛把影像烙在心智上,心智只能听凭其摆布"。② 不难想象,被动的心智是不可能有前文所说"感官的愉悦"的,这也正是布莱克所要揭示的问题。我国学者张德明在解读布莱克名篇《天堂与地狱的婚姻》(*The Marriage of Heaven and Hell*,1790—1793)时就曾指出,"文明的建立……把完整的人性割裂成灵与肉、情与理两个截然分离的部分。"③我们不妨补充一句:文明造成的分割,亟待用心智治疗的方法来应对,这一思想隐含在布莱克的许多诗篇中。限于篇幅,此处不再一一细表。

尤其要指出的是,从心智层面来揭示现代文明所造成的问题,这一文学传统至少可以追溯到莎士比亚之前。早在托马斯·莫尔的《乌托邦》中,农民被赶离土地(伴随着心智培育的权利被剥夺),耕地被圈为牧场的圈地运动——农业资本转型的前兆——就遭到了深刻的批判。书中人物希斯拉德这样描述"圈地"现象:原先"十分温和、吃得很少的羊""变得如此贪婪,如此凶恶,竟然把人给吞噬了"。④ 与此相对照,在乌托邦里,不仅人跟土地不分离,而且人的心智和身体也不分离:"所有公民在保证有效体力活动的同时,尽可能地匀出时间,让心智放飞——他们认为,幸福生活在于心智的培育。"⑤ 总之,莫尔针

---

① Northrop Frye, *Fearful Symmetry: A Study of William Blake*, Princeton: Princeton University Press, 1947, 22.
② Ibid., 22.
③ 张德明:"译序",载布莱克:《天堂与地狱的婚姻》,张德明译,北京:中国文联出版公司,1989年,第5页。
④ Thomas More, *Utopia: Latin Text and English Translation*, eds. George M. Logan, etc., Cambridge: Cambridge University Press, 1955, 63.
⑤ Ibid., 135.

对文明进程描绘了幸福生活的蓝图,而后者又以心智培育为标志,这在英国文学和文化观念的互动史上有着重要的意义。

以上讨论的是康拉德之前的情况。在康拉德之后,类似的情形仍然在持续着。应该说,文明造成的"分裂"在当代英国文学中时有出现,甚至有愈演愈烈的倾向。例如,拜厄特小说《天使与昆虫》(Angels and Insects,1992)的主人公威廉就是一个"自我分裂"的形象:在高度物质文明的包围中,"他觉得自己被分裂开来与自我作对。"① 不仅人在自我分裂,而且人所在的社会全在分裂,这在斯威夫特(Graham Swift,1949—)的《此后皆如此》(Ever After,1993)中尤为明显:"世界正在散架;它的社会结构破碎了,它的经济体系濒于崩溃。"② 同样,石黑一雄的《别让我走》(Never Let Me Go,2005)呈现了一个"更科学、更高效……却很苛刻而残酷的世界"。③ 科学日益发达,管理日益高效,可是人的感受谈不上幸福,唯有残酷,这是现代文明"分裂症"的极度表现。就20世纪中期以后的年代而言,这种"分裂症"还伴随着第二次世界大战的阴影,就像艾米斯(Martin Amis,1949—)通过《时间之箭——罪行的本质》(Time's Arrow: Or the Nature of the Offense,1992)中人物奥迪罗之口所说的那样:"奥斯维辛把我团团围住……人生被撕裂了,被撕碎了。"④ 人生(包括心智)被撕裂,最深层的原因莫过于主导西方文明进程的资本主义逻辑(二战及其灾难也应归咎于这一逻辑)。不过,对此的批评从来就没有停止过,在文学领域中尤其如此。正如美国学者芬尼(Brian Finney,1955—)在评论拜厄特时所说,英国文学一直有批判资本主义的传统;到了拜厄特时代,早期资本主义已经发展为"全球资本主义"(global capitalism),而"对它的批判也变得更为急切"。⑤ 需要指出的是,上述批判常常伴随着对(全面发展的)健康心智的呼唤。出于篇幅上的考虑,我们将把相关例子放在下一小节的讨论中。

---

① A. S. 拜厄特:《天使与昆虫》,杨向荣译,海口:南海出版公司,2012年,第61页。
② Graham Swift, *Ever After*, New York: Vintage, 1993, 4.
③ Kazuo Ishiguro, *Never Let Me Go*, New York: Knopf, 2005, 272.
④ Martin Amis, *Time's Arrow: Or the Nature of the Offense*, New York: Vintage Books, 1992, 116.
⑤ Brian Finney, *English Fiction Since 1984: Narrating a Nation*, New York: Palgrave Macmillan, 2006, 77.

二、心智培育的关键:点燃想象力

如上文所示,西方文明疾病缠身,英国文学家们频频做出回应,而且常常从心智培育的角度回应。针对以"分裂"为特征的文明,主张疗治分裂的心智,恢复完整的人性,从而促进人类社会的全面均衡发展,这是数代英国文人的心声。培育心智的方法多种多样,那么最关键的方法是什么呢?对于这一问题,古今英国文学作品里都有解答,虽然五花八门,但是如果仔细探寻,就会发现往往殊途同归——都会把想象力看作心智培育的关键。

即便是饱受诟病的培根(Francis Bacon,1561—1626)——许多人称他为"20世纪困境的总设计师",指责他"造成了科学与诗歌、理性与想象……的邪恶而永久的分裂"[1]——也"致力于点燃读者的想象力,以便扩大他们心智的周长"。[2] 此处"点燃想象力"一语甚为关键,它可以用来形容心智培育之路的起点。

何以见得呢?我们可以借用麦根在《情感诗学》(*The Poetics of Sensibility*, 1996)里的话加以说明:"心智可以发现自己的功能和美德,即作为同情心的源头,而不是作为控制外界的力量。"[3] 换言之,培育心智,就必须培育同情心,而要培育同情心,就要点燃想象力——没有想象力,就没有设身处地为他人着想的能力,也就是没有了具备同情心的基本前提。当然,在一些评论英国文学的著述中,出现频率更高的是"同情心"或"同情"一词。例如美国学者阿吉罗斯就曾强调,在乔治·爱略特的语汇中"很难找到比'同情'更重要、更充满意义的抽象名词了"。[4] 我们还知道,休谟曾经强调"同情心是卓越道德品质的主要源泉",[5] 这一论断对此后的英国文学产生了深远的影响。然而,同情心的主要源泉应是想象力,因此从想象力的角度来探寻心智培育在英国文学中的轨迹,这似乎是必要的。

让我们再回到培根。培根留给后世许多精美的散文,其中不少涉及心智的培育,对此研究最多的莫过于罗马尼亚学者科妮努(Sorana Corneanu)。她在

---

[1] Anne Righter, "Francis Bacon," in *The English Mind*, 8—9.
[2] Ibid., 14.
[3] Jerome McGann, *The Poetics of Sensibility: A Revolution in Literary Style*, 32.
[4] Ellen Argyros, *"Without Any Check of Proud Reserve": Sympathy and Its Limits in George Eliot's Novels*, New York: Peter Lang Publishing, Inc., 1999, 1.
[5] Qtd. in Raymond Williams, "David Hume: Reasoning and Experience," in *The English Mind*, 127.

《心智疗养：博伊尔、洛克和现代早期灵魂培养传统》(*Regimens of the Mind: Boyle, Locke, and the Early Modern Cultura Animi Tradition*, 2011)一书里专辟一章，详尽讨论并高度赞扬了培根在"教育心智"方面的"艺术"。① 确实，培根在推进心智培育方面功不可没，他致力于"点燃想象力"的努力更值得赞赏，但是他关于想象力（在心智中的）地位的阐述却值得商榷。下面是他的一段"名言"：

> 逻辑旨在教授论证，以确保理性，而非拖累理性。道德旨在获得关爱，以服从理性，而非侵害理性。修辞旨在充实想象，以支持理性，而非压迫理性。②

此处，培根显然把想象（力）放在了次于理性的地位。"支持理性"（to second reason）英文原文中的"second"既有"支持"的意思，又有"次等"的含义。培根的上述主张遭到了不少后来者的质疑，其中最中肯的来自布莱克。后者把想象力放在了比理性更重要的位置，或者说把想象力跟智慧相提并论，这一思想曾经在弗莱那里得到了清楚的表述：

> 智慧是想象力的运用，而想象力则由艺术传授。我们靠强行推进来征服知识，不顾一切地推进，积攒了越来越多的学问。智慧是健康的想象力，它的健康因从容而增进，是一种有机生成的状况，因而既强大又坚实。在任何诗画面前，一个人若无智慧，即便有了知识，也很难让心智自如地进入接受状态。他的眼里只有所谓的"意义"，这意义虽可传播，却只是笼统知识的残余而已。他的唯一愿望就是紧紧抓住这一意义，然后如获至宝地离去。③

这段阐述耐人寻味。首先，它讽刺了理性主义者的可笑之处，如"靠强行推进来征服知识"以及"如获至宝"地"紧紧抓住意义"，其实只获得"笼统知识的残余"而已。再者，它把处于健康状态的想象力等同于智慧，并把"从容推进"和

---

① Sorana Corneanu, *Regimens of the Mind: Boyle, Locke, and the Early Modern Cultura Animi Tradition*, Chicago and London: The University of Chicago Press, 2011, 45.
② Francis Bacon, *Advancement of Learning*, Book II, ed. F. G. Selby, London: MacMillan, 1895, 95.
③ Northrop Frye, *Fearful Symmetry: A Study of William Blake*, 86—87.

"有机生成"作为"健康的想象力"之特征,这回应了当时急功近利、理性至上的思潮——后者构成了英国工业革命/文明进程的理论基础。布莱克的许多诗行都是对理性主义的回击,同时又是对想象力的赞颂,如下面这几句:"一沙一世界,/一花一天国,/君掌盛无边,/刹那含永劫。"① 显然,光凭借理性是无法从一粒沙子中窥见一个世界的,也无法从一朵野花中瞥见一座天堂,唯有想象,才能到达彼岸。布莱克用他美丽的诗句,诠释了想象力的优越性,同时给人以心智的启迪。

稍早于布莱克的格雷(Thomas Gray,1716—1771)也深谙想象力和心智培育之间的关系。他的《墓园挽歌》("Elegy Written in a Country Churchyard",1750)呼唤的不仅是对穷苦大众的同情,而且是对死者(尤其是在贫寒中死去的劳动者)的同情以及跟后者的交流感应。他从墓志铭上能够听到死者活生生的声音(以"大自然的呼叫"显现),并感受到他们生命的余火仍在延续,甚至会一代接一代地延续下去:"即便是坟冢,也会传来大自然的呼叫,/即便是我们的骨灰,也会有他们的余火在燃烧。"② 麦根曾经指出过这两行诗句对华兹华斯的影响,③ 后者在《颂歌:来自幼年回忆的永恒信息》("Ode: Intimations of Immortality from Recollections of Early Childhood," 1807)中用了相似的"余烬"意象:"啊,欢乐! 的确有某些生命/长存于我们的余烬,/那些稍纵即逝的东西/却长存于大自然的记忆。"④ 事实上,华兹华斯在不少诗歌中都表达过相同的思想。例如,《漫游》(The Excursion,1814)和《我们是七个》("We Are Seven," 1798)都表达了一种被艾略特称为"文化"的思想,即"一种对死者的虔敬,即便他们默默无闻;一种对未出生者的关切,即便他们出生在遥远的将来",而"这种对过去与未来的崇敬必须在家庭里就得到培育"。⑤ 此处的"培

---

① William Blake, "Auguries of Innocence," in *The Writings of William Blake*, Vol. 2, ed. Geoffrey Keynes, 1925, 232. 译文参考宗白华:《宗白华全集》第 2 卷,林同华主编,合肥:安徽教育出版社,2008 年,第 368 页。需要说明的是,宗白华用的是田汉的译文,不过他将田译中"沙"和"花"的位置调换了一下,而我们此处又调换了回来。

② Thomas Gray, "Elegy Written in a Country Churchyard," in Abrams, *The Norton Anthology of English Literature*, Vol. 1, 2482.

③ Jerome McGann, *The Poetics of Sensibility: A Revolution in Literary Style*, 30.

④ William Wordsworth, "Ode: Intimations of Immortality from Recollections of Early Childhood," in Abrams, *The Norton Anthology of English Literature*, Vol. 2, 212.

⑤ 关于华兹华斯和艾略特之间的联系,详见殷企平:《华兹华斯笔下的深度共同体》,《杭州师范大学学报》(社会科学版),2015 年第 4 期,第 78—84 页。

育"显然是心智培育,它的对象是上升到"崇敬"高度的同情心,而其中不乏在"余烬"中都能燃烧不止的想象力。

如果对死者或未出生者都抱有崇敬式的同情,都带着崇敬去想象,那么设身处地为身边活着的同胞着想,就不会是一件太难的事情,这也是上述英国诗人们致力于点燃世人想象力的根本原因。诗人们如此,散文家和小说家们也是如此。女权主义先驱玛丽·沃斯通克拉夫特(Mary Wollstonecraft,1759—1797)在她一段广为流传的文字中,就曾表达过类似的思想:"如果我们想要变得更好,更有智慧……我们就必须在了解自己的同时,还了解他人。此外任何获得知识的方法,只会让人的心肠变硬,让人的理解模糊。"① 此处的意思,就是人贵有自知之明,还须将心比心,而要做到这一点,没有想象力是不可能的。尤其值得留意的是,强调"获得知识"需以将心比心为前提,否则就会"心肠变硬",这分明是在指点心智培育的路径。类似的主张散见于英国历代小说家的笔端,其中最典型的要数乔治·爱略特。她的《丹尼尔·德隆达》中有一句名言:"在高尚的生活里,爱心穿戴着知识。"② 这句话跟玛丽的上述断言可谓异曲同工,都把爱心和知识看作心智培育的基本前提。我们似乎还可以补充一句:爱心要穿戴知识,知识也要穿戴爱心;穿戴着爱心的知识,就是燃烧着想象力的知识。

在爱略特之后,想象力的火炬依然在燃烧,直至今日。我们在上一小节中提到,当代英国文学家对西方文明弊端的批判,往往伴随着对健康心智的呼唤,而呼唤方式依然是高擎想象力火炬。阿克罗伊德是这方面的杰出代表。他在《新文化札记》(*Notes for a New Culture*,1976)一书中高度肯定柯尔律治,称他的作品"见证了存在于英国文化内部的生成性力量",并赞同他的一个著名观点,即"'想象力'是人与世界的中介"。③ 阿克罗伊德还专门引用了柯尔律治在《论诗艺》(*On Poesy or Art*,1818)中的一段话:

---

① Qtd. in G. J. Barker-Benfield, *The Culture of Sensibility: Sex and Society in Eighteenth-Century Britain*, Chicago and London: The University of Chicago Press, 1992, 303.
② George Eliot, *Daniel Deronda*, 421.
③ Peter Ackroyd, *Notes for a New Culture*, London: Alkin Books, 1976, 31.

（艺术创造）旨在让（自然界的）全部影像充满人的心智，满到极致，从而……使外界进入内心，内心囊括外界，使大自然融入思想，思想化为大自然。①

这里，阿克罗伊德分明是在借柯尔律治之口，演绎想象力的功能以及心智（经由艺术得到）培育的方法。他除了在《新文化札记》中推崇想象力以外，还曾发表过一本专论想象力的书，题为《阿尔比恩：英格兰想象的起源》(*Albion: The Origins of the English Imagination*, 2002); 全书厚达 516 页，堪称鸿篇巨制。此外，他在小说创作实践中也身体力行，如在《英国音乐》中，主人公蒂莫西的整个心智历程，全都是在"英国音乐"的熏陶下完成的，而这"英国音乐"指代的"就是关于民族共同体的想象"。②

培育想象力的努力，不仅见于阿克罗伊德的著述，也见于同时代许多英国作家的笔下。例如，就如芬尼所说，"拜厄特跟阿克罗伊德分享了一个信念，即'过去与现在能有效地互相渗透'。"③显然，这种渗透需要强大的想象力。抱持同一信念的还有麦克尤恩(Ian McEwan, 1948—)，他的小说《赎罪》(*Atonement*, 2001)讲述了女主人公布里奥妮赎罪的故事：13 岁的她少不更事，武断地指控无辜者罗比为强奸犯，致使罗比锒铛入狱，还牵累了姐姐塞西莉娅（后者正与罗比热恋）；长大成人之后，布里奥妮意识到自己犯了错误，可是想要弥补却为时已晚（罗比和塞西莉娅在战争中失去了生命），愧疚万分的她唯有靠写作一途来赎罪。用芬尼的话说，"她企图通过想象把自己投射到那两个人物的情感中去；当年正是因为她缺乏想象力，所以才把他俩的生活给毁了。"④想象力的匮乏，可以毁掉人的生活乃至生命，这确实是《赎罪》要传递的一个重要信息。麦克尤恩本人就曾坦言，他写小说的目的就是"展示设身处地想象他人的可能性……人之所以会残酷，就是因为缺乏想象力"。⑤也就是说，

---

① Peter Ackroyd, *Notes for a New Culture*, 31.
② 殷企平：《英国文学中的音乐与共同体形塑》，《外国文学研究》，2016 年第 5 期，第 65 页。
③ Brian Finney, *English Fiction Since 1984: Narrating a Nation*, 85.
④ Ibid. 99.
⑤ Ian McEwan, "Review: Interview: At Home with His Worries — Interview with Kate Kellaway," *Observer*, 16 Sep. 2001, Review: 3.3.

麦克尤恩写小说的宗旨就是培育心智,培育想象力。

还需一提的是斯威夫特。他的小说《洼地》(*Waterland*,1983)讲述了阿特金森家族发迹的故事;叙述者汤姆通过大量的政府文件、地方年鉴、编年史以及祖辈留传下来的历史图片等,追溯了那段家族史(其实就是西方文明史的缩影),而追溯过程同时又是心智成长的过程——汤姆一边追寻历史,一边不断地质疑手头文本上记载的"辉煌",如对威廉(由佳肴美酒衬托)的"成功"之问:"佳肴美酒,这不就是他(威廉)和他家族的终极目标吗? 难道佳肴美酒非得靠别人的怨恨和痛苦来换取吗?"① 倘若汤姆缺乏想象力,他是无法透过美酒佳肴看到别人痛苦的。推崇想象力,并使之成为心智培育的关键,几乎是斯威夫特所有作品的特点。仅再以他的《遗言》(*Last Orders*,1996)为例,"组成小说的大都是人物的内心思想,以及他们飞腾的想象力"。② 在一次访谈中,斯威夫特直言小说创作"全是关于想象,即设身处地想象他人……我们至少要努力想象其他人的生活是怎样的;假如不这么做,我们就会失败,不光做人失败,而且导致社会的失败"。③ 不难看出,斯威夫特致力于点燃世人的想象力,其热情不亚于麦克尤恩、拜厄特和阿克罗伊德。就心智培育而言,他们都是当代的格雷、布莱克、华兹华斯、柯尔律治、爱略特和阿诺德。

综上所述,传递想象力的火炬,以想象力为心智培育的核心,并以此回应西方文明的进程,已成为一代又一代英国文人的共同旨归,从中可以瞥见文化观念演变的部分轨迹。

---

① Graham Swift, *Waterland*, London: Picador, 1984, 66.
② Brian Finney, *English Fiction Since 1984: Narrating a Nation*, 197.
③ Graham Swift, "Graham Swift in Interview on *Last Orders* — Interview with Bettina Grossmann, Roman Haak, Melanie Romberg and Saskia Spindler," *Anglistik* 8, No. 2 (1997): 155—160. 155.

第二节
心智培育与社会生活：智慧之光

要研究文化观念，须从心智及其培育入手。前文已述，雷蒙德·威廉斯揭示了心智培育与西方文明进程之间的关系，在文化观念流变的过程中，心智培育有时甚至被提升到等同于文化的高度。列奥·施特劳斯（Leo Strauss，1899—1973）在《何为通识教育》（"What is Liberal Education"）中分析了"文化"一词的起源，指出文化在衍生意义上"如今主要意味着心智培育（the cultivation of the mind），依据心智的本性来关照和提升心智的天生机能"。① 在施特劳斯看来，阅读文学经典就是聆听人类历史上伟大心灵之间的对话，进而起到培养读者心智的作用。艾略特的思考更加深入，他认为我们阅读文学，阅读莎士比亚、但丁（Dante Alighieri，1265—1321）和歌德（Johann Wolfgang von Goethe，1749—1832）等伟大作家，一大宗旨在于学习他们的智慧，尽管语言并不能完全传达出智慧，但"或许诗歌语言是最能传达智慧的语言"。② 艾略特将阅读文学经典的初衷从心智培育的广大领域聚焦到"智慧"之上。心智培育关涉思维的综合认知、判断、抽象和应用能力，在诸多构成要素中，同情心、想象力和智慧都占据着重要地位。归根结底，这些要素都可以被汇总到解释世界和认识世界的哲学层面。哲学的本来之意即为"爱智慧"。

艾略特在心智培育方面强调常识，反对科学主义和功利主义倾向。他在《论布莱德利》一文③中指出，"智慧主要由怀疑态度和并不愤世嫉俗的觉悟所

---

① Leo Strauss, *Liberalism Ancient and Modern*, Chicago and London: The University of Chicago Press, 1968, 3.
② T. S. Eliot, *On Poetry and Poets*, New York: The Noonday Press, 1961, 264.
③ 艾略特 1910 年代初在哈佛大学哲学系攻读博士学位时，毕业论文研究的就是布莱德利（Francis Herbert Bradley, 1846—1924，英国哲学家）。

构成。"① 由此可见,他将智慧视为一种由怀疑态度和觉悟所构成的心智,而不是单纯的知识积累或者工具理性意义上的抽象和思维能力。艾略特认为实用主义等"科学的哲学"否认真实之物,无益于人,"哲学离开智慧便成徒劳,在众多伟大的哲学家身上常常可见一种大智慧,它可以被准确而深刻地称为处世智慧"(worldly wisdom)。② 心智培育的使命是培养心智健全的个体,推动社会进步,涉及心灵陶冶和智性锻炼。小到独善其身,大到传递文化火炬,都需要心智的培育,也都是历代英国文学家们的思考内容。

一、心智概念源流考

英文"mind"的"心智"内涵直到约翰·洛克(John Locke,1632—1704)所在时代前后才确立起来。洛克在《教育漫话》("Some Thoughts Concerning Education",1693)中讨论了心智的起源,开篇就阐明:"健全的心智寓于健康的体魄,此乃对世间幸福简洁而完整的表述",此后在谈及身体锻炼时又强调"人的身体要得到应有的关照,以保持力量与活力,使之能执行心智的命令"。③ 洛克所谈心智即为人的情感、思想及认知系统等的综合判断力,与肉体相对应;作为一个完整的人,洛克认为肉体服务于健全的心智,后者处于优势地位。此后苏格兰早期浪漫主义诗人詹姆士·贝蒂(James Beatti,1735—1803)继续在洛克的道路上开拓。在《论诗歌与音乐对心智的影响》(*Essays on Poetry and Music, as They Affect the Mind*,1779)中,贝蒂认为诗歌所展示的完美"只可能存在于诗人的心智中,是知识调节下的想象力才让诗人有能力展示极致的完美"。④ 显然,贝蒂笔下的心智强调诗人意识中想象力与知识结构之间的有机结合,并给予诗人作为公众人物以高度评价。

欧洲早期文化中"心"和"智"原本来自人体的不同部位,而英语的 mind 之内涵远没有如此复杂。这并不是说心智培育在西方文明的早期阶段受到忽

---

① T. S. Eliot, *Essays Ancient and Modern*, New York: Harcourt, Brace and Company, 1932, 50.
② Ibid., 58.
③ 参见 John Locke, *Some Thoughts Concerning Education*, eds. John W. and Jean S. Yolton, Oxford: Clarendon Press, 1989, 83, 102—103。
④ James Beattie, *Essays on Poetry and Music, as They Affect the Mind*, London: Routledge, 1996, 54.

略;恰恰相反,英语的 mind 取自拉丁文 mens,早期的意义仅为"记忆"。英国 15 世纪 60 年代的道德剧《智慧即基督》(*Wisdom is Christ*)以拟人化的手段创作出人的灵魂(Anima)所具有的三种力量:记忆力(Mind)、意志力(Will)和理解力(Understanding)。这三个人物对应宗教中的信仰、希望和仁爱这三种美德。由此可见,"记忆"在基督教体系中被提高到非常重要的位置。当"记忆"出场时,有一番自我介绍:"我是记忆,在灵魂之中/是神的真正象征。/当我回忆、感受到上帝的恩典和他的荣耀/我被创造得如此极致完美/与上帝一样何等光荣与高贵。"① 此番独白表明,人的"记忆"在中世纪被赋予神性的高贵和荣耀。直到今天,"Divine Mind"仍然是"神"的代名词,这是镌刻在英国人心中的文化记忆。可以看出,"mind"即便作为记忆概念范畴使用之时,也并不从个人生活经验的记忆角度进行探寻,而是从宗教这个当时最为重要的社会机制展开思考。

在英语的演变过程中,"记忆"一词逐渐增加了外延,延伸到记忆的活动、本质,甚至指与"肉体"相对的"心智"或者"精神",含有"关注""智慧""思想活动"等内涵;与此同时,另一个单词"memory"在 14 世纪中期由法语进入英语,逐渐取代了"记忆"的部分意义。在《智慧即基督》中已经初现端倪。当撒旦诱惑这三种美德时,"记忆"一度坚定地回答:"我的心智永远在基督身上(My mynde ys euer on Jhesu),他赋我以美德。"② 到了英国文艺复兴时代后期,"心智"的概念逐渐扩大。罗伯特·伯顿(Robert Burton, 1577—1640)在《忧郁的剖析》(*The Anatomy of Melancholy*, 1621)里较为明确地将"心智"与"肉体"区别开来,他在"头脑疾病的分类"一节中表述了他的理由:"心智之疾病发作的主要位置和器官均位于头脑,人们常说成脑疾";在论及人的灵魂时,伯顿认为完整的灵魂由植物灵魂、感知灵魂和理性灵魂三者合成,而理性灵魂又具有两种力量,即"理解"和"意志"。③ 至此可以发现,"mind"作为"记忆"的重要功能悄然消失了。

---

① Mark Eccles, ed. *The Macro Plays*, Oxford: Oxford University Press, 1969, 120.
② Ibid., 126.
③ Robert Burton, *The Anatomy of Melancholy*, Vol. 1, eds. Thomas C. Faulkner, Nicolas K. Kiessling, Oxford: Clarendon Press, 1989, 30, 157.

无论是理解为"记忆"还是"心智","mind"都是脆弱而易损的,这在英国文化中已成共识。正如《智慧即基督》这一出戏剧所示,拟人化的"记忆"容易被撒旦所诱惑,走上危险的道路。这个现象在英国文学和文化历史上早有渊源,中世纪作家约翰·高尔(John Gower,1330—1408)在这部宗教道德剧之前的一个世纪就有这样的思考。他的《情人的忏悔》(*Confessio Amantis*,1386—1393)用拉丁文强调说"看和听是通向脆弱记忆的大门(*Visus et auditus fragilis sunt ostia mentis*)"。① 本句中拉丁文"*fragilis*"意为"不稳定""易受打扰"。虽然记忆的来源取自外部感官,却也很容易受到外部感官歪曲的影响。心智脆弱易损,因此更需细心呵护和培养,置于文化的伟大传统中进行滋养,以保健全。心智培育的一个重要途径是学习和继承前人积累的知识成果,在此基础上领悟到智慧,而阅读文学就是一种极佳的学习途径。

二、处世智慧:心智培育之根基

心智培育的重要内涵是对智慧的追求,这一理念可以追溯到古希腊时期。英国文化在盎格鲁-撒克逊文化形成之初就对此表现出高度关注,其中表现尤为突出的是对社会生活中处世智慧(worldly wisdom)的关切。现存的盎格鲁-撒克逊民族的古英语诗歌里可以发现大量讨论或者涉及心智问题的篇章,它们在收本中占比很高。古英语诗歌跟智慧密不可分。《古英语智慧诗》(*Annotated Bibliography of Old and Middle English Literature: Old English Wisdom Poetry*,1998)一书主编罗素·蒲尔(Russell Gilbert Poole)甚至声称"所有古英语诗歌都带着智慧的味道"。② 其中有一类作品尤其以格言、警句、谚语、谜语的形式向读者劝诫说教社会生活经验和为人处世的道理,学界将此类作品称为"智慧诗"(wisdom poetry)。③ 此类传授处世智慧的"智慧文学"意在积累知识与生活经验,引导文化的世代传承,促进社会进步。

---

① John Gower, *Confessio Amantis*, Vol. 1, ed. Russell A. Peck, Kalamazoo: TEAMS, 2000, 107.
② Russell Gilbert Poole, *Annotated Bibliography of Old and Middle English Literature: Old English Wisdom Poetry*, Cambridge: D. S. Brewer, 1998, 1.
③ Antonina Harbus, *The Life of the Mind in Old English Poetry*, Amsterdam and New York: Rodopi, 2002, 61.

大英图书馆收藏有一系列中世纪青少年教育的匿名手稿,如《亚里士多德入门》("The ABC of Aristotle")和《论礼貌》("Urbanitatis")等。《青年必读》("Babees' Book")是其中尤其有意义的一篇。① 据学者考证,此书部分内容契合爱德华四世时期(Edward Ⅳ,1442—1483)的社会风俗与教育体制。② 依文中所言,规范地侍奉在主人身边,替宾客引座,为主人倒水、递毛巾,是良好教养的首要习惯。在中世纪,作为骑士训练的重要内容,贵族的子嗣往往从 7 岁开始就被送到其他贵族家庭接受教养,除了学习武艺,还要学习洒扫应对,乃至前文所说的各种服务,成为一个侍童(page)。这种社会习俗对英国社会影响巨大,促使孩子得到严格的礼节训练,获取更多的社会机遇。在主人家做侍从,首先遇到的是就餐礼仪。对贵族家庭而言,盛宴是显示实力与社会地位的理想场合。普通的家宴相对简单,而盛宴往往涉及社交礼仪,因此仆人会有详细分工。餐桌礼仪不仅针对仆人侍从,对主客双方也有相应规制。19 世纪前,这是英国绅士和淑女必须学习的一项技能。中世纪的约翰·罗素(John Russell,? —1494)在《教养宝典》(*Book of Nurture*,1450)里面有详细解说,例如必须左手按住肉,右手拿刀,只能使用大拇指和另两个手指,不得弄脏餐桌等。乔叟在《坎特伯雷故事集》(*The Canterbury Tales*,1387—1400)序言中关于骑士侍从(Squire)的描写就有:"他很有教养,谦卑而乐于助人/就餐时在他父亲面前切肉"(Curteis he was, lowely, and servysable,/And carf biforn his fader at the table)(第 99—100 行)。《青年必读》谈及就餐时必须注意的许多细节,劝诫青年不要与主人共用一个杯子饮酒,必须讲卫生。这些描写同样可以在乔叟《坎特伯雷故事集》描写女修道院长的那一章里得到印证:她学了一套地道的餐桌礼节,不容许小块食物由唇边漏下,她手捏食物蘸汁的时候,不让指头浸入汤汁;然后她又把食物轻送口中,不让碎屑落在胸前。她最爱讲礼貌。她的上唇擦得干净,不使杯边留下任何薄层的油渍。③《青年必读》的作者告诫孩子不可拿食物去蘸盐瓶中的盐。在英国早期历史上,食盐与

---

① 文中反复出现的 babee(baby)一词实指"青少年"(文中指明是 tendre age)。
② Edith Rickert, "Introduction," *The Babees' Book: Medieval Manners for the Young*, London: Chatto and Windus, 1908, xxv—xxvi.
③ 参考方重译文。

糖都曾一度很昂贵。在中世纪,盐瓶往往被做成船的形状,离盐瓶的距离远近相应代表所坐之人的身份尊卑。《青年必读》是英国历史上较为典型的教授处世智慧的文献作品,这种行为指南类的作品不仅涉及英国贵族家庭,对普通百姓同样意义深远,从中可以窥见英国早期家庭教养的要点以及英国社会习俗礼仪的传承概况。在这个过程中,我们不难发现以时间为线而较为清晰的发展脉络,英国中世纪往往强调社会礼仪与个人心智之间的能动关系;文艺复兴时代开始则更加注重心智培育的社会意义和统治基础,这一点或许受到意大利文艺复兴思想的启发。①

在英国文化流变的早期阶段,它在世界范围内尚属弱势文化,广泛吸纳了其他强势国家的文化。譬如说这些繁复的社会礼仪知识明显受到诺尔曼征服之后法国文化的直接影响,从《青年必读》这类处世智慧指南的措辞与礼仪规制中可见一斑。在英国文学的早期阶段,既不乏凯德蒙(Caedmon,活跃于658—680年间)、埃尔弗里克(Alfric,约955—约1020)和大量无名氏诗人创作的宗教文学,也有《农夫皮尔斯》(*The Vision of Piers Plowman*,1370—1390)、《珍珠》(*Pearl*,14世纪后期)、《坎特伯雷故事集》等以宗教题材讨论世俗生活的作品,还有《青年必读》等大量直接讨论处世智慧的文学与文献。处世智慧的心智培育事关生活经验和社会礼仪知识,这一脉络自盎格鲁-撒克逊时代以来就显著存在于英国文化之中,漫长的千年时间里一直在延续。到了文艺复兴时期,英国文化的心智培育领域产生了重心从处世智慧向知识智慧转移的新变化。

三、知识智慧:心智培育之明灯

要谈英国文艺复兴时代知识的智慧问题,得从古希腊时代谈起。古希腊人认为哲学和科学(知识)密不可分,哲学代表爱智慧,知识代表真理,追求真理是希腊文化的重要旨归。正如阿诺德所言:"希伯来精神和希腊精神,整个

---

① 首先是尼可罗·马基亚维利(Niccolò Machiavelli,1469—1527)于1513年出版的《君主论》(*The Prince*);差不多同时,意大利人文主义者巴尔达萨雷·卡斯蒂利奥内(Baldesar Castiglione,1478—1529)出版了《侍臣论》(*The Book of the Courtier*,1528),对包括英国在内的整个欧洲文明产生了重要影响。

世界就在它们的影响下运转。"①英国所在的大不列颠文化深受希腊文化的影响,中古时期著名的爱尔兰裔经院哲学家埃里金纳(John Scotus Erigena, 810—877)似乎是第一个将自由学术与机械知识相区分的学者。② 他认为自由学术与机械知识是对立的,后者并非天生在人的心智中,而是人的心智外化而设计出来的(quadam excogitatione humana),他们的区别在于自由学术是在内的,而机械知识是外化的,因此存在着高低贵贱之分。机械知识应付感觉世界和外部环境;而自由学术则培养人的心智和理性灵魂。③ 中世纪文学《农夫皮尔斯》第 15 个梦境遇到了"灵魂"(Soul),它有意愿、情感、理性、良知等多种化身,其中之一就是跟记忆密切相关的"心智"——"当作为获取和占有知识的力量时,我便被称为'心智'。"④到了文艺复兴时代,人文主义者伊拉斯谟(Desiderius Erasmus,1466?—1536)等人仍然关注处世智慧的教习传承,认为要尽可能早地让孩子习惯于良好的教养。但是伊拉斯谟仅将此列为塑造年轻人心智的第四点;他认为更为重要的,是让虔诚的种子扎根于孩子的内容,其次是让他们热爱博雅教育(liberal arts)并获得全面的知识。⑤ 伊拉斯谟认为自由学术是指欧洲中世纪以来的文科"七艺",指语法、修辞、逻辑,算数、几何、音乐和天文,此后发展成现代学术的人文教育。伊拉斯谟的思想深刻影响了英国文化。

如果说早期先哲将心智培育的讨论范畴集中在思辨哲学,那么到了 16 世纪末 17 世纪初,心智的培养则更多关注知识与学术的地位和尊严。在此方面影响最大的是培根。他在 1605 年出版的《论学术的推进》(*The Advancement of Learning*)上卷中对学术与知识的重要地位做了充分论述,他引用了《圣经·箴言》中的一句话,即"人的灵是如上帝的明灯",强调人类应该读懂两本

---

① 马修·阿诺德:《文化与无政府状态》,第 111 页。
② 埃里金纳是爱尔兰人,长期居于法国,据英国史学家 William of Malmesbury(1095?—1143)所载,他最后逝于英格兰。
③ 参见 David Summers, *The Judgment of Sense: Renaissance Naturalism and the Rise of Aesthetics*, Cambridge: Cambridge University Press, 1987, 244。
④ William Langland, *Piers the Plowman: A New Translation of the B Text*, trans. A. V. C. Schmidt, Oxford: Oxford University Press, 1992, 166。
⑤ 参见 Erasmus of Rotterdam, *A Handbook on Good Manners for Children*, trans. Eleanor Merchant, London, Preface Publishing, 2008, 3。

自然之书,一是"上帝的话",二是上帝的"造物"。① 《圣经·箴言》中的"灵"是指上帝造人后在其鼻孔中注入灵气,故人具有了解内部和外部世界的能力;而"自然之书"的概念中"上帝的话"指《圣经》。培根建议诗人多读《圣经》,但是从自然科学史的角度看,他着重强调的仍然是第二本书,也就是上帝创造的万物/自然世界。他建议世人以积极而谦卑的心态仔细观察自然界的万物,探究其中的奥秘。在培根的整个哲学观念中,人应该科学地了解自然,成为自然的"阐释者"和"仆人"。培根不仅注重知识本身的价值,而且关注心灵智慧的培养,主张以知识滋润和培养心智,同时以健全发达的心智反过来又推进知识,以此形成良性循环。培根所在的时代高扬知识的火炬,照亮中世纪之后英国历史的天空。

培根的经验主义哲学思想对英国后世有着巨大的影响。弥尔顿(John Milton,1608—1674)熟读过培根的《论学术的推进》。② 在1631年秋季学期开学前后,弥尔顿对剑桥大学基督堂学院的学生有过一篇激情洋溢的讲话,题目是《学术比无知能给人带来更多的福祉》,他认为永生仅存于冥思之中,并不需要肉体的参与;冥思会让人的心智升华;没有博雅教育,人的心智则是贫瘠、寡欢的,一切归于徒劳;只有经过读书学习,人的心智才能得到培养,并且高贵起来。弥尔顿强调,如果人类的幸福存在于心智高贵而自由的喜悦,那么这种喜悦只能存在于读书和学术之上,绝非其他。③ 在《论教育》一文中他曾说,学术的目的就是要修复亚当、夏娃因堕落被逐出伊甸园后人类所缺失的心智能力,正确认识上帝,通过获得的知识去爱他和效仿他。④ 可见,弥尔顿将学术的目的提高到了让人惊叹的高度。弥尔顿明示自己的《失乐园》要"阐明永恒的天理。向世人昭示天道的公正"(第25—26行)。⑤ 与此同理,他在此指出学术的目的是为了更接近上帝,也是将神性智慧作为至高力量,这其实是延续了中世纪以来经院哲学传统的主流思想。

---

① Francis Bacon, *The "Instauratio magna" Part II: "Novum organum" and Associated Texts*, ed. Graham Rees, Oxford: Oxford University Press, 2004, 65.
② 参见 John Milton, *Complete Prose Works*, Vol. 1, ed. Don M. Wolfe, New Haven: Yale University Press, 1953, 287。
③ 同上,291, 295。
④ 参见 David Loewenstein, ed., *John Milton: Prose*, Chichester: Wiley-Blackwell, 2013, 172。
⑤ 参考朱维之译文。

相对于这种对神性智慧单向度的顶礼膜拜而言,生活在伊丽莎白女王时代的作家克里斯托弗·马洛(Christopher Marlowe,1564—1593)则表现出不同的品质,他创作的《浮士德博士的悲剧》(*The Tragical History of Doctor Faustus*,1588—1589)体现了追求知识和追求精神救赎之间的矛盾冲突。《浮士德博士的悲剧》无疑极佳地刻画了文艺复兴时期科学飞速发展的历史背景下,英国人对无限的知识求之若渴的心态。浮士德在学魔法之前期望通过知识获得更多的能力,而超出道德与宗教的知识对他有更大的诱惑:"凡人之心智所及,无不在他的统治之下;一位灵验的魔法师就是半个上帝。"[1]虽然弥尔顿与马洛对于学术和智慧的理解不同,但对于知识的渴求是整个文艺复兴时期文学的总体追求。正如浮士德的悲剧主题所征兆的那样,若将追求知识智慧本身作为终极目标。这种理想化的奋斗探索精神值得肯定,但是脱离伦理考虑的行为,最后必将带来痛苦和恐惧。启蒙运动在 18 世纪发展为浩荡的思想运动,席卷欧洲,知识和理性等知识智慧受到空前的重视,被视为祛除迷思(myth)、扫除愚昧的至高力量。人类历史的发展历程证明,对知识智慧的推崇往往容易导致工具理性泛滥,进而反过来异化成奴役人自由发展的枷锁。[2] 要想维持心智的健康发展,必须有另一种精神维度的稳定锚——心灵智慧。

四、心灵智慧:心智培育之支柱

艾略特曾阐述过"处世智慧"和"心灵智慧"之间的区分,[3]认为不能将智慧等同于"处世智慧",积累生活经历的格言、警句和谚语等堪称智慧,但智慧绝不仅仅是这些聪慧语言的集合。[4] 艾略特对这两种智慧的区分,可能源于《圣经·新约》之"雅各书"里面关于"两种智慧"的说法。一种智慧是"属地的",另一种是"从上头来的":"唯独从上头来的智慧,先是清洁,后是和平,温良柔顺,满有怜悯,多结善果,没有偏见,没有假冒"(3:1—18)。[5] 艾略特在《四个四重

---

[1] Christopher Marlowe, *Doctor Faustus*, ed. David Scott Kastan, New York: Norton, 2005, 58.
[2] 韦伯、福柯、霍克海默和阿多诺等人的相关著述对此有过深刻批判。
[3] 出自 1955 年 5 月他在德国汉堡所做《作为智者的歌德》的演讲,副标题为"智慧颂"。T. S. Eliot, *On Poetry and Poets*, 241。
[4] T. S. Eliot, *On Poetry and Poets*, 257。
[5] 译文来自《圣经》(和合本),雅各书 3 章 17 节。

奏》(*Four Quartets*, 1943)的第二部分"东科克"("East Coker")用了相当篇幅讨论智慧的问题,他反对沉迷于诗歌"跟词语和意义扭打在一起,难以忍受",将这种从文学等书本知识中获得的智慧称为"不过是一些有关死去秘密的知识"。① 艾略特认为从社会生活实践获得的知识"价值也很有限",知识会带来僵化作用,他断言,"我们唯一可以希望获得的/是谦卑的智慧,谦卑永无止境。"② 艾略特所言谦卑即为心灵智慧,涉及宗教和道德两个维度。艾略特在1928年自称为文学上的古典主义者,政治上的保皇派,宗教上的英国天主教徒,他对宗教有着极高的热诚。这位20世纪文学巨匠身上隐现的是心灵智慧在英国历史上宗教和道德两条脉络奇妙的交汇。

自英国文学肇始以来,主流文学作品中基本都体现了心灵智慧中的宗教和道德这两条脉络的交汇。在"两希传统"中,智慧和德行互为表里,缺一不可。在古希腊时代,智慧和美德就密不可分。柏拉图继承了苏格拉底的思想,在《理想国》中提出了4种主要德行:智慧、勇敢、节制和正义。弥尔顿用了《失乐园》第9卷的全部篇幅来描写夏娃和亚当受撒旦诱惑,偷吃知识树(the Tree of Knowledge,又译智慧树)果实的经历。亚当和夏娃正因为吃了知识树的果实才开启了心智,变得聪慧,得以分辨善恶。跟弥尔顿生活在同一个时代的约翰·班扬创作了《天路历程》(*The Pilgrim's Progress*, 1678)、《坏人先生传》(*The Life and Death of Mr. Badman*, 1680)等宗教寓言。它们讨论的都是赎罪这个西方文学史上重要的宗教主题,但追求的都是心灵的自由和道德的完善,归根结底这其实就是如何培养心灵智慧的问题。《天路历程》用宗教讽喻(allegory)的形式表现柔顺、好心、虔诚、贤惠、仁爱、忠信、盼望等人性向善的各种美德,以及如何避免世故、情欲、多舌、私心、吝啬等困扰心智的各种陷阱。《天路历程》可谓讨论处世智慧跟心灵智慧的典范之作。在弥尔顿和班扬身上,可以看到中世纪以来神学思想的漫漫余音,宗教在心灵智慧占据着至高无上的地位,道德依附于其上,而且服务于它。

随着文艺复兴、人文主义思想、启蒙运动等高扬现代性的世俗化进程不断推进,宗教心灵智慧逐渐退居其后,道德心灵智慧逐渐觉醒。以"人道"为核心

---

① T. S. Eliot, *Four Quartets*, Orlando: Harvest Book, 1943, 26.
② Ibid.

的道德心灵智慧取代以神的"天道"为核心的宗教心灵智慧,成为英国人精神生活和价值判断体系中的标尺。走出文艺复兴历史的尘埃,德莱顿、蒲柏和约翰逊博士等生活在"漫长的 18 世纪"的英国文人都在心智培育的心灵智慧方面做过重要论述,但是影响最深远的当属亚当·斯密的《道德情操论》(*The Theory of Moral Sentiments*, 1759)。《道德情操论》关注的落脚点是"公民的幸福生活",将同情心视为道德判断的核心要素,试图从伦理学角度讨论人应该如何克制私利,成为有益于他人与社会的有道德的人。与此同时,《道德情操论》数十次提到智慧,将它跟美德、正义、谨慎、公正、坚毅、仁慈等品格并行,其中使用次数最频繁的是将智慧和美德并举。① 福尔曼-巴兹莱(Fonna Forman-Barzilai)指出,亚当·斯密在此书和其他著述中都讨论人在道德和智慧方面的成长,其实这就是在传递心智培育的理念——"即便是西塞罗所称'普罗大众'或'智慧不全'的'中等'与'普通'资质之人都可以趋近智慧和美德,享有美好生活。"②文化和文学具有陶冶情操的功能。无论是亚里士多德的"净化"说,抑或贺拉斯的"寓教于乐"思想,还是斯密的道德情操理论,都将社会个体视为在心智上可以不断被培养完善的潜在对象。

科学认知能力和启蒙思想的不断发展让英国人不断对宗教产生"祛魅"效应,总体趋势是宗教心灵智慧的退隐和道德心灵智慧的崛起。但它们在英国历史上是两条交错纠缠、相伴而行的脉络,并非简单的新旧交替问题,不同时代会有不同境况。即便到了英国国力最为强盛的维多利亚时期,它们还在不断复返和争斗。个体阅读体验可以培养心智,还有一种更加社会化的体制可以担此重任,那就是学校。卡莱尔不仅作为批评家在《旧衣新裁》(*Sartor Resartus*, 1833—1834)和《时代的特征》(*Signs of the Times*, 1829)等多处作品中提及心智培育的宗教心灵智慧问题。同时,卡莱尔还作为教育家直接参与了教书育人工作。1866 年 4 月 2 日,卡莱尔就职爱丁堡大学校长,在就职演讲中,他勉励学生抓紧时间学习,因为年轻人的心智"处于一个可塑和流动的

---

① Fonna Forman-Barzilai, *Adam Smith and the Circles of Sympathy: Cosmopolitanism and Moral Theory*, Cambridge: Cambridge University Press, 2009, 108.
② Adam Smith, *The Theory of Moral Sentiments*, Cambridge: Cambridge University Press, 2002, 44, 64, 72, 73, 102, 219, 254, 263, 264, 266, 277, 284, 291.

状态",随着年龄增长心智会逐渐变得僵化,无法塑形,同学们要"有高尚的心智",要"虚心、谦逊、勤勉"地遵从老师的教诲。① 卡莱尔在演说中提到旧式大学教育只注重语法和修辞等"七艺",这样固然可以将学生培养成演说家,却无法让学生获得学识和智慧。待到 1868 年 12 月任期结束之后,卡莱尔没有前往爱丁堡做离职演说,但是写了致学生的一封信,12 月 12 日刊登在《爱丁堡日报》。他号召学生聆听上帝永恒的神谕,要虔诚、勇敢、谦逊,超越生命,用全部身心和灵魂去爱智慧。卡莱尔在这两个致辞中表现出的姿态在维多利亚时代极具代表性,后来的约翰·罗斯金和威廉·莫里斯等人虽然更偏向于审美教育,但是在心智培育方面体现出对宗教心灵智慧的痴迷,跟卡莱尔并没有本质区别。

托马斯·休斯(Thomas Hughes,1822—1896)的学校教育题材小说《汤姆·布朗的求学年代》(*Tom Brown's School Days*,1857)在维多利亚时代有广泛影响。据他为该书第 6 版所作"序言"记载,当时的拉格比公学校长、马修·阿诺德之父托马斯·阿诺德(Thomas Arnold,1795—1842)的教育思想深刻影响了很多学生的性格。托马斯·阿诺德不断向学生灌输道德心灵智慧和宗教心灵智慧的重要性。他强调"道德深思"(moral thoughtfulness),还告诫学生说,男人唯有一种真正的智慧可学,那就是终生顺从上帝和耶稣。② 托马斯·阿诺德在 19 世纪三四十年代秉持的心智培育思想与方法对儿子马修·阿诺德有深刻影响。马修·阿诺德在大量文章里提及心智培育问题,他在《文化与无政府状态》论述的"文化"思想惠及了后辈批评家。例如,艾略特高度重视文学批评对心智培育的作用,不仅从个体角度进行讨论,而且从宗教等社会机制角度思考心智培育问题。他在《天主教与国际秩序》("Catholicism and International Order",1933)一文中探讨如何培养心智和获得智慧的问题,他认为科学和智慧二者缺一不可,"智慧唯有通过两种途径可得:其一为学习历史中的人性、过去人们的行动、他们最优秀的思想和言论(the best that they have thought and written),其二为通过观察和阅历来学习我们所在时代

---

① Thomas Carlyle, *The Works of Thomas Carlyle*, London: Chapman and Hall, 1899, 452.
② 休斯对阿诺德校长怀有崇敬之情,将此书题献给阿诺德夫人。参见 Thomas Hughes, *Tom Brown's School Days*, London: Oxford University Press, 1907, xvi—xvii。

身边的各色人等。"①艾略特关于"最优秀的思想和言论"的表述无疑是对马修·阿诺德的直接呼应。即便到了 F. R. 利维斯创办《细察》杂志(Scrutiny, 1932—1953)和写作《伟大的传统》之时,他强调的"道德关怀""同情心"和"想象力"等批评标准仍然可见阿诺德等维多利亚人强调培养道德心灵智慧的清晰痕迹。

五、培育健全心智:作为药石的文学批评

大英帝国的版图在 19 世纪迅速扩张,国力越发强盛,教育体制也获得了长足发展。纽曼在《大学的理想》中呼应了卡莱尔对大学教育的担忧,他在"前言"部分开宗明义地指出:"它(大学)是一个传授普遍知识的地方。这意味着,大学的目的是理智的而非道德的。"②纽曼多次明确讨论了大学在心智培育(cultivation of the mind)方面该起的作用。他在"前言"就多次提到心智培育,呼吁"我们迫切需要的,不是绅士礼仪及习惯——这些可以而且正在通过其他各种渠道习得,例如良好的社会环境、境外旅行、天主教思想固有的德行及尊严等等——而是理智的力量、稳定性、综合性及多面性,是对自己能力的驾驭能力,是对出现在眼前的事情的恰如其分的本能判断力",纽曼将它称为"真正的心智培育"。③ 众所周知,纽曼心中理想的大学应该讲授经典文学,进行通识教育,关注心智、理智和反思活动,以获取知识和培养心智为目的。

读书对于心智培育的重要作用无须多言。早在《论读书》("Of Studies", 1597)里面,培根就有详尽论述,读史、读诗、数学、科学、伦理学等均能医治心智方面的各种缺陷,"凡有所学,皆成性格。"④读书不仅是一种个人体验,同时也是培育心智的社会活动。20 世纪初,现代主义运动造就了英国文化史上精英文化和大众文化交流融合的重要时期。艾略特在《批评批评家》("To Criticize the Critic", 1961)一文中有个著名的论断——"文学批评是文明心智

---

① T. S. Eliot, *Essays Ancient and Modern*, 120.
② 约翰·亨利·纽曼:《大学的理想》,徐辉等译,杭州:浙江教育出版社,2001 年,第 1 页。
③ 同上,第 6—7 页。
④ 参考王佐良译文。

(civilized mind)的本能活动。"① 艾略特早在《圣林》(*The Sacred Wood: Essays on Poetry and Criticism*, 1920)"前言"中就征引了马修·阿诺德的《论批评(一辑)》(*Essays in Criticism: First Series*, 1865)来讨论创新性心智和批判性心智的分野与共同之处:"创新性心智亦有高下之分,高明者往往皆因兼有批判意识。"② 文学阅读可以促进心智培育,同时经过培养的心智又能进行主动产出,对文学作品做出解读、分析与评判。从这个意义上来说,文学阅读和心智培育二者是一个互惠互利的循环过程。

除了艾略特之外,乔伊斯(James Joyce,1882—1941)和弗吉尼亚·伍尔夫(Virginia Woolf,1882—1941)等人倡导的意识流小说同样关注意识和心智。以伍尔夫为代表的布鲁姆斯伯里团体(Bloomsbury Group)积极介入英国政治、经济和文化生活,具有公共知识分子的特征。约翰斯通(J. K. Johnstone)认为布鲁姆斯伯里团体最与众不同的是他们"都尊重心灵世界,都信奉灵魂的内在生活比行动的外在生活或者物质的外在世界更为重要"。③ 伍尔夫身兼作家与批评家二职,不仅通过意识流小说的虚构叙事关注20世纪初期英国人的精神世界和生活经历,还创作了500余篇批评和随笔散文,直接讨论文学与文化,起到培养读者心智的作用。伍尔夫在《小说概观》("Phases of Fiction",1929)、《现代小说》("Modern Fiction",1925)和《一间自己的房间》(*A Room of One's Own*,1929)等众多文学批评散文中谈及心智问题。《一间自己的房间》就谈到了"心智的统一"(the unity of the mind)这个命题。伍尔夫借用柯尔律治所言"伟大的心灵都是双性同体(androgyny)的"这一命题展开论述。④ 她认为莎士比亚、济慈、劳伦斯·斯坦恩、兰姆和柯尔律治等人都是兼具双性同体风格的伟大作家,而弥尔顿和本·琼生却男性气质过盛,普鲁斯特身上则女性气质稍多。在伍尔夫看来,双性同体的存在可以协同平衡男女

---

① T. S. Eliot, *To Criticize the Critic and Other Writings*, Lincoln and London: University of Nebraska Press, 1965, 19.
② T. S. Eliot, *The Sacred Wood and Major Early Essays*, Mineona & New York: Dover Publications, 1998, vi.
③ Qtd. in Brenda R. Silver, "Intellectual Crossings and Reception," in *The Cambridge Companion to the Bloomsbury Group*, ed. Victoria Rosner, Cambridge: Cambridge University Press, 2014, 206.
④ Virginia Woolf, *A Room of One's Own*, London: Grafton, 1977, 106.

这两大对立力量,她使用这个概念不仅表现了一种激进或者说超越时代的女性主义思想,同时也表达了自己对心智各方面能力和谐共存与全面发展的理想——"不过那种缺陷太过罕见,不必去抱怨,如果没有那样的混合,智力(intellect)似乎就太过炽盛,而心智的其他官能就变得僵硬而贫瘠了。"①

伍尔夫始终关注心智的全面协调发展,她在小说创作之余还创作了大量文学批评随笔散文,在《泰晤士报文学增刊》(*The Times Literary Supplement*)等知名大众媒体上发表。1925 年和 1932 年,她将部分散文结集为两辑《普通读者》(*The Common Reader*,*The Second Common Reader*)出版。伍尔夫继承了艾迪生和约翰逊等人的文学批评传统,利用大众传媒教育英国普通民众如何鉴别文学作品的优劣,提升文学品味,从而起到砥砺心智的初衷。伍尔夫跟布鲁姆斯伯里团体的其他知识分子精英一样,积极投身于 20 世纪上半叶英国的公共文化建设运动之中。② 卡迪-基恩(Melba Cuddy-Keane)指出,"伍尔夫是一名知识分子,她的写作参与了当时关于知识分子的作用和文学教育的性质与价值的公共讨论。"③在 20 世纪初,随着英国文学作为一门学科正式登堂入室,进入牛津、剑桥等英国文化核心机构,④大量精英学者开始对英国文学进行专业研究,他们使英国文学研究变得高度专业化。与此同时,英国还有一场大规模的读书识字文化普及运动在如火如荼地进行,很多知识分子投身于工人夜校和社区成人大学的教育工作。伍尔夫在大众传媒上发表的大量批评文章以及她的《普通读者》,也是针对社会公众读者进行的一项文化教育行动。伍尔夫通过在大众媒体上发表批评文章,通过写小说吸引读者,并自办印刷厂来传播作品,从而"生发出一种不同于教育体制的另类'教学法'。她用随笔散文的体裁培养了一种无阶级、民主和有智性的读者,重塑了'高雅文化',实为一项重大的社会实践"。⑤伍尔夫的文学创作和生活方式体现了 20 世纪上半

---

① Virginia Woolf,*A Room of One's Own*,112.
② 伍尔夫从事文学批评的重要动机是赚稿费以获得经济自主权,她在期刊报纸发表的系列文章让她名利双收,参见 Katerina Koutsantoni,*Virginia Woolf's Common Reader*,New York:Ashgate,2009,8.
③ Melba Cuddy-Keane,*Virginia Woolf*,*the Intellectual*,*and the Public Sphere*,Cambridge:Cambridge University Press,2003,2.
④ 牛津大学和剑桥大学分别于 1904 年和 1911 年开始设置"英国文学教授"教席。
⑤ Melba Cuddy-Keane,*Virginia Woolf*,*the Intellectual*,*and the Public Sphere*,1.

叶英国文人的社会责任感和历史担当。除了伍尔夫以外,D. H. 劳伦斯(D. H. Lawrence,1885—1930)、C. S. 刘易斯(C. S. Lewis,1898—1963)、F. R. 利维斯、雷蒙德·威廉斯、乔治·奥威尔、理查德·霍加特(Richard Hoggart,1918—2014)、斯图亚特·霍尔(Stuart Hall,1932—2014)等一大批20世纪批评家都前赴后继地投身于培养英国国民心智和塑造文学品味的大潮之中,成为英国文学和文化版图上的重要坐标。

总之,在英国文化观念流变的漫长历史上,处世智慧、知识智慧和心灵智慧这三条脉络一直都并行不悖,而且互相滋养。随着英国社会的变迁,不同历史时期会关注心智培育的不同侧面。从中古时期对处世智慧的追求,到文艺复兴时期以后对知识智慧的渴望,展现出一条较为明晰的变化轨迹,而一直贯穿其中的是一条虔敬的心灵智慧之路——宗教心灵智慧的渐次隐退和道德心灵智慧的更迭出新。处世智慧、知识智慧和心灵智慧恰如三足鼎立,它们的全面发展构成英国历史上心智培育的完整要义。

第三节
"完人"的培育

如本章第一节所示,把心智培育作为治疗"文明疾病"的手段,并以想象力为其关键,是好几代英国文人的一个共同特征。所谓"文明疾病",指的是精神文明与物质文明脱节,导致人类社会畸形发展。要避免社会的畸形发展,就要避免人的畸形发展,这也就要求心智培育从人的全面/均衡发展入手。正因为如此,英国文学传统中长期存在着"完人"(Whole Man)诉求。早在文艺复兴时期,人文主义者们就拥有一个塑造"完人"的目标,即追求文化与智力的统一。[①] 这个目标强调了个体能力的均衡发展,这也是心智培育的要义。均衡发

[①] Roland N. Stromberg, *An Intellectual History of Modern Europe*, Englewood Cliffs: Prentice-Hall, Inc., 1975, 18.

展的理念在文艺复兴时期的英国文学作品中开始孕育,并且在之后的作品中走向成熟及深化。

一、"完人"理想的萌发与传播

文艺复兴时代晚期见证了现代自然科学的兴起。人们探求科学知识的欲望随之增长。不过,正如克里斯托弗·马洛的《浮士德博士的悲剧》①所示,如果求知欲的过度膨胀挤压了其他能力的发展空间,悲剧就会上演。作为经验主义创始人的培根也意识到了心智平衡发展的必要。他在《学术的进展》(Advancement of Learning,1605)中提到"心智的滋养或培育"(the Regiment or Culture of the Mind)一说。② 此说的意义在于,在古代道德哲学的基础上推出了心智培育的理念。培根发现:古代哲学过分强调善的描述,而非获得善的方法。③ 因此,他提出了至善的方法,即个体理性与诗歌的结合。④ 通过诗歌阅读来弥补科学理性所缺失的想象力,这是"完人"理想的一种体现。

在莎士比亚戏剧中,同样有着关于完善心智的思考。莎剧常揭示这样一种现象:才能卓越的人也会心智失衡,从而酿成不可挽救的悲剧,比如奥赛罗骁勇善战却轻信谗言,李尔王治国有序却不辨是非,麦克白战功赫赫却抵挡不住权力的诱惑。如何纠正心智失衡的问题?在莎翁笔下,不乏对这一问题的探讨。例如,在《冬天的故事》(The Winter's Tale,1610—1611)里,奥赛罗的悲剧重演,但是里昂提斯比奥赛罗幸运得多,而他之所以幸运,是因为他走上了心智培育的正途。他在贵妇保利娜的引导下,转变为一名谦卑随和的国王和知恩图报的丈夫。保利娜的引导用心良苦,特别是她设计的王后雕像。有学者认为,该雕像既是死亡意象,又是重生的(启动)象征,完美体现了悲喜剧

---

① 马洛创作《浮士德博士的悲剧》的具体年代不明。根据《牛津英国文学百科全书》(第三卷)(D. S. 卡斯坦主编,上海:上海外语教育出版社,2009 年,第 394 页),学界有分歧,一般认为是在 1588—1589 年或 1592—1593 年。
② Francis Bacon, The Major Works, ed. Brian Vickers, Oxford: Oxford University Press, 2002, 245.
③ Peter Harrison, "Francis Bacon, Natural Philosophy, and the Cultivation of the Mind," Perspectives on Science 20, No. 2 (2012): 145.
④ Annie Righter, "Francis Bacon," in The English Mind, 14.

的发展轨迹,尤其是悲喜剧关于政治和家庭的想象。① 确实,沿着这雕像的来龙去脉,我们可以看到里昂提斯的心智发展——雕像极大地激发了里昂提斯对王后苦难的想象,引发他长达 16 年之久的悲痛。可以说,如果没有这种想象力,王后的复活不足以让里昂提斯的心智发生根本的变化。

如果说《冬天的故事》提供了弥补奥赛罗心智缺陷的一种方法,那么《暴风雨》(The Tempest,1610—1611)则为李尔王的不辨是非和麦克白失控的野心开出了一剂药方。在安东尼奥身上可以看到野心的消退,普洛斯普洛折断魔杖的一刹那则宣告了明辨轻重的决心,即在魔法研究与公爵责任之间做出新的选择。他俩的转变都是在"魔法"的作用下实现的。艾伦·贝尔通(Ellen Belton)曾经强调,是魔法帮助剧中所有受试者获得了自我认知,②但我们认为,莎剧中真正重要的是对自我认知的强调,而"魔法"只是关于想象力及其环境/条件的象征——剧中对人物心智的影响往往通过营造幻境的方式来产生,而幻境无异于一种想象,让置身其中的人物感受他人遭受的痛苦,从而获得自我的超越。这对普洛斯普洛来说尤为重要;我们同时还应看到,普洛斯普洛曾因过度追求魔法,舍弃了公爵应有的治理能力,这也是一种心智的失衡。

文艺复兴之后的英国文学家们朝着同样的目标探索了心智培育之道。例如,新出现的小说体裁不仅带来了更为丰富的个体心智培育故事,而且在叙述层面着力表现想象力的重要作用。班扬的《天路历程》就是一例:作品在宗教隐喻中展现心智的发展路程,叙述者反复申明基督徒的经历是自己在梦中所见。也就是说,关于基督徒心智发展的叙述是通过梦境展开的。梦境意味着想象,而叙述者的意图就是要让心智乘着想象力的翅膀得以成长。又如,在《格列佛游记》(Gulliver's Travels,1726)中,大人国国王向格列佛提问:"贵国使用了什么方法来培育年轻贵族的心智和身体?"③该问题还涉及包括格列佛在内的普通人。格列佛当时没有给出直接的答复,但这不等于小说没有答案。实际上,答案分散于各处,反复回应着国王的问题,如在利立浦特人中间,"优

---

① Adam Zucker, "Late Shakespeare," in *The Oxford Handbook of Shakespeare*, ed. Arthur Kinney, Oxford: Oxford University Press, 2012, 368.
② Ellen R. Belton, "'When No Man Was His Own': Magic and Self-Discovery in *The Tempest*," *University of Toronto Quarterly* 55, No. 2 (1985): 127—128.
③ 乔纳森·斯威夫特:《格列佛游记》,张健译,北京:人民文学出版社,2003 年,第 99 页。

良的品行比卓越的才干更被重视。"①这意味着,才能的单维度发展是不够的,需与品行的修养携手共进方能成为健全的人。再以慧骃国为例:那里的幼儿既要通过严格的训练来获得强健的体格,也需培养包括友谊和仁爱在内的多种美德。小说最后一章中也隐藏着答案:在游历结束之际,格列佛本人也获得了心智的提升。还需强调的是,该章叙述凸显虚构与真实之间的张力,意在折射想象力的作用。格列佛反复强调自己的游记是真实体验,而小说本身的虚构叙述是毋庸置疑的,其结果就是小说的想象空间得以彰显。它不仅以鲜明的风格"邀请读者去判断",②也提醒读者要借助想象去感受,从而达到自我认识和自我发展的目标。

始于文艺复兴后期的现代科学在17、18世纪获得了可喜的进步。牛顿以降的科学家们构建了一个充满机械规律的世界,人们迈入科技理性的时代。然而,当理性概念蜕变为极端的唯理性思维时,人类心智的天平就向科技理性倾斜了。愈演愈烈的失衡现象,引发了一股纠正失衡的文学暗流。这股暗流日益壮大,终于在浪漫主义时期喷薄而出,形成蔚为壮观的景象。如上一节所示,诗人们强调用想象力抵御科技文明的无节制发展。布莱克就曾直接呼吁"穿上想象的服装","从阿尔比恩(按:英格兰)的身上脱掉培根、牛顿和洛克,/脱掉污浊的外衣。"③当然,想象力并不是要掩埋理性。雪莱就十分清楚地写道,"理性之于想象,正像工具之于主体、肉体之于精神、影子之于实物的关系。"④换言之,理性与想象是心智的两只翅膀,缺一不可。雪莱的主张明显地带有均衡发展的"完人"理想。

若要追溯"完人"理想的传播,华兹华斯的影响是绕不过去的。他的《序曲》为心智平衡的诉求添上了一个强音。该诗的副标题——"一位诗人心灵的成长"——直指心智培育的主题。诗中这样描述诗人早年经历的精神危机:

---

① 乔纳森·斯威夫特,《格列佛游记》,第38页。
② Michael F. Suarez, S. J., "Swift's Satire and Parody," in *The Cambridge Companion to Jonathan Swift*, ed. Christopher Fox, Cambridge: Cambridge University Press, 2003, 112.
③ William Blake, *The Complete Poetry and Prose of William Blake*, ed. David V. Erdman, New York: Doubleday, 1988, 142. 译文参照丁宏伟:《真实的空间:英国近现代主要诗人所看到的精神境域》,北京:北京大学出版社,2013年,第37页。
④ Percy Shelley, "Essays, Letters from Abroad," in *The Poetical Works of Percy Bysshe Shelley*, ed. Mrs. Shelley, London: Edward Moxon, Son & Co., 1874, 1.

"以我们赤裸的理性为极点的/狂热追求。"① 这里的理性主要指他曾经追随的葛德汶的唯理性主义,后者认为个人的理性足以成为行动的指南。然而,正如《序曲》中所说,心灵却因此"失去天然的优雅与温慈"。② 作为对策,《序曲》"着重讲述精神的/力量,为培植爱心,赈施真理,/并做理性不愿沾手之事——以一位/先知所有的情怀,向着世间的/人与物撒播那种富含真诚信念的/同情"。③ 对华兹华斯来说,想象力是获得精神力量的源泉,因为"想象/其实只是绝对力量和彻达之识的/别称,亦等于心智的广大和最高等级的/理性"。④ 华兹华斯在此处将想象力视作最高等级的理性或有夸张之嫌。不过,就他自身的经历而言,想象力在走出精神危机的过程中扮演了不可替代的角色;它滋养了心灵,恢复了平衡。对本节来说,华兹华斯对想象力的强调,其意义在于走向平衡,走向"完人"。

二、"完人"理想走向成熟

在浪漫主义诗人(如前文讨论的华兹华斯)笔下,现代意义上的心智培育开始形成。诗人们致力于医治因理性思维单向度发展而致的弊病。这也是维多利亚时代文学中的一个重心。文学家们承袭浪漫派诗人的衣钵,在追求完整和谐心智的道路上砥砺前行,将个体心智培育的内涵推向成熟。

《维多利亚时期的心智架构》(*The Victorian Frame of Mind*,1957)一书中有一章专门讨论了心智培育的问题。该章题目为"热忱"(Enthusiasm)。这里的热忱特指高一级的心智,其中自私欲望被高尚情感的无私动力一扫而尽,⑤由此热忱与心智培育产生了密切的联系。如作者修顿(Walter Edwards Houghton,1904—1983)所言,许多维多利亚人感到在一个方法越来越科学、精神越来越理性、目的越来越实用的社会中需要有效的机制来滋养神圣的心

---

① 威廉·华兹华斯:《序曲或一位诗人心灵的成长》,丁宏为译,北京:北京大学出版社,2017年,第298页。
② 同上,第332页。
③ 同上。
④ 同上,第190页。
⑤ Walter E. Houghton, *The Victorian Frame of Mind 1830—1870*, New Haven and London: Yale University Press, 1957, 263—264.

智,并保持对理想的热爱。① 修顿重点讨论了三位文学家,分别是穆勒、狄更斯和乔治·爱略特,其原因是他们的作品突出反映了维多利亚文学家的心智培育理念。鉴于修顿的相关论述忽略了想象力在心智培养理念中占据的重要位置,我们有必要做进一步的阐发。

穆勒在《自传》中记载了自己早年的精神危机及走出精神危机的经历。他学识广泛,却在青年时期突然感到生活失去了意义,并认识到是幼年时情感教育的缺失导致了这场精神危机。他认为,只有情感的培育(cultivation of the feelings),才能提供充足的力量,以防止健全的心智堕落为"纯分析型心智"(analytical mind)。② 修顿注意到,穆勒在华兹华斯的影响下开始认识到诗歌和艺术作为人类培育(human culture)方法的重要性。③ 需要指出的是,穆勒所说的"人类培育"就是心智的培育。他自幼在父亲的辅导下博览群书,知识储备十分丰富,但由于父亲的教育遵循了边沁功利主义思想,因此他的学习在很大程度上只停留在实用层面,未能深入情感层面。换言之,心智的天平侧向了知识的实用性。穆勒借助诗歌和艺术化解危机的做法,刚好证实了修顿提出的一个说法,即"维多利亚人从浪漫主义派那里继承了对高尚情感的崇拜"。④ 从中我们还可以瞥见艺术想象在造就"完人"方面的作用,即丰富情感和滋养心智。

在谈论另外两位文学家时,修顿把目光投向了"对人类苦难的感受力",并指出狄更斯是强化感受力的一个主要倡导者。⑤ 至于如何强化,修顿的观点则有失公允。他沿袭了一个传统的说法,即狄更斯只是鞭挞了社会不公,没有正面的改革理论,充其量只是给出了一些权宜之计,如《圣诞颂歌》(*A Christmas Carol*, 1843)中斯克鲁奇的转变。⑥ 言下之意,狄更斯的方案只是无奈之举。实际上,从心智培育的角度看,斯克鲁奇的转变内涵丰富。他具有良好的经商能力,却极度缺乏对他人苦难的感受力,因而也是一个心智失衡的典型。当他

---

① Walter E. Houghton, *The Victorian Frame of Mind 1830—1870*, 267.
② Ibid., 268.
③ Ibid., 268.
④ Ibid., 267.
⑤ Ibid., 274.
⑥ Ibid., 275.

从一名吝啬冷漠的雇主转变为一个慷慨热心的人时,情感能力足以与商业才能平分秋色。斯克鲁奇的转变还有另一层涵义:想象力对完善心智的作用。如果说回顾过去和正视现状的办法点燃了斯克鲁奇的感受力,那么对未来的预见则是强劲的助推力。这种预见本身就是一种想象力,让他能够深切地感受到旁人的艰苦和困难。只有对未来具备足够的想象力,才能够更加敏锐地自省当下。因此,斯克鲁奇的个例已经蕴含了狄更斯的改革理念,即以想象力来补救残缺的心智。当然,狄更斯的许多作品中都反映了这一理念。限于篇幅,就不一一列举。

修顿讨论的第三位文学家是乔治·爱略特。后者跟狄更斯一样,在共同人性的识辨中预设了忘我的精神。① 事实上,忘我也是一种想象力。一旦忘却了自我,个体的思想就转入他人的感受空间,设身处地地为他人着想,激发出包括同情、包容和耐心在内的情感。这无疑也是丰富心智的一种方法。修顿指出,爱略特的理念在《亚当·比德》中得到了概述。我们认为,就心智培育的过程而言,爱略特之后的作品更具代表性。例如,《织工马南》(*Silas Marner: The Weaver of Raveloe*,1861)中的马南和《丹尼尔·德隆达》中的关德琳都经历了令人惊讶的通向忘我的成长过程。马南练就娴熟的织布技能,但是这并不足以让他成为一个完人。他曾一度陷入对金币的痴迷;爱碧的到来激发了他对未来生活的想象,令他在养育孩子的过程中沉浸于忘我的状态。当一名高级织工与一位充满爱心的慈父合而为一时,一个心智健全的人物形象跃然纸上。至于关德琳的心智培育之路,我们将在第三卷中详细论述,此处不作赘述。

当然,就维多利亚文学家而言,对心智培育展开思考的远不止上述三位。丁尼生(Alfred Tennyson,1809—1892)就十分关注心智的发展,尤其是日新月异的科学技术对心智造成的影响。他的诗句形象地传达了一种深刻的文化关怀:"知识的确到来,但智慧却迟迟未现,我也在海岸上迟疑;/人类个体都在萎缩,而事件的俗务却越来越浩繁。"② 不难理解,当知识作为智慧的对立面出

---

① Walter E. Houghton, *The Victorian Frame of Mind 1830—1870*, 278.
② Alfred Tennyson, "Locksley Hall," in *The Works of Alfred Tennyson*, Philadelphia: Gebbie & Co., 1881, 55.

现时,知识就往往具有十分明晰的指向——科学知识。上引诗句中"萎缩"一词令人回味,它高度概括了人类心智中智慧残缺的状况。丁尼生此处跟狄更斯形成了呼应,后者曾撰写《莫德佛格学识进步协会的首次会议完整报告》("Full Report of the First Meeting of the Mudfog Association for the Advancement of Learning", 1837—1838)一文,专门戏仿英国科学进步学会。① 在其后问世的《艰难时世》中,葛擂硬既是知识的代言人,同时也是智慧缺乏的典型。不过,小说并未停留在对葛擂硬心智失衡的批判上,而是浓墨重彩地描述了他的可喜改变,尤其是西丝在他心智恢复平衡过程中的作用。葛擂硬曾反复申明要杜绝想象,要"轰走""嫩弱的、年轻的想象力",②告诫孩子"绝对不可以想象",③但是西丝春风化雨般地向葛擂硬展示了另一种待人处世的方式以及"完人"可能达到的空间——一个由善良和想象力主导的空间。我们还可以在萧伯纳的戏剧《皮格马利翁》(*Pygmalion*, 1912)中找到类似的例子:语言学家希金斯将伊莱扎的发音训练得卓越出众,展示了一流的语音训练技能,可是在伊莱扎的眼中,另一位语言学家皮克林更加完美——与希金斯居高临下的态度不同,皮克林像对待淑女一样给予伊莱扎充分的信心;这种礼遇也是一种想象,既包含了对伊莱扎未来发展的期望,也帮助伊莱扎建构同样的想象空间。正如伊莱扎本人所说,是皮克林让她从一个粗俗的卖花女成为一名真正的淑女。④ 简而言之,该剧从语言科学的角度发出警示:除非科学知识与想象/智慧结合,否则就不能提升人的心智,也就无法造就"完人"。

以上例证表明,"完人"理想在19世纪英国文学中已经成熟。

三、"完人"理想的拓展与深化

如果说19世纪英国文学在一种相对稳定的历史格局中将早期的心智培育思想推向了成熟,那么20世纪动荡不安的时局则赋予文学家们更多的思考

---

① Alan Rauch, *Useful Knowledge: The Victorians, Morality, and the March of Intellect*, Durham: Duke University Press, 2001, 57.
② Charles Dickens, *Hard Times*, London: Bradbury & Evans, 1854, 5.
③ Ibid., 9.
④ Sandie Byrne, ed., *George Bernard Shaw's Plays: Mrs. Warren's Profession, Pygmalion, Man and Superman, Major Barbara: Contexts and Criticism*, New York: W. W. Norton & Inc., 2002, 343.

空间，向培育"完人"的理想继续扬帆前行。

海外殖民是20世纪英国文学的一个重要文化语境。康拉德（横跨19世纪和20世纪）的作品堪称殖民地小说中探求道德意识的成长——心智培育的一个至关重要的方面——的经典。他在《黑暗的心脏》里塑造了库尔兹这样一个心智失衡、良心全无的人物（参见本章第一节）后，紧接着又出版了《吉姆爷》(*Lord Jim*, 1900)。在这本新作中，一名有别于库尔兹的人物——吉姆——跃然而出。在故事前半部分，作为"帕特那"号客轮的船员，他在灾难来临时与其他船员一道弃船逃命，置800名朝觐者的生命于不顾，后来不仅接受法律的制裁，还一直遭受良心的折磨；在故事后半部分，因犯法而身败名裂的吉姆被一个马来部落收留，在那里获得新生，成为一个极受当地人信赖和尊重的人物；在该部落与白人土匪布朗的战争中，吉姆认为自己"要为这片土地上的每一个生命负责"，①故力主谋求与布朗和解以避免人员伤亡；在计划因布朗背叛而失败后，吉姆因土著王子被土匪杀死而深感内疚，在完全可以逃走的情况下，毅然选择留下来，接受被处决的惩罚。此时，我们在吉姆身上可以清楚地看到库尔兹身上缺位的良心。可以说，库尔兹这个人物形象所暗含的文明的道德缺失在吉姆身上转变为良知，一剂救治道德缺失的药方。吉姆以主动赴死来平息良心的责罚，成就健全的心智。在此意义上，《吉姆爷》堪称《黑暗的心脏》的姐妹篇，体现了康拉德对心智培育的高度重视。

继稳定繁荣的维多利亚时代之后，英国社会暗流涌动，内忧外患，变革的呼声此起彼伏。强烈的忧患意识促使文学家们探寻新的心智培育途径。福斯特(E. M. Forster, 1879—1970)的《霍华德庄园》(*Howards End*, 1910)是这方面的典范。小说在反映诸多危机的同时，展现了完善心智的愿望。该书扉页上的警句——"唯有联结"——最好地概括了努力的方向。它不仅是福斯特为救治爱德华时代社会病痛而开出的药方，也是心智培育的良药。小说人物亨利·威考克斯是一名成功的工商人士，可是玛格丽特·施莱格尔在他身上觉察到"理智与情感的对立，身体与灵魂的不容，浪漫与现实的割裂"。② 有学

---

① Joseph Conrad, *Lord Jim*, Oxford: Oxford University Press, 2002, 288.
② 陆建德主编：《现代化进程中的外国文学研究》（下），北京：中国社会科学出版社，2015年，第1272页。

者称这些分裂为"心性的分裂"。① 实际上,它们也是心智失衡的症状。如果说玛格丽特接受亨利的求婚体现了她想帮助亨利的心愿,②那么这种帮助充满了恢复心智平衡的诉求——这种诉求见于她婚后生活的种种努力。在她痛斥亨利不让海伦在霍华德别业过夜的言论中,我们可以看到关于恢复方案的精辟描述,即要求懂得"联结",而这一联结需要通过想象力来完成。玛格丽特认为,亨利的出路在于对自己说"海伦做过的事,我也做过"。③ 言下之意,亨利只有将自己想象成海伦,感受海伦的痛苦,方能消除理智与情感的对立。令人欣慰的是,亨利最终接受了海伦,并且三人在霍华德别业过上了平静和谐的生活。由此,通过想象力来培育心智的梦想得以实现。

同样的联结在爱德华时代之后的作品中也可读到。伍尔夫的《到灯塔去》就是一例。拉齐姆先生重视逻辑和理性,疏于情感表达,显得不近人情。这也是心智未能均衡发展的典型。拉齐姆夫人则慷慨热情,关爱身边的每一个人,努力营造一种融洽友好的联结。即便在她去世后,这种联结依然发挥着作用。在拉齐姆先生带领孩子们前往灯塔的航行中,父子之间进行了良好的沟通,形成温暖的联结,隔阂随之消融。这种感性的联结为拉齐姆先生的心智天平添加了情感的砝码,与理性形成了平衡。

艾丽丝·默多克(Iris Murdoch,1919—1999)的《沙堡》(*The Sandcastle*,1957)给"联结"注入了新的内涵——尊重差异。拉丁文教师莫尔与不学无术的家庭主妇南恩是一对夫妻。南恩支配欲望过强,让莫尔难以忍受,两人20余年的婚姻生活因而危机四伏,甚至出现了第三者。在挽救婚姻的过程中,南恩认识到要承认并尊重他人与自己的差异,克制了以往盛气凌人的态度,表现出谦让的姿态,还主动支持丈夫去竞选心仪的职位;莫尔努力改善与孩子的沟通方式,答应了孩子的合理要求;雷恩则意识到婚外情可能是出于自己寻找精神寄托的私欲,最终退出婚外情。我国学者许健认为,这个结局反映了自由的道德性。④ 然而,在我们看来,小说三位主要人物的改变是他们各自心智成

---

① 陆建德主编:《现代化进程中的外国文学研究》(下),第 1272 页。
② 同上,第 1292 页。
③ E. M. 福斯特:《霍华德庄园》,苏福忠译,上海:上海译文出版社,2016 年,第 386 页。
④ 许健:"于无声处觅弦音:从《沙堡》看艾丽丝·默多克的另一种自由",《外国文学评论》,2010 年第 3 期,第 90 页。

长的过程。在这个过程中,他们学会了如何接受个体存在差异的事实,从而获得自我认识,形成有效沟通。

"联结"还是治疗战争创伤后心智的一剂良方。世界大战的爆发再次向现代文明发出警示:野蛮的战争撕裂了人的心智。奥登看得深切,于是在《1939 年 9 月 1 日》("September 1, 1939")一诗中写道:"我们要么相亲相爱,要么死去。"①这样的呐喊意味深长,它不但指出战争纠葛的解决"要依赖于人类之间的沟通",②而且也点明了修复心智的道路。上引诗行中"死去"一语双关,是身与心两方面的死亡。破碎的心智无异于心灵的死亡,而"相亲相爱"就是要在情感的联结中让心智得到康复。在被称作"英国最佳二战小说"③的伊夫琳·沃(Evelyn Waugh,1903—1966)的《荣誉之剑》三部曲(*Sword of Honour*,1952—1961)中,情感的联结同样引人注目。尽管盖伊是一个"救赎人物",④但不可否认的是,他被战争撕碎的心灵是在亲密的家庭关系中获得补救的,也就是在情感的联结中获得了救赎。就战后千疮百孔的人类心智状况而言,盖伊的结局不失为一种补救之举。伊恩·麦克尤恩(Ian McEwan,1948—)的《黑犬》(*Black Dogs*,1992)则在另一重大战争语境——纳粹大屠杀——中探讨心智复苏的问题。叙述者杰里米在序言中明确指出,伯纳德崇拜的理性主义以及琼信奉的神秘主义,都不是走出战争阴影的良药,只有真爱才能"救赎人生"。⑤杰里米努力在伯纳德和琼之间建立联系,消除分歧,弥合战争创伤。这里的真爱亦为一种情感的联结。

进入 20 世纪后,科技的迅猛发展加剧了现代人的心智分裂,也激发了对心智培育的深度探索。朱利安·巴恩斯(Julian Barnes,1946—)的《10½ 章世界史》(*A History of the World in 10½ Chapters*,1989)在一个更为宏大的历史视野中再现了科技分裂心智的状况,并强调爱情是拯救心智的一个重要

---

① W. H. Auden, *Selected Poems* (Expanded Edition), ed. Edward Mendelson, New York: Vintage International, 2007, 97.
② 安德鲁·桑德斯:《牛津简明英国文学史》,谷启南、韩加明、高万隆译,北京:人民文学出版社,2000 年,第 837 页。
③ 迈尔考姆·布拉德伯里:《现代英国小说》,北京:外语教学与研究出版社,2014 年,第 284 页。
④ Michael G. Brennan, *Evelyn Waugh: Fictions, Faith and Family*, London: Bloomsbury Academic, 2013, 137.
⑤ 伊恩·麦克尤恩:《黑犬》,郭国良译,上海:上海译文出版社,2013 年,第 31 页。

途径。对于爱情,叙述者做出了这样的解释:"你要爱某个人,就不能没有富于想象力的同情心,就不能不学着从另一个角度来看这世界。"①这里的爱情实际上也是想象力的载体,更是通向"完人"的必经之路。在《别让我走》中,作者石黑一雄则直面当今科技发展中迫在眉睫的隐患,表现出对心智培育的热切诉求。尽管作者未能给出拯救克隆人的方案,但是小说中那些克隆人物的艺术作品显示,作为科技产物的克隆人也能够拥有正常人类的心智,而获得心智的途径就是激发想象力的艺术学习。也就是说,想象力能够充实生命体,帮助实现真正意义上的"完人"理想。

一言以蔽之,"完人"理想贯穿于英国文学的大多历史时期,它标志着英国文人在培育心智方面的共同努力。在其背后,则是英国文学与文化观念的互动,是对现代文明的有力回应。

---

① 朱利安·巴恩斯:《10½章世界史》,林本椿、宋东升译,南京:译林出版社,2010年,第225页。

第六章

文学语言的创造

谈文化观念流变，尤其是文学典籍中文化观念的流变，必然涉及语言。文学典籍及其中蕴含的文化观念必有语言媒介，文学、文化与语言水乳交融，不可分割。对本作而言，这个媒介当然是英语。不过，今天我们所知的世界性的英语远非一成不变，而是处在一个不断变化发展或被创造的过程中。它源自5世纪到7世纪日耳曼部落的入侵，他们所带入及发展而成的盎格鲁-撒克逊语，经历了富于包容力的引入、借鉴之洗礼，经历了与法语和拉丁语的竞争，整合了拉丁语、希腊语、法语、斯堪的纳维亚语和其他语言的大量要素，历时15个世纪，逐步演化成今天的面貌。其间产生了诸多富于影响力的作家和作品，为转型期英国文化观念的形塑和演进，甚至为人类文明的总体发展都留下了绚烂恢宏的一章。

同样不言而喻的是，一种语言的面貌与使用它的人民的面貌和使用它的民族、国家的面貌密不可分，而比之其他语言类型如日常语言或科学语言等，文学语言无疑最富于生命力、想象力和创造力。文学语言之所以有别于其他语言类型，是因为它充盈着诗性，具有与"大众的、平庸的、政治的、散漫的、功利的品质相对立的品格"。[1] 在一个语言不断贬值，信息泛滥，听觉污染泛滥的世界，优秀的作家寻找"既真又善的文字，或者不假不恶的文字"。[2] 以此守卫语言，拯救它于重复、拖沓、机械复制的危险之中；同时也重塑社会人格，拯救社会思想于愚蠢、僵化、丑陋和功利性之中。文学语言甚至包括意志力的部分，其中蕴藏一个民族精神的精华。我们在文学语言中追溯一个民族过往的辉煌与伤痛，触摸历史的温热以获取前行的力量，而每当社会生活出现问题，我们也在文学语言中寻求着救赎的可能。

---

[1] Terry Eagleton, *The Idea of Culture*, 40.
[2] Philip Larkin, in *The Longman Anthology of British Literature*, New York: Longman, 1999, 2834.

第一节
文学语言的创新和范式的转换

语言的创新与创造在诗歌体裁上的体现尤为深刻与明显。抒情诗人并不使用他们所处时代那种规范的语言,他们被描述成自己所使用语言的破坏者和先驱。为什么要破坏语言呢?为的是唤醒它。艾米莉·狄金森(Emily Dickenson,1830—1886)不写规矩的英语句法,塞萨尔·巴列霍(Cesar Vallejo,1892—1938)在一行中间放三个点,似乎语言本身不够用,似乎诗人的声音需要从一个意象跳跃到另一个意象,用艾略特的话来说,就是在口齿不清中突袭,而贝克特则干脆说自己用法语写作是因为自己的英语已经太好了、太富有诗意……[①]然而,透过这些五花八门的"理由"和实验,我们可以看到一个共同的宗旨,即用诗性语言来抗拒现代文明的畸形发展,抗拒以工具理性、抽象思维和算计能力为主导的实用型话语,从而阻碍后者对人的想象力、创造力的扼杀。换言之,文学语言的创新与创造往往代表了文化观念中价值内涵的转变。鉴于这种转变在诗歌体裁上体现得尤为明显,我们以下的两个小节将围绕艾略特、叶芝(William Butler Yeats,1865—1939)和希尼(Seamus Heaney,1939—2013)等英国诗人展开。

一、艾略特

艾略特在《荒原》和先前的诗中所着重的,是使英诗从19世纪末繁缛的形式和做作的风格中解放出来,恢复清新的口语风格。[②] 但与此同时,他并不赞同浪漫主义作家完全抒张自我、颠覆古典的做法。在《传统与个人才能》

---

① 转引自伊利亚·卡明斯基:《舞在敖德萨》,明迪译,上海:上海文艺出版社,2013年,第147、96页。
② 王佐良等:《英国20世纪文学史》,北京:外语教学与研究出版社,2006年,第169页。

("Tradition and the Individual Talent", 1919)的名文中,艾略特认为,一个作家"必须明了欧洲的心灵,本国的心灵——他到时候自会知道这比他自己私人的心灵更重要几倍——是一种会变化的心灵,而这种变化,是一种发展,这种发展绝不会在路上抛弃什么东西,也不会把莎士比亚、荷马或马格德林时期的作画人的石画,都变成老朽"。①

艾略特本人深受古典文化浸淫,曾经学习过包括拉丁语、古希腊语、法语和德语在内的多国语言。他少年时代便深受爱德华·菲茨杰拉德(Edward FitzGerald,1809—1883)翻译的波斯诗歌《鲁拜集》(*Rubáiyát of Omar Khayyám*,1859)的影响,而且但丁和莎士比亚等都启发并影响过他的创作,他的作品与维多利亚时期文学有着不可否认的千丝万缕的联系,但艾略特以大量的诗歌及评论作品改变了他那一代人的表现方式。

作为批评家的艾略特自言,当代诗人的作品肯定是费解的,我们文化体系的多样性和复杂性必然会对诗人的感受性产生作用,因此,"诗人必须变得愈来愈无所不包,愈来愈隐晦,愈来愈间接,以便迫使语言就范,必要时甚至打乱语言的正常秩序来表达意义。"②他以现代的语言使用方式对古典传统进行了拼贴、指涉与吸收,在作品中大量引用故实,指涉古代经典,并且使用宗教典故,同时也不排除民谣、摇滚乐甚至是俚语和小调的内容,而通过语言的韵律、节奏和意象的流动,营造出非常强烈的整体感。

艾略特曾经提到过他在语言的节奏和调性上做出的努力和尝试:"不管长诗还是短诗,情感较强和较弱的章节之间应当有个过渡以造成整体的音乐结构所不可缺少的感情起伏的节奏。"③如此引领英语诗歌进入一个复调的时代,并且也在典籍和民间文化、文学语言和口语之间取得了平衡与和谐。

诗人在形式上模拟音乐,运用母题的重复、回旋,甚至切分等音乐技法,作为对线性的社会语言的回应,这并非自艾略特开始,比如从著名诗人丁尼生的作品《大空无》("Vastness",1885)的段落便可以感受到诗歌中强烈的音韵和

---

① 托·斯·艾略特:《传统与个人才能》,卞之琳等译,上海:上海译文出版社版,2012年,第4页。
② 托·斯·艾略特:《现代教育和古典文学》,李赋宁等译,上海:上海译文出版社,2012年,第14页。
③ 转引自王佐良等,《英国20世纪文学史》,第169页。

节奏：

> 所有的理论、所有的科学、诗艺、各种各样
> 祷告的方式，有何意义？
> 最高尚的一切、最卑劣的一切、最污秽的
> 一切以及一切的最美丽，
> 有何意义——倘若所有人的结局不过就是
> 成为我们自己的人形棺柩？
> 被大空无吞没，在科学中消失，溺入往昔
> 的深潭，被毫无意义地冲走？
>
> ——《大空无》①

诗人们明确地说明，他们有时宁愿跟所谓人世间的意义保持距离，如阅读《大空无》，当阅读结束时，词义消失了而"有何意义……有何意义……"的声调还在我们的脑海中盘旋不去。而且越远越好。现代作家有时用文字和意义来单纯地表达一种声音。茨维塔耶娃（Марина Ивановна Цветаева，1892—1941）说："我的困难（写诗中的困难——也许对其他人是理解这些诗的困难）在于我的目标的不可能性，比如，用词语来表达呻吟：嗯——嗯——嗯。用文字、意义来表达一种声音，以使唯一留在耳朵里的是：嗯——嗯——嗯。"②而茨维塔耶娃的英译者、同时也是年轻的英语诗人伊利亚·卡明斯基（Ilya Kaminsky，1977—　）补充和重复道：我的目标是不可能的，比如，用词语来表达呻吟：嗯——嗯——嗯。用文字、意义，来表达一种声音。③ 现代诗人将语词从言语所处的传统地位上抽取出来并将它们重新结合在一起，从而使它们被遗忘的次要潜力——诸如含蓄的特征、节奏上和听觉上的诸多可能

---

① 丁宏为：《达尔文的冲击——略谈诺顿版〈丁尼生诗选集〉》，《国外文学》，2010年第4期，第67—69页。
② 茨维塔耶娃：《关于写作和笔记》，转引自伊利亚·卡明斯基，《舞在敖德萨》，第94页。
③ 伊利亚·卡明斯基，《舞在敖德萨》，第95页。

性、与其他词语的相似性等等——变成主要的东西。① 艾略特等诗人更以破碎的意象,隐喻现代社会的价值观念以及生活方式、思考方式的割裂与分崩离析。当意义变得令人生疑,当语言披上一层层历史的灰尘,在现代作家这里,原本不占主导的声调和意象便占据了更重要的位置。

艾略特曾说:"一首诗或者一节诗在以语词表现出来以前可能倾向于以一种特定的节奏来实现它自己,这一节奏可能导致一种观点和一个意象的产生。"② 语言也通过自身的魔性,唤醒我们的感官和思考。看过叶芝"他安抚他的爱人"与"他祈求天国的锦罗"中的诗句,对此应深有体会:

> 你的长发落在我的胸前
> 将爱的寂寞时光淹没在深深的暮色安宁中
> 隐藏起他们摇摆的魂灵与奔走的双足
>
> ——《苇间风》

> 若我有天国的锦缎,
> 以金银色的光线编织,
> 还有湛蓝的夜色与洁白的昼光,
> 以及黎明和黄昏错综的光芒,
> 我将把这锦缎铺展在你的脚下。
> 而我孑然一身,徒留我的梦想。
> 我把我的梦铺展在你的脚下,
> 轻一点啊,因为你脚踩着我的梦想
>
> ——《苇间风》

叶芝反对诗人借自己的诗歌来随便传达自己的哲学理念。诗人铺陈意象,放弃直线表达方式,不断冲击新的语言形式,为社会共同体的发展创造新的可

---

① 理查德·谢帕德:《语言的危机》,载《现代主义》,胡家栾译,上海:上海外语教育出版社,1992年,第302页。
② T. S. Eliot, *On Poetry and Poets*, New York: Farrar, Straws & Giroux, 1957, 38.

能。在1914年他申明：现代诗歌的整体趋向是图像化，即舍弃修辞与形而上学，改向感官意象化发展。① 诗人海子曾经写道："现代人一只焦黄的老虎/我们已丧失了土地/替代土地的是一种短暂而抽搐的欲望/肤浅的积木玩具般的欲望。"②他以这样的诗句批判了现代人已经缺乏去深入感受自身和外界的能力，取而代之的是短暂而抽搐的欲望。诗人的责任，如洛尔迦（Federico Garcia Lorca，1898—1936）所说，是身体感官之师。诗歌不仅仅是一个孤独寻求者的一种安静的活动，它也是一种感官活动，通过藏在语言中的感官去重新疯狂地发现世界。③ 诗歌是直接指向诗的内在本质所做出的探索，正如艾略特在《荒原》中所呈现的，是一个意象的不断跳跃和叠加，在语言的废墟上重构了过去与未来，此岸与彼岸，颠覆了读者惯常的语言体验以及惯常的解读诗歌、认识世界的方式。

诗歌所应对的是超越了直接陈述的事件。它的意图是唤起经验的全部风味和影响。在某种意义上，诗人是经验的缔造者（古英语中用来指称诗人的词汇是"scop"，即制造者）。20世纪中叶的英国诗歌理论家、批评家理查兹（I. A. Richards，1893—1979）指出，一首诗有一种总体意义，它是诗人感受的混合。

自艾略特、叶芝等诗人以降的现代诗歌语言之中，词语与词语之间通常的意义联系被弱化，取而代之的，是更多的、潜在的可能性。对诗歌的理解不再完全依赖于日常经验，而是走向了思维与感受方面的更多维度。挣脱线性时间的束缚，也超然于固有的语言逻辑秩序。艾略特还认为，在诗歌创作中有一种"想象的秩序"和"想象的逻辑"，它们不同于常人熟悉的秩序和逻辑，因为诗人省略了起连接作用的诸环节；读者应该听任诗中的意象自行进入他那处于敏感状态的记忆之中，不必考察那些意象用得是否得当，最后自然会收到很好的鉴赏效果，④从而逐步加深我们对共同体的理解和认识。

---

① 罗兰·巴特：《零度的写作》，李幼蒸译，北京：中国人民大学出版社，2008年，第68页。
② 海子：《海子诗全集》，西川编，北京：作家出版社，2009年，第726页。
③ 伊利亚·卡明斯基，《舞在敖德萨》，第189、553页。
④ 陆建德：《托·斯·艾略特：他改变了一代人的表达方式》，《文艺报》，2012年9月17日第5版。

二、希尼

另一位带给英语文化冲击的重要文学家是爱尔兰诗人谢默斯·希尼。在文学语言的驾驭上,可谓深得艾略特等现代作家的风致。诗人理查德·墨菲(Richard Murphy,1927—2018)称赞他:"在词语中将事物、情感及想法按此前从未有过的方式联结起来,是想象力的最高层次;正是这一点让希尼的诗集《北方》无比出色……我将它看作艺术对于恐惧的胜利。诗集中的每一页都有着对死亡的恐惧,但它将恐惧置于艺术的控制之下。"①希尼的诗歌语言,既可看作对现实的回响,亦可看作对现实的抵御以及在自我与现实之间的矛盾、纠缠和超越。像芬坦·奥图尔(Fintan O'Toole,1958—)所说的:"徘徊于精神与物质之间,可见事物与不可见事物之间,承担与疏离之间,是希尼诗歌的基本面貌。"②

希尼在幼年时期深受英语文学熏陶,并且在贝尔法斯特大学英文系接受了专业的英文教育。他对莎士比亚、雪莱、济慈等著名英语作家都有传承和吸收,并在这些作家的影响下开始诗歌创作。由此可见,希尼可谓是英语文学传统的强有力的继承者。而另一方面,希尼在创作甚至译作中积极地引入爱尔兰民族语言盖尔语,通过自己所熟悉的传统和历史追寻着爱尔兰语言和文化的踪迹。在译作《贝奥武甫》中,希尼发现和运用了爱尔兰语与古英语的相似性,在作品中使用了厄尔斯特地区爱尔兰人特有的词汇。

希尼认为,古代英语诗歌的一些节奏和特质,至今也存在于爱尔兰的语言之中,不只如此,它也成了爱尔兰人、包括他本人在内的集体无意识记忆的一部分,而且也沉淀在他本人的无意识里。希尼本人在创作中曾经有意无意地运用这些特质。但与那些激进地认为盖尔语更高雅、更有力量、更有意味的爱尔兰民族主义者相比,希尼对英语和盖尔语的态度更具包容性,也更富有思辨性。在希尼看来,强调盖尔语自身优越以及它与英语的差异的做法并不真正令人满意,因为这样做使语言变成了原教旨民族主义者的工具,这不过是英国殖民者所作所为的同构反复罢了。他如是说:"在任何通往解放的运动中,都必须拒绝支配地位的语言和文学传统的规范性权威……无论是麦克唐纳还是

---

① Richard Murphy, "On North," *The New York Review of Books*, September 30, 1976.
② Fintan O'Toole, "Poet Beyond Border," *The New York Review*, March 4, 1999.

乔伊斯,尽管他们都不得不以各人自身的方式向英语文化的权威挑战,但他们都不认为有必要从他们作为读者的记忆中排斥英语文化。"①为了抵制粗暴的二元对立,希尼对诗歌中语言的意义进行训诂,以类似于考古的方法发掘特定词语的起源以及在使用过程中衍生出来的涵义。就是在这些起源和涵义的相互纠结中,翻检出民族身份源初的多层次的地质构造。②

作为爱尔兰人的希尼仿佛注定承担着这一身份赋予他的重量,生而面对着现实与文化的矛盾和冲击。希尼的作品不乏地域的、政治的体裁,对于社会的动荡寄予了相当的关注与热情。面对20世纪60年代末北爱尔兰的混乱时局,希尼在诗歌中追忆了凯尔特传统和语言,并使用英国人的语言谴责了英国当权者对这一传统的破坏。这是作为受英语教育的爱尔兰人希尼对时事与政治做出的回应,而同时作为一个非凡诗人的希尼,他的回应与反抗又具有更丰富多元的层面与涵义。希尼的理念是:虽然诗歌与外部世界有着千丝万缕的关联,并且时刻受到影响与冲击,从而可以视为对现实世界的一种反响或反思,但同时诗人从超越的角度观察世界,并且无法背离内心的法则。如他在诺贝尔授奖词中所说:"归功于诗——我归功于诗歌,它使这空中漫步成为可能。我归功于它,直接原因在于我最近明白地写下了一行诗鼓励我自己,'靠着你更强的判断力洋洋得意'……诗歌能够缔造一种秩序,如同50年前那间贮藏室内从饮用水面荡入与漾开的涟漪一样,这种秩序既忠实于外部真实的冲击,又敏感于诗人存在的内部法则。一种在那里我们能够最终成长为我们成长的贮藏物的秩序。一种满足所有人在智力方面打开胃口并在感情方面洞开悟性的秩序。……我归功于它,因为功劳应归于它,在我们的时代以及一切时代,因为这个词在任何意义上,都是生活的真谛。"③

与前辈诗人叶芝相同,希尼认为我们有能力摆脱常规世界的约束,这(指叶芝《在学童中间》的诗句)是一副和谐完满的视觉景象,是存在的最自然和无

---

① Seamus Heaney, *Laud Locked*, Irish Press, 1974, 6.
② 杜心源:《进入世界的词语——西默斯·希尼诗的语言形式与民族身份建构》,《当代外国文学》,2007年第2期,第101页。
③ 谢默斯·希尼:《归功于诗——诺贝尔文学奖受奖演说》,《希尼诗文集》,吴德安等译,北京:作家出版社,2001年。

功利的视觉景象。① 诚如萨义德所言,叶芝以一种过于高蹈的方式消解了现实的不安和暴力:"我们可以猜到,正是这种政治与世俗的紧张关系的压力,促使他试图在一个'较高的',即非政治的层面上消除它。他在《视线》和后来半宗教的诗歌里创造出非常古怪、美学化了的历史,把这种矛盾上升到超世俗的水平,好像爱尔兰最好在超乎地面的高度上被对待。"②

诗人不能欺骗这个世界。它的意思是他在公共领域内要保持警觉。但你也可以进一步说,诗歌帮助你成为一个更真实的,更纯洁的,更完整的人。③ 诗歌承担社会责任的方式恰恰在于:它应当找到一种不同于社会语言的语言。诗人通过一种更纯净更丰富的语言,以高度的敏锐和良知,参与精神共同体的构建;同时也丰富和纯化人类的精神生活空间,培养心智与人格。阅读诗歌,也即是接受文学的熏陶和感化,远离俗套走向创造,布洛斯基(Iosif Aleksandrovich Brodsky,1940—1996)也做过类似的表达:诗就是人类保存个性的最佳手段,"是社会所具有的唯一的道德保险形式;如果说有什么东西使我们有别于其他物种,那便是语言……诗歌作为语言的最高形式,说句唐突一点的话,它就是我们整个人类的目标。"④诗歌在语言中追寻一种结晶般的简洁与和谐,寻找词语与词语、意象与意象之间前所未有的联系方式,抵制陈词、反复和松散,抵制僵化、庸俗和虚伪思想的侵袭。他们探索主体经验的边界,以破碎、沉默、艰涩的语言,表达难以言说的痛苦和不安。这甚至并不是语言技巧范畴的问题,而是与深度生命体验相联系的语言实践。

无论我们的目标是追求创建一个更好的世界,抑或是追求一种更高的智慧,保有作为我们的历史、我们的感情、我们共同记忆见证的语言的纯净和完好都是当今时代刻不容缓的要务。"美将拯救世界",许多人引述陀思妥耶夫斯基(Fyodor Dostoevsky,1821—1881)这著名的一句,因为它带给我们希望。因为除此之外,我们别无他法。

---

① Seamus Heaney, *Among Schoolchildren*, Belfast: Queen's University, 1983, 15.
② 爱德华·萨义德:《文化与帝国主义》,北京:三联书店,2003年,第331页。
③ 1991年希尼与《经济学人》记者的访谈,转引自《新京报·书评周刊》,2013年9月7日。
④ 约瑟夫·布洛斯基:《悲伤与理智》,刘文飞译,上海:上海译文出版社,2015年,第9页。

第二节
作为文化载体的语言

一、乔叟

如我们所知,中期英语(Middle English)晚至 12 世纪中叶才开始用于书写,而且不论在宗教场所或政府部门,它都并未用作正式官方用语,而其时由于受拉丁语和法语的排挤,作为书面语的英语没能得到充分发展,而更多以一种平民生活语言的方式存在和演变。直到 14 世纪下半叶英语文学兴盛起来,英语书面语才有了较为充分的发展。这时出现了乔叟、兰格伦(William Langland,1332—1400)及高尔等著名诗人。由于这一时代的大多数诗人都同时用英语、法语和拉丁语创作,乔叟等作家坚持使用英语写作也就显得尤其珍贵,具有变革与开创方面的意义。

乔叟个人的身份介于贵族与平民之间,故而有机会接触到社会各个阶层的语言。他本人曾经游历过法国、比利时、意大利等地。对于法语、拉丁语、意大利语和其他语言均有了解和吸收,尤其深受但丁、薄伽丘等文艺复兴时代意大利作家的影响。经过乔叟与同时期作家的努力,英语一改中古时期以来的荒芜寒凉的景况,以文学创作为依托,逐渐成熟起来,成为此时欧洲的重要语言之一。这种新近所获地位的标志是:产生了一批优秀的文学作品,如《农夫皮尔斯》、《声誉之堂》(*The House of Fame*,1379—1380)、《特洛勒斯与克里希德》(*Troilus and Criseyde*,1385—1388)、《坎特伯雷故事集》、《戈文爵士和绿衣骑士》(*Sir Gawain and the Green Knight*,14 世纪)、《亚瑟王之死》(*The Death of King Arthur*,1485)等,形成了英国历史上第一次文学繁盛的局面。

尤其是《坎特伯雷故事集》,使用一群前往坎特伯雷朝圣的香客讲故事的方法展开叙事。这些香客从事不同的职业、来自不同阶层,其中有僧侣、武士、商人、地主、律师、学者等。《坎特伯雷故事集》采用本土语言,叙事生动风趣,描绘和留存了英国14世纪各阶层的精神生活、社会生活风貌,并且具有极高的艺术成就,被称为一部完美的现实主义杰作,在极大程度上奠定了英语文学在欧洲文学史上的地位。其语言风格与人物塑造都对后世英语文学产生了可观的影响。

在意大利、法国和拉丁文诗歌诗艺启发下,乔叟将英诗的基本形式从古英语诗歌的头韵体(alliterative)改造为音步体(metrical)。同时他还实验了各种音步,创造出英诗诗行的基本形式:五步抑扬格(iambic pentameter)。他的《百鸟议会》("The Parliament of Fowls",1382—1383)在英诗中首次大量使用了这种五音步诗行。在其随后的作品中,五步抑扬格一直是基本的诗行形式。这种诗行最优美地体现了英语的节奏,几百年来更一直是英诗诗行的主要形式,也是乔叟在《坎特伯雷故事集》中采用的诗行形式。[1] 五步抑扬格后来被广泛应用于短篇抒情诗,如传播最广的十四行诗(sonnet)中。在被改造成为无韵的五音步抑扬格素体诗(blank verse)之后,五步抑扬格又被马洛和莎士比亚广泛用作戏剧诗体,并被弥尔顿和华兹华斯、雪莱等浪漫主义诗人应用于史诗和其他类型的长篇诗作中。[2]

尽管之前古英语和早期中古英语诗歌不乏优秀作品,甚至产生了《贝奥武甫》(*Beowulf*,975—1010)这样的史诗作品,但其语言特征和表现形式与后期英语诗歌相去甚远,并没有真正被后世英语文学传承下来。只是到了乔叟时期,才可以说出现一个时代转折点,他所引入和创立的许多诗歌体裁和范式改变了后来人们对英语的接受和使用,从而深刻影响了英语文化的发展。

二、莎士比亚

接下来,非常突兀地(与其他历史悠久的语言文学传统相比较而言),英语和英语文学迎来了莎士比亚时代——一个高峰耸立的时代。今天,莎士比亚在英语文学乃至世界文学的地位已如此重要,以至于可以说每个时期都有一个新的莎士比亚。对不同的批评家和读者来说,又有许多新的莎士比亚。他如此复杂丰富,以至于在时代的变迁中变换着样貌。艾略特整理出了利顿·

---

[1] 肖明翰:《乔叟对英国文学的贡献》,《外国文学评论》,2001年第4期,第89页。
[2] 沈弘:《乔叟何以被誉为"英语诗歌之父"?》,《外国文学评论》,2009年第3期,第147页。

斯特雷齐(Lytton Strachey，1880—1932)所理解的继承了蒙田的莎士比亚；温顿·刘易斯(Wyndham Lewis，1882—1957)所理解的继承了马基雅维利的莎士比亚；还有新教徒莎士比亚、怀疑主义者莎士比亚、虚无主义者莎士比亚、教皇派莎士比亚以及艾略特本人所理解的斯多葛主义的、或者说塞内加式的莎士比亚。① 总之，没有人能否认莎士比亚的博大精深以及他对多种多样思想和语言的吸收、利用和转化。

莎士比亚之所以是前所未有的戏剧大师、语言大师，与他庞大的词汇量不无关系。据不同的计算机统计结果，莎士比亚的词汇量介乎 17 750 与 29 066 之间。② 词汇量如此庞大，一方面是由于莎士比亚在语言上的天资，一方面也跟他生活与写作的时代有关。莎士比亚生于1564年，卒于1616年，正处于一个较快的社会历史转型期。15 世纪肇始的欧洲文艺复兴令人们扩大了视野，解放了性情，新思维、新理念，乃至新发明大量涌现。在多个方面取得了令人瞠目结舌的成就。而当文艺复兴的燎原之火于 15 世纪末 16 世纪初到达英国，也带来了科学、技术与人文思想的全面繁盛。甚至可以说，这一时代从德国传入的活版印刷术的应用也推动了文学、艺术与历史作品的大范围、大规模的留存与传播。

本是受了拉丁语、法语和斯堪的纳维亚语巨大影响的早期英语，经过文艺复兴运动的洗礼和改革，以极快的速度丰富、成熟起来。有人根据《牛津大辞典》统计，这场了不起的运动给当时的英语大约增加了 10 000 到 12 000 个新的词汇。生于这样的时代，莎士比亚的英语词汇大部分来自盎格鲁-撒克逊本族的语言，有些出自拉丁语或其他语源，另外有一些还出自诗人自己的发挥和独创。③ 事实上，现代英语中许多常用词，如 gloomy(阴郁的)、laughable(可笑的)、countless(无数的)、auspicious(吉利的)等，都来自莎士比亚的创造。另外，cudgeling one's brain(绞尽脑汁)和 scaling one's lips(缄口不语)等成语的

---

① 托·斯·艾略特：《传统与个人才能》，第 153—157 页。
② Terttu Nevalainen, "Early Modern English Lexis and Semantics," in *The Cambridge History of the English Language*, ed. Roger Lass, 5 vols., Cambridge: Cambridge University Press, 1999, Vol. 3, 336.
③ 顾绶昌：《关于莎士比亚的语言问题》，《外国文学研究》，1982 年第 3 期，第 25—28 页。

使用和流传也始于莎士比亚。① 可以说,伟大的戏剧家、语言大师莎士比亚生逢其时,这与先前的时代大不相同——之前语言发展速度相对较慢,而语法和词汇系统相对固定。如前所述,莎士比亚的时代是从中世纪英语向近代英语迅速过渡的时期,还不存在力求规范化、标准化的英语词典和英语语法书。此时语言环境宽松,英语还处于流动性极强的开放状态中,语法、语义和词汇体系都尚属构筑中,极富可塑性,极易为使用者接受和流传。尤其在莎士比亚戏剧中,人物角色及其阶层背景异常丰富,也使英语的发展趋于多元多样、不拘一格。② 这种多元化的语言发展趋势表明,英国文化生活中已经出现了兼容并包的价值取向,而这为随后文化观念变迁的走向奠定了基础。

三、浪漫派作家

英国作家身上有一种特有的生机盎然的自然主义精神,勃兰兑斯认为这便是所谓英国气质的本源,这些气质不见于其他任何地方,但在 19 世纪初期到中期几乎所有英国作家身上都可以找到明证——不论他们之间在其他方面有无相近之处。③ 另一位评论家则说:"自然主义在英国是如此强大,以至于不论是柯尔律治的浪漫的超自然主义、华兹华斯的英国国教正统主义、雪莱的无神论的精神主义、拜伦的革命的自由主义,还是司各特对以往时代的缅怀,无一不为它所渗透。它影响了每个作家的个人信仰和文学倾向。"④

自然于浪漫派作家笔下的呈现形式,常常是美与崇高两种不同的表达。根据康德,美的特征是:"非关利害的快感,没有概念的普遍性,没有规则的规律性……我们见它仿佛是为了某一特定目的而具有如此完美的结构,实则其形式所求的唯一目的是它自己的存在,因此我们以为它是某种规律的完美体现,实则它自成规律。"⑤ 而这种规律与现实的、机械的思维方式保持了距离,与

---

① D. Zesmer, *Guide to Shakespeare*, 1976, 16—17,转引自方平,《一个诗的时代——谈莎士比亚和他的剧中人物、他的观众的语言观》,《外国文学研究》,1990 年第 4 期,第 5 页。
② 方平,《一个诗的时代——谈莎士比亚和他的剧中人物、他的观众的语言观》,第 5 页。
③ 乔治·勃兰兑斯:《十九世纪文学主流·第四分册:英国的自然主义》,张道真等译,北京:人民文学出版社,1997 年,第 6 页。
④ 同上,第 7 页。
⑤ 伊曼纽尔·康德:《判断力批判》,转引自翁贝托·艾柯,《美的历史》,彭淮栋译,北京:中央编译出版社,2007 年,第 296 页。

合乎成规的、呆板而平庸的语言形成强烈对照。

自然的另一种呈现形式是崇高。康德将它分成两种:"数学式崇高的例子是星空。仰望星空,我们所见仿佛远远超越我们的感性范围,于是想象兴发,超迈肉眼所见之境……这种无限不仅超乎感官掌握,亦非想象力所能企及……想象与智力之间既无相互的'自由发挥',于是生出一个令人不安的负面快感,这负面快感转而导致我们意识到我们主观性的宏大,亦即这主观能掌握我们无法拥有的事物。"① 而崇高的另外一种表达是力学上的崇高,典型例子是暴风雨的景象。"撼动我们的不是无限巨大的印象,而是无限力量的印象。我们的感官也自觉渺小,而产生不安之感,但我们由此意识到我们在道德上的伟大……"席勒曾经说道:我们生而被赋予了两种天分,它们伴我们走过漫长的一生,一种是属于感官世界的游戏的喜悦与社会的吸引;另一种是精神上的天分,寂静而肃穆,后者以其强力之臂将我们扛越深渊。② 作家们使用优美的语言,描绘包涵雄浑与美的主题,保持与庸常语言的距离,以对自然恢宏壮丽等具有永恒价值主题的描绘,以对崇高和无限意义的追索,与机械和庸俗进行长久的应对和抗辩。

如莎士比亚和福斯特如下对英国自然风貌的描绘:

我们这个历代帝王的宝座,王权统治的海岛;这片崇高的国土,战神的驻地;这个人世的伊甸园,小型的天堂;这个大自然为自己营造,用以防止疾病传染和战争蹂躏的堡垒;这个幸福的民族,小小的世界;这枚镶嵌在银色海面的宝石,这神灵呵护的土地。

——莎士比亚《理查二世》③

英格兰到底属于铸就她并让她凌驾于别的民族的人,还是属于对她的列强地位没有添砖加瓦的人?后一类人虽无作为,却在某种程度上审视她,很快

---

① 伊曼纽尔·康德:《判断力批判》,转引自翁贝托·艾柯,《美的历史》,第296页。
② 弗雷德里希·席勒:《论崇高》,转引自翁贝托·艾柯,《美的历史》,第297页。
③ 威廉·莎士比亚:《莎士比亚全集·史剧卷上》,索天章、孙法理译,南京:译林出版社,1999年,第487页。

看到了整个海岛,像一颗珍珠安放在银色大海上,像一艘灵魂之船扬帆出海,带领所有勇敢的舰队驶向永恒。

——E. M. 福斯特《霍华德庄园》①

哲学家洛夫乔伊(Arthur Oncken Lovejoy,1873—1962)认为,在西方思想传统中存在一些基本的"观念单元"(unit-ideas),即"在个体或一代人的思想中起作用的,或多或少未意识到的思想习惯"。② 采用洛夫乔伊的这种说法,我们不妨把"银色大海上"既视为观念单元,也可视为语言单元。可以说,这种观念单元或语言单元是文化观念中最具活力,同时也具有历史意义的部分,它活跃在富有最想象力的著作中。就如"银色大海上"这样对自然风貌进行那种浪漫、壮美而又神秘的描述,因而不断被优秀的作家使用和援引,进入文学史中,也因而参与到整个新文化观念和社会共同体的构建之中。英国的浪漫派作家崇尚自然、赞颂青春、向往淳朴纯真的情感。从某种意义上讲,这种牧歌式的理想具有深邃的道德意涵,实际上有助于我们葆有人性中弥足珍贵的虔敬和信念。

四、狄更斯

查尔斯·狄更斯是英国社会(从农业文明向工业文明)转型时期的杰出文学家。他所生活的维多利亚时期也是英国国力强盛、全面繁荣的时期。经济与技术长足发展,新兴的中产阶级工业资本家成为国家新的经济政治主导,也从而带来新的社会问题。贫富分化、剥削、底层人民的苦难等问题成为许多作家关注的主题。狄更斯、爱略特、萨克雷等便是小说家中的突出代表,而这一时期的约翰·罗斯金、托马斯·卡莱尔、托马斯·麦考莱、托马斯·赫胥黎(Thomas Henry Huxley,1825—1895)等作家也在文学批评、社会批评、散文写作和小说创作中推进了英语文学和文化观念的大发展。

狄更斯虽然在有生之年已经声名远播、受众甚广,被认为是那一时代最受

---

① E. M. 福斯特:《霍华德庄园》,苏福忠译,北京:人民文学出版社,2009年,第213页。
② Arthur O. Lovejoy, *The Great Chain of Being: A Study of the History of an Idea*, Boston: Harvard University Press, 1936, 6.

欢迎的小说家,但当时及后世文学界对他的看法常常存在争议:亨利·詹姆斯称他为庸俗小说家里最伟大的一位,认为他塑造人物缺乏心理学上的深度,小说本身像松垮的怪胎,不能称其为一流的小说家;①弗吉尼亚·伍尔夫认为他的作品富于魅力,但同时也风格平庸并流于感伤主义;利维斯认为狄更斯的写作缺乏一种可以在简·奥斯汀、乔治·爱略特乃至劳伦斯身上见到的那种生命的温暖流动性,但同时又不否认他作品在语言及意蕴上的深长魅力。利维斯尤其对《艰难时事》不吝赞美之词:《艰难时世》的象征意蕴非常深厚……英语大师的文笔、精妙绝伦的对话——差不多是写作这一行的试金石,格调优美自然,等等。②

尽管评论家的态度并非完全一致,但难以否认的是狄更斯对英语文学的极大丰富和推动。托尔斯泰(Лев Николаевич Толстой,1828—1910)、乔治·奥威尔和吉尔伯特·切斯特顿(G. K. Chesterton,1874—1936)都赞扬了他的写实主义风格和文字表达能力以及对资本主义高度发达时期底层人民的疾苦所表达出的极大人文关怀。利维斯更认为他在语言上的魅力足以与莎士比亚比肩:讥讽与哀婉之情相伴,冷嘲中带一丝悲伤,任何简单的套话都概括不了构成这一整体效果的诸多要素……具有"我们通常与莎士比亚戏剧联系在一起的那种凝练而灵活地解读生活的潜力"。③"狄更斯风格的活力就在这里,其形式多样而独特,且因不为赘言所累而更形象有力:创造性的勃勃生机是被一个深刻的灵感约束着的";"他是以表现所具有的诗意力量在写,以一个语言表达的天才具备的敏感,记录着他的清晰所见和切肤所感。实际上,以质地结构、想象形态、象征手法以及从而达至的凝练而论,《艰难时世》给我的感觉当是在诗歌作品之列。"④

与莎士比亚一般,狄更斯在其所创作的小说中,塑造了许多截然不同的人物形象,而这些人物各自有着自己独特的语言风格。口语、方言、俚语、谚语、

---

① John Kucich and Dianne F. Sadoff, "Charles Dickens," in *The Oxford Encyclopedia of British Literature*, ed. David Scott Kastan, 5 vols., Oxford: Oxford University Press, 2006, Vol. 2, 154—164.
② F. R. 利维斯:《伟大的传统》(2009年版),第27页。
③ 同上,第318页。
④ 同上,第297,307页。

自创的词汇以及在语法方面灵活的改造和运用,使他成为令许多人称道的创造性的语言大师。他甚至常常有意使用错误的语法、不规范的发音等,以彰显人物的阶层或阶级特质和受教育程度。这种手法既可以用来生动刻画底层人物,也可以用来嘲讽那些虚伪的、堆砌浮华辞藻的上层人物。另外,大胆的比喻、拟人、夸张、倒装、重复、讽喻、典故与民间传说以及英语中具有双关含义的词汇的运用,也是狄更斯常用的语言表现手法,甚至对标点符号也有新颖的使用方式。对英语的熟练驾驭,使狄更斯挥洒自如地在不同语境、语域之间跳跃,并且在此基础之上,对常规的、俗成的表达法有明显的颠覆和超越,极大地扩展并推动了英语语言的使用方式,他也因而被誉为"语言的革新家"和"语言的风景画大师"。

第三节
作为文化象征的文学人物:哈姆雷特与文学语言

从《乌托邦》到《一九八四》,从莎士比亚的历史剧到贝克特的荒诞剧,英国文学不断对侧重物质文明的现代价值体系发出质疑,通过展望理想的共同体生活,逐渐形成了一个强大的文化主义传统。以哈姆雷特为代表的一众著名的文学形象,无疑是这一文化传统的重要组成,面对社会生活、道德、传统以及人的命运发出了自己的诘问。

莎剧中年轻的王子哈姆雷特曾经是世界的宠儿,对人和世界持有光明的心境和热情的向往,对人性、人类的文明精神持有憧憬和赞美。他曾说:"人是一件多么了不得的杰作!多么高贵的理性!多么伟大的力量!多么优美的仪表!多么文雅的举动!在行为上多么像一个天使!在智慧上多么像一个天神!宇宙的精华!万物的灵长!"[1]然而随后在剧中他所面对的却是一个颠倒

---

[1] 威廉·莎士比亚:《莎士比亚全集》第5卷,朱生豪译,北京:人民文学出版社,1994年,第327页。

混乱、无论是精神价值还是伦理的温情都分崩离析的世界。父亲被谋害,母亲委身于谋害者。昔日的情谊敌不过私欲和利益,人性的温暖已经为趋炎附势的嘴脸所取代。由于自私、欲望与贪婪,人性的邪恶与放纵一览无遗。

宫廷之内的杀戮和乱伦,社会道德沦丧、尔虞我诈,人民精神萎靡。那里"亲爱的人互相疏远,朋友变为陌路,兄弟化成仇雠,城市里有暴动,国家发生内乱,宫廷之内潜藏着逆谋,父不父子不子,纲常伦纪完全破坏"。① 整个丹麦也仿佛受到了诅咒,不止内部混乱腐败,对外也面对着与挪威的战争威胁,内忧外患,人心惶惶。用哈姆雷特自己的话来说,"这是一个颠倒混乱的时代",世界"是一所很大的牢狱,里面有很多监房、囚室、地牢;丹麦是其中最坏的一间"。② 此时的哈姆雷特对人性的失望与鄙夷是如此的深切,以至于他对于曾经是圣洁化身的情人奥菲利娅也难以信任,莎士比亚借助描绘8世纪的丹麦与王子哈姆雷特个人的生活遭遇,借助其中蕴藏的险恶和丑陋,也指涉了文艺复兴之后英国社会信仰缺席,人们精神上困扰、混乱和迷惘的社会生活。

莎士比亚与文化观念史的互动,最为突出地表现在他对人生意义/价值的思考上,这一点已随他那千古名句长留于世:"生存还是毁灭,这是一个问题。"③从更深的意义上来讲,哈姆雷特对父亲死因的探索把他引入人类奥秘,即人类生命和命运的奥秘(他的戏剧独白自始至终地集中表现对生命和自我的迷惑不解)。④ 在冷酷的人间,在"一个颠倒混乱的时代","倒霉的我却要负起重整乾坤的责任。"⑤哈姆雷特是对社会与人性,对美好、纯净的信仰希望又失望的代表人物,是在信仰缺失、道德沦落、人性缺失的状况下苦苦挣扎和诘问的人类的缩影。这一形象,代表着我们对自身的存在和生存境况的哲学迷惘和反思,代表着人文理想和黑暗现实之间的恒久矛盾和悲哀。

这一形象,作为表达了"世界悲哀的人",在此后的400余年间,被包括卡夫卡在内的许多作家不断地阐释和重构,被以电影、舞台剧的形式,通过镜头、

---

① 威廉·莎士比亚:《莎士比亚全集》第5卷,第325页。
② 同上,第325页。
③ 同上,第341页。
④ 威尔弗雷德·L.古尔灵等:《文学批评方法手册》,姚锦涛等译,沈阳:春风文艺出版社,1988年,第260页。
⑤ 威廉·莎士比亚:《莎士比亚全集》第5卷,第311页。

灯光、音效、布景、演员与他们的表演、剪辑、不断加入的新语言、不断被重设和改变的地域色彩，甚至不断地在其他作品中被引用，被借鉴，被指涉，构筑了这一形象对不同时代、不同人群的恒久魅力。

虽然故事以悲剧结局，王子对生存的意义和自身的使命多有犹豫和质疑，但他忧郁与延宕之后，最终做出了英雄的举动。莎士比亚在他身上依然寄托了美德和人文理想，也就是文化理想。在剧中，奥菲莉娅曾经这样评价哈姆雷特："朝臣的眼睛、学者的辩舌、军人的利剑、国家所瞩望的一朵娇花；时流的明镜、人伦的雅范、举世瞩目的中心。"①丹麦王子思考的问题也包括"如何具备一个人所能有的无限美德"②。如他的情人所言，哈姆雷特在外貌和才智上都非常出众，诚然他有优柔寡断的一面，然而最终以悲剧英雄的形式完成了自己的使命。尽管人物的性格有一定程度的复杂性，但总体而言年轻的王子是莎士比亚塑造的一个符合人文理想的形象。莎士比亚的戏剧常常混合运用浪漫主义、现实主义和象征主义等手法，调动多种艺术手段凸显优化人性、建立"以人为本"的道德伦理体系，追求终极道德伦理乌托邦。③ 所有这些都为文化观念输送了新的内涵。

哈姆雷特这一形象具有鲜活的生命力，历经时代的变迁而愈加丰腴和鲜明。存在于艺术作品中的人物甚至具有了真正存在的人所没有的那样强大的生命力和感召力。他所表现出的坚强和懦弱、希望与失望、犹豫和痛苦、爱和恨的催迫，都吸引后人的共鸣，召唤后人的自省。换言之，哈姆雷特已经成为英语文化集体记忆的一部分，成为民族共同心理和精神的表征。甚至哈姆雷特的著名台词"生存还是毁灭，这是一个问题"（"to be or not to be, that is a question"）已经成为人在面对两难之境时，面对纷繁痛苦的世界不知如何承载时做出的跨越经典文化、流行文化、地域文化的全人类共同的表达，是数百年来人类援引和传承的精神单元。它简单、直接，一笔勾勒出人生最根本的矛盾。同时也潜移默化地将英语文化的象征推进到世界范围之中。毫无疑问，

---

① 威廉·莎士比亚：《莎士比亚全集》第5卷，第344页。
② 同上，第303页。
③ 王忠祥：《建构崇高的道德伦理乌托邦——莎士比亚戏剧的审美意义》，《外国文学研究》，2006年第2期，第18页。

语言与文学,对每一个民族来说都是一个具有凝聚力的精神宝库。

归根结底,文学人物形象就是一种文学语言,因而是一种文化载体,或者说是文化观念诸多内涵的载体,而哈姆雷特这类不朽的人物形象最能传承文化观念。

文学语言与日常语言区分开来,作家的首要职责不是发表意见,而是讲出真相……以及拒绝成为谎言和假话的同谋。文学是一座盛满细微差别和相反意见的屋子,而非简化的声音的屋子。作家的职责是使人们不轻易听信于精神抢掠者,是让我们看到世界本来的样子,充满各种不同的要求、区域和经验。作家的职责是描绘现实:种种恶臭的现实、狂喜的现实。同时也应看到:文学提供除了判断之外更高的智慧,即智慧的本质(文学成就的多元性),它帮助我们意识到无论发生什么事,永远有一些别的事在继续着,①而这种智慧往往是通过文学人物形象来提供的,比如上文所说的哈姆雷特这样的形象。就这一意义而言,文学语言/文学人物形象有着比日常语言更广阔的生存空间与言说对象,因而也更能传播文化观念。

里尔克(Rainer Maria Rilke,1875—1926)曾写道:世界在人人身上分崩离析,唯有诗人才将它统一;文学语言将"因为一种强烈性和意外性而重新产生一种经验的深度与特性","以其无限的自由性闪烁光辉,并准备去照亮那些并非确定而可能存在着的无数关系。"②文学作品使用强烈的、密集的、暗示性的、想象的语言,带领我们抵达思想的边界和主体经验的边界,而文学观念的发展和变迁显然离不开这种文学语言。

要考察英语语言的发展历史及其对英国文化观念的影响,就要考察优秀文学家在其中的作用。他们不但扩充并丰富了词汇量,而且发明新的语法和表达方式,革新日常而平庸的语言,牵动人们的心灵和感官,创造令人难忘的形象,进而重塑了社会理想和人伦道德,而后者恰恰是文化观念的重要内涵。艾略特对神话的评价也适用于文学语言:那是"一种方法,它施加控制,赋予秩序,生成意蕴"。③ 在俄国,人们普遍认为,诗人远不仅仅是诗人,还是时代的

---

① 苏珊·桑塔格:《文字的良心》,《同时:随笔与演说》,黄灿然译,上海:上海译文出版社,2009年。
② 罗兰·巴特,《零度的写作》,第30—31页。
③ T. S. Eliot, "Ulysses, Order and Myth," in *The Dial* 75 (Novermber 1923): 483.

先驱、人类的精神导师。在公元前 5 世纪的古希腊，人们认为，诗人在最广泛、最深刻的意义上改变着他的人民。① 文学家使用一种能够与他人相碰撞、相激荡的原初语言，摆脱习俗、现实和时代强加给人们的陈腐意味，去除浮夸、堆砌、腐败和混乱，摆脱社会和人的异化，寻求并重塑自我，最终促发一种更纯净深邃、更丰富多样、更富于生产力的文化观念的诞生。

---

① 伊利亚·卡明斯基，《舞在敖德萨》，第 111 页。

第七章

转型时代英国人的道德意识

如我们所知,在18—19世纪的英国,机械主义的理性观大行其道,工业资本主义迅猛推进,既有宗教建制和传统价值体系摇摇欲坠,凡此种种,使英国社会陷入一种空前的混乱状态,整个民族面临着一种深刻的社会焦虑和严峻的伦理道德危机,旧有价值体系或传统信仰经历着一次史无前例的大变局。这一大变局当然不可能凭空而来,而可追溯到更早时期。早在文艺复兴以及接踵而来的宗教改革运动时代,罗马教廷便威信扫地,英国国王亨利八世虽然加入了反叛教皇的行列,但源自欧洲大陆的宗教改革思想不可能不波及英国。自16世纪中叶起,之前备受尊崇的英国(国教圣公会)教会权威不断遭到质疑,一种教派林立、群龙无首、世风日下、人心不古的局面逐渐出现。工业化带来的急剧社会变迁更使这种混乱雪上加霜,传统伦理和信仰的危机更其深重。再加上从欧洲大陆传来的无神论、不可知论以及理性看待《圣经》的新释经方式,教会权威、经典权威乃至基督教本身的合法性统统遭到沉重打击,传统信仰及与之密切关联的伦理道德观念和共同体意识等因之发生了天翻地覆的变化。这无疑是一种划时代的思想巨变,而巨变背后无疑是转型时代深刻的社会焦虑。

焦虑中的英国人开始思索,传统宗教生活中的弊端该不该革除以及如何革除;先前所一直虔诚尊崇的教会(主要是国教安立甘宗)权威是否仍值得尊崇;先前所一直深信不疑的《圣经》中是否每句话、每个字都绝对无误,是否只能依旧像先前那样按其字面意思,一字一句地加以理解、接受和遵从。圣母因圣灵而孕、耶稣是圣子、被钉十字架处死后又复活升天等有悖常识的宗教叙事或话语,现在丧失了先前那种不可置疑、不可动摇的真理性,而成为必须加以认真思索、讨论和论辩方能立住脚的问题。更严重的是,基督教的权威一旦受到挑战,以宗教为载体的传统伦理道德就不可能继续享有其先前享有的效力了;或者说,作为道德价值最高体现的基督教及教会既然权威不再,其先前所拥有的那种决定何为道德、何为不道德的权威,现在已是天大的疑问。尽管如此,尽管传统宗教的权威受到了极大挑战,但英国文学家、知识人对这一点是非常清楚的:蕴涵在基督教中的伦理道德不仅不过时,反而是应对工业化所带来急剧社会变迁和焦虑的重要资源;他们所要做的,只是在现代条件下对传统资源进行创造性的改造和转换,用富于伦理道德精神的"文化""诗歌""温馨""光明"等来对冲时代的振荡、焦虑和混乱,用新的文化观念来取代早已不合时宜的旧观念和思维,以建设一个政治清明、社会有序、人与自然和谐相处的新世界。

第一节
阿诺德的"永在者"与英国人的"道德心"

如我们所知,现代转型时期的社会危机刺激了一大批文学家、思想家站出来,担负起收拾人心、匡救世道的责任。在他们当中,马修·阿诺德可谓一马当先,最具代表性。事实上,他不仅是第一个大张旗鼓地用富于伦理道德意涵的"文化""诗歌"或者说"温馨"与"光明"来对峙"无政府状态"的文化人,①也是最早坚持传统伦理道德不能抛弃,而应在新形势下发扬光大的重要知识分子之一。

在理性和科学思潮的冲击下,建基于超自然存在的传统基督教及相关文化观念摇摇晃晃,大厦将倾,基于宗教的传统道德观念和共同体意识正在被无情地侵蚀。对于知识人尤其是其中的前卫分子来说,三位一体、复活升天、圣母未婚而孕以及诸多神迹意义上的基督教实在已然是日薄西山,气息奄奄。如果圣母因圣灵而孕、耶稣死后又复活升天,如果圣经中记载的诸多神迹根本不是事实,而是古代信众社群中产生的迷信或神秘主义的杜撰,那么耶稣乃神

---

① 马修·阿诺德:《文化与无政府状态》,全书各处。

之子甚至神本身这一关键教义还站得住脚吗？既然站不住脚，基督教的一整套教义不就丧失了起码的信誉和立足之基？阿诺德本人受知识人父亲托马斯·阿诺德影响，从一个天真虔信的少年成长为一个善于理智、有批判精神的青年，对此情势有清楚的认识。

但是，仅仅意识到时代变迁已使传统宗教和相关文化观念很大程度地丧失了现实相关性，只能使阿诺德停留在一个怀疑论者的水平，甚至沦为一个虚无主义者也未可知，完全不能因应时代的挑战。在他看来，基督教所承载的一整套伦理道德已经确然丧失了其超自然根基，既然如此，就必须寻找一套新理路，创造一种新的文化观念使之赖以立足，使旧宗教所蕴含的伦理道德价值依旧能够成立，依旧能够发挥效用；这种伦理道德价值若要继续发生效用，就应是一种为"情感"所激活、所"点燃"的伦理道德价值；[1]要达到这一目的，就必须对基督教加以深刻改造，使之摆脱不符合常理的旧教义和保守的教会当局的束缚，转变成为一种祛除了超自然因素、符合人们的常识和理性、同时也更富于自由精神的宗教。"神迹的上帝"既已破产，至少已不合时宜，为什么不转而强调甚至真诚地信奉一个符合经验、常识的上帝，一个理性的上帝呢？[2] 不如此，基督教信仰便会彻底丧失其原有的说服力，便可能完全破产，便不能拯救其所承载的那一整套宝贵的伦理价值，而离开了这一整套伦理价值，一种富于道德意识的新民族品质就无从谈起，世道人心便难以维系，个人生命便难以安置，新的共同体观念便无从建立，社会和国家会整个儿散架。

阿诺德并没有成为怀疑论者，更没有堕落成一个虚无主义者。作为急剧转型时代的诗人、批评家和思想家，他表现出一种至为强烈的社会关怀和道德担当。他祭出其著名的"文化"，呼吁英国人追求"美好"与"光明"，[3]以其生命内涵和价值理想来因应时代病局，使旧宗教理念败落之后人们的精神生命仍能得到安立。怎么强调也不过分的是，阿诺德所采取的这种或可称为温和保守主义的立场，虽不乏空想成分，却并非一个先知先觉的理论怪才突发

---

[1] Matthew Arnold, *Literature and Dogma*, in *The Complete Prose Works of Matthew Arnold*, 11 vols, ed. R. H. Super, Ann Arbor: University of Michigan Press, 1962—1977, Vol. 6, 176.

[2] Matthew Arnold, *God and the Bible*, in *The Complete Prose Works of Matthew Arnold*, 11 vols, Vol. 7, 155—172, 203—236.

[3] 马修·阿诺德：《文化与无政府状态》，第 6—40 页。

奇想,普罗米修斯般地要将其无比正确的思想传达给困厄中的英国社会,而很大程度上是因为英国的宗教和文化土壤本身便富含伦理道德的营养。换句话说,阿诺德"文化"救赎论的出台,很大程度是英国已有的伦理道德传统的产物,是为已有的文化生态所决定的。在他看来,英国人和古代希伯来人尽管有不小的差异,但是英国人在"道德行为"方面却"有强烈的希伯来特性",或者说,他们和希伯来人具有"同样强烈而彰著的道德心"。① 正是英国人的伦理道德意识及相应文化观念构成了对"伴随文艺复兴而来的道德情感冷漠、行为放纵"的一种"反动";② 或者说,正是英国人身上的"希伯来精神"对于重视科学和理性,却不那么重视人伦道德的所谓"希腊精神"③进行了顽强的抵制。

正如英国人的道德意识并非无源之水、无本之木那样,阿诺德的"文化"绝不是一介书生的头脑中突然迸发出来的一个伟大理念,而是从原本就肥沃的宗教文化土壤中生长出来的一棵生机盎然的树苗。甚至可以说,阿诺德抛出"文化"一类新观念,就是要在科学理性伴随文艺复兴、启蒙运动、工业化一路高歌猛进的情势下,从既有宗教传统中发展出一种新型的"宗教",一种既继承发扬传统伦理道德,又与时俱进的理性化、世俗化的"宗教"。④ 但要顺利开出新局,就应尊重传统,就不能对既有宗教、既有文化观念采取一种势不两立、无比决绝的姿态(像新文化运动和五四时期的中国知识分子那样),对之进行无情的打击、决绝的否定。正确的做法应该是,保留并继续使用传统宗教话语,尤其是诸如"上帝""耶稣基督""复活""升天"一类关键概念和故事,以减少群众当中的心理阻力。这意味着,《圣经》作为一种神圣经典,即便在科学兴盛、理性昌明的时代,也须臾不可或缺。⑤

传统宗教话语固然重要,甚至不可或缺,却必须转型,或者说现时代应当给予它一种迥异于从前的新解释、新内容、新功用。毕竟,19世纪的英

---

① 马修·阿诺德:《文化与无政府状态》,第121—122页。
② 同上,第122页。
③ 同上,第17页。
④ 参见 James C. Livingston, *Matthew Arnold and Christianity*, Columbia (South Carolina): University of South Carolina Press, 1986, 51—52。
⑤ Matthew Arnold, *God and the Bible*, in *The Complete Prose Works of Matthew Arnold*, 11 vols, Vol. 7, 210—214.

国不仅工业化已经完成,而且在欧陆一波又一波启蒙思潮、理性主义运动的强烈冲击下,情势已然大变,《圣经》中的很多故事、寓言、教导乃至一些根本性观念如上帝存在、耶稣复活、升天等已很大程度地丧失了先前的说服力。传统意义的上帝——一个具有意志、意识且能够对人类诉求做出慈悲回应的人格神——概念摇摇欲坠,因为这样一个上帝违背理性和常识、是不可证实的。

既然连上帝的存在也"不可证实",基督教理念和体制所支撑起来的伦理大厦之基还能稳固可靠吗?不就随时可能崩溃垮塌吗?既如此,就得设法说服信仰已然动摇的人们,即便一个具有人类形貌和意识的人格上帝无法得到证实,也应相信,存在着一个不具人类形貌即非人格的"永在者"(the Eternal)。在阿诺德看来,《旧约》中的"永在者"外在于人类,超越于人类,不仅是正义的源泉,也通过施行正义而对人类事务产生影响;可望取代有违常识、理性的传统上帝观,从而能够继续维系世道人心的,正是这么一个自然的、非人格却又是正义源泉的"永在者"。① 他认为,古代以色列人早就发现了这一不具人类形貌但亘古以来一直在施行正义并将永远施行正义的终极实在,而《旧约》中"永在"而正义的上帝是古代先知或社会改革家不断对正义理念进行颂扬和强化的产物;② 正是因为有这种强烈的正义理念,古代以色列人才发展出其强烈的道德情怀和共同体精神。所以,面对科学理性思潮和工业化所导致的社会失治和道德失范,英国人没有必要去刻意发明一个新的上帝,而只需回到古老圣典,重新拾起古以色列人的"亘古常在者"或"永在者"理念以替代原有上帝即可。

在阿诺德看来,重拾古代以色列人的"永在者",固然能够使基督教摆脱那不合常识和理性的人格神上帝观,但是,面对仍然强大的教会建制及旧的文化观念,简单地宣布人格的上帝根本不存在,不仅是大大不够的,而且是很不明

---

① 作为正义源泉的"永在者"概念见 Matthew Arnold, *Literature and Dogma*, in *The Complete Prose Works of Matthew Arnold*, 11 vols, Vol. 6, 61—78, 148—168, 361—364 等处; Matthew Arnold, *God and the Bible*, 212—213。有关那热爱"正义"、教导"正义"并施行"正义"的"永在者",阿诺德所给圣经中的证据有:《诗篇》11; 5;14; 6,7;34; 10、11、13、14;37; 28、38 等。

② Matthew Arnold, *God and the Bible*, in *The Complete Prose Works of Matthew Arnold*, 11 vols, Vol. 7, 214.

智的;正确的做法是,不仅坚持一个非人格的"永在者"这一早已载入圣经《旧约》的理念,①而且持之以恒地宣传它,推广它,使之深入人心,家喻户晓。如此这般,那有违常识、有悖理性的上帝观便终究会被"永在者"取而代之,逐渐淡出人们的视野。同样地,在强大的基督教传统面前,现在就径直宣布耶稣并非上帝之子,也是不明智的。正确的做法是妥协,调和,和合,是继续使用基督教话语以为过渡,不仅依然假定一个人格神的上帝是存在的,甚至不否认耶稣是这上帝之子;极重要的一点是,应同时强调,耶稣并非因为乃圣母因圣灵受孕所生而为上帝之子,也并非因为与一个人格神有着三位一体②意义上的神秘关系而为上帝之子,而是因为他以自己生命中的道德实践和教诲,完美地演绎了"正义"之道即通向上帝之道,所以才是"上帝"之子。

事实上,阿诺德的上帝不仅只是古以色列人所谓"永在者",更重要的是,还是一种"道德律法""道德秩序"的"本原"或"原则"。这是人类伦理道德的终极源头或者根据,只有谨遵这种"道德律法"或"道德原则",人们才能获得幸福,才能自我实现,③才能创造一种强大的共同体观念,一种超拔的道德精神。如果一定要说耶稣是上帝之子,只能说他极完美地遵循和体现了这种道德律法或道德原则,因而并非不可以在隐喻的意义上被视为上帝之子。很明显,阿诺德心目中符合理性的耶稣是人而非神。更重要的是,他是一个富于道德心的耶稣,甚至是一个道德完人(孔子、穆罕默德、佛陀式的完人),而非像教会当局和旧教义有违常识和理性地宣称的那样,是一个字面意义上的"上帝之子"。

阿诺德所经营、所推崇的道德的耶稣形象从以下这段话也可以看得很清楚:"耶稣基督是神圣的逻各斯,是三位一体的第二个位格,这一点科学既不能否认也不能肯定。他是犹太人的弥赛亚,将来某一天会现身天空,吹响号角,

---

① "永在者"概念在《旧约》中随处可见。如《旧约·创世记篇》2:18;3:1、8、9、11、13;18:33;21:33;《旧约·诗篇》7:10;11:1;16:4;26:6;31:14;33:12;37:28;90:2;《旧约·但以理书》7:9、13、22等等。

② 在基督教主流的"三位一体"教义中,上帝虽像在犹太教中那样,仍是全知全能且无始无终亘古常在的唯一神,却分为圣父、圣子、圣灵三个位格;三个位格虽都有特定位份,却同具一个本体,同为独一无二真神。以今人的眼光看,这种教义不乏创意,却显然是妥协的结果,有着深刻的社会和政治背景,即西亚地中海世界不同地区和不同背景的势力集团间的尖锐冲突(以教派斗争形式出现的冲突)必须得到解决,以成就一种跨文化、跨种族、跨区域的宗教理念统一和宗教组织统一。

③ Douglas W. Sterner, *Priests of Culture — A Study of Matthew Arnold and Henry James*, New York: Peter Lang, 1999, 86—87.

终结尘世王国,建立起他自己的王国。这一点,科学同样既不能否认也不能肯定……只是《圣经》里的耶稣不受限制和羁绊地遵循普世的道德准则和上帝意志,而我们却总是受到个人情绪的制约和自我意志的遏阻,这一点对于任何睁开双眼阅读《圣经》的人来说都一目了然。"①作为人的耶稣之所以不是神、不是神子,却又与众不同,是因为比之一般人,他是个天生的道德家,对"道德律法"和"道德原则"有独特的洞见。更重要的是,他完美地按照"道德律法"和"道德原则"行事。②

问题是,建基在超自然神灵上的基督教一旦被抽掉了地基,其所承载的伦理价值和文化观念还能否立足?基督教这棵参天大树的超自然之根一旦被猛然斩断,生长其上的伦理枝叶是否能依旧枝繁叶茂?可以肯定,正是由于对时代的根本问题有清楚的诊断,对时代乱局的究极原因有清醒的认识,阿诺德才汲汲于对上帝这一基督教关键概念进行新的解释,才汲汲于建构一种革命性的新的上帝观,才从不太受人们关注的《旧约》中发掘出"永在者",以取代《新约》中三位一体的耶稣基督,同时又从传统宗教话语中分离出"道德律法"和"道德原则"之精华来,使之显得纯而又纯,与荒诞不经的神迹故事毫不相干。

这固然不失为一种聪明的方略,但对无数习惯于一个大慈大悲、救苦救难的耶稣基督形象的信众而言,那个被阿诺德竭力宣扬但早就被遗忘的"永在者"毕竟太过超然,太过玄虚,难免让人产生压迫感,而"道德律法"或"道德原则"以及被他精心打造并大力推广的"文化"或"诗歌"福音,毕竟只是一些抽象理念,太缺乏人情味,很容易拒人于千里之外。没有受什么教育或受教育较少的普罗大众,尤其不可能全然抛弃传统意义上救赎罪人、带来慰藉的耶稣基督,转而拥抱一个受知识人推崇却抽象僵硬、冰冷漠然的"永在者"。相比之下,传统宗教中的耶稣基督既是神又是人,一个在十字架上牺牲自己以拯救众人的活生生的神子,一个有大量事实、传说、故事、寓言和十字架上的受难形象相伴随的神人。这么一个耶稣,是一个他们再熟悉不过的耶稣,一个受苦受难

---

① Matthew Arnold, *St Paul and Protestantism*, in *The Complete Prose Works of Matthew Arnold*, 11 vols, Vol. 6, 42, 转引自 Douglas W. Sterner, *Priests of Culture — A Study of Matthew Arnold and Henry James*, 87。

② Douglas W. Sterner, *Priests of Culture — A Study of Matthew Arnold and Henry James*, 88—89。

以救赎众人的耶稣,一个实实在在、有血有肉、给人以温暖的神子。正是这个耶稣使他们——尤其是社会底层那些孤苦无告的劳苦大众——备感亲切,跟他没有距离感,故心甘情愿地遵从他,服顺他,无比虔诚地匍匐在他的脚下。正是在此,阿诺德的方略尽管闪耀着思想的光辉,其一厢情愿性格和乌托邦色彩再清楚不过了。他是否意识到,这种良苦用心到头来很可能徒劳无功?推出一个完美体现"道德律法"和"道德原则",甚至推出一个就是那终极"道德律法""道德原则"本身的"永在者",固然是一种不乏灵感和创意的进路,但最终说来,却可能只是一种空想。

然而,无论阿诺德成功还是失败了,这并非那么重要。重要的是,必须看清楚时代的病局,找到病根,提出有意义的解决方案;或者说,对科学理性思维以及工业革命带来的严峻挑战,做出有意义的回应。然而从根本上讲,这种回应是一种调和或调解,其根本目的是解决新旧思维之间或者说(简单说来)新形势下理性与信仰之间的激烈冲突,创造一种新型的现代精神品质和文化观念,在其中,信仰与理性不仅不相互冲突,而且和平共处,各得其所。回应效果可能好,也可能差,但都是一回事;回应抑或不回应,却有本质的不同。考虑到直至今日,科学与旧宗教乃至所有旧思维、旧观念的冲突仍如火如荼,远未结束,试图解决二者间龃龉或至少缓和二者矛盾的知识分子可谓前仆后继,代不乏人,这一点就更清楚了。常识和理智告诉阿诺德,人心要凝聚,共同体要运作,伦理道德须臾不可缺失,而对于英国乃至整个西方世界来说,灌输和维系伦理道德的最重要、最有效机制,恰恰是基督教。

无可否认的是,在过去 1 000 多年中基督教表现得相当出色,使英国人获得了一种"强烈而彰著的道德心",使他们在"道德行为"方面"具有强烈的希伯来特性"。[①] 这种"希伯来特性"代表信仰,与代表理性的"希腊精神"正相对峙。清楚地意识到英国文化中有"强烈的道德心"或一种"希伯来式"重视伦理道德的传统的,不只是阿诺德。其他重要知识分子如乔治·爱略特、约翰·纽曼、沃尔特·佩特等同样如此,其中爱略特甚至在时间上还先于阿诺德。[②] 因此,

---

[①] 马修·阿诺德:《文化与无政府状态》,第 121—122 页。
[②] David J. DeLaura, *Hebrew and Hellene in Victorian England*, Austin: University of Texas Press, 1969,全书各处。

如前所述,阿诺德所表现出的强烈道德意识,在很大程度上是英国人的民族性格或传统文化观念使然。与其他欧洲民族乃至世界上所有民族相比,英国人还有其他方面的优势。他们不仅有昭著的道德心,也更讲规则,更有突出的共同体观念和法治精神,这对英国社会顺利的现代转型所做的贡献,或许并不亚于伦理道德意识。这一切相加所产生的合力,使英国及其衍生国在现代化、全球化的整个过程中游刃有余,收放自如。

阿诺德虽然认为传统宗教道德不仅不应被打倒,反而应当在新形势下加以继承发扬,但他绝不是一个思维僵化、眼界狭窄的道德至上论者。他一方面强调伦理道德至关重要,一方面又不断敲打道德心过于执拗的英国同胞,提醒他们:伦理道德固然极其重要,但时代的主旋律已然不是道德至上,因为科学、理性、艺术同样重要;即便讲伦理道德,也应是一种摆脱了褊狭僵硬,被"情感"所激活、所"点燃"的新型伦理道德。

作为一个积极应对时代挑战的重要思想家,阿诺德绝不是想要通过对传统上帝论做一种理性化的新解释,把旧思维旧理念葆守下去,而是想要通过推出一个新上帝,即完美体现"道德律法"和"道德原则"的"永在者"以及相应的文化观念、"诗歌"福音,把旧宗教所承载的伦理道德发扬光大下去。正是在此过程中,旧观念、旧思维可望得到改造以适应新时代的科学理性精神,以取得这样的效果:传统与现代、信仰与理性的矛盾得到调和,二者间的紧张关系得到缓和,最终达至一种完美的平衡与和谐。从根本上讲,这就是为什么阿诺德借以救治人心、匡正世道的"文化""诗歌"既有强烈的伦理道德内涵,也有浓郁的科学理性底蕴。毕竟,经过文艺复兴、宗教改革运动、启蒙运动和工业革命的洗礼,19世纪英国文学家思想家已今非昔比。他们已是现代人,一种人类历史上前所未有的新型知识分子。

在阿诺德看来,道德良知固然极为重要,但如果一个人的视野局限于此,甚至把它提到一种过分的高度,而看不到人生、社会、自然、宇宙中还有其他同样重要的精神内容,就太遗憾了。他认为,英国人之所以表现出非常强烈的"道德心",很大程度上是由于清教传统的影响。传统的"希伯来特性"固然有助于培育一种极重视伦理道德的民族性格,赋予英国人一种强大的共同体观念,一种强大的精神力量,但是对现代英国民族心理产生了最大影响的,却是近代之初兴起的升级版的"希伯来"精神即清教主义；而清教主义"毋庸置疑地阻遏、改变了伊丽莎白治下成就卓然的文艺复兴运动，中断了我们称之为希腊精神的思想体系的辉煌统治和直接发展"。① 如果说及至 4 世纪末，希伯来精神在希腊罗马文化与基督教的融会综合中通过使基督教成为罗马国教，而最终"打败"了希腊精神，成为一种"支配性力量"，欧洲因此得以"在基督教的大发展中前进"，那么 15 世纪以降，欧洲乃至世界的"大发展"已不再主要靠希伯来精神，而主要靠新形势下复兴了的希腊文化。

阿诺德认为，及至此时"清教主义已不再是世界进步的主流，而是斜里插入的阻挡主流的支流；逆反和阻挡或许是必要的，也是有益的，但不会因此就抹去了人类前进的主流与旁支的本质区别"。② 他告诫"道德心"过于浓重而忽视甚至压制科学精神的同胞们，尤其是那些"社会中坚"们，200 年来"人类前进的大潮"已然不是唯道德论或道德至上主义，而是努力"认识自我和世界、看清事物真相"的希腊精神。继续沉溺于"无进退余地的严苛的道德心"，而将人类能力的其他方面排除在外，是非常错误的。阿诺德所大力倡导的充满"美好与光明"的"文化"之所以优越于道德至上论者的"行善热情"，是因为这种"文化"代表一种综合了"希伯来特性"和"希腊精神"的新文明性格或新思维方式，是因为它"既具有行善的热情，也具有科学的热情"。③ 恰成对照的是，清教传统那过于严苛的道德主义"背离正道""违逆自然规律"，不仅是当前"混乱"的原因，还会导致更多的"混乱"。④

不过也应看到，尽管阿诺德认定代表时代"大潮"或历史趋势的，是"希腊主义"的科学理性精神，⑤而不是僵硬清教传统所导致的唯道德论倾向或过于严苛的"道德心"，甚至认为前者是"人类前进的主流"，后者只是一个"旁支"或"支流"，二者有"本质区别"，但这种立场并没有从根本上影响他对时代病局的诊断，妨碍他高调宣扬其"文化"福音，竭力倡导新时代的伦理关怀。这意味

---

① 马修·阿诺德：《文化与无政府状态》，第 121 页。
② 同上，第 122 页；也参见 Lionel Trilling, *Matthew Arnold*, New York: W. W. Norton & Co. 1939, 256—257。
③ 同上，第 8 页；也参见 Trilling, *Matthew Arnold*, 242。
④ 同上，第 122 页。
⑤ 阿诺德之推崇"希腊精神"或"希腊主义"，主要是由于康德、赫德尔、谢林、洪堡、歌德和海涅等德国思想家的影响。参见 David J. DeLaura, *Hebrew and Hellene in Victorian England*, 181—191。

着,在科学理性冲击下,传统基督教话语虽然很大程度丧失了现实相关性,必须加以革命性改造才能继续对社会和个人产生影响,但其所承载的伦理价值和文化观念不仅没有过时,还应在新时代发扬光大,尤其要注入"情感"一类元素,才可能免于固化僵死和沉闷乏味,才可能起到在新形势下继续担当维系世道人心的功能。

可以说,借着其"文化"和"美好与光明",阿诺德做出了令人钦佩的努力以调和新旧思维的矛盾,在二者之间维系一种可谓综合主义的平衡。这种思路固然与英国人的民族性格不无关系——比之其他欧洲民族,英国人更富于"道德心"而更内敛,更善于克制,甚至更富于宽容和妥协精神,因而更为成功地继承发扬了其传统中一直强大的伦理道德意识和相应文化观念,英国社会的现代转型也才得以更为顺利地完成——但他个人的作用是突出的。就现代英国人重伦理道德、重共同体的民族心理的形成而言,阿诺德以其对传统宗教建制与现代文化观念的冲突所做的调和,做出了不小贡献,理应受到更多关注。

第二节
乔治·爱略特的无神论人道主义

如果说阿诺德试图对基督教的基本理念进行改造,以使旧宗教所承载的道德伦理价值在新时代继续发生效力,那么19世纪英国的另一个重要文学家、思想家乔治·爱略特的方略就更为直截了当,即,不再试图用一个无形无相、不具有人类形貌的终极实在——如阿诺德所理解的"永在者"——来重建基督教的上帝观,来取代耶稣基督,以使基督教现代化,或者说使之更符合常识和理性,而干脆采用当时欧洲大陆和英国前卫知识人中流行的无神论或不可知论的视角。[①] 从写于1847年9月16日的一封信来看,这一时期她对《新

---

① John Rignall, *Oxford Reader's Companion to George Eliot*, Oxford: Oxford University Press, 2000, 17, 18, 329.

约》中的耶稣神迹故事已经完全不信了,甚至认为耶稣只是一个寻常人,是"一个犹太哲学家",这正是有关他的"最真实的描述"。[①]

事实上,在科学和理性精神的濡染下,更因受欧洲大陆前卫知识分子的直接影响,爱略特22岁时便像约翰·罗斯金、莱斯利·斯蒂芬(Leslie Stephen,1832—1904)、托马斯·卡莱尔、T. H. 赫胥黎等同时代思想家那样,摈弃了她之前的狂热福音派信仰,[②]开始有意识地把伦理道德和宗教建制分离开来,相信人们的良心完全可以不倚赖宗教信仰而独立存在。在她看来,没有传统意义上的宗教信仰和文化观念作为前提条件,英国社会照样能够有一种富于伦理道德精神的新文化,照样能够有"高尚的道德操守";无神论没有什么不对,甚至可能是"被奇妙地设计出来以促进社会幸福"的观念体系。[③] 然而,在很大程度上很可能因英国人中道精神的影响,爱略特像其他维多利亚时代英国思想家那样,并没有对基督教采取一种敌视态度(这就迥然有异于法国大革命的情形),而是在小说中对牧师们进行了同情的描写,甚至在坚持无神论和不可知论思想的同时,对基督教的信仰称许有加。在相当大的程度上,正是由于把强烈的道德关怀与尊重传统宗教的态度结合起来,爱略特才成为英国历史上第一个不信神却又有着道德家声誉的大作家,一个与批评家乔治·亨利·刘易斯(George Henry Lewes,1817—1878)长期同居却没落下"不道德"或"通奸"之名的重要知识分子。甚至可以说,与维多利亚时代其他主要文化人相比,乔治·爱略特的道德意识显得尤为强烈。这从《亚当·比德》《米德尔马契》《织工马南》等小说和《教区生活场景》(Scenes of Clerical Life,1857—1858)的短篇小说中近乎说教的叙事者声音和明显有带有道德意图的人物塑造及情节安排,都是不难看出的。

但直接影响爱略特使之成为无神论者或不可知论者的,不仅有欧洲大陆

[①] Gordon S. Haight ed., *The George Eliot Letters*, 9 vols., New Haven: Yale University Press, 1954—1978, Vol. 1, 236—238.

[②] 福音派指代表英国国教内以传福音为神之首要旨意的一个重要宗教运动,在19世纪英国影响特别大;也指随着宗教改革而来的属灵运动,如虔敬主义、清教徒主义等。其特点为狂热信仰、激情崇拜。也参考 Carolyn W. de la L. Oulton, *Literature and Religion in Mid-Victorian England: From Dickens to Eliot*, New York: Palgrave MacMillan, 2003, 1; David Morse, *High Victorian Culture*, New York: New York University Press, 1993, 219。

[③] Gordon S. Haight, *The George Eliot Letters*, Vol. 1, 45;参见 Tim Dolin, *George Eliot*, Oxford: Oxford University Press, 2005, 165。

流行已久的哲学思想,也有从德国传来的更为"专业"(也更为精致)的理性释经方法——"高等批评"(Higher Criticism)。① 科学理性精神日益深入人心,教会和《圣经》的权威乃至基督教本身的合法性本来已遭到严重打击,而欧陆传来的无神论思想和理性化的释经法,更加重了英国宗教、社会和文化的总体危机。正是在这种情况下,爱略特成为无神论者或不可知论者。然而,由于英国人深厚道德传统及相关文化观念的作用,也因她本人气质或性格的影响,爱略特表现出不同寻常的伦理道德意识。这就使得她的无神论明显不同于某种单纯的类宗教信仰或现代意识形态,而成为一种充满了道德心的"人性宗教",一种"无神论人道主义"或"伦理人道主义"。② 正是这种新的价值观,使她在英国宗教生活中看到了大量有悖于人类良知和伦理道德的丑恶现象,看到了旧文化旧习俗所导致的腐败、固执、狂热、愚昧和暮气沉沉。对于这一切,她都持高调抨击的姿态。在《织工马南》中,主人公马南深爱其所加入的一个异议教派,将之视为自己的全部生命,但该教派却不爱他,竟用抽签方式将其逐出教门。这时使他遭受创伤的心灵得到慰藉和疗救的,既非某种无比正确的宗教理念,也非某个明星布道家的雄辩讲演,而是那些不知抽象概念为何物、不在乎教义差别和争议的普通老百姓,尤其是他们那种"纯粹自然"的人际关系。这些朴实厚道的普通人对教派争执不感兴趣,但恰恰是他们体现了一种"纯粹自然"的人道主义,或一种"纯粹自然"的道德精神。③

几乎可以肯定,以上故事情节源于爱略特的生活经历。准确地说,源自她对 19 世纪英国乡村共同体或教区生活的直接观察、体验和认知。对于一个有着高度道德心的知识分子来说,宗教改革运动以降教会权威的消解和圣经绝对无误说的崩溃,本应导向一种更高水平的伦理意识和文化观念,以及一种更高层次的人道主义精神,可是恰恰由于中心坍塌,权威扫地,教徒们纷纷开宗立派,个个自我中心,互不相让,故而产生了完全相反的结果——兴起了褊狭愚昧、不道德、不人道的宗教偏执心理和宗教狂热主义。脱离、反叛国教即圣

---

① Carolyn W. de la L. Oulton, *Literature and Religion in Mid-Victorian England: From Dickens to Eliot*, 4.
② Norman Vance, *Bible and Novel: Narrative Authority and the Death of God*, Oxford: Oxford University Press, 2013, 95.
③ Tim Dolin, *George Eliot*, 166.

公会的诸教派各自占山为王,个个以为真理在握,根本容不下任何与之相异的立场,但凡是不同于己的教义,统统被斥为异端邪说;但凡是异己的组织,统统被打成旁门左道。结果是类似于或性质相当于《织工马南》故事的事件频频发生,层出不穷。因此,像阿诺德那样,爱略特对英国宗教生活中的弊端发起了进攻。她在《威斯敏斯特评论》(*Westminster Review*)上发表了《福音派的教诲:卡明博士》("Evangelical Teaching: Dr. Cumming", 1855)一文,猛烈抨击狂热信徒的狭隘、不人道、不道德:"卡明博士的上帝……是这么一个上帝,他不去分享并促进我们人类的同情心,却是与之发生直接冲撞;他不去加强人与人的情谊,却横插到他们之间,禁止他们彼此友爱,与人为善。"①

考虑到爱略特本人在21岁之前长达11年的时间里曾是一个狂热的福音派信徒,这些话显然不像是一个偶尔去乡村散散心的城市知识人的隔靴搔痒之论,而是一个有过切身经历的乡村教内人士的肺腑之言。在她看来,英国宗教生活中存在的最大弊端,在于宗教改革运动以来各异议教派全都以为唯自己真理在握,甚至为此吵得你死我活。在此过程中,信徒们已经成为无谓教条的奴隶,被虚妄的宗教真理和僵固的教派组织所异化,自以为忠实于信仰和组织,实则已沦为自我中心主义者,只因身在局中而浑然不觉。在此过程中,各教派(尤其是福音派)的狂热信徒因执迷于所属教派的教条,愚忠于所属教派之组织,而置耶稣所教诲的慈悲、友爱和同情心等根本价值于不顾,把"爱你的邻人"这一关键教义忘得一干二净,因而变得无比褊狭、不道德、不人道。在这方面,爱略特追随欧陆哲学家斯宾诺莎(Baruch de Spinoza, 1632—1677)和孔德(Auguste Comte, 1798—1857),认为人类道德生活中的最大挑战,莫过于使自我中心主义的倾向受到利他主义精神的辖制,莫过于时时刻刻约束自我,时时刻刻把共同体的利益置于最重要的位置。这意味着,人之为人要有良知,对他人要怀有同情心,而同情心又意味着,要对自己的欲望进行遏止和节制。《教区生活场景》中詹妮特·邓普斯特看护临终丈夫时所流露出的那种纯然爱心,后来《罗摩拉》(*Romola*, 1863)中罗摩拉冒着生命危险救治瘟疫肆虐村子

---

① George Eliot, *The Essays of George Eliot*, ed. Nathan Sheppard, New York: Funk & Wagnalls, Publishers, 1907, 96;也参见 Tim Dolin, *George Eliot*, 166。

里的病人时表现出来的那种大慈大悲,都是约束自我、同情他人的突出事例。①

怎么强调也不过分的是,爱略特的道德意识并非无源之水,无本之木,并非因为一个青年女子摈弃了其先前狂信的福音主义,不再每周日上午陪父亲去教堂做礼拜之后从心中自发产生的。也没有证据表明,她的道德意识完全是从欧陆无神论思想家那里舶来的,尽管这些思想家本身也有着强烈的道德关怀。因此这里只有一个解释:爱略特的深厚道德关怀和世俗人道主义大体上源自英国基督教本身,甚至很大程度上直接源自有着强烈道德意识甚或唯道德论的福音主义。事实上,就在上引写于 1847 年 9 月 16 日的这封书信中,她一方面主张以"推理的官能"来看待圣经故事,另一方面又多次提到"道德感""在道德上坚强";一方面对于获得耶稣生活和性格的真实故事感到欣慰,另一方面又表示应尽可能少地摈弃福音书的内容。② 当然,欧陆思想家的确对她产生了很大影响,但他们本身不也是基督教文化传统的产物? 这意味着,无论脱离福音派之后爱略特的无神论调门多么高昂,无论她对英国宗教生活中的褊狭、荒谬和不人道的抨击多么猛烈,她的道德关怀及所提倡的一种富于道德精神的新文化观念与传统基督教都有一种千丝万缕的联系,一种剪不断理还乱的纠葛。③

事实上 1 000 多年来,英国乃至整个西方社会的伦理道德,完全就是通过基督教来灌输和传承的。这就是为什么爱略特在世时便有评论家说,她是一个"有神论者",或者说一个"被压抑的有神论者",而当代批评家中更有人认为,爱略特思想中的"有神论"不仅没有被压抑,反而得到了张扬。④ 她甚至在笔记中写道:"强烈的有神论情感是'人性宗教'的必要准备。"⑤这就是为什么当代研究者中有这一共识:基督教对她的伦理道德意识产生了决定性的影响。这也就是为什么终其一生,她对基督教信仰都采取了一种理解、尊重和赞许的态度。作为一种传承了 1800 多年的伟大宗教,基督教有着丰富的伦理道德资源,甚至蕴含着阿诺德意义上收拾人心、挽救世风的文化观念和"诗歌",

---

① John Rignall, *Oxford Reader's Companion to George Eliot*, 269.
② Gordon S. Haight, *The George Eliot Letters*, Vol. 1, 237.
③ Norman Vance, *Bible and Novel: Narrative Authority and the Death of God*, 92—93.
④ Tim Dolin, *George Eliot*, 168.
⑤ 转引自 Tim Dolin, *George Eliot*, 168。

只不过人们对此还没有充分意识。也可以说,理性化、工业化时代的迅猛社会变迁打乱了基督教原有的历史节奏,障蔽了其固有的伦理道德基质。现在,爱略特这个无神论先知所要做的,就是要在急剧变迁的科学和理性时代,利用一种非传统宗教的语言,使基督教固有的伦理资源转化为一种富于道德精神和共同体意识的新文化,从而以一种更直截了当的方式疗治时代的疾病。

但是,无论爱略特本人还是基督教本身的道德意识源自何处,她都不可能不把宗教本身与伦理道德区分开来。不仅如此,伦理道德终究是主,宗教终究是客,前者相对于后者的优先性和优越性显而易见,毋庸置疑。之所以如此,是因为伦理道德是任何人类共同体乃至人类本身借以生存延续的根本,而宗教只是伦理道德的一个躯壳、一件外衣。也可以说,伦理道德是宗教的精髓或本质。反过来看,宗教只是伦理道德的一个"非本质连生物"。① 离开了宗教,伦理道德依然如故,继续产生文化效力;抽掉了伦理道德及相应文化观念,宗教什么也不是。从后来人的眼光看,这种看法当然有失偏颇。比较宗教学的研究成果表明,在各国的现代化过程中,宗教信仰和宗教情感对于社会和个人道德良知的维系非常重要;如果摧毁了宗教信仰和情感,伦理道德就难以立足,世道人心就难以收拾,共同体就难以维系。但爱略特之所以转而信奉无神论、不可知论,肯定是有深刻的历史原因的。她所看到的英国宗教生活中存在的太多褊狭愚昧,太多不人道不道德,是亟须用一套新的价值和新的文化观念来救治和匡正的。在这方面,她深受德国哲学家费尔巴哈(Ludwig Feuerbach,1804—1872)的影响。费尔巴哈认为,宗教意味着人从其自我分离出来,在自身面前树立一个上帝以为自身的反题;只要何为正确何为真理的问题最终必须由宗教机构来裁定,只要事事物物的真假是非总得取决于教会的权威,那么最不道德、最不正义、最可恶可鄙的事就一定会发生。②

应当注意,对爱略特思想的形塑产生重要影响的欧陆思想家,不仅有斯宾诺莎、孔德和费尔巴哈,歌德和海涅(Heinrich Heine,1797—1856)的作用也

---

① 阿诺德·汤因比:《一个历史学家的宗教观》,晏可佳、张龙华译,成都:四川人民出版社,1990年,第286—305页。
② John Coulson, *Religion and Imagination*, Oxford: Clarendon Press, 1981, 93—95;也参 Catherine Neale, *George Eliot: Middlemarch*, London: Penguin Books, 1989, 18。

不可忽视。如果说斯宾诺莎、孔德和费尔巴哈的哲学思想主要把爱略特从福音派的信仰狂热中解放出来,使她清楚地看到英国宗教生活的弊端,那么歌德小说就给其重要作品如《弗洛斯河上的磨坊》《罗摩拉》《米德尔马契》等打上了"成长小说"(Bildungsroman;按:所谓 Bildung 即"成长"指道德成长)的烙印;① 而海涅其人及其诗歌则使她看到,自己所属的英国乃至整个西方文明,拥有两种相互冲突又相辅相成的元素,即,"希伯来精神"和"希腊文化"。在一篇1856 年发表于《威斯敏斯特评论》的评论中,她写道:海涅"是个希腊人,很感性、很实际、对美的事物非常敏锐,而伯尔恩②却是个拿撒勒人,很禁欲、很精神,鄙视纯艺术家,认为他们不诚恳"。③ 这里,在二者的分歧和争论上,爱略特明显赞许前者。她所用的术语虽不同于阿诺德,但从西方文明中抽出拿撒勒气质④和希腊性格,并对二者进行区分、描述和界定,却先于阿诺德。

尤其应当注意的是,爱略特的倾向性是明显的,她更推崇率性唯美的"希腊人",而非道德家的"拿撒勒人"。虽然终其一生,她都有极强烈的伦理道德意识,甚至收获了"道德家"之名声,她却并不赞成形式主义的道德至上论或僵化执拗的唯道德论。这从 1855 年 7 月发表于《领导者》(Leader)的一篇文章可以看得清清楚楚。在她看来,真正的道德意识在于人性深处的"慈爱""慷慨""坚忍"和"同情",而非形式化的道德说教。⑤ 事实上,她跟阿诺德一样,对于那种"无进退余地的严苛的道德心"持否定态度。像阿诺德那样,她对历史大趋势的认知非常清楚,对时代脉搏的把握非常准确。她之所以表现出一种明显强于一般知识分子的道德情怀,除了个人气质使然之外,也因为她看到了伦理道德对于一个人心不古的急剧转型时代的至关重要性,而作为一个引领时代潮流、促进新文化观念形成的新型知识人,她不可能不从心底里真正推崇希腊精神或准确地说希腊文明唯美、理性的一面,所以努力在其所倡导的新文

---

① Avrom Fleishman, *George Eliot's Intellectual Life*, Cambridge: Cambridge University Press, 2010, 74—79.
② 伯尔恩为海涅的朋友,名"路德维希",诗人,激进自由主义者。
③ George Eliot, "German Wit: Heinrich Heine," in *The Essays of George Eliot*, ed. Thomas Pinney, New York: Columbia University Press, 1963, 238—239. 也参 Trilling, *Matthew Arnold*, 234; Fleishman, *George Eliot's Intellectual Life*, 80.
④ 拿撒勒为耶稣诞生地,位于耶路撒冷附近,爱略特用拿撒勒人喻指古代以色列人。
⑤ George Eliot, "The Morality of Wilhelm Meister," in *The Essays of George Eliot*, 143—147.

化观念与旧思维之间维系一种可谓综合主义的平衡。

第三节
19 世纪主要文学家的道德关怀

努力调和信仰与理性的矛盾,使传统道德意识在新时代依然产生效力甚至发扬光大的英国知识人,并不只是阿诺德和爱略特。他们仅仅是 19 世纪众多文学知识分子中更突出也更具代表性的两位。不仅如此,他们还只是当时的世俗知识分子。与他们恰为呼应也恰成对照的,是约翰·亨利·纽曼主教(John Henry Newman,1801—1890)这位有着极强烈道德意识的教会内思想家。纽曼是阿诺德的牛津大学校友,是其父亲托马斯·阿诺德的同事。他年长阿诺德 22 岁,可以说也是他的师长,其人格魅力最初更是使他折服,只是到后来两人在思想上才分道扬镳,甚至产生了冲突。那么他们的分歧究竟在哪里呢?

阿诺德认为,时代精神或文化潮流是确然存在的,现代人不能逆潮流而行,而只能顺潮流而动。因此,他对现代性持更为肯定的立场,对"希腊精神"持更为赞许的态度。然而与此同时,他也大力张扬重伦理道德、重共同体的"希伯来精神",尤其是那种祛除了非此即彼、非白即黑之褊狭思维故而更为包容、更为中道的"希伯来精神"。恰成对照的是,纽曼在宗教信仰方面持一种明显是保守主义的立场。他对充斥着工业化社会的那种不顾乃至损害共同体利益的个人主义、物质主义、拜金主义进行了猛烈抨击,为此甚至不惜脱离原本就相当保守的英国国教"高教派"(High Church),高调皈依了更为保守的天主教。[1] 尽管如此,纽曼显然不是一个逆潮流而动的"反动"分子,而是一个与时俱进,为理性和科学辩护,在政治上与进步派人士站在一起,跟极端保守主义即中世纪主义划清界限

---

[1] Eugene C. Black, *Victorian Culture and Society*, New York: Harper & Row, 1973, 289; Jill Felicity Durey, *Trollope and the Church of England*, New York: Palgrave MacMillan, 2002, 15—17.

的进步分子。① 不难想见,对于这样一个教会内知识分子,坚决捍卫传统伦理道德观念及相应文化观念是非常自然的事。也不难想见,他虽然更倾向于低调推崇或至少不反对"希腊文化",却非常高调张扬"希伯来精神"。正因此缘故,他与阿诺德发生了笔战。

尽管打笔仗,因特殊的机缘,纽曼的保守主义对阿诺德的思想成长及"文化"救赎论的形成产生了关键作用,是没有疑问的。② 可以肯定,没有纽曼及其保守主义同仁奋力抵制世俗激进主义和教内异端激进主义对正统教会的攻击,没有其所代表的"牛津运动"的保守主义思想影响,阿诺德温和保守主义(这意味着对宗教激进主义和世俗激进主义都持批评态度)的道德观便不可能产生,其在"希伯来精神"和"希腊文化"之间努力寻求一种折中主义的立场,从而开出一种既肯定科学理性又高扬伦理道德的综合主义新价值,便不可想象。

19世纪英国有着强烈道德意识的先知式人物当然还不止以上提到的几位,托马斯·卡莱尔也在此列。他是苏格兰人,早年深受伯克保守主义思想的影响,到伦敦谋生活时,这个大都市又对其精神世界产生了强烈冲击,而之前他则生活在一个宗教传统保持得可谓完好的地区。作为一名纯朴青年,纸醉金迷、令人眼花缭乱的伦敦在他心中所激起的不是艳羡、钦慕和崇敬,而是怀疑、焦虑和深沉的反思。在他眼里,伦敦虽"现代"了,那却是一种个人主义的"现代",一种碎裂化、空虚化和虚假化的"现代";虽"进步"了,那却是一种贫富悬殊,可悲地分裂为不事劳作的纨绔子和被剥削压榨的劳作者的"进步",一种导致个人主义猖獗、共同体精神沦丧的"进步"。如此一个"进步"的伦敦,如此一个"进步"的英格兰,怎么可能有光明的前景? 怎么可能成为其他民族的榜样呢?③

在卡莱尔看来,伦敦、英格兰所以如此堕落,教会负有主要的责任。教会

---

① Eugene C. Black, *Victorian Culture and Society*, 289; Jill Felicity Durey, *Trollope and the Church of England*, 299.
② David J. DeLaura, *Hebrew and Hellene in Victorian England*, 21, 61—80, 94—95, 100—101, 154—161, 341—344, etc.
③ David Morse, *High Victorian Culture*, 85; Joseph Harris, *Private Lives, Public Spirit: A Social History of Britain 1870—1914*, Oxford: Oxford University Press, 1993, 224.

面临科学理性和工业化的冲击,却不能与时俱进,更不能对社会问题保持反思和批判的态度,因而不再能担当从伦理道德和文化观念上领导社会的责任。不仅如此,无论是英国国教圣公会,还是处于异端地位的天主教,还是林林总总的不从国教者或不从国教运动,都有信仰不坚定,与物质主义和拜金主义同流合污的问题。尽管如此,世道的匡正、文化的未来仍在宗教信仰。因为信仰赋予人们一种不可取消的是非感,一种正确与错误的尺度,这恰恰构成了个人对共同体的责任的基础。这个道理原本非常简单,却因繁琐的宗教仪式和复杂的教会制度而被障蔽。不过,启蒙理性和科学传播既已使宗教建制丧失了合法性,现今人类就不得不直接与上帝沟通交流,对自己的命运负起责任来。① 问题是,人类如何对自己的命运负责?

如果说阿诺德抛出了"美好与光明"药方或"文化"救赎论,卡莱尔则祭出了著名的"工作""劳动"福音。在他看来,工作就是宗教,劳动就是神圣;懒惰使人沉沦,而劳作使人高贵,给人尊严,是人类对其命运负责的最高形式和最佳途径。劳动是人生的首要义务,生命的根本意义所在。因此,懒惰可耻,劳动光荣!② 他如是说:"工作永远是高贵的、神圣的。如果一个人犯了糊涂,竟忘记其志业的召唤,但只要还能实实在在认真工作,就仍有希望,而只有闲散慵懒的人才会绝望。"③为了宣传工作的福音,卡莱尔在写给家人的一封信中不仅谴责懒惰,还认为劳动能给人带来道德、身体和心理上诸多益处;劳动不仅对个人的身心健康有诸多好处,对共同体而言也有提高认同感和凝聚力的功效。④ 如果人人劳动,不当寄生虫,他早年在伦敦所遭遇的时代疾病,即社会分裂为不事劳作的纨绔子和受剥削压榨的穷苦人,不就能得到疗救?以其强烈的道德关怀及治疗时代痼疾的"工作药方",卡莱尔对19世纪英国文学创作和文化演进产生了深刻影响,对狄更斯的影响尤其明显。

---

① John Morrow, *Thomas Carlyle*, London: Hambledon Continnuum, 2006, 54—55.
② Asa Briggs, *The Age of Improvement: 1783—1867*, Edinburgh: Pearson Education Limited, 2000, 412.
③ Thomas Carlyle, *Past and Present*, in *Sartor Resartus*, *Heroes*, *Past and Present* (The Edinburgh Edition), London: Chapman and Hall, 168, 转引自 Chris Louttit, *Dickens's Secular Gospel: Work, Gender and Personality*, New York: Routledge, 2009, 109; 也参 Joseph Harris, *Private Lives, Public Spirit*, 124。
④ John Morrow, *Thomas Carlyle*, 105—109, 110—111.

与上述思想家相似,小说家安东尼·特罗洛普(Anthony Trollope, 1815—1882)同样有着强烈的道德关怀。他跟卡莱尔相似,很大程度上也把世风日下、人心不古的问题归因于科学理性所导致的宗教衰微、教会堕落,故而在作品中对教会的做法尤其是其中某些人的行事作风多有讥讽,同时通过笔下人物,提倡一种虽然源自宗教,但现在看来似乎与宗教关系不大的"谦卑"精神,将其作为一种新的现代文化观念的道德支点。不同于卡莱尔的是,特罗洛普对教会的态度十分复杂。他认为,英国国教固然问题很多,必须批评,却仍是维系道德良知的根本,是使共同体稳定的柱石,无论世俗无神论思潮和教内异议派别或不从国教运动对国教的冲击多么大,因信仰的存在,它都应是经得起变迁之浪冲打的一个坚硬岩岛。①

然而,在工业化了的现时代,信仰看似坚定,实已非常脆弱;一旦教会权威被进一步削弱,信仰就会完全散架,文化就会垮塌,人心就会沦丧,堕入无底深渊。基督教的前景实在不容乐观。这就是为什么在特罗洛普的小说《伯特兰家族》(The Bertrams,1859)中,主人公乔治·伯特兰在耶路撒冷的圣墓礼拜堂朝觐时,看到一对穷酸、邋遢的希腊东正教徒兄弟对圣教遗物态度无比虔诚,会被他们所深深打动,甚至因而对他们心生嫉妒,下定决心要做一名牧师。他认为,在一个缺乏信仰或假装信仰的时代,这兄弟俩有一颗虔敬的心,有真诚的信仰,这是一种福气,是无论多少金钱和多大权力也换不来的。但这也就是为什么当他狂热地爱上富家女卡罗琳·瓦丁顿,而她清楚地表示不可能嫁给一个牧师时,他又摇摆不定,颇有临阵脱逃的意思。他还向朋友威尔金森表示,自己信仰仍不坚定,对以牧师为职业,实在是心向往之却做不到。他痛心疾首于信众已不再信教,不再听牧师的话,甚至认为现今的个人主义已使英国人不知信仰为何,人伦道德为何,共同体为何。可在故事结尾,嫁给富家纨绔子的卡罗琳忍受不了荒淫放纵、犯法破产的丈夫,与之离婚后终于嫁给富于道德心的初恋情人乔治。由此不难看出这部小说的伦理训诫立意和建构新道德价值和新文化观念的意图。在此意义上可以说,特罗洛普的总体立场乃至创

---

① Elizabeth A. Bridgham, *Spaces of the Sacred and Profane: Dickens, Trollope, and the Victorian Cathedral Town*, New York: Routledge, 2008, 49.

作手法与爱略特等小说家是相似的。①

在其诸多其他小说中,特罗洛普同样以信仰涣散、道德滑坡现象为故事主题。在小说《弗兰利圣职》(*Framley Parsonage*,1861)中,他让贫穷的教堂看门人约赛亚·克罗利代表道德良知,对上层牧师马克·罗拔特虚伪腐化的生活作风进行了无情揭露;在小说《我们现在的生活方式》(*The Way We Live Now*,1876)中,他对金融大鳄梅尔莫特的上下其手、翻云覆雨的投机倒把行为进行了无情讽刺,对贵族成员间的尔虞我诈、毫无诚信进行了尖锐抨击。②

与特罗洛普对待宗教十分矛盾的态度相比,查尔斯·狄更斯对基督教不那么恭敬的态度看似简单,实则同样复杂,也同样准确地反映了英国公众的态度。在其诸多作品中,他对主流教会的做法如此持之以恒地嬉笑怒骂、热嘲冷讽,以至于在他于1870年6月9日去世后仅三天,就有一个乡村牧师迫不及待地跳出来,颇不厚道地指控他"从未停止过对宗教的嘲笑和污蔑"。③ 狄更斯果真对基督教如此敌视,让教内人士在他刚刚去世就按捺不住,非把憋在肚子里的强烈仇恨发泄出来不可?

还是后来人看得更清楚。姑且不论狄更斯过于甜腻的感伤主义和过于夸张的幽默早已不符合今人的审美趣味,其博爱主义精神和人道主义情怀却是毋庸置疑且永不过时的。学者芭芭拉·哈代(Barbara Hardy,1924—2016)认为,狄更斯"既能怀疑社会和社会改革,同时又能保持甚至加深对人类相互友爱的信念"。④ 在一篇发表于1976年的文章中,小说家安格斯·威尔逊(Angus Wilson,1913—1991)更加明确地指出:"在相当长一段时间内,我们严重忽视了狄更斯作品的基督教内涵。事实上,这是他小说家生涯的、至关重要的一个方面。他认为,他自己压根儿就是一个基督徒。受其影响的最重要外国

---

① 也参 Jill Felicity Durey, *Trollope and the Church of England*, 177—178;David Morse, *High Victorian Culture*, 278—279。

② Elizabeth A. Bridgham, *Spaces of the Sacred and Profane: Dickens, Trollope, and the Victorian Cathedral Town*, 50—51;Jill Felicity Durey, *Trollope and the Church of England*, 38、159;David Morse, *High Victorian Culture*, 288—289。

③ 转引自 Norris Pope, *Dickens and Charity*, New York:Columbia University Press, 1978, 13。

④ Barbara Hardy, *The Moral Art of Dickens*, London:The Athlone Press, 1970, 3.

作家中有两位——陀思妥耶夫斯基和托尔斯泰——都称他为'那个伟大的基督徒作家'。他不仅在字面的意义上是个基督徒,更重要的是,基督宗教以最深刻的方式赋予其作品以意义。"① 然而,虽说狄更斯是个"基督徒",这并不等于他每个周日上午身着正装,众目睽睽之下摆出无比虔诚的姿态去教堂进行礼拜活动,而是说,他所推崇和张扬的并非基督教的外在形式,而是基督教的本质,一种富于慈悲心、同情心的新文化精神。② 就此而言,狄更斯与爱略特乃至19世纪英国其他重要文学家、思想家并无二致。正如芭芭拉·哈代所言,狄更斯不仅是一个"重道德的小说家",其道德关切也"特别突兀",道德说教甚至频繁削弱了情节的发展和人物的塑造,对其作品的艺术性造成了不小损害。③

事实上,狄更斯的道德意识对其创作而言固然极重要,对当时的"文学实验"固然很有价值,但同乔治·爱略特这样的心理描写高手相比,毕竟显得粗陋了一些,尽管这也可以视为他的创作特色,或者说反映了他的文学个性。同后来的心理小说大师相比,狄更斯的道德叙事的确有太过粗糙或太过直白、突兀之缺点,但其作品极富于伦理道德情怀,却是没有疑问的,而这在很大程度上又表现为其笔下人物的道德"演变"或"进步"。狄更斯的人物一旦"演变"或"进步"到某个节点,就会经历一种颇似顿悟的"皈依"。但这并不像笛福笔下的鲁滨逊·克鲁索那样,经过风暴、饥饿和幻觉的轮番打击后幡然醒悟,虔诚地"皈依"上帝或重新虔信上帝,而是逐渐看清自己的缺陷及所产生的根源,逐渐从自我中心主义转变到对他人生发爱心,对共同体产生责任感。④ 这也许仅仅是一种世俗意义上的道德"皈依",但也何尝不可以视为一种更为本真的宗教意义上的"皈依"呢?"皈依"也好,"演变"也罢,斯克鲁奇、董贝、密考伯、马丁·翟述伟、大卫·科波菲尔德等鲜活的人物形象无不经历了这种或那种道德"进步",甚至道德意义上的洗心革面和脱胎换骨。

---

① Angus Wilson and A. E. Dyson, "Dickens"(1976), ed. C. T. Watts, *The English Novel: Questions in English Literature* (Sussex Books), 转引自 Dennis Walder, *Dickens and Religion*, London: George Allen & Unwin, 1981, 1.
② Norris Pope, *Dickens and Charity*, ix.
③ Barbara Hardy, *The Moral Art of Dickens*, xi.
④ Ibid., 27—31.

第四节
民族性格中一以贯之的道德意识

如前所述,英国人拥有"清教遗产",具有"希伯来式"的民族性格。正是因为有这种遗产和性格,维多利亚时代的主要文学家、思想家大都可以被视为严肃的道德家(这里,"道德家"指"正能量"意义上有强烈道德心的文化人,而非假道学先生、伪道德家),都在其言论中"用回忆、期待、幻觉、规划、修正和愿景来探索和讨论意义和价值"。①

像乔治·爱略特那样,著名女小说家简·奥斯汀也有深厚的英国国教背景和教养,也有虔诚的宗教心,这在很大程度上解释了贯穿其作品的浓厚道德意识。② 同样,夏洛特·勃朗特、亨利·詹姆斯和约瑟夫·康拉德等个个都属于乔治·爱略特的类型,且个个都是道德心理描写专家。作家、艺术批评家约翰·罗斯金也逆所谓艺术"品味"的潮流而动,高扬一种能够提升人类道德精神的艺术,而其同道威廉·莫里斯则对这样的艺术观给予强有力的呼应和支持。二人甚至为了提倡一种基于自己道德理想的新文化观念,从根本上解决阶级社会中人剥削人所造成的道德沦丧现状,而双双转而信奉社会主义。然而正如前文所讨论的那样,维多利亚时代文学家、思想家强烈的道德意识绝不是无源之水、无本之木。他们的道德意识在很大程度上是整个英国民族、历史、社会和伦理道德观念的产物。但是对工业革命以降英国新道德、新文化产生了更深层、更为持久影响的,可能既不是纽曼,也不是阿诺德或乔治·爱略特,而是17—18世纪即已出现的一大批重要的哲学家、思想家。

17世纪固然是资产阶级革命的世纪,但约翰·洛克在配合革命,详细阐发

---

① Barbara Hardy, *The Moral Art of Dickens*, xi.
② Laura Mooneyham White, *Jane Austen's Anglicanism*, Surrey: Ashgate Publishing Limited, 2011, 3—8,及全书各处。

其政府论、财产论和权利论的同时，也非常重视道德教育。他追随托马斯·霍布斯，认为人天生就有权力欲、占有欲，或者说人性具有内在的野蛮倾向，故而人人反对人人，人人施暴于人人。为了使社会免于个人或集团之间暴力相加，国家被建立起来以制约人的野蛮本性。尽管如此，道德教育仍是非常必要的，而且必须要从孩子抓起，以使每个人都能适当运用理性，抑制其为了私欲而以他人为敌、暴力相向的本性。这种观点与荀子的人性论十分相似，二者都主张为了共同体的利益，必须以教育对个人进行道德约束。①

恰成对照的，是苏格兰哲学家弗朗西斯·哈奇森接近孟子性善论的人性观。在他看来，"道德心"是每个个体与生俱来的一种"能力"。正是因为有这种能力，我们"会自发地称许仁慈无私的行为，谴责冷漠无情的行径，而完全不考虑自己的利益或得失"。② 基于这种认识，哈奇森大张旗鼓地伸张妇女、儿童、仆人、奴隶、动物的权利，呼吁婚姻平等、男女平等。这明显是一种先于时代的进步思想。事实上，亚当·斯密、大卫·休谟、托马斯·杰弗逊（Thomas Jefferson，1743—1826）、"三大批判"之前的伊曼纽尔·康德等著名哲学家、思想家都深受哈奇森的影响。可以说，"在一种充斥着无灵魂可言的合同和法律主义义务"的资本主义文化中，哈奇森式的"仁慈主义"对同情、慷慨的坚持和歌颂恰逢其时，因为它使人心"温暖""怡然"。③

哈奇森的学生亚当·斯密也以人类的天然同情心为出发点，在其《道德情操论》一书中系统周密地探讨了善恶、正义、责任等一系列重要概念，企图借此揭示人类社会赖以长治久安、和谐发展的规律。④ 同样，大卫·休谟对人类社会借以维系并发展的秘密也给予密切关注和深入考察，对伦理道德的至关重要性看得非常清楚。他在《道德原理研究》中写道："没有任何品质比慈善和人道、友谊和感激、自然感情和公共精神，或凡发端于对他人的温柔同情和对我们人类种族的慷慨关怀的东西，更有资格获得人类的普遍善意和赞许。"⑤

这里，政治哲学家埃德蒙·伯克尤其值得注意。像同时代其他思想家那

---

① 参约翰·洛克：《教育漫话》，傅任敢译，北京：教育科学出版社，1999年，全书各处。
② Terry Eagleton, *Trouble with Strangers*, Chichester: Wiley-Blackwell, 2009, 32.
③ Ibid., 56.
④ 亚当·斯密：《道德情操论》，谢宗林译，北京：中央编译出版社，2013年，全书各处。
⑤ 大卫·休谟：《道德原理研究》，曾晓平译，北京：商务印书馆，2001年，第30页。

样,他对传统伦理道德及文化观念遭到破坏的后果进行了深入思考,但或许由于其保守主义的政治哲学更加光耀照人、影响深远,他在伦理道德方面的论述受到的关注相形见绌。在相当大的程度上,伯克的伦理道德论述源自他对造成了极大破坏的法国大革命的深刻反思,完全可以说是这种思考的一个有机组成部分。但也可以说,他的伦理道德论述又自成一体,且相当集中,相当有分量,而其中传统宗教与伦理道德、共同体精神的关系又占有极重要的地位。事实上,在伯克的诸多著述中,传统宗教或宗教文化观念对于凝聚共同体、维系世道人心的重要性是一个频频出现的论题。他写道:"我们知道,准确地说,我们从内心感到,宗教是公民社会的基础,是所有善行和所有惬意舒坦的根源。"①

同大多数同时代人一样,伯克会把基督教同所谓"优良社会"直接挂起钩来,而这个社会之所以"优良",是因为基督教用来世奖惩的允诺来增进现世的伦理道德意识。与这一论点关系密切关联的,是谦卑。在伯克看来,谦卑是基督教的根本,是所有真正的美德最深沉、最坚固的基础。② 除宗教以外,伯克还认为,教育或者说对青少年施行的正式教育,也会深刻影响人们的价值观和文化概念。这就意味着,权威当局所推荐甚至规定的教科书至关重要,因为教科书具有权威性,一旦使用,很快就会改变青少年的思想和行为,就会起到形塑他们的品格乃至整个共同体品格的作用。在这个意义上,文学作品和文艺演出实在是在形塑一个民族的良心——因为人们尤其是青少年天生喜欢模仿,生来就通过模仿而学习。③

作为18世纪英国文人圈子的领袖人物,塞缪尔·约翰逊虽然没能像哈奇森、斯密、休谟、伯克那样,在著述中对伦理道德进行系统的阐述和深入的探究,却是一个公认的道德家。他对腰缠万贯、高利盘剥,却对穷人一毛不拔的借贷者、资本家表示了强烈鄙夷,对辉格党人保护和扩大奴隶贸易的卑鄙行径

---

① Edmund Burke, "Reflections on the Revolution in France," in *Writings and Speeches of Edmund Burke*, ed. Paul Lanford (general editor), Oxford: Clarendon Press, 1981—2000;也参 William F. Byrne, *Edmund Burke for Our Time: Moral Imagination, Meaning and Politics*, DeKalb (Illinois): Northern Illinois University Press, 2011, 99。

② William F. Byrne, *Edmund Burke for Our Time: Moral Imagination, Meaning and Politics*, 98.

③ Ibid., 95—97、109.

更进行了愤怒的抗争。① 作为一个极受欢迎的作家,他这种姿态不可能不对同时代乃至后世英国产生重要影响。

与约翰逊相比,同为18世纪英国文坛明星的乔纳森·斯威夫特的道德意识,可谓有过之而无不及。如我们周知,在《格列佛游记》这部长篇故事中,斯威夫特假借"慧骃"(Houyhnhnms)这种高度智慧的马形物种,对英国社会种种弊端进行了无情的抨击。在其著名《谦卑的建议》("A Modest Proposal",1729)一文中,他更对英国统治阶级对爱尔兰殖民地的残酷掠夺作了淋漓尽致的讽刺挖苦,立意辛辣至极,语言字字带血,直至今日仍令人震撼。

回头看去,这一点也不奇怪——约翰逊和斯威夫特等人都是英国深厚的道德文化氛围的产物。事实上在他们之前,艾迪生和斯蒂尔这两位著名散文家和报人就早已通过《闲话报》《旁观者》一类媒体平台,孜孜不倦地对中产阶级公众进行"文化""道德"乃至"品味"的教育,汲汲于营造一种产生约翰逊们、斯威夫特们所必须具备的精神氛围或文化生态了。②

再往前看,不难发现17世纪的基督教思想家约翰·班扬也是一个伟大的道德家。在其代表作《天路历程》(其在英语世界的发行量仅次于《圣经》)中,他把复辟时代英国社会的种种丑恶现实浓缩在所谓"名利场"或"浮华集市"中,对之进行了尖锐而猛烈的抨击。这里,欺骗、谋杀、酷刑是人间常态,国土、荣誉、头衔、肉体、欲望、快乐、甚至包括生命本身的一切东西都有价签,可以自由地交易买卖,而追求真理和正义、蔑视个人名声和利益,却要受到严酷的惩处。乍看上去,这种荒谬景象似乎只表达了作者深切的社会政治关怀,但完全可以视为一则深刻的道德寓言。

更早一些的莎士比亚同样引人注目。一般认为,他是一个伟大的人文主义者、诗人、戏剧家,但只要稍稍留心一下《麦克白》(*Macbeth*,1606)一剧的情节,便不难发现,他也是个道德家。该剧主要人物麦克白在妻子的怂恿下谋杀了邓肯国王,篡夺王位,可他对这种伤天害理之事没法心安理得。在此之前,

---

① 安妮特·T.鲁宾斯坦:《英国文学的伟大传统(上):从莎士比亚到奥斯丁》(三卷本),陈安等译,上海:上海译文出版社,1998年,第433—434页。
② Terry Eagleton, *The Function of Criticism: From the Spectator to Post-Structuralism*, London: Verso, 1984, 18, 22.

麦克白经历了极痛苦的纠结;在此之后,他又经历了更加痛苦的良心叩问,直至最后兵败被杀,内心的折磨才告结束。难道莎士比亚不是一位道德心理大师?

总而言之,英国人的道德文化传统可谓源远流长,从古到今一脉相承。因受欧洲大陆现代主义运动的影响,英国文学家对形式实验的重视一度超过了伦理道德,20世纪前30年尤其如此,但现代主义高峰期一旦过去,英国人立马返回注重伦理道德的现实主义传统。在东西方冷战时期核战争的阴影下,威廉·戈尔丁(William Golding,1911—1993)于1954年发表了成名作《蝇王》(Lord of the Flies,1954),对人性进行了寓言化的深度探索和思考。尽管后来他又出版了很多作品,但在很大程度上正是《蝇王》的伦理深度和艺术手法为他赢得了诺贝尔文学奖。

大约与戈尔丁同时崛起的,还有小说家艾丽丝·默多克(Iris Murdoch,1919—1999)。她发表了十几部小说和诸多论说文字,每部作品都对人性之善恶进行了哲学化的深入探究,对人际关系中的道德操纵、道德施虐、道德受虐、人格遮饰、良心审视等进行了一以贯之、入木三分的刻画,从而赋予其作品令人瞩目的道德深度。事实上,在英国文学史上,还从来没有人像默多克那样,对伦理道德的主题如此痴迷。实际上,这并没有什么可奇怪的,除了民族性格这一关键因素,默多克本人就是一个道德哲学家,曾任教于牛津大学。

需要特别强调的是,英国人的道德观念并非一成不变,而是与时俱进,不断适应变化中的经济社会状况,而这往往又表现为对传统道德观的挑战,以及对相应文化观念的反思。托马斯·哈代便以挑战教会道德权威或传统道德观闻名于世。他在小说和诗歌创作中虽然表现出明显的宿命论和悲观主义倾向,但没人能够否认,他所关注的最大问题乃是至为严肃的伦理道德问题。事实上,哈代与上述所有文学家和思想家一样,都属于F. R. 利维斯所谓的"伟大的传统",都代表了从农业社会向工业社会转型时代的英国知识分子对流变中的伦理道德疆界及相应文化观念的新探索和新界定。

及至20世纪初,劳伦斯比哈代走得更远,对20世纪初英国人的伦理道德疆界进行了更具挑战性的探索和推展,对于不符合人道主义精神的僵化的旧道德、旧观念进行了质疑和抗议,但没有人能够否认,他所关注的问题是至为严肃的道德问题。正由于代表了对不合时宜的旧价值观的深刻反思,代表了对新道德疆界的大胆探索,哈代以其《无名的裘德》(*Jude the Obscure*,1894—1895),劳伦斯以其《查特莱夫人的情人》(*Lady Chatterley's Lover*,1928)等等作品受到较为保守的读者大众的质疑,一度被视为"不道德"。可是现如今,几乎再也没什么人指责他们"不道德",反而认为是他们才代表了新条件下更符合人道标准的新道德观。

如果说哈代和劳伦斯更多代表了时代趋势,那么艾略特虽然看似与二者刚刚相反,实则具有同样深切甚至更加深切的道德意识。作为激进的保守主义知识分子,他高调皈依了被认为传统、保守的英国国教,极力将现代社会的道德疆界往回拉。在其诗作中,现代世界一片灰暗,人心沦丧,价值虚无,而这一切皆因工业主义、现代资本主义的无情统治,皆因理性主义、虚无主义、个人主义之大行其道。中国学者不必为这种观点喝彩叫好,但无可否认,艾略特的世界图像中蕴含着深邃的伦理道德关怀。

文学家的思考要是不能对社会产生影响,就太可悲了。但事实正相反,文学家的智识运动转变成为行动,行动改变了世界。早在18世纪初,当其他西方民族要么继续贩奴蓄奴,要么对此罪恶行径处之漠然,见怪不怪时,英国有识之士便本着基督教博爱精神,呼吁仁慈地对待黑人奴隶,给其以人类的尊严,呼吁采取切实措施以改善黑人的生存状况。后来,少数有识之士的呼吁演变为一场跨大西洋的声势浩大的反奴隶贸易运动。及至19世纪初,100多年的努力终于结出了丰硕果实——1807年立法废除奴隶贸易,1833年立法结束殖民地的奴隶制度。[①] 英国人说到做到,雷厉风行,议会1807年通过立法禁止从非洲贩卖奴隶,"英国海军当年就派出战舰巡逻非洲沿海,执行禁令,共计拦截贩奴船千余艘,释放奴隶近15万人,执行禁奴任务的英国海军部队为此付出了5.4%死亡率的代价,远远高于英伦海域(不足1%)、西印度群岛

[①] F. David Roberts, *The Social Conscience of the Early Victorians*, Stanford: Stanford University Press, 2002, 275; J. Harry Bennett, "The Society for the Propagation of Gospel's Plantations and the Emancipation Crisis," in *British Humanitarianism*, ed. Samuel Clyde McCulloch, Kingsport: The Kingsport Press, 1950, 15—29; Robert Worthington Smith, "The Attempt of British Humanitarianism to Modify Chattel Slavery," in *British Humanitarianism*, 166—180.

(1.8%)的死亡率。"①英国人的义举刺激推动了美国的废奴运动,及至南北战争维护蓄奴制的南方邦联军队战败,现代奴隶制终于被画上了句号。

与废奴运动平行的是,由于资本原始积累的残酷性,工业革命时期英国使用童工的情况相当普遍,但及至 19 世纪上半叶,新的伦理价值观已颇具声势,本着世俗而非纯然宗教意义上的良知,英国人发起了限制工人工作年龄、缩短劳动时间的运动(如 9—13 岁以下儿童,每日工作时间不得超过 8 小时),及至 1833 年、1847 年和 1853 年又通过了一系列"工厂法案",不仅大大改善了童工工作状况,还规定连续使用童工 12 小时以上为犯法。② 这就为其他国家的工业化运动树立了一个榜样,使之得以避开陷阱,少走弯路。

此外,在欧美各国中,富于伦理道德意识的英国率先开展了制度性的现代慈善运动,③不仅使本国大受裨益,而且在西方各国乃至全世界都产生了相当大的影响,英国的志愿者文化(义工文化)因之走在世界各国包括西方国家的前列。无数英国人不计个人名利得失,出资出力奉献事业,奉献社会,④影响所及,甚至在当今我国如火如荼的志愿者运动中也依稀可见。可以说,即便在今日,英国人的伦理道德意识仍然强于其他西方民族。这从英国知识分子乃至一般群众在抗议越南战争运动、抗议伊拉克战争的运动、环境保护运动和动物保护主义运动等中所起的带头作用都可见一斑。

---

① 梅新育:《回顾 2017:美国动乱警示大国覆辙》,http://mp.weixin.qq.com/s/dAAi_KHH2bZ6meABXxwytQ,2017 年 12 月 27 日。
② F. David Roberts, *The Social Conscience of the Early Victorians*, 274—276; John Duffy, "Early Factory Legislation: A Neglected Aspect of British Humanitarianism," in *British Humanitarianism*, 66—83.
③ F. David Roberts, *The Social Conscience of the Early Victorians*, 183—197.
④ Ibid., 229—243.

第八章

英国文学中的工作/生活方式

文学是现实的写照,这是文学的功用所在。英国文学当然是对英国人生活和工作方式的写照。但英国文学对英国人生活和工作方式的反映和描述的意义,并非汲汲于生活细节的精雕刻画,而是在弘扬和揭橥作为生活和工作背景的"文化",英国文化观念便在此过程中得以不断演变和更新。毋庸置疑,"文化"是一个无所不包、海涵地载的概念。生活和工作想脱离文化都难。据雷蒙·威廉斯在《关键词:文化与社会的词汇》一书中的考证,"文化"一词最常用的意思是"一个民族、一个时期、一个群体乃至全人类的某种特定生活方式"。[①] 文化既是人类完善自身的一种状态或过程,也是记录人类思想和经验的知性想象的整体,更可以视为一种对个体和社会大众生活方式的描述。艾略特也说:"文化是指共同生活在一个地域的特定民族的生活方式,包括文学艺术、社会制度、风俗习惯和宗教。"[②]从某种意义上讲,文化就是广义的生活方式。文学对人类生活和工作方式的关注,也就是对文化的关注。

工作就是劳动生产,是生活方式的有机构成。作为工作主体的人,既然如马克思所言是"一切社会关系的总和",工作就必然是社会生活的一个极重要环节,因为工作最能体现人的社会性实践活动。生活的正常进行必须在社会的正常运行之下才能实现,而社会的正常运行必须在每个人参与社会分工之后才能实现,而人能否参与工作关键在于能否适应社会的需要。对于个人来说,工作是每个社会人实现各自社会分工的具体方式,通过工作我们才能更好地完善相互之间的社会联系,才能让自己在良好的社会环境中生活。

生命的意义在于生活,工作只是为了生活得更好,生活不仅仅只限于工作。根据马斯洛的5个需要层次的理论,工作的意义在于发挥出我们的才能,使我们得到一种成就感,即满足人类的最高需求,使我们的心情更加愉悦,从

---

① Raymond Williams, *Keywords: A Vocabulary of Culture and Society*, 90.
② 转引自陆建德:《破碎思想体系的残编》,北京:北京大学出版社,2001年,第95页。

而使我们的生活更加美好。既然生活方式就是"文化"的所指,而工作又是生活方式的重要表征,那么,工作就是一种"文化",也就理所当然。布雷顿(Rob Breton)曾对卡莱尔、康拉德和奥威尔笔下的"工作"与"劳动"概念做过分析和梳理,坦言他使用的"工作"概念与威廉斯《文化与社会》一书中的"文化"概念几乎是同义词。① 布雷顿还说:"跟威廉斯一样,我相信关于工作的总体理论(他的总体理论是关于文化的)应该把握作为总体生活方式的工作与劳动(或文化与社会)之间的关系。"② 因此把"生活"和"工作"纳入文化的范畴,并不是削足适履,而是一种必然的逻辑。同样道理,生活和工作进入文学的视野也就成为一种必然的逻辑。

生活成为文学的书写对象,在中外文学中历来体现出不同的格致。钱钟书所谓"东海西海,心理攸同",固然是中外文学共同的"诗心"和"文心",但是各国文学在书写的目的和维度上是有差别的。中国文学的道统是"诗言志""文以载道",较少观照人们的实际生活和工作方式。而自孔子时代以来,"劳作"(工作)群体一直不是文学描写的对象。孟子抱着"劳心者治人,劳力者治于人"的信条,成为儒教统治下古代中国的分工理念,千年推演,冥顽不化。主流文学的诠释对象是"礼教""道""仪礼""仁政"等,无暇太多顾及普罗大众的工作和生活。当然,中国文学不乏有一些观照布衣生活和劳动的文学思潮和流派,如诗经中的《国风》中所呈现的"饥者歌其食,劳者歌其事",杜诗中的离乱"史诗",明清小说当中的"市井"书写。我们通常把它们归结为中国文学中的"现实主义"流派,但这不是主流,也不是中国文学书写的主要目的和靶向。即使有现实主义创作倾向的中国文人,一般也要在其文学作品中加上"讽喻"或"美刺"等按语,来表达自己对社会、朝政的看法。总的趋势还是指向"诗言志"和"文以载道"的老路子,或忧伤,或茫然,或希冀,或愤懑,或清高,或空想,文人寄托的大多是个人的情愫和志趣。个人情愫和志向放大到家国情怀和民族担当,因此构成中国文学的主流。

与此不同的是,各时期(尤其是 17—19 世纪)的英国文学历来关照人们现

---

① Rob Breton, *Gospels and Grit: Work and Labour in Carlyle, Conrad and Orwell*, Toronto: University of Toronto Press, 1965, 21.

② Ibid.

实的生活和工作方式,凸显对社会转型时期的焦虑,寄寓对美好生活的向往和期待,同时对整个社会进行愿景设计,从而召唤社会的变革或风俗的改善,这或许也可视为英国文学的一个"伟大的传统"。在这种传统的背后,历代英国文人把关注的目光和笔触投向普罗大众的生活和工作。于平凡工作中书写重大变迁,于生活小景中播散文化观念,在人际关系中寻找生活艺术。在这个伟大传统的指引下,英国文学家思想家针对人们精神生活与物质生活失衡的状况,努力寻找恢复平衡的道路,关注、批判、憧憬和想象理想的生活和工作方式。

英国文学对人们生活和工作方式的关注,跟英国本身生活和工作方式的演化密切相关。英国从中世纪末开始,职业或劳动形式的变化节奏和更替速度就如兔起鹘落,白云苍狗。中世纪的英国因离天主教的权力中心或罗马教皇的统治相对遥远,人们在恪守宗教教义教规的同时,各种职业的发展并没有受到太大的阻碍。后来,亨利八世进行了宗教改革,脱离了罗马教皇的统治,建立了英国国教圣公宗,社会活力进一步激发出来。自耕农、小手工业者、作坊主和地主阶层纷纷崛起,社会呈现出一派多元而富有活力的景象。后来发生了近代资产阶级革命,再后来,英国在世界范围里首先启动了"工业革命",工业化和城市化进程陡然提速,传统的社会分工被解构,乡村和城市有了二元对立。然而即使在这种二元对立的大背景下,传统农耕、小手工业与蒸汽机和蒸汽机驱动的纺纱机并存,直至现代。

1588年,英国打败西班牙的无敌舰队,以欧洲西北隅一个边缘国家,开启了建立海洋霸权的过程。后来陆续战胜了荷兰和法国。18世纪以降,英国海上霸权逐渐取得优势,成为航海和海上贸易的领头羊,人民的生活和工作因之带上浓重的重商主义色彩。与此同时,英国展开了其全球扩张,有了所谓"日不落帝国"。这又把英国带入了一个生活和工作方式急剧变动的时代,直至帝国最终衰败谢幕。在这一连串社会和经济变化当中,英国人的工作和生活方式的变化也随之被裹挟进去。英国文学作为这些剧变的记录或反映,自然也不能推诿对流变中的生活和工作方式及相应文化观念的书写。

另外,英国文学之所以重视工作和生活方式的描写,跟英国固有的人文主义传统有着密切的关系。人文主义的出现,源于对中世纪末新兴市民阶级对神学统治的逆反。人文主义主张复兴古希腊罗马的文化,把人从神的统治下解放出来,反对神性高于人性的蒙昧主义,反对中世纪的禁欲主义和苦行僧生活,张扬人的个性,肯定人的价值,提升人的地位,尊重人的情感。很自然,人文主义关注人的实际生活和工作,提倡人们对现实生活的追求,倡导个人的自由与享受,提出了"幸福在人间"的口号。人文主义扫荡了中世纪的阴霾,一改神学统治的阴森和专制,实现欧洲历史上的思想觉醒。英国是欧洲人文主义的重地。英国文学中的人文主义在中世纪黑暗时期就破茧成蝶,洋洋洒洒一路走过来。

杰弗里·乔叟开创了英国人文主义文学,被冠以英国的"诗歌之父"。他的代表作《坎特伯雷故事》全景式地书写了14世纪英国的社会图景,展现了广阔的社会画面。骑士、僧侣、学者、律师、商人、手工业者、自耕农、磨坊主等人物典型在乔叟的笔下纷至沓来。托马斯·莫尔在《乌托邦》一书当中,寄寓了他的社会理想,充满了空想社会主义。莫尔通过他的"乌托邦人"向世人表明,人是自然之人,不是上帝的附属。自然人当然要过上自然的生活,而人们过上自然生活,就意味着进入一种身心愉悦的状态,人生的目的在于此,也源于此。诗人斯宾塞(Edmund Spenser,1552—1599)在伊丽莎白时代把他的爱情观融入其伟大的诗歌创作中。他认为,追求爱情幸福是上帝赋予人类的最基本的权利,是人性的本能反应和自然追求。斯宾塞在其诗歌《仙后》(*The Faerie Queene*,1590—1596)、《爱情小调》(*Amoretti*,1595)和《牧人日历》(*The Shepherd's Calendar*,1579)当中寄托了深沉而炽烈的人文主义思想——赞美真善美,讴歌和谐的主旋律。"他借助古希腊思想家柏拉图极力追求爱和美的思想,形成一种'新柏拉图主义'……与此同时,他创造性地发扬了柏拉图主义,形成了一种适合他所生活的社会和时代发展要求的新的道德思想体系,体现出鲜明的时代性。这一思想体系的核心便是以人为本,以歌颂人性美为主要内容,同时批判封建道德观念,突出人的价值,讴歌人的伟大,彰显了鲜明的人文主义思想。"[①]

莎士比亚把英国的人文主义发展到一个前所未有的高峰,他的戏剧和诗

---

① 李维屏、张定铨:《英国文学思想史》,第72页。

歌创作在散发着人文主义的光芒。莎士比亚高度赞扬人和人性,他笔下的人物充满了喜怒哀乐,血脉贲张,情感敏锐,有着不可遏制的感情冲动和对现世生活的热烈追求。莎士比亚高度歌颂人,把人看作"宇宙的精华,万物的灵长!""他的作品是一曲又一曲的人文主义的颂歌,既是现实生活的再现,又是对美好生活的讴歌。"①

莎士比亚以降,英国的人文主义精神进一步发扬光大。在启蒙理性的指引下,人们更加渴望新的生活和工作。启蒙运动巨擘卢梭(Jean-Jacques Rousseau,1712—1778)向人们提示,在现存的社会秩序的废墟上将会矗立起一个更加美好的社会。启蒙思想家绘制的蓝图愿景,激起了泛欧洲的启蒙思潮。在此背景下,英国出现了"苏格兰探索"或苏格兰启蒙运动。但苏格兰启蒙运动并非法国启蒙运动和大革命式的暴风骤雨,而是在一种相对平静的状态中发出有限度的"抗议";"即便头脑犀利的休谟对英国的时政也没有什么怨言:他对自己能够在一个宽容而自由的国土上自由地写作表示感谢。"②18世纪英国的人文思想家也都不主张投身革命运动。这是因为早在一个世纪前,英国就已发生了激烈的资产阶级革命。很自然,18世纪的英国人安于现状,社会上弥漫着一种保守主义的气氛,首相沃尔波尔(Robert Walpole,1676—1745)便颇有代表性地主张:最好是别惹是生非。很自然,社会上没有尖锐的批判声音,政治上没有激烈的反对意见,也没有出现卢梭和伏尔泰(Voltaire,1694—1778)式的思想家,最有影响的文化人塞缪尔·约翰逊居然把卢梭看成一个疯子。不难想见,当时的文学创作正是这种自鸣得意、彬彬有礼、稍带节制的精神面貌的反映。"这个时期的文学也是一种娱乐,尽管按照后来的浪漫主义的标准有很多缺陷。这种文学是一种社会艺术,旨在寓教于乐,启迪民风,培养绅士,丝毫没有那种激昂的表达个人自我的浪漫冲动。"③

但是,随着工业革命的到来,蕴藏在化石中的巨大能量在机器的普遍使用中被释放了出来,社会生产力水平急剧提高,英国人生产和生活方式因之出现了深刻巨大的变革。在工业革命的挤压下,乡村传统手工业面临破产,农民生

---

① 李维屏、张定铨:《英国文学思想史》,第60页。
② 罗兰·斯特龙伯格:《西方现代思想史》,第187页。
③ 同上。

计凋敝,城乡二元对立严重加剧。世易时移,文学家思想家纷纷陷入了沉思。到底是屈从于工业革命的杀伐之力,还是努力调和结构性的城乡矛盾,抑或寄希望于费边式的渐进社会改良?优秀的文学家们纷纷诉诸手中的笔,发出一声声浩叹,寄寓对美好生活的向往和憧憬,真可谓"致君尧舜上,再使风俗淳"。[①]

至19世纪,尤其是在维多利亚时代,英国知识分子圈子里出现了一种新的价值观:把工作视为一种生活方式,以崇敬的态度对待它。[②] 这种观念的背后隐藏着时代的肌理:工业革命既然已经或正在侵蚀本来美好宁静的生活,人们虽无力反抗或遏止它,却可以更自由地选择自己的生活方式,以自己认为好的生活方式来消除工具理性和机械主义价值观所带来的副作用,或以理想形塑现实生活,或寄寓对美好生活的向往。换言之,许多作家和文化大家纷纷参与到这场思想抵抗运动中。除卡莱尔以外,推动这一观念的有乔治·爱略特、查尔斯·金斯利、约翰·罗斯金和威廉·莫里斯等小说家和文化批评家。

进入20世纪以后,伍尔夫、戴维·洛奇、康拉德、奈保尔和石黑一雄等继续谱写了"工作福音"和"艺术福音"。可以说,他们继承了卡莱尔等人未竟的事业。尤其值得称道的是,他们都把目光投向了平凡的劳动者,让普通人身上也闪耀着英雄主义和理想主义的光辉,从而促使健康的工作/生活理念向纵深发展。

第一节
工作方式即生活方式:
《亚当·比德》所代表的核心价值

乔治·爱略特(1819—1880)的时代,是一个英国社会结构和劳动分工急

[①] 杜甫:《奉赠韦左丞丈二十二韵》,王学泰校点,《杜工部集》,沈阳:辽宁教育出版社,1997年,第3页。
[②] 西方思想史上,长期存在着贬低工作的倾向。古希腊人一般把它跟奴隶联系在一起;古希伯来人和中世纪的基督徒大都把工作视为负担或惩罚——人为了赎原罪才工作。这和中国的儒家思想有类似的地方。

剧变化和分裂的时代。这个时代的特点,正如恩格斯所言:"当革命的风暴横扫整个法国的时候,英国正在进行一场比较平静的但是威力并不因此减弱的变革,蒸汽和新的工具机把工场手工业变成了现代的大工业,从而把资产阶级社会的整个基础革命化了。工场手工业时代的迟缓的发展进程变成了生产中的真正的狂飙时期。社会愈来愈迅速地分化为大资本家和无产者,现在处于他们之间的,已经不是以前的稳定的中间阶级,而是不稳定的手工业者和小商人群众。"① 那么,面对时代的变迁,爱略特是一种什么心态呢? 她心目中理想的生活和工作方式是怎样的呢?"英国的铁路已经连接穷乡僻壤,传统政治秩序随着 1832 年的改革法案而土崩瓦解,旧经济模式下的农场城市被矿业和工厂所代替,她(乔治·爱略特)童年时代就目睹了地方手工织工的失业。"② 面临工业革命的冲击波,爱略特把眼光投向了她熟悉的乡村。在对乡村人事的描写当中,她逐步展开对工业革命的思考和寄寓对美好生活方式的向往。

爱略特第一部小说是《亚当·比德》。她笔下的亚当就是"工作福音"的化身。通过亚当传递的"工作福音",她希望重现美好的乡村,人们在如诗如画般的乡村中悠闲自在地工作,摒弃城市的嘈杂、工业的喧嚣、金钱的引诱,宁静致远,寻找心中的"桃花源"。"问君何能尔? 心远地自偏。"③

《亚当·比德》是乔治·爱略特早期的作品,内容和情节并不复杂。勤劳的乡村木匠亚当·比德爱上了美丽的乡村姑娘赫蒂,但赫蒂却与乡绅家的少爷亚瑟相爱。亚当跟亚瑟本来就是好朋友,亚当偶然发现了赫蒂跟亚瑟在林中幽会,便跟她断绝关系。赫蒂处境狼狈,只能同意跟亚当结婚,但赫蒂在结婚前却发现自己已经怀上亚瑟的孩子,只好只身离家去找亚瑟。在辗转流离中,她生下了孩子。她在无助和痛苦中杀死了婴儿,因而被拘。她最后以杀害婴儿罪被判死刑。幸好她过去的恋人亚瑟在最后时刻到达,为她获得了减刑,改判流放。亚当旋即跟非常虔诚的传教士黛娜结了婚。

这个故事本身不是什么波澜壮阔的政治叙事,也不展现历史的恢宏画卷。

---

① 马克思、恩格斯:《马克思恩格斯选集》第三卷,中央编译局编译,北京:人民出版社,1972 年,第 301 页。
② Jennifer Uglow, *George Eliot*, New York: Virago/Pantheon Pioneers, 1987, 13.
③ 陶渊明:《饮酒二十首》,《陶渊明集》,王瑶编注,北京:作家出版社,1956 年,第 63 页。

爱略特要在"弥漫着母牛气息和草地清香"的场景中,刻画乡村的凡人小事,来表达其理想寄托。在对人们的劳动的细察当中,作者默默怀念古远而亲切的农耕生活。显然,在爱略特心目中,亚当是一个理想的形象。他不但形象十分完美,在进一步的刻画中,他的品德完美也展现出来。亚当不仅热爱劳动,技术过硬,而且宽容大度,为人厚道,乐于助人,与人为善。他里里外外一把手,在家里是孝顺的儿子,默默忍受父亲离世带来的痛苦和母亲喋喋不休的唠叨,还要为弟弟垂范,帮助他解决各种问题,包括心理问题。他甚至还要包容他心中恋人的自私和任性。村民和乡绅都对亚当另眼相看,在他们眼中,亚当是个模范青年,就连偶然路过的地方巡视官也把亚当视为英国未来的希望,感慨如果人人都具备亚当这样的品德,不愁击溃不了拿破仑的军队。总之,不同身份、阶层的人们从不同的角度把亚当视其为儿子、兄长甚至女婿。我们不禁要问,为什么一个普通的乡村青年竟具有如此非凡的魅力?这正体现了作者爱略特所特有的价值观。一个普通的劳动者,只要拥有正确的人生观和健康的工作方式,完全可以过上美好的生活,得到人们的尊重。即使是乡间微贱无名的人,也完全可以成为人们崇拜的对象。我们熟知的皇帝老爷、王侯将相、达官贵人、名流巨星在爱略特心中没有存在的空间。相反,织工、小磨坊主、木匠这些形象在她的笔下纷至沓来。

亚当有着健康的工作方式。首先,亚当的勤劳是不言而喻的。小说中充满各种工作场景,在这些场景当中,亚当总是埋头苦干,以劳动为乐。

作者开门见山地把亚当·比德置于典型的乡村环境"干草坡"的一个作坊当中:"午后阳光照得人暖洋洋的。作坊里 5 个工人正在忙着手头的活计,门、窗户架、护墙板,等等。一股松香从门口堆得像帐篷似的松木板中飘出,与窗外的老灌木气味儿混合在一起。灌木正沿着墙角盛开着夏天雪白的花枝。"①此情此景,作者把我们引进到一个光、味、色浑然一体的乡村景象中。不仅如此,人物的活动也出现了。这是诗情画意,颇有中国风景画的意境,也有西洋油画的质感效果。尔后,亚当·比德在只见其神,不见其人的背景下出场:"刨子不停地刨动着,刨花也不停地在刨子上空飞舞。斜阳穿过那些飞舞

---

① George Eliot, *Adam Bede*, Signet Classics, New York: Penguin, April, 2004, 3.

的刨花,洒落在墙边的橡木镶板上,把橡木纹理照得清清楚楚。"①终于,"一只淡灰色的牧羊犬,在一堆柔软的刨花中已经为它自己铺了一张舒适的小床,现正在把脑袋搭在两只前爪间舒舒服服地打盹。它偶尔撩起眼皮,瞥一眼5个人当中个子最高的木工,他正在往一个壁炉中央雕刻一个盾形图案。"②亚当·比德的出场可谓烘云托月,在劳作的愉悦中呼之欲出:"夹杂在刨子和锤子声中的男中音,就是出自这个高个子。"③

紧接着,作者给我们描述了一个朝气蓬勃富有活力的青年农民的形象:"这种声音只可能来自一个宽大的胸膛,这个宽大的胸膛属于一个骨骼粗壮、肌肉发达、身高6尺的男人。他身材挺拔、脑袋周正。每当他后退一步去看看他干完的活的时候,他那个悠闲劲儿就像士兵在稍息。他的袖子卷到胳膊肘以上,露出可以获健美比赛的胳膊。他的手修长而灵活,指尖宽,什么活都可以干得了。这人就是健壮的亚当·比德,名副其实的撒克逊人。在一顶浅色纸帽的映衬下,头发愈显乌黑,眉骨突出,眉毛浓黑,目光敏锐。这一切表明他是柯尔特人的血统。"④就这样,亚当的外形在具体的劳动过程中被形象地展现出来了,并有力地向外界表明:劳动者是最美的。

亚当·比德欢快的歌声表明他乐观率真,热爱自己的工作,丝毫没有干体力活的痛苦和自卑。对亚当来说,工作可以满足生活的基本需要,但他并没有使工作停留在养家糊口,换取老板的工资这个层面上。相反,他把工作当作莫大的乐趣,干起活来身心愉悦,充满了自豪和惬意。同时,亚当把工作看作神圣的东西,以崇敬和认真的态度去对待。这正是亚当的核心价值观和职业伦理。与之相反的是,他的一些同事一听到下班的钟声,便扔下手头的工作:"6点钟,教堂的钟声敲响。第一声钟响还余音缭绕,红发吉姆就收拾好刨子,开始穿上夹克衫。威利·本刚把一个螺丝拧到一半,也停了下来,把螺丝刀扔进了工具箱。哑巴塔夫脱,……也扔下了刚举起的锤子。"⑤亚当对他们这种"为工作而工作"的态度非常不满:"看看你们自己,钟声一响,就忙不迭地放下手

---

① George Eliot, *Adam Bede*, 3.
② Ibid.
③ Ibid., 4.
④ Ibid.
⑤ Ibid., 9.

头的活,好像干活一点乐趣也没有,多做一点都不情愿。看着你们这样,我真受不了。"①

亚当后来成为一个作坊主,操持着自己的一份事业,他十分看重诚信。诚信是维系乡间人事和谐的关键所在。亚当深谙此理,同时也忠实地践行这条原则。书中有这样一幕:亚当的父亲答应给别人做棺材,但是没有及时完工。亚当决定连夜赶制。亚当的母亲丽思贝对他说:"哎呀,你一时半会也弄不好这口棺材的。你自个儿会做死的,你要熬一整宿来做好它呢。"②亚当却回答说:"我熬到什么时候有啥关系?棺材不是答应好了吗?我情愿把右手累坏,也不愿意别人说我们那样骗人。想想都使我受不了。"③果真,亚当连夜赶制好了棺材,并在次日清晨把棺材送到客户家中。这看似一个微不足道的细节,却彰显了亚当的诚信品德。这种诚信守业的作风是亚当广受赞誉的原因所在。"平心而论,这部作品的魅力在于它以细致和同情的笔触表现了过去几年的乡村和居民,表现了一些摆脱了工业和城市所呈现出来的混乱和矛盾的劳动群体;它也表现了一种新的英雄主义,一种从普通乡村生活和环境中涌现出来的崇高和正直的品德。"④

亚当身上所涌现出来的"新英雄主义"是爱略特价值观的集中体现。勤劳淳朴的乡民成为乔治·艾略特关注的焦点,也是她人文关怀的体现:尊重微不足道的个体生命和平凡无奇的劳动工作,致力于对"微贱无名者"的书写和赞美。这些无名者身上折射着爱略特所认同的品质:勤劳,守信,敬业,乐观,淳朴。

在书中,故事情节伴随着对乡民的生活状态和乡村场景的描摹。在干草坡这个乡间人事密集的地方,作者着力描绘乔纳森·伯格的木工作坊和朴瑟太太的牛奶房。同时,乡间的自然景色也是作者醉心描写的对象。爱略特之深爱乡村,源于她对乡村的依恋和感念。她从小在乡村长大,熟悉乡村的一事一物、一草一木。即使在工业文明的冲击下,在马修·阿诺德所谓"正在两个

---

① George Eliot, *Adam Bede*, 9.
② Ibid., 41.
③ Ibid.
④ 安德鲁·桑德斯:《简明英国文学史》,谷启楠等译,人民文学出版社,2006年,第50页。

世界之间徘徊,其中一个已经死去,另一个却还无力诞生"①的传统与现代交替的时代,爱略特对乡村的书写"正是对正在消逝的往昔的沉思,及对其富有柔情的想象才可能产生的一种成就"。② 其中,爱略特多次提到干草坡美丽的景色:

干草坡所在的洛母夏郡,地势起伏,紧邻石郡……骑马再走两三个小时,过路人就会走出石头遍野的不毛之地,进入到一片群山起伏、绿水青山的地区,那里到处都是树木草地,还有大片大片的玉米地。每转过个弯,他都会看到些美丽的庄园,或掩映在洼谷,或雄踞于山坡。他也能看到,在某个农家院落旁,堆放着一长排的粮仓和一摞摞金黄的干草堆。而在那树木、茅草屋和深红色瓦房交织的上空,挺立着教堂的尖顶……远处是圆锥般的山峰,宛如城堡外高大的土墙……在淡淡的青草坡上,点缀其间的牛羊清楚可见……这些山峰,任凭时光纠缠,春去秋来,寒暑更替,总是保持着葱郁冷峻的模样。③

相反,在工业革命肆虐后的城镇,却是另外一番景观。书中,女传教士黛娜亲口说出了这两者的区别:"我发现在这附近的村子里,人们在绿草如茵、波光如镜的环境中生活得很宁静,他们整日耕作,饲养牲畜……大城镇(利兹)就完全不同了……那儿的街道到处高墙林立,行走其中的人们就像在监狱的庭院里,尘世的劳作轰鸣震得人两耳失聪。"④黛娜的话可以认为是作者爱略特的心声。在工业文明与乡村生活的对立当中,爱略特没有任何感情与理性的游移,义无反顾地选择了乡村和乡村中粗朴的人们。

为什么爱略特有这样的价值取向呢?这与爱略特的思想经历有关。早年时期,爱略特是一名狂热的福音派基督徒。后来,她"翻译了施特劳斯的《耶稣传》和费尔巴哈的《基督教的本质》,使她确立了人文主义宗教观,摒弃了神学意义上的上帝。从施特劳斯的理论、斯宾诺莎(Baruch de Spinoza, 1632—

---

① 刘炳善:《英国文学简史》,上海:上海外语教育出版社,1995 年,第 335 页。
② David Carro, *George Eliot: The Critical Heritage*, London: Routledge, 1971, 485.
③ George Eliot, *Adam Bede*, 16.
④ Ibid., 95.

1677)的《伦理学》,她演绎出自己的'同情学说'(doctrine of sympathy):主张尊敬平凡的事物,同情人性的弱点,生活受挫折时表现出勇气和忍耐"。① 事实上,爱略特一生都在探索自己的宗教观,其核心是上帝观。虽然费尔巴哈的无神论思想给予她很大的启示,但她并没有完全接受,只是用它来修正自己的宗教观。最终,乔治·爱略特形成了自己"爱的宗教"。在她的宗教中,"爱"具有起源意义,作为人的本质的首要原则必须是人对人的爱和人对自然的爱。爱神就是爱人。爱人就是爱普通的人、被边缘化的人。

在《亚当·比德》中,爱略特彰显了她那"爱的宗教"。和解、宽恕与利他主义的道德原则通过普通村民的日常生活表现出来。乡村生活的充实、和谐和美好都源于充满爱意的健康的生活和工作方式。而城市,特别是工业化的城市生活则是毫无爱意的、生冷的、毫无活力的。在爱略特的心中,即便这种机器支配下的工作和生活方式能够激发极大的生产力,也是毫无价值的,因为它把人异化了,把人变成了机械。在这种工作和生活方式中,人被剥夺了"爱",人也因此丧失了其本质。这也许是"无名的亚当"之所以不朽的缘故。

总之,"《亚当·比德》中的故事是要为以蒸汽机为标志的工业化社会提供一面可资参照对比的镜子,让生活于'现在'的人们看看人类丢失了什么,尤其是丢失了什么不应该丢失的东西。"②正是在这意义上,爱略特扩充了文化观念的生活/工作方式这一内涵。

第二节
工作与劳动:卡莱尔的"救世"良言

乔治·爱略特对工业文明的态度以及对理想的生活和工作方式的向往,

---

① 陈蕾蕾:《乔治·爱略特早期作品的新历史主义的解读》,《外国文学研究》,2002 年第 1 期,第 55 页。
② 殷企平:《过去是一面镜子:〈亚当·比德〉中的社会伦理问题》,《外国文学研究》,2007 年第 1 期,第 80 页。

并不是凭空产生的。那个时代的重要思想家托马斯·卡莱尔就给予她很大的启示。卡莱尔是 19 世纪英国著名思想家、作家和历史学家,是杰出的文化大师。如爱略特所说,她那个时代"几乎没有一颗高贵而活跃的心灵不曾受过卡莱尔的陶冶,因此可以说,如果没有卡莱尔,在最近 10—12 年里,英国所有的作品都只会是另一番模样"。①

卡莱尔的思想深邃而独特。在他的《论历史上的英雄、英雄崇拜和英雄业绩》(On Heroes, Hero-Worship, and the Heroic in History, 1841)(以下简称《论英雄》)一书中,卡莱尔特别书写了他的"英雄史观"。卡莱尔把英雄分为"神明英雄""先知英雄""诗人英雄""教士英雄""文人英雄"和"帝王英雄"。在这种分类阐述之下,各路英雄,无论是神话的、宗教的、历史的,都无不显示他们的伟力和创造以及对人类命运的主宰。因此,人们很难否认卡莱尔具有"英雄史观"。我国学者周祖达就认为:"此书的主导思想认为'世界历史是伟人的历史',这无疑是唯心主义的英雄史观,它否认生产方式是社会发展的决定作用的客观规律,把英雄人物的作用片面夸大加以绝对化,否认人民群众是历史创造者。"②卡莱尔的作品甚至被认为是"看不到对人民群众同情的言论,把人民视为懒惰、贪婪、无能的群氓,颂扬军事独裁者的作用,认为只有农奴的皮鞭,以及腓特烈大帝时期军事训导官的烙铁和残酷无情的惩罚,才能使这些人得到拯救"。③ 卡莱尔的"英雄观"果真是这样的吗?我们只消想一下,为什么书中没有提到当代的英雄?在卡莱尔所处的维多利亚时代,为什么没有卡莱尔眼中的英雄?卡莱尔所身处的年代,是工业革命高歌猛进的年代。1733 年,机械师约翰·凯伊(John Key, 1704—1779)首先发明了飞梭,把织布效率提高一倍,开启了英国工业革命。1764 年,织工兼木工詹姆斯·哈格里夫斯(James Hargreaves, 1720—1778)发明了珍妮纺纱机。1769 年,理发师兼钟表匠理查德·阿克莱特(Richard Arkwright, 1732—1792)制造了水力纺纱机。1779 年,青年工人赛米尔·克隆普顿(Samuel Crompton, 1753—1827)综

---

① George Eliot, "Thomas Carlyle," in *Selected Essays, Poems and Other Writings*, eds. A. S. Byatt and Nicholas Warren, Harmondsworth: Penguin, 1990, 344.
② 周祖达:卡莱尔《论历史上的英雄、英雄崇拜和英雄业绩》译序,载托马斯·卡莱尔,《论历史上的英雄、英雄崇拜和英雄业绩》,周祖达译,北京:商务印书馆,2010 年,译序第 4 页。
③ 同上,译序第 3 页。

合了珍妮机和水力纺纱机的优点,发明了骡机,能同时转动300—400个纱锭,极大地提高了生产率。1785年,工程师埃德蒙特·卡特莱特(Edmund Cartwright,1743—1823)制成了水力织布机,工作效率提高了40倍。更值得大书特书的是,机械师瓦特(James Watt,1736—1819)于1769研制成了第一台单动式蒸汽机;1782年,他经过改进又制成了联动式蒸汽机,成为第一次工业革命的主要标志,同时推动了机器的普及和使用,人类从此进入了"蒸汽时代"。所有这些工业革命的技术革新大师为什么没有入卡莱尔的法眼?难道他们不够优秀吗?不是,这只是卡莱尔的"英雄"词典当中没有"技术英雄"和"机械英雄"。在《论英雄》一书中,卡莱尔甚至根本没有提到历史上的所有大科学家如哥白尼、伽利略、牛顿等等,更没有把他们视为"科学英雄"或"技术英雄"。相反,他所看重的是精神、文化、宗教方面的伟大人物,甚至是神话英雄。因此很清楚,技术和科学突飞猛进的工业革命时期的卡莱尔,在默默地坚守自己的英雄观,绝不为时代甚嚣尘上的"机械主义"和"工具理性"背书点赞。他所处的那个时代也是启蒙运动大行其道的时代,但他没有为"科学和理性"说出半句赞扬和欣许的话来。这一点,是非常值得回味的。所以,很多批判卡莱尔的人,都忽视了卡莱尔《论英雄》的真正用意。

诚然,卡莱尔在《论英雄》一书中确实充斥着他的"英雄史观"。但是,该书还有另一个重要的目的,即凭借对往昔英雄的赞颂,抨击一个缺乏英雄的时代:"与其说是卡莱尔在宣传英雄崇拜,不如说他在用往昔的英雄故事反衬他生于斯、长于斯的那个没有英雄的年代,后者才是他的主旨。"[①]虽然《论英雄》一书没有说出作者所处时代需要什么样的英雄,但这并不能说明作者没有思考。就在该书出版两年后,卡莱尔抛出了另一部重要著作:《文明的忧思》(*Past and Present*,1843)。在书中,卡莱尔继续回答《论英雄》中的"隐问"。

在卡莱尔心中,19世纪的英国是一个没有"英雄"的时代。没有英雄,难道就不需要英雄吗?显然不是。卡莱尔认为,那个时代急需英雄,因为整个社会已经到了危机四伏,岌岌可危的地步。卡莱尔作为一个有深刻时代关怀的作

---

① 殷企平:《文化辩护书:19世纪英国文化批评》,第70页。

家,不能推脱拯救其所处的困局中的时代的责任。他振臂一呼,希望有英雄人物站出来。正是怀着这样一种雄心和理想,卡莱尔接下来在《文明的忧思》中,一边讽刺和剖析这个世界,一边寻找疗救的方案。卡莱尔呼唤英雄,也深怀着"自我英雄"的使命感。"我劝天公重抖擞,不拘一格降人才",同时,他也深信"天生我才必有用",不断为时代疗伤,开出一副副"药方"。

维多利亚时代到底出了什么问题呢? 卡莱尔笔锋所向,撕裂了"工业革命"时代的处处硬伤。工业革命极大地加速了生产力的发展和财富的积累,但是,"机械主义"和"拜金主义"联手破坏了整个社会的伦理和道德,毒害了人民的心灵。不列颠充斥着欺诈、贿赂、腐败和阴谋,政治衰朽、物欲横流、道德沦丧,实在是一个人心不古、世风日下的国度。由于"我们忘记了上帝",没有了畏惧,"反而对各种假象和虚伪的东西推崇备至",在人们心中"上帝任何真实性都是不确定的,讲求实际的人们所关心的只是利害得失"。① "上帝的律法"被"最大快乐原则"替代了,人们缺失了道德感、崇高感,因此卡莱尔断言:"发现这缺失是罪恶的真正渊薮,是整个社会坏疽的根本,它正用可怕的死亡来威胁着现时代的一切事物。它和它的根须、根系、遍及全球的见血封喉的树枝以及可恶的有毒分泌物一道,使整个世界在痛苦至极、迅速衰退之中无力地挣扎。"② "罪恶的真正渊薮",正如卡莱尔所说,在于"当整个国家只在乎金钱和被金钱主宰的时候,世界上将没有比这更可怕的事情了"。③ 卡莱尔把它直指为"现金福音",即所谓"现金联结"(cash-nexus),即一种机械主义、古典自由主义支配下的人际关系的哲学,而"这种哲学将成为一种拜物教,一种终极的世界福音;而且作为一种信仰,它将甚嚣尘上,满足人们的虚荣之心——但这始终是一种不祥的信仰!"④ "现金福音"之所以不祥,是因为它会造成人们心理失衡,价值混乱,道德颠覆。正因为如此,卡莱尔提出了与之针锋相对的"新的福音":"这个世界最新的'福音'是:了解你所要做的工作,并认真投入到工作中去。"⑤ "工作"在卡莱尔心中是崇高的。他认为"所有工作本身都具有高尚性,

---

① Thomas Carlyle, *Past and Present*, Rockville, Maryland: Serenity Publishers, 2009, 119.
② Ibid.
③ Ibid., 125.
④ Ibid., 157.
⑤ Ibid., 163.

没有什么事物不是如此";①"劳动是崇高的,甚至可以说是神圣的……只要他踏实认真地投入到工作中去,他就是有希望的。"②他还认为劳动可以使人脱胎换骨,"一个人正是通过劳动来进行自我完善的。……一个人哪怕从事最卑贱的工作,但只要他在劳动,他的灵魂便会安定下来,与躯体一起构成一种真正的和谐!"③幸福的实质在于完成工作,"勇敢者唯一的快乐在于对完成工作的热忱……若不能完成工作,生命便会虚空",④所以他强烈呼吁"无论你在何处,请你尽快投入到工作中去吧,请你做一些实际的事情吧!"⑤

虽然有了"新的福音"即"工作福音",这并不等于人们在工作中就能得到拯救。人们必须克服工作的无序,释放工作的活力,才能获得真正的幸福和安宁。新的福音即工作"像一股潜伏的活火在燃烧,你必须将它释放。这毫无秩序的精神和力量,是一块荒芜的田地,你必须使它有序、有规则并且适合于耕种;你必须使它顺从于你,为你结出硕果"。⑥卡莱尔在这里警示并且断喝:人是工作的主宰,工作只有在人的操纵和驾驭下,才能给人们带来福祉。否则,人如果被工作所支配和奴役,人将会失去幸福。由此可以看出,卡莱尔对机械主义和工具理性对人的异化和奴役,是十分担忧和警惕的。

同样,对于工作的主体——人——的意义,卡莱尔也是十分珍视的。"在一个从事劳动的人身上,不管他从事的是何种工作,属灵世界的东西就被赋予了实在的形体;每一个劳动者都是一首精美的小诗。哪怕他只是一个贫穷的陶工,他的思想也是一首壮美的史诗。"⑦卡莱尔赞美英雄的同时,也十分看重普罗大众的价值。赞美英雄和赞美草民并不矛盾,这只是他价值观的不同向度,所以,没有必要把《文明的忧思》看作对《论英雄》的修正,相反,这两部作品可以看作卡莱尔思想的同一赋格的不同旋律。

在卡莱尔生活的时代,"工作福音"并非社会的主流话语。当时占据主流位置的是亚当·斯密、大卫·李嘉图(David Ricardo, 1772—1823)和托马斯·

---

① Carlyle, *Past and Present*, 2009, 131.
② Ibid., 162.
③ Ibid., 163.
④ Ibid., 133.
⑤ Ibid., 134.
⑥ Ibid., 166.
⑦ Ibid., 169.

马尔萨斯（Thomas Robert Malthus，1766—1834）等人的政治经济学理论。这些古典经济学理论预设的一个前提是：人是自私的，每个人都以逐利为目标。亚当·斯密在他的扛鼎之作——《国富论》中主张个人主义，他认为，经济体制的建构，应以保障个人之生存及发展为原则。同时，斯密还主张财产私有制，就是主张私人有权拥有及支配自己的财富。斯密认为经济人追求利润具有正当性。他认为人类有自私利己的天性，因此追求自利并非不道德之事。倘若放任个人自由竞争，人人在此竞争的环境中，不但会凭着自己理性判断，追求个人最大的利益，同时有一只"看不见的手"（市场）使社会资源分配达到最佳状态。李嘉图和马尔萨斯对斯密的古典经济学进行了某些修正，但万变不离其宗，他们的理论有一个共同特点，即为私利辩护。这意味着机器如能加速利润的增长，机械就是好的。在具体的方法论上，他们倾向于用抽象的概念和模式、可量化的数据和指标来解释世界，并用单向度的经济、物质进步来衡量生活的质量。完全忽视人的价值，幸福和健康的生活方式。总之，他们的共同理论基础就是机械主义和工具理性。卡莱尔对这类经济学说深恶痛绝。"他猛烈抨击'财神福音书'，即不负责任的经济学，指斥人们用'金钱关系'取代真正的人际关系。他的保守主义倾向表现在对**有机共同体**的强烈偏爱，……对自私的个人主义的痛恨。"①

卡莱尔对当时流行的以边沁为代表的"功利主义"也十分反感。功利主义认为，功利就是"乐"，人们都有趋乐避苦的天性，道德、政治、法律根本上均以追求快乐为原则和目的。功利主义为了撇开利己主义，以"最大多数人的最大幸福"来作为自己的伦理基础，以获取"合理的个人主义"的称号。功利主义上升到国家和政府的层面，鼓吹政府的合法性在于满足对最大多数人的快乐；功利主义抛弃了自然法和契约论，从理论上消解政府的特权，为代议民主制辩护，从而带上了政治改革的色彩，因此受到很多人的追捧。"在对待所有政治和道德论题的方式方面，边沁的著作引起了一场静悄悄的革命。思想习惯焕然一新，……充满了新的精神。"②卡莱尔却把边沁的理论视为荒谬和可耻之论，认为它是贫困和"现金联结"的根源。卡莱尔认为利己主义侵害整个社会，

---

① 罗兰·斯特龙伯格：《西方现代思想史》，第253页。
② 杰里米·边沁：《道德与立法原理导论》，时殷弘译，北京：商务印书馆，2000年，第42页。

经济化和数量化的社会充斥着各种危险和丑恶,功利主义难辞其咎。即使对自己的朋友、边沁的追随者穆勒的学说,卡莱尔也嗤之以鼻:"不是我们所听说过的某些科学是那样令人愉快的科学,不,不是。它是阴郁、孤独而且是的的确确相当悲哀的科学。"① 卡莱尔关于劳动和工作的"救世"良言感染了当时知识界和文学界,甚至今日他的影响也清晰可见。

必须注意的是,卡莱尔把工作和生活方式几乎视为同一个概念。他还认为,工作其实包括了闲暇,两者是有机的统一。他认为"至高无上的上帝"屡屡向我们这样传话:"杜绝闲散!"② 他还连续反问:"这个人,就没有高尚的工作可言?他不就是那种呆头呆脑、丢三落四的粗野之人?是懈怠、惯于被奴役的农夫?……他不就是厌倦而忍辱负重的土地耕作者?这不死的灵魂,整日耕作,开沟,卖苦力的?光着膀子、空着肚子、心如死灰。"③ 这样,卡莱尔传达了一个他一直想说而从未明说的思想:没有休闲的劳动和工作是极端可怕的,是毁灭人性的。"摆脱闲散"的结果是什么呢?卡莱尔不无嘲讽地说:"他躺在那里,死在他的盾牌上……他面容憔悴,显然,受着悲伤的折磨,但仍然沉浸在神性的平和之中,静静地向永恒的上帝祈祷,向大全的宇宙祈祷——这是人间最静穆、最动人的一幕!"④ 愚蠢的人们以为,"每个人都应该或能够与别人脱离关系,除了现金交易没有任何瓜葛。"⑤ 这种没有休闲和乐趣的生活把人们异化成为机器,丧失了情感和审美,也迷失了基本的价值。因此,卡莱尔强烈呼吁:"这世上有一样神一般的东西,这是指,所有已经成为或即将成为神圣者的那种本质。而神圣者则是人的心灵对人类价值的崇拜。"⑥

诚然,卡莱尔没有给出"休闲"生活方式的具体内涵和基本构制,这让人想起了几乎是同时代的马克思和恩格斯所描绘的场景:"在共产主义社会里,任何人都没有特定的活动范围……上午打猎,下午捕鱼,傍晚从事畜牧,晚饭后

---

① 马克·斯考森:《现代经济学的历程:大思想家的生平和思想》,马春文译,长春:长春人民出版社,2006年,第80页。
② Carlyle *Past and Present*,2009,228.
③ Ibid.,229.
④ Ibid.,230.
⑤ Ibid.
⑥ Ibid.,231.

从事文艺批评。"①虽然共产主义的生活方式还远未到来,但马克思和恩格斯的描绘非但不是空想,反而已经是某些人实实在在的日常生活行为,至少对于中产阶级中少数人是这样。同样地,在同时代小说家乔治·爱略特的笔下,这种健康的生活方式呼之欲出,而且极富质感。在卡莱尔的影响下,乔治·爱略特把"健康的工作方式"作为一个时代的主题提出来。机械主义主宰的、工业化的工作方式跟乡村健康的工作方式到底有何异同?爱略特对二者做出了一个对比:"如今,这样悠闲自得已经成为过眼云烟,随着那满载货物的马车、缓缓爬行的货车以及在晴朗的下午把生意做到顾客门前的叫卖声,一起消失了。聪明的哲学家告诉你,或许吧,蒸汽机的伟大功用就在于为人类创造了悠闲。别信那一套……如今,闲散也显得那么躁动,大家都急吼吼地找乐子,急着乘车远游,急着逛艺术博物馆……过去闲散的人可不是这样……他总是沉思,体格也相当强壮,吃得下,睡得着,对纷扰世事看得很透,不会为假设的东西烦恼……他主要居住在乡村。在漂亮的乡村小屋和农场之间,他喜欢沿着一排排果树闲逛;喜欢闻闻晨曦中暖暖的杏花芳香;他还喜欢夏日正午,躲在果园浓密的树枝下纳凉,看那熟透了的梨儿从枝头坠落……"②"过去"的生活相对于"现今"的生活来说,最大的不同就是"休闲"。处于"休闲"状态的人们身心愉悦,心无旁骛,彻底放松,无忧无虑,无需考虑或忧虑什么。这种生活状态,爱略特是认同的,也是一心向往的。

把工作视为理想的生活方式,其要素仍是"平衡":人只有在工作和闲暇互通的社会里生活,才能使自己平衡地发展。维多利亚时代的很多作家文人接受了这种观念,并且受这种观念的启发,进一步探索和完善理想的生活方式,进一步开掘理想生活的附加元素,同时也赋予了文化观念新的内涵。

---

① 卡尔·马克思、弗里德里希·恩格斯:《德意志意识形态》,北京:人民出版社,1961年,第27页。

② George Eliot, *Adam Bede*, 534—535.

第三节
"工作福音"的完善:
金斯利、罗斯金、莫里斯及其同路人

前文提到,卡莱尔批判以"现金联结"为特征的"旧的福音",从而提出"新的福音",即"工作福音"。卡莱尔深谙他所处时代的弊端,并痛陈该时代的黑暗和罪恶,但是他只是"揭出病苦,引起疗救的注意"。[①] 更具体地说,卡莱尔把"疗救"留给了同时代的金斯利等人,是后者进一步完善了卡莱尔的"工作福音"。

查尔斯·金斯利是卡莱尔的"粉丝",曾与卡莱尔多次会面,受其耳濡目染的影响。他们所处的时代是资产阶级的上升时期,英国工业革命正向纵深发展,劳资矛盾凸显并进一步加剧。金斯利侠骨义胆,疾恶如仇,以革除时代的弊端和罪恶为己任,一心为被迫害和剥削的工人阶级伸张正义。他曾这样描述自己:"你们必须把我视为一个在上帝指引下革除社会弊端的人,我对弊端穷追不舍——国难不已,我心难平。"[②]在这一点,他和卡莱尔如出一辙。对社会上存在的各种弊端,特别是劳资矛盾,金斯利进行了有力的批判和深刻的反思。他的小说《奥尔顿·洛克》(*Alton Locke*,1850)就是这方面的代表作。

《奥尔顿·洛克》以宪章运动为背景,以主人公洛克的成长和成熟作为主线。洛克以卡莱尔为原型,再现了一个工业革命时期的工人的心路历程。洛克是一个贫苦人家的孩子,少年丧父,只好到一家裁缝店当学徒。他的"裁缝身份"正好是对卡莱尔《拼凑的裁缝》(*Sartor Resartus*,1836)的响应,影射工业社会带来的价值丧失和伦理失范。洛克受宪章派的影响,投身宪章运动。

---

① 鲁迅:《我怎么做起小说来》,《鲁迅全集》第 4 卷,北京:人民文学出版社,1981 年,第 512 页。
② Fanny Kingsley, *Charles Kingsley: His Letters and Memories of Life*, 2 vols., Cambridge and London: Cambridge University Press, 1962, Vol. 1, 121.

但是洛克发现,宪章派鼓噪的"自由"——普选自由、贸易自由和新闻自由,并没有给自己带来好处,相反还加剧他的痛苦。各种"自由"只能给资本家增加财富和积累资本,普通劳动者贫困依旧。况且,这种自由来自外部,"自由"越多,工人就越受剥削,越趋于贫困。很明显,当时流行的古典自由主义政治经济学鼓吹的"自由放任"在金斯利眼中只可能是社会不公、贫富分化的根源。这时候,洛克的精神导师麦凯的教诲如甘霖一般注入他的心灵:把道德修炼和精神变革摆在第一位,也就是说,改革始于心智的培育和提升。金斯利在这里有力地强调:必须在精神上先做好准备,然后才能投身于社会改革。麦凯的教导奠定了洛克的基督社会主义的思想基础,而另外一个精神导师——埃莉诺的出现,直接将洛克带到了基督社会主义的道路。埃莉诺主张并设计了独特而有效的工作模式——"合作与互助"。这种生产模式可以视为行业协会,以对抗资本家的剥削。这种生产模式的最大好处是工人阶级自己得到了实惠:以前被资本家占有的财富很大程度上回到了工人手中。

书中,两种生产模式——"自由放任"模式和"合作与互助"模式——形成了鲜明的对照。埃莉诺带领的缝衣女工合作社,代表了金斯利心目中理想的工作模式,也代表了他的文化理想。

应该说,卡莱尔只是"工作福音"的创始人。卡莱尔强调"工作福音"的重要性,呼吁人们摆脱"机械时代"的束缚,投入到工作中来。至于具体的、理想的工作模式,卡莱尔却语焉不详。此外,他提出的"工作福音"过分强调并拔高了工作本身的价值。因此,资产阶级有可能断章取义,把卡莱尔的"工作福音"用来作为驯服工人阶级的借口,要求劳动者没日没夜地工作,温顺地接受剥削,对繁重的工作和残酷的压榨却视而不见。金斯利在修正卡莱尔的"工作福音"方面功不可没。正是看到了这一不足,金斯利刻画了埃莉诺及其女工合作社的形象,其意义在于坐实卡莱尔的"工作福音",给理想的工作方式一个具体而生动的诠释:工人阶级既积极投入工作,又避免了资产阶级的剥削,非但没有遭到剥削,而且获得了利益,整个工作过程还充满了快乐。通过合作和互助,工人阶级抱团取暖,形成了对抗资产阶级的工人利益集团,从而开启了工会的雏形。正是这种有形的工人互助合作社,为后来英国和泛欧洲的工人运动提供了有效的范例,最终滥觞为"全世界工人联合起来"的国际主义口号。

卡莱尔和金斯利都是时代的思想斗士。卡莱尔筚路蓝缕，以启山林，批判当前社会的丑行和罪恶的同时，并没有拿出现成的文化设计和政治地图，因此他的"工作福音"流于空泛和抽象。至于怎样拯救和救赎，更是扔下一句弥赛亚式的神谕："只要遵从上苍，没有任何东西能挫败我们——继续前行吧！"①金斯利不一样，他没有站在卡莱尔巨大的背影下而停滞不前。他对"工作福音"充分认同的同时，悉心探讨理想的工作模式。他比一般人更深入地思考了以下问题：为什么工作？为谁工作？工作的组织形式是怎样的？工作者之间的关系是否和谐与合理？工作中人的因素是否得到了充分的尊重？理想的工作环境是怎样的？工作者的尊严是否得到了体现？对这些问题的思考促使他转向基督社会主义。金斯利认为，基督教是社会进步的动力，基督教的平等、博爱、慈善原则具有普世意义，即使是公有制为基础的社会主义也应该基督化。资产阶级违反基督教教义，因为它剥削工人阶级，并且"贱买贵卖"，巧取豪夺。工人阶级应该以基督教的友爱互助精神建立生产互助社来摆脱资产阶级的剥削，最终成为生产的主人。金斯利最终走向基督社会主义，也标志着与卡莱尔主义分道扬镳。

上述问题在约翰·罗斯金那里得到了更深入的思考。罗斯金和卡莱尔对工业文明和机械主义同样深表焦虑。焦虑如此炽烈，罗斯金深感社会发展之"快"及其对"人"的破坏和异化："文明进展提升到前所未有的速度，人类不再以自身的体能与感知系统来掌握物质的速度与重力，机械之崛起从此改变了生活的内容。"②机械主宰了人，"人"之所以为"人"的生理特性都被机械取代了，人被彻底异化了。罗斯金对此痛心疾首。他虽然是一介书生，但觉得自己有使命来改变这个世界。他知道，在恶世中沉默，就是罪恶的同谋。他自忖其他人的同流合污和随波逐流是缺失自信和判断。他道出其中的原委："太过冷冰冰地计算自己的能力，有些时候会让我们太轻易就和自己的短处妥协；甚至，还会促使我们犯下这个致命的错误：以为自己揣测出的自我极限，真的是在一个合情合理的极限——换句话说，当不满是必然的，也就不再令人心生不

---

① Carlyle, *Past and Present*, 2009, 240.
② 陈德如：《建筑的七盏明灯——浅谈罗斯金的建筑思维》，台北：商务印书馆，2006年，第2页。

满了。"①虽然不至于"举世皆浊,唯我独清",有卡莱尔这样的思想大家作为指引,金斯利很自信且责无旁贷地接下了批判的接力棒。

罗斯金与卡莱尔一样,十分推崇劳动和工作,特别是人类的劳作。他认为,人类劳作具有德性,是崇高的和伟大的。劳动和工作甚至超越德性而迈向更高秩序,为上帝所接受。"人类之劳作不论属于何支何门,其所具有的惯常法则,无一不与左右着其他所有种类苦劳之举的上位法则相符相近……,人之行动,无论再怎样无足轻重,再怎样凡庸鄙俗,只要好好去做,便有意义居于其中——它与人之德性中最高贵的行止有所契合;求真、决断、节制,这些被我们虔诚地视为人类这种'灵性存在'之所以值得尊敬的要件,对双手所为之劳动,对制度或思想架构之变动,对智慧出众之人所采取之举动,都有着典型或衍生性的影响。"②既然把劳动上升到如此高度,他和卡莱尔高度赞扬的劳动就没有区别吗?

显然不是。卡莱尔赞扬劳动和工作,是以先验和预设作为前提的。他几乎以先知和弥赛亚的口吻和身份来传播他心中的"工作福音",而罗斯金把创造性愉悦作为劳动的必要前提。他直言:"对明智的工作有三种检验方法:它必须是诚实的,有用的,快活的。"③他还认为,小孩的天性决定了小孩的工作是快活的,所有的工作都应该具备小孩那样的状态。他鼓励工人们进入"童年时代",从而拥有"谦逊""忠实""慈善"和"快乐"的品质,进入"快乐"和"令人喜悦"的境地。

更重要的是,罗斯金把艺术直接界定为体现创造性愉悦的劳动。可以说,从卡莱尔到罗斯金,"工作福音"逐渐演变成了"艺术福音"。罗斯金标志着这一演变过程的转折点。他的艺术批评的代表作《建筑的七盏明灯》从根本上看就是为"艺术福音"做的注脚。建筑的七灯,如作者所说,分别为"献祭之灯""真实之灯""力量之灯""美感之灯""生命之灯""记忆之灯"和"遵从之灯",表面上是在讨论建筑的美学构建和历史沿革,而实际上,罗斯金是在为"艺术福音"做另类的鼓吹。他在书中开宗明义地把"建筑"界定为"一种艺术",它"可

---

① 约翰·罗斯金:《建筑的七盏明灯》,谷意译,济南:山东画报出版社,2012年,序言第2页。
② 同上,序言第5页。
③ 约翰·罗斯金:《罗斯金散文选》,沙铭瑶译,天津:百花文艺出版社,2009年,第157页。

为心灵带来愉悦、满足和力量,并且促进心灵的圆满"。① 罗斯金在其他论著中也持有相同的思想:"人类所有艺术中建筑无疑是最有序、最强大、最恒久同时也是最值得我们骄傲的……一切公民的自豪和神圣的原则都与这种艺术有着难以泯灭的关联,人们的力量由它来记录,人们的热情靠它来满足,人们的防御靠它来稳固,人们的居所因它而被定义和珍视。"②可见,罗斯金并非空洞地鼓吹"艺术福音",而是借助"建筑"这种可视可感的艺术形式来表现他的艺术理想,寄托他对人类合理状态的向往和憧憬。

罗斯金最重要的批判思想体现在他的艺术批评当中。然而,他的艺术批评和社会批评是有机地结合在一起的。他在《建筑的七盏明灯》中,把特有的艺术元素注入了对于社会的思考。艺术的社会功用何在?罗斯金并没有回避这个敏感的话题。他认为,艺术元素来自创造性的劳动和工作,创造性的劳动改造技术性的劳动。他呼吁:"技术性的元素和创造性的元素,若将其根本统合起来,如同人类之统合灵魂和身体那般……这种趋势与时俱增。"③不但是统合,创造性的劳动还可以使技术性的劳动得到升华而臻于完美。同时,罗斯金还断言,这种以创造性劳动为特点的"艺术福音"将会历久弥新,成为人们主流的价值和永恒的追求。

难能可贵的是,罗斯金不但著书立说,而且还身体力行,积极投身工作和劳动实践。他和当时牛津大学的其他社会名流一起组建了一个修路队,还主动承包了牛津郊外一条路的修筑工作。此外,他经常深入劳工阶层访贫问苦,出谋划策,零距离接触普通劳动者,了解他们的生活待遇和工作条件。他还去坎贝韦尔工人学院发表演讲,帮助学员们澄清有关劳动和阶级的概念。就工作和劳动而言,罗斯金既是一个理论家,又是一个实践者。

从卡莱尔到金斯利、罗斯金以至英国"最后一位百科全书式的巨人"威廉·莫里斯,对工业文明和机械主义的"焦虑感"已臻于成熟,对"现金联结"和"机械主义"的批判也完全趋于统一。莫里斯直言不讳地说:"除了创造美的事物,我一生的最大热情在于对现代文明的憎恨……它对机械力量的掌握和浪

---

① 约翰·罗斯金:《建筑的七盏明灯》,第3页。
② 约翰·罗斯金:《芝麻与百合》,王浩译,北京:中国友谊出版公司,2009年,第143页。
③ 约翰·罗斯金:《建筑的七盏明灯》,序言第3页。

费、对人生苦难的冷眼相对……这一切终将走向毁灭……这世界不再令人赏心悦目,荷马的地位即将为赫胥黎所取代。"①莫里斯诅咒这个被机械和工具左右的世界,是因为它扼杀了人类文明的因子,漠视了人类的苦难。在上引文字中,莫里斯把赫胥黎跟荷马两相比较,前者宣传"物竞天择,适者生存"的理念,而后者堪称人类艺术、文学和美的象征;不幸的是,前者有挤压并取代后者的趋势。怎样从这样残酷的现实世界突围出去?莫里斯继承了卡莱尔、罗斯金的批判路径,但是就"社会转型"的总体设计和"工作福音"的实现路径来说,威廉·莫里斯却超越了他们。

莫里斯与卡莱尔和罗斯金等人的文化思想是一脉相承的。卡莱尔提出"工作福音",破解了"现金联结",以"工作"和"劳动"为人类找到尊严和幸福。罗斯金探究了工作中的"艺术福音",强调工作中创造性劳动给人们带来的愉悦,把卡莱尔的工作观念向前推进了一步,而"工作福音"和"艺术福音"又共同激发了莫里斯的灵感,帮助他产生了"生活-艺术-工作"三位一体的观念。

莫里斯认为,工作就是艺术,艺术地工作就是艺术地生活。艺术、工作和生活是密切而不可分的。艺术可以改造社会,又是社会发展的目的。此外,莫里斯的最大贡献是确定了普通劳动者的艺术家地位。工作艺术化,或者说艺术地工作/生活,这显然代表了一种新型文化观,与阿诺德旨在救世、满是"美好与光明"的"文化"殊途而同归。莫里斯多次强调:"让所有普通人都爱上艺术,并把艺术变成他们生活的一部分。"②这是莫里斯文化思想的闪光点,因为在此之前,没有任何人赋予普通劳动者如此崇高的地位。这意味着对人类生活方式的彻底改造:一旦普通劳动者的日常工作上升到了艺术的境界,人类生活方式的品位就会升华,因为普通劳动者是人类的大多数。

此前,如果一部分精英人物的生活能够"艺术化",整个人类的生活未必全面提升。但是一旦人人都能从事艺术化的劳动,人类的生活就会变得普遍美好。让每个人都如海德格尔所言"艺术地栖居在大地上",这正是莫里斯的文

---

① 转引自阿伦·布洛克:《西方人文主义传统》,董乐山译,北京:群言出版社,2012年,第126—127页。
② William Morris, *The Collected Works of William Morris*, Vol. XXII, London: Routledge/Thoemmes Press, 1992, 134.

化理想。我们不禁要问：莫里斯的文化理想是否过于理想化？人人都艺术化地工作和生活如何可能？难道艺术如此简单，如同吃饭睡觉一样，人人都可以掌握吗？

莫里斯不无自信地说："什么样的人是艺术家呢？除了决心在任何情况下都出色地完成工作的劳动者之外，还会是谁呢？"[①]与很多前人不同的是，莫里斯排斥精英主义对艺术的垄断，把艺术的实现寄希望于普罗大众，把艺术的主体定位为普通甚至微贱的劳动者。莫里斯笃信，人民群众有着健康的文化情趣和纯洁的艺术趣味，这种情趣和趣味必须属于人民大众，不是少数人的私有财产。就"艺术"的实现途径而言，莫里斯认为："艺术主要来源是必需的日常劳动所产生的愉悦。"[②]必需的日常劳动是常见的，所以，普通劳动者实现艺术的途径就在劳动过程中，也就是说，只要普通劳动者在劳动和工作中享受了"愉悦"，艺术就此诞生。一般性的劳动过程就可以产生艺术。莫里斯还认为，艺术的形式是简朴的，艺术品并不是"奢侈品"，人们许多的劳动成果就可以看作"艺术品"。当前的"艺术"已经走火入魔，"沦为了奢侈、专制和迷信的婢女。"[③]

莫里斯解构了艺术的"高雅"，弘扬了艺术的"简朴"，把长期以来被误解的艺术的主体按历史的逻辑璧还给了人民群众。一言以蔽之，艺术是属于人民大众的。这是一个"艺术民主化"的过程，这与他自身的社会主义思想密切相关。"我自称为革命的社会主义者，因为我的目标是实现社会的彻底革命。我的目标不在改革现有社会制度，而是在废除现有社会制度……我的目标是实现社会主义或共产主义，而不是无政府主义。"[④]可见，莫里斯从艺术、工作生活的关系这一角度批判资本主义，也可以视为他的"革命理想"的一部分。

在他的小说《乌有乡消息》中，莫里斯也不遗余力地讴歌了劳动和劳动者。特别值得一提的是，小说中的"劳动"所展现的是人类的创造性劳动以及产生的愉悦。比如说，书中迪克为人家划船摆渡而不计报酬，为人家雕刻金属（艺

---

① William Morris, *News from Nowhere and Selected Writings and Designs*, ed. Asa Briggs, London: Penguin, 1986, 101.
② Ibid., 140.
③ Ibid., 87.
④ 威廉·莫里斯：《乌有乡消息》，序言第6页。

术创作)而感到高兴。此外,汉默史密斯宾馆的姑娘们殷勤地招待客人,孩子们在市场上义务为客人看马,纺织工人罗伯特一边做工,一边研究历史和数学,清洁工人约翰逊一有闲暇就创作小说。他们都真正体验劳动和工作的乐趣。这些"劳动产生愉悦"的例子在小说中比比皆是。

跟金斯利一样,莫里斯将自己的劳动和工作观念付诸实践。他和他的朋友开设了一家美术装潢公司,设计并制作各种家具用品。这一公司的目标是:"通过艺术改变英国社会的趣味,使英国公众在生活上能享受一些真正美观而实用的艺术品。"① 莫里斯在艺术实践中,逐步建立了自己的艺术美学,并以此为工具,批判资产阶级价值观的内在庸俗和贫乏,并直指资本主义制度本身。可以说,莫里斯以文艺为武器,对现存的资本主义制度和资产阶级进行了比同时代的文人更加有力的批判。

第四节
20 世纪以来英国作家的工作观

一、弗吉尼亚·伍尔夫的"女性工作福音"

弗吉尼亚·伍尔夫以女性、工作、艺术为关键词,从性别纬度扩充了"艺术福音"的内涵。在卡莱尔、罗斯金等人纷纷著书立说的 19 世纪及随后来临的 20 世纪初期,英国社会存在严重的性别歧视和不平等的性别关系。可以说,彼时的英国社会尚未把女性纳入"工作福音"或"艺术福音"的考虑范围。身为女作家的伍尔夫,在这样一个鲜有女性发声的公共领域,创见性地鼓励广大女性挣脱来自家庭的沉重枷锁,从事力所能及的工作,从而追求自由的生活,相关思想主要集中在《一间自己的房间》②中。

---

① 威廉·莫里斯:《乌有乡消息》,序言第 2 页。
② 《一间自己的房间》主要基于伍尔夫在 1928 年 10 月 20 日和 26 日分别针对剑桥大学纽纳姆女子学院和戈廷女子学院,以"女性和小说"为主题的演讲稿修改并进一步扩充而成。

伍尔夫认为,对女性而言,家庭与工作需要适度平衡,二者的有机统一才能构筑理想的生活。针对"我该如何鼓励你们投入生活"①这个问题,伍尔夫直言,女性需要减轻自己的生育负担,"你们只需生养两三个,而不是十个或十二个";②与此同时,在"大多数职业对女性开放,已有将近十年的时间"的英国,"至少应当有两千名女性每年能以某种方式挣取五百英镑。"③伍尔夫看到了长久以来牢笼般的家庭生活对女性的桎梏与异化,提出工作是对抗上述异化的有效方式:它帮助女性从琐碎的家庭生活中解脱出来,消解了无尽的家庭责任带来的"恐惧和心酸",④使女性享有更健康、更积极的生活状态,或用伍尔夫自己的话说,"一年五百英镑已足够让人舒适地享受阳光。"⑤

在当时女性所能从事的有限工种中,伍尔夫首推创造性的艺术类工作,认为艺术更能帮助个体接近心灵的自由。面对被男性垄断的漫长文学艺术史,伍尔夫直言不讳:女性更加善感,天生敏于洞察,对艺术家而言至关重要的创造力"潜藏在女性的天赋之中"。⑥ 伍尔夫呼吁具备这一可贵天赋的女性"自由地、无所畏惧地如实写下我们的想法",⑦在艺术创作中超越来自男性或其他任何群体的意识形态限制,无功利地重新审视自己"与现实世界的关系",⑧重新思考生活中的万事万物。唯其如此,女性才能超越社会等级秩序造成的偏见,在艺术中重新找到存在的意义,汲取生命的活力,获得心灵的自由。

值得一提的是,伍尔夫的文艺作品和个人生活均体现了她的女性工作观。《到灯塔去》中的女画家莉莉·布里斯科便是这一工作观的绝佳注脚。在小说中,莉莉在周围一片"女人不会画画,女人也不能写作"⑨的论断中坚持绘画事业,并坚持在绘画中通过色彩和线条构筑的有意义的形式(significant form)来探索她对生活世界的理解。她在小说开头便开始创作的画作一直到 10 年后

---

① 弗吉尼亚·吴尔夫:《一间自己的房间》,选自《一间自己的房间及其他》,贾辉丰译,北京:人民文学出版社,2003 年,第 98 页。
② 同上,第 99 页。
③ 同上。
④ 同上,第 31 页。
⑤ 同上,第 32 页。
⑥ 同上,第 76 页。
⑦ 同上,第 100 页。
⑧ 同上。
⑨ 弗吉尼亚·吴尔夫:《到灯塔去》,马爱农译,北京:人民文学出版社,2003 年,第 42 页。

才最终完成。战火纷争的 10 年里,莉莉随着自身经历和周遭人事的变化,持续地思考婚姻与事业、女性与男性、艺术与生活等问题,并最终将自己的深刻感悟融入画面,获得心灵的自由,如小说结尾所说:"她一阵冲动,好像刹那间终于看清了它,她在画的中央添了一笔。完成了;结束了。是的,她筋疲力尽地放下画笔,想道:我终于画出了我心中的幻象。"① 许多评论家认为,莉莉这一文学形象带有伍尔夫本人和她的姐姐凡妮莎·贝尔(Vanessa Bell,1879—1961)的影子——二者均是上述女性工作观的践行者。伍尔夫本人在其短暂的一生中笔耕不辍,创作了 9 部经典文学作品;和她同属布鲁姆斯伯里团体的凡妮莎则是同时期的一位知名画家与室内设计师。和从事艺术创作的莉莉一样,伍尔夫姐妹或在字里行间,或在光影线条中,孜孜不倦地追寻着生命的意义。

从这个角度来看,伍尔夫的女性工作观不妨称为"女性艺术福音",它是罗斯金的"艺术福音"在 20 世纪初女性群体中的延续与发展,体现了以伍尔夫为代表的第一批走出"家庭"的英国职业女性为了追求理想生活所做的不懈努力。

二、戴维·洛奇:对卡莱尔的回应与继承

如果说 20 世纪上半叶的工作观以性别平权为主要特征,那么到了 20 世纪中后期,英国严峻的经济形势使得"功利主义"重新回到了有关"工作"讨论的焦点。

20 世纪 70 年代以来,英国饱受战后通胀困扰,经济持续低迷。进入 80 年代以后,撒切尔夫人领导的保守党对英国的经济结构进行了大刀阔斧的调整,"主张市场竞争的货币主义成为英国经济生活的主导。"② 诚然,他们的改革措施"给一部分人带来了好处",但同时却也"使更多人的生活困难加重",长期来看甚至进一步激化了社会矛盾。③ 英国当代小说家戴维·洛奇(David Lodge,1935—)的《好工作》(*Nice Work*,1988)便是反映这一阶段

---

① 弗吉尼亚·吴尔夫:《到灯塔去》,第 185 页。
② 王守仁,方杰:《英国文学简史》,上海:上海外语教育出版社,2006 年,第 222 页。
③ 同上。

"英国状况"①的一部小说。它延续了19世纪英国状况小说对"现金福音"进行批判和反思的传统,且寄寓了卡莱尔的"工作福音"所蕴含的生活和文化理想。

洛奇在小说中生动地刻画了"现金福音"对20世纪80年代英国工业社会和大学校园的全面侵蚀。小说中代表英国工业社会的普林格尔工厂只注重工作效益、生产力发展和财富积累。在这样一个"竞争性很强的企业",②工人们的工作环境又脏又吵又热,恶劣程度直接让人联想到"中世纪地狱画";③流水线上的工作单调重复,没有任何创造力可言;至于闲暇时间则是不存在的,甚至工人们每天的中饭都只能在脏乱嘈杂的厂地上草草解决;不仅如此,下至底层工人,上至公司经理,这里的每一个员工都只是公司利益链上的筹码,一旦失去价值,随时会被毫不留情地遗弃。在小说男主人公维克看来,这一切都是为了"合理化改革",即"削减成本,提高效率。减少工作人员,维持生产能力"。④ 也就是说,在普林格尔工厂,一切决策仅以利益为导向,工作个体的主观感受和尊严却完全被忽视,这也直接催生了工厂内部暗潮涌动的不满和敌对情绪。上述状况难道不正说明了卡莱尔所言的"罪恶的真正渊薮"吗?⑤ "现金福音"不仅在工厂中甚嚣尘上,它甚至蔓延到了传播知识的大学校园。面对政府的经费削减政策,卢密奇大学打算照搬工厂中盛行的"合理化改革":为节约人力,英文系打算取消选修课,重新搬出五六十年代单调、重复的教学大纲,哪怕创新和差异才是知识的生命力所在;因为经费短缺,已经人手不足的英文系还将进一步减少教职,即便是完全胜任教学和科研工作的女主人公罗玢也得不到长期留校任教的机会;不仅如此,学校甚至无法资助教师参加国际学术会议。"合理化改革"却带来了无所不在的"不合理",洛奇对"现金福音"的反讽跃然纸上。

---

① "英国状况"(Condition-of-England)由卡莱尔在《宪章运动》和《过去与现在》中提出,指"现金福音"或"现金连结"所导致的种种英国社会问题。人们后来用"英国状况"小说指涉19世纪出现的关注英国此类现实问题的小说,如《西比尔》《玛丽·巴顿》《艰难时世》《南方与北方》《霍华德庄园》等。详见罗贻荣:《"英国状况"小说新篇——评戴维·洛奇的〈美好的工作〉》,《国外文学》,2002年第3期,第117—123页。
② 戴维·洛奇:《好工作》,蒲隆译,上海:上海译文出版社,2007年,第113页。
③ 同上,第129页。
④ 同上,第391页。
⑤ Carlyle, *Past and Present*, 2009, 125.

那么,究竟什么才是洛奇眼中的"好工作"呢? 在故事的结尾,面对先后离开学术圈下海经商的弟弟和前男友查理,罗玢意识到功利主义已经渗透到英国社会的各个角落。尽管在这样的大环境中大学也疲态尽显,不再是曾经风光一时的象牙塔,但罗玢依旧坚守自己的岗位,始终相信最美好的工作存在于以人为核心的校园,这一点即使是唯利益优先的维克在故事的最后也不得不承认:

> 罗玢比以往任何时候都深切地体会到大学是理想的人类社区的典型,在那里,**工作和娱乐,文化和自然**,浑然一体,在那里,空间开阔,光线充足,赏心悦目的园地上,美丽的建筑物错落有致,**人们自由自在地追求完美和自我实现,各自按各自的节奏和爱好进行**。①

换句话说,在这样的工作中,个体的价值和需求被重视,个体的自我实现而非经济利益才是首要出发点。

不仅如此,罗玢认为这种以人为本的生活方式不应成为小部分教师和学生的专利,它应该惠及社会各个阶层,即便是生活在"地狱"中的工人们也应该被送到大学中来进行交流学习。她在脑海中展望了一幅理想中的画面:"草地上形成了成百个讨论小组,一半是学生和讲师,一半是工人和管理人员,大家就大学的价值观和商业的规律性如何协调一致,更加平等互利,从而造福整个社会,交换意见。"②言下之意,在洛奇看来,工作与生活的有机统一、物质与精神的双向平衡才是解决无所不在的"不合理"的正确出路。以此看来,《好工作》不失为对一个世纪前卡莱尔的"工作福音"的一次呼应和续写。

三、康拉德、奈保尔、石黑一雄:平凡个体的工作/生活理想

20世纪的"工作福音"还体现在康拉德、奈保尔、石黑一雄等作家塑造的普通工作者身上。他们笔下的平凡个体借助工作的激情抵抗现代生活的异化,出众的工作表现和工作带来的愉悦让他们超越平庸,熠熠生辉。某种程度上,

---

① 戴维·洛奇:《好工作》,第386页。
② 同上,第387页。

这些默默无闻的工作者堪称 20 世纪的无名英雄,他们共同塑造了现代的工作/生活理想。

康拉德曾如此说过:"我全部的关注其实都是给予事物、事件和人的'理想'价值的。"①其代表性的海洋小说《台风》(*Typhoon*,1902)便是对个体工作"理想"的生动描绘。在《台风》中,康拉德塑造了一群籍籍无名的海上工作者形象:他们在极端恶劣的海上暴风雨面前坚守各自的工作岗位,哪怕可能因此失去性命。例如,船长马克惠平时木讷愚钝,甚至在家庭中都鲜有存在感,但在惊涛骇浪袭击船只时,他临危不惧,不负众望,堪称所有船员的表率:"有船长待在身边,朱可士莫名其妙地觉得欢喜。这事使他宽慰,仿佛老大一来到甲板上,便将暴风的大半重量放到他自己肩头上去了。这就是当了船长的威信、特权和负担。"②马克惠在危机中表现出了远超常人的沉着冷静和果敢决断,并以卓越的领导力将船员们凝聚在一起,共同对抗外界的风暴。在他的率领下,船员们纷纷肩负起各自的职责。大副朱可士从惊慌失措中缓过神来,协助船长一起平息了船上的骚乱;为了驱散黑暗给伙伴们带来的绝望和混乱,水手长即便冒着生命危险也要去找寻灯光;无名舵工始终驻守在操舵室,坚持驾驶:"全体船友早已忘了他似的。既没有敲钟,也没有轮流换班;船上的规程已经飞到风里去了;可是他还努力使船头冲着东北偏东的方向";③锅炉室中的火夫同样毫不退缩,他们在闷热到令人窒息的煤灰室埋头苦干,以保持锅炉正常运作……在船员们的共同努力下,轮船逐渐恢复了秩序,并最终驶出风暴中心,平安靠岸。事实上,在小说的开头,康拉德便预见性地高度评价了马克惠带领下船员们出色的工作:"可是马克惠带领的无论哪条船,都是**和谐**与**平安**所充溢的,一个漂浮的**住家**。"④换句话说,在康拉德看来,这种家一般的归属感是这群默默无闻的普通人在积极、勇敢、敬业的工作中收获的精神财富,它既意味着与他人之间的和谐秩序,更指涉着个体内心的尊严和成就感,二者共同构成了康拉德认同的工作"理想",是个体在无序的现代社会中的心灵慰藉与

---

① 薛诗绮:《选本序》,《康拉德海洋小说》,薛诗绮编,上海:上海文艺出版社,2012 年,第 2 页。
② 康拉德:《台风》,袁家骅译,《康拉德海洋小说》,第 96 页。
③ 同上,第 124 页。
④ 同上,第 54 页。

归属。

和康拉德一样,奈保尔(V. S. Naipaul,1932—)同样将目光投向了现代社会的底层无名工作者。奈保尔在《抵达之谜》(*The Enigma of Arrival*,1987)中书写了20世纪英国乡村普通劳动者的日常工作与生活,及他自己与这些普通劳动者一起生活时的所思所感。其中,园丁杰克的生活和工作态度诠释了标题中隐含的"抵达之谜"。杰克和妻子、岳父租住在农场主位于河谷深处的房子里,过着远离现代文明的简朴生活。这样一个社会地位低微、随时会被人忽略的园丁却被奈保尔高度赞扬:"他的生活真实,有着落,并且合宜:一个和谐地融于景色的人。"①他热爱自己在农场的工作,在劳作中感受生活的乐趣,工作与生活在他这里实现了有机统一。在工业生活大肆入侵英伦三岛时,杰克始终坚持以人工劳作代替机器,悉心照料自己脚下的每一寸土地。这种"旧式农夫生活"让杰克一年到头忙个不停,但是"他照料的每种东西都回应了他特别的想法。篱笆经常修剪,花园美丽干净,满目变幻的色彩,鹅圈脏兮兮的,窝棚随意搭起,地上是搪瓷碗盆和废弃的陶土水槽"。②他也从不像其他农场工人一般死板地按照人为制定的时刻表上下班,对杰克而言,工作即生活,生活即工作,他的一切安排都遵循自然"万物有时"的观念:"杰克在山那边的那栋农舍中度过了生命中最好的日子,身体好的时候,他以自己的仪式庆祝时节。周日早晨,他在花园劳作,中午去酒馆,下午又在花园劳作。"③在奈保尔看来,这种与自然、生活完全融为一体的工作方式反而将杰克从现代机械劳作的异化中解脱了出来,杰克"出于原则背离了其他生活方式",却也因此成了英国工业社会最后的"自由人":他在"花园里劳作的快乐",宛若他"周日喝啤酒的快乐"。④ 杰克对工作的热忱、对生活的热爱深深地感染了来此隐居的作家。杜维平指出,奈保尔早年来到这一远离城镇之处,"似乎在寻找维多利亚时代,像一个大资本家在喧嚣的城市挣完钱后到农村寻找平静安逸。"⑤换言之,作家来此是为了在现代英国社会寻找尚未被"现金福音"腐蚀的土地。在杰克的那

---

① V.S.奈保尔:《抵达之谜》,蔡安洁译,海口:南海出版公司,2016年,第12—13页。
② 同上,第15页。
③ 同上,第46页。
④ 同上,第28页。
⑤ 杜维平:《从未抵达吗?——破解〈抵达之谜〉》,《外国文学》,2008年第2期,第49页。

一方小花园中,奈保尔悄然破解了心中的"谜团",找到了在物欲横流的现代社会缺失的内心归属:他重新看到劳动的"本能"带来的"快乐",[①]"生命本身而非身外之物"应该被置于首位[②]——这样的工作方式才是健康、理想的生活方式。

康拉德、奈保尔所推崇的理想工作/生活方式在石黑一雄笔下也得到了呼应。在《小夜曲:音乐与黄昏五故事集》(*Nocturnes: Five Stories of Music and Nightfall*,2009)中,石黑一雄以形形色色的音乐人为蓝本,探索了个体如何在商业化的现代社会安身立命。其中,多数音乐人坎坷艰辛的人生际遇无不揭露艺术工作商业化的恶果:从当红歌手到底层无名音乐人,几乎整个乐坛都在追逐功名利禄。面对艺术行业无孔不入的"现金福音",石黑一雄借《莫尔文山》("Malvern Hills")中的瑞士职业乐手蒂洛的经历,表达了对"艺术地工作/生活"这一理想的希冀。蒂洛和妻子索尼娅在年轻时因为热爱音乐成为职业演奏者,多年来在欧洲各地奔走演出。作为默默无闻的底层演出者,蒂洛和索尼娅不被儿子理解,连续三年没有完整的假期,并不时被微薄的收入所困。即便如此,蒂洛依旧保持对工作的热情,在表演中享受音乐,并通过演奏给他人带去愉悦。如果条件允许,他会用现代的方式演绎传统的瑞士民歌,在表演中融入自己的创作;在其他时候,蒂洛更是始终把为他人带去愉悦当成自己的工作价值,例如以下这段描述:

每个夏天,我们总有几个夜晚会到因特拉肯的一家饭店进行演出……我们表演时能看见所有的游客在星空下一边吃着一边有说有笑。他们的身后是一大片空地,白天用来给滑翔伞降落,到了晚上就被何维克街的灯火照亮了。向远处眺望,你还能看见耸立的阿尔卑斯山,还有艾格尔峰、门希峰、少女峰影影绰绰的轮廓。空气温暖宜人,还洋溢着我们演奏的音乐。每次在那里演出我都觉得是特别的荣幸。我心想,是的,干这行真是太好了。[③]

[①] V. S. 奈保尔:《抵达之谜》,第 25 页。
[②] 同上,第 86 页。
[③] Kazuo Ishiguro, *Nocturnes: Five Stories of Music and Nightfall*, New York: Alfred A. Knopf, 2009,110—111.

正是因为如此,蒂洛由衷地感叹:"工作就是我们的一切。"①可以说,在这个"腐烂"到根部的乐坛,②蒂洛是以一种堂吉诃德式的理想主义单枪匹马地向商业主义宣战,竭力维护着心中的美好工作/生活方式。石黑一雄借这个不起眼的小角色想要传达的是这样一种文化观:工作中获得的愉悦能够抵御商业主义的侵蚀,这种愉悦源自个体对工作的热爱与崇敬。

总结

20世纪英国作家在新的时代背景下回应了卡莱尔的"工作福音",并从多个维度为其注入新的内涵,形成了20世纪特有的文化观念。20世纪初以伍尔夫为代表的女艺术家们逐渐走出家庭,成为传播"艺术福音"的坚实力量;戴维·洛奇看见了20世纪上空无所不在的"功利主义"幽灵,他继承了卡莱尔的未竟事业,以浓墨重彩重新书写了"工作福音";康拉德、奈保尔、石黑一雄等作家则把目光投向各行各业的平凡工作者。在他们笔下,平凡的普通人身上也闪耀着英雄主义和理想主义的光辉:他们一方面以一己之力对抗势如洪水猛兽的功利主义、商业主义价值观,另一方面也享受着健康的工作/生活理念带来的幸福与安宁。可以说,20世纪的"进步"浪潮依旧高歌猛进,但源自19世纪的"工作福音"始终逆流而上,并逐步照亮现代社会生活的角角落落。

---

① Kazuo Ishiguro, *Nocturnes: Five Stories of Music and Nightfall*, 113.
② Ibid., 91.

第九章

文化愿景面面观

之前各章都讨论或至少涉及了"文化"这一核心概念。如我们所知,18、19世纪英国文学家和思想家所高扬的"文化"诞生于农业文明向工业文明的转型所引发的焦虑,而"文化"最重要的面相,无疑是针对工业资本主义和机械主义文明的崛起。英国文学家、思想家所描绘出的一幅幅愿景,都蕴含着文化观念的某些维度,如共同体、审美趣味、心智的培育、文学语言的创造(包括文学意象的更新和文学人物的塑造)、道德伦理、工作/生活方式,等等。在这些愿景的背后,是一个催人深省的命题——什么是高品质的生活?就这一命题而言,英国作家们在不同时期给出了大致相同的答案,即,人们的生存质量不在于发达的工业、诱人的科技和经济指标、与时俱增的物质财富,而在于共同体的和谐,在于精神与物质的互补和平衡,在于行为方式的优雅与得体,更在于心灵的尊严和高贵。鉴于阿诺德是最重要的一个"文化"旗手,且通过"文化"表达其愿景,我们不妨首先讨论一下其针对转型期焦虑的文化批评。

第一节
追求"完美":阿诺德文化批评的目标和路径

如前文所述,阿诺德开创了英国文学的"文化批评"传统。他承续英国乃至欧洲大陆的人文主义精神,引领英国文学批评走出荒芜之地,将"文化"树立为旗帜,引领知识界文化界对社会的批判和救赎,彰显对完美人生的憧憬和追求。

一、阿诺德文化批评的靶向

阿诺德所处的 19 世纪英国,是一个特殊的时代,纠结的时代。工业革命极大地提升了社会生产力,但是由于机械的广泛使用,整个社会逐步被"机械化"了。昔日的能工巧匠现在只能"忘机兴叹",农村的小手工业者和小作坊主被机械的使用挤压到快要崩溃的边缘。如果说,这只是技术升级造成的结果,人们或许还能接受;但是,"机械化"的耗散性影响远不止于这样的效果。机械的作用很明显,它比人工能更快地生产产品,其单位效率是人工的成百上千倍,甚至难以估量。这样,社会的财富就很轻易地积累,赚钱的手段纷纷靠向了机械。谁的机械多,谁就容易赚钱;谁的机械效率高,谁就会很快致富。再者,英国有着浓厚的重商主义传统,英国人很早就开展海外贸易,有着广阔的海外市场和殖民地,不愁产品的销售。人们用"当我的船归来的时候"[①]指代"发财之日"。可见,当时整个英国社会之迷信机械,其实就是迷信机械创造财富的功用。机械大行其道,就是因为它本身代表着财富。因此,"机械主义"和"拜金主义"是一对孪生兄弟。

机械如果只是指涉一般的机器,如蒸汽机、纺纱机等,还不至于造成当时英国社会狂热的"机械崇拜"。问题是,当"机械"的功能被放大到其他物品、工具乃至精神和制度层面时,整个社会就接近疯狂了,因为人的心灵也被"机械化"了。机械的"工具性"延伸至任何可以创造财富的物质和非物质层面,这正是阿诺德最为担忧的。他几乎用反讽的口气质问:"自由不就是工具吗?人口不就是手段吗?煤炭不就是工具吗?铁路不就是工具吗?财富不就是手段吗?就连宗教组织不也就是工具吗?"[②]我们不否认煤炭、铁路这些东西作为"工具"的作用,"财富"也可以作为"以财生财"的凭借,但是,如果"自由、宗教组织"也被利用为工具,就失去了它们的存在意义。"人"异化为"工具",就是对人性的扭曲,对人的尊严的亵渎,这构成卢卡奇、马克思批判资本主义的理论起点。然而,"现在英国人一提起这些事物,几乎总是异口同声,仿佛这些本身就是宝贵的目的。因而也沾上了一点抹不去的完美。"[③]阿诺德指斥英国人

---

① 英谚:When my ship comes home。
② 马修·阿诺德:《文化与无政府状态》(2012 年版),第 12—13 页。
③ 同上,第 13 页。

把工具的"功用"和"目的"混为一谈,深层原因乃他们被金钱所奴役,达到了利令智昏的地步。

阿诺德认为,在工业革命所裹挟的机械主义和拜金主义的直接影响下,英国社会结构出现了前所未有的明显分层,这就导致了英国社会天翻地覆般的巨大变化。工业革命造就了新兴的工业主、商人、技术专业人才,而这些人又构成了一个庞大的中产阶级。工业革命吸收了大量的底层劳工,最终发育成为数量巨大的工人阶级。此外,传统的贵族阶层,特别是土地贵族仍然存在。在阿诺德看来,贵族仍然特权在手,他们维护自己的权力和地位可谓不遗余力;中产阶级则想尽一切办法兴办工业,赚取财富;工人阶级也不甘示弱,他们一心要求民主、平等,总想有一天跃上中产阶级,而且不达目的绝不甘休,甚至诉诸暴力。这三个阶级总体上呈现出一种无政府状态,他们希望国家也"机械化",都为自己的利益服务。这种个人与国家之间的矛盾,还是"机械主义"惹的祸。因此,阿诺德断言:"对机械工具的信仰乃是纠缠我们的一大危险。"[1]这三个阶级都是为了利益之争,他们都在利益的追逐过程中受到机械和工具的奴役。阿诺德把这三个阶级分别称为"非利士人""野蛮人"和"群氓"。[2] 他无不揶揄地说:"这命名出自一个不具备体系、质朴无华而著称的作者,我相信大家便会接受,觉得这也够用了。"[3]阿诺德认为,之所以用这三个词来指称他们,是因为这三个词最能概括他们所属阶级中大多数人的特点和气质。

必须指出的是,虽然上述三个阶级有着显性的区别,在英国社会中似乎壁垒分明,但阿诺德认为,这三个阶级是互相渗透和流动的。三个阶级都或多或少带有"非利士主义"因素。"英国的野蛮人在自我审视中一般都会发现自己并不是那么纯粹的野蛮人,在他的身上也有一点非利士的、甚至是群氓的习气。另外两个阶级的人也会发现同样的情形。"[4]贵族的浅薄和缺乏心智,工人阶级的浮躁和暴力倾向,都不是阿诺德最为担忧的。他最为担忧的是这三个阶层都有"非利士主义"因素。真正导致英国社会落后与混乱的是"非利士主

---

[1] 马修·阿诺德:《文化与无政府状态》(2012年版),第12页。
[2] 同上,第65页。
[3] 同上,第73页。
[4] 同上,第74页。

义"。"非利士主义"盛行的英国虽处现代化阶段,但是精神和意识还非常落后。作为旁观者的德国诗人海涅曾经发出警告:"别把诗人派往伦敦",因为"尽管沐浴着近代文明的光和热,英国仍停留在中世纪状态中……所有现代改良并非出于原则,而是出于实际需要才实施的,它们统统带有不彻底的致命特征"。①

"非利士人"还沉浸在技术进步所致的欣喜中,他们用经验法则衡量一切事物价值,依仗英式自由主义和甚嚣尘上的功利主义而欣然自得。"逐利"的过程是为了追求利益的最大化,而利益又是他们幸福和快乐的源泉,所以,"非利士主义"和追求"最大快乐原则"的功利主义何其相似!但是,他们崇尚的自由主义却导致了自由主义的"变种":"对一个人来说,最幸运、最重要的只是随心所欲地行事,至于有了随心所欲的自由时要做些什么,我们就不看重了。"②"非利士人"为自由而自由,最终堕落到"为所欲为"的可悲境地,这正是英国社会"无政府状态"的"原罪"所在。可以说,"非利士主义"成为阿诺德文化批评的靶向是必然的。

二、"希腊精神"和"希伯来精神"

从表面看来,阿诺德所言"无政府状态"意指三大阶级"随心所欲,各行其是",但实际上并不意味着政府在政治层面上无力控制他们。其实,维多利亚时期的英国政府是一个统治有术的政府,进行过多次卓有成效的改革(如废除谷物法),虽然偶尔有一些工人运动和集会游行(如"海德公园暴乱事件"),但很快就被平息下去。整个时期总体上保持着强盛繁荣,社会生活逐渐趋于稳定和谐。阿诺德心目中真正的"无政府状态"是指人们精神的无序。风靡一时的改革法案,如火如荼的海外扩张,国际贸易的迅速增长,国家实力的有力提升,"日不落帝国"的宏伟版图并没有改变英国国民的精神贫困和价值混乱。不过,阿诺德注意到:在三大阶级中,并非每个人都浑浑噩噩,其中"每一个阶级都产生了一些人,他们生性好奇,想了解最优秀的自我是怎样的,想弄清事

---

① 海因里希·海涅:《英吉利断片》,章国锋译,载《海涅全集》第5卷,章国锋、胡其鼎主编,石家庄:河北教育出版社,2003年,第314页。
② 马修·阿诺德:《文化与无政府状态》(2012年版),第39页。

物之本相,从工具手段的束缚中挣脱出来,一门心思地关注天道和神的意旨,并竭尽所能使之通行天下;总而言之,他们爱好的是追求完美"。① 既然大众有追求完美的愿景,阿诺德的"文化救赎"就因此成为必需。

阿诺德抛出的方案并非政治设计,也非经济蓝图,更不是"头痛医头,脚痛医脚"的策论,而是他苦心营造的一个"文化拯救"药方。与同时代的思想家如纽曼、卡莱尔相比,阿诺德对英国的社会弊病看得更加清楚,所开具的疗救方案也更加具有远见卓识,寄托着沉重的道义精神和人文关怀。阿诺德深知,他的"文化救赎"不是一时之选,绝不可能毕其功于一役,"绝不会随意以粗糙的构想和计划来替代之。"②

为什么阿诺德倚重的恰好是看起来有点"虚"的"文化"呢?这是由于"文化了解世界上最优秀的思想和言论,就会调动起鲜活的思想之流,来冲击我们坚定而刻板地遵循的固有观念的习惯"。③ 阿诺德认为,"文化"可以改造英国国民性,进而有力地破解积疾已久的"非利士主义",摒弃英国人身上的"市侩"特性。再者,"文化"具有不可估量的建设性意义。"人类精神的理想在于不断地扩充自身,扩展能力,增长智慧,使自己变得更美好。要实现这一理想,文化是不可或缺的帮手,这就是文化的真正价值。"④但是,文化的终极功用还不在于一破一立,而在于它能使整个人类走向"完美",这种"完美"在阿诺德看来是普遍与和谐的:"必须普泛地发扬光大人性,才合乎文化所构想的完美理念……个人必须携带他人共同走向完美……使奔向完美的队伍不断发展壮大……完美最终应是构成人性之美和价值的所有能力的和谐发展,这是文化研究人性和人类经验后所构想的完美。"⑤作为"文化"所追随的"完美"具有两个基本品格:"美好"和"光明"。"美好"指代人性与道德,"光明"关涉科学与理性。"美好"的典型是"希伯来精神","光明"的典型是"希腊精神"。"希伯来精神"和"希腊精神"都追求"完美"。

---

① 马修·阿诺德:《文化与无政府状态》(2012年版),第76页。
② 同上,第9页。
③ 同上,第208页。
④ Matthew Arnold, *The Complete Prose Works of Matthew Arnold*, 11 vols., ed. R. H. Super, Ann Arbor: The University of Michigan Press, 1965, Vol. 2, 318.
⑤ 马修·阿诺德:《文化与无政府状态》(2012年版),第11页。

希伯来精神"坚持我们天性中一部分完美,而非全部,非常急切地选择了道德一面,顺从和行动的一面,将严格的道德良知视为首要,而将人性各方面的发展和完善,我们人类全面而和谐的发展推延至未来或另一个世界"。① "希伯来精神"是古犹太教的精神遗产。古犹太教极富伦理色彩。"摩西十诫"作为犹太教伦理的源头,逐步演化为犹太教的律法,为数千年来犹太人遵循的道德戒律,且在大多数情况不为任何理由而动摇。

"希伯来精神"并不是简单的道德主义。"希伯来精神是那种趋向行动的能量,至高无上的责任感、自我克制和勤奋,得到了最亮的光就勇往直前的热忱。"②犹太人的历史充分表明,他们十分注重行动。他们用行动践行道德,表达对上帝的忠诚和崇拜。同时,他们深信"未来"的观念:"这一倾向在犹太人中唤醒了弥赛亚主义,即一种超越过去和现在所有实在,作为真的和完美生活的绝对未来的理念。"③所以,马丁·布伯认为,犹太教有三个特点:统一的观念、行动的观念和未来的观念,这是"希伯来精神"的区别性特征。④ 不仅如此,希伯来精神"一旦认清文化并非只是努力地认识和学习神之道,并且还要努力付诸实践,使之通行天下,那么文化之道德的、社会的、慈善的品格就会显现出来了"。⑤

但是,阿诺德认定代表时代潮流的是"希腊精神"所蕴含的科学和理性,这与当时欧陆主流的"启蒙"思想不谋而合。⑥ 在他看来,"希腊精神"最能解毒"非利士主义",因为"摆脱蒙昧状态,看清事物真相,并由此认识事物之美,这便是希腊精神要求于人的淳朴而迷人的理想"。⑦ 也就是说,"希腊精神"是理智的精神,它能帮助人们洞穿事物的本质,从而进行智性的反思,获得清晰的思维。它可以帮助"非利士人"看清人生的意义,为他们的自私、落后和顽固祛

---

① Matthew Arnold, *The Complete Prose Works of Matthew Arnold*, Vol. 5, 163.
② 马修·阿诺德:《文化与无政府状态》(2012年版),第96页。
③ 马丁·布伯:《论犹太教》,刘杰等译,济南:山东大学出版社,2002年,"译序"第36页。
④ 笔者认为,阿诺德虽然强调"希伯来精神"的"道德"导向,但"希伯来精神"并不等同于"道德主义",它还有其他重要的维度:行动主义和未来主义。阿诺德在《文化与无政府状态》中只着重探讨了"希伯来精神"的"道德主义"倾向,而对"行动主义"和"未来主义"却是一笔带过,语焉不详,所以读者容易忽视。
⑤ 马修·阿诺德:《文化与无政府状态》(2012年版),第10页。
⑥ 关于阿诺德认定"希腊精神"为时代主流精神,参考本卷第七章中的相关观点。
⑦ 马修·阿诺德:《文化与无政府状态》(2012年版),第103页。

魅。这样一来,从"智性"的高度对"非利士主义"进行疗救,从根本上铲除其存在的土壤,远比单纯的"道德疗救"要来的彻底和有效。

强调"希腊精神"并不意味着摒弃"希伯来精神"。阿诺德努力的方向就是调和希腊精神与希伯来精神,在二者之间维系平衡。① 可见,"希腊精神"和"希伯来精神"如鸟之两翼,给人以理性智慧,也给人以行动力量。既能帮助人们看清事物之本相,又能使之服从神与天道的意志,不忘记道德,不放弃行动。两者互为犄角,相得益彰。他认为,英国人获得理智之光的同时,又获得前行的动力,如此一来,英国人借助"两希"精神冲出精神的落后和庸俗,摆脱"非利士主义",直奔完美的人性是指日可待的。这两种精神的合力无比巨大,因为他们都指向一个"庄严的,令人倾心的"终极目标:"那就是人类的完美或曰救赎。"②因此,英国的未来还是充满了"光明"与"美好"。

三、"文化救赎"的路径

"两希精神"的结合或许是济世良方,但是否具有疗效,毕竟得付诸实现才知道。阿诺德的"文化救赎"既然是为国家企划美好的未来,从而成为无政府主义的死敌,那么,他"文化救赎"的具体路径究竟何在呢?

他把眼光投向了"诗教"。他认为:"文化以美好与光明为完美之品格,在这一点上,文化与诗歌气质相同,遵守同一律令。"③他对诗歌寄寓了极大的希望,认为诗歌有着不可替代的"救世"功用。他激赏爱默生的名言:"我们之所以称一个社会庸俗,是因为这个社会未写就自己的诗篇。"④他在他的名篇《文化和它的敌人》当中鲜明地指出:"诗的主导理念是使美和人性的完美体现在各个方面,而这种理念也是真实的,是无价的……诗把宗教的热忱和精力添加于己身,则会命定地改造和主宰身外的一切。"⑤

但是,他考察了同时代的英国诗人后却大失所望。他认为,大诗人如华兹

---

① 关于阿诺德"两希精神"融汇和平衡的主张,参考本卷第七章中的相关观点。
② 马修·阿诺德:《文化与无政府状态》(2012年版),第97页。
③ 马修·阿诺德:《"甘甜"与"光明"——阿诺德新译8种及其他》,贺淯滨译,郑州:河南大学出版社,2011年,第41页。
④ 同上,第95页。
⑤ 同上,第42页。

华斯、柯尔律治具有"现代"精神,但是浸染了浓厚的"非利士主义",不可能起到"救赎"的作用;即使是济慈,也只是具有阐释自然的能力,并没有提供阿诺德所需要的"两希精神"指引下的"现代精神"。"华兹华斯、司各特和济慈都有值得赞美的作品传世;论坚实论完美都超过了雪莱和拜伦远甚。……他们都不属于近代文学的主流,他们没有把近代思想应用到生活中去;因此,他们只构成若干支流。"① 阿诺德的心中,这些诗人根本没有为国家计,为民族忧,不符合"文化救赎"的最终愿景,不足以对抗当时的"无政府状态"。

阿诺德从当代诗人中难以找到文化救赎的范例,因此回溯到古希腊文化和古希伯来文化。他找到了两部著作:荷马《史诗》和希伯来《圣经》。在阿诺德看来,这两部文学经典是"希腊精神"和"希伯来精神"的完美结合,是最优秀的"思想和知识"的典范。

阿诺德对古希腊诗歌和艺术称道不已,他断言:"在希腊艺术和诗的最佳作品中,诗和宗教是一体的。"② 正是希腊的诗歌,特别是希腊史诗"造就了统一的奥利匹斯宗教,造就了一种诗性的净化方式。一种升华了的原始和神秘的崇拜形式,诗歌带来的这些成果成为希腊民族宗教的特质"。③ 希腊史诗固然一方面通过想象来揭示宇宙生成,述说自然伟力,另一方面却起着难以估量的"道德"引导作用:宙斯很大程度上作为道德世界的统治者,而非作为自然的创造者被崇拜;众神大多数情况下作为"伦理—寓言"的角色被描述。古希腊的艺术和诗歌以"求美"和"求善"为最终皈依。④ "求美的本能,如同求知和求善一样,是内置于人的自然品行之中的,如果希腊文学艺术呵护了求美的本能而不是别样的文学艺术,我们便可信任人性中的自我呵护的本能。"⑤ 在这方面,《荷马史诗》是"美"与"善"的典范,也是"呵护人性"的不二之选。但是《史诗》本身的故事情节却渗透着超强的人类理性。希腊英雄俄底修斯战胜了独

---

① 高健:《英国散文精选》,上海:上海译文出版社,2010年,第304页。
② 马修·阿诺德:《"甘甜"与"光明"》,第42页。
③ 威廉·文德尔班:《古代哲学史》,詹文杰译,上海:三联书店,2009年,导言第25页。
④ 我们认为,阿诺德把"希腊精神"与希腊的文学艺术的功用是区别开来的。事实上,阿诺德非常认同希腊文学艺术,特别是希腊"诗歌"的"道德规训"功能,认为它们是"善"与"美"的典范。虽然阿诺德把"希腊精神"当作"时代主流精神",但希腊文学艺术反应和折射的并非完全是希腊精神的"科学"和"理性",而事实上带有十分浓厚的伦理和道德色彩。
⑤ 马修·阿诺德:《"甘甜"与"光明"》,第73页。

眼巨人,拒绝了来自莲子国的饕餮盛宴,克服了"塞壬"女妖的歌声,终于返乡。如此的一路克制,历尽千辛万苦,终于返回了家乡。俄底修斯为代表的"主体"以反抗大自然的诱惑为途径,最终挫败大自然。这种主体意识的获得,代表"主体独立",人成为大自然的主宰,理性战胜了情感。从某种意义上来看,《荷马史诗》是"希腊精神"和"希伯来精神"的完美结合,是最优秀的"思想和知识"的典范。因此,阿诺德断言:"从未读过荷马的人,就是一个从未见过大海的人。"①

同时,阿诺德把《圣经》视为一部伟大的文学作品,而不完全把它当作宗教著作来看。他认为,《圣经》是文学经典,圣经术语也是文学术语,他将上帝解释为"万事万物寻求完善自身的倾向原则",②因而厘定《圣经》在完美世道人心方面的非常功用。阿诺德潇洒地解构了宗教经典中上帝的神秘和超然,把它剥离为"道德"的象征,引导读者以文学的情感和想象来体验人生,实践道德,改善人性,最终走向"美好"与"光明"。不仅如此,阿诺德的释经"穿越笼罩在《圣经》文本上的重重雾障,将《圣经》真正的精神萃取或抢救出来,以适应于经过科学理性浸染的现代人的理解方式"。③他把《圣经》的真正要义归约为"公义","公义"既是"道德"的重要构件,也是"理性"精神的必要支撑。与此同时,他还主张,从"文化"的高度把握对《圣经》的解读,才能真正体悟《圣经》的精髓,避免对《圣经》的颠覆或盲从。

诚然,阿诺德列出了荷马《史诗》和希伯来《圣经》,但并没有逐一开具"最优秀的知识和思想"的文学著作。即便这样,人们也能理解他对这个问题的规范:凡是能够揭示事物本相,关注真理,完善道德,端正品行,并不因时间的流逝而损色的伟大文学作品都属于这一类。况且,阿诺德的高明和睿智之处在于,他并不用这一类伟大的作品画地为牢,而是把它们置于一个动态和开放的体系当中,让后人能动和惬意地加入这个由他指点出来的伟大传统当中。而那些浮滑浅薄之作,将随着历史的脚步而淘汰——"尔曹身与名俱灭,不废江

---

① Carleton Stanley, *Matthew Arnold*, Toronto: The University of Toronto Press, 1938, 35.
② Matthew Arnold, *Culture and Anarchy and Other Writings*, ed. Stefan Collini, Cambridge: Cambridge University Press, 1993, 310.
③ 刘锋:《〈圣经〉的文学性诠释与希伯来精神的探求》,北京:北京大学出版社,2007年,第62页。

河万古流。"

他主张,古典文学必须纳入学校教育当中去,因为古典文学作品"内容的优越性表现对人生的一种广阔的、自由的、简单的、清晰的然而敦厚的看法"。[①] 正因为古典文学所彰显的"大道至简"这个道理,它才真正具有学习价值。阿诺德还强调教育当中"宗教"的"规训"功能,将宗教教义转向德性教化,将教义神学介导"心灵哺育",驱除宗教的神秘和虚无,转道到实用的"育人"当中。

此外,阿诺德肯定"科学精神",重视自然科学,他认为"自然科学"可以增益"人文科学"。"越是心智澄明,越是直率地接受科学成果,越是在其真正意义上感受并研读诗与雄辩术……我们就越能更多地感受并承认人伦学问的价值以及具有同类活力的艺术的价值,它们在教育中的地位就越发得以巩固。"[②]他主张"科学"与"人文"的结合,培养"通识之才",因而他无愧于时代的科技进步,也符合"两希精神"融汇的人文路线。

可见,阿诺德的教育思想不是"空谷足音",而是他"文化救赎"的有机组成部分,"文""教"本身就不分家。帕尔默(Imelda Palmer)很有见地地指出:"如果将阿诺德的教育著作置于历史语境中,将他的文化学说与当时教育的不同层次的目标和本质的思考联系起来,就能更好地理解他对教育的贡献。"[③]教育说到底,就是服务阿诺德"文化救赎"的终极目标:"追寻和谐和普遍的完美,倘若完美不停转化,而非拥有,就在于心智与精神。"[④]

阿诺德"文化批评"是广义上的,涉及文学、政治、科学和教育诸多方面。他是"维多利亚最后一代文化伟人——既非学人亦非以文牟利者,而是穿越诗歌、批评、期刊和社会评论之间,可以说是一种发自公众领域内部的声音。与柯尔律治、卡莱尔和罗斯金等人一样,阿诺德表现出公共知识分子的两大古典标志,从而与学术知识分子形成对照:他拒绝被绑缚在单一的话语领域内,他寻求使思想对整个社会生活产生影响"。[⑤] 他最终把文化批评落脚在文学本

---

① 马太·安诺德:《安诺德文学批评选集》,殷葆瑓译,北京:人民文学出版社,1958年,第96页。
② 马修·阿诺德:《"甘甜"与"光明"》,第71页。
③ Imelda Palmer, *Matthew Arnold: Culture, Society and Education*, Melbourne: The Macmillan Company of Australia Pty Ltd, 1979, vii.
④ Matthew Arnold, *The Complete Prose Works of Matthew Arnold*, Vol. 5, 94—95.
⑤ Terry Eagleton, "Sweetness and Light for All: Matthew Arnold and the Search for a Common Moral Ground to Replace Religion, Giants Refreshed," *Times Literary Supplement*, 21 Jan., 2000: 15.

身,特别是古典文学。由"文学本体"发散的"文化批评"充满了批判的锋芒和张力,这一点为后世所效法。利维斯、艾略特等把这一伟大传统带入了20世纪,文运周流,与时俱进,极大地推动了英国文学批评的进程。

第二节
英国文学中的愿景变迁

英国文学家、思想家的文化观念是复杂和多元的,其演变往往呈现出一个动态和混沌的过程。这个过程绝非一个线性的轨迹,而必然要经历萌芽、成长、成熟、论争、博弈、妥协和融合的过程。文化就像一把无形的伞盖,如影随形地荫蔽和指引着英国文学的发展。在绵延更替的文化地图当中,英国文学中的"愿景"是文化最有力量的武器和文学最原本的主题。从乔叟算起,英国文学在过去600多年的发展变迁当中,自觉和不自觉地反映并标识着不同时代的道德风尚、转型焦虑、心智状态和工作方式,等等。

英国是一个浸润着浓厚道德传统的国家。英国人的道德心由来已久。究其源头,最重要的是《圣经·旧约》传统。希伯来人的一神论为道德传统提供了预设和前提。上帝作为最高存在建立在道德命令之上,因此,上帝成了自我立法的道德实践理性。神性在很大程度上以真善美的道德因素编织起来,希伯来人赋予了上帝以伦理色彩。可以说,"希伯来精神的主导就是严正的良知。"[①]虽然,《圣经》并非产生于英国,但是,自《圣经》进入英国社会以来,特别是《钦定本圣经》颁布以来,在英国人精神生活中发挥了至为重要的作用,以至于被赫胥黎称为"不列颠国家的史诗"。[②] 英国的道德传统得到了"希伯来精神"的支持,希伯来精神变成英国道德主义的源头活水。阿诺德断言,英国人和希伯来人具有"同样强烈而彰著的道德心",并且英国人具有"强烈的希伯来

---

① 马修·阿诺德:《文化与无政府状态》(2012年版),第121—122页。
② Thomas Henry Huxley, *Collected Essays*, London: Macmillan, 1893—1894, 397.

特性"。①

后来，随着基督教的兴起，希伯来精神和基督教汇通，成为英国的道德正统。近世以来，"希伯来精神"和基督教受宗教改革、启蒙理性、科学发现、自然神论和无神论的多重挑战，英国的道德传统岌岌可危。挽救英国的道统出现了两条路径：一是清教主义崛起，二是"文化路线"的呈现。

清教主义强调严苛的道德修养，苦行禁欲和提倡节俭为标的，把道德主义推向一个极端。虽然清教徒努力维护道德统绪，但终究在英国构成不了主流，违背了自然规律，最后遭到迫害，不得不流亡他乡。

"文化路线"则富有弹性和新意，同时符合文人学者挽救道德传统的初衷。即便亚当·斯密，也并非以古典自由主义的经济学家自居，其所关注的重点是道德。他创作了《道德情操论》，而并不看重自己的名著《国富论》。亨利·纽曼主张大学的通识教育，让学生获得博雅知识，反对职业教育。同时，纽曼主张信奉天主教，尊重教会特权。应当说，纽曼站在文化保守主义的立场上捍卫传统道德，但事实上他已经指出了基督教道德价值与人文精神相结合的折中道路。阿诺德力图改造基督教，抽去了"上帝"这个虚妄的先验假定，保留基督教的道德范式，并且代之以"文化"，主张"希伯来精神"与"希腊精神"的"平衡"与结合，为人类追求"光明"与"美好"，最后达到"完美"状态。乔治·爱略特在她的一系列小说创作中，述说"爱的宗教"和"人性宗教"。她暗中追随斯宾诺莎主义和费尔巴哈的无神论，但也无法割断与基督教的感情，所以她只得祛除宗教语言而将基督教道德无形地转化为爱、利他主义和纯粹自然的乡村美德。查尔斯·狄更斯对基督教建制派冷嘲热讽，但这并不妨碍他在小说中进行直白的道德说教，并着力描写笔下人物的"道德转变"或"道德进步"。狄更斯小说中这种道德说教的悖论，其实也是狄更斯的创作特色。小说中，狄更斯由己及彼的同情心和对下层人民的关爱跃然纸上，绝非隐微。

英国文学的道德主题源远流长，永不落幕。文学史上的道德文章绵延不绝。莎士比亚、班扬、斯威夫特、约翰逊可谓筚路蓝缕，以启山林。维多利亚时代的作家群把道德传统推进到前所未有的高峰。现代主义虽然一度弱化了道

---

① 马修·阿诺德：《文化与无政府状态》(2012年版)，第100、121—122页。

德传统,但是随后的戈尔丁和默多克又力挽狂澜,把道德主义推向新的高度。一言以蔽之,道德文章在,光耀万年长。英国的国民性如绅士风度、内敛性格、慈善运动、义工传统无不深受英国道德传统的影响。英国作为保守主义的大本营,埃德蒙·伯克作为保守主义的鼻祖也就不足为怪了。

英国的生活生产方式显然以工业革命划界,这是一个不争的事实。工业革命之前,小手工业和自耕农加上些许的商品经济和海上贸易,构成了生活生产方式的主流。英国文学大多也是这种生活方式的反映。英国文学的主题是田园牧歌、人文主义、对人性和美好爱情的向往等等。英国文学整体呈现出自足、自娱和自赏的气派,这可以从莎士比亚的戏剧、斯宾塞的诗歌、班扬的小说等等作品中读出。但是,世易时移。英国社会的头号变化正是工业文明的崛起,这必然引起生产/生活方式的改变。

工业革命引起的巨大社会转型,带来了一系列现代性问题,自然激发了英国文人学者们的回应,其内容和性质恰恰在文化观念的演变轨迹中得到了生动的体现。从这一意义上说,文化观念的最重要内涵是对社会转型的回应。社会转型必然引起转型焦虑。兰格伦生活在 14 世纪这样一个新旧交替的年代,封建制度行将就木,资本主义开始萌芽。在他的长诗《农夫皮尔斯》中,社会的"转型焦虑"已经隐约呈现。他反对教皇,但不反对教会;他追求宗教的纯洁,但不主张宗教改革。他想通过农夫皮尔斯这个形象来改变社会现状,但是对农民起义的暴力行为持暧昧态度,把社会变革的希望寄托于英明的君主。乔叟的《坎特布雷故事集》真实地描写社会的各行各业,但也包含着对于粗鄙的商业文明的焦虑,对尔虞我诈和唯利是图持鄙弃态度。比如,诗人对虚伪的赦罪僧的厌恶跃然纸上。

莎士比亚在《雅典的泰门》(*Timon of Athens*,1607—1608)中,对社会价值观念转向对金钱的迷恋也深感不安。伯顿的《忧郁的解剖》,则直接书写由转型焦虑所引起的心理状态。这部"医学文本"深刻地影响了约翰逊、斯特恩和兰姆等多位作家。这些作家常常以幽默闲谈来遮掩文化焦虑,化解心理危机;柯尔律治在《论教会与国家的体制》(*On the Constitution of the Church and State*,1830)中首次指出文化与文明的分野,转型焦虑直接催生了文化意识。另一方面,对于生活方式剧变的焦虑使人们从回忆并记录传统生活的文学作品中得到慰藉和安抚,如沃顿(Izaak Walton,1593—1683)的《钓客清话》(*The Complete Angler*,1653)、科贝特(William Cobbett,1763—1835)的《骑马乡行记》(*Rural Rides*,1822—1826)和艾迪生和斯梯尔的《旁观者》报中的某些篇章。

转型焦虑针对的是现代文明和"进步"社会带来的反常现象:人变成了机械,人沦为生活中的碎片,国家和个人的单项能力特别发达,而其他能力却急剧萎缩,最终导致个人整体性的消失、阶层整体性的丧失、国家整体性的泯灭。每个时期的优秀文学家都意识到工业革命和启蒙运动以降的"思想进步"虽然带来了物质的繁荣,以及法制和社会的完善,但是未能带来真正的幸福,未能提供良好品质的生活;在他们的笔下,"文化"一词慢慢演变成与"文明"相对的观念,以表达对"机械崛起"的焦虑,也就是农业文明向工业文明转型而引发的焦虑。

英国文人作家焦虑的主要是科技和理性的过分张扬给社会带来巨大的负面作用以及拜金主义带来的巨大流毒。托马斯·卡莱尔对工具理性和拜金主义深恶痛绝,因此,他提出"工作福音",号召人们"杜绝闲散",进入工作状态,摆脱庸俗经济学、功利主义、"现金关联"和工具理性的束缚。在《论英雄》一书中,他历数各路英雄,唯独不提科学英雄或技术英雄,对科学和理性嗤之以鼻。阿诺德写下了"一个世界已经消失,另一个却无力诞生"这一著名诗句,正是出于对新旧社会和价值观转型的焦虑。也正是出于转型焦虑,他扛起了"文化拯救"的大旗。卡莱尔和阿诺德对消除转型焦虑的见解成为黑暗中点火的力量,他们振臂一呼,应者如云。罗斯金以童话的形式,叫板亚当·斯密的《国富论》。同样,狄更斯、乔治·爱略特和莫里斯等许多作家都以文学表明:技术理性和拜金主义导致生活中所有美好的东西"都终结于账房"。[①]

应当说,科学主义、工具理性、客观知识主体论和鼓吹"无限进步"的现代性价值体系——"现代性赋格"——中的主题最早成熟于英国。[②] 但是,英国很早就存在着一种与启蒙理性秩序相对的文化秩序。

---

① William Morris, "*How I Became a Socialist*," in *News from Nowhere and Selected Writings and Designs*, 1993, 36.
② 参见童明:《现代性赋格:19世纪欧洲文学名著启示录》,序言第3页。

20世纪上半叶的英国社会危机四伏：物质进步与精神困惑纠结交错，宗教权威与传统文化支离破碎，对社会变革的质疑与批判此起彼伏。这一时期，英国社会经历了各种现代思潮的碰撞与洗礼。再者，帝国的衰落和战争噩梦对英国民族的文化心理与身份意识投下了巨大的阴影。在这一背景下，以康拉德、威尔斯(Herbert George Wells，1866—1946)、艾略特、福斯特、乔伊斯、高尔斯华绥(John Galsworthy，1867—1933)等人创作的文学作品不仅表达了对人性的热切关注，而且昭示了社会变革和战争灾难所带来的文化困境，文化焦虑与日俱增。例如，高尔斯华绥的《福尔赛世家》(*The Forsyte Saga*，1906—1921)见证了贵族的没落与商业阶级的崛起，以及消费主义所带来的杀伐之力和重大危机。

第二次世界大战以后，文化观念受到了后现代主义思潮的强烈冲击，新一代作家必须回应这一冲击，而这种冲击和回应导致了文化观念的裂变；这一新的变化影响了当代的英国文学，同时又得到了后者的返照。金斯利·艾米斯(Kingsley William Amis，1922—1995)的小说《幸运的吉姆》(*Lucky Jim*，1954)和奥斯本(John Osborne，1929—1994)的戏剧《愤怒的回顾》(*Look Back in Anger*，1956)显示了战后社会转型期英国青年一代积压已久的愤怒情绪和他们人生求索的艰辛历程。在"愤怒"的背后，是对于社会转型的焦虑，更是对社会价值和世道人心的拷问，其文化脉络昭然若揭。

与转型焦虑同样具有压迫感的是人们心智的危机：感性和理性的分裂，人的能力的畸形发展。人们心智状态受单一的理性支配，道德良心退隐卑处。伟大的启蒙运动带来巨大的财富积累和科技进步，但导致了人类心灵的枯竭。启蒙用知识代替幻想，同时祛除神话，把人类从野蛮状态中提升出来，用理性为人类和自然立法。"就进步思想的最一般意义而言，启蒙的根本目标就是人们摆脱恐惧，树立自主。但是，被彻底启蒙的世界却笼罩在一片因胜利而招致的灾难之中。"①启蒙的结局就是被启蒙本身所覆灭。这种灾难正好说明"启蒙是一杯自酿的苦酒"，因为人的异化作为启蒙理性的代价降低了人的品级。启蒙倡导理性，但理性的无序扩展致使其工具性无限膨胀，占领了人的心智。人

---

① 马克斯·霍克海默、西奥多·阿多诺:《启蒙辩证法》，渠敬东、曹卫东译，上海：上海人民出版社，2006年，第1页。

们的生活因此退回到缺乏"表征性"的状态,被科学和理性所统治。可见,启蒙理性的本质是"工具理性",因此批判工具理性对健全心智的戕害是必要的。同时,对心智的救赎也势在必行。英国文学恰好在此意义上有所作为。

早在托马斯·莫尔的笔下,"羊吃人"的圈地运动就包含着对人类心智的剥夺。康拉德《黑暗的心脏》中的库尔兹就是心智缺失的典型:理性畸形发达,道德良心遁于无形。阿诺德笔下的各种"撕裂"的诗歌意象,也无不指向理性与感性的背离和人的能力的畸形发展。拜厄特的小说有力地揭示了人的分裂以及社会的分裂。当代作家石黑一雄的作品也展现了资本主义的疯狂逻辑对人心智的戕害,以及对现代文明病的诱导。应当说,对心智缺失的关注一直是英国文学的主题之一。

心智的缺失并非无药可救。英国文学家一方面"揭出病苦,引起疗救者的注意",[①]一方面积极回应,寻找出路。既然心智出了问题,那么培育心智,促进人的均衡发展,弥合理性与感性的裂痕,也就成了许多文学作品的共同心声。在此追求中,凸显"同情心"和"想象力",成了心智培育的关键。培根首倡点燃想象力,布莱克抨击理性主义,高度赞颂想象力;格雷对逝者显示"同情心"和心灵感应;乔治·爱略特主张用爱心和知识去培育心智。培育心智的神圣使命在20世纪继续薪火相传,并且逐步理论化。于此,阿克罗伊德做出了不小的贡献。他的《新文化札记》和《阿尔比恩:英格兰想象的起源》不但综罗了历代关于"想象力"的理论,而且提出了自己的观点,可谓新时代"想象力"的宣言。

第三节
共同的生活理想:从乌托邦到共同体

事实上,上述英国文学的这些主题构成了人们的生活愿景,因为人的基本

---

① 鲁迅:《我怎么做起小说来》,《鲁迅全集》第4卷,北京:人民文学出版社,1973年,第512页。

诉求还是生活,而作为一般意义上的"生活方式",也就是雷蒙·威廉斯所谓的"文化",①更是寄寓着人们的"愿景"。英国的文人作家借用"文化"对社会进行批评的同时,把文化作为表达其社会愿景乃至进行社会变革的根本手段。"文化概念大体属于文学知识分子的研究领域。当时对英国社会的不满、抗议和批判主要来自他们,并形成了一种社会思想传统,而文化是他们用来表示这一重要传统的术语。社会潮流的走向,让这些作家痛心疾首,而文化概念则表达了他们的痛苦,同时彰显了他们的社会关切,以及他们提供的建设性愿景。"②文化还意味着现在、过去与未来的沟通和对话。阿诺德把与过去和未来的对话称作"文化"。这种对话和沟通,一方面用文学的手段对社会本身进行批评,另一方面充满着对愿景的向往。

于此,英国文人呈现了独特的愿景描述——乌托邦想象。英国历代优秀的文学作品就有着一种"乌托邦冲动",而且社会转型时期最容易出现乌托邦想象。16 世纪托马斯·莫尔笔下的《乌托邦》表现了对都铎王朝的讽刺和对君主专制的痛恨。他在小说中勾画了理想社会的愿景:消灭私有制和剥削阶层,公有制大行其道。这为空想社会主义提供了可资借鉴的蓝图,但最能代表乌托邦想象的还是 19 世纪威廉·莫里斯的《乌有乡消息》。在该书中,莫里斯寄托了他的共产主义理想,描绘了一幅幅大同世界的图景。通过主人公威廉与不同人群的接触和交谈,作者绘制了理想愿景中的社会、政治、文化和生活的巨大演进。这与同时代马克思的共产主义思想交相辉映。值得一提的是,20 世纪的英国文学也出现了"反乌托邦"作品。戈尔丁的《蝇王》就是"反乌托邦"的名篇,它揭示了对人性固有缺陷的恐惧,以及对于现代文明的焦虑;然而,在"反乌托邦"的背后,仍然是作者的"乌托邦冲动":对真善美的持久向往、对道德规范的热切关照、对人类生活总体方式的真心擘画。同时,"卢姆斯伯里俱乐部"的成立、奥登的诗歌和奥威尔的预言小说所揭示的"自由与共同体的矛盾"、威尔斯和赫胥黎笔下多元的乌托邦愿景,都引发了新的文化拷问。

---

① 雷蒙·威廉斯:《关键词:文化与社会的词汇》,刘建基译,北京:生活·读书·新知三联书店,2005 年,第 152 页。
② Lesley Johnson, *The Cultural Critics: From Matthew Arnold to Raymond Williams*, London: Routedge & Kegan Paul, 1979, 1—2.

英国文学通过建设公共文化来促进"共同体"的生长。以守望相助的乡邻生活为基础的"共同体"建立在一种共同的精神和情感基础之上,是一种有机体式的社群,有别于机械聚合为特征的"社会"。随着拉丁文知识阶层的壮大、印刷术的发展、宗教改革的影响以及作为行政集权特定工具的国家方言的扩散,新的共同体呼之欲出。"资本主义、印刷科技与人类语言宿命的多样性这三者的重合,使得一个新形式的想象的共同体成为可能。"[①]英国文学走向近代化和现代化,文学中的共同体思想也日臻成熟。

乔叟是公认的近代英国文学之父,他的《坎特伯雷故事集》可视为13世纪英国人民愿景的集合。事实上,那个时代已是中世纪的末期。"在那些更加庞大、高度集中和不断城市化的国家社会中,单个的人在越来越高的程度上要靠自己谋生立业。他们的流动性(在这个词的地域和社会意义上讲)增加了。"[②]流动性带来了各行各业的兴起。《故事集》中各路市井细民、贩夫走卒纷至沓来,你一嘴,我一言,直接围绕"理想的生活"这个中心话题展开讨论,述说着自己对美好生活的向往。由此可见,"共同体"意识在《故事集》中已经萌芽。莎士比亚的历史剧、斯宾塞的田园诗、司各特与彭斯所创造的苏格兰形象都参与了"民族共同体"的精神建构,伯克则用优美的散文讨论了国家有机体的问题。共同体的存在需要伦理秩序,而伦理秩序要靠社会责任来维持。蒲柏的诗歌、理查森和约翰逊的小说分别对此做出了回应,尤其是在等级关系和个人道德修养等方面提供了愿景,昭示了共同体内部联系的诸多要素,因而可以看作与后世阿诺德所谓的"无政府状态"相对的文化蓝图。

18世纪以降,随着资本主义的兴起,启蒙理性烛照下的"现代人"观念开始流行,人的自我意识逐步放大。摒弃传统意义上的共同体,在理性的指引下去冒险和探索,争取个人财富和权力,成为理性时代的生活常态,共同体的危机也就随之产生。《鲁滨逊漂流记》和《格列佛游记》正是在这个问题上形成了直接的对话。有感于共同体的危机,艾迪生和斯梯尔办起了《旁观者》报,主张有品位的"会话",提升公共娱乐的品级,改善生活方式,积极参与共同体的构建。

[①] 本尼迪克特·安德森:《想象的共同体:民族主义的起源和散布》,吴叡人译,上海:世纪出版集团,2011年,第45页。

[②] 诺贝特·埃利亚斯:《个体的社会》,翟二江、陆兴华译,南京:译林出版社,2003年,第139页。

菲尔丁和奥斯汀也着力于对"会话"探索,继续探讨共同体的构建。这一"会话"传统一直传承至亨利·詹姆斯。19世纪,英国文学参与共同体构建的步伐进一步加快。一些思想家如马克思、韦伯和涂尔干引领共同体的理论建构和实践,英国作家和文人纷纷参与。受马克思的影响,乔治·爱略特致力于打造"情感共同体",指向"文艺",以期改造人的感受力,最终改造世界。

20世纪以来,共同体得到了更有力的推进。利维斯大力提倡"有机共同体"。利维斯对大众文化危机非常焦灼,他关注的焦点是如何将价值融入大众行为意识结构中的合理化问题。为此,他试图建立共同体来获取生活方式的合法化。考虑到科学、宗教和大众文化三种社会整合机制的无效和弊端之后,利维斯从文化领域出发,以精英文化的形式建构文化共同体,这意味着在完成文化合理化的同时解决政治合理化问题。然而,精英文化天生存在无法有效沟通事实与价值的缺陷。在意识到这种疑难后,利维斯为文化观念引入了民粹主义因素,这不但不与他的精英文化观矛盾,这两方面反而在他那里得到了统一,并体现在传统里。最终,文化的价值性与权力性得到经验联系。因而,在传统影响的范围内,传统的趣味决定了人们的观念,或者说,生活方式限定了人们对美好生活的选择。这样,利维斯就完成了使文化合理化的任务。因此,利维斯的共同体文化思想显示出了卓越的理论建构能力。

第二次世界大战后,文化观念出现了新变化。斯诺和利维斯关于人文与科学的"两种文化"之争,对文学创作和文化观念之间关联和互动影响至深。戴维·洛奇的《好工作》和《想》(*Thinks ...*, 2001)等作品就蕴含了"两种文化"和谐发展的愿望。英国作家们对下列问题进行了深层次思考:"英格兰特性"究竟是否存在?怎样构建平衡、包容、多元的"新英格兰特性"?英格兰传统文化是否需要重构?能否重构?在经济高速发展的形势下,如何营造"共同文化"和打造新的共同体?这些问题反映了新一代英国文人的文化诉求。

当代英国作家的有关思辨在双向维度中展开。格雷厄姆·斯威夫特的《洼地》、拜厄特的《占有》等作品反映出这一代作家一边自我怀疑,一边追忆古代文化,最终获得了重生的力量。在回溯历史的同时,不少作家着力重构新的民族特性,憧憬理想的共同体生活。正如福尔斯(John Robert Fowles, 1926—2005)的《丹尼尔·马丁》(*Daniel Martin*, 1977)、阿克罗伊德的《英国音乐》和巴恩斯的《英格兰,英格兰》(England, England, 1998)等作品表明,先前的共同体生活已经衰落,人们借助文化记忆,从业已破败的共同体中饮菁咀华,培育了新的共同体。除了本土作家的愿景描述之外,移民作家也为共同体的构建提供了多元的文化视角,使英国人对于被神秘化的共同体生活有了更好的比照和反省。石黑一雄的小说《落日留痕》(The Remains of the Day, 2012)为英国的传统生活提供了日本文化的映衬和反射。奈保尔的小说《抵达之谜》对共同体进行了重新设计,在纷扰变幻的世界里寻求"现代个人"的体验。除了小说和戏剧以外,诗歌创作也反映出当代英国人在重建民族身份、培育民族共同体方面所付出的不懈努力。R. S. 托马斯(Ronald Stuart Thomas, 1913—2000)、拉金(Philip Larkin, 1922—1985)和希尼的作品就是典型。

总之,从中世纪后期开始,英国文学伴随着近代社会的转型而演变;几个世纪以来的英国文学既是社会转型进程的产物,又积极影响着社会发展。英国文学不断质疑并否定物质主义为特征的现代价值体系,展望理想的共同体生活,逐渐形成了一个强大的文化传统。大量的文学典籍在争论与变革中以丰富多彩的文学形象不断地塑造民族的想象,打造英国的公共文化,成为民族生活方式和价值体系的建设者与捍卫者。

结 语

高品质的生活与壮丽的和谐体

文化观念不断演变,文学作品历代弥新,但是不同时代的英国文学家、思想家在不同时期给出了大致相同的答案:高品质的生活质量不在于科技发达,不在于经济增长或财富递增,而在于精神与物质的交融,理性与道德的平衡,在于行为方式的优雅与得体,在于心灵的尊严和高贵,更在于共同体的和谐,也就是当年马修·阿诺德所主张的"完美"。

概而言之,本卷各章在跟不同时代英国文学家对话的基础上,论证了如下两个核心观点:1) 英国的文化观念史,就是英国社会在经历现代化转型这一漫长过程中的焦虑史与愿景史——在过去的400多年中,文化观念的最重要内涵是"转型焦虑"和"愿景描述",是对社会(从农业文明向工业文明)转型的回应,是对于社会转型(转型过程中人类总体生活方式出现了问题)的焦虑,以及化解这种焦虑的愿景描述;2) 就最主要的文化命题而言,伟大的英国作家/文学批评家们可谓殊途同归——他们讲述的故事及其时代背景虽然不同,但是都没有把幸福(高品质的生活质量)定位在发达的工业和诱人的科技经济指标之上,而是定位于健康的生活方式、精神与物质的互补和平衡,以及日臻完善与和谐的人类共同体。

从莎士比亚到华兹华斯,从奥斯汀到狄更斯和乔治·爱略特,再从普里斯特利到阿克罗伊德,优秀的英国文学家们描绘出一幅幅图景,展示出的感人信念、情操、爱心和想象力,为后人想象共同体提供了启示。说到共同体,我们有必要回应一下由巴塔耶(George Bataille,1897—1962)、布朗肖(Maurice Blanchot,1907—2003)、南希(Jean-Luc Nancy,1940—)和米勒(J. Hillis Miller,1928—)等人对共同体有机/内在属性的质疑。后者以"形而上层面"的思考为前提,热衷于从概念到概念的推理(其中不乏解构主义者惯用的"能指置换"游戏),其结果是"奇迹"般地把"共同体"这一概念偷换成了"独体"(singularity)。① 然

---

① 殷企平:《西方文论关键词:共同体》,《外国文学》,2016年第2期,第76页。

而,共同体本来就不是纯粹的形而上概念,更不应该是这样的概念。对于那些只在形而上层面推演/解释共同体的学者和文人,我们不妨借用马克思的一句话来加以批判:"哲学家们只是用不同的方式解释世界,问题在于改变世界。"① 无论是马克思主义哲学家,还是无数优秀的文学家,他们在倡导/想象共同体时并不仅仅把它看作一个形而上的概念,而是更多地把它看作一种文化实践。这种实践作为一种社会活动乃至运动,在19世纪已经蔚为壮观。参与这种实践的除马克思和恩格斯之外,还有英国的华兹华斯、卡莱尔、狄更斯、乔治·爱略特、哈代、丁尼生、罗斯金和莫里斯,以及法国的杜尔凯姆、德国的韦伯和滕尼斯,等等。以滕尼斯为例,他认为一切有利于共同体的人类活动"都是一个有机的过程",而且"都跟艺术有着亲缘关系"。② 此处对"活动"和"有机过程"的强调表明共同体并未定型,而是动态的、不断生长的、具有开放性的,因而不可能是上述南希等人所说的那种封闭型独体。美国学者苏珊娜·格雷弗曾经细致研究过19世纪的共同体思想——尤其是滕尼斯的——对乔治·爱略特的影响;她强调后者的写作"不是提供(按:针对文化失序等问题的)解决方案,而是培育有关手段的意识——通过这些手段我们可以实现无穷无尽的解决方案"。③ 也就是说,乔治·爱略特想象共同体的出发点跟马克思的一样,是为了改造整个世界。她致力于构建"情感共同体"(community of feelings——据格雷弗的研究,这一概念出自华兹华斯),并"坚信艺术有力量扩展读者的胸怀,使之更有同情心和反应能力;她的美学旨在全面改变人的感受力,进而最终改变社会"。④ 可见,"共同体"概念最重要的属性是文化实践,意在改造世界。当然,就文学家而言,这种实践始于他们描绘的共同体愿景。描述愿景的文化实践始于本卷论及的莎士比亚乃至更早时期的乔叟(Geoffrey Chaucer,1342—1400),并一直延续至今,这从本卷论及的阿克罗伊德、拜厄特、奈保尔和石黑一雄等人笔下的愿景中可见一斑。

---

① 卡尔·马克思:《关于费尔巴哈的提纲》,《马克思恩格斯选集》,中共中央马克思、恩格斯、列宁和斯大林著作编译局译,杭州:人民出版社,1972年,第19页。

② Ferdinand Tönnies, *Community and Civil Society*, trans. Jose Harris and Margaret Hollis, Cambridge: Cambridge UP, 2001, 80.

③ Suzanne Graver, *George Eliot and Community: A Study in Social Theory and Fictional Form*, Berkeley: California UP, 1984, 9.

④ Ibid.

可以说,贯穿本卷的是一幅幅色彩斑斓的共同体/文化愿景。透过这些愿景,我们可以看到英国文学一以贯之的信念:人类社会本应是一个有机的和谐体。历史的发展应像有机体生长的过程,人的价值观和社会制度,都应从深厚的历史土壤中生长出来,而不应让机械主义、拜金主义和工具理性撕裂并毁弃这种有机生长的过程。为确保理想的生活和壮丽的和谐,处于"现在"的人类必须保持与过去的沟通,祛除历史虚无主义和对前景的盲目乐观,这样才能真正连接过往,把握现在,展望未来。

主要参考文献

Abrams, M. H., ed. *The Norton Anthology of English Literature*, 6th ed., 2 vols. New York: Norton, 1993.

Ackroyd, Peter. *Notes for a New Culture*. London: Alkin Books, 1976.

——. *English Music*. London: Penguin Books, 1993.

——. *Albion: The Origins of the English Imagination*. London: Chatto & Windus, 2002.

Adorno, Theodor. *Minima Moralia: Reflections from Damaged Life*. Trans. E. F. N. Jephcott. London and New York: Verso, 2005.

Amis, Martin. *Time's Arrow: Or the Nature of the Offense*. New York: Vintage Books, 1992.

Anderson, Benedict. *Imagined Communities: Reflections on the Origin and Spread of Nationalism*. London: Verso, 1991.

Argyros, Ellen. *"Without Any Check of Proud Reserve": Sympathy and Its Limits in George Eliot's Novels*. New York: Peter Lang Publishing, 1999.

Arnold, Matthew. "The Study of Poetry." In *Essays in Criticism*. Ed. Susan S. Sheridan. Boston & Chicago: Allyn and Bacon, 1896, 1—31.

——. *The Complete Prose Works of Matthew Arnold*, 11 vols. Ed. R. H. Super. Ann Arbor: The University of Michigan Press, 1962—1977.

——. *Culture and Anarchy and Other Writings*. Ed. Stefan Collini. Cambridge: Cambridge University Press, 1993.

Auden, W. H. *Selected Poems* (Expanded Edition). Ed. Edward

Mendelson. New York: Vintage International, 2007.

Austen, Jane. *Emma*, Toronto: Bantam Classic, 1981.

——. *Pride and Prejudice*. New York: Bantam Classic, 2003.

Bacon, Francis. *Advancement of Learning*, Book II. Ed. F. G. Selby. London: MacMillan, 1895.

——. *The Major Works*. Ed. Brian Vickers. Oxford: Oxford University Press, 2002.

Barker-Benfield, G. J. *The Culture of Sensibility: Sex and Society in Eighteenth-Century Britain*. Chicago and London: The University of Chicago Press, 1992.

Bate, Walter Jackson. *From Classic to Romantic: Premises of Taste in Eighteenth-Century England*. New York: Harper, 1961.

Bauman, Zygmunt. "Utopia with No Topos." In *History of the Human Sciences*, Vol. 16, No. 1 (2003): 11—25.

Beattie, James. *Essays on Poetry and Music, as They Affect the Mind*. London: Routledge, 1996.

Beaumont, Matthew. "News from Nowhere and the Here and Now: Reification and the Representation of the Present in Utopian Fiction." In *Victorian Studies*, Vol. 47, No. 1 (Autumn 2004): 33—54.

Belton, Ellen R. "'When No Man Was His Own': Magic and Self-Discovery in The Tempest." In *University of Toronto Quarterly* 55, No. 2 (1985): 127—140.

Benhabib, Seyla. *Situating the Self: Gender, Community and Postmodernism in Contemporary Ethics*. New York: Routledge, 1992.

Bennett, J. Harry. "The Society for the Propagation of Gospel's Plantations and the Emancipation Crisis." In *British Humanitarianism*. Ed. Samuel Clyde McCulloch, 15—29.

Berneri, Marie-Louise. *Journey to Utopia*. London: Freedom Press, 1980.

Black, Eugene C. *Victorian Culture and Society*. New York: Harper &

Row, 1973.

Blake, William. "Auguries of Innocence." In *The Writings of William Blake*, 3 vols. Ed. Geoffrey Keynes. London: Nonesuch Press, 1925.

——. *The Complete Poetry and Prose of William Blake*. Ed. David V. Erdman. New York: Doubleday, 1988.

Bonfield, Lloyd and Richard Michael Smith and Keith Wrightson, eds. *The World We Have Gained: Histories of Population and Social Structure*. Oxford: Basil Blackwell, 1986.

Boudieu, Pierre. *A Social Critique of the Judgement of Taste*. Trans. Richard Nice. London: Routledge, 2010.

Brantlinger, Patrick. "'News from Nowhere': Morris's Socialist Anti-Novel." In *Victorian Studies* 19 (September 1975): 35—49.

Brennan, Michael G. *Evelyn Waugh: Fictions, Faith and Family*. London: Bloomsbury Academic, 2013.

Breton, Rob. *Gospels and Grit: Work and Labour in Carlyle, Conrad and Orwell*. Toronto: University of Toronto Press, 1965.

Bridgham, Elizabeth A. *Spaces of the Sacred and Profane: Dickens, Trollope, and the Victorian Cathedral Town*. New York: Routledge, 2008.

Briggs, Asa. *The Age of Improvement: 1783—1867*. Edinburgh: Pearson Education, 2000.

Broughton, Janet and John Carriero, *A Companion to Descartes*. Oxford: Wiley-Blackwell, 2008.

Burke, Edmund. "Reflections on the Revolution in France." In *Writings and Speeches of Edmund Burke*. Ed. Paul Lanford, 12 vols. Oxford: Clarendon Press, 1981—2000.

Burton, Robert. *The Anatomy of Melancholy*, 2 vols. Eds. Thomas C. Faulkner, Nicolas K. Kiessling, Oxford, Clarendon Press, 1989.

Byatt, A. S. "Editor's Notes Interviewed by Jean-Louis Chevalier." In

Journal of the Short Story in English 41 (Autumn 2003), 215—242.

Byrne, Sandie, ed. *George Bernard Shaw's Plays: Mrs. Warren's Profession, Pygmalion, Man and Superman, Major Barbara: Contexts and Criticism*. New York: W. W. Norton & Inc., 2002.

Byrne, William F. *Edmund Burke for Our Time: Moral Imagination, Meaning and Politics*. DeKalb: Northern Illinois University Press, 2011.

Carlyle, Thomas. *The Works of Thomas Carlyle*. London: Chapman and Hall, 1899.

———. *Past and Present*. Boston: Riverside, 1965.

———. *Past and Present*, Rockville, Maryland: Serenity Publishers, 2009.

Carro, David. *George Eliot: The Critical Heritage*. London, 1971.

Coleridge, Samuel Taylor. *On the Constitution of Church and State*. London: Hurst, Chance, and Co., 1830.

Cooper, Anthony Ashley. *Characteristics of Men, Manners, Opinions, Times*. Ed. Lawrence E. Klein. Cambridge: Cambridge University Press, 1999.

Corneanu, Sorana. *Regimens of the Mind: Boyle, Locke, and the Early Modern Cultura Animi Tradition*. Chicago and London: The University of Chicago Press, 2011.

Coulson, John. *Religion and Imagination*. Oxford: Clarendon Press, 1981.

Cowper, William. *The Poems of William Cowper*, 3 vols. Ed. John D. Baird and Charles Ryskamp. Oxford: Oxford University Press, 1980.

Cruikshank, R. J. *Charles Dickens and Early Victorian England*. New York: Chanticleer Press, 1949.

Cuddy-Keane, Melba. *Virginia Woolf, the Intellectual, and the Public Sphere*. Cambridge: Cambridge University Press, 2003.

Davie, Donald. "Berkeley and the Style of Dialogue." In *The English*

Mind. Eds. Hugh Sykes Davies and George Watson, 90—106.

Davies, Hugh Sykes and George Watson. *The English Mind*. Cambridge: Cambridge University Press, 1964.

Defoe, Daniel. *Roxana or the Fortunate Mistress*. Oxford: Oxford University Press, 1998.

——. *The Compleat Gentleman*. Qtd. in Nicholas Hudson, *Samuel Johnson and the Making of Modern England*, 15.

DeLaura, David J. *Hebrew and Hellene in Victorian England*. Austin: University of Texas Press, 1969.

Dickens, Charles. *Hard Times*. London: Bradbury & Evans, 1854.

——. *Hard Times*, Beijing: Foreign Language Teaching and Research Press/Oxford: Oxford University Press, 1994.

Dolin, Tim. *George Eliot*. Oxford: Oxford University Press, 2005.

Dow, Alexander and Sheila Dow. *A History of Scottish Economic Thought*. London: Routledge, 2006.

Drabble, Margret. *The Radiant Way*. New York: Ivy Books, 1987.

——. *The Seven Sisters*. Orlando: Penguin Books, 2002.

Duffy, John. "Early Factory Legislation: A Neglected Aspect of British Humanitarianism." In *British Humanitarianism*. Ed. Samuel Clyde McCulloch, 66—83.

Durey, Jill Felicity. *Trollope and the Church of England*. New York: Palgrave MacMillan, 2002.

Eagleton, Terry. *The Function of Criticism: From the Spectator to Post-Structuralism*. London: Verso, 1984.

——. *The Ideology of the Aesthetic*. Oxford: Blackwell Publishing, 1990.

——. *Sweetness and Light for All: Matthew Arnold and the Search for a Common Moral Ground to Replace Religion*, *Giants Refreshed*. In *Times Literary Supplement* 21 Jan., 2000: 15.

——. *The Idea of Culture*. New York: Farrar, Straws & Giroux, 1957.

——. *The Idea of Culture*. Oxford: Blackwell Publishers, 2009.

——. *Trouble with Strangers*. Chichester: Wiley-Blackwell, 2009.

Eccles, Mark, ed. *The Macro Plays*. Oxford: Oxford University Press, 1969.

Eliot, George. "German Wit: Heinrich Heine." In *Essays of George Eliot*. Ed. Thomas Pinney. New York: Columbia University Press, 1963, 238—239.

——. "The Morality of Wilhelm Meister." In *Essays of George Eliot*. Ed. Thomas Pinney, 143—147.

——. *Daniel Deronda*. Oxford: Clarendon Press, 1984.

——. "Thomas Carlyle." In *Selected Essays, Poems and Other Writings*. Eds. A. S. Byatt and Nicholas Warren. Harmondsworth: Penguin, 1990.

——. *Adam Bede*. New York: Penguin, 2004.

Eliot, T. S. "Ulysses, Order and Myth." In *The Dial* 75, (Novermber 1923), 480—483.

——. *Essays Ancient and Modern*. New York: Harcourt, Brace and Company, 1932.

——. *Four Quartets*. Orlando: Harvest Book, 1943.

——. *Notes Towards the Definition of Culture*. London: Faber and Faber Limited, 1948.

——. *On Poetry and Poets*. New York: The Noonday Press, 1961.

——. *To Criticize the Critic and Other Writings*. Lincoln and London: University of Nebraska Press, 1965.

——. *The Sacred Wood and Major Early Essays*. Mineona & New York: Dover Publications, 1998.

Erasmus of Rotterdam. *A Handbook on Good Manners for Children*. Trans. Eleanor Merchant. London, Preface Publishing, 2008.

Fanu, J. S. Le. "Lights and Shadows of London Life." In *Meliora*,

1.3 (1867): 270—273.

Faulkner, Peter. *William Morris and the Idea of England: Kelmscott Lecture 1991*. Nottingham: Russell Press, 1992.

Fielding, Henry. "An Essay on Conversation." In *The Works of Henry Fielding, Esq.*, 12 vols. London: John Bell, 1775, Vol. 1, 3 - 38.

Finney, Brian. *English Fiction Since 1984: Narrating a Nation*. New York: Palgrave Macmillan, 2006.

Fleishman, Avrom. *George Eliot's Intellectual Life*. Cambridge: Cambridge University Press, 2010.

Forman-Barzilai, Fonna. *Adam Smith and the Circles of Sympathy: Cosmopolitanism and Moral Theory*. Cambridge: Cambridge University Press, 2009.

Frye, Northrop. *Fearful Symmetry: A Study of William Blake*. Princeton: Princeton University Press, 1947.

Gale, Maggie B and J. B. Priestley. *Modern and Contemporary Dramatists*. London & New York: Routledge, 2008.

Garson, Marjorie. *Moral Taste: Aesthetics, Subjectivity, and Social Power in the Nineteenth-Century Novel*. Toronto: University of Toronto Press, 2007.

Gervais, David. *Literary Englands: Versions of "Englishness" in Modern Writing*. Cambridge: Cambridge University Press, 1993.

Gigante, Denise. *Taste: A Literary History*. New Haven: Yale University Press, 2005.

Godwin, William. *Political and Philosophical Writings of William Godwin*, Vol. Ⅲ. Ed. Mark Philp. London: William Pickering, 1993.

Gould, Peter C. *Early Green Politic: Back to Nature, Back to the Land, and Socialism in Britain, 1880—1900*. Sussex and New York: Harvester and St. Martin's Press, 1988.

Graver, Suzanne. *George Eliot and Community: A Study in Social Theory and Fictional Form*. Berkeley: California UP, 1984.

Gower, John. *Confessio Amantis*, Vol. 1. Ed. Russell A. Peck. Kalamazoo: TEAMS, 2000.

Habermann, Ina. *Myth, Memory and the Middlebrow: Priestley, du Maurier and the Symbolic Form of Englishness*. Hampshire: Palgrave Macmillan, 2010.

Haight, Gordon S, ed. *The George Eliot Letters*, 9 vols. New Haven: Yale University Press, 1954—1978, I, 236—238.

Harbus, Antonina. *The Life of the Mind in Old English Poetry*. Amsterdam and New York: Rodopi, 2002.

Hardy, Barbara. *The Moral Art of Dickens*. London: The Athlone Press, 1970.

Harris, Joseph. *Private Lives. Public Spirit: A Social History of Britain 1870—1914*. Oxford: Oxford University Press, 1993.

Harris, Wendell V. "Arnold, Pater, Wilde, and the Object as in Themselves They See It." In *Studies in English Literature, 1500—1900* 11, No. 4 (1970): 733—747.

Harrison, Peter. "Francis Bacon, Natural Philosophy, and the Cultivation of the Mind." In *Perspectives on Science* 20, No. 2 (2012): 139—158.

Harrison, William. *The Description of England*. Ed. Georges Deepen. New York: Dover Publications, 1968.

Hartman, Geoffrey H. *The Fateful Question of Culture*. New York: Columbia University Press, 1997.

Hazlitt, William. *The Spirit of the Age: Or Contemporary Portraits*. London: Colburn, 1825.

Heaney, Seamus. *Laud Locked*. Irish Press, 1974.

——. *Among Schoolchildren*. Belfast: Queen's University, 1983.

Henderson, Philip. *The Letters of William Morris to His Family and Friends*. London: Longmans, 1978.

Holland, Owen. "William Morris's Utopian Optics." In *Victorian Network* 5, No. 1 (Summer 2013): 44—64.

Houghton, Walter E. *The Victorian Frame of Mind 1830—1870*. New Haven and London: Yale University Press, 1957.

Hudson, Nicholas. *Samuel Johnson and the Making of Modern England*. Cambridge: Cambridge University Press, 2003.

Hughes, Thomas. *Tom Brown's School Days*. London: Oxford University Press, 1907.

Huxley, Thomas Henry. *Collected Essays*. London: Macmillan, 1893—1894.

Ishiguro, Kazuo. *Never Let Me Go*. New York: Knopf, 2005.

Jameson, Fredric. *Archaeologies of the Future: The Desire Called Utopia and Other Science Fictions*. London: Verso, 2005.

John, Juliet and Alice Jenkins. "Introduction." In *Rethinking Victorian Culture*. Eds. Juliet John and Alice Jenkins. Houndmills: Macmillan Press, 2000.

Johnson, Lesley. *The Cultural Critics: From Matthew Arnold to Raymond Williams*. London: Routledge & Kegan Paul, 1979.

Keats, John. *The Letters of John Keats*, 2 vols. Ed. Hyder Edward Rollins. Cambridge: Cambridge University Press, 2012.

Kierkegaard, Søren. *Concept of Anxiety*. Ed. & Trans. Reidar Thomte. New Jersey: Princeton University Press, 2013.

Killham, John. "The Idea of Community in the English Novel." In *Nineteenth-Century Fiction* 31, No. 4 (1977): 379—396.

Kingsley, Fanny. *Charles Kingsley: His Letters and Memories of Life*, Vol. 1. Cambridge and London: Cambridge University Press, 1962.

Kocka, Jürgen. "The Study of Social Mobility and the Formation of Working Class in the 19th Century." In *Georges Haupt parmi nous* 111 (1980): 97—117.

Koutsantoni, Katerina. *Virginia Woolf's Common Reader*. New York: Ashgate, 2009.

Kucich, John and Dianne F. Sadoff. "Charles Dickens." In *The Oxford Encyclopedia of British Literature*, 5 vols. Ed. David Scott Kastan. Oxford University Press, 2006, 2: 154—164.

Kumar, Krishan. "*News from Nowhere*: The Renewal of Utopia." In *History of Political Thought* 14, No. 1 (Spring 1993): 133—143.

———. "A Pilgrimage of Hope: William Morris's Journey to Utopia." In *Utopian Studies* 5, No. 1 (1994): 89—107.

Langford, Paul. *Englishness Identified: Manners and Character 1650—1850*. Oxford: Oxford University Press, 2000.

Langland, William. *Piers the Plowman: A New Translation of the B Text*. Trans. A. V. C. Schmidt. Oxford: Oxford University Press, 1992.

LaRose, Nicole. "Wordsworth's Urban Theater and the Imaging of Community." In *Interdisciplinary Literary Studies* 7, No. 2 (Spring 2006): 74—88.

Leavis, F. R. *Mass Civilization and Minority Culture*. Cambridge: Minority Press, 1930.

———. *Nor Shall My Sword: Discourses on Pluralism, Compassion and Social Hope*. London: Chatto & Windus, 1972.

———. *Two Cultures? The Significance of C. P. Snow*. Cambridge: Cambridge University Press, 2013.

Leavis, F. R. and Denys Thompson. *Culture and Environment: The Training of Critical Awareness*. London: Chatto & Windus, 1964.

Lennon, Thomas M. *The Plain Truth: Descartes, Huet, and Skepticism*. Leiden: Brill, 2008.

Livingston, James C. *Matthew Arnold and Christianity*. Columbia (South Carolina): University of South Carolina Press, 1986.

Locke, John. *An Essay Concerning Human Understanding*. Oxford: Clarendon Press, 1979.

——. *Some Thoughts Concerning Education*. Eds. John W. and Jean S. Yolton. Oxford: Clarendon Press, 1989.

Long, William J. *English Literature: Its History and Its Significance for the Life of the English-Speaking World*. Boston: Ginn and Company, 1909.

Louttit, Chris. *Dickens's Secular Gospel: Work, Gender and Personality*. New York: Routledge, 2009.

Lovejoy, Arthur O. *The Great Chain of Being: A Study of the History of an Idea*. Harvard University Press, 1936.

Mackie, Erin. *Market a' La Mode: Fashion, Commodity, and Gender in* The Tatler *and* The Spectator. Baltimore: Johns Hopkins University Press, 1997.

Marlowe, Christopher. *Doctor Faustus*. Ed. David Scott Kastan. New York: Norton, 2005.

Matteson, John. "Constructing Ethics and the Ethics of Construction: John Ruskin and the Humanity of the Builder." In *Cross Currents* 52, No. 3 (2002): 294—303.

Mayhew, Augustus. *Paved with Gold, or the Romance and Reality of the London Streets: An Unfashionable Novel*. London: Chapman and Hall, 1858.

McCulloch, Samuel Clyde. *British Humanitarianism*. Kingsport: The Kingsport Press, 1950.

McEwan, Ian. "Review: Interview: At Home with His Worries — Interview with Kate Kellaway." In *Observer*, 16 Sep. 2001, Review: 3. 3.

McFarland, Thomas. *The Masks of Keats: The Endeavor of a Poet*. Oxford: Oxford University Press, 2000.

McGann, Jerome. *The Poetics of Sensibility: A Revolution in Literary

Style. Oxford: Clarendon Press, 1996.

Mee, Jon. *Conversable Worlds: Literature, Contention, and Community 1762 to 1830*. Oxford: Oxford University Press, 2011.

Meier, Paul. *William Morris: The Marxist Dreamer*, 2 vols. Trans. Frank Gubb. Brighton: The Harvester Press, 1978.

Meredith, George. *Sandra Belloni (Originally Emilia in England) — Complete*. London: Constable, 1914.

Miège, Guy. *The New State of England Under Their Majesties K. William and Q. Mary*. London: Mortlock and Robinson, 1691.

Miège, Guy and Solomon Bolton. *The Present State of Great Britain and Ireland*, 11th ed. London: Brotherton, 1745.

Mill, John Stuart. *Autobiography*. London: Penguin Books, 1989.

——. "Spirit of the Age." In *Victorian Essays*. Ed. Gertrude Himmelfarb. New Haven: Yale University Press, 2007, 50—79.

Milton, John. *Complete Prose Works*, 8 vols. Ed. Don M. Wolfe. New Haven: Yale University Press, 1953.

——. *Complete Poems and Major Prose*. Ed. Merritt Y. Hughes. New York: Odyssey, 1957.

——. *Prose*. Ed. David Loewenstein. Chichester: Wiley-Blackwell, 2013.

Money, John. "The Masonic Moment: Or Ritual, Replica, and Credit: John Wilkes, the Macaroni Parson, and the Making of the Middle-Class Mind." In *Journal of British Studies*, 4 (1993): 358—395.

More, Thomas. *Utopia: Latin Text and English Translation*. Eds. George M. Logan, etc. Cambridge: Cambridge University Press, 1995.

Moriarty, Michael. *Taste and Ideology in Seventeenth-Century France*. Oxford: Cambridge University Press, 1988.

Morris, William. "The Dull Level of Life." In *Justice*, 24 April 1884, 2.

——. *The Collected Works of William Morris*, Vol. 22. Ed. May Morris. London: Longmans Green, 1914.

——. "Looking Backward." In *William Morris: Artist, Writer, Socialist*, 2 vols. Ed. May Morris. Oxford: Basil Blackwell, 1936, Vol. 2, 501—507.

——. "How I Become a Socialist." In *News from Nowhere and Selected Writings and Designs*. London: Penguin Group, 1962.

——. "Art and Socialism." In *William Morris: Stories in Prose, Stories in Verse, Shorter Poems, Lectures and Essays*. Ed. G. D. H. Cole. New York: Random House, 1978.

——. *Political Writings of William Morris*. Ed. A. L. Morton. London: Lawrence & Wishart, 1979.

——. *News from Nowhere and Selected Writings and Designs*. Ed. Asa Briggs. London: Penguin, 1986.

——. *The Collected Works of William Morris*, Vol. XXII. London: Routledge/Thoemmes Press, 1992.

——. "The Society of the Future." In F. MacCarthy, *William Morris — A Life for Our Time*. London: Faber & Faber, 1995.

——. *William Morris on History*. Ed. Nicholas Salmon. Sheffield: Sheffield Academic Press, 1996.

Morrow, John. *Thomas Carlyle*. London: Hambledon Continnuum, 2006.

Morse, David. *High Victorian Culture*. New York: New York University Press, 1993.

Joseph Harris. *Private Lives, Public Spirit: A Social History of Britain 1870—1914*. Oxford: Oxford University Press, 1993.

Murphy, Richard. "On North." In *The New York Review of Books*, September 30, 1976.

Neale, Catherine. *George Eliot: Middlemarch*. London, Penguin Books, 1989.

Orwell, George. "Politics and the English Language." In *The Longman Anthology of British Literature*, Vol. 2. Ed. David Damrosch. New

York: Longman, 1999.

Oulton, Carolyn W. de la L. *Literature and Religion in Mid-Victorian England: From Dickens to Eliot*. New York: Palgrave MacMillan, 2003.

Palmer, Imelda. *Matthew Arnold: Culture, Society and Education*. Melbourne: Macmillan, 1979.

Pinney, Thomas, ed. *Essays of George Eliot*. New York: Columbia University Press, 1963.

Poole, Russell Gilbert. *Annotated Bibliography of Old and Middle English Literature: Old English Wisdom Poetry*. Cambridge: D. S. Brewer, 1998.

Pope, Norris. *Dickens and Charity*. New York: Columbia University Press, 1978.

Priestley, J. B. *The Good Companions*. London: Arrow Books, 2000.

Rauch, Alan. *Useful Knowledge: The Victorians, Morality, and the March of Intellect*. Durham: Duke University Press, 2001.

Richardson, Samuel. *The History of Sir Charles Grandison*, 3 vols. Ed. Jocelyn Harris. Oxford: Oxford University Press, 1972.

Rickert, Edith. "Introduction." In *The Babees' Book: Medieval Manners for the Young*. London: Chatto and Windus, 1908, xxv—xxvi.

Righter, Anne. "Francis Bacon." In *The English Mind*. Eds. Hugh Sykes Davies and George Watson, 7—29.

Rignall, John. *Oxford Reader's Companion to George Eliot*. Oxford: Oxford University Press, 2000.

Rob, Breton. "The Stone of Happiness: Ruskin and Working-class Culture." In *Journal of Victorian Culture* 10, No. 2 (Winter 2005): 210—228.

Roberts, F. David. *The Social Conscience of the Early Victorians*. Stanford: Stanford University Press, 2002.

Rushdie, Salman. *The Ground Beneath Her Feet*. New York: Henry Holt and Company, 1999.

Ruskin, John. *The Works of John Ruskin*, 39 vols. London: George Allen, 1903—1912.

Shaffer, Brian W. *The Blinding Torch: Modern Fiction and the Discourse of Civilization*. Amherst: The University of Massachusetts Press, 1993.

Shaw, G. Bernard. *Love Among the Artists*. New York: Herbert S. Stone and Company, 1900.

Shelley, Percy. "Essays, Letters from Abroad." In *The Poetical Works of Percy Bysshe Shelley*. Ed. Mrs. Shelley. London: Edward Moxon, Son & Co., 1874.

——. *Shelley's Prose; or the Trumpet of a Prophecy*. Ed. David Lee Clark. London: Fourth Estate, 1988.

Silver, Brenda R. "Intellectual Crossings and Reception." In *The Cambridge Companion to the Bloomsbury Group*. Ed. Victoria Rosner. Cambridge: Cambridge University Press, 2014.

Smith, Adam. *An Inquiry into the Nature and Causes of the Wealth of Nations*. Ed. W. B. Todd. Oxford: Oxford University Press, 1976.

——. *The Theory of Moral Sentiments*. Eds. D. D. Raphael and A. L. Macfie. Indianapolis: The Liberty Fund, 1984.

Smith, Robert Worthington. "The Attempt of British Humanitarianism to Modify Chattel Slavery." In *British Humanitarianism*. Ed. Samuel Clyde McCulloch, 166—180.

Smyth, Gerry. *Music in Contemporary British Fiction: Listening to the Novel*. New York: Palgrave Macmillan, 2008.

Stanley, Carleton. *Matthew Arnold*. Toronto: The University of Toronto Press, 1938.

Stansky, Peter. "Utopia and Anti-Utopia: William Morris and George Orwell." In *The Threepenny Review*, No. 10 (Summer, 1982): 3—5.

Steele, Sir Richard. *The Tatler*, 3 vols. Ed. Donald F. Bond. Oxford: Clarendon Press, 1987.

Steer, Philip. "National Pasts and Imperial Futures: Temporality, Economics, and Empire in William Morris's *News from Nowhere* (1890) and Julius Vogel's *Anno Domini 2000* (1889)." In *Utopian Studies* 19, No. 1 (2008): 49—72.

Sterner, Douglas W. *Priests of Culture — A Study of Matthew Arnold and Henry James*. New York: Peter Lang, 1999.

Straumann, Heinrich. "Matthew Arnold and the Continental Idea." In *The English Mind*. Eds. Hugh Sykes Davies and George Watson, 240—256.

Strauss, Leo. *Liberalism Ancient and Modern*. Chicago and London: The University of Chicago Press, 1968.

Stromberg, Roland N. *An Intellectual History of Modern Europe*. Englewood Cliffs: Prentice-Hall, 1975.

Stubbs, William. *The Constitutional History of England, in its Origin and Development*, 3 vols. Cambridge: Cambridge University Press, 1878.

Suarez, Michael F, S. J. "Swift's Satire and Parody." In *The Cambridge Companion to Jonathan Swift*. Ed. Christopher Fox. Cambridge: Cambridge University Press, 2003, 112—127.

Summers, David. *The Judgment of Sense: Renaissance Naturalism and the Rise of Aesthetics*. Cambridge: Cambridge University Press, 1987.

Swift, Graham. *Ever After*. New York: Vintage, 1993.

——. "Graham Swift in Interview on *Last Orders* — Interview with Bettina Grossmann, Roman Haak, Melanie Romberg and Saskia Spindler." In *Anglistik* 8, No. 2 (1997): 155—160.

Tennyson, Alfred. "Locksley Hall." In *The Works of Alfred Tennyson*. Philadelphia: Gebbie & Co., 1881, 110-115.

Thompson, E. P. *William Morris: Romantic to Revolutionary*. New York: Pantheon Books, 1977.

Tocqueville, Alexis de. *Journeys to England and Ireland*. Trans. George Lawrence and K. P. Mayer. Ed. J. P. Mayer. New Jersey: Transaction Publishers, 1979.

Togle, Fintan O'. "Poet Beyond Border." In *The New York Review*, March 4, 1999.

Tönnies, Ferdinand. *Gemeinschaft und Gesellschaft*. Trans. Charles P. Loomis. New York: Harper & Row, 1963.

———. *Community and Civil Society*. Trans. Jose Harris and Margaret Hollis. Cambridge: Cambridge University Press, 2001.

Toteff, Christopher Adair. "Ferdinand Tönnies: Utopian Visionary." In *Sociology Theory* 13, No. 1 (March 1995): 58—65.

Town, Mr. Critic and Censor-General, "On Taste." In The *Connoisseur* 4, Eds. George Colman and Bonnell Thornton. London: R. Baldwin, 1757, 121—127.

Trilling, Lionel. *Matthew Arnold*. New York: W. W. Norton & Co. 1939.

———. "Aggression and Utopia: A Note on William Morris's *News from Nowhere*." In *Psychoanalytic Quarterly* 42, No. 2 (1973): 214—225.

Trimm, Ryan S. "Rhythm Nation: Pastiche and Spectral Heritage in English Music." In *Critique: Studies in Contemporary Fiction* 52, No. 3 (2011): 251—257.

Uglow, Jennifer. *George Eliot*. New York: Virago/Pantheon Pioneers, 1987.

Vance, Norman. *Bible and Novel: Narrative Authority and the Death of God*. Oxford: Oxford University Press, 2013.

Vaninskaya, Anna. *William Morris and the Idea of Community: Romance, History and Propaganda, 1880—1914*. Edinburgh: Edinburgh University Press, 2010.

Waithe, Marcus. "*News from Nowhere*, *Utopia* and Bakhtin's Idyllic

Chronotope." In *Textual Practice* 16, No. 3 (2002): 459—472.

Walder, Dennis. *Dickens and Religion*. London: George Allen & Unwin, 1981.

Wallech, Steven. "'Class versus Rank': The Transformation of Eighteenth-Century English Social Terms and Theories of Production." In *The History of Ideas* 47, No. 3 (1986): 409—431.

Watson, George. "Joseph Butler." In *The English Mind*. Eds. Hugh Sykes Davies and George Watson, 107—122.

Watt, Ian. "Joseph Conrad: Alienation and Commitment." In *The English Mind*. Eds. Hugh Sykes Davies and George Watson, 257—278.

Wegner, Philip E. *Imaginary Communities: Utopia, the Nation, and the Spatial Histories of Modernity*. Berkeley and Los Angeles: University of California Press, 2002.

Weliver, Phyllis. *The Musical Crowd in English Fiction, 1840—1910: Class, Culture and Nation*. Houndmillls: Palgrave Macmillan, 2006.

Whelan, Lara Baker. *Class, Culture and Suburban Anxieties in the Victorian Era*. New York: Routledge, 2010.

Whimster, Sam and Scott Lash and Max Weber. *Rationality and Modernity*, London: Routledge, 2014.

White, Laura Mooneyham. *Jane Austen's Anglicanism*. Surrey: Ashgate Publishing Limited, 2011.

Wigod, Jacob D. "Negative Capability and Wise Passiveness." *PMLA* 67, No. 4 (1952): 383—390.

Williams, Raymond. "The Idea of Culture." In *Essays in Criticism: A Quarterly Journal of Literary Criticism*, No. 3 (1953): 239—266.

——. *Culture and Society: 1780—1950*. London: Chatto & Windus Ltd., 1958.

——. *The Long Revolution*. London: Penguin Books, 1961.

——. "David Hume: Reasoning and Experience." In *The English*

Mind. Eds. Hugh Sykes Davies and George Watson, 123—145.

———. *Keywords: A Vocabulary of Culture and Society*. Oxford: Oxford University Press, 1983.

Woolf, Virginia. *A Room of One's Own*. London: Grafton, 1977.

Wordsworth, William. *Selected Poems: William Wordsworth*. Ed. Stephen Gill. London, Penguin Books, 2005.

Zucker, Adam. "Late Shakespeare." In *The Oxford Handbook of Shakespeare*. Ed. Arthur Kinney, 352—372. Oxford: Oxford University Press, 2012.

A. S. 拜厄特:《天使与昆虫》,杨向荣译,海口:南海出版公司,2012年。

——:《占有》,于冬梅、宋瑛堂译,海口:南海出版公司,2012年。

——:《孩子们的书》,杨向荣译,海口:南海出版公司,2014年。

D. S. 卡斯坦:《牛津英国文学百科全书》(第三卷),上海:上海外语教育出版社,2009年。

E. M. 福斯特:《霍华德庄园》,苏福忠译,北京:人民文学出版社,2009年。

——:《霍华德庄园》,苏福忠译,上海:上海译文出版社,2016年。

F. R. 利维斯:《伟大的传统》,袁伟译,北京:生活·读书·新知三联书店,2002年。

——:《伟大的传统》,袁伟译,北京:生活·读书·新知三联书店,2009年。

J. C. D. 克拉克:《1660—1832年的英国社会》,姜德福译,北京:商务印书馆,2014年。

M. H. 艾布拉姆斯:《镜与灯:浪漫主义文论及批评传统》,郦稚牛等译,北京:北京大学出版社,2004年。

阿兰·德波顿:《身份的焦虑》,陈广兴、南治国译,上海:上海译文出版社,2015年。

阿历克西·托克维尔:《旧制度与大革命》,冯棠译,北京:商务印书馆,1997年。

阿伦·布洛克:《西方人文主义传统》,董乐山译,北京:群言出版社,2012年。

阿诺德·汤因比:《一个历史学家的宗教观》,晏可佳、张龙华译,成都:四川人民出版社,1990年。

埃德蒙·伯克:《关于我们崇高与美观念之根源的哲学探讨》,郭飞译,郑州:大象出版社,2010年。

艾伦·麦克法兰:《现代世界的诞生》,管可秾译,上海:上海人民出版社,2013年。

艾瑞克·霍布斯鲍姆:《革命的年代》,王章辉等译,北京:中信出版社,2014年。

爱德华·萨义德:《文化与帝国主义》,北京:三联书店,2003年。

安德鲁·桑德斯:《牛津简明英国文学史》,谷启南、韩加明、高万隆译,北京:人民文学出版社,2000年。

——:《简明英国文学史》,谷启楠等译,北京:人民文学出版社,2006年。

安妮特·T.鲁宾斯坦:《英国文学的伟大传统(上):从莎士比亚到奥斯丁》(三卷本),陈安全等译,上海:上海译文出版社,1998年。

本尼迪克特·安德森:《想象的共同体:民族主义的起源和散布》,吴叡人译,上海:世纪出版集团,2011年。

伯纳德·曼德维尔:《蜜蜂的寓言》,肖聿译,北京:中国社会科学出版社,2002年。

查尔斯·狄更斯:《董贝父子》,祝庆英译,上海:上海译文出版社,1994年。

——:《荒凉山庄》,张生庭、张宝林译,武汉:长江文艺出版社,2010年。

陈德如:《建筑的七盏明灯——浅谈罗斯金的建筑思维》,台北:商务印书馆,2006年。

陈蕾蕾:《乔治·爱略特早期作品的新历史主义的解读》,载《外国文学研究》,2002年第1期,第54—60页。

大卫·休谟:《休谟经济论文选》,陈玮译,北京:商务印书馆,1984年。

——:《人性论》,关文运译,北京:商务印书馆,1996年。

——:《道德原理研究》,曾晓平译,北京:商务印书馆,2001年。

——:《论道德与文学》,马万利、张正萍译,杭州:浙江大学出版社,2011年。

丹尼尔·笛福:《鲁滨逊漂流记》,郭建中译,北京:中国对外翻译出版公司,2012年。

丁宏伟：《真实的空间：英国近现代主要诗人所看到的精神境域》，北京：北京大学出版社，2013年。

杜心源：《进入世界的词语——西默斯·希尼诗的语言形式与民族身份建构》，载《当代外国文学》，2007年第2期，第95—105页。

方平：《一个诗的时代——谈莎士比亚和他的剧中人物、他的观众的语言观》，载《外国文学研究》，1990年第4期，第3—12页。

弗里德里希·恩格斯：《反杜林论》，北京：人民出版社，1995年。

弗里德里希·席勒：《审美教育书简》，冯至、范大灿译，北京：北京大学出版社，1985年。

高健：《英国散文精选》，上海：上海译文出版社，2010年。

高晓玲：《卡莱尔的知识话语研究》，载《外国文学评论》，2016年第1期，第172—188页。

顾绶昌：《关于莎士比亚的语言问题》，载《外国文学研究》，1982年第3期，第16—28页。

海因里希·海涅：《英吉利断片》，章国锋译，载《海涅全集》第5卷，章国锋、胡其鼎主编，石家庄：河北教育出版社，2003年。

海子：《海子诗全集》，西川编，北京：作家出版社，2009年。

何畅：《环境与焦虑：生态视野中的罗斯金》，北京：中国社会科学出版社，2012年。

胡晓华：《"卑贱"的回归——论欧茨小说〈圣殿〉的自我认同观》，载《外国文学》，2011年第4期，第21页。

黄梅：《推敲"自我"：小说在18世纪的英国》，北京：三联书店，2003年。

黄仲山：《权力视野下的审美趣味研究》，中国社会科学院博士论文，2013年，第38页。

基思·托马斯：《人类与自然世界：1500—1800年间英国观念的变化》，宋丽丽译，南京：译林出版社，2009年。

杰里米·边沁：《道德与立法原理导论》，时殷弘译，北京：商务印书馆，2000年。

金耀基：《从传统到现代——转型中的中国社会》，北京：中国人民大学出版社,1999年。

卡尔·马克思:《关于费尔巴哈的提纲》,载《马克思恩格斯选集》,中共中央马克思、恩格斯、列宁和斯大林著作编译局译,杭州:人民出版社,1972年。

——:《资产阶级和反革命》,载《马克思恩格斯选集》,中共中央马克思、恩格斯、列宁和斯大林著作编译局译,北京:人民出版社,1972年。

——:《1844年经济学哲学手稿》,北京:人民出版社,2000年。

卡尔·马克思、弗里德里希·恩格斯:《德意志意识形态》,北京:人民出版社,1961年。

兰西·佩尔斯、查理士·撒士顿:《科学的灵魂》,潘柏滔译,南昌:江西人民出版社,2006年。

劳伦斯·斯通:《英国的家庭、性与婚姻,1500—1800》,刁筱华译,北京:商务印书馆,2011年。

雷蒙·威廉斯:《文化与社会》,吴松江、张文定译,北京:北京大学出版社,1991年。

——:《关键词:文化与社会的词汇》,刘建基译,北京:生活·读书·新知三联书店,2005年。

李赋宁:《欧洲文学史》第二卷(英国浪漫主义部分),北京:商务印书馆,1999年。

李维屏、张定铨:《英国文学思想史》,上海:上海外语教育出版社,2012年。

理查德·谢帕德:《语言的危机》,载《现代主义》,胡家峦译,上海:上海外语教育出版社,1992年。

刘炳善:《英国文学简史》,上海:上海外语教育出版社,1995年。

刘锋:《〈圣经〉的文学性诠释与希伯来精神的探求》,北京:北京大学出版社,2007年。

刘金源:《现代化与英国社会转型》,北京:三联书店,2013年。

刘若端:《十九世纪英国诗人论诗》,北京:人民文学出版社,1984年。

刘文瑾:《文学作为对"人的乌托邦"之预感》,载《外国文学》,2012年第1期。

刘祖云:《社会转型解读》,武汉:武汉大学出版社,2005年。

路杰:《转型社会的权威认同》,北京:国家行政学院出版社,2015年。

鲁迅:《我怎么做起小说来》,《鲁迅全集》第4卷,北京:人民文学出版社,1981年。

陆建德:《破碎思想体系的残编》,北京:北京大学出版社,2001年。

——:《托·斯·艾略特:他改变了一代人的表达方式》,载《文艺报》,2012年9月18日。

——主编:《现代化进程中的外国文学研究》(下),北京:中国社会科学出版社,2015年。

陆杨:《费瑟斯通论日常生活审美化》,载《文艺研究》,2009年第11期,第19页。

罗伯特·艾柯:《美的历史》,北京:中央编译出版社,2007年。

罗兰·巴特:《零度的写作》,李幼蒸译,北京:中国人民大学出版社,2008年。

罗兰·斯特龙伯格:《西方现代思想史》,刘北成、赵国新译,北京:金城出版社,2012年。

罗洛·梅:《焦虑的意义》,朱侃如译,桂林:广西师范大学出版社,2010年。

马丁·布伯:《论犹太教》,刘杰等译,济南:山东大学出版社,2002年。

马丁·海德格尔:《林中路》,孙周兴译,上海:上海译文出版社,1997年。

马克·斯考森:《现代经济学的历程:大思想家的生平和思想》,马春文译,长春:长春人民出版社,2006年。

马克斯·霍克海默、西奥多·阿多诺:《启蒙辩证法》,渠敬东、曹卫东译,上海:上海人民出版社,2006年。

马太·安诺德:《安诺德文学批评选集》,殷葆瑺译,北京:人民文学出版社,1958年。

马修·阿诺德:《多佛海滩》,《英国维多利亚时代诗选》,飞白译,长沙:湖南人民出版社,1985年。

——:《文化与无政府状态》,韩敏中译,北京:生活·读书·新知三联书店,2002年。

——:《文化与无政府状态》(修订译本),韩敏中译,北京:三联书店,2008年。

——:《"甘甜"与"光明"——阿诺德新译8种及其他》,贺淯滨译,郑州:河南大学出版社,2011年。

——:《文化与无政府状态》,韩敏中译,北京:三联书店,2012年。

迈尔考姆·布拉德伯里:《现代英国小说》,北京:外语教学与研究出版社,2014年。

米歇尔·福柯:《规训与惩罚》,刘北成、杨远婴译,北京:三联书店,2003年。

诺贝特·埃利亚斯:《个体的社会》,翟二江、陆兴华译,南京:译林出版社,2003年。

诺斯洛普·弗莱:《现代百年》,盛宁译,沈阳:辽宁教育出版社,1998年。

欧荣:《"少数人"到"心智成熟的民众"——利维斯的文化批评与"共同体"形塑》,载《杭州师范大学学报》(社会科学版),2015年第4期,第98—105页。

彭慕兰:《大分流:欧洲、中国及现代世界经济的发展》,史建云译,南京:江苏人民出版社,2010年。

乔治·奥威尔:"查尔斯·狄更斯",《奥威尔文集》,董乐山译,北京:中央编译出版社,2010年。

——:《英国式谋杀的衰落》,董乐山译,上海:上海译文出版社,2012年。

钱乘旦:《第一个工业化社会》,成都:四川人民出版社,1987年。

——:《工业革命与英国工人阶级》,南京:南京出版社,1992年。

钱乘旦、陈晓律:《在传统与变革之间:英国文化模式溯源》,南京:江苏人民出版社,2010年。

乔纳森·斯威夫特:《格列佛游记》,张健译,北京:人民文学出版社,2003年。

乔治·勃兰兑斯:《十九世纪文学主流·第四分册:英国的自然主义》,张道真等译,北京:人民文学出版社,1997年。

沙夫茨伯里:《道德家们》,载《西方美学家论美和美感》,北京大学哲学系美学教研室编,北京:商务印书馆,1980年。

沈弘:《乔叟何以被誉为"英语诗歌之父"?》,载《外国文学评论》,2009年第3期,第139—151页。

盛仁杰:《三次英国之旅对托克维尔的影响》,载《英国研究》,2014年第6期,第118—126页。

苏珊·桑塔格:《文字的良心》,载《同时:随笔与演说》,黄灿然译,上海:上海译文出版社,2009年。

孙慕天、刘玲玲:《西方社会转型理论研究的历史和现状》,载《哲学动态》,1997年第4期,第40—45页。

田志亮、师英杰、黄竹:《哲学导论》,北京:中国财富出版社,2013年。

童明:《现代性赋格:19世纪欧洲文学名著启示录》,桂林:广西师范大学出版社,2008年。

托·斯·艾略特:《艾略特诗学文集》,王恩衷编译,北京:国际文化出版公司,1989年。

——:《传统与个人才能》,卞之琳等译,上海:上海译文出版社,2012年。

——:《现代教育和古典文学》,李赋宁等译,上海:上海译文出版社,2012年。

托马斯·卡莱尔:《论英雄、英雄崇拜和历史上的英雄业绩》,周祖达译,北京:商务印书馆,2005年。

托马斯·麦考莱:《麦考莱英国史》,刘仲敬译,长春:吉林出版集团,2014年。

托尔斯坦·凡勃伦:《有闲阶级论》,甘平译,武汉:武汉大学出版社,2014年。

王忠祥:《建构崇高的道德伦理乌托邦——莎士比亚戏剧的审美意义》,载《外国文学研究》,2006年第2期,第18—31页。

王佐良等:《英国20世纪文学史》,北京:外语教学与研究出版社,2006年。

威尔弗雷德·L.古尔灵等:《文学批评方法手册》,姚锦涛等译,沈阳:春风文艺出版社,1988年。

威廉·华兹华斯:《序曲或一位诗人心灵的成长》,丁宏为译,北京:中国对外翻译出版公司,1999年。

——:《序曲或一位诗人心灵的成长》,丁宏为译,北京:北京大学出版社,2017年。

威廉·莫里斯:《乌有乡消息》,黄嘉德译,北京:商务印书馆,2009年。

威廉·莎士比亚:《仲夏夜之梦》,朱生豪译,载《莎士比亚全集》第2卷,北京:人民文学出版社,1984年。

——:《莎士比亚全集》,朱生豪译,北京:人民文学出版社,1994年。

威廉·文德尔班:《古代哲学史》,詹文杰译,上海:三联书店,2009年。

夏尔·波德莱尔:《1846年的沙龙》,郭宏安译,广西师范大学出版社,2002年。

肖明翰：《乔叟对英国文学的贡献》，载《外国文学评论》，2001 年第 4 期，第 85—94 页。

谢默斯·希尼：《舌头的管辖》，载《世界文学》，1996 年第 2 期，第 6—27 页。

——：《归功于诗——诺贝尔文学奖受奖演说》，《希尼诗文集》，吴德安等译，北京：作家出版社，2001 年。

徐德林：《作为有机知识分子的马修·阿诺德》，载《国外文学》，2010 年第 3 期，第 17—18 页。

许健："于无声处觅弦音：从《沙堡》看艾丽丝·默多克的另一种自由"，载《外国文学评论》，2010 年第 3 期，第 84—93 页。

亚当·斯密：《国富论》（节选译本），章莉译，北京：译林出版社，2011 年。

——：《道德情操论》，谢宗林译，北京：中央编译出版社，2013 年。

雅克·巴尔赞：《从黎明到衰落：西方文化生活 500 年，1500 年至今》，上册，林华译，北京：中信出版社，2013 年。

伊恩·麦克尤恩：《黑犬》，郭国良译，上海：上海译文出版社，2013 年。

伊利亚·卡明斯基：《舞在敖德萨》，明迪译，上海：上海文艺出版社，2013 年。

伊曼纽尔·康德：《实用人类学》，邓晓芒译，重庆：重庆出版社，1987 年。

殷企平：《过去是一面镜子：〈亚当·比德〉中的社会伦理问题》，载《外国文学研究》，2007 年第 1 期，第 79—88 页。

——：《推敲"进步"话语——新型小说在 19 世纪的英国》，北京：商务印书馆，2009 年。

——：《"文化辩护书"：19 世纪英国文化批评》，上海：上海外语教育出版社，2013 年。

——："从自我到非我：《丹尼尔·德隆达》中的心智培育之路"，载《外国文学研究》，2015 年第 2 期，第 73—82 页。

——：《华兹华斯笔下的深度共同体》，载《杭州师范大学学报》（社会科学版），2015 年第 4 期，第 78—84 页。

——：《西方文论关键词：共同体》，载《外国文学》，2016 年第 2 期，第 70—79 页。

——：《英国文学中的音乐与共同体形塑》，载《外国文学研究》，2016 年第 5

期,第58—68页。

约翰·亨利·纽曼:《大学的理想》,徐辉等译,杭州:浙江教育出版社,2001年。

——:《大学的理念》,高师宁译,贵阳:贵州教育出版社,2003年。

约翰·罗斯金:《罗斯金读书随笔》,王青松、匡咏梅译,上海:上海三联书店,2001年。

——:《罗斯金散文选》,沙铭瑶译,天津:百花文艺出版社,2009年。

——:《芝麻与百合》,王浩译,北京:中国友谊出版公司,2009年。

——:《建筑的七盏明灯》,谷意译,济南:山东画报出版社,2012年。

约翰·洛克:《人类理解论》,关文运译,北京:商务印书馆,1983年。

——:《教育漫话》,傅任敢译,北京:教育科学出版社,1999年。

约翰·斯梅尔:"前言",载《中产阶级文化的起源》,陈勇译,上海:上海人民出版社,2006年,第7页。

约瑟夫·布洛斯基:《悲伤与理智》,刘文飞译,上海:上海译文出版社,2015年。

约瑟夫·康拉德:《黑暗的心脏》,王金玲译,济南:山东文艺出版社,1984年。

张德明:"译序",《天堂与地狱的婚姻》,威廉·布莱克著,张德明译,北京:中国文联出版公司,1989年,第5页。

朱利安·巴恩斯:《10½章世界史》,林本椿、宋东升译,南京:译林出版社,2010年。

宗白华:《宗白华全集》第2卷,林同华主编,合肥:安徽教育出版社,2008年。

附录1 《仙后》第六卷

（第一章至第六章）

埃德蒙·斯宾塞

序

1

我沿着道路迈着疲倦的步伐，
抵达了这个令人愉悦的仙国，
条条道路都是那么宽敞广阔，
物种星罗棋布，多惹人喜爱，
所见所闻都是那么赏心悦目，
我几乎陷入奇想，满心欢喜，
将漫漫旅途的乏味彻底忘却；
而一旦我开始感到体力不支，
它就赋予我力量，振作我的精神。

2

如此秘密的宽慰，神圣的愉悦，
尔等巴纳塞斯山头的神圣缪斯，
在那里看守着知识宝藏的缪斯，
你的宝藏远超世间的所有财富，
让它们源源流入凡夫的头脑吧，

---

① 本文选自 Edmund Spenser, *The Faerie Queene* (The Pennsylvania State University's Electronic Classics Series, 1998)。

而后激起他们令人赞叹的癫狂；
引领我的步伐，带我安然走上
这些陌生道路，从未有人走过，
也无人知晓，除非是得了缪斯指教。

3
让我看一看那个种有美德的
神圣苗圃，它就在你们那里，
藏于一个银色的宫殿，远离
人们视线，受邪恶世界轻视。
最初，诸神含辛茹苦，把它
种在地上，种子原先来自
具有最优异品质的神圣种子，
诸神得长期小心翼翼地劳作，
直到它长大成熟，迸发无上光荣。

4
长在美德苗圃的所有花朵中，
没有一朵花比礼貌之花更美，
尽管它长在低矮的花梗之上，
但它抽出的枝叶却无比高贵，
它将自己传播至所有的文明：
所有文明中今日虽显得富足，
但倘若比起质朴的远古时代，
你会认为今日不过装模作样，
光怪陆离，使得模糊的眼睛错判。

5
但在考验真正的礼貌之时，

当今时代已完全不似以往，
今日的礼貌都是假冒伪劣，
用以取悦世人双眼，不见
完美之物，而是以镜观物：
但镜子出离漂亮，能骗过
最明亮的眼睛，以铜为金。
但是美德的宝座深埋心间，
不在外在表现，而在内心思想。

6
但我从所有的远古时期中，
从何找到如此美好的典范，
能是君王礼貌的合宜赞美，
这典范是您，至上的女王，
您内心纯洁，如一面明镜，
礼貌在此现身，光彩夺目，
所有瞩目的眼睛激动万分；
但是礼貌应有更高的头衔：
您的名声就这样从低升至九天。

7
那么宽恕我，最敬畏的女王，
我是从您身上取走这一美德，
我也会又一次把它归还于您：
这就好像条条江河源于大海，
而江河向它们的王致敬纳贡。
正是从您身上，所有的美德
源源流入他人，他们环绕您，
他们是谦谦君子，窈窕淑女，
着实将您那礼节超凡的宫殿装扮。

第一章

卡利道埃从马勒弗特处,
救出一位受辱的女子:
他将克鲁道征服,
让布里阿娜变得贤淑。

1

它适宜宫廷,人们称之礼貌
因为在宫廷中它最常被见到;
它在帝王的宫廷最相宜不过
在那里那一美德当处处可见,
在所有的良好举止中,礼貌
是文明的关系的基础与源头。
在仙国的宫廷更是无处不在,
那里的礼貌的骑士和淑女是
世上最为有礼,其榜样无与伦比。

2

他们中最有礼的骑士是
卡利道埃,他最受喜爱,
在他身上,似乎生来就
性格温和,且举止文雅,
此外,他有迷人的外表,
优雅的谈吐,令人倾心,
他身材魁梧,肌肉发达,
且久经沙场,百战不殆,
因此他声望极高,美名远播。

3

仙国之中,没有哪位骑士,
哪位名媛不与他亲密交友,
因为他举止得体品行端正,
这使他赢得所有人的喜爱,
最大成就,带来最大魅力:
这一魅力,他能善加使用,
令善人欣悦,使恶人谦卑。
他憎恶虚假与低贱的奉承,
热爱质朴的真理,坚定的诚实。

4

如今卡利道埃正在赶路,
要去进行一场艰难冒险,
有一天,他意外地遇见
阿西高骑士,半身疲惫,
正从最近的胜利中返程,
他们看见了彼此,知晓
对方,认得彼此的外表
卡利道埃于是先行招呼:
"嗨,今日天下最高贵的骑士。

5

如果愿意,就讲讲你的胜利,
刚从近日冒险中斩获的胜利。"
阿西高骑士就开始对他讲述
他的全部功绩,勇敢的征程,
按着发生的顺序,一一道来。
"幸运的人"(卡利道埃说)

"你如愿这般完美地完成了
那么艰巨的征途,前无古人;
你将无人不晓,美名将永载史册。

6
你已完成,现在我要开始
踏上无尽长路,无人指引,
不知方向,不知如何上路,
不知如何走上陌生的道路,
经受离奇危险,漫长辛劳,
纵有幸运女神的偏袒眷顾,
却也将没有人能替我作证。"
"什么远征"(阿西高问道)
"现在让你陷入了如此的危险?"

7
"我在追踪怪兽布拉堂,"(他说),
"为它我跑遍世界各个角落,
直到能追上或征服这头怪兽:
但我不知如何或从何处将它
找寻;不过我仍将坚持不懈。"
(阿西高问:)"怪兽布拉堂是什么?"
"它是冥府之族养育的恶魔,"
(卡利道埃回答:)"它常骚扰
美好的骑士和忠贞的淑女,害人无数。

8
它的生身父亲是西帕肋斯,
奇梅里吉亚在暗穴里生下,

通过与他的肮脏之身媾和；
它长久被抚育在冥河河滩，
直到完全长大成熟，之后
被遣送到这个邪恶的世界，
成了可怜之人的祸患灾害
它用卑鄙言语，险恶用心，
残忍地伤人，咬人，苦苦折磨。"

9
"自从我离开野蛮之岛"
阿西高说："我见过它，
它似乎真有一千条舌头，
就像你描述般恶毒阴险，
它冲着我大声狂吠乱吼，
仿佛就要把我撕裂吞食。
但我知道自己并无危险，
毫不理会它的恶念强能，
但它喷出了更多邪恶的毒液。"

10
"这定是"（卡利道埃说道）
"我要寻觅之物，我很高兴
听到这些消息，我在此前的
整个疲惫旅程中从没有耳闻：
而你的话又让我鼓起了希望。"
"上帝保佑"（阿西高骑士说）
"让你的身体远离可怕危险：
因为你还有更多的事要担当。"
于是两人友好地辞别，各奔东西。

11

卡利道埃骑士尚未走出多远,
就碰巧遇见一位俊美的随从,
因受更强大敌人的不义之举,
所以被捆住手脚,绑于树上:
随从老远一见卡利道埃,就
苦苦尖叫,呼喊他上前营救。
他走近随从,见他痛不欲生,
于是未等随从发话,就首先
将随从松绑,而后对他这样说道:

12

"不幸的随从,是何等灾难
使你陷入这般的危险耻辱?
是什么人残忍地将你俘获,
还将你囚禁在这耻辱之地?"
随从如是回答:"我的痛苦
并非源自我的过错,而是
由于我遭遇不测,才蒙受
此辱,破灭我新生的希望,
此前,我对她的诡计了如指掌。

13

离这儿不远,在那座石山上,
挨着狭路,立着一坚固城堡,
城堡遵循一邪恶下流的规矩,
它迄今维持已久,作恶多端:
由于路有险阻,且怪石嶙峋,
任何骑士淑女不得由此通过

（但这是他们的必经之路，）
除非他们剪去淑女的秀发，
剔去骑士的胡须，作为通行路费。"

14
"我曾听闻这一可耻的规矩，"
卡利道埃说："它当彻底废除。
但他们起初用啥手段，为何
原因，倘若知道，就告诉我。"
随从继而说道："城邦的主人
是一位女子，名叫布里阿娜。
世上再无人比她更骄傲自满：
她对一位勇敢骑士倾心已久，
为了得到他的爱，她将竭尽全力。

15
他的名字叫克鲁道，由于他
自我迷恋的心如此不可一世，
他拒绝回馈布里阿娜的爱意，
除非她能为他得到一件披风，
用骑士胡须与少女秀发编成。
为了做这件披风，她建起了
这座城堡，还派出一名管事，
名叫马勒弗特，他力大无穷，
执行起她的邪恶意志，残忍有加。

16
一天，我和一位美丽的姑娘，
我最亲爱的爱人，来到这里，

他正在执行她那非法的决定,
他冲将过来,我们抱头鼠窜,
因为与他交手只是一场徒劳,
我招架不住,首先束手就擒,
他又四处追赶我心爱的姑娘,
直到他回来,将我捆于树上,
我无法确认,他有否发现我的姑娘。"

17
他们正说话间,忽闻一声惨叫,
一声高声哭喊,他们立即猜到,
这正是那位姑娘,在寻求帮助,
他们抬头朝向呼喊,侧耳倾听,
只见远处那位卑鄙之人正在用
邪恶之手拉扯姑娘的金色秀发,
他几乎撕下了她雪白胸脯上的
所有衣物,还有她头上的秀发,
不因怜悯而留情,不因恐惧而克制。

18
卡利道埃一看到这发指恶行,
当下给随从松绑,留下随从,
忍住心头的恐惧和愤懑之气,
追赶那一恶棍,他伤天害理,
偷走了那可怜的被掠夺之物。
骑士追上管事,大声说道:
"立即放下偷来的赃物,速速
归还与他,他比你更配拥有,
然后立即去见他,他要向你挑战。"

19

管事听到那一声音,情绪激动,
又见骑士气势汹汹地向他行进,
便向骑士勇猛冲去,无所畏惧,
而骑士的话更是使他怒不可遏,
于是他露出狰狞的面孔,说道:
"你就是那胆敢反抗我的俘虏?
至于这个姑娘,你的这位伙伴,
你愿意给出一小撮你的胡须吗?
你要不给赎金,就保不住她的秀发。"

20

管事边说边凶猛地冲向骑士,
施展无穷的力量,重重击打,
常常使得卡利道埃摇晃不止,
退缩不前,以躲过沉重打击。
但是卡利道埃骑士精于战事,
纵然交战已久,仍士气不减,
伺机而动,看如何打败对手。
但他注意到管事一后退防守,
就愈发强大,开始更猛烈的进攻。

21

正如一条河流,水势汹涌,
可推动磨坊,坚固的堤岸
挡住水流,限制原有进程,
一旦不受限制,畅通无阻,
水流迸发而出,更为浩荡。
卡利道埃的威力正是这样,

一旦感到对手已力量消减，
他便勇猛追击，沉重击打，
对手越力不从心，他愈战愈勇。

22
当恶棍再无能力，足以抵挡
骑士的惊人力量，沉重打击，
他心生畏怯，立即向着城堡
逃之夭夭，那里若情况所需，
仍是他希望犹存的避难之所。
骑士迅速察觉对手正欲逃亡，
便对他穷追不舍，穿过平原，
管事贪生怕死，向城堡门卫，
大声吼叫，让他迅速将大门打开。

23
他们在墙上见他如此惊慌，
立即打开大门，让他进入，
但骑士紧追其后，他才入
门廊，骑士就将管事赶上，
沿着这人的下巴劈下头颅。
尸体在城堡门内轰然倾倒，
这块罪孽肉身堵住了入口，
大门无法关闭，卡利道埃
进入城堡，杀了城堡内的门卫。

24
这时，城堡内的其余兵士
将他团团包围，猛烈进攻，

但他轻而易举,横扫兵士,
正如炎炎夏日的一头公牛,
用长尾将牛虻们扫除殆尽。
骑士继续行进,直抵大厅,
在那里遇见布里阿娜本人,
她悲哀泄气,厚颜无耻地
招呼骑士,无礼地错加责怪。

25
"虚伪的叛徒,"(她说)"根本
不是骑士,你的罪恶之手轻慢
武德,杀我的手下和我的管事;
现在又来抢劫我不设防的屋子,
还打劫我本人,你就不能收手?
但你不要怀疑,会有某个骑士,
比你更优秀,将知道你的背叛,
他会伸张正义,让你罪有应得:
若没有,你的报偿将是加倍的羞耻。"

26
布里阿娜的话让骑士尴尬不已,
但他如是回答:"羞耻不归于我,
而是归于可耻之举的始作俑者。
鲜血并非污点;因为惩罚那些
应受惩罚之人,不应受到责备;
那些人将文明的规矩悉数打破,
建立起邪恶的习俗风尚,玷污
高贵的武德,还有高尚的礼节。
对人而言,最大的羞耻是野蛮无礼。

27

那么,若你畏惧羞耻,你自己
就停下你在此进行的邪恶之举,
而是向所有的过客,致以温和
的礼节。那样,你将收获荣耀,
甚过你正苦苦追求的他的爱意。"
布里阿娜怒火中烧,如是回答:
"卑鄙的叛徒,我很鄙夷你的
礼节教导,你竟嘲弄我的爱人,
他会嘲笑你的无益讥讽,向你挑战。"

28

"因一位女士的话,接受挑战"
(他说)"我并不认为有损荣誉;
要是他在这里,愿意以剑作证,
恐怕,他将要付出惨重的代价。"
"懦夫"(她说)"不然你还是
在他来前逃之夭夭,他立刻就到。"
"我若这么做,"(他说)"那么
我准许你,再让我蒙羞,加上
所有那些你最先用来玷污我的羞耻。"

29

这时,她迅速叫来一矮人,
从自己手上取下一枚金戒,
那是他俩之间的秘密信物,
命令矮人竭尽全力地奔跑,
去克鲁道那里,求他放下
身段,营救她于一位骑士,

那骑士已用强力将她囚禁,
刚在战斗中杀死她的管事,
还用蛮力杀死了她的所有手下。

30
矮人匆匆上路,日夜兼程,
骑士和布里阿娜留在城堡,
等候骑士面临的重大威胁,
那位无礼的女士轻慢骄傲,
恶语相向,侮辱他的尊严,
就算铁石心肠也忍无可忍:
但骑士能用智慧引导愤怒,
忍耐她那女人惯有的鄙薄,
他能保持克制,未曾失去忍耐。

31
翌日清晨,未及曙光之灯
从地上昂起他火红的头颅,
那捎信给她的骑士的矮人
就带来了回信,骑士发誓,
他要将她救援,无论敌人
是死是活,都要交给女士:
因此他望她切勿惊慌失色;
她要相信他必将说到做到,
他送来钢盔,作为守信的保证。

32
这女士立即欣喜若狂,
她的恶毒更甚过从前:

但卡利道埃骑士仍然
毫无惧色,绝不气馁,
反倒因此更兴高采烈。
他速将武器准备周全,
出门去会见他的对手;
未及多时,便见一位
骑士竭尽全力,策马而来。

33
卡利道埃立即知道,正是
此人要为了女士向他挑战;
卡利道埃未确认他的姓名,
便举起长矛向他冲将过去。
两位骑士相遇于平原中央,
双双怒不可遏,毫不手软,
谁都没能抵挡对方的进犯,
反倒人仰马翻,重重倒地,
但他们对彼此都绝不手下留情。

34
但卡利道埃骑士敏捷地站起,
而对手昏厥不醒,毫无知觉,
他能伤害对手,但不愿下手,
因为伤害昏厥之人十足可耻。
布里阿娜正站在城墙上观战,
当她见到她的爱人不省人事,
以为他毫无疑问已命丧黄泉,
于是她哭天抢地,痛不欲生,
似乎她随时都会从城垛之上跌落。

35
但克鲁道终于自己站了起来,
他无精打采,仿佛违背意愿,
在他睡饱之前,便被人叫醒,
他伸展四肢;上次跌倒使他
手脚酸疼,于是他稍事休息:
但一旦他看到敌人正在眼前,
他不再行动迟缓,勇气全无,
而是开启了一场全新的战斗,
要证明他在地上比马上更有能耐。

36
接着,他们开始骇人残忍地
扭打在一处,看谁更有力量。
因为这两位骑士都深谙此道,
而且都对单打独斗极为精通,
双方都怒火冲天,满腔恨意:
战斗历时越久,他们的严酷
打击与可怕攻击就更进一步,
他们绝不因同情对方而手软,
也绝不为了喘息片刻而平息怒火。

37
于是,他们久久来回追击,
千方百计寻找机会,试图
一举取下凶恶敌人的首级;
他们劈裂头盔,打碎铠甲,
仿佛它们只是破碎的陶器;
两人不见血就不放松复仇,

最终鲜血凝结成一个紫色
的湖泊,他们就立于中央,
鲜血从身侧的伤口里喷涌而出。

38
最后,他们同时高举
双手,使出浑身力气,
试图用尽所有的力量
一决战斗的最终胜负:
但是卡利道埃骑士比
他的对手更眼疾手快,
率先挡住对手的进攻,
重重击打对手的头盔,
使他匍匐在地,温顺谦卑。

39
在克鲁道站稳脚跟之前,
卡利道埃迅速乘胜追击,
他这一剑更是凶猛无比,
对手趴在地上动弹不得,
卡利道埃跃至对手跟前,
本要掀下头盔直取首级,
这时对手发现处境危急,
大喊道:"啊先生可怜我,
放过我,我的小命在你脚边。"

40
卡利道埃停住了夺命之手,
些许平息自己的满腔怒火,

用善意的忍耐,对他说道:
"那骄傲女人的威胁吹牛,
逼得我在原野上动用武力,
现在就这下场吗?这下你
知道,别再粗鲁对待路人,
别再不可一世,冷酷无情,
这只会使你名誉扫地,再无其他。

41
因为骑士最受责备之处是,
他声称自己既有礼又善武,
无论战场上何其强大幸运,
但却骄傲自满,残忍无情,
他征服他人只是徒劳无功,
因为他首先不能征服自己:
肉体无不脆弱,变化无常,
受命运的支配,时刻更新;
今日我的际遇,明日便是你的。

42
不愿怜悯宽容他人的人,
怎么可能希望获得怜悯?
偿还属己之物正确和宜。
但既然你现在渴求怜悯,
我会怜悯你无望的生命;
但要提出这些附加条件:
首先你要更礼貌地对待
无论在何地旅行的骑士;
其次你要随时随地帮助女士。"

43

这可怜的人一直害怕死亡,
高兴地听闻卡利道埃的话,
答应卡利道埃会遵照执行,
接受骑士的任何其他要求。
骑士让他起身,凭借自己
的剑,和上面的十字起誓,
接受布里阿娜做他的爱妻,
既不要彩礼,也不要奁资,
而是撤销之前他那邪恶的条件。

44

他全盘接受,忠诚宣誓,
最严格地遵守各项条款。
他起身,无论情愿与否,
发誓会对骑士永远效忠。
接着骑士叫来悲伤害怕,
目睹了一切的布里阿娜,
她走上前来,惊魂不定,
他让她振作精神,全盘
告诉她这一克鲁道接受的协议。

45

姑娘不再忧伤,分外欣喜,
无限的情感将其彻底征服,
因为骑士尤为有礼,使她
顽固的心灵内部深受感染,
她扑倒在卡利道埃的脚下,
敬仰他是一生的高贵主人,

姑娘千恩万谢,毕恭毕敬,
愿意接受那一协议的束缚,
借此,骑士还给了她生命与爱。

46
于是所有人都高兴地回到城堡,
布里阿娜无比欢乐地招待他们,
请大家欢快地娱乐,享用美食,
借此表达她感恩与友好的心意,
为此,她竭尽所能,传情达意,
最后,她为了答谢骑士的辛劳,
表示将城堡免费赠予卡利道埃,
她自己将永远向卡利道埃效忠;
她再不像从前那般,变化令人称奇。

47
但卡利道埃骑士拒绝接受
报答他善行的土地与酬劳,
而是将它们作为应得报偿,
直接给了他刚从管事手下
救出的随从以及他的姑娘,
补偿他们先前遭受的不义:
骑士按照约定逗留在城堡,
直到伤口愈合,身体复原,
接着开始踏上他的第一段征程。

第二章

卡利道埃看到年轻的特里斯特拉姆
杀死一位骄傲无礼的骑士,

他将特里斯特拉姆收为随从，
得知了特里斯特拉姆的境况与眼下的危险。

1
有什么美德能够像礼貌一样，
那么适宜骑士或他爱的姑娘，
它要求人们举止得当地对待
各个阶层的人士，恰如其分？
因为无论他们是否身居高位，
还是地位卑微，他们都应当
知道美德，这样无人能指责
他们粗鲁，不给予应给之物：
适时履行这些义务，是非凡本领。

2
此外自然母亲也帮了大忙：
因为有些人天性优异和蔼，
他们举手投足都备受赞扬，
因而深受人们的钟爱喜欢；
而另一些人头脑更为聪慧，
但加倍努力也不受人喜爱。
因为禀赋所向的每样事情，
会是最好，得到最大恩典：
但苦心实行的良习也应受赞美。

3
这就见于礼貌的卡利道埃，
他的一举一动，一言一行，
都宛若魔法，经由人们的

双眼双耳,捕获人的心灵。
现在卡利道埃又一次上路,
继续首场征程,这时他见
不远处一位高个的年轻人
在地上战斗,还看到他在
攻击一位全副武装的马上骑士。

4
他们边上有一位美丽女士,
独自立于一边,衣冠不整:
卡利道埃迅速向女士奔去,
想知道这不当冲突的原委,
要是可能,还想拆开他们。
但还未赶到,青年就杀了
武装骑士,尸体陈于地上;
卡利道埃见此情景,内心
惊异不已,想着这真不可思议。

5
卡利道埃盯视这人,发现
他是位友好优雅的年轻人,
身体柔弱,几乎不到十七
周岁,但个高且面容姣好,
骑士确信他一定出身高贵。
年轻人身穿一件猎人外套,
颜色亮绿,饰有银色花边;
他的头巾上挂有金属饰物,
他的腰身处挂有一只猎人号角。

6

中统靴用最贵的西班牙皮,
有着黄金衬里,道道竖纹,
贵族公子那时都这样打扮;
他右手握着一支颤抖的箭,
同样的箭他先前刚刚射出;
他的左手拿着锋利的短矛,
他常常用这支短矛刺穿了
多少只狮子和狗熊的心脏,
它们谁先靠近,谁就一命呜呼。

7

卡利道埃审视了年轻人半晌,
终于说道:"高贵的孩子,这
怎么回事?你的手怎么胆敢
染上骑士的鲜血,你杀了他,
灭了一个骑士;你徒手袭击?"
"我当然"(他说)"不愿破
坏决斗之法;但我要再破坏,
而不甘愿让我自己被人袭击,
只要这两只胳膊还能够为我复仇。

8

他的这位姑娘可以作证,
并不是我首先发起进攻,
不然我决不会赤手空拳;
是他骄傲强大,先对我
进攻,不知何为武德。"
"确实是大过"(卡利道埃说)

"武装骑士袭击手无寸铁
之人。但告诉我,孩子,
你们之间这场恶战因何而起。"

9
"我会对你如实道来。"(他说)
"我年纪尚小,还不适合
应对重要或费心的事情,
于是我天天无忧无虑地
追逐野兽,在这片森林
野地,我或许能有收获:
今天我正在这里漫步时,
撞见这位倒在那的骑士,
偕同这位姑娘,正经过平原。

10
正如你所见,这骑士骑着马,
这位他的姑娘(他真不配她)
跟在他的马边,娇嫩的双脚
走过不适合女士的各种地形。
但他还不满足,更可耻的是,
她一落后,可她势必会落后,
他就用长矛打她,逼她快走,
她哭泣无果,发出了凄惨的哀号。

11
他们经过我时,我见这
情景,就格外义愤填膺,
开始责备他如此残忍地

对待姑娘，合适的举止
当是把她从后扶至马上。
他勃然大怒，骄傲鄙夷，
凶恶地嘲讽我在找他茬，
还反过来再次将我辱骂，
威胁要严惩我，视我如儿童。

12
我对他同样鄙薄，将他
的轻蔑奚落再回赠予他，
他立即傲慢地怒火冲天，
举起长矛戳了我一两下；
我忍痛应敌，决意复仇，
射出一支细箭，模样如
我手头这支，箭未虚发，
似乎射中了他心头下方，
很快他的灵魂便从伤口离去。"

13
卡利道埃钦佩他的话是
如此节制，但更钦佩他
给锁子甲穿出一个大口
直击心脏，如此严厉地
施加他一触即发的怒火。
卡利道埃继续开始询问
那位姑娘，是否他所言
都属实，是否她的骑士
的不义怒火令他罪有应得。

14

姑娘承认他说的都是事实,
这免去了那年轻人的罪责,
卡利道埃接着说:"我不会
指责他有罪,他清白无辜:
因为他是为你说话,女士;
行为是为了自卫:那骑士
无骑士风范,使你们蒙羞。
因为骑士和男士的天职是,
要举止友好地对待所有的女士。

15

但既然这位骑士已作尘土,
女士,那就请你告诉我们,
是什么原因使他如此可耻,
让你在不宜行走之地步行,
成了奴仆,悖离女子本性?"
"骑士先生"(她说)"我
完全不愿意活着指责死者:
但我牵涉其中,当需澄清,
因此我会揭露最近发生的事实。

16

这天,我和他正一起骑行,
我们沿着既定的路线赶路,
碰巧来到一块隐蔽的空地,
藏于林中,一位高贵女士
与一骑士同坐,兴高采烈,
真诚相爱,无嫉妒者偷窥:

女士无比美丽，能让任何
不会吹毛求疵的眼睛欣喜，
她对骑士举止有礼，惹人喜爱。

17
我的骑士见她如此美丽，
心里开始嫉妒他的爱人，
希望他也能享用这姑娘。
当他发现我的存在是个
阻碍，他就再三命令我
下马：但当我怒不可遏，
我的爱这么快无影无踪，
他就用强力将我扔下马，
用专横之力向骑士径直冲去。

18
这位骑士赤手空拳，这更
适合服侍女士，谈情说爱，
不适合威慑任何潜在敌人：
他借此优势，立即令骑士
交出姑娘，要不决一死战。
那一位骑士开始面露惧色，
但他勇敢回应，有理有据；
他不会愿意离开他的爱人，
他合理地拥有，无人能够否认。

19
但既然他现在的状况无法
保卫姑娘，证明他的所有，

他恳求他,既然他是骑士,
待他日等他有更好的权利,
或者等他迅速取下他附近
的武器。我的他凶猛火爆,
不给时间,也不遵循规矩,
向他冲去,用矛猛烈击打;
那骑士试图自救只是徒劳一场。

20
这时,他的姑娘见此恶战,
在他们为她这猎物战斗时,
自己躲进了一个隐蔽之所,
偷偷地将自己藏进小树林。
姑娘的骑士很快陷入危险,
负伤退下;我的骑士不见
姑娘,发疯似的在树林里
乱走,他知道她就在这里
他随着自己的心意,找了许久。

21
当他火冒三丈地找了良久,
还是无论如何寻不见她时,
他转身回到扔下我的地方:
开始对我不停诅咒,因为
丢了那姑娘,还凶猛地将
自己不义的罪责施加于我,
我还是高兴地忍受了一切,
试图安抚他,苦苦地劝说:
但他的怒火仍然变得愈发猛烈。

22
接着他仿佛要向我报复怒火,
在我们行进时,他坚决不让
我上马(正如这年轻人所见)
他没有任何正当理由责备我,
但他逼我快走,凶猛地待我,
用矛柄捅我,我受这番虐待,
连连地叫苦,只是徒劳一场。
因为他才不顾叫苦或是眼泪,
越听见我叫苦,就让我越发痛苦。

23
就这样,直到遇见这位年轻人,
他见我的可怜处境,深受触动,
他用得体的言语安抚我的忧伤:
后来的事,现在你已全部目睹。"
(卡利道埃说道)"现在我看,
这骑士的遭遇确实是咎由自取:
无论谁对自己的武力信心满满,
或是因为仰仗着自己神色骄傲,
欺凌弱者,谁就在自己进攻时跌倒。"

24
他接着转向那位高贵的孩子,
孩子如此勇敢地证明了自己;
见孩子正义腼腆,惹人喜爱,
又听见孩子的回答富于机智,
他大加赞赏,心里钦佩不已;
他知道这孩子一定出身名门,

这些美好品质那么适宜贵族：
卡利道埃站着看了孩子许久，
说出了这些他认为是有益的言语。

25
"美丽高贵的年轻人，英俊勇敢，
与林中仙子们住在这些丛林之中，
她们每天都回头看你的俊秀容颜，
正如阿波罗在辛托斯山追逐之后，
她们也回头看阿波罗的美丽容颜：
我看出你一定是这样的优秀孩子，
你已用尊贵方式证明了你的价值，
或者说你一定是某位英雄的后裔，
你的脸庞和优雅举止显现出英雄气概。

26
但要是你不会介意诉说；
（除非你自愿隐于林间，
因为你喜爱与林仙同住）；
我想请求你能表露身份
因为我对你的高贵品性，
是非常喜爱，由衷热爱，
我希望你越发尊贵富足。
因为自我初次拿起武器，
未见任何人比你更前途无量。"

27
高贵的年轻人对骑士说道：
"骑士先生，揭露我的情况

可能会给我带来意外灾祸；
但既然你刚才是那么有礼，
我也就不害怕，对你诉说。
你知道我生来是不列颠人，
是国王的儿子，但因命运
或时运，我舍下我的国家，
丢掉了本应戴在我头上的王冠。

28
特里斯特拉姆是我的名字，
贤君梅里奥格拉斯的独子，
他统治康维尔，无力回天，
英年早逝，而我尚且年少
不明事理，不能掌握权力。
父亲死后，他的弟弟见我
幼小，尚无能力维系国家，
就自己占据了国王的高位，
让我去他中意的地方学习知识。

29
丧夫的王后，我母亲，那时
被叫作美丽的艾米琳，认为
他的威权会给弱小的我带来
极大危险，他手持国王权杖，
妒心无法容忍同等地位之人，
惯于铲除所有带来危险之人，
认为我最好是离乡迁居别处，
在异国藏身，那样他不会感到
面临可怕的危险，令他满腹狐疑。

30

母亲找有学问的智者商量,
智者建议母亲,把我悄悄
送出国家,这是我的家乡,
被人叫作肥沃的里奥尼斯,
把我送至仙国,那里无人
知晓我,也无人会伤害我。
母亲依智者的明见,把我
立即送至这里,自十岁起
我就在这里,现在已身体强壮。

31

这些日子我未为非作歹,
未在大好青春游手好闲,
相反,我做了合宜之举,
与许多名门伙伴们学习
高贵礼节等合适的课程。
但我最大的爱好一直是
与我的同伴们追逐野兽,
它们在绿色森林里漫步,
所见每只野兽,我都不陌生。

32

只要有鹰在栖息地展翅,
在高处飞翔或掠过低地,
我都测量她的飞行长度,
知道她的所有猎物食物。
这是我们在林间的欢乐:
但唯独我最喜爱的武艺,

这最适宜贵族青年掌握,
我还不知,但我已长大,
现在正应使用这强健的筋骨。

33
因此,好先生,既然现在
天时地利,这以后也难寻,
我恳求,虽然我并不相配,
你能立即收我做你的随从,
这样从今在战士的阵列中
我能拿起兵器,学会用武;
既然今日的时运已经赐我
这位死去的骑士的战利品
这些从决斗中赢得的镀金兵器。"

34
骑士细听了他的所有言语,
现在比之前更欣赏年轻人,
因为他年纪小却前程无量,
骑士答道:"美丽的孩子,
你爱武艺,立志学习武艺,
我不能拒绝不然罪责在我:
只希望能有更高贵的奖赏
(尽管没什么比骑士更高贵)
能用更大的尊荣,来将你赏赐。"

35
骑士让年轻人跪下,发誓
忠于他的骑士和所有女士,

永不因害怕危险，或任何
可能发生的事而背信弃义：
他封孩子骑士，叫他随从。
小特里斯特拉姆欣喜若狂，
像一朵花儿，小花瓣柔软，
久久关在蓓蕾中不见天日，
终于尽情绽放了它的灿烂风采。

36
他们俩交谈了很长时间，
卡利道埃骑士准备动身，
特里斯特拉姆骑士恳求，
他也去探险，决不逃跑，
随时随地侍候在他左右。
卡利道埃骑士满心喜悦，
很高兴他心灵如此高贵，
相信他一定是勇敢骑士：
但眼下卡利道埃得如是回答。

37
"有礼的随从，我满心欢喜
你与我一起奔赴这场征程，
这能使你点燃的勇气燃烧，
在你高贵的胸膛燃起荣誉：
但我身受誓言约束，我曾向
我敬畏的女王许下这誓言，
我完成女王的至高命令时，
必须没有人助我一臂之力，
因此我不能答应你的竭力恳求。

38

但既然这位女士形单影只,
在路上需要有人保驾护航,
你可以在她眼下需要之时,
帮助她,避开骇人的危险;
她或许会给你感恩的报答。"
高贵的孩子喜爱这新任务,
他说很乐意承担这一任务。
他们礼貌告别,分道扬镳,
卡利道埃则继续他之前的征程。

39

特里斯特拉姆从死骑士身上
卸下了所有令人赞美的武器,
他贪婪的双眼久久盯着它们,
金属耀眼夺目,闪烁如阳光;
他无数次地把它们翻来倒去。
他用这些武器装备好自己后,
他领来那位姑娘,将她扶上
她那位刚死去的骑士的马背,
按照姑娘的指令,一起策马上路。

40

我们暂且先不管他们,
回头看卡利道埃骑士;
他已经走了好几里路,
来到一处,正是已死的
骑士用他的无情骄傲
重伤另一骑士的地方;

他见那骑士倒在地上,
伤口宽大,危险之至,
衣服及草地都全被血染红。

41
他身边的那地上坐着
他悲哀的姑娘,大声
哀怨这最不幸的时辰,
悲哀的姑娘仔细用手
擦拭伤口,减缓伤痛。
当卡利道埃见此惨景,
心情沉重,难忍泪水,
坚强的内心同情他们
为了安慰他们,他走上前。

42
接着他如是对姑娘说道:
"悲伤的女士,别让悲哀
阻止你诉说,哪只残忍
之手折磨了这未武装的
骑士,完全破坏了骑士
武德,我若在附近见他,
我要为如此的恶意复仇。"
姑娘听他言谈何其礼貌,
抬起双眼,像见到明灯,
悲哀的心吐出几个沉重之词。

43
她讲述了那无礼骑士(随从所杀)

发现他们的隐蔽处,他们正
在一起兴高采烈,无可责备,
他未武装,像他在地上一样,
这人用矛进攻,致命地伤他,
这人毫无理由,只要抢走她,
而她永远都属于自己的骑士:
当她逃跑进那片隐秘的林子,
他寻她不见,留下他们奄奄一息。

44
卡利道埃骑士明白这悲哀
的故事后,开始询问姑娘,
那人什么模样,什么打扮,
用邪恶之手做出此等暴行,
姑娘继而竭尽全力地回想,
描述道,这骑士人高马大,
佩戴镀金武器,盾上横挂
四分之一蓝腰带,盾面有
位女士在巨浪上的夏船里摇橹。

45
卡利道埃借助她描述里
的许多迹象,立即猜到,
这人就是随从所杀之人,
他说道:"女士别再悲伤,
那凶猛进攻你骑士的人,
现在他的结局更为凄惨;
我见他躺在冰冷的地上,
这是他恶行的应有报偿,

因为他伤害你和你爱的骑士。

46
所以美丽的姑娘,把由于
这冒犯,你积在温柔内心
的悲伤放一边;想想如何
才能最好地缓解他的伤痛,
你如何让他离开这里,他
去哪里休养。"她千恩万谢,
既为了他向她传达的消息,
也为了他向她的爱人还有
悲伤的她,所表示的礼貌关心。

47
但姑娘无论如何想不出,
如何才能把他运至别处。
要是麻烦骑士有失妥当,
他与她的悲惨处境无关;
她背起爱人又太不得体,
骑士见姑娘烦恼,说道:
"姑娘,这并非不得体,
用你娇弱的背背起爱人,
我也会出力,一起背起伤者。"

48
他摘下护盾,盾面朝下
置于地上,恰似空担架;
他在骑士的伤口上涂上
备有的药膏,抬起骑士,

两人一起把他扛至盾内,
骑士生命垂危啥也不知。
他们把他扛至附近城堡,
里面有一尊贵的老骑士:
后续的事将在下一诗章讲述。

第三章

卡利道埃送普利西拉回家,
追踪怪兽布拉堂:
救下瑟琳娜,
卡勒派被特派尼制服。

1
优秀的诗人乔叟所言不虚,
高贵举止显示出高贵的心。
因为最能揭示一个人品质,
莫过于举止,其清楚地表明
这人出身何等阶层与家族。
因为鲜见一只快跑的种马
会亲生出一只缓行的小马;
因此也少见某人出身卑贱
却有高贵的勇气与礼貌的举止。

2
相反的情况却屡见不鲜,
高贵血统导致高贵举止;
卡利道埃骑士便是一例,
他最近便在那受伤骑士
急需时对骑士举止有礼,

他背起伤者,直到把他
送至他们决定好的城堡。
他们向拥有城堡的骑士,
热切恳求,当晚能在城堡过夜。

3
城堡里的骑士成熟多识,
在他年轻时曾力大无穷,
比他的同伴更武艺高强:
但他现在已是风烛残年。
不过他仍对每个人有礼,
青睐所有热爱武艺之人,
他是受伤的骑士的父亲,
他孩子在卡利道埃背上,
他叫阿尔杜斯,儿子叫阿拉岱。

4
骑士见儿子伤势如此惨重,
血流不止,坐着担架回家,
伴有美丽姑娘和陌生骑士,
心中立即满是慈爱的怜悯,
还有饱含深情的无尽悲伤。
他说:"啊,可怜的孩子,
这就是你给我这花白年纪
带来的希望吗?世间欢乐,
我曾长久期盼,现在就成了悲哀?"

5
世间所有希望是如此脆弱,

世上之事是那么变化无常,
它们还没有达到既定目标,
就远不及我们的脆弱估算,
带给我们残忍苦涩的悲哀,
而非我们本应享有的欢乐:
皇帝国君的情况也是如此:
因此,任何处境凄惨之人,
别因自己的任何不幸而过度悲伤。

6
那位善良的老骑士明智地
忍住悲伤,露出喜悦神色,
让他当晚留宿的客人高兴,
让他们感受到热烈的欢迎:
卡利道埃骑士很容易振作;
但美丽姑娘始终愁眉不展,
为她心爱的人儿连声叹气,
姑娘内心的思绪苦恼不已,
想着她现在将会有怎样的名声。

7
因为她父亲是位高贵领主,
住在附近,打算把她嫁给
一位显赫贵族;她不答应,
也无法回馈这贵族的求爱,
她爱附近这位青春的骑士,
快乐的阿拉岱,出身卑贱,
少有财富,但是勇敢无畏,
确乎弥补了他的卑微出身,

使她更加鄙视那另一人的财富。

8
他们俩找到一个恰当时机,
在那不幸的林中空地约会;
就在那里骄傲骑士放肆地
率先进攻阿拉岱,阿拉岱
没有武装,身处隐蔽树荫。
姑娘现在想来,开始思考,
她首先给她的好名声带来
多大的危险,尔后又寻思,
她如何能巧加掩饰,弥补过错。

9
卡利道埃骑士礼貌地
让她宽心,放下她的
闷闷不乐,郁郁寡欢;
那位老骑士竭尽所能,
试图让他们二人欢乐。
夜晚过后是就寝时分,
骑士被人周到地带至
他的卧室,脱下衣物,
因旅途劳顿,他整晚未醒。

10
但普利西拉(这是姑娘的名字)
不愿就寝,也不愿入睡,
她整晚守着受伤的爱人,
整晚都痛苦地流泪不止,

她的泪水冲洗浸湿伤口，
她认真清洗，精心守护，
她终于使他从深陷其中，
死亡一般的昏厥中苏醒，
驱散了他身上致命的剧痛。

11
翌日清晨，太阳开始升起，
阿拉岱也睁开悲伤的眼睛，
仿佛从死一般的梦中苏醒：
当他看见美丽的普利西拉，
他深深地叹气，内心痛楚，
他想到她身陷的糟糕境遇，
她为了他，自己有意为之，
从而玷污了她的高贵血统：
除了生命，他最关心她的福祉。

12
她察觉他的心思，泪流满面，
比起自己的不幸她更关心他，
她忘却自己，留心他的恐惧：
他们一起商议，开始向彼此
情深意浓地倾诉各自的悲伤，
他们两人也同样细致地思考，
如何保全她陷入危险的地位；
现在唯一能帮助他们的人是
卡利道埃骑士：再无任何可能。

13
他们认为卡利道埃一定
是有礼骑士,忠贞不二;
因此最好是把事情全盘
交给他,由他公正处置。
清早,当阳光刚刚穿过
厚重的云朵,阳光整晚
藏在云里,黯淡如铁锈,
骑士就起身,朝气蓬勃,
精神焕发地准备再次上路。

14
但他觉得首先应去拜访
受伤的骑士,这夜危险,
应问候他是否度过险情,
也应问候他的美丽姑娘。
他见受伤骑士大有好转,
于是就与他话起了家常,
用以分散他的疼痛感受:
卡利道埃尤其向他讲起
前日的不幸,悲哀的可怕源头。

15
阿拉岱把握住这一时机,
向他讲述了爱人的命运,
倾吐了自己的所有不幸;
卡利道埃听了深受感动。
最后阿拉岱举止有礼地
凭所有友谊的纽带,恳求

骑士,像可靠朋友一样,
为姑娘保驾,绝不离开,
直到把她送至她父亲的宅第。

16
卡利道埃骑士答应一定
如此相助:稍事片刻后,
姑娘收拾好旅行的行囊,
他们衣着光鲜一同出发,
他不怕别人的风言风语,
他知道自己最清白无辜。
于是骑士姑娘一起上路,
路上他想到一个小诡计,
能使那位姑娘的遭遇更有声色。

17
他立即赶赴被杀骑士的尸体,
这骑士是罪魁祸首,他昨日
被特里斯特拉姆的正义复仇
所杀,他的尸体还留在这里:
卡利道埃骑士将这尸体斩首,
带走了首级,这一耻辱标志。
他继续前行,跋涉了一整天,
直到抵达姑娘的父亲的宅第,
这父亲满面忧愁,担心孩子的遭遇。

18
骑士抵达后自信勇敢,
将姑娘交给她的父亲,

并以骑士的身份发誓,
他见到这姑娘最纯洁
无辜,他把她从一位
无礼骑士的手中救出,
那人用蛮力抢走姑娘:
他拿出首级以为明证,
这人已遭报复,命丧黄泉。

19
她父亲见到女儿无比欣喜,
听说了她最近的不幸经历,
对卡利道埃骑士千恩万谢,
感谢他不辞辛苦救出女儿;
姑娘的感谢也不亚于父亲。
于是卡利道埃送回了姑娘,
恪守了诺言,他在姑娘家
稍作逗留,接着骑士最为
小心谨慎地踏上了最先的征程。

20
卡利道埃在追寻怪兽时,
偶然遇到一位快乐骑士,
正安全地呆于隐蔽树荫,
欢快地与他的姑娘做伴:
那位骑士没有佩带武器;
因为他自认为远离危险,
远离能见他的妒忌之眼。
姑娘看起来也美丽动人,
她举止优雅有礼,合乎身份。

21

卡利道埃骑士走近他们,
两人还没留意周围有人,
满脸通红,骑士更羞愧
自己无礼,撞见了他们,
打搅了他们安静的欢乐。
但这是机缘,而非错误,
因此他努力为自己开脱,
请求原谅他的冒失过错,
他违背礼节,犯下可怕错误。

22

卡利道埃言谈高贵智慧,
立即驱逐了骑士的不快,
他请卡利道埃坐在边上,
他们可闲聊下异国奇闻,
和他最近在如此漫长的
跋涉中经历的种种冒险。
卡利道埃坐下,高兴地
告诉他自己的漫长冒险,
他在危险战斗中经历了这些。

23

两位骑士正在一起交谈,
瑟琳娜(这是姑娘的名字)
喜爱这风和日丽的天气
和这美丽的地方,这里
百花齐放,真令人喜爱;
她随着漫游的视线变换

喜好，自己在原野漫步，
她编了个花冠戴在头上，
完全不疑心会有潜藏的危险。

24
突然附近森林里意外地
猛冲出那头布拉堂怪兽，
在姑娘不留神地游荡时，
用血盆大口叼走了姑娘，
她徒劳地大叫，让骑士
知晓，救助自己的不幸，
他们为这遭遇害怕不已，
立即起身，惊惶失措地
迅速追赶，救援可怜的姑娘。

25
被追赶的怪兽更受刺激，
飞快地把姑娘带入森林，
要踩躏姑娘，卡利道埃
更手脚轻快，迅速敏捷，
在追逐中赶上了布拉堂：
竭尽全力向他凶猛进攻，
怪兽被迫就地扔下姑娘，
害怕得自顾自抱头鼠窜；
因为他不敢与卡利道埃决斗。

26
卡利道埃见姑娘被丢弃在
地上，尽管形势异常危险，

他知道她的骑士就会赶到,
便未停下帮助害怕的姑娘,
而是紧紧追赶逃跑的怪兽:
他穿过森林山冈紧追其后,
不让怪兽喘气或重拾体力,
逼得他气喘吁吁惊骇万分,
怪兽的肺仿佛就要炸裂成碎片。

27
等卡勒派(这是他的名字)
赶到这里,他见他的姑娘
忧伤害怕,处境十分危急,
满身都是鲜血,倒在地上,
身体两侧都是骇人的伤口。
卡勒派骑士迅速丢下武器,
向血泊中的姑娘俯下身子,
将倒地的姑娘从地上扶起,
用他温柔的双臂帮助姑娘坐起。

28
卡勒派骑士那么不辞劳苦,
终于将她微弱的灵魂唤来,
重回必有一死的脆弱宅第。
接着骑士用双臂抱起姑娘,
放到马上,小心翼翼用手
扶住,自己轻声走在边上,
直到能抵达某个休息之所,
她可安全放心地呆在那里,
直到那些宽大的伤口完全愈合。

29

当太阳神驾着火一样的战车
迅速地奔赴他在黄道的宅第;
骑士因辛苦跋涉而筋疲力尽,
他徒步走了如此漫长的路程,
并不习惯扛着沉重兵器步行,
他走下一个依傍河流的山谷,
碰巧发现一个美丽庄严之地,
他拖着疲惫的步伐走向那里,
希望那里能为他的爱人提供救援。

30

但当他赶至河边,他发现
若是徒步,几乎不能过河:
于是他久久地呆立在那里,
不知从哪边才能渡过浅滩。
当他正在为渡河愁眉不展,
思寻对策之时,他发现附近
有位武装骑士正赶向这里,
边上坐着一位美丽的姑娘,
他们自己正准备骑马渡过浅滩。

31

卡勒派(得体地)向他们致敬,
希望他们能有礼地予以援助,
为他受伤的姑娘平安地带路,
更小心地渡过那危险的浅滩,
允许他坐在这位骑士的马上,
对此,这位骑士嘲讽地答道:

"你这农民骑士,那样的话,
我完全有理由自视出身卑贱,
要是我背后扛着这么个下贱包袱。

32
既然你已可耻地丢下马匹,
你就步行到寻见另一匹马,
让你的女士也同样如此吧,
或者用甜蜜的痛苦背起她,
在浪上徒劳证明男子气概。"
骑士的姑娘听了大为不悦,
责备骑士,却无法阻拦他,
她想用她的马帮助卡勒派,
她同情那姑娘,见她伤势惨重。

33
卡勒派谢过姑娘,但立即
仇恨罔顾姑娘好意的骑士,
卡勒派无所顾忌步入河流,
仿佛是在嘲讽这无礼之人
的大肆羞辱,他多番指责
这人毫不讲礼,不合骑士;
卡勒派勇敢蹚过惊涛骇浪,
一手执矛,保持挺拔身姿,
另一只手用稳健之力撑住姑娘。

34
与此同时,那无礼的骑士
站在远处岸边看着卡勒派,

见他艰难困苦,便更恶毒
地大笑,嘲讽他状若游泳。
但当卡勒派骑士抵达对岸,
见他的姑娘平安度过危险,
他面容严厉,望向这骑士,
心里头涌起了复仇的情愫,
最终,他言辞尖锐,对他发话。

35
"不像骑士有辱其名的骑士,
所有携带武器之人的耻辱,
他们是荣誉与名望的象征,
我要在此,向你发起挑战,
你要永远地扔下那些武器,
永远地被叫作一位假骑士,
除非你敢于为了你的爱人,
为了保卫自己,下马于地,
与我公平比武,证明你的清白。"

36
那傻瓜听见他要挑战自己,
似乎根本不在意他的威胁,
而是抱以嘲笑,仿佛他的
骄傲鄙视低贱奴隶的挑战:
或是怯懦胆小或没有胆汁。
卡勒派骑士于是更受冒犯,
他无法让这骑士接受挑战,
这人轻视这挑战与他本人,
也不在意被人谴责为一位懦夫。

37
他毫不在意卡勒派的言行,
调转马头,奔向另一方向,
与他的姑娘一起骑向城堡,
他的宅第;卡勒派也不停,
尽其所能迅速地跟着上路,
为他伤病的姑娘寻找住所;
夜幕降临,他抵达一住家,
他骑向门口,礼貌地请求,
得体地恳求能为姑娘留宿他们。

38
但无礼的门房毫无礼数,
当着骑士的面关上大门,
厚颜无耻地禁止他入内。
但骑士现在很需要帮助,
甚至低声下气向他恳求,
谦卑地央求当晚的留宿:
门房回答,无一处地盘
适合留宿任何游侠骑士,
除非他首先与他的主人决斗。

39
(他说):"这时我不愿决斗,
长日将尽,我们最需休息,
这女士,她身体两侧遍是
伤口,灵魂随时都会溜走:
我也不愿与你的主人比武,
因为他向我提供这般款待,

除非我是被迫与主人决斗。
告诉我,你主人姓甚名谁,
将浅滩边的城堡如此严加防守。"

40
"他叫"(他说)"你若想知道,
特平①先生,他力气无穷无尽,
勇气世上罕见,但他总是对
每一位旅行骑士都残酷无情,
因为曾有游侠骑士恶意相待。"
(他说)"似乎一人若是勇敢,
他便总会对陌生人残忍不仁:
因为世上人们难得一见的是,
一个人能够既有礼貌又勇敢无畏。"

41
"你去见他,转告我的话,
在他门口有一位游侠骑士,
渴望留宿他家,但不愿意
比武,因为现在夜黑风高,
也不愿意用粗鲁回报礼貌:
如果要决斗,请留待明天,
还要告诉他,这一位女士
处境凄惨,就要香消玉殒,
她需要同情,既然他生自女人。"

---

① 此处指特派尼,因原文表述误为 Turpine,如实译为"特平",特此说明。

42
男仆立即进屋,奔向主人,
禀告消息,那位骑士大怒;
他正与他的姑娘坐于桌边,
主人非但不答应这一要求
还和他爱人一起辱骂男仆;
但那姑娘,名叫布兰迪娜,
责备他言行举止粗鲁无礼,
向他热切地恳求,那两人
可以获得帮助,当晚在此留宿。

43
但他无论如何都固执己见,
也不愿撤销他的卑鄙决定。
男仆回来后,将这一回答
带给卡勒派,卡勒派听后
立即怒火中烧,这是因为
他无法报复此等奇耻大辱:
更因为同情他最爱的女士,
他眼见姑娘现在情况危急,
但他无法给她安慰,使她快乐。

44
但这全是徒劳;因为他看见
没有办法可以应对这一不幸,
最终只能竭尽全力忍受一切,
让他来应对那一夜晚的命运。
于是他把痛苦的姑娘抱下马,
再将她放于一株灌木下安睡,

以严寒为铺盖，用不幸包裹，
他自己整夜都只是哭泣流涕，
警惕地看守姑娘，保卫她的安全。

45
翌日清晨，欢乐的一天刚
伴随着阳光露出它的身影，
瑟琳娜心中满是悲伤恐惧，
害怕黑暗又期盼感受阳光，
抬头注视着那欢乐的场景。
卡勒派尽管内心愤愤不平，
热切渴望报复那卑鄙恶行，
但为了柔弱的姑娘，压根儿
不愿多作停留，便又继续上路。

46
他全副武装地走在姑娘边上，
依然用手支撑起马上的姑娘，
因为不然姑娘无法独自骑行；
她那么疼痛，伤口那么多血：
直到最后，在他最需帮助时，
他突然发现远处有武装骑士，
正迅速地追赶他，虎视眈眈，
他清楚地知道这是某位敌人，
这人正要试图利用他的不幸灾难。

47
他停下脚步，直到那人走近，
想知道接着会发生什么事情，

当那骑士进入他的视线内后，
他凭借某些标记清楚地认出，
正是那人，那个在昨天如此
骄傲鄙薄，错待羞辱他的人；
于是他担心自己可能会使他
先前的恶意发起新一轮攻击，
便下定决心尽可能地使自己安全。

48
这时另一位骑士同样来到跟前，
他将矛放低，蓄积其全身力量，
仿佛一心要干一番恶毒的事情，
他令卡勒派站住，忍受他凶狠
残忍的复仇之剑，或是对他刚
自己做出的可耻言行做出回应：
他同时冲杀过来，仿佛立即要
将其吞噬，卡勒派无法，只得
躲开他的傲慢威胁，不然就被制服。

49
但他仍四处追赶卡勒派，
一心要把他残忍地杀害，
像一头野羊绕着他追赶，
嗜血的意志凶猛地进攻。
但卡勒派的最好救援与
避难所是他姑娘的身后，
她向他哭泣，每当那人
靠近，就常尖声恳求他
饶过骑士，用理智平息怒火。

50

但那人反倒更加怒发冲冠,
更加愤懑凶猛地追赶骑士,
终于在漫长疲惫的追逐后,
那人偶然发现一隐蔽优势,
制服了骑士,后者一直在
徒劳躲避他的暴力,用矛
刺穿了骑士的肩膀,鲜血
汩汩而流,宛若一口血井,
从一座山丘上凶猛地喷涌而出。

51

伤口如此惨重,那人也不收手,
他的女士大喊,他仍穷追不舍,
直到将骑士置于死地,无情地
见他丧命,那人才会心满意足:
骑士的性命无疑情况十分危急,
要不是奇迹般的机遇带来援助,
将卡勒派从残忍的恶行中救出。
如此的机遇常常超出人们想象,
这一段故事将在另一诗章走向结尾。

第四章

一位野人将卡勒派
从特派尼手里救出,
尽管卡勒派从一头熊那里
救出一个婴儿,他失去了他的爱人。

1
就像轮船在暴雨中久久颠簸,
用尽了她全部的桅杆与挂锚,
现在远离港口即将迷失方向,
终于在附近见到一艘小渔船,
给她冷却的勇气带去了安慰。
这最有礼的骑士便是这处境,
骑士被那个鲁莽的无赖制服,
以至于他一直处境极为危险,
悲伤的姑娘惊慌失措,令人同情。

2
直到机缘巧合,出乎所有意料,
一位野人,他在那些林中生活,
被那女士响亮可悲的尖叫吸引,
毫不迟疑地立刻跑向女士这里,
想闹明白他可以做些什么事情。
他在那看见这位最无礼的懦夫,
和刚开始进攻时一样凶猛如虎,
正在绕着圈追赶高贵的卡勒派,
卡勒派身受重伤,他反倒更不放过。

3
这野人在此之前从未感受过
何为怜悯,也不知何为礼貌,
他见他凶猛进攻,残酷打击,
深深同情起骑士的危险处境,
连他更蒙昧的心都生出难过,
开始怜悯起骑士的可怕处境,

他敌对这般追赶骑士的敌人,
要是可能,他要将骑士救出,
为那一惨绝人寰的恶行报仇雪恨。

4
但他战斗时没有盔甲兵器,
也不知如何使用战斗工具,
唯有一时的怒火令他猛打,
但他一丝不挂无必要衣物,
来用合适的装备包裹身体,
他毫不在意剑或矛的打击,
仿佛它们不过是稻草芦苇:
因为自他从母亲子宫出生,
魔法的学问就使得他刀枪不入。

5
野人既不谋划最好从哪边
攻敌,也不思索如何自卫,
只凭冲天怒火和仇恨之力
向他冲去;这人准备充分,
高度警惕地躲过首轮进攻,
用他顶端锋利的长矛直击
野人胸脯,如此凶猛有力,
逼得野人摇晃着向后退缩;
但他身上既无伤口也不见鲜血。

6
这使得野人更加怒不可遏,
好像一头错失猎物的老虎,

他疯狂地再次向这人扑去,
既不顾可能会夺命的长矛,
也不顾那会吓坏他的烈马。
野人的种族鄙视任何危险:
野人牢牢抓住这人的盾牌,
抓得如此用力,无论如何
他都不能逼其松手或放弃进攻。

7
他久久地来回拧扭他的盾牌,
用尽各种办法,都无助于事:
因为野人死抓盾牌决不松手,
而是用尽浑身力气又拉又拖,
以至于几乎将这人拖下马背。
这人现在无法使用他的长矛,
因野人太近,也戴不紧盾牌,
于是他便像对待无用的物品,
丢下长矛盾牌,仓皇地抱头鼠窜。

8
但野人在他身后迅速追赶,
脚步急切地对他穷追不舍,
(因为他追赶时快如任何公羊)
要不是这人在最危急之时,
有他烈马的飞快速度相助,
野人早就在他逃跑时追上。
当他见自己将要成功逃脱,
他就极度恐惧地放声大哭,
高声尖叫,举止不配骑士身份。

9

但当野人发现自己徒劳一场,
将他追赶,因为他逃跑如风,
他感到疲乏,又再次迅速地
回到原地,他刚才把那一对
留在了那里,处境极为危险,
他发现那骑士正在严重失血,
那姑娘惊慌失措,目瞪口呆,
既因为目前的处境危险至极,
也因为她在溃烂的伤口疼痛难忍。

10

因为尽管她很高兴,摆脱了
那个刚将她冒犯的卑鄙恶棍,
但她现在发现,这个野人会
带来的麻烦危险不亚于恶棍;
她没有任何办法抵御这野人,
这是因为她的骑士伤势惨重。
因此她自己完全倚靠上帝的
无上恩典,她常常恳求上帝,
恳求上帝帮助,因为她希望全无。

11

但这野人与她的担心相反,
如讨好的猎犬般爬向自己,
还用粗鲁的手势向她传达
他深深同情她的悲惨遭遇,
他亲自己的手,匍匐在地:
因他没有或不会其他语言,

只会轻声咕哝和无意义的
混乱声响,自然教他这样
表达情感,他的理性不会表达。

12
他以同样方式爬向受伤骑士,
当他看见紫红的鲜血仍旧在
汩汩流出,他仿佛深受触动,
按照他的野蛮情感大声哀号,
并立即跑进了最浓密的森林,
从那里给骑士带来某种药草,
他凭经验熟知这药草的功效:
他将药草汁液滴入他的伤口,
立即止住流血,比他想象中更快。

13
野人拾起那懦夫之前丢下的
长矛盾牌,向他们打起手势,
让他们和他去他附近的住处:
野人轻易就说服了骑士姑娘。
在森林深处有一块林中空地,
上面满是长着苔藓的灌木丛,
伸展的枝叶下是幽暗的树荫;
那里生灵的脚步从不会走过,
少有野兽光临,这便是野人的家。

14
他将这些陌生客人带到这里;
竭尽所能表现他的美丽外表,

用手势表情或其他所有举动。
但是那长着厚厚苔藓的空地
必定是他们没有枕头的床铺,
而林中的野果是他们的食物:
因这不称职的主人从不耕作,
也不食肉食,从未尝过野兽
的鲜血,遵循着自然的首条律令。

15
尽管野人的家那么简陋寒碜,
他们高兴地入住,感谢上帝,
是上帝使他们不再那么恐惧,
救出了他们,不再受人奴役;
现在他们(这是命运使然)
必须自己好好地休息一会儿,
他们高兴情况有小小的缓解;
他们的伤势在那里略有好转,
因此他们也就更能够安心地休息。

16
在此期间,那位野人每天
都竭尽全力,含辛茹苦地
在远近所有林中寻找疗伤
的药草;他似乎仍很高兴,
如果他做的事使他们喜爱。
于是不久他便治好了骑士
的伤口,使他又健康如初:
但他找不到草药能治姑娘
的伤病,因为这病在身体内部。

17
现在卡勒派已恢复了体力,
有一天,骑士去外面散步,
呼吸空气,听画眉鸟歌唱,
因为不怕遇见敌人或朋友,
便未副武装,没有剑防身。
这时发生了一件意外之事,
一场结局不幸的艰难冒险,
一头残忍的熊用染血之爪
抓着一个婴儿,鲜血四处泼溅。

18
这个小婴儿高声地尖叫大喊,
凄惨的哀号传遍每一片森林,
他的哭喊仿佛是要向卡勒派
寻求帮助,这尖叫刺穿骑士
耳朵,让他的心灵不胜同情;
这使得他急匆匆地追赶婴儿,
想在熊杀死婴儿前救出婴儿:
尽管他看见他们现在已跑远,
他仍然跟随着呼喊,迅速地追赶。

19
他没有盔甲兵器真是幸运,
这重负会阻碍必要的速度,
使他不能自由地喘气呼吸:
长久以来他天天全副武装,
佩戴兵器步行,以防万一,
现在他觉得自己如此轻松,

像一只雄鹰,感到脱离了
阻碍她飞翔的铃铛和皮带,
他觉得双脚在飞翔,好不快意。

20
卡勒派跑得飞快,不久便
赶上疲惫的熊,逼他停下,
卡勒派赤手空拳就近袭击,
很快就迫使熊放下战利品。
野兽因失去猎物勃然大怒,
转向骑士,由于受到阻碍
野兽虎视眈眈,怒火冲天,
张开血盆大口,试图无情
地向骑士报复,吞掉他的身体。

21
但勇敢的骑士一点也不害怕,
而是用手捡起一块粗糙石头,
石头就在边上(命运如此相助)
他冲向熊,立刻将石头扔进
他张开的喉咙,熊呻吟不已
难以呼吸,差点儿就要窒息,
因为他无法消化那一块骨头[①];
这石头既难吐出又无法下咽,
他也受不了这块石头的寒冷冰凉。

---

① 此处应为"石头",因原文表述误为 bone,如实译为"骨头",特此说明。

22

当他看见熊如此陷入困境，
徒劳地挣扎肠子几近爆裂，
他与熊搏斗，用强力握住
他的喉咙，紧紧抓住咽喉，
熊无法呼吸，瘫倒在地上；
接着卡勒派用力袭击野兽，
不久他就呼出最后一口气，
一边还对骑士徒劳地咬牙，
用他现在无力的利爪威胁骑士。

23

接着骑士用两只手臂抱起
小婴儿，熊的可爱的猎物；
他怜悯孩子哭得如此凄惨，
拭去他柔弱眼睛里的泪水，
擦去弄脏他的脸颊的污渍，
骑士检查每条小小的臂腿，
还有襁褓下每个身体部位，
生怕野兽利齿在他弱小的
身上留下伤痕，但他完好无损。

24

于是他又给婴儿系好衣带，
想带着他重回野人的住处：
但当卡勒派向每一边环顾，
想知道他最好走哪一条路，
才能到达他想去的地方时，
他发现既无小径也无足迹，

他无法问路,也无法瞎猜。
因为远远近近全是森林,
它们填满了他视野的每一角落。

25
骑士感到心神不定,不知
该走哪边:他一会儿向西,
一会儿向北;又随意乱走。
于是他来回走了许多里路,
走得疲惫不堪又目标不明,
但完全没有靠近旅程终点;
而他可爱的小战利品一直
饿得哭泣,让他忧愁不已。
于是那一整天他都在徒劳漫游。

26
终于在太阳将要落山之时,
他自己走出了那一片森林,
幸运地抵达了广阔的平原:
他环顾四周,希望能找到
某个能让他心安的避难所,
最终他听见森林边上传来
人声,似乎是女人的声音,
她正对着自己大声地哀叹,
常常抱怨命运,常常仇恨机遇。

27
他走近那位女人,当她发现
出现了陌生人,她停下抱怨,

仿佛她害怕被这陌生人欺骗,
或是不愿意暴露自己的悲伤。
卡勒派见女人那么伤心欲绝,
他走向她,用得体友好的话
让她高兴,温和地对她说道:
"你是谁,悲伤的女士,说说
你为何哀怨,也许你就不会悲伤。"

28
她说:"先生为什么要我诉说,
你自己都已经猜得那么准确?
你恰当地称我是悲伤的女士;
我甚为悲伤,我的悲惨处境
无论什么人都无法帮我摆脱。"
"不过"(他说)"如果可以,
告诉我,这能缓解你的悲伤:
常常如此,心灵悲伤的治法
意外找到,执意寻找却毫无收获。"

29
悲伤的女士于是开始诉说:
"既然你想知道我的悲伤,
人们叫我不幸的马蒂尔多,
大胆布鲁恩之妻,他拥有
所有这些土地,刚用剑从
大巨人考莫兰托手里斩获;
他在那片浅滩边打败巨人,
三场战斗后将他吓得半死,
尽管天天吹牛,却再不敢回来。

30

于是我的夫君获得了所有土地,
这是征服者的权利,一切太平,
他平安无事地将土地握于手中,
没有任何人胆敢与他争夺土地。
但在这些幸运上,残酷的命运
加上了一件恶事,这事破坏了
我们所有的欢乐,所有的幸福;
可能它迟早还要变成更大灾难,
毁灭这整片土地,带来无尽的损失。

31

因为上天嫉妒我们的繁荣,
还没有许诺赏赐给我们俩
子孙这一令人高兴的祝福,
子孙能在我们去世后依旧
继承起我们那不幸的操劳:
由于没有子嗣来保卫土地,
一切迟早都要再回到那个
恶魔手里,恶魔天天等着
在我们身后一举获得所有土地。

32

但我的夫君对此最为忧愁,
他悲叹不已,每当他想到
所有土地会落入仇敌手里,
长久的辛劳工作全都白费,
现在他正在操心这一情况。
不过据说,他会得到一个

儿子，不是亲生，这儿子
会喝干附近那条河流里的
所有河水，他会杀死那个恶魔。

33
有了这个预言后，夫君期望
他的家族中能有个高贵孩子
这孩子会因为名声广受赞誉，
他将用勇敢的功绩打败这个
骄傲的巨人，现在巨人开始
鄙视年事已高的好人布鲁恩；
夫君认为悲伤都是因我而起。
看这便是我为什么悲伤难过；
我因此悲痛欲绝，眼泪无穷无尽。"

34
骑士听完后，立即温柔地
同情她那与之不配的悲伤，
而当他思索了下她的困难，
他想到了一个合适的办法
若尝试便能消除所有痛苦
他安慰女士，说道："夫人，
不幸中建议是主要的安慰，
我的智慧虽不能出谋划策，
但我心怀好意，就请不要怪罪。

35
如果你悲伤的原因是由于
没有孩子取代你们的位置，

那么看好运如何给你带来
这小婴儿，面容甜美可爱，
灵魂无瑕，你可以在上面
镌刻任何你所喜爱的形状，
现在还柔软适合接受它们：
无论你想培养他成为骑士，
还是教他学习博大精深的哲学。

36
毫无疑问常常见到的情况是，
相像的孩子中一个血统不明，
被养成了更勇敢高贵的骑士，
正如他们的胜利常如此表明，
他们的名声传播至许多国家，
超过了那些颠在腿上的孩子。
因此有人认为，诸神播种了
那些孩子，用天上汁液喂养，
长得如此高大，获得了所有荣誉。"

37
女士听着骑士的明智之言，
觉得这既无不妥也不特别，
因为他说的情况常有发生。
于是她赞同他的明智理性，
觉得时间和地点都相合适，
她高兴地收下了这个婴儿，
仿佛是她合法拥有的孩子，
她望着孩子小哭了一会儿，
带走了孩子，从此就视如己出。

38

卡勒派确实该高兴,能摆脱
这小托管,因为他毫无技能;
她也高兴;因为她如此智慧,
如此成功地控制了她的丈夫,
以至于她把婴儿带给丈夫时,
让他觉得一定是亲生的孩子,
他被培养了如此得体的举止,
终成为一名远近闻名的骑士,
他正义高贵的功绩将在别处流传。

39

但卡勒派现在自己孤单地
留在森林边上,甚是凄惨,
既没有武器,也没有坐骑,
也没有能遮风挡雨的屋子,
尽管那位女士尽最大努力,
再三邀请他和她一起回家,
为了回报他的好意,给他
马匹和武器,和其他用品,
但他悉数拒绝,只是谢过女士。

40

卡勒派内心越发悲痛欲绝,
他是如此不幸地丢了爱人,
他不由自主倒在冰冷地上,
怒不可遏,遭受如此逆境;
他整晚都在那痛苦地翻滚,
发誓他绝不再次上床休息,

绝不包裹舒适地躺着就寝，
直到他能再见到他的爱人，
或是了解到爱人一直平安无事。

第五章

野人精心侍候马蒂尔多①
直到她找到亚瑟王子，
王子将她和他的随从
留给隐士照料。

1

啊，要发现高贵的血统是
多么容易，即便它是如何
常常被包裹在不幸命运的
可恶外表与可怜悲哀之中？
因为无论它如何衣冠不整，
正如这位野人，不懂规矩，
似乎对所有美德一无所知，
但他会表现一点高贵心灵，
最终以他合适的方式显现于世。

2

这可以明显地见于这位野人，
尽管他仍住在这无人的森林，
活在野兽之中，野蛮地生长，
从不见宜人举止也不知美德，
但他表现出高贵血统的迹象，

---

① 此处野人精心侍候的应为瑟琳娜，因原文表述误为 Matilda，如实译为"马蒂尔多"，特此说明。

对待那不幸的女士彬彬有礼。
毫无疑问他来自高贵的血统，
尽管由于不幸他来到了这里；
当时间也如此述说，你就会知晓。

3
现在野人久久不见卡勒派，
因为卡勒派在远处迷了路，
野人变得分外地悲伤难过，
仿佛他害怕会有不幸发生：
他留下这焦虑不安的女士，
径直走入这片广袤的森林，
前去寻找，看他是睡着了，
还是身上发生了别的事情：
他在远近寻找，不见骑士踪影。

4
他回到那位悲哀的女士身边，
他的外表显得那么悲痛欲绝，
他竭力地做出能达意的手势；
一会将可怜的双手拧在一起，
一会将坚硬的脑袋撞向石头，
看到他这样悲哀真令人怜悯。
女士看这行为便明白了一切，
开始扯头发，撕掉所有衣服，
重重捶打胸脯，可怜地折磨自己。

5
女士将自己猛烈地扔到地上，

不顾她那仍血流不止的伤口，
伤口的鲜血染红了所有地面，
仿佛有夺命之刀刚刺向胸口，
立即要驱逐可怜忧郁的生命，
她久久地趴着，深深地呻吟，
仿佛她的生命力量正在对抗
更强的死亡，害怕精力衰退，
这便是女士的痛苦和悲伤的折磨。

6
野人看到她那么痛苦不堪，
就将她从染血的地上扶起，
用尽所有办法，尽可能地
使她不再陷入麻木的晕厥，
让她可怕的伤口不再流血。
但她无论如何都无法好转，
止不住悲伤和难忍的剧痛，
它们日夜地折磨她的忧思，
使她自己的痛苦总是越来越多。

7
最终，她看不到他回来的
希望，于是她下决心离开，
去到别处，尽管虚弱绝望，
她要为那一不幸寻找安慰。
她的马已休养得健壮精神，
她将能带上的东西收拾好，
骑到马的身上，奔向前方。
她没有向导，来正确指路，

或是帮她抵御胆大包天的暴徒。

8
当她的主人见她正准备离开，
他不忍心让她自己独自旅行，
而是开始收拾，要与她做伴。
那些战争武器，是骑士先前
所留，他立即开始准备它们，
把它们都不合身地穿到身上，
戴好他的盾牌，头盔和胸甲。
但他的大腿上没有佩戴利剑：
卡勒派骑士本人藏起了他的利剑。

9
他们一起旅行，颇不和谐，
所有人都会视作一道奇观；
一位野人与一位美丽女士，
那女士仿佛是他强力所得，
是战利品，理应归他所有。
但他最为精心地照顾女士，
从早到晚忠诚地将其服侍。
没有可耻或是恶毒的念头，
也从未显现出邪恶不忠的迹象。

10
有一天他们俩正在赶路，
突然她马上的某个装置
因为某个意外无法工作；
她请她的男仆帮忙修理，

他打着手势明白了情况,
立即将笨重的兵器放在
地上,毫无疑心或戒备,
他像在家一样开始试着
去修理故障,使它正常工作。

11
正当野人在努力工作时,
有一位骑士与他的随从,
全副武装地向这里骑行,
从他们的举止衣着来看,
这似乎是两位游侠骑士,
在寻找何处能经历冒险。
他们是(如果你要知道)
亚瑟王子和年轻的提米阿斯,
他们的奇特相遇应在此讲述。

12
自从提米阿斯重新获得
贝尔芙波的心(如你所闻)
再次得以蒙受她的恩宠,
他上升到了无比的狂喜,
既不怕嫉妒也不怕变化,
尽管许多敌人因此恨他,
用不义的诽谤与他为敌;
但他举止如此得体明智,
他一直享有着她的至上欢心。

13

但所有想灭掉他的人中,
有三个强敌最恨之入骨,
他们强大而且心狠手辣,
不仅试图用公开的比武
打败他,还暗中轻蔑他。
第一个人名叫迪斯贝托,
比其他人都要强大高大,
第二个不强大却聪明,叫迪塞托,
第三个既不强大也不聪明,但是最恶毒的迪菲托。

14

他们常常用各种各样的力量,
各式的诡计,但都白费力气;
因为他们既不能用武力灭他,
也不能用诡计去陷害他谋反。
于是他们三人一起密谋盘算,
将各自的建议合成一个方案;
独斗若失利,联合或许能行。
他们发现上策是怪兽布拉堂,
这能让他丢尽颜面,彻底地毁灭。

15

一天他们三人正在等候时机,
当提米阿斯在林中搜寻野兽,
他们派出怪兽布拉堂做诱饵,
来引诱他离开他心爱的女士,
不知不觉地陷入耻辱的危险。
因为他们熟知,他勇敢无畏,

林中的怪兽无论狂野或顺从,
只要他遇到,他都会挑战它,
常常从它们贪婪的爪里夺走猎物。

16
这勇敢的小伙,如他们所料,
当他一看见丑陋的怪兽经过,
就扑向怪兽,毫不惧怕危险,
也完全不知那不寻常的诡计;
他如此勇猛愤怒地冲向怪兽,
这怪兽扛不住他无穷的力量,
不得不掉头躲开他逃之夭夭:
但他逃跑前,他用他的脏牙
随意咬了随从,随从自以为安全。

17
提米阿斯坚定追赶布拉堂,
试图追上正在逃跑的怪兽。
怪兽穿过密林灌木和荆棘,
想让他变得更加筋疲力尽,
因此他已几乎耗尽了精力。
直到最后抵达一林中空地,
那地方的树荫阻挡了视线,
三个敌人藏在骗人的树荫,
他们从埋伏点冲出,开始进攻。

18
他们一起发起猛烈的进攻,
内心的深仇大恨熊熊燃烧,

他们围绕着他密集地袭击
如此凶猛,似乎没有什么
能阻止他们的剑刺穿身体。
但他如此警惕地保卫自己,
没有人能够伤到他的肉身,
自始至终为了最好的防卫,
他背靠大树,抵挡后面的袭击。

19
正如一头野牛被猎人追赶,
正被一只獒、一只猎狗和
一只哈巴狗骚扰:从四面
猛烈攻击,环绕着他击打;
但最让他烦恼的是哈巴狗,
吠声恶毒,一直爬在后面,
他一怒之下,在地上跺足,
用牛角威胁,如雷般咆哮,
随从就像这样打散了他的敌人。

20
这很有必要;因为三个敌人
试图从四面八方将随从包围,
形势危险地从周围封锁随从。
但三人中迪菲托最令他烦恼,
这人一直想从后面将他打败:
迪塞托也同样试图包围随从,
但强壮的迪斯贝托最为桀骜,
他与随从面对面从正面进攻,
但他全扛住,常使他们无力招架。

21
最后他因先前的追赶近乎疲惫,
现在又因仔细防守而体力不支,
他开始了撤退,有点招架不住,
很可能过不了多久就难以逃脱;
这时候他突然听见森林里传来
重重的马蹄声,这马高声嘶鸣
提醒他的骑手要做好防卫准备;
现在几乎惊慌失措的随从一听,
振作起精神,悲哀的绝望烟消云散。

22
他立即发现一位骑士正在靠近,
这骑士见随从陷入如此的危险,
有那么多敌人,便加快了速度;
他想帮助随从,弥补他的弱项,
因为他不愿看到随从被人打败。
他的三个敌人一看到这位骑士,
就逃之夭夭,飞快地跑进森林;
骑士认为去追赶他们只是徒劳,
因为树木是如此茂密,望不见通路。

23
骑士接着转向年轻人,他知道
这是提米阿斯,他忠诚的随从,
骑士喜出望外,靠近提米阿斯,
接着用他的手臂紧紧拥抱随从,
说:"我的朋友,我生命的喜爱,
你为什么这么久让我孤单一人?

什么世间的恶意,天上的愤恨,
使你我分开了这么长的时间?
这段时间你在哪里游荡,去了哪里?"

24
他说毕因内心忧愁而深深叹气:
随从再没有对亚瑟做任何回答,
擦去了温柔的眼里的几滴泪水,
用沉默克制住了他强烈的情感,
丝毫不抱怨他自己经受的痛苦。
他们在那得体地交谈了一会儿,
这对他们而言似乎是恰逢其时,
在这之后他们走向各自的马匹,
一起骑行,是赏心悦目的一对伙伴。

25
现在他们一起见到了这位
野人,他们发现他正忙着
修理可怜的瑟琳娜的东西,
那些精良的武器躺在地上,
似乎掠夺自某个著名人物。
随从一见,就向它们走去,
想从那贱人手里夺走它们:
野人见后,轻快地跳向他,
强壮的手死死守住不让他摆弄。

26
野人咬牙切齿,面目狰狞,
怒不可遏的眼睛闪着火光,

他用拳头突袭随从的脑袋,
这一击使随从倒到了地上;
他很快站起身子大为不悦,
用手触碰他那愤怒的刀剑,
想用它一举杀死这个野人,
野人察觉后,将手伸向他,
死命抓住他,使得他无从报复。

27
美丽的瑟琳娜见后对骑士
大喊,让他拆散他们两人:
骑士过来迅速地拆散他们,
阻止了他们继续暴力动武,
但那个野人几乎难以收手。
接着王子开始向姑娘询问,
她是谁来自何方,是什么
陷阱使她落入了野人手里,
她现在是自由,还是受到奴役。

28
她说:"如你所见,我是
当今世上最不幸的女人,
心里身上都有致命伤口,
心里的伤口最让我难过,
它们使我如此不幸凄惨。
我曾经是卡勒派的爱人,
但他现在是否仍旧活着,
还是因厄运而经受折磨,
我最近丢了他,也不知其详。

29

我最近在野外的森林丢了爱人,
但我毫无疑问早就在林中死亡,
要不然就依然处境最凄惨不幸,
若不是这野人在我痛苦不堪时
保护我,使我摆脱了致命危险。
这么一个野人,举止粗野不堪,
生长在荒林之中,与野兽做伴,
最奇特最不可思议的是,他有
如此温良的人性,如此高贵的心灵。

30

因此让我为他向你们如此请求,
请你们不要再对着他发泄怒火,
因为他不能表达他的简单想法,
不能理解你们,只用手势交流:
向如此弱小证明力量无足称道。"
她用这些得体的话使他们息怒,
阻碍了他们的愤懑进一步激化。
他们先前的怒火转变成了怜悯,
王子和随从两人都想成为她的随从。

31

她的所有东西安置好后,
她开始继续向前方行走,
他们给她带路,也许能
做些事来减轻她的痛苦。
她伤口的脓疮开始流血,
这随从也是,他最近也

因疏忽被同一怪兽咬伤,
他开始昏厥,无法前行,
因为他的四肢都已软弱无力。

32
于是他们这一班人一起骑行,
想寻找某个地方,也许能使
这两位已撑不住的病人舒适,
一路上王子想方设法地减轻
他们因重病引发的剧烈痛苦,
用尽了他能想到的合适方式,
有时是让人高兴的愉快谈话,
另一些时候则是善意的鼓励,
想让他们忍耐正折磨他们的痛苦。

33
瑟琳娜在路上向他讲述了
特派尼最近对待她的那些
无礼举动和非骑士的行为,
他毫不同情她的剧烈伤痛,
尽管布兰迪娜用各种方式
尽其所能地劝他改变主意;
但他心狠,没有她的优点,
不仅在夜晚把她关在门外,
还无耻地打伤了她疲惫的骑士。

34
王子听后勃然大怒,发誓
不久之后,他再次回去之时,

他就要报复那骄傲可耻的
骑士,她刚抱怨起的骑士。
他们就像这样彼此说着话,
度过路上漫长乏味的时光;
天快黑时他们抵达一平原,
边上有一小小的隐士居所,
远离所有许会打扰隐士的邻舍。

35
居所附近还有一个小教堂,
常青藤在整座教堂上蔓延,
布满屋顶,阴蔽着十字架,
就像头上有树林抽出枝条;
隐士的一生都严格地遵守
宗教的誓言,他就在这里
常常献上他的祷告与圣物;
现在他同样也在里面祈祷,
骑士们到时不知在哪或如何祈祷。

36
他们没有停步,径直入内,
隐士立刻发现他们的到来,
他的祈祷立即受到了打扰;
他停下祈祷,向他们走来,
步子稳健,态度庄重得体:
因为看上去,这隐士是位
善良之人,天性温和宽厚,
向所有人行善,清楚知道
如何有礼有节地对待每位客人。

37

事实上曾听人们这么说，
只要他还年富力强之时，
他曾经有着显赫的名声，
武艺与胆量都广为人知：
但现在年事已高厌倦了
战争和世上纷争的操劳，
隐士放弃了骑士的称号，
挂起他的武器和战利品，
摆脱了这俗世里的所有累赘。

38

他将他们从那带至他的居所，
让他们的马匹在草地上吃草：
就隐士所需而言，房子很小，
就像鸟笼，但里面干净整洁
饰有绿色枝条和鲜艳的花朵。
他在屋子里周到地款待他们，
他不用虚情假意，这更适合
让喜爱这礼节的傻瓜们高兴，
而是用纯洁的情感和真诚的仪表。

39

他们吃的是家常便饭，正如
他用来维系柔弱之身的伙食；
他们都兴高采烈地接受款待，
虽如此也无人抱怨伙食不足，
而是心满意足，愉快地就寝。
然而瑟琳娜整晚都无法入眠，

随从也是,他们近日的伤口
剧烈疼痛,那是来自布拉堂
怪兽,他们俩因病痛而越发痛苦。

40
因此他们整晚都过得极为不适,
直到清晨来临,带来黎明曙光
指引人们劳作,带给他们安慰,
同时还略微减轻了他们的痛苦。
接着他们起床,开始收拾行装
准备上路;但那随从和那姑娘
如此虚弱不堪,他们可能难以
坚持旅行,连一步都无法迈出:
他们心里悲伤,身体疼痛,腿脚瘸跛。

41
亚瑟王子因为心头有要事,
不能再在这里更久地逗留,
不得不把他们俩留在这里,
让好隐士照管,他请隐士
照料好他们。他自己上路,
带着那位野人,野人之前
看见他皇家的举止和装扮,
深深地爱戴这勇敢的同伴,
他必须离开,这将在别处讲述。

第六章

隐士治好随从和姑娘的
严重伤痛:

王子打败了特派尼，
让他为他近日的恶行蒙羞。

1
没有伤口，任何战时敌人
施加的剑伤，会如此疼痛，
这是无耻之徒以高贵之人
的名义所造成的有毒剧痛：
因为没有技艺或任何医术
有可能让这伤口再次康复；
不朽的神人坡达里里乌斯
拥有的所有技艺，也不能
治愈这伤痛；这是地狱的伤痛。

2
这便是怪兽布拉堂在骑士
和女士的身上留下的伤口；
他们的伤口现在愈发严重，
这是因为伤口没有人照料，
现在开始溃烂，病入膏肓。
不过细心的隐士竭尽全力，
用多种合适的药材去制服
有毒体液，它们最能侵袭
溃疡，每天隐士都尽职地医治。

3
因为隐士对医术十分精通，
在他度过的漫长的一生中，
他在许多境遇中跌爬滚打，

经受住了许多危险的攻击,
知道导致死亡的各种过程,
他对人们的心灵极具洞见;
人们走偏时,他曾给他们
明智建议,使其重回正道,
治愈所有伤害脆弱灵魂的激情。

4
因为他曾经是位勇敢的骑士,
和当时的任何骑士一样勇敢,
常在危险的战斗中证明武功,
总是从战场上赢得恩典荣耀,
拿走了所有战斗的月桂花环。
但时光流转他现在年事已高,
厌倦了这人世间的纷纷扰扰,
他自己主动隐居在这个居所,
一个人就像无忧无虑的笼中小鸟。

5
一天,隐士在检查他们的伤口,
他发现伤口已经在隐隐地化脓,
里面正在溃烂,疼痛难以忍受,
伤口的内部现在已经开始腐烂,
看上去手术已经完全无法治疗,
而是需要用让他们厉行节制的
有益建议,才能控制伤势发展,
控制盲目激情带来的顽固怒火,
他给每一伤处药膏,但给心灵建议。

6

于是他把他们带入自己的斗室，
开始为了那目的表达合适的话，
因为他对言语的技艺十分擅长，
还能做到行为与言语保持一致，
他对他们说道："美丽的女儿，
和俊秀的儿子，你们身患重病
久久地躺在这里，自你们到来，
你们徒劳地指望我医治这伤病，
我也同样徒劳地给你们俩敷上药膏。

7

因为只有你们自己才能帮助你们，
才能使你们痊愈，你们必须唯有
始于自己的意志，才能治愈疾病。
谁能治愈他，假如他不想要治疗？
因此你们若想痊愈，需谨遵此训。
首先你们要教导你们的外在感官
远离使脆弱情感激动不安的事物；
让眼睛、耳朵、舌头和言语远离
最影响它们的事物，保持合适的状态。

8

因为从受邪恶影响的外在感官，
这全部疾病的种子最先出现，
最初在这疾病开始扩散之前，
可能不用费力即能轻松治愈：
但当疾病强大后，它会带来
悲哀、虚弱和在身体内部的

难忍剧痛,最后将能传染的
毒液几乎扩散至每一根静脉,
它从不休止,直至病人彻底毁灭。

9
因为咬伤你们的怪兽的牙齿,
颗颗都剧毒无比,极为锋利,
都由锈铁制成,咬过的地方
都会是溃烂的伤口,要想用
药膏、解药或其他方法治愈
只是徒劳:奇迹也不能治愈;
因为那头怪兽是由魔鬼所生,
在黑暗地狱里的兽穴中长大,
是厄客德娜所生,正如书中所说。

10
厄客德娜是个极其可怕的怪兽,
诸神憎恨她,上天也不愿见她;
外形如此丑恶,脑袋奇大无比,
甚至连地狱里的魔鬼一见到她
也害怕不已,一见她就要逃跑:
但她的脸蛋和身体正面假装是
位美丽的少女,那么端庄秀丽;
而她身体的整个背面都明显是
条可怕的龙,丑陋得让人胆战心惊。

11
诸神因为她面容如此丑恶,
给她选了一处,漆黑骇人,

距离天空与地上最为遥远,
她蜷缩地躺在石头洞穴间,
那地方恐怖无比不见五指,
她在那浪费她永生的力气。
只有堤丰在那里与她做伴,
残忍的堤丰,他怒火冲天,
常使天堂颤动,得用恳求平息。

12
厄客德娜和堤丰那时交媾,
生了这叫怪兽布拉堂的狗;
这恶兽的舌头攻击所有人,
无论好人坏人或贵族贱民,
他都会喷出他的毒液去让
最高贵的人染上极大诽谤:
无论骑士是多么高贵优秀,
无论女士是多么纯洁忠贞,
他都用污辱或暗中耻辱玷污他们。

13
因此,忙着用药膏来治疗
这一种伤痛只是徒劳一场,
它得用明智的建议与纪律,
而非会加重病情的外敷膏。"
"天哪"(瑟琳娜痛苦地叹气)
"那么我们还有什么希望,
如果药膏不能让我们康复?"
"既然我们需要好建议"(随从说)
"好先生给些能维持我们的建议。"

14
"我给的"(他说)"最好建议
是你们需要避开邪恶的根源:
因为要是那引发邪恶的根源
被消除,其后果也总会终止。
避开欢乐,限制你们的意志,
控制欲望,约束放肆的欢乐,
少量饮食,忍住别吃饱喝足,
杜绝秘密及在公开场合说话:
这样你们能很快消除眼下的危险。"

15
隐士说完后,他的病人们
高兴地听从他的重要要求,
严格地执行他的明智命令,
不久他们的疾病就消退了,
伤人怪兽带来的伤口同样
也彻底愈合。当他们发现
伤口痊愈,重新有了力气,
他们俩都向那好隐士告辞,
一起上路,两人都不愿意分开。

16
他们俩都发誓要彼此陪伴,
这女士是因为她极度恐惧,
现在一个人深陷巨大不幸,
随从则是因为他确实有礼,
不愿在她迫切需要时离开。
于是他们一起旅行,直到

遇见一美丽姑娘身着丧服，
不合宜地坐在长癣的马上，
一粗野小丑带她走过干地湿地。

17
但她是如何有了那一耻辱，
她自己又是如何将其摆脱，
我必须忍耐一会再来讲述：
我要先按发生的顺序讲述
布里吞王子发生了什么事，
他在寻找骄傲骑士，最近
他对卡勒派骑士如此恶毒；
也还无礼地虐待他的姑娘，
尽管姑娘生病，正如你刚听闻。

18
王子依据美丽的瑟琳娜
先前向他描述过的标记，
径直寻找他，一心打算
报复他所有的恶意虐待，
他对那两人是如此无礼：
没有人与王子一起探险，
只有野人，他常被赶走，
但无论是命令或推开他，
都不能阻止他继续跟着王子。

19
他仿佛是无意之中抵达那里，
发现房门大开，便骑了进去，

一路未停，直到他抵达大厅：
他像个疲倦旅人般轻轻下马，
他虚弱无力的双脚踩在地上，
仿佛他连再迈动一步都无力
做到，而是必须得在那住下；
与此同时野人带走他的马匹，
让这匹马在附近的某个马厩吃草。

20
不久一个家用男仆走向王子，
用粗鲁的态度问他何许人也，
胆敢未经允许，不知耻辱地
闯入他主人禁止入内的大厅。
王子假装自己毫无威风，对他
温和地答道：他是游侠骑士，
现在变成了这番虚弱的样子，
因为他近日战斗，遍体鳞伤，
他请求男仆同情他那可怜的境地。

21
但这男仆变得更加粗暴无礼，
呵斥王子立即离开，不然要
备受煎熬，因为他的老主人
憎恨所有来这里的游侠骑士，
不让他们中的任何一人留宿，
因此男仆命令王子立刻滚蛋，
用尖锐恶毒的话语奚落王子；
而且粗鲁地将手放到他身上，
使劲全身力气，要把他推至门外。

22

当野人现在来到那里时,
他见这景象就怒火冲天,
立即冲向那卑贱的恶棍,
如一头猛狮般向他扑去,
立即用他的牙齿和指甲
残暴地将男仆撕成碎片:
无助的男仆被凄惨杀害,
他大声地吼叫,这声音
使全屋人都吵闹着冲了出来。

23

当他们发现同伴倒在地上,
那位骑士和野人站在一旁,
他们用无穷之力扑向两人,
如此骇人无比地攻击他们,
仿佛要立即将这两人杀死。
但这勇敢的王子擅长防卫,
强大地抵挡了他们的进攻,
尽管是强敌,他也能抵抗,
击退他们,很多人倒在他身下。

24

但王子仍然迅速地追赶他们,
几乎将其杀尽,活着的几个
将那些噩耗告诉他们的主人。
主人听闻他的下人如此不幸,
立即赶来:当他看见那里的
地上布满了尸体,那位骑士

和野人的红色鲜血还在流淌,
他火冒三丈,几乎就要发疯,
用谴责的话语高声地对王子开口。

25
"叛徒,就是你用卑鄙的谋反,
用这可耻的手段杀了我的下人,
现在因杀死这些可怜人而得意
洋洋,这些阴魂将用黑色耻辱
和可怕恶名装饰你的染血旗帜?
这行为的回报很快是你的耻辱,
还有总是伴随耻辱的可悲下场。"
于是他自己做好准备上场迎敌,
他带过来的四十位仆人也同样如此。

26
他们用可怕之力一起扑向他,
从四面八方狂暴地开展进攻,
他的盾格格作响,就像暴雨
里的冰雹;在如此危难之际,
他不知该从哪一边抵御敌人。
而且那个懦夫般的骑士总是
在他身后,虎视眈眈地盯着,
等着趁他不注意时将他杀害:
因为懦弱的人总是喜欢做出恶行。

27
王子清楚知道身后的情况,
目光凶狠地回头转向这人,

开始准备向他的力量进攻；
他像一头猛牛，一心顾着
与包围他的众多敌人战斗，
察觉后面有野狗准备咬人，
这猛牛转过身凶狠地报复，
这王子也同样转向这骑士，
用全部的意志与力量猛烈进攻。

28
骑士一尝过王子的猛烈打击，
就再不能忍受他的冲天怒火，
骑士掉头逃跑，迅速撤退进
稠密的人群，试图藏身其间。
不过王子一旦清楚地看见他，
王子就一步步一直跟着骑士，
不给骑士任何机会逃向一边，
而是紧跟其后，密集地进攻：
骑士逃跑时还在防卫，边防边逃。

29
他见敌人依然如此凶猛，
他决定迈开腿逃之夭夭，
希望能躲进某个避难所：
王子决不停步不管骑士，
骑士去哪，他追去哪里。
他穿过各个房间和地方，
每个关节因怕死而颤动，
王子仍盯着他，追赶他，
这使他一直要加快他的速度。

30
最后骑士跑进了他的卧室,
他的爱人在里面独自坐着,
等待着她的下人们的消息。
王子在卧室里迅速追上他,
他徒劳向她哭泣求她怜悯;
王子用剑劈向骑士的脑袋,
骑士倒在地上没有了知觉:
但不知是落剑过歪或过平,
回火的钢铁没能劈进他的脑袋。

31
这女士见后,吓得心惊胆战,
她站起身子,开始高声尖叫,
用她的衣物将骑士包裹起来,
似乎想要用自己来保护骑士;
她缓缓地降下身子,跪倒在
王子脚边,请求他施以恩泽,
数次向他恳求、乞求和发誓;
王子同情女士如此凄惨不堪,
停住他的第二次剑击,放下了手。

32
接着她掀开衣服,露出骑士,
他现在清醒了,但不能站立,
仍像死人般躺着,颤抖摇晃,
甚至连王子都鄙视他的卑贱,
他的女士见他沦为这番境地,
开始安慰他,从地上扶起他。

他终于站了起来,面色惨白,
就像不安的鬼魂般外表骇人,
仿佛先前的恐惧已夺走他的生命。

33
当王子见他这番失魂落魄,
就责备他是如此卑贱可耻,
用严厉语词无情地谴责他;
"这懦夫,现在我很后悔,
给你留下了这卑贱的小命,
你这俘虏是那么一文不值;
你没有勇气,让爱人蒙羞,
你无男子气,让自己蒙羞,
非骑士之举还让所有骑士蒙羞。

34
但你这怯懦的恐惧是在耻辱上
再加耻辱,在罪恶上再加罪恶。
因为你设立起这一邪恶的规矩
就首先应当受到责备,我听说,
你的规矩针对游侠骑士和女士;
要是可能,你要抢他们的武器,
或是抢他们正穿着的上身衣物:
但你不是靠勇气,而是靠诡计
来维持这一恶习,将你的敌人打败。

35
最后为了证明你恶贯满盈,
你表现得如此胆怯和懦弱,

这是最大耻辱:因为常常
强大勇敢的骑士鲁莽冒险,
或为了名声,或为了锻炼,
据理坚持某一错误的立场;
但他们因英勇和勇敢功绩,
在世上获得了巨大的声誉。
坚持错误比坚持正确更需力量。

36
但既然我把你的性命交给了
这女士,活在耻辱鄙视中吧;
别再拿武器,别再标榜自己
是骑士:因为用此等贱人去
装饰这光荣的标记是为可耻;
我只留你命因为我宽恕了你。"
于是王子从这懦夫身上夺走
那些精良武器,把它们扔开,
只是留给他这条可怜巴巴的小命。

37
他在上面如此安排事宜之时,
这事关温柔女士与怯懦骑士,
他因女士的爱给了骑士性命,
他开始想起,他留下了野人,
野人该面临何其危险的境地,
置身如此多敌人,毫无疑问
已在如此不公的战斗中丧命:
因此王子迅速下楼,想知道
野人是否还活着,或是已经战死。

38
他发现野人周围尸体遍布，
他们都死于这位野人之手，
野人还在勇敢无畏地进攻
其他人，那些仍活着的人；
野人同样紧紧逼得这些人
像走散的羊群般寻求安全，
野人费了一番劲拿走一些
这些人放在附近的武器后，
他用它们猛攻，敌人仓皇而逃。

39
王子看到野人如此暴跳如雷，
就走近野人，制止了他的手，
试图用手势交流，让他息怒：
他一见手势，立即听从王子，
像是面对主人，放下了武器，
仿佛早就被训练成听从命令。
王子将野人带走，让他上楼
进入卧室，那里有那位女士
和那位恶意对待王子的卑鄙骑士。

40
当野人发现他已没有危险，
他安心地坐在这女士身边，
这时他想起，正是这个人，
他刚才试图冒犯他的主人：
他勃然大怒立即抓住此人，
仿佛他要把这人撕成碎片；

要不是那王子将野人安抚,
他要撕裂骑士的每根四肢:
但野人立即听从命令停住了手。

41
王子就这样让一切归复和平,
他自己整个晚上都在那休息,
布兰迪娜恰如其分地款待他,
有得体的娱乐和丰盛的菜肴,
这是她能款待他的最好方式。
因为她熟知如何赢得每个人
的好感,只要那人不太敌对;
也熟知如何让好人坏人高兴,
即用高超技艺调节她的言语表情。

42
但她的言语表情只是虚情假意,
是为了更易实现某个隐秘目的,
或是引诱这些傻瓜们,让他们
落入她布下的陷阱,自取灭亡:
因此要是需要,她能哭泣哀求,
要是她愿意,她也能讨好逢迎;
一会温和微笑,像夏天的白日,
一会忧郁沮丧,来将真实掩盖;
她的话不过是风,眼泪都不过是水。

43
至于她的这一特点是天性使然,
正如女人们常常用狡诈的伎俩;

还是她后来的习得，我不知晓。
我所知的是，她很娴熟地运用
她的动人舌头，不久就平息了
暴怒的王子，让丈夫得以心安。
但是骑士并没有对此心满意足，
他还没能释放出他的满腔恶意，
暗自里也还没放下凶猛报复的念头。

44
那整个夜晚，王子无忧无虑地
在床上歇息，不知会发生什么，
骑士偷偷紧盯王子，手握兵器，
意欲对王子实施他的险恶用心，
因为王子的责备使他颜面尽失：
但他正是因为怯懦胆小而不敢
付诸实施，而整晚就这样过去。
第二天早上，这王子早早起床，
开始踏上征程，继续他最初的冒险。

附录 2　上帝与《圣经》[①]

（第一章至第三章）

马修·阿诺德

第一章　行神迹的上帝

1

对于那些将《圣经》和《文学与教条》放在一起的人而言，想要恢复《圣经》的作用，主要出于两点考量：首先，凡是可验证之事物即为《圣经》之基础；其次，《圣经》语言是**文学性**而非科学性的，这也是诗歌与情感的语言。如我们所知，人们将这一语言用于内心预知或感觉到的宏大事物，很多时候也用于表达幻想或错觉。而这一点曾遭受猛烈抨击。因此，我们要做的就是询问那些从我们所说中获益的人，要求他一同验证这一抨击是否成立；他或我们是否要放弃，抑或是继续坚持并抱有希望。

首先饱受诟病的是，按照既定之规则，除了用我们可以证实之事物来描述上帝，上帝并无存在基础。关于这一点我们着实无法抱怨。因为我们自己曾表示，对"上帝"这个重要但却意义含糊的名词如果没有清晰的理解，便无法获得任何有意义的神学讨论。但在神学讨论中，人们并不十分在意对"上帝"一词的清晰理解，人们假定这一词语已被很好地领悟了。"一个懂得思考与爱的人格上帝，是宇宙中道德与精神的主宰，"这或许是大多数神学家使用严谨措辞对"上帝"含义的阐述。我们认为通过这样的假设，那些无法证实的一切都被纳入"上帝"的概念；但我们主张给《圣经》和基督教的上帝一个更贴切的定义，将所有无法证实的都排除在外。因此我们表示，《圣经》和基督教的上帝**即**

[①] 本文选自 Matthew Arnold, *God and the Bible* (Macmillan and Co., 1883)。

永在者,而非我们,制定了正义。

批评者对我们的劝诫几乎汇成了一种声音,因为我们拒绝承认人格上帝的存在。如果我们利用上帝一词在使用中的含混性,相信没有什么比我们在表述上进行转变更能使批评者满意了,或许还能让我们的语言获得宗教世界的普遍认可。但这样将完全有悖于我们的意图。我们想要表明,《圣经》及其信仰是以某些可以证实之事物为依托。在如今的《圣经》中,上帝即一切。因此,除非能够表明我们所指的上帝是什么,所能证实的又是什么,否则我们无法按照原意介绍《圣经》。由于反对"上帝"一词在使用中的含糊性,我们引发了战争。卢埃林·戴维斯①先生表示,我们自己承认最适用于上帝的语言是与诗歌和修辞相近的语言,这种语言并不能科学地界定事物,因此也不充分、不准确。戴维斯先生问道,如果以色列人称上帝为"那至高至上,永远长存的圣者"是恰当的,那么格洛斯特主教为何不能宣称"神圣真理启示,宇宙上帝是人"?这两种表述都不够充分,都是近似性的描述。我们的回答是:让我们这样理解,如果格洛斯特主教或他人宣称宇宙上帝是人,那么他们谈论的不是科学,而是修辞与诗歌。而我们对这一情况的批评,仅在于他们的语言是糟糕的修辞和诗歌,而以色列人的修辞与诗歌则尚可。但事实是,他们意指的是科学;他们想给以色列人用诗性语言描述的"至高至上,永远长存的圣者"更为正式、精确的描述。但这是伪科学,因为无法证实。不过,如果格洛斯特主教的目标不是科学而是诗歌,那让我们将这一表述当作诗歌;这样的语言也不够准确,我们可以使用也可不用,一切全凭我们对诗歌恰当性的理解。无论如何,我们都要先明确一点:它到底指诗歌还是科学?

如果说《文学与教条》这本书想要对《圣经》读者产生什么有益影响,答案是两件事。首先,我们促使读者面对一个主要问题,通常情况下这一问题都被轻描淡写地略过,即《圣经》中的上帝到底指什么,并让人们看到是永在者而非我们施行正义。其次,我们想促使读者思考"得着基督""认识基督""以认识我主基督为至宝"②是何意义,并且发现这意味着掌握了耶稣基督的方式和秘密。

---

① 卢埃林·戴维斯(John Llewelyn Davies,1826—1916),英国神学家,英国国教牧师,曾担任维多利亚女王的专职牧师。
② 《腓立比书》,第3页。

我们认为在想要实现的两点中,从《圣经》读者的角度考虑,第一点似乎更重要。读者迟早会发现《圣经》令他失望,除非告诉他"上帝"一词的确切意义。做到这一点后还要牢牢记住,他自己和其他人现在是多么随意地使用这个词,我们甚至建议他不要赋予"上帝"词源学以外的内容,仅将它作为"荣光"理解。惠特利大主教①谴责根据词源解释词语的人,并打趣说这些人得坚持这么做,这样一来"谄媚者"(sycophant)一词根据词源解释就成了"展示无花果的人"(fig-shewer),再没有其他意思。虽然当一个词的隐含意义很清楚时,词源学定义会显得浅薄和荒诞;但当一个词的隐含意义不清晰时,词源学解释就变得很有价值。非斯都曾说,在雅典有一种习俗是抢夺无花果树(fig-orchard),后来通过了一项法律来限制该行为。在这项法律下,人们会听到一些令人恼怒的信息,因此那些陈述信息的人被称为"告知无花果信息的人"(sycophant,即fig-informer),或者惠特利大主教所说的"展示无花果的人"。因此,"谄媚者"一词的含义就转变为令人恼怒的报信者,或者更宽泛意义上说是诽谤者,或者至少是其他欺名盗世之徒。我们清楚地看到更宽泛的新意义被引入词汇,人们也达成了共识。那么仅把"谄媚者"限制在词源学的简单意义"展示无花果的人"上,就显得有些可笑。

如果一个词语本身含义就有些松散、模糊且无法达成共识,那么引入更宽泛的意义就另当别论了。此时最好的做法就是回归词源学;并且将意义限定在词源学给出的范畴中,直到我们获得更清晰和确定的意义。"荣光是我们的避难所,我们的力量。""荣光啊,你是我的荣光!我要切切地寻求你。""我的心哪,你当默默无声,专等候荣光,因为我的盼望是从他而来。""愚顽人心里说:没有荣光!"②这些都无法令我们满意。不过这将促使我们找寻"上帝"一词的含义,直到满意为止;并且时刻记住我们或者他人现在对"上帝"含义的理解十分匮乏。

已故的李泰尔顿男爵③在《当代评论》(*Contemporary Review*)上发表了

---

① 理查德·惠特利(Richard Whately,1787—1863),英国修辞学家、逻辑学家和神学教育的领袖,曾被任命为都柏林大主教。
② 《诗篇》,第 46,63,62,14 页。
③ 李泰尔顿男爵四世(George Lyttelton,1817—1876),保守党政治家。

一篇长文《非教条与非宗派教义》("Undogmatic and Unsectarian Teaching"),很好地阐述了词源学规则的用处。李泰尔顿男爵对他所称的"现代非宗派主义的半吊子和鼓吹者"十分严厉,且十分支持所谓正统神学那些确定的、已颁布的且被普遍接受的教义。他列出了一张关于基本教义主张的清单,以"上帝是,上帝创造世界,上帝关心人,上帝是人类之父"为开头,以"神圣的上帝存在于三个位格,上帝是三位一体"为结尾。他要求任何一个人指出在这张清单中什么是普遍的结尾,什么是教条式的开端。很显然,在后面的陈述中我们能够获知李泰尔顿男爵的推论。但如果他仔细检验自己的想法,便会发现很难说明这些陈述在性质上有什么改变,因为他在所有陈述中使用的都是"上帝"的同一个含义。现在,"上帝"一词被赋予的意义统领了每一个以及所有的陈述,但他没有告知我们"上帝"的真正含义。在确定此事之前,我们或许会认为他最后的论断十分教条,而且我们也很难承认他开头的主张具有普遍有效性。不过所有这些观点和论断的效力都以此为依据:李泰尔顿男爵对"上帝"的定义是否不可置疑,当然这一定义并非由他所创。如果他能创造含义,那读者会努力使自己感受到上述论断的真正力量,通过将"上帝"(God)一词替换成其词源学的同等词"荣光"(Shining)——在更完整的含义确定之前,这或许是这个词唯一拥有的含义。于是这些提议便成了:"荣光是,荣光创造世界,荣光关心人,荣光是人类之父"。最后的精彩推论便成了:"荣光存在于三个位格。"我们通过这种方式意识到,词的整个含义存在于李泰尔顿男爵最初的推论中,但他本人或大多数读者都未意识到这一点。

　　因此,我们敦促读者在使用"上帝"时自己要很清楚它的含义,无论这样做将受到什么样的攻击。当有人以令人恐惧的口吻询问他是否相信人格上帝的存在时,让他坚定地考察一下人们所说的人格上帝指的是什么;他若接受其存在,那立场又是什么。人们说人格上帝存在,人格上帝是一个懂得思考与爱的上帝。人们承认永在者而不是我们施行正义,永在者被称作上帝;人类经验能提供的也就是这些。事物的组成与历史向我们展示,所有人都希冀的快乐有赖于正义。不过这当然不是我们决定的,它不会随着我们开始而开始,也不会随着我们结束而结束。到目前为止我们可以看到,它是外在于我们的一种永恒趋势,并且占据主导,无论我们是否愿意,也无论我们在或不在。因此,永在者而不是我们施行正义,了解这一点并不困难。人们借用古代尊贵的称呼"上帝",或是"明亮"(the Brilliant)、"荣光"来描述永在者。人们曾用这样的词来形容外在于自身的强大事物,比如太阳,从最初就吸引他们的注意并主宰祸福。因此人们承认上帝存在,还坚持认为上帝是人,懂得思考与爱。他们说:"神圣存在(Divine Being)通过人的自我不断完善来彰显自身。"他们还补充道:"人性更深层的因素包括存在、关于存在的意识以及对存在的控制。"因此,他们表示上帝一定具备这些,施行正义的永在者也一定具备。他们描述了一个具有相同顺序的事实(虽然在这一点上他们的语言有时前后不一),这一事实就像永在者施行正义那样确凿。阿尔伯特·雷维尔[①]先生表示:"是这股力量自身而不是我们决定正义,它常常昭示我们这是一种精神(Spirit),也就是说不仅是影响,还包括生命、意识与爱。"这便肯定了宗教信仰是带有情感的道德力量,如果我们不清楚上帝是懂得思考与爱的人,那么这种力量便毫无作用。雷维尔先生还说:"如果不是我们自身施行正义,而是一种未意识到的力量,我无法感受到将道德升华为宗教信仰的神圣情感。当人们发现这股力量属于非人时,将不再尊崇这股力量。"雷维尔先生用带有文学性的细致语言来表达的这种推论,早有一位作者用平实通俗的语言在《爱丁堡评论》(*Edinburgh Review*)上总结过:"如果我们周围的力量不属于人,那你让我们去推崇一件物吗?所有存在或是人或是物。没有任何诡辩能令我们放弃这种人人都具备的无可辩驳的观点,即**人高于物**。"

现在,在进行更深入的探讨前,我们要做一个十分重要的评论。雷维尔先生谈到那些**已经发现**上帝本质是非人的那些人。在另一个场合,他还谈到**否定**上帝拥有人格智慧。《爱丁堡评论》的作者们则谈到想要我们推崇一件**物**的人。我们向雷维尔先生保证,我们不会声称发现了上帝的本质是非人,我们也不会否定上帝拥有人格智慧。我们向《爱丁堡评论》的作者们保证,我们不会宣称上帝是某个**物**。我们要说的是,关于施行正义的永在者我们了解的还不够,无法确定其是人还是物。我们要说的是,没有人发现上帝的本质是人格化存在,或有权断言上帝拥有人格智慧。不过神学家们却坚信这一点,并将此作

[①] 阿尔伯特·雷维尔(Albert Réville,1826—1906),法国新教神学家。

为宗教信仰的基础。也恰恰是这些人坚称他们而非我们了解这一点。他们宣称自己了解的比现在所知更多,认为我们终将接受他们的观点,认为自己找到了宗教信仰的立论基础。关于这些,我们都表示拒绝。我们认为宗教的立论基础必须是可以验证的,而不是不可验证之事物。当雷维尔先生让我们看到他最深处的想法时,他似乎允许懂得思考与爱的人格上帝是无法验证的。他说:"询问我们如何验证上帝拥有意识与智识,这样做徒劳无益。"但我们要找的宗教的立论基础,是要让询问能否验证这一问题并非毫无意义。不过神学家关于上帝的概念似乎远比我们的更能令人满意,同时也让其真实性更为可能,即便无法验证。《文学与教条》的读者也许会想,我们太过谨慎和消极。我们的确如雷维尔先生所说:"很明显太惧怕上帝拥有人格这一观念。"他也许会这样想:即便我们为他的立论基础提供某些可以验证之事物,我们所能给的与神学家相比仍少之又少。神学家有强有力的理由让人们相信他们的观点,即便这些观点不是确定无疑但也几乎可以确定,不愿意接受的人可以说是在吹毛求疵。

众所周知,笛卡尔有一个著名的哲学方法来发现所有真理。人们听说了这种方法,便督促笛卡尔告知他们,大脑这一无与伦比的器官促使他探明的事物之结果。恰恰相反,我们有时会使自己抱有这种希望,即使不借助任何科学的意图,即使缺乏"相互依赖、隶属且连贯的原则",也是有效的。因为我们需要简单的方式来处理重大问题,这样任何人都可以效法。与此同时,这种方式或许是非常正确的,只不过它太简单以至于聪慧的人常常忽视这种方法。

现在沿着这一方法,我们要问问普通读者,我们拒绝承认上帝是懂得思考与爱的人是否令他感到震惊。除了人类和更低等的动物外,我们的生活经验确实无法找到还有什么人格化存在会思考也会爱。从我自己的角度而言,我当然不会否认更低等的动物(按照人们的说法)会有意识,它们懂得思考与爱,无论是在多么初级的水平上。无论如何我们会看到它们在我们面前做一些事,很像我们自己思考或爱的时候会做的事。因此它们也被赋予思考或爱的能力,人们也不会不懂得这指的是什么,人们也可以想象它们被称作懂得思考与爱的人。不过这来自作为人类的我们对于思考与爱的所有经验——由我们自己和更低等的动物所提供的经验。某一事物的活动引起我们的关注,我们很容易也很自然地认为他或它也像我们一样思考与爱。我们从太阳、风、爱、嫉妒、战争、财富中抽象出人格,在某些语言中,每个名词都有阴性和阳性之分,但我们都知道这是修辞和拟人化的表达。我们自己活着、思考,我们很自然地赋予事物我们自身的特征,并想象所有行动与操作都像我们一样向前进行。这个倾向在日常语言和诗歌中都存在,我们并没有宣称要准确地表达,我们也无法不继续遵从这一习惯,并且是忠实地遵从。在普通语言与诗歌语言中,我们谈到是永在者而非我们自身施行正义,令永在者看起来懂得思考与爱。我们很自然地这么谈论永在者,并且也不会有人反对我们这么做。

但当我们要准确地表达,并且将上帝描述为懂得思考与爱的人时,情况就不同了。我们会发现自身的存在令自己遇上了困难,没有什么比我们更高级。我们知道,有些人将神明的形象描述为低一级别的动物。我们看到了神牛阿匹斯,还有死神阿努比斯①。不过这些都是夸张的形象。总的来说,既然据说上帝根据自己的形象创造了人类,那么上帝——人们回到这种赞美之辞并将上帝视为在(being)——无论是内在还是外在,都以人的形象呈现。总之我们选择了最佳之人的最好的思想与情感,使之进一步提升,或称之为**完美**,并且说这就是上帝的形象。因此我们塑造了一个宏大的非自然上帝,摒弃了所有人身上显得孱弱的因素,同时强化了人身上所有使他显得更强大的因素,比如他的思想与爱。举例来说,就像"三十九条信纲"(Thirty-nine Articles)中对上帝的描述,或者任何信仰告白(Confession of Faith)中对上帝的描述。同样的事也在各个方面体现出来:人们建构一个懂得思考与爱的人的形象,但他如此完美以至于不像人类。因此在这个备受推崇的人与我们自己之间,我们又放置了天使、超凡的人类。无论是备受推崇的人还是超凡的人,遭到反对的原因有且只有一个:我们对二者中的任何一个都毫无亲身经验。

尽管如此,支持二者的观点有两方面的依据:一是形而上学的层面;一是神迹的层面。我们先来讨论神迹层面。上帝的介入与交流在其他假定条件下都很难解释,除了这一点:一个备受推崇的非自然人,以及为他服务的超凡的人,都要宣称他们实际上确实发生过,并有确定的证言来保障。这一点的确有

---

① 阿匹斯(Apis),古埃及神话中司丰饶及生产之神,外形为公牛。阿努比斯(Anubis),古埃及神话中的死神,以胡狼头、人身的形象出现。

些道理。如果人们宣称上帝的介入与交流确实发生过，那根据这个假定条件，二者也可以获得清楚的解释。如果自然日的进程确实停止过一天，以确保被选定的人能够彻底战胜敌人，如果耶稣受洗时确有一个来自天国的声音说：**这是我的爱子**，那么常见信仰中这个备受推崇的非自然人，无论是他自己还是与他的仆从，即超凡的人——天使，通过这些事情，这个假定都是可信的、可能的甚至是必然的。

2

我们又被重新扔回神迹这一点。问题是，仅仅因为神迹的迫使，我们就要确定上帝是一个懂得思考与爱的人吗？现在，《文学与教条》的读者会想起这本书有五六章都是在讨论神迹。但《卫报》(*Guardian*)认为这还不够。翔实的文章需要有力的回复，我们需要仔细阅读默兹利博士[①]在牛津大学班普顿讲座(Bampton Lectures)中谈到的关于神迹的问题，并在可能的情况下给予反驳。《卫报》还不无讽刺地补充说，他们期待回复就像期待"在整个逻辑和本质上恰好与默兹利博士的文章完全相反的东西"。好吧，《超自然宗教》(*Supernatural Religion*)[②]的作者已经在厚厚的著作中花了半部笔墨来反驳默兹利博士在班普顿讲座的内容。他已经用有力的回复回应了默兹利博士翔实的文章。我很确定他还没能说服《卫报》，不过这家报纸至少应该为作者履行了职责感到欣慰。那么我呢，要撰文驳斥默兹利博士在班普顿讲座的内容，在我看来恰如施特劳斯所说的："尽全力去攻击神学家们用文章建起的防御工事。"陷入一场先验的争论中去证明神迹不存在，去反对一个先验地认为神迹是存在的对手，是这世界上最徒劳无益的事。只要这场争论的本质仍是如此，神迹就不会受到什么挑战。但这样的时代已经过去，因为人的思想，无论是支持或反对先验的神迹，现在实际上已经不再依靠神迹。而且还有一个原因导致这样的想法已经过时：随着人类的经验不断扩大，人们不断体验到自然界的神迹，人们看到这些奇迹如何出现，因此慢慢地却不可避免地将其他放置一旁。

---

① 詹姆士·默兹利(James Bowling Mozley，1813—1878)，英国神学家。他本人也是《卫报》的资助人之一。

② 作者为 Walter Richard Cassels.

在《文学与教条》中我们只花了较短的篇幅简单讨论了神迹的主题,对此表示歉意。不过我们也要对这一做法予以肯定。我们可以花费大量的时间与智识去撰写一篇论文,阐述人们无法依赖神迹。这样的文章即便是真实的,也不会有什么效果,且意义不大。重要的问题是,如果神迹无法依赖,那么宗教信仰——我们相信它对人类是十分宝贵的——的境遇又当如何?因此我们不应让自己陷入反对神迹存在的争论中,也不应忘记主要的问题远远不止于此,同时我们要更进一步。一旦我们确信不能依赖于神迹,那就不要再继续这些问题,而是要建立更确定的一些事物。争论者常认为我们仅满足于无法依靠神迹这一点,那么去找寻更确定的事物便是更简单、更直接的做法。

再一次,有可能不实地夸大反对神迹存在这个事例的展示性力量。有人错误地吹嘘神迹存在在逻辑上的完整性;也有人决定错误地吹嘘神迹不存在在逻辑上的完整性。人类可怜的本性就是喜欢具体知识的浮夸形式,尽管根据思想的具体情况他们应对得并不好。《超自然宗教》的作者反复申明神迹与完整的归纳是矛盾的。他引用了密尔①先生的原则:"与完整归纳相矛盾的事物是不可思议的。"同时他还引用了密尔先生对完整归纳的定义:"当不同的人多次反复进行观察或试验,以排除观察者所有假定的错误时,自然法则便确立了。"他还宣称这样的自然法则已经确立用于反对神迹存在。他将佩利②为建立基督教神迹而做的著名测试拿出来。佩利曾言:"12个诚实且有良好直觉的人,面对发生在眼前的神迹时,能感受到它的力量和灼热,而不是承认其中存在谬误和欺骗。"但这12个人的肯定不足以推翻自然法则,也不足以拯救基督教神迹。

现在,这些论断都被夸大且不管用了。密尔先生所描述的自然法则还未建立,以反对基督教神迹。因此,无法有一个完整的推导去反对它们。神迹的报告人也没有失败,因为任何人的证据都无法让神迹变得可信。反对基督教神迹的情况是这样的,我们有一个推论,虽然确实不怎么完整,但足以让越来

---

① 约翰·斯图尔特·密尔(John Stuart Mill, 1806—1873),英国著名哲学家、经济学家,19世纪自由主义代表之一。
② 威廉·佩利(William Paley, 1743—1805),英国学者、作家和牧师,在"启蒙"文化的怀疑论面前为有神论和基督教辩护。

越多的人满意,且满意的人数不断增加,那就是神迹是不可信的。对于反对这些报告者的情况是,我们会越来越多地、也越来越清晰地看到,这些报告者不是也无法成为威廉·佩利在论述中所描述的评判团。不过诚实地讲,他们倒是容易陷入关于神迹的误区,容易制造一个不存在的神迹。他们的确也相应陷入了误区与传说之中。

既然如此,即便是现在,我们无意再就神迹的话题展开更长的篇幅,也不愿大肆展现自己在神迹不存在这件事上的大举胜利。但如果必要的话,我们还是要一再反复地追问自己,任何事是何时开始倚仗神迹的存在,神迹的情况的确代表了什么;对于我们来说,或者对于《文学与教条》的读者来说,是否还有可能重新回归到对神迹的依赖。我们越是考虑这个问题,就越是发现我们回不去了。而且《文学与教条》中提到的神迹的致命原因——随着我们经验的扩展,我们就越来越看到并了解神迹出现的原因,以及它们缺乏稳定性——这的确是致命的。当人们不再把《圣经》中的神迹放在理所当然的范畴中,这样的时代便来临。现在,这个时代开启之时,当所有神迹的比较历史只是娱乐的概念,只是一项被承认的研究,结论便是确定的,《圣经》中的神迹将走向衰亡。

3

我们来看一看为何会出现如此局面。希罗多德表示,当波斯入侵者来到德尔菲时,埋葬在附近的两位英雄——披拉科斯和奥托努斯,被看到以比人的身材更为高大的形态反抗波斯人。他还提到,在萨拉米斯海战开启之前,人们看到一艘埃吉那的船上出现了一名妇女,所有的希腊战舰都听到了她的哭泣声。她哀泣道:"善良的灵魂,你们何时才会归来?"希罗多德还讲到,在佩达苏斯,也是离他的家乡哈利卡那苏斯不远的地方,当灾祸将要降临到人们身上时,雅典的女祭司便会长出胡子;他提到在一个地方这种事情曾发生过两次,在另外一个地方则发生了三次。[①] 希罗多德在世时写了这个故事,而不是来自远古传说。与巴勒斯坦的犹太人相比,希罗多德与他的同胞在警觉性、辩证思维与批判思维等方面并不逊色,甚至更为出色。最后一点是,希罗多德本人是

---

① 希罗多德,《历史》,第八章,第 38,39,84,104 页。

一个性格良善,秉性醇厚之人。

不过我们不会相信披拉科斯和奥托努斯会从墓穴中走出来,与波斯人战斗。我们都会说,我们根据经验可以了解这样的故事是怎么来的。在耶稣受难之后,许多死去的圣徒站了起来走出墓穴,走入圣城并在很多人面前显灵。如果我们公平地将它与希罗多德的故事放在一起考量,这不也是一个类似的故事吗?我们不是也可以说自己知道这个故事怎么来的吗?在萨拉米斯海战开启之前,出现在埃吉那船上的幽灵般的妇女,哭喊着:"**善良的灵魂,你们何时才会归来?**"我们不会再相信更多,因为我们被告知所有的希腊战舰都听到她的哭泣。我们会说,根据经验可以知道这只是加入故事中的一些事实。但我们却被要求去相信耶稣在去世后,在前往大马士革的路上向圣徒保罗哭泣:**你现在所做的是螳臂当车**。因为据说路人都听到了这声音。尽管在另一处,以这样一个故事天然的不精确性,路人会说没有听到这样的声音。发生在萨拉米斯的故事与发生在大马士革的故事属于一种类型,当我们将两个故事并置的时候便会感到震惊。

再一次,佩达苏斯的女祭司长出的神奇胡子,就像施洗者约翰的父亲、先知撒迦利亚神奇的沉默一般。然而据希罗多德所言,佩达苏斯的女祭司在一处两次长出胡子,在另一处则三次长出胡子;我们都会说,这样的前后不一说明这个故事是多么地不精确,不符合历史。但在第二部福音书中说到耶稣从耶利哥城出发时,治愈了路旁的一个盲人;而第一部福音书则说耶稣从耶利哥出发时,治愈了两名盲人。在这里,我们被要求相信根本不存在前后不一。这两次治愈意味着耶稣对耶利哥城两次不同的拜访;或者二者发生在同样一次旅程中,但其中一个是耶稣进城之时,另一次是耶稣出城之时。圣马可说道:"他来到耶利哥,然后他离开耶利哥,盲人巴底买坐在路旁。"人们认为这番话意味着耶稣进入耶利哥时,巴底买坐在那儿;耶稣出城时,是另两名盲人坐在那儿。这样的解释如此随意,不合情理且很苍白。我们竟运用一个工具从传说中挤出一段合理的历史。当我们将耶利哥的故事与其他类似的故事并置时,我们从未感觉如此真切。

不过,在这些新的流行书籍中,调解关于同一件事物不相协调的叙述——假设这个事件的确发生过多次——并被拿出来再次打磨。就像四部福音书所做的那样，将事实与虚构混合起来，并使其汇聚成整齐划一的稳定历史。这一努力是如此强烈、持久且热切。但这种尝试一定会失败。它将损害制造了它的人的理解，它将损害每一个制造它的评论家的声誉，总归会令他们失望。对于一个聪明的《圣经》读者而言，最好是让他相信任何类似的尝试都徒劳无益，让他立刻且彻底地对这一话题有清醒的认识。要实现这一点，我们可以直接争辩像偶然事件那样不断重复的假设是不可能的；或者间接举例说明人类的想象力倾向于第二次制造令人震惊的偶然事件，尽管这些事件实际只发生过一次。

为了确保福音书叙事的准确性，正如我们所看见的，在耶利哥被治愈的盲人经历了两个奇迹。但有一个更显著的事例也是发生过两次的偶然事件的实际制造物，也就是在清理充斥买卖者的神庙的故事中。正如我们所知，第四福音书讲述了耶稣事业的发端。《马可福音》《马太福音》和《路加福音》将它放在末尾，也就是耶稣被捕前不久。也许三部福音书的说法是对的，这一行为来自一个不知名的人，看起来不切实际又令人恼怒。尽管来自耶稣的教化与改革已令人十分熟悉，它也将具备意义和用处。无论如何，如果这一行为是在耶稣事业的开端，那么有人会说，三部福音书一定犯了什么错；如果是在末尾，那就是第四部福音书的作者出错了。情况绝不是这样！我们被告知，具有同样条件的令人震惊的偶然事件发生了两次，第一次是在耶稣事业的开端，第二次是在事业的结尾。因此，无论是前三部福音书还是第四部福音书都是没有错的。

这样一来就令人惊讶了。但一些《圣经》的爱戴者可能会尝试并相信这一说法，也会尝试抓住这样一个解释，会首先去问这样的可能性。这样的解释迟早会被击得粉碎。能够令一个人一劳永逸地信服它们的空洞，使他免于时间浪费和精神失望，是像下面这样应用经验：

多年以前，一对新婚夫妇到阿尔卑斯山度蜜月。他们在勃朗峰远足，新娘在那里遇难并在丈夫面前死去。另外一天，尽管联系起来有点怪，我们又遇到这个令人感动的故事。还是一对新婚夫妇在阿尔卑斯山度蜜月，勃朗峰是远足地点，新娘再一次遇难，再一次在丈夫面前死去。令人震惊，但这就是事实！人们谈论它，电报将这个故事传播到国外。但我们生活在一个天光白昼，追求探索的时代。这件事情引起人们的关注，然后过了几天电报宣布第二次事故从未发生,它只是第一次事件的叠加和反映。人的想象力用这种方式强调令人震惊的事情,松散的联系严肃地讲述叠加的事实。随着经验的扩展,我们会有越来越多的证据发现事情如此;然后某天一个标志性事例起到决定性作用。与勃朗峰类似性质的故事都带有一种魔力,让事情在我们面前层层展现。首先可能的是神庙被清理了两次,福音书的记载没有错误。与它相反的推论并不是完整的推论。但这足够用了,它能令我们信服。尽管有可能我们都无法再相信神庙被清理了两次,也无法再相信福音书的准确性,但我们仍会相信。

4

将信仰放置在之前认为安全的基础上已经是不可能了,比如福音书的叙述不可能有错,再比如福音书的奇迹令人信服。这样一来便迫使我们寻找可以依赖的新的基础。那些人给我们做了一个不好的转向,我们不需要感谢他们,因为他们迫使我们重新回去考量旧的基础,并且宣布它们缺少稳固性。我们所需要的就是结束这负面的徒劳无益之事,重新回到信仰,重新回到建立在新基础上的《圣经》,这么做也是可靠的。如果一个人愿意睁开眼,他一定会清楚地看到旧基础无法被安全地使用。那些猛烈攻击我们的人,如果愿意的话,也会像我们一样看到相同的情况。他们需要睁开眼睛看看情况,但他们不愿意。他们希望我们像他们一样继续傻傻地相信旧的基础,直到一切崩塌,陷入混乱和毁灭之中。我们不要这么做。那些阅读过《文学与教条》的读者也要相信书中所说的反对神迹的话是不可避免的,尽管要把它放在最有限的可能性中,要求如此小的可能性是因为这一点非常确定。让他习惯于带着确定性和蓬勃的简单性,使用所有方式来挽救无法挽救之事,即《圣经》的神迹。

削减其中的神迹成分,让它成为合理的范畴,现在来说是个好的尝试。但如果有什么神奇之事被遗漏,整个神迹也会被完全丢下来;如果什么都没有,这样的偶然事件如何继续成为神迹的支撑力量?让我们来处理一个如此荒诞的尝试,正如它应得的那样。内安德①认为,迦南婚礼盛宴上的水并不是被耶稣换成了酒,耶稣只是让水带有酒的味道和兴奋的效果。这就出现了关于神

---

① 约翰·奥古斯特·威廉·内安德(Johann August Wilhelm Neander,1789—1850),德国神学家。

迹的所有困难,唯独省去了诗的特性。正如我们猜测灰姑娘的仙女教母将南瓜变成了马车和六匹马,震惊于其奢华之余,也暗示了她的确将南瓜变成了一辆马车。再一次,有很多人会忍不住地怀疑(这毫不奇怪)圣彼得在鱼的口中找到税金的故事,他们表示真正发生的是圣彼得捉到了一条鱼,将它售卖并且用得到的钱缴纳了税金。这就好像是说灰姑娘的教母其实是用卖南瓜的钱为她租了一辆马车。那么,关于奇迹或神迹又如何呢?是不是也有这样的辩护者?他们也像我们那样损害了福音派的信用,因为他们将事实转变成完全与可信的报道不相符的内容。他们还损害了更多,因为他们转变事实的方法完全不符合简单诚实的原则。

我们最想要的是简单灵活的常识,以便能够真实地跟随自发的、非常规的、神奇的、创造了奇迹的力量,即想象。但这很容易变得太有条理。施特劳斯[①]富有洞见的机敏意见,是将新约的神迹解释为旧约神迹的重复。对于一些神迹来说,这倒是一个很好的解释。例如,这似乎能合理地解释耶稣显容的故事。关于耶稣发光的面庞——耶稣,像摩西一样的先知,摩西预言的人——或许他发光的面庞来源于摩西自己。不过对于其他神迹——比如耶稣走过革尼撒勒湖,或者对无花果树的诅咒——施特劳斯的意见并未提供什么可采纳的解释。在这些例证中采用这样的观点只能说明一个德国学者的决心,想要所有事实都适用他所采纳的理论。每种神迹都有自己的发展方式及自身的历史,某个神迹的关键并不一定是另一个的关键。像前文圣彼得从鱼的嘴里获得税金这种唯理论的解释,十分荒谬。不过每个神迹都会有关于事实的一个线索或一种暗示,无论多么轻微。有时候,并非总是如此,能够通过可能性追溯到线索。

耶稣喂养数千人的故事,在数个小时全神贯注和强烈的精神刺激过后,也会在饥饿与口渴中停滞,并逐渐消退。在这数小时中,平时只能供几个人食用的食物,在此刻足够供给许多人。谣言和想象力创造细节并增补细节,并让事情发酵成神迹。我们很自然地想象这类事情会再次出现,就像我们觉得清理神庙的事情不会再次出现一样,或者围绕加利利海再走一圈的故事也很难再

---

① 戴维德·弗雷德里希·施特劳斯(David Friedrich Strauss,1808—1874),德国唯心主义哲学家,青年黑格尔派的著名代表人物。

次发生。在这里,那种引发神迹的事实线索将迅速在每个人心中萌芽。有时事实的线索在《圣经》中丢失,却被保存在别处。《希伯来福音书》(*Gospel of the Hebrews*)——《圣经》没有收录的一部古老的福音书,但耶柔米引用了它,我们也了解一些片段——这部福音书,还有其他相似的记录,都提到了我们的4部福音书中没有的内容:耶稣受洗时出现了一道神奇的光。据我们所知,还没有人对此做出评论,在这狭小衰退的空间中——耶稣受洗时,约旦河出现一道奇怪的光——围绕耶稣受洗的神迹故事,我们很有可能不了解最初的事实核心。

一个坚定地使用自己的视角观察,并且避开《圣经》的攻击者或拥护者所用的贫瘠套路的人,他会得到这样一个沉着冷静的信念——若未来对《圣经》能有卓有成效的运用,这一点必不可少——当他在关于神迹的所有描述中穿梭时,他并不是行走在一个有着稳固历史的世界,而是身处一个幻想、谣言和童话的世界。当他了解这一点后,他会告诉自己除了能避开一个不坚实的依靠,除了能不信一个从事宗教的人迟早都会刺穿他的手外,目前仍是一无所获。这个不坚实的依靠也会在某天不可避免地让他付出高昂代价。

不过,除此之外他还做了一件事。他还发现了将上帝塑造为一个能爱能思考、至高的非自然神这一做法的空洞性。只有万能的人才能将人置于世界的中心,也像神迹暗示的那样打破自然世界的既有秩序。但我们发现,在神迹中我们面对的是一个不真实的童话世界。由于这些神迹本身没有事实依据,因此也无法成为任何事情的事实依据。

第二章 形而上学的上帝

1

如果宣称上帝是一个具体的人,有爱与思考的能力,这一点并非毫无根据,而是由形而上学来支撑的:

"立刻他们听到一片呼号的哭声。"[①]

[①] "Continuo auditae voces, vagitus et ingens",中译文参考维吉尔:《埃涅阿斯纪》,杨周翰译,卷六,译林出版社,1999年,第154页。

每当我们谈论**形而上学**时,本质、存在、实质、有限与无限、起因与演替、有或无,这些概念就在我们面前跳起永恒的舞蹈。由概念组成的杂乱低语充盈着她①统治的每个领域,与她新生的竞争者——政治经济学相比,形而上学无疑已获得"忧郁的科学"(Dismal Science)这一称号。我们在此也要请《文学与教条》的读者一同进入讨论,如果他并不鄙夷一个无知同伴的话。在这里,我们极有可能找到撤回之前论断的理由,并且承认神学家的说法是正确的。我们从形而上学这一名称可以得知,这是关于事物的学问,且是在自然事物之后的学问。如今,在自然之后指的是非自然事物。因此可以清楚看到,如果任何学问能够向我们证明那个备受颂扬的非自然人②,那这一定是关于非自然的学问。

2

赫胥黎教授③在贝尔法斯特发表的有趣言论将人们的注意力引向了一位大人物。任何尝试思考的人,一定对他的名字不陌生,他就是勒内·笛卡尔。这位伟大人物实际上有两个面相。一个是作为解剖学家、物理学家和机械论哲学家的笛卡尔。他宣称:"给我物质和运动,我将造出整个世界!"帕斯卡尔曾表示,笛卡尔唯一承认的上帝就是无用的上帝。这就是赫胥黎教授要求我们更多关注笛卡尔的这一面:他提这样的要求比其他人更合适,也更有说服力。

另一个笛卡尔则在近年越来越被人熟知。无论是在自己的国家还是其他国家,这一面相的笛卡尔都要比作为机械论哲学家的笛卡尔更为著名。那就是他奠定了现代哲学的独立性和哲学的唯心主义。他从普遍怀疑论出发,拒斥一切权威,并决定在他未看见真实事物之前并不承认任何真实。最后他宣称上帝存在与灵魂不灭与其他真实一样,都需要辨认分析。而且,一切知识的

---

① 她,即形而上学。
② 即基督教中的上帝。
③ 托马斯·赫胥黎(T. H. Huxley, 1825—1895),英国19世纪著名博物学家,达尔文进化论的坚定支持者。

可靠性和真实性都取决于我们对真实上帝的认识。①

我们在此看到的是通常被称为现代哲学奠基人的笛卡尔。在我们这个对权威、习俗和惯例充满不确定性、毫无耐心的时代,在这个充满新思想开端的时代,谁能不被"方法论"(Méthode)的作者及其试验所吸引?"我不承认绝对真实以外的任何事物。""凡是我存在丝毫怀疑的事物,我便将其搁置一旁。"如果我们希望所接受的陈述都可以得到验证,我们还能要求什么?"只有我清楚明确地看到的事物才有说服我的力量。那些我清楚知道缘由的判断我是不会失误的。"②还有比这更好的论述吗?除了这种清晰明了,我们确实无法为信念的坚定性提供其他依据。

尽管如此,我们会不会说,无论如何这里都给不稳定性留有余地?例如,我们接下来还会问,我们可以清楚地看到是如何进行的吗?"所有我们清楚理解的事物都如我们理解般真实。"这里有一个关于"清晰明了"的含混性,难道不是吗?当一个人根本没有看到某物时,他也会说自己清楚地看到了,或者想象自己看到了。是的,就是这样:对于什么构成了清晰性与独特性,人会欺骗自己。诚然这一验证是好的。我们只能从这种清晰性与独特性来判断,尽管有时它们并不存在,我们仍会假想其存在。

因此,笛卡尔的原则是在没有弄清一件事之前不要相信任何事,我们对此也深信不疑。巴特勒认为我们要把某些事物作为信仰之基础,但我们对这些事物的认知又十分有限,这是多么空洞且危险!当然,在这一点上笛卡尔是对的。他说:"理性告诉我们,和我认为显然是错误的东西一样,对于那些不是完全确定无疑的东西也应该不要轻易相信,因此只要我在那些东西里找到哪怕是一点点可疑的东西,就足以使我把它们全部抛弃掉。"③这当然十分谨慎,对有些人来说甚至谨慎过头了。

困扰笛卡尔和许多哲学家的怀疑——无论我们生活在什么世界,无论令我们感到震惊的事物是什么,无论我们看到和处理的事情是什么——都不是

---

① "Je reconnais très clairement que la certitude et la vérité de toute science dépend de la seule connaissance du vrai Dieu." 中译文参考笛卡尔:《第一哲学沉思集》,庞景仁译,商务印书馆,1986年。
② 同上。
③ 同上。

最令我们恐慌的怀疑。简而言之,这些怀疑都不曾折磨我们。我们的问题在于,人们向我们保证的事情是否如他们所说真实存在,或的确发生过,而我们自身或者其他人都没有经验能够让我们满足,就像那些人告诉我们的一样。不过这种怀疑的有限性极可能是因为我们缺乏哲学和哲学原理,这一点众所周知。这也是我们常常受诘难的原因。笛卡尔从阿姆斯特丹的窗户向外眺望,看到挤满了男男女女的公共场所,并且告诉自己他无法确定这些是男人还是女人,因为他们很有可能只是一些戴了帽子、穿了斗篷的人体模型。也许对大多数人来说,这样的情形从未发生,无论如何,对我们来说它都不会发生。但如果这样的慎重让笛卡尔确立了他令人尊敬的原则:"一些不必要的真实我都不承认。""只有我清楚看到的事情才能说服我。"那么,我们就不得不感叹他是如此谨慎了。人类,所有的人,他们若有任何疑问并且需要确定性,当有伟大的人制定严格的规则并探索什么是确定的和可验证的,他们就会发现自己的需求被满足。相应的,我们这些普通的非哲学的大众,确实曾带着狂热专注于笛卡尔,因此我们有了永志不忘的经历。也许这对其他普通人也是有用的,因为我们现在探寻的目的是——弄清楚上帝是能够思考与爱之人,是否是宗教稳定且必不可少的基础——要再次追踪我们身上获取的经验。

人人皆知,笛卡尔像阿基米德一样,寻找可以令他的理论成立且开始运作的基础。有一点非常明确,可以在著名的"我思故我在"中找到。他说,如果我思考,那么我是,我存在;我的怀疑只说明我怀疑,我是。"在仔细思考且反复验证之后,我只能得出这样的结论:我不得不确立这种假设,**我是,我存在**,当我每次这样说时或者在我脑中出现时,都是真实的。"这一箴言的发现似乎表明笛卡尔对它非常确定和满意。这一箴言也获得许多人的支持,并在实践中加以应用。洛克重复了这一论断,似乎它是不证自明的,并指出笛卡尔是创作者:"如果我怀疑所有其他事情,这个怀疑将令我理解自己的存在,且怀疑不会令我痛苦。"诸多思想家都对这一原则表示赞叹和欣赏,并将此称为现代哲学的基础。

现在我们不需要为此感到羞愧——谈到关于这些事情的耻辱的刺痛,在我们经历了所有嘲弄和取笑之后,这一次我们已经十分麻木了——我们将承认从笛卡尔的这一基本原则出发,我们永远无法像其他人那样从中得到光和满足。原因主要在于下述内容。笛卡尔没有告诉我们**我是，我存在**究竟指什么。这些术语代表最简单、最显著、最基本的确定性，同时以我们思考为基础。现在我们都很清楚**思**的意思，即便不清楚，笛卡尔也告诉我们了。他说："一个思考的事物也是能够怀疑的事物，可以理解、知晓、确认、否定、希望、拒绝、想象，同时也感受。"到目前为止的确如此。但笛卡尔没有告诉我们其他术语——**是**（be）和**存在**（exist）——的意思，它们表达了我们以思考为基础建立的基本确定性。如果没人告诉我们，我们并不能清楚地了解这些词汇的含义。当然哲学家是知道的，因为他们一直在用这些术语。也许正因如此，笛卡尔就不再费心解释**我是**、**我存在**的意思了。对他来说，它们比**我思**有着更为清楚、确定的含义。但对我们而言则不是这样。我们还怀疑大多数普通人——如果他们愿意检验下自己的思想——会发现自己面临与我们同样的情况。

为了获得**我是**、**我存在**的清楚确定的含义，联想到笛卡尔对它们的运用，我们应尝试这样翻译："我感知，因此我活着。"那么我们得到这一见解："我思，因此我觉得自己活着。"这一观点主张我们的意识主要依赖于思考，而不是我们所做的其他事。这一断言非常清楚，明白易懂，看起来似乎是真的；这或许是笛卡尔想要传达的。但这依然会令一个普通人感到失望，他被笛卡尔所承诺的清晰明确所吸引，但发现无法领会笛卡尔的基本论断，无法领会其中伟大的确定性代表的是什么。不过为了抓住其中含义，我们要把它转译成其他语言。

但归根结底，也许我们的翻译不能表达笛卡尔"我是，故我在"原本的意思。也许他真的在词语之外还意味着一些我们没有领会的意思。这么说是因为我们发现，笛卡尔像大多数哲学家那样，经常讲到"本质"（essence）、"存在"（existence）、"实质"（substance），通过这种方式他铺设了很多我们无法领会的明确主张。例如，他说道："我们有关于无限物质的想法，永恒的，无所不知无所不能的，万物的创造者。"他还说："给我表象实体的那些观念，无疑比仅仅给我表象样式或偶性的那些观念更多一点什么东西，并且本身包括（姑且这样说）更多的客观实在性，也就是说，通过表象而分享程度更大的存在或完满性。""毫无疑问，"他说，就是这样；他还介绍了它："这很明显。"所以我们的向导，这个对一切不必然真实事物都不承认的人，这个将他能想到的最小怀疑都放置一边的人，断言我们有"无限实质"(infinite substance)的观念。我们拥有观点的"实质"却有别于其他形式或偶然的观点，因为它们拥有更多的"在"(being)，这意味着它们更为完美。笛卡尔告诉我们，我们宣称某个事物比另一个更完美时，这意味着它有更多的真实、更多的"在"。

我要说，我们的向导发现这些是确定的而且不承认它存在最小的怀疑。它属于我们清楚确定理解之事物的一部分，因此，我们可以完全被说服。人是有限的实体，也就是说，人有一定限度的在，或者说完美性。存在即完美，因此上帝存在；思考与爱是完美的，因此上帝思考与爱。简而言之，我们的上帝是一个完美的无限存在，永恒，全知全能，是万物的创造者，他拥有我们能够想到的一切完美。所有这些都有赖于"是""在"这样的词语。无限的在，必要的在，在自身，与我们自身有限的、偶然的、依赖性的在相反。笛卡尔说这是我们清楚知道的事情。那么，有些事不可能来源于无，这个无限的在不可能来源于我们。因此，它存在于自身，也就是所说的上帝。

不仅仅是笛卡尔，每一个尝试用形而上学证明上帝的哲学家，都会以这种方式进行，最终都会触及我们对"在""存在"概念的理解。克拉克①以这样的观点开始，永恒中必定存在某些事物，因此得出一个自我存在的根源，它一定是智慧的**在**；换句话说，也就是能够思考与爱的上帝。洛克主张："我们知道有真实的在，而且非实体无法产生真实的在。"因此，他把我们带向一个永恒的、强有力的、无所不知的**在**；换句话说，作为人的上帝，能够思考与爱。对于这样得出的上帝，洛克像笛卡尔那样说："如果我没错的话，这点是显而易见的。"安塞尔姆②表示存在一个本质上好的事物，世界上所有伟大美好事物都有自身的好和伟大性，任何喜欢的人都可以理解。因此我们再次得到一个好的伟大的**在**，或是那个能够思考与爱的神圣上帝。

我们假设，一个人缺乏抽象推理的能力很可悲。因为我们被告知这些推论是如此确定，这个人也会接受其真实性——这些断言认为有无限实质，有本质美好和伟大的事物，有真实的在，有来自永恒的自在的原因，实质自身有区

---

① 塞缪尔·克拉克(Samuel Clarke, 1675—1729)，英国神学家，卫理公会联合传道团牧师。
② 坎特伯雷的安塞尔姆(Anselm of Canterbury, 1033—1109)，中世纪意大利哲学家、神学家，1093—1109 年任坎特伯雷大主教。

别或在我们的方式或副属性上有区别,因为实质拥有更多的是——但这些断言没有任何力量,我们无法获知其含义。根据笛卡尔的观点,当我们第一次意识到这一点时,我们会很失望。因为当笛卡尔表示任何存在最小怀疑的事物他都将放置一旁,并且我们理解事物的方式是清楚独特的时候,他似乎承诺了什么连我们都能理解的事。

然而,具有哲学天赋的人会提醒我们注意数学的真谛,告诉我们三角形的三个角毫无疑问等于两个直角。但我们极有可能因为缺乏抽象推理的技巧或实践,无法看到**这种**推论的力量,这对我们来说也许毫无意义。让我们假定情况是这样。但是接着存在疑问的观点是来自于部分基本事实的推演,但这个推演要么太长要么太难,我们很难理解;或者无论如何,我们都可能跟不上或把它遗忘了,因此我们感受不到这一观点的力量。但我们可以理解几何学中的基本观点,比如说两条直线无法构成空间或者与同一物体相等的另外两个物体也是相等的。我们曾希望笛卡尔在他宏大的关于清晰性和确定性的承诺后,至少能提出上述类似的观点,或者能有一些根据最简单经验得出的事实。我们曾希望他能从我们可以理解的事物出发,就像我们能理解三加二等于五,或者火可以燃烧一样。但他并没有这么做,他从关于"在"的观点出发,而且没有告诉我们什么是"在"。曾有某一刻他给予我们希望,我们或许能够理解,因为他说拥有更多在就是拥有更多完美性;我们认为我们可以发现,当人们谈到完美时通常意味着什么。但接着我们看到,笛卡尔所说的拥有更多完美性的意思是拥有,是拥有更多在,而不是人们通常谈到这个词时的意思。这似乎仅仅陷入了一个循环,我们必须承认自己非常困惑,我们被打败了。

因此,即便当芬乃伦[①]述说神学最吸引人之处:"我当然理解在是无限的,同时也无限接近完美。"——这就是说,无限**在**,我们必须带着羞耻和遗憾承认我们根本无法理解它,因为我们缺乏对在的理解。但我们要强调,我们关于**在**的清晰且确定的概念是证明上帝的基础;也就是哲学家所说的最确定的证明以及其他事物的基础。人们告诉我们的关于上帝的真实,转变成了什么是**在**的问题。哲学中充斥着这个词,一些哲学流派几乎不关心除此之外的事物。

---

① 弗朗西斯·芬乃伦(François Fénelon,1651—1715),法国天主教神学家、诗人和作家。

例如,经院哲学常常是关于在及其条件的漫长争论。伟大的哲学家再一次建立了他们称之为"范畴"的东西,这也是事物最终的构成条件,在这其中所有事物似乎都能快速提升;在这些范畴的最顶端则是**本质**或**在**。

其他哲学术语并没有给我们带来这样的困难。例如实质这个词,它是本质或在的拉丁语翻译,到目前为止一直指的是**在**,当**在**被作为所有模式和属性的主体时,**在**位于它们之下并为它们提供基础。也许**在**确实做了这些,但首先我们想弄明白**在**意味着什么。精神,他们用来指与物质相反的事物,我们知道按照字面理解指的是呼吸,但人们用来指代像呼吸一样无法触摸的**在**。也许这是对的,但我们想要弄清楚**在**的意思。存在再一次意味着向前一步,我们被告知上帝的本质包含存在,也就是说,上帝的**在**必须向前一步,继而展现出来。也许情况就是这样,但我们首先要弄清楚**在**指的是什么。

只有弄明白这一点,我们才知道要承认什么,拒绝承认什么。我们拒绝承认上帝是一个能够思考与爱之人,因为除非将上帝与身体联系在一起,我们没有任何纯粹关于思考与爱的经验。也许思考与爱也不是与身体联系在一起,而是与**在**相关联。我们自身有爱与思考的能力,这不是因为我们拥有身体,而是因为我们属于**在**的一部分。因此,最高级的**在**、**在**自身,也就是上帝,一定比我们任何人都更具备思考与爱的能力。同样的,整个体系中的天使也能思考与爱,它们的基础同样来源于**在**。我们对基督的真实临在的困难也许同样会消失。面包中或许有本质或实质,区别于神学家所说的"一组可视可感的现象,表明了面包的在场"。换句话说,我们根据一定形式聚集的原子来判断这是面包;在这圣体(基督教圣餐仪式中用的面饼)中,这种本质或实质不是面包的实质,而是神圣实质。或许所有情况都是这样,但如果我们不清楚**在**的意义,上述任何一点都是无法验证的。而我们希望将宗教信仰建立在一些可以验证的事物上。我们认为笛卡尔带着他美好的承诺,能在此处帮助我们;但在事情的关键点上,他让我们失望了。

毕竟人类中大多数还是简单的普通人。就像我们说过的,我们很确定有成千上万人,如果其注意力也被拉到这件事情上,他们也会承认在理解**在**的意义时像我们一样慢。而且如果他们发现这件事极为依赖弄懂**在**的意义,他们也会乐意加入我们,去寻找一个能提供帮助的人。因为在这件事上,我们无论如何都倾向于找到某个能告知我们**在**的意义的人。这样我们最终还是找到了一个好人，我们也不需要补充说他是一位德国教授。

3

但他不是一位逻辑学和哲学教授。他不是黑格尔，不是那些名人中的一员，也不是那些擅长深奥推理的大师。这些人关于在和非在，本质和存在，主体和客体的话语体系，让笛卡尔的那套话语看起来像是孩子的游戏。这些先知只会让我们比之前更加迷惑。因为到目前为止，他们都在关于在的思辨中推进，他们都不屑于回答一个新手的问题：**在**到底是什么意思。

不，我们这位教授是一位词语教授，而不是本体论的教授。我们联想到自己过去的资源，沿着人类精神的历史并追踪其过程，尝试找到人类如何使用词语，以及词语在使用时的意思。我们对自己说，也许**在**这个词本身，也许有些事会告诉我们它最初的意思，以及人们如何使用它。词源学家说，抽象由具体形成(abstracta ex concretis)。或许抽象也是来源于某些具体事物；如果我们知道它是来源于哪些事物，我们或许能够知道它是怎么演进到现在这样使用的。再或者这个词并没有自然的发展过程，或者它是从天上掉下来的，人们能说的就是它的意思**存在**，这个意思哲学家能够理解但我们无法理解。这也解释和证明了所有难题，但是它只对哲学家而不是普通人群吗？无论如何我们都要探寻一下。

因此我们想要了解的是这个词的自然史。带着对雅利安先祖的适当尊敬，我们率先查阅了梵语词典以寻找信息。但这里，极有可能因为我们对梵语的无知和缺乏经验，没有找到自己想要的答案。不过我们出于偶然的机会，某一天在关于希腊语的书中找到了帮助——对于希腊语我们不至于像梵语那么无助——书名为《希腊词源学的基本原则》(*Principles of Greek Etymology*)，作者为德国莱比锡的乔治·柯提斯①博士。他拯救了一个可怜的灵魂，这个灵魂被哲学家折磨得几乎绝望了。乔治·柯提斯博士值得我们长久的感激，我们也应该永远感谢他。

---

① 乔治·柯提斯(George Curtius，1820—1885)，德国语文学家。

在柯提斯博士的书中我们找到了希腊语动词"eimi""eis"和"esti",与英文中的"is"具有相同词源。我们怎么会忘记自己读到下列内容的神情:"这个古老的实义动词(verb substantive)强调人的知觉,意思为呼吸(breathe),能够肯定的是梵语中 as-u-s 指的是 life-breath,而 asu-ra-s 指的是 living,同时梵语中的 âs 指的是 mouth,与拉丁语中的 os 相同。根据勒南①先生的观点(《语言的起源》,第 4 版,第 129 页),希伯来语中的 haja 或者 hawa 最初也有同样含义。这三层主要的意思按照下列顺序排列:breathe,live,be。"现在终于看到了一些曙光!那么我们找到了英文中的 is——法语和拉丁语中的"est",希腊语中的"estin"或者"esti"——我们找到了一个印欧语系中的词根"as",即呼吸。

现在这样已经令人满意了,但我们发现柯提斯博士引导我们走上了追寻神秘词语"being"的含义之路,继我们之前引用的词语之后的词语,我们的快乐是什么?柯提斯博士谈到一个与 as 同义的词根 bhu,希腊文中是 Φν,并提示读者去看第 417 条。我们不耐烦地找到第 417 条。我们在这里看到希腊语动词"Φύω"和"Φύομαι",意思是我发生,我生长。我们对这个词很熟悉,在我们的语言中是 future 和 physics,在法语中是 fus,在拉丁语中是 fui。所有词都来源于印欧语系中的一个词根 bhu,即"be",最初的含义是"生长",它的希腊语派生词也保留了这层意思。柯提斯博士指出:"be 的概念显然来源于这一词根,以最初的生长为基础。"如果词根 as,呼吸,在我们的词汇中相对应的是 is,essence;词根 bhu,意即生长,在我们的词汇中对应的是 be,being。这确实是一个发现。is,essence 和 entity,be 和 being,我们在这里找到了它们所有的来源!在另外一个印欧语系的词根 sta,意即站立,就像大家都知道的,我们找到了词汇"存在"(existence)和"实质"(substance)的来源。我们在英文中的复合动词,像拉丁语中的实义动词,包含了词根"as"和词根"bhu";我们的语言中有"is"和"be",就像拉丁语中有"est"和"fui"一样。法语实义动词——正如利特雷②先生在他令人钦佩的新词典中所指出的——设法包含了所有三个词根"as""blu"和"sta"。

我们现在要问的就是,为何这些无害的具体词汇——"breathe""grow"和

---

① 约瑟夫·厄内斯特·勒南(Joseph Ernest Renan,1823—1892),法国语言学家。
② 艾米尔·利特雷(Émile Littré,1801—1881),法国词汇学家、哲学家,编纂了《法语词典》。

"stand"会变成可怕的抽象词汇——"is""be"和"exist",这些抽象词汇给我们带来诸多折磨。诚然,如果关注人类思维遵从的自然进程,关注人类使用词汇和获取思想的方式,这也不难弄清楚。一旦弄清楚这一点,同时只有弄清这一点,才会发现玄学家关于**在**这个词上的精彩表演将是致命性的。无论如何,我们都不应这么期待。

人们对自己十分了解并关注的三个最重要也是最基本的动作,使用的是三个简单名词——他们使用"breathing""growing"和"standing forth",来形容自己感知和思维获得的所有行为。实义动词也是同样道理。我们可以看到,孩子们根本不用动词连接概念,词汇只表达行为。他们说:"马,黑色,"然后就放在这儿了。当人类的思维进化超越了这一简单阶段,当他想通过代表某个影响他的概念或与其他概念之间的连接关系,来组织所有概念,那么他会找一个离自己最近的行为,并且说:"呼吸的马是黑色的。"当他开始使用抽象名词时,他的动词仍是一样的。他说:"真正的呼吸畅通;勇敢的成长值得赞扬。"原来十分具体的意思随着新词的使用很快就消失了。曾经要求的那一小部分重要性也被带走,现在只剩下最小的一点。无人理会剩下的部分,它也从人们的思维中消失了。

如果我们看一看最普通的词"but"在法语和荷兰语中发生了什么,我们会更加清楚。but 在法语中是 mais,在拉丁语中是 magis,在荷兰语中是 maar,在我们的语言中是 more。毫无疑问,mais 和 maar 最初使用时有一层意思是限制或停止,一方面是曾经说过的某些意思,再**加上**一些新的东西。最初增加的意思消失了,只剩下限制的意思。as 和 bhu 也是这样的情况,最初是呼吸和生长的意思。通过展现或作用于我们来影响我们的,最初都是由某个人说出口或呼吸或生长,然后这个人被遗忘。现在 as 和 bhu 不再让人想起呼吸或生长的概念,只剩下它的表面或操作——一种呼吸或成长的阴影——这是 as 和 bhu 最初被使用来传递的意思。对于呼吸或生长,现在发现了 as 和 bhu 之外的词汇,就像法语中 mais 的意思不再是 more,而对于 more 这个意思来说,又有了新的词汇,即 plus。无论如何,有时在希腊语动词 γίγνομαι, ἐγενόμην 中,我们看到同样的词继续以两个意思使用,一个是之前的完整意义,一个是新的缩减后的意义。γενέσθαι 既有出生(to be born)的意思,也有是(to be)的意思。

但使用者更可能的是在两种不同的受众环境中使用这个词,就好像他使用的是两个不同的词;他脑子里想到的是最初更全面的意义,把它当连接词使用,这也不会很难。

这些最初的词 as 和 bhu 也不仅仅用作连接词,以我们曾描述的方式,将特征与主语联系起来。它们自身也用来表述主语的某一特征。当人们强烈希望确定某个行为或事物的运作时,想要肯定他们自身生活和行为的图像时,即在他们的头脑中留下印象并产生影响的事物,人们就是使用同样的原初动词并着重使用。他们说,美德**是**;事实从未停止**如是**。从字面意思上理解:美德**呼吸**;事实从未停止**生长**。另一个更明显的例子是 exist 这个词。因为**存在**按照字面理解就是向前一步;向前一步的这个人给了自己的生活和行为一个显著的例证。因此人们说:义务**存在**。也就是根据最初的比喻:责任向前一步,责任站了出来。

这个并非我们自身的事物,能制造福或祸,很快就因其自身或这或那的一面吸引了人的注意。这个人也将任何他能感知的特质归于这一事物,例如普遍的连接性,已经确立的动词 as 和 bhu,他的呼吸和成长以及伴随的模糊而朦胧的感觉。他说:上帝愤怒地呼吸;他们的上帝呼吸,嫉妒的上帝。当他要强调这种能被感知、能持续的力量起作用时,他表示:上帝是,上帝存在。换句话说:上帝呼吸,上帝向前一步。

犹太人对上帝严肃的理解,并不为其他民族所知:"确定正义的并非我们自身。""当我讲到犹太人独一无二的上帝时,"摩西问道,"我应如何为他命名?"答案是(我们要用拉丁文书面语来回答,也就是沃尔顿伟大的多语版《圣经》中用希伯来文表示的内容):"我呼吸将我送到你身边;"或者阿拉伯语版本这样表述这一神秘的名字:**永在者**,从未离开。毫无疑问这是这一称呼的真正意义——我将继续活着、运转、承受。"在这里上帝强调了自身,"格泽纽斯[①]表示,"并不简单指他是谁,因为每个人都知道这定式,很显然他强调的是**始终如一**,即恒定者、永在者。"卡里什博士[②]在他颇有价值的评论中,先是复述了诸多充满幻想和形而上学的阐释,最后落脚于这个简单的毫无疑问的真实

---

① 威廉·格泽纽斯(Wilhelm Gesenius,1786—1842),德国圣经学家,路德宗神学家。
② 马库斯·卡里什(Marcus Kalisch,1828—1885),犹太学家,主要研究古典学、语文学。

存在:"他永不改变,从未失败。"

"我呼吸将我送到你身边!"人类最古老最令人印象深刻的感官画面被转移到上帝身上,用来描述这个**不同于我们**的全能者,在仁慈的运转中所体现的高度和永恒,我们并未意识到他的运行,而是他的本质。

我们在这漫长的哲学探讨中得出上述宏大的结论,从我们对词根 as 和 bhu(呼吸和生长)长期的细察中得出:他们用一个简单的形象宣告一个被感知的能量和运转,别无其他。我们称他为一个**主体**,表现出的这种运转,他的本质外在于会生长和呼吸的动植物,但也从动植物那里借用了这一形象所使用的 as 和 bhu,他们什么都没有告诉我们。但他们错误地假设要给我们带来关于事物原始本质的消息,宣告某个主体我们注意到他承继了能量和运转,预示某个本原范畴或最高的构成要素,在这其中万物的本质最终都会慢慢积累。

正如我们所说,最初的比喻最终被人淡忘;但 is 和 be,神秘的固化,被保留在语言中,仿佛它们是原生的,仿佛没有人能超越或将它们搁置一旁。它们看起来上没有原生词,下没有派生词,但仍在我们的语言中无处不在,又不可或缺。在含有这一比喻的合成词中,比如存在和本质,被认为是来自感官世界的比喻被压缩为形而上学的现实服务,被奉入 is 和 be 的神龛。玄学家使用的宏大短语用来总结整套体系的事物——实质和偶然——现象,还有那些处于现象之下或他们承接而来的——人们认为十分确定会引发问题,引起疑虑——人们必须问自己现象之下的 that 代表了什么——如果答案还没有确定:**在**。存在被认为是确定的事物,位于所有事物之下。但**在**自身始终是感官的比喻,生长(growing),但并不一定表述某一事物的本质,只表达了人对某个事物运作的感知。

但哲学家忽略了这一点,并想象自己从**在**这个术语中便可以表达事物最高和最简单的本质,当他们想获得事物的赤裸真相时,他们一层层剥去(借用笛卡尔的术语)事物的外衣,剥去各种各样的比喻去抓住事物的主干,以及不同的观点和思想的欲望,因此他们抵达事物主干和思想的本体,他们的**在**或者**本质**,因为事物主干是本体性实质能够包含不同比喻和尺寸的无限多样性,例如人的头脑就是本体性实质,包含无限的思想和欲望。因此对躯体和头脑来说,它们因此获得了最高的真实(仅仅有些负面),是一种比任何他们所知的身体或头脑更微弱的真实,但他们并未留意这一点,因为他们假定在**在**和**本质**中拥有至高无上的实在。

最终,考虑到他们所忠于的上帝,如果他们想要从困难中逃离,舍弃哪怕他们曾经赋予他们的实质的任一特点,承认程式与偶然,将他们对上帝的观念减少到什么都不剩。关于这一点他们十分敏感,很多人甚至没有意识到。正如埃里金纳[①]曾表示:"上帝被称为虚无或许并非不恰当。"但这样并没有令他们迟疑,因为他们认为自己拥有纯粹的**在**,或本质,最高实在,同时这个**在**本身,甚至不作为本体存在的**本质**,便是上帝。因此埃里金纳补充道,出于高尚的理由,上帝被称为虚无或许并非不恰当:"上帝不存在并非没有道理。"

词汇竟会使发明它们的人如此大费周章!我们获得一个抽象词汇时并不理解它的具体意义以及使用其意义的方式,便出现了危险。一个抽象词汇的所有价值在于我们对它真实和清晰的概念,以及这个词汇所承载的意义。**动物**是一个有价值的词汇,因为我们了解呼吸,anima 的意思,我们使用动物来表示拥有这一共同特征的事物。但是笛卡尔的存在(être)不是一个有利可图的词,因为我们无法清晰理解这个词的意义。再者,它是一个危险的词汇,因为如果无法清晰理解,我们就不能自由地使用。当我们最后检验这个词时,我们发现 être 和**动物**意味着同一个事物:呼吸者,拥有生命的事物。

如果我们把发现的原意赋予 être 和它的同源词,结果该多么令人震惊!Cognito, ergo sum,就会变成:"我思考,因此,我呼吸。"这当然是真正的推论;但是 Comedo, ergo sum,"我吃,因此我呼吸,"将更加接近意图!玄学,研究 être 及其条件的科学,将会成为研究呼吸及其条件的科学。但研究呼吸及其条件的科学当然不是玄学,而是生理学!"上帝是"将成为上帝**呼吸**;传统神学中古老的神人同形论,宣告他没有躯体,器官或感情,应该被摒弃了!甚至是崇拜——比如那些新派人物,法国的革命者,痛恨教条神学之人——比如罗伯斯庇尔,甚至崇拜至高存在,毕竟最终只是崇拜至高动物!is 和 be 这样的词如此不可信任——我们曾对它们寄予希望,认为它们或许会为我们带来一个能爱和思考,独立于所有物质机体的事物——它们极不可靠,只是把我们置于

[①] 约翰·斯科特斯·埃里金纳(John Scotus Erigena, 810—877),爱尔兰诗人、哲学家。

最粗疏的造物崇拜上。不仅如此,也许能恰当使用这个神奇的抽象词汇**本质**的人,既不是玄学家也不是神学家,而是香料商。当谈到神圣本性(Divine Nature)的本质或**呼吸**时,我们得到的只有困惑;而谈到玫瑰的本质或**呼吸**时,我们得到更恰当的东西。

4

草率使用**在**和**本质**的结果令我们失望,因此我们决定当使用引起我们任何怀疑时,都要对其进行严格的检验。不再像以前那样无助地赞赏哲学家,他们在这些词语的基础上建立了重重迷雾并嘲笑我们无法弄清楚,我们决定自己去发现在人们使用的过程中,这些词语真正的意义和所包含的内容。我们还发现,就像我们之前呈现的,词语就是比喻。人从自己的生活中将关于呼吸和生长的形象应用到所有他理解的事物中,从中获得某种印象;并且宣布所有事物也具有生命。因此,词语似乎告诉我们所有事物生命和本质有关的某些内容,但关于生命和本质又什么都没说,除非呼吸和生长某种程度上构成了——让我们说,人的生命和本质,或是低等动植物的生命和本质。那么至于其他事物的生命或本质,词语什么都没有告诉我们,只是象征性地赋予事物以动物和植物的特性。但关于这些事物它们真正说的是什么?仅仅是事物对我们产生影响,对我们产生作用。

那么这些名字本身,**在**和**本质**,告诉我们关于事物构成的某些事情,除此之外别无其他。尽管如此,我们碰巧了解某一事物的真正构成,尽管这些名称什么都没有传达,对我们丝毫没有帮助。例如,一个化学家知道普通乙醚的构成。他知道普通乙醚由不同分子组成,包括 4 个碳原子,10 个氢原子和 1 个氧原子,按照一定顺序排列。如果我们乐意,我们可以称之为普通乙醚的**在**或**本质**,**生长**或**呼吸**。也就是说,关于某一事物的真正构成,当我们了解之后,我们通常根据自身构成的主要和明显的现象来赋予它比喻性的名字。

躯体的情况也是这样。当我们谈论躯体的在或本质时,或许是因为我们了解它们真正的构成并为其命名。但更常见的是人们称躯体为**在**,宣称躯体**是**,而不具备任何关于躯体真正构成的实际知识或隐含知识。这么做是因为躯体是可视,可听,可触,可尝或可嗅的,以某种方式影响我们的感知。至于作用于我们并对我们产生影响的躯体,我们赋予**在**或**生长**,我们说它们**是**或**呼吸**,尽管我们对其构成或许一无所知。但我们对它们的行为赋予比喻性的名字,这最初来源于由人类自身构成的最主要和显著的行为。

我们按照同样的方式来分析并非躯体的事物。人们从自身经验出发,根据抽象思维来理解勇敢和自我否定的行为,并被其中包含的特质所打动。有些人的抽象理解并不准确,有些则很恰当。但是无论哪一种,他们讨论自己根据抽象思维总结出的**在**:他们表示勇气和职责有**生长**或在;他们宣称勇气和责任**呼吸**或是。他们将此应用到抽象的比喻性名词的运转中,这来源于他们生活中最主要和显著的运转。

或者最终,他们意识到一种与自身生活相关的自然定律,并以最大力度来执行——是永在者而非我们自身决定公义。这确实是一种自然定律,来自经验,就像万有引力定律一样。只有它被大多数人理解并产生影响时,无论他们有多困惑,这才是自然定律。但正如我们认为且证实的,它来源于经验,诉诸经验,且依靠经验。我们尊敬的某位作者已牢牢地掌握了真理,唐恩先生[①]表示,耶稣基督在乎的是改变个体的内心世界,而不是建立什么组织。他说民间宗教中的上帝,是会爱会思考的人格上帝,就像决定公义的永在权力一样是可以验证的。他有可能想象我们所说的**权力**是指某种有形的代理人,某个躯体,某种气体;我们承认,根据经验,这样一个决断公义的神圣代理人不比一个会爱会思考的神圣人更难验证。我们不再假装像了解万有引力定律那样,了解决断公义的权力的起源与构成。我们能承认的便是曾经确信它对我们起作用,它运转着。

有些人否定它的运转。**愚蠢之人发自内心地说:上帝不存在**。但我们坚持认为经验可以反驳愚蠢之人,公义便是救赎。在人的经验所能抵达之域,它显现出来,或通过法则自身的运行,或通过人对相似性的内在感知和回应,并愈来愈清晰。我们所能追求的福祉与行为密不可分,同时不取决于我们的追求,而在于是否去做。唐恩先生当然不认为我们与会爱会思考的上帝拥有相同经验,我们有的是什么?他表示为数不少的人都曾认为上帝是一个会爱会

[①] 亨利·唐恩(Henry Dunn, 1801—1878),英国教育家,著有多部神学著作。

思考的人。毫无疑问是这样,就像有很多人都曾相信关于自然体系的各式假说。但问题是,他们是否根据经验得到好的依据以便接受这些事情是真的,就像接受万有引力定律和公义定律一样,永在者决定公义。

永在者——从没有开始,也不会有结尾——是一个形而上的概念,根据经验无法获得。确实,从没有开始也不会有结尾的**永在者**,就像包含了所有特质的原本固有的终极实质或终极主体一样,是一个经验丝毫无法判断的形而上的概念。但**永在者**——永生的,人们将其赋予决定公义的永在者——并非形而上的概念。从他们所有能理解的东西,从所有父辈告诉他们的东西,他们相信公义即拯救,而且拯救将代代延续。这也是唯一坚实的理智,我们可以称之为公义定律,或万有引力定律,或任何我们理解的定律——永在者。根据我们能听到或弄明白的,它是有效的;因此我们相信,这会一直适用。

那么,人根据经验——我们所有知识的来源——意识到公义定律。他们将这一定律赋予**存在**。他们说行为规律,决定公义的永在者而非我们自身,是存在的——**呼吸,向前迈进**。也就是说,他们根据自身最主要和显著的运作,使用比喻性词汇为自己理解的稳固恒定且深广的事物的运行来命名。

人们用所理解的方式或认为他们所理解的方式,将**在**与**本质**视为自然定律。但通常是,早在他们将其视为自然定律前,他们已意识到它的运作;很多深刻的教训让他们感受到它的力量。此时想象力也起了作用,就像他们对所有能强烈感受到影响的事物一样,他们将其视为人格化的代理人,从根本上与人类自身相似,无论这一存在有多么强大——一个人格化的代理人,能够感知、思考、爱恨。因此他们将太阳视为拟人化的存在;或者将运气视为命运之神。那么什么应理当被视为人格化的存在,但要比普通人更为强大更为长久,而且比深刻广泛影响人的运作更强大更长久——因为与行为相连,至少占据人类生活的四分之三——不是**我们自身**决定公义吗?

从它的至关重要性和永恒干预来看,它都会被视为人格化存在。但在这里,这样的重要性并没有拟人化的,人神同形论的过程比赋予人格特征的解释更少,没有比其他情况更少。但我们很多人都了解,人格特征在某个情况下是本身存在的,但在其他所有情况下都只是人类塑造和拟人化的结果。那么在希腊神话中的阿波罗呢?关于智识之美的定律,永在者而非人类自身决定智识之美。根据人类精神自然的可解释的运转，一个被提升被美化的人，会爱会思考，来代表这种力量的运作。谁会怀疑这一点？但希腊神话中会爱会思考的阿波罗，以及所有这一类型的事例（除了一个之外），人类精神的自然运作都是可以解释的；但只有希伯来《圣经》中的耶和华无法这样解释，因为他是一个会爱会思考的人！

那么回到我们那些误入歧途的先人。他们本应给我们有意识的智识，会爱会思考，一个独立于肉体构成的基础或主体。但除了肉体现象之外，他们什么都没有留下；但他们用一个比喻将我们肉体的生活现象转移到所有定律和运作中。在某个极其精妙微小的层面上，他们保持这这一拟人化的，人神同形论的过程，内在于人自身且无法根除，在世界上所有早期宗教信仰中我们都能看到这一过程仍以粗略但清晰的方式继续着。

因此这样看起来，甚至我们谈论事物的**存在**时，使用的是流动的、文学性的表达，而不是固定的、科学性的表达。同时在每个情况下，任何依赖于词语 is 和 be 的事物，我们都要检验其说了什么，并且看一看在一个具体情况下，真正承载的是什么。例如，笛卡尔表示让他确定自己的基本命题——"我思故我在"（Je pense, donc je suis）——他清楚地看见一个人为了思考，必须——"我在故我思"（Pour penser il faut être）。是（être）的意思是呼吸；而且我们清楚地看到为了思考，我们必须呼吸。这是这些词语最清晰的意义。尽管如此，笛卡尔要赋予它们的并不是这个意义。那么这些词语还包含的意思是我们思考，因此我们感觉自己活着。或许这就是笛卡尔宣称的他自己和我们所有人都清楚看到的意思。因此哲学家用宏大的语言告诉我们，"我们从实际的想法确定实际的存在"，让我们这些简单的人来这样解读，这句话的意思是说因为我们思考，所以感到自己活着。让我们带着对这些使用如此壮观的语言来遮盖事物的人抱有应有的尊敬，承认我们能够清楚看到这也是真的。让我们准确记住自己看到的真实的事情。如果哲学家们继续告诉我们："如果我们从实际的想法确定实际的存在，同样的，我们关于上帝的无限完美的存在的想法，也包含了上帝实际的存在。"让我们再一次把事物放进更简单的语言，然后告诉自己，因为我们思考所以感到自己活着；同样，因为我们思考上帝，因此上帝感到自己活着。我们或许不需要承认我们能清楚看到这一说法是真实的；哲学家们或许也不会宣称这很确定，如果他们已经习惯在所有情况下都探寻是和在真正的意义。

5

现在了解了这两个可怜的词 is 和 be 的意义，有了这个铠甲之后，让我们大胆地将战争引入敌人的国度。让我们看看，这些经常居高临下，目中无人，向我们皱眉的玄学家到底有多强的防卫，我们现在可以向前推进了。我们都已了解 is 和 be 在现实中的简单意思就是**呼吸**和**生长**，在人们的使用中，它们的意思是运作或者在人看起来是**运作**。但是当玄学家从他们当然了解的事物出发时，他们总是想着："有些事物思考但既不呼吸也不生长，我们也知道能思考但既不呼吸也不生长的主体，这个主体就是 being，是 être。"他们没有意识到 being 和 être 在现实中的意思就是**呼吸着**，**生长着**。然后，带着认知实体和非认知实体的假设数据，玄学家们含混了在生产事物时这两个词之间必要的相互关系，并得出各种各样精细的结论。但他们谈论的某些事物，所有知识都以此为出发点："我们了解**运作**。"这个并不能让他们了解事物的本质和起源，也无法得到任何结论。

如果我们牢记这一点，就会发现我们遇到的很多推理都存在悖论。《爱丁堡评论》表示："现存的一切都是人或物；人高于物；你的意思是把上帝称作物吗？"其中的含混性在于物（thing）。当某人宣称这或那是一个人或物时——也就是说是否充满我们所说的生命——也宣告了它的构成。当我们宣布上帝**在**，上帝**是**，我们的意思是上帝生长，上帝呼吸；我们确实宣布了上帝的构成，确认了上帝是人不是物。但我们也是说当宣布上帝**在**，上帝**是**时，即上帝运行，施行公义的永在者在运作。那么无论如何关于上帝的构成我们什么都没说，也没有确定上帝是人还是物。我们确实也没有立场去确认上帝是此是彼。但那些对上帝是人还是物言之凿凿的人；那些认为上帝一定是人，因为人优于物的人；这些谈论就像坚持认为万有引力定律要么是人要么是物，或者要确定二者之一那样漫不经心。因为这是定律，那么要宣布它是物而不是人，且低于人对吗？我们十分肯定一个差劲的批评家要比万有引力定律更为高级吗？真相就是我们正在尝试一个让人筋疲力尽的区分——划分人和物，并且要确定我们思维的对象必是其中之一，当我们没有任何方法做这类事情时，当我们关于思维的对象所能说的就是它的**运作**。

或者以安塞尔姆和笛卡尔最知名最受欢迎的推论为例，如果我们有关于完美的在或上帝的观念——也就是这个无限物质、永在者、全知全能者、万物的创造者和一切可能的完美性——那么就一定有这个存在。他们表示，存在即是完美性。我们不完美的有限的在永远无法获知完美的无限的在。但他们说，我们有了这样十分清晰且独一无二的想法，我们便可知除了自身之外，一定有其他的在。一旦发表出来，所有一切都像纸做的房子那样化为碎片。其中的含混性就在于完美存在和无限实质这样的概念。我们清楚知道有一个**非我们自身**的在——那么这个**完美的在**，这个**无限实质**，会思考但却不呼吸不生长吗？而且我们无法获知这样的观点，因为它是一个关于充满完美性的无限物质的清晰观点；但我们自身却是不完美的有限物质吗？但人们到现在描述的都不是一个清晰的观点，而是一个他们或许完美地给予自己的观点。因为这是一个关于极为伟大且不断进步的人的观点。

我们的叙述给了我们一个叫作完美性的概念。我们拥有有限的快乐，因此我们谈论完美的无限快乐；我们休息了一会，因此我们谈论完美的无限休息；我们拥有一些知识，因此我们谈论完美的无限知识；我们拥有有限的权力，因此我们谈论完美的无限权力；我们的意思是，我们所能想象的尽可能多的快乐、休息、知识和权力，且排除我们经验中的阻碍。笛卡尔也曾说过，关于一个全知全能的完美存在的概念，就像理解一个一万边形一样。对于一个五边形，我们有清晰的概念。然后我们谈论一万边形，并没有清晰的概念，这是一个很大又令人困惑的概念。对全知全能的无限在的理解也是这种情况。一个拥有一些知识和权力的有限之人，我们有清晰的概念；但一个拥有一切权力和知识的无限之人，我们就没那么清楚了；我们有的是关于非常智慧且伟大之事物的观点，但有些困惑。即便假定这些清晰的观念能自我确证，这个关于全知全能的无限物质的清晰且独一无二的观念，最后也会发现是我们幻想它清晰且独特但实际上并不是。

但人们仍然坚持这些完美的观念，**肯定**都独立于我们自身且独立于我们的经验。因此这些观念之中本身便蕴含了一种起源，一种主体，一种无限实质,即上帝。因为他们说我们有关于完美循环(perfect circle)的概念;但经验无法证实,因为在自然之中没有完美循环这样的事物。我们有关于至善(perfect good)的概念,但经验无法证实,因为在自然之中没有至善这样的事物。我们先要自问这样的循环或三角是否是人类思维中的纯粹概念,然后付诸自然?或者这些形式首先由观察得来,然后再提炼成为纯粹概念?同样的,至善或者至美(perfect beauty)先是人类思维中的纯粹概念,然后再应用到自然的事物中?又或者美或善的事物先由经验观察得来,然后美和善再提炼成为纯粹概念?因为在这种情况下,我们关于完美循环和至善的观念都来自于经验,只是比由经验得来的事物更接近圆满和至善。不过经验给我们提供了观念,我们无需再创造经验之外的事物作为来源。

最后让我们来谈论一下设计。人们说有设计(design)就有设计者(designer)。含混性在于这个后缀 er,意思是能够设计的**在**。我们谈论 being 和 être,我们还设想这个词语提供了有意识的智慧,爱与思考的能力,而无需身体结构。但情况不是这样的。它只给予我们其中一样——要么是呼吸与生长,要么是情感与运作。有设计就有设计者?人类的设计的确如此,暗示有一个能够呼吸与思考的存在。更低等的动物也是如此,就像人一样可以呼吸,甚至据说可以思考。我们所知的许多作品,都是人和更低等的动物按照自身意图创造的。当看到手表或蜂巢时,我们会说:它在和谐地运转,是人或蜜蜂创造的。但还有很多作品不是人和更低等的动物按照自身意图创造的。当看到一只耳朵或者一颗花蕾,我们会说:它在和谐地运转,是人或者更低等的动物创造的吗?不是,我们会说:它在和谐地运转,是全知全能的无限实质、造物主创造了它。这是为什么?因为它在和谐地运转。但它的和谐运转并不能证明造物主的存在,只能说明它自身运转和谐。手表或者蜂巢的和谐运转并不能证明是人或者蜜蜂创造了它们;我们根据经验所能知道的是人制造手表,蜜蜂建造蜂窝。但我们根据经验无法判断是全知全能的无限实质、造物主创造了耳朵和花蕾。关于这件事我们一无所知,它完全超出我们的认知范围。当我们准确地谈论耳朵或者花蕾,而不是诗意地或者用修辞语言谈论,看到它们和谐运转时,我们所能说的就是:它在和谐地运转。

6

我们想起既无法接受通俗神学(popular theology)关于神迹的观点,也不接受学术性神学(learned theology)中形而上学观点的那些人。他们并不是要将《圣经》弃之不顾,而是要弄清如果没有上述两种解释,《圣经》会变成怎样;除了自己能够证实的事物之外,并不想当然地接受任何事。但宗教世界对此勃然大怒并费心费力地进行反驳,还特别强调了宗教信仰唯一可能的基础就是相信上帝是一个能够思考与爱的人。那些听从我们建议的《文学与教条》的读者,已经开始从中获益,但看到宗教世界的反应或许又开始警惕和犹豫,并反思听从我们的建议是否正确。所以我们要再一次探寻将上帝视为能够思考与爱的人这一观点的宗教基础。我们发现了两点:一是神迹,一是形而上学。在探讨了神迹之后,我们发现不能依赖于这一点,它迟早会令我们失望。那接下来我们要看一看形而上学作为立论基础的原因。

对神迹的反驳不能太过激烈,因为它们属于一个更宏大更壮观的整体——一个强大、美丽的童话故事,这个故事长期以来都令人深信不疑,给许多人带来宽慰和快乐。放弃神迹观点的人在决断时也极为不情愿,只是因为他不得不这么做。

另一方面,人们放弃形而上学的观点时则是由衷满意的。这些观点没有说服任何人,没有给任何人带来平静,也没有给任何人带来快乐。人们勉强吞下这些观点,人们与之作斗争,人们向其展示智慧;但没有人乐在其中。甚至没有人真正理解。当某个人表述关于有限实质和无限实质的命题时,或者谈论存在中含有的上帝的本质,没有人真正掌握自己所谈论的真正意义。但拥有超群能力的人确实谈及该问题。但真相是,佐证神圣人格的形而上学方面的原因,所获得的滋养和支持都来自神迹。在漫长的时间里,人的无知、无助和不安促使人们相信一个强大的非自然人,一个超凡脱俗的人——简言之,就是某种超自然人格——而且是不可避免的。而且超自然之物理应在那儿,形而上学或事物的科学都在自然事物之后,是非自然的,都要对此做出解释。但神迹证明是不可靠的,形而上学当然也无以为继。现在人们越来越意识到神迹作为依据的不可靠性;越是早点下定决心就越好。如果干涉一个人的理解,阻止一个人扩大经验,或认为能从神迹中获得宣称上帝为能够思考与爱之人的依据，都是徒劳无益的；那么，认为能从形而上学中获得则更加白费力气。

也许我们能让自己和其他人看清这一点，因为我们没有复杂深奥推理的能力，这一点众所周知，因此当面对关于本质和存在的推论，面对无限实质比有限实质拥有更多客观现实的问题时，我们丝毫不用羞愧；我的意思是，不用再带着沉重的神情赞同我们并不理解的事物，承认我们不懂就行了，并且谦虚地寻找这些小词最终的意思；那么，所有宏大上层建筑的无益都暴露在我们面前。如果德国哲学家从德克萨斯州写信来责备我们在《圣经》和基督教上浪费时间，并且说："这些当然都会从文明世界的头脑和心灵中消失"，同时号召我们走进伟大的哈特曼①的研究，如果他允许我们再一次引用《圣经》，我们会说这是一个很好地阐释"驯顺之人将再次振作"的事例。

但我们要再次对自己和读者说，我们关于神迹所说的话，要再对现有神学的形而上学说一遍。当我们发现它们无法信任后，除了避免与这个迟早会与我们分道扬镳的不稳定论述继续耽搁外，一无所获。我们依然使用《圣经》，喜爱《圣经》，这一点还是一如既往。如果对《圣经》的使用和喜爱首先要求我们把极有可能无法验证之事物视为理所当然，那会有越来越多的人无法继续使用和喜爱《圣经》。无论我们愿意与否，情况都是这样；会有越来越多人发现情况如此，无论是信仰虔诚者还是不信教者。帕斯卡尔对耶稣会的人说："世界正变得充满怀疑，除了清楚显现的事物，人们不再相信其他。"帕斯卡尔在17世纪的言论如今已成真；每天都在变得更加真实。我们敦促那些对现有神学——无论是通俗神学还是学术性神学都不满意的人（至于那些还满意的人我们就不多言了），我们敦促这些人在阅读《圣经》中关于上帝的叙述时，将可以验证之事作为依据，即"上帝——永恒权力，而非我们，施行公义"；而不是无法验证的"上帝是能够思考与爱之人。"在谈到上帝时，我们建议尽可能避免使用**在**一词，因为即便是最严肃的思考者，都有可能不管这个词的真正意思是什么却继续使用。这个词并不好，它暗示拥有关于上帝的某些深奥的知识，但事实上并没有，只是一个比喻。**权力**这个词要好得多，它表明的是除了上帝对我们的影响——运作之外，别无其他。鉴于现有的神学，我们对上帝不加掩饰的

---

① 卡尔·罗伯特·爱德华·哈特曼（Karl Robert Edward Hartmann，1842—1906），德国哲学家，著有《无意识哲学》（1869）。

叙述确实会引起混乱；但我们也相信这样能让一个人安全地使用《圣经》。他必须记住《圣经》的语言应被视为文学的语言，而非科学的语言；接近于修辞且充满修辞的语言，而不是精确的语言。

许多卓越之人日复一日地抱怨，在宗教信仰中迷失了所有，除非我们确认上帝是能够爱与思考之人。我们认为，如果无法证实上帝是能够爱与思考之人，那便无法成功地将信仰建立在此基础之上；而且这一点确实无法证实。就算有很小的证实的可能性，但我们也认为将信仰建立在极小可能发生的事情上犯了致命的错误。我们也不认为有极小的可能性去宣称上帝是能够爱与思考之人，或许在感觉的语言中描述上帝为能够爱与思考之人是自然且恰当的；这一断言所涉及的事物远超出我们的能力范围。不过我们坚信关于上帝的论述，从能够被证实的某一点出发——即上帝是施行正义的永在者——并且带着这一点阅读《圣经》，那么我们能得到的是更为严肃、有力的信仰，也更加令人敬畏且意义深远。当然，这样的信仰不同于当下流行的观点；但谁又能假设当下的信仰就能一直长存或者理应长存下去？即便是饱受责难的观点——将**上帝视为一种无尽的趋势，万物藉此实现自身存在的法则**，也可以很自信地说这其中包含了一种新信仰的元素，确实，不过要在最高程度上才能充满希望、庄严和意义深远。但我们当下要讨论的并不是这件事。我们当下要处理的是来自《圣经》的信仰；要展现它新的一面，让它看起来真实、威严、引人入胜。

如果我们的读者在一段时间的协商和冲突中失去了这一洞见——这些都是必要的协商和沟通，否则更好的信仰无所依凭——那么以巴比伦的河水起誓，让他记住锡安！在自由主义哲学家提议用现代的、恰当的语言描述新的教义，代替已过时的《圣经》，这样能立即满足我们的理性和想象。在阅读这些哲学家宏大的总结后，发现在基督教的历史和成就中确实没什么可以支持耶稣在人类救赎中显灵的事，诚实之人会说：**"我的精神以此为依凭，无法平息，"**并且希望永远记住锡安。但如果他读到我们的论述后还说同样的话、做同样的事，我们也不会与之争吵。在这个学习什么不可信的乏味的任务里，我们让他待得太久了。不过我们很高兴这部分任务已经结束。接下来我们要为自己辩护，让他的思想更加坚定，反对那些谴责我们教他相信太多的自由主义哲学家。

第三章　作为经验的上帝

1

在德国的《圣经》评断家当中，普遍可见这样一种评断范式——我们或许最好称其为机械评断的评断范式。这一种范式尤其适用于达到消极目的。采用该范式的评断者理所当然地认为万物为一，且遵循统一的法则；若知悉这一原理，并据此判断事物，即为掌握了真理评断的秘密。在机械派评断者看来，人是不变的，不会自相矛盾，既无弦外之音，也无直觉猜想。假若某人今天如此说，明天所言却似乎与之相悖，那么两者之间必能分出错对。假若从字面上看某人曾说过的话已不具价值，那么他应没说过此话。假若某人在事情尚未发生之时就做出预言，那么他不可能说过此话——那些话不是他说的。机械派评断者认为人如是，事物亦如此。必定严格遵循前后一致，必定无自相矛盾，必定无起伏和反复，必定不会遵循缓慢、犹豫、模糊的路径发展。不，不能，无论我们赋予事物何种属性，该属性必定一直存在、一应俱全、不容改变，否则就不算具备这种属性。

《威斯敏斯特评论》上有一篇针对《文学与教条》的评论，这类评论明显有着机械式评断的倾向。它这样谈道：——"以色列人最初认为上帝是人类的敌人，看不见、摸不着，却无比强大，也许唯有牺牲者的性命才得以消除他的敌意"，因此，以色列人的上帝不可能是我们所认为的永在的、爱义的主。"对习俗的遵守构成了以色列人最初和现在的基本的正义观念"，因此，我们绝不能说永在的、爱义的上帝向以色列人显现了。同样，我们曾说过，这个世界不能没有《圣经》，我们渴望帮助民众使用《圣经》。然而，不行！以色列灭亡了，整个基督教世界问题重重，因此，《圣经》不可能对我们有多大用处。该评论者又说，"看看以色列的历史就知道《圣经》究竟有无价值可言。《圣经》既然未能使当时的受众回心转意，那么，它又如何能使我们的民众重生呢？"同样地，《迷信的宗教》一书的作者也写道，"就基督教的发展史和实际成就而言，几乎确实没法让人相信它具有承载神启救赎人类的属性。"

这种机械评断的范式对于人们及其观点的评断是武断而尖刻的。耶稣谈及睚鲁的女儿："她其实并没有死，只是睡着了。"那么，"由此我们可以得知，耶稣明确表示睚鲁的女儿仅仅是处于意识暂时悬搁的状态。"耶稣说,她**睡着了**;可是,机械派评论者就会发问,那么怎么**可能**她不仅仅是睡着了？假若据记载,耶稣曾言"还没有亚伯拉罕,就有了我"(约翰福音 8：58),或曾言"我父爱我,因我将命舍去,好再取回来"(约翰福音 10：17),那么,这些言论**必是**人们在耶稣死后替他发明的,那时复活的概念已成为基督徒信仰的一大组成部分,或是在永在者之子的神性缺少证明之时发明的。这些言论若以其他任何的方式存在,则"完全无法理解"。人无法预测其死,或于出生前便意识到自己所拥有的美德。对于机械派论断者而言,完全无法理解的还包括诸如耶稣何以既对那名希利尼人百夫长说,"我告诉你们,这么大的信心,就是在以色列我也没有遇见过"(路加福音 7：9),又对那名迦南妇人说,"不好拿儿女的饼,丢给狗吃"(马太福音 15：26)之类的。因为这两种说法表达了耶稣两种不同的倾向,要么前面的话是某保罗普世派假耶稣之口说的,要么后面的话是某犹太特殊派假耶稣之口说的。假若耶稣谈及耶路撒冷城的毁灭,那么,这番言论必定是在耶路撒冷城被毁之后所言;因为人绝不可能在事情发生之前就能预见。然而,如果与之持相异意见,如我们所认为的,耶稣乃在耶路撒冷城毁灭之前便已告知他的门徒,耶稣因场合或听众的不同而修饰其言,耶稣预见了自己的死,耶稣以一种极为深刻而又易被人们误解的方式对待**生死**,如此种种看法对机械派评断者而言,相当于"赋予了耶稣唯有神所能拥有的先知、准全知的属性",这是无法让他们接受的。

关于本人《文学与教条》一书有诸多控诉,其中有一条,即控诉对基督教发展观的建构缺少激情与精确。当然了,这种机械评断的范式向来是不缺少他们所谓的激情与精确。激情与精确从头到尾充斥着他们的评断。但是,我们唯一需反驳的即——人类的一切成长,尤其是那些关系重大的譬如宗教的发展,并非以一种充满激情的、无比精确的方式发展;恰恰相反,它往往遵循着一种松散的、摇摆不定的发展路径。因此,假如把所谓的应循的具有激情和精确性的发展规律强加于宗教和基督教的成长和发展,假如认为关于宗教的真理必须通过这样的评断方法方可获得,并据此对有关宗教发展的成果与表达加以评判,那么最终很可能对它们全盘否定。

不难发现,刚才所举的机械评断者的诸多观点皆充斥着谬误。不过,这里我们仅讨论,究竟什么使得读者尽管貌似从《文学与教条》中获得了《圣经》的有益阅读方式,却仍然感到不安。诚然,没有什么比认为以色列人的上帝和《圣经》的上帝并非永在的、公义的上帝的论断更令人感到不安的了。因为我们已劝告读者们,就把那永在的、热爱并主持公义的上帝视为我们的《圣经》里的上帝,视为整个基督教教义的上帝,以替代那被放大的、非自然的、由神迹和形而上支撑起的、不能被证实的上帝。永在的上帝的确可证明,而现在,我们却被告知他并非我们《圣经》里的上帝。或者说,无论如何他不可能是以色列人的上帝或是《旧约》中的上帝;且以色列人的上帝与《旧约》中的上帝有着截然不同的特质。我们必须解决这个问题,必须针对这种反对的声音重申我们的观点,那就是,以色列人的上帝和《旧约》中的上帝即是永生之主、公义之主。

2

《威斯敏斯特评论》的评论者对我们提出了反对意见,"假若如阿诺德先生所言,以色列人对上帝的认知是如此产生的,那么以色列人的抽象思考能力必定卓尔不群。处于文明发展的早期阶段的民族,竟然如此醉心于道德研究及实践,并认识到世界上存在某种法则,这法则虽非由他们所创造,却成了他们的信仰。难道还有比这更令人不可思议的吗?"评论者认为,这是我们认为"以色列人的上帝是非人的、某一自然法则的神化"的一种由因及果的推理而已。但是,我们并不认为——《文学与教条》的读者也几乎不可能认为——以色列人的上帝乃某一自然法则的**有意识的**神化。所以,评论者抨击的其实只是他们自己的臆想而已。毫无疑问,假如认为以色列人会如《旧约》最早的记载所描述的,坐下来、对自己说道:"我感知到了一个伟大的法则,一个主宰这世间的公义的法则;我要把该法则人格化为上帝——唯一的上帝;我要称它为耶和华,为它建一座圣殿,并发明一套敬奉它的方式;"——那么这是全然不可能的。若如此,那么我们也可以想象以色列人说,他们认识到了重力法则的存在,因此愿意把重力法则也奉为上帝,并为它建一座庙宇。

但是,假如某些事实摆在了人们面前,人们自然会发问,究竟它们是怎么形成的。以色列人总说,他们把信仰交给了永在的上帝,永在的上帝既是公义的,亦爱公义。以色列人总说,在其他民族所信仰的神当中,没有一个如以色列人的上帝一般是永在的上帝，没有一个可以为以色列人永在的上帝之所为，且无论是谁，如果信仰了除以色列人的上帝以外的神，都会身陷麻烦。这些是以色列人占主导地位的想法。他们究竟是从何处获得这些想法的？世俗神学认为，是某个放大的、非自然的人给予了他们这些想法。他不仅与以色列人保持交流，而且在他们的花园里行走，与他们交谈，甚至在某一个场合下显现了肉身，为他们行一个又一个的神迹。这是以色列人自己的陈述。但是，不仅仅是以色列人的宗教，还有其他许多的宗教同样地向我们展现了人格化的神！我们认为他们的这些人格化的神并不存在，仅仅是人类的想象力的产物。那么，为何以色列人的具有这些特殊品格的上帝是真正存在的呢？

现在也许既可以争论这些我们所赋予的特殊品格其实并不存在；也可以认为这些品格是在偶然的情况下产生的，我们并不能因此推断出什么来；又或者，我们可以说这些品格既是存在的，同时亦使得以色列人感受到了来自它们的力量，使他们臣服于他们的宗教，并臣服于我们认为的从中显现出的独一无二、永在的上帝。那么让我们来一一检验这些可能性吧，因为这对于《文学与教条》的读者而言，至关重要。

要想检验这些可能性，我们必须参考约翰·卢伯克爵士①或泰勒先生②关于"史前人类"的研究。史前人类的天性处于刚开始成形、未发展完全的胚胎期。他们所做的相关研究十分有趣。但是，基于我们眼前的目标，我们不必追溯至史前期。有历史记载之后的人类与现在的我们较为接近，开始规律地经营日常生活。对于未成形的史前人类而言，他们从自然、愉悦与痛苦中所获得的体验，也许已足以成为他们的宗教的源泉。在那时，神的名字便已经产生：**荣光**。相似地，希腊人的宗教、以色列人的宗教等著名的宗教信仰也许也起源于那时。但是，我们无法再进一步地深入史前期人类的思维和情感，我们无法真正融入其中，从实际角度而言，我们没有办法与处于这一阶段的人类的宗教信仰感同身受。人类的宗教只有在其历史真正展开之后，方能与今天的我们产生关联；只有当道德的、理性的思考开始渗入并从很大程度上取代了原始的自然崇拜，且为其命名体系注入了新的内涵之后，方能与今天的我们产生关

---

① 约翰·卢伯克爵士（Sir John Lubbock，1834—1913），英国银行家、博物学家、政治家。
② 这里的泰勒先生可能是指 Sir Edward Burnett Tylor(1832—1917)，英国人类学家。

联。最早的《圣经》信仰发生在道德与理性思考已渗入宗教信仰之后。没有人会否认,从第一天起,主导着《圣经》-宗教的便是道德思考——关于言行的观念及其法则——而非理性思考。

为了更好地讨论这点,让我们暂时把《圣经》-宗教放在一边,而是先把目光投向在希伯来民族之后对我们有着最大影响的民族——希腊民族。对我们而言,与希伯来人的历史与宗教相似,希腊人的历史与宗教亦始于道德与理性的思考开始渗入之后。这些思考也许最初来源于自然崇拜。正如大家所熟知的,古希腊宗教中赫赫有名的宙斯和阿波罗,其名字取意于太阳和大气,这些即指向着原始的自然崇拜。但是,希腊人的历史与宗教源于坦佩和德尔斐圣殿,在奥林匹斯山与帕纳塞斯山之下,阿波罗崇拜与祭祀得以在那些圣殿里形成。不久之后,位于希腊北边的坦佩处于下风,而德尔斐则成了整个古希腊及阿波罗崇拜的中心。如今,我们习惯于将阿波罗视为启示天才与维系天才的神,拥有通过理性之美照亮与提升灵魂的力量。的确,从最开始人们就如此看待阿波罗。但是,对于最早期的古希腊人而言,阿波罗不仅仅是滋养天才之神,同时也是赋予道德品行之神。如果以最高的标准看待宙斯,那么宙斯乃道德秩序与权利观念的源泉,而阿波罗便是其父宙斯的预言者。在那个时候,天神宙斯与太阳神阿波罗——名字本身仅仅来源于太阳与大气——所拥有的这层最高的意义已经产生。父宙斯被视为道德秩序与权利的观念之源;子阿波罗则被视作其父的预言者,用这些观念及理性之美净化和启示灵魂。

不过我们目前暂时只考虑有关道德秩序与权利的观念。这些观念是天然存于人性的,然而,正如了不起的希腊历史学家柯帝士博士[①]所言,"它们尤为住在希腊北部群山深处的部落所拥有的特殊品格——他们的生活少一点欢乐,却多一些独处的思考。"他们乃德尔斐的首批门徒,以严肃忧虑地方式看待生活,赋予人类灵魂以深度和庄重——简而言之,即有关言行与正直的道德观念。这些恰恰是构成了早期的希腊宗教的主要因素。**清醒**与**正直**,那刻在德尔斐神庙上的号召着所有来者遵循的文字[②],因此成为古希腊宗教最重要的教

---

① 柯帝士博士(Dr. Ernst Curtius, 1814—1896),德国考古学家、历史学家。
② 见柏拉图,《厄拉斯塔篇》(*Erastae*), cap. vii.

条。在很长的一段时期里,它所蕴含着的伟大力量在古希腊伟大的诗人那儿皆能寻到踪迹。从品达①、埃斯库罗斯②、索福克勒斯③的诗句里,我们也许能寻见如同约伯与以赛亚的文字一般,极富宗教意义的语句。在那里,在德尔斐的古老宗教的清新的空气里——在弥漫着关于道德秩序与权利的思考的氛围里——受勇气与坚定的品格滋养已久的雅典人骄傲地将自己与亚洲爱奥尼亚人区分开来,而他们中间亦产生了诸如阿里斯提德和伯里克利那样的伟大人物。

然而,正如大家所知,古希腊宗教看待生活的严肃,对行为与正直的痴迷,并未能持续。人的性情中的某些因素,比如流动性和变化性,对其延续造成了致命后果。究竟为何消失,我们不在这里追究;我们现在要关心的是这个结果的确发生了。随着波希战争的爆发,希腊的辉煌历史就此拉开了序幕,此时古希腊宗教持续衰落,甚至尚存的德尔斐的影响力也不复存在。居住在那的部落怀疑德尔斐圣殿的神圣性,德尔斐失去了其严肃性和巨大的力量,成为了一个空洞的符号,存留下来的仅仅是一些形式。随着德尔斐的陨落,曾经主导古希腊人生活的以正直为导向的国教及有关言行、道德秩序、权利的严肃的思考都消逝了,一去不复返。然而,这些思考确实激发了诗人的灵感;那时诗歌变得比宗教更富有宗教性,并从一定程度上支撑着古希腊的宗教信仰。可是,最终它们也不再为诗人提供灵感了,而是在哲学家那儿寻求延续。

我们绝不是说这些思考从此从生活中彻彻底底地消失了。我们也一再重复,这些有关正直的思考是人的天性里有的;它们不可能完全消失。可是,建立在这些思考之上的宗教却消失了,那建立在清醒与正直的思考之上的宗教就这样消失在了人们眼前,不再在人们生活中占据主导地位,如同它曾经占据了帕纳塞斯神庙的影子下祖先们的严肃思索。那么,从这一角度而言,这些思考的确减弱了、消逝了;——它们不再被其宗教视作生命的第一要务,以令人惊叹的方式呈现在众人面前,而该宗教本身曾是人类进行严肃伟大的思考的

---

① 品达(Pindar,?前518—?前438),被认为是古希腊最伟大的抒情诗人。
② 埃斯库罗斯(Aeschylus,前525—前456),古希腊悲剧诗人,与索福克勒斯和欧里庇得斯并列为古希腊最伟大的悲剧作家。
③ 索福克勒斯(Sophocles,前496—前406),古希腊悲剧诗人,三大悲剧作家之一。

基石。我们再一次强调,这并不是说没有其他的方式来弥补这一遗憾。在人类生活的一些其他方面,似乎也充盈着严肃而清醒的思考。这些新事物的出现的确也启发了古希腊伟大的天才们。众所周知,等待着他们的是辉煌的古希腊。然而,事实无法改变,随着历史的推进,古希腊精神自此不再以德行正直为主导,它们不再无所不在,占据着古希腊宗教的焦点位置。在这之后,交际花芙里妮于厄琉西斯入海,在古希腊的眼里演变成了神圣的宗教仪式,大众为它见证,时代的第一位艺术家将它歌颂。对无以数计的旁观者而言,它代表着**出水的维纳斯**——维纳斯从海上的波浪中浮水而出。[①] 德尔斐的宗教及奥林匹亚的艺术在此回归。这便是在古老神话的诞生之地厄琉西斯发生的——而神话乃古希腊宗教死生问题相关思考的最高形式。厄琉西斯上演的那一幕是如此庄重,以至于诗人品达感受到了如今我们所说的圣经的力量——如同约伯、以赛亚、诗篇一样伟大的力量。"在即将去往冥界之前,目睹这一切发生的人多么幸福!他品尝了生命尽头的滋味,也明白这乃蕴含了上帝旨意的新开端。"

3

芙里妮于厄琉西斯入海之后不久,犹太人国民生活的最后日子也随着亚历山大大帝继承者的统治到来了。《但以理书》对犹太人在该阶段的宗教观念有较好的记载。这些观念在当时的犹太人当中的盛行,可从其在约两世纪之后《圣经》时代的活力和影响力以及《新约》中的地位得到验证。他们关于亘古常在者、人子驾着天云而来、将国交付给至高者的圣民、带来永在的义等混沌的、朴素的想象,是我们十分熟悉的。这就是犹太人在国民生活即将结束、事业大部分已完成、信仰体系在其国民生活限制之内即将完成之时的最后一句话。这就是我们所说的古希伯来宗教留下的最后的话:带来永在的义[②]。

现在,让我们回到希伯来历史开始之时。希伯来国民生活的开端也许可以与希腊国民生活的开端相提并论——那时,处于发端之时的古希腊部落群在坦佩和德尔斐的宗教影响下结盟,在众人面前缔结"清醒与正直"之约。在

---

① 见阿特纳奥斯(Athenaeus,生平不详,古罗马帝国时代作家),《智者之宴》第八卷,第590页。
② 《但以理书》9:24。

希伯来民族的发展轨迹中,这样的时代也可从亚伯拉罕的历史中窥见一斑。正如亚比米勒王所言,身为犹太人祖先和犹太教之父的亚伯拉罕所建宗教乃"心正手洁"的宗教。① 亚伯拉罕的上帝之所以选择了亚伯拉罕和他的种族,是因为上帝说"我知道亚伯拉罕,他将会吩咐他的孩子和眷属,遵守我的道,秉公行义"。② 于是,同古希腊人与古希腊历史相似,希伯来人与希伯来历史在开端之时,是秉行清醒和正直之道的。古希腊宗教自此之后的衰败我们有目共睹。然而,当犹太人的国家历史即将结束之际,我们见到犹太教又处于何种情形下呢?是同样削弱了、过时了、淡出了人们视野吗?恰恰相反,它成长为一种宗教热情,混沌、热烈、引人入胜、弥漫开来,**带来了永在的义**。

那么,在以色列国的开端与结束之间,即在亚伯拉罕发出号召和《但以理书》成书之间那漫长的历史长河中,发生了什么?让我们选取一个中间点来探讨吧——《诗篇》,其时间跨度之大,汇集经历之众,参与声音之多,对以色列宗教意识的反映之深刻,堪称一本神奇的书。两大要素在《诗篇》中得到同等体现,即以色列人对该宗教的深厚情感和它的宗教特质。倘若浸淫其中,便不难发现这两大特质。

首先,让我们谈谈以色列人对该宗教的深厚情感和依赖。《诗篇》中常常可以看到这样的话语:"我投靠永在的耶和华。"③"耶和华啊,我仍旧倚靠你;我说,你是我的神!""以耶和华为神的,那国是有福的!""以别神代替耶和华的,他们的愁苦必增加。"④

其次,概而言之,关于以色列人所信耶和华的特质,的确是没有什么可质疑的。"耶和华喜爱公平!"⑤尽管有成千上万条不同陈述,但万变不离其宗。"耶和华试验**义人**,但他心里憎恶恶人,"⑥大卫说。"神对恶人说,你怎敢口中提到我的约呢,假若你憎恶**管教**?"⑦"神是我的盾牌,他拯救**内心正直**的人。"⑧"耶

---

① 《创世记》22:5。
② 同上 18:19。
③ 《诗篇》11:1。
④ 同上 31:14;33:12;16:4。
⑤ 同上 37:28。
⑥ 同上 11:5。
⑦ 同上 50:16,17。
⑧ 同上 7:10。

和华啊，我要洗手表明**无辜**，才环绕你的祭坛。"①正如在过去的亚比米勒时代一样，犹太教一直都是心正手洁的宗教。"你当倚靠耶和华行善。"②"我若心里注重罪孽，主必不听。"③这是以色列人的耶和华的本质特征：善恶分明。

我们是否需要关于什么是善的更具体的陈述，这样更能确信善不仅仅是指对宗教仪式的遵守呢？请看这些话：——"众弟子啊，你们当要听我的话。我要将如何敬畏耶和华的道训予你们。舌不出恶言，唇不出诡话。离恶行善，一心追寻和睦。"④或者，什么是**恶**呢？——究竟那些不"明白神、寻求神"的人之人生轨迹如何？这样我们能确信，恶并非指略去宗教仪式，或是未对耶和华的敌人恰巧也是他自己的敌人抱以痛击的行为？"他们满嘴咒骂苦毒，所经之路无不杀人流血，遍行残暴之事，从不知和平为何物。"⑤简而言之，所有这些陈述足以表达那放之四海皆准的是非善恶的标准。它指向道德言行；指向一个人为人处事的方式。这便是以色列人所言的宗教之意义：帮助管理你的人生，使得你遵循爱义的耶和华的训条行事。"我思索我所行之道，便转步归向你的法度。"⑥那些照做的人，他说，"将一无所缺。"⑦"将最终带来安宁。"⑧"那按正路而行的，我必使他得我的救恩。"⑨

可是，《威斯敏斯特评论》的评论者却说，不应该在论断以色列"国民精神构成之最重要部分"时，以先知和诗人为参考，"依靠改革者和诗人。""那些人"，他说，"是创新者，不遵循正统的自由思想者。"这些人关于公正的论断，不足以证明公正乃以色列宗教的特质。

也许，在某些情形下，这样的论述兴许可以成立。品达也许曾写下关于死亡和上帝赐予新生的壮丽诗篇，苏格拉底⑩和柏拉图⑪也许未停止过关于道德

---

① 《诗篇》26：6。
② 同上 37：3。
③ 同上 66：18。
④ 同上 34：11，13，14。
⑤ 同上 14（公祷书版本 Prayer Book Version）：6，7；及《罗马书》3：14—17。
⑥ 同上 119：59。
⑦ 同上 34：10。
⑧ 同上 37：38。
⑨ 同上 50：23。
⑩ 苏格拉底(Socrates，前 469—前 399)，古希腊著名的思想家、哲学家，与其学生柏拉图及柏拉图的学生亚里士多德被并为希腊三贤。
⑪ 柏拉图(Plato，公元前 429—前 347)，古希腊著名的哲学家。

秩序公义的思考，这些思考是古希腊早期的那些原始而不失严肃的部落留下的珍贵财富。他们也许反复谈论着德尔斐神庙所倡议的过时的道德准则。然而，如果古希腊人的国家和宗教之后却是沿着另一条道路发展，那么这些哲学家和诗人的发声就不足以支撑我们所说的古希腊的宗教是义的宗教。但是，我们却能有底气地称，以色列的国民精神之所以形成，先知和诗人功不可没。何为？因为国家采纳了他们的意见。以色列国自诞生之日起寻求的真理，以色列国民精神最深处的需求，与他们的发声形成如此有力的共振。因此，它采纳了他们的意见，使他们所言成为国家之标准，成为国民之宗教信仰——一个国家最深刻最真实的思想的记载。这些思考不仅仅局限于文学与哲学的思考范畴，也绝非伟大的诗人和充满改革精神的自由思想者的孤独的声音。相反，它成了犹太人民的宗教，在每一个安息日的集会上被诵读。正因如此，当古希腊宗教之神圣性体现在目睹一位美丽的交际花入海的时刻，犹太教之神圣性却体现在聆听"那公义的耶和华爱义。"

那么，当我们说，是以色列人而非我们自己的直觉感受到了爱义的耶和华时，当我们说，是以色列人最先受到了我们所信宗教的启示时，我们想表达的无非是：——以色列人关于人性的道德秩序、是非善恶的思考乃人天性使然，无论这些思考的源泉为何，只要其发展到了真正的历史开始的阶段，这些思考在一定程度上成形，能为我们所理解，并与我们发生关联，显现出与我们类似的本质，——以色列人的这些观念牢牢占据了他们的思想，成为他们生活的最后希望。这些思考的涵盖范围之广，足足占据了他们生活的四分之三。至于以色列人无法科学地、令人满意地解释他们究竟如何产生了这些思索，仅仅留下了传奇的、充满想象的叙述，这毫不重要。至于以色列人关于这些想法的实践十分粗糙、有限，充满瑕疵，这毫不重要。至于以色列人在其早期、不成熟的阶段出现过无家可归者，从自然崇拜的年代过渡或是在其真正历史展开之前的任何其他阶段过渡，这毫不重要。如果，从以色列民族形成之日起，他们便与众不同；如果，从《圣经》所含范围的这一端至那一端，在对公义概念的赞赏、敬畏和着迷程度上，以色列人都远远超出其他任何我们所知的民族，无论他们对公义的思考是否混杂着其他，或者处理的方式如何没有头绪；如果，我们发现以色列人——这毋庸置疑——深深陷入了对公义的思考，那么，这就够了。

他们具备这样的直觉,受到了上帝的启示。

既然所有的消磨都无法抹去以色列人的直觉,那么,恰恰是以色列人的这些缺点,证明了他们的直觉的力量。"**我思考我所行的道,就转步归向你的法度。**"①以色列以一种伟大的、长期的、不可磨灭的、坚定不移的方式见证了反思自己所行之道的必要性。无论其他已做或未做之事为何,他们都可以自信地说:**我思考我所行的道**。"献祭这一行为不体现任何道德的思考",那位《威斯敏斯特评论》的评论者写道,"以色列从**最初**起便存在着献祭的概念"。甚至是在以色列历史上著名的时代,它那曾经未成形的、晦暗时期,和早期观念的遗留,也都有迹可循:"上帝是人类看不见却强有力的敌人,只有通过牺牲者的性命才能消除他的敌意。"也许是吧;但是,以色列人却能回答道,"**我思考我所行的道。**"那位《威斯敏斯特评论》的评论者继续写道,"尽管义的概念出现在了以色列人对于永在者的思索之中,然而他们对于永在者的思索却与公义相悖。以色列人的上帝常更多以爱国的而非公义的形象示人;比如为背信杀死西西拉的雅亿祝福。"是的;但是,同样,那只是其中一方面而已:**我思索我所行的道。**"以色列的上帝",那位反对者继续道,"是一个被放大的、非自然的人,并非如自然法则一样毫无感情、永不改变,而是会愤怒、继而后悔,会嫉妒、而后平静。"然而,尽管以色列人以这种较为粗糙的、类人的方式看待上帝,"**我思考我所行的道!**""以色列人的宗教充满狂喜、热情和对死者的回忆。""**我思考我所行的道!**""在很大程度上,以色列人现存的公义观是由对仪式的遵循构成的。""**我思考我所行的道!**"最后,尽管以色列人对自身行为进行了种种思考,他们却似乎走错了方向。"《圣经》",那位《威斯敏斯特评论》的评论者大声疾呼,"并未能改变读者的心智;从以色列的历史便可对《圣经》的价值窥见一斑!"诚然,尽管以色列人管理了他们的信仰,却未能拯救他们;但是,因此他们就放弃了信仰吗?"**我思考我所行的道!**"

4

也许现在,《威斯敏斯特评论》的评论者能理解我们所说的,希伯来人获得

---

① 《诗篇》119:59。

了神启,直觉告诉了他们公义的永在者的存在。我们并不是说该民族对于言行正直作为自然法则的观念有清楚的足够的认识,他们进一步赋予其人形,将之神化,并通过耶和华的存在实现了神化。如果是的话,那么那位《威斯敏斯特评论》的评论者所有关于《旧约》中耶和华及耶和华信仰的缺点的驳斥便是成立的。我们并非这个意思。不过,也许我们说以色列人获得了正直的永在者的**神启**的观点,却成了我们的绊脚石。那么,我们还是说明我们所言何意,以使该评论者及其他人对它的理解和我们一样,简单明了。

现在,让我们尽可能想象人类处于史前的、未成形的、几乎是前人类的状态。就像那些关于人类诞生之初的调查和对某些野蛮人的真实观察所展示的。人类的神起源时,人类正处于无知的状态。**非本我**的存在深刻影响了人的精神状态,有人指责我们,在对非本我的存在的认识上,引入了某种精炼的、形而上学的概念。我们绝不是指,这是人类首次尝试提炼出某种形而上学的概念,自人类最原始的时期便产生。神可以是任何在人类看来存在于本我以外、无法控制的、不受人类意愿影响的力量。人越是无助、越是缺少经验,所能掌控的事情就越少。在如此广的范围之内,谁能去追溯或神化所有的希望或绝望呢?但是我们清楚,且很容易就能理解人类的希望与恐惧是如何因大自然中某些伟大的、强有力的存在而激起,并产生了崇拜,它们对人类的生活产生了强有力的影响——比如太阳。我们同样清楚,亦很好理解,人类是如何在自然冲动之下,用拟人的形式表征激起他们内心希望、恐惧与崇拜的外在力量;正如色诺芬尼①所言,假如马、牛、狮子能绘画或雕刻,那么它们必然也以自身的模样为参照去刻画它们的神——马依马状,牛依牛样,狮依狮貌。即便人类不依照自己的形状来刻画神的样貌,他们依然会赋予其拟人的思想和情感。

在那个时候,出现了诸如阿拉、神、**大能**,或是提婆、天神、荣光等称号。接下来,同样在那段认知受限、恐惧充斥的时期,一种观点产生了,并颇为流行。用《威斯敏斯特评论》的评论者的话来说,即"关于上帝的认知"限于"人类的敌人,其敌意只能通过牺牲者的性命来化解"。该评论者坚称,这便是以色列人

---

① 色诺芬尼(Xenophanes,前570—前475),古希腊哲学家、神学家、诗人。

关于上帝的最早认知；尽管他对任何事情均存在不知的可能加以肯定，但是我们在这里并不打算去反驳他的推断的可能性，即推断以色列人在处于未成形的、史前阶段时的信仰状况。因为，正如色诺芬尼所言，"神并非从一开始便向人类展示出其所有特征，而是人类经过探索逐渐发现了神的更伟大的一面。"

发现神"更伟大"之处只有当现代意义上的人类历史与**宗教**产生之时，才得以实现。只有当有关言行、道德秩序与权利的观念足够强时，神的更伟大之处才得以发掘。的确，很久之前，当人类处于混乱的原始阶段之时，这些观念应该就已在人的大脑里涌动；因为这些观念并非由人类有意识地产生，而是不断去引诱他、在他的大脑里不断成熟，不管他是否愿意，因此我们也许能称之为是上帝的精神在混乱之中孵化，静静地在人类的深层意识上移动。继而，这些想法抓住了我们的祖先——我们也许可以这样称呼它们——那尚未成形的宗教信仰。在无数次的想象和无数个传说里，人们表达了自己对于人类孕育前所历经的时刻的模糊记忆，夹杂着日后的经验。

事实上，从这些古老宗教里流传下来的仪式乃起源于人类美学意识的萌动，而非道德意识上的萌动。甚至诸如此类的许多仪式并没有被立刻摒弃。它们最初来源于人类道德情感中的阴暗面，来源于盲目的、怯懦的恐惧。这其中就包括人类的献祭，比如亚伯拉罕决意将以撒献给上帝。即便这样，见证了犹太人历史的上帝，亚伯拉罕的上帝，"心正手洁"的上帝，不再是"人类的敌人，唯有被献祭者的生命才能消除他的敌意"。亚伯拉罕的上帝已经成为他的**朋友**，而那献祭不再出于为了逃避强大的敌人的自私的恐惧，而是出于信任的奉献，献给他的一位无比智慧、充满善意的朋友，满足他的所求。在这个程度上而言，正是在犹太人的摇篮里，孕育了那唯一真理的宗教，以色列人的宗教，义的宗教，成功摒弃了有害的、错误的、从黑暗的诞生时刻起便伴随着它的那些观念，直到那些观念完全消失。

如我们所见，古希腊历史与宗教也曾发展到神的"更伟大"之处得以显现的阶段；随着道德秩序的观念在人们心中逐渐加强，人们慢慢感受到这些观念的存在。在那之后，原始时代的自然诸神，宙斯和阿波罗便成了正义主持之父与预言之子。因此，在那一刻，爱义的上帝、以色列人的上帝、圣·保罗对雅典人所言**离我们每一个人都并不遥远的**主，似乎即将向古希腊人显现。然而，那一刻却持续很短,因为生活中道德之外的其他方面,进入了古希腊人的视野,获得他们青睐;有关言行和神意的思考之外的东西占据了古希腊人生活的主导。希伯来人保罗严肃地说道,"他们并不想保留对上帝的感知,因此上帝便使他们的心被邪恶的力量占据。"① 这的确是严厉的指责。我们都清楚古希腊人是怎样的,他们的成就、他们在其宗教信仰与以色列人的宗教信仰有过短暂交集之后,经历了怎样的辉煌,因此,我们也不会对其进行过分严厉的指责。即便如此,我们至少也许能说,尽管古希腊人有如此多的辉煌成就,尽管以色列人遭遇了诸多不顺及过分狂热;——我们可以有把握地说,每当把处于成熟阶段的古希腊罗马人的精神世界与以色列人的内心喜悦进行对比时,便不难发现,**凡追随另一神之民族终将遭遇麻烦**。

从亚伯拉罕的、要求心正手洁的上帝,进化至摩西的、使义不容置疑成为可能的上帝,以色列人的上帝经历了这样的演化。在此之后,以十诫为其有机体核心组成成分的原始律法出现,正是律法以其真实的声音,使以色列人的宗教永久地定性为以道德秩序是非对错为主要价值取向的宗教。于是,我们目睹了以色列人的宗教演进,从摩西到塞缪尔,从塞缪尔到大卫,从大卫到公元8世纪的伟大预言者和巴比伦之囚,再至复兴,再至安条克和古希腊文化的侵入,至马加比和《但以理书》,至罗马征服,至施洗约翰;直至所有这些伟大的历史在耶稣基督身上终集大成。以色列人的宗教历经无数前进与后退,容易传染的偶像崇拜、古老迷信的复苏、过去粗糙习俗的复苏;新的概念与仪式的涌现、形式主义与仪式的盛行;生活中其他方面的诱惑;物质上的丰盛与匮乏;——正是在诸如此类的历练之后,以色列人宗教的特质愈发显著,收获了来自全人类的关注:它所信之上帝,永远呼唤着审判和正义、以维护永久的正义为使命。

我们把这源于本土的、不断给以色列人的精神生活施加关于言行与神意的思考的压力,称作其对于爱义的永在者的直觉,也就是该宗教向他们的显现。的确,我们不知如何解释这种压力的显著存在,除了假定以色列人具备某种直觉感知,一种天生的对这些观念的感知;该真理向他们显现了。除此之

---

① 《罗马书》1:28。

外,我们还能如何解释他们对这种作用的感受?我们将一切超自然的置之一旁;——一个被放大的、非自然的人,在花园里行走,从云端说话,送出梦境,派来天使。我们给出的是一种自然的解释。但是我们说,这种自然的解释比那超自然的解释更为伟大。

然而有这样一些人,他们在除去了宗教的超自然的因素后,似乎便自认为要竭尽所能将宗教贬低得一无是处,认为宗教毫无任何伟大与奇妙之处。他们错了。他们这样实际上阻碍了真理的传播,因为世人认为他们在最重要的这一点上错了。他们因而行动莽撞;除此以外,他们的确未能对那些真理表达感激、予以解释。在《文学与教条》一书中,我们提到了昆讷教授[①]关于《圣经》宗教的道德起源的解释,认为它起源于沙漠上的游牧民族本尼以色列人的原始的、简朴严肃的生活方式。但是,无论是谁,假如阅读了库森·德·珀西瓦尔[②]写的阿拉伯历史,其中关于穆罕默德之前阿拉伯诗人写的莫拉卡[③],将会发现尽管阿拉伯部落过着游牧生活,然而他们的诗歌却极其放荡。穆罕默德的改革无疑是受到了本尼以色列人的《圣经》的极大影响。另一方面,我们发现非游牧生活的闪族人——居住在大城市里的闪族人,发展了另一种宗教信仰,例如希罗多德为我们所描述的米立达崇拜[④]。

昆讷教授关于历史的精彩论述已经有英文版面世了。我们从中了解到希伯来宗教在参孙和塞缪尔的领导下如何复兴,《雅威典》如何在其精神性上一步步成长,那狂喜的年代,公元前8世纪的预言家们如何感知到了来自内心的真正的呼唤、进而取代了恩多女巫。那么,究竟是什么推动了所有的这些进步——人们所称的"一神论的发展"呢?昆讷教授认为这主要是因为"巴力与耶和华之间的战争对那些忠诚于耶和华的信徒的影响"。因此,我们得知,耶和华与希伯来预言家所称的"无足轻重的"异教徒之间的巨大沟壑由此产生。

那么又怎样呢?——《雅威典》究竟如何产生的?它的产生并非出于盲目

---

① 亚伯拉罕·昆讷(Professor Abraham Kuenen, 1828—1891),荷兰神学家。
② 库森·德·珀西瓦尔(Armand-Pierre Caussin de Perceval, 1795—1871),法国东方学家。
③ 莫拉卡(Moallaca),一种独特的阿拉伯诗歌体裁。
④ 希罗多德,第一章,199。米立达(Mylitta)乃亚述人给古希腊爱与美之神阿芙罗狄忒所起的名字,对米立达的崇拜象征了亚述人对自然繁殖力的崇拜。

的固执,也并非因为以色列人为了一个叫作耶和华的神与另一个叫巴力的神斗争太久太劳累而便追随了耶和华,并因此认定他是完美的化身。以色列人从来都是因为同样一个原因追随耶和华的:——因耶和华是永在的爱义的主,是所有关于道德秩序和行为的观念的中心和源泉。正如我们一再强调的,这些观念乃存在于人性之中,但却在以色列人的精神性上产生了惊人的影响,唯此能为以色列人圣经宗教的发展提供一个自然合理而又充满智慧的解释。

即便我们否定以色列人具有某种天生的直觉来决定其宗教信仰的发展进程,即便我们假设以色列人并非具有比其他民族对道德秩序与是非对错更为清楚的认识,他们的宗教信仰仅仅是外界因素或机会使然,我们仍然会目睹以色列人的宗教对正义的观念的注重是其他任何宗教都无法与之媲美的。我们仍然会发现以色列人的宗教信仰的发展是任何因果关系无法解释、纯属机遇使然;——但是,无论如何假设,事实就是如此。与其他任何远古时期的民族相比,以色列人的宗教里,那爱义的永在的主的存在极为重要,令人惊叹。因此,正如那永在的主所言,以色列人的不同之处将一直存在:"**在地上万族中,我只认识你们。**"①

5

可是,仿佛仅有《威斯敏斯特评论》激情四射、深思熟虑的评论者还嫌不够,又来了一位《季刊评论》的评论者对《文学与教条》展开激烈抨击。他认为该书的说理部分弱了一些,对此我们是欣然接受的。同时,他称赞我们的措辞精妙,对此我们很是怀疑。因为我们对该问题的简单的理解,恰恰使我们无法采用哲学家那难以把握的风格,而采取了最为简单的语言表达。在以上基本陈述之后,该评论者提出,我们无权认为"那非人类的、永在的、使正义成为可能的力量"是某种可实证的真理,或认为以色列人具有对该力量的直觉。为什么?"因为,"该评论者写道,"关于人们的道德观念的起源,有些人认为它们

---

① 《阿摩司书》3:2。

来源于直觉,有些人认为依赖于教育,而达尔文①先生则认为来源于某种社会直觉,这种直觉是在人类的进化和继承中产生的。"

我们向《季刊评论》这位评论者保证,究竟人的道德观念是起源于直觉、教育还是进化与继承,对我们而言并不重要。我们对此委实有些诧异,如此显而易见的事实竟然需要解释。显然,当我们说英国人具有对政治的直觉时,我们并非要解决英国人的政治观念是来源于直觉、教育还是进化与继承的问题。不,关于这一点,正如在《文学与教条》里谈到的,我们曾经以为是必要的;然而后来却发现并非如此。我们发现有许多人在假设,假若如达尔文先生所言,道德观念起源于人类的进化和继承,那么我们之前所说的所有的关于永在的、爱义的神,关于以色列人对神的感知,都将站不住脚。我们需要对《文学与教条》的读者说明,这些假设都是徒劳,他们若陷入了这些假设,后果很严重。

那么,让我们来探讨达尔文先生的进化论,他的观点如何无辜,宗教如何毫不受它影响。不过,在此我们不会援引这位著名的哲学家本人的话,因为对许多虔诚的宗教徒而言,他可是眼中钉。我们亦不会与《文学与教条》类似,援引 M. 利特雷②的观点,妄想以此软化孔德主义者的严肃的心;因为,对那些虔诚的教徒而言,他可没比达尔文先生好多少。不,在这里,我们将引用所有思考者中表达最清晰之一、同时也是最虔诚信徒之一——帕斯卡③的观点。"什么是天性?"帕斯卡说道,"天性其本身也只不过是第一习惯而已,正如习惯就是第二天性一样。"这便是达尔文主义者最简洁,也是最令人赞赏的表述。

那么,现在我们按照进化论者的假设,认为由于人类两大本能——即繁衍本能与自我保护本能——的存在,人类的道德观念与法则均可追溯至人的习惯,并各举一例,讨论道德法则的起源。若想将某一道德法则的产生追溯至人类的自我保护本能,按照我们目前的假设,没有什么比"附有恩许的第一条诫命"更适合的例子了:"**孝敬你的父亲和母亲。**"我们认为,该戒律是否可被追溯至人类的自我保护本能其实对宗教信仰并无影响。

---

① 查尔斯·达尔文(Charles Darwin, 1809—1882),英国博物学家、地质学家和生物学家,"进化论"的奠基人。
② M. 利特雷(Émile Littré, 1801—1881),法国词典编纂家、哲学家。
③ 布莱士·帕斯卡(Blaise Pascal, 1623—1662),法国数学家、物理学家、神学家、哲学家。

那么,就当道德观念是可追溯的,并假定子女对父母的原初的、天然的感情源于他们对父母的依赖与获得的好处;那么,当依赖与好处中止时,当子女独立之时,似乎在更加低等的动物身上,这种天然的感情也随之消逝。可是,在人的身上,这种情感似乎不会消退。也许这是因为,首先有些人由于弱小或是不幸遭遇对父辈的依赖和获得的好处的时间更长一些,因此也就对父母的依恋之情更为深厚一些。而与此同时,他们的邻居,一旦独立成人,便轻率地离开了父母,不再照料他们,任其终老。那为数不多的、与父母待在一起的子女,则会更加习惯这种相处,最终亦会在父母需要之时,反哺父母。马上,他们就会为邻居的行为所震惊,邻居竟然能如此冷血地忽视赋予其生命的父母的需求。他们因此与邻居理论,恳请、说服大家他们的方式才是最好的方式。也许,有人会因干涉别人家事而遭罪;有人会为自己父母抗争、阻止邻居虐待他们;在第五诫命之后,那些原始的摸索将被更牢固地锁在他们新的感受中。

同时,我们可以相信,随着家庭血脉的延续、对动物本性的超越、对盲目自私的冲动的克制,道德秩序逐渐进入了这些人的家,并随着道德秩序的逐步完善,双方都觉得更加幸福。当他们恳求那冷血的邻居改变他们的方式时,他们必当不断提醒自己,早期的对父母的依恋或多或少地存在于每个人的内心;而现在,他们拥有更好的生活和增强的幸福感来支持他们的决定。因此,曾经仅限于少数人的道德方式逐渐为多数人所践行。我们可以想象,最终以尊敬父母为道德准则的社群形成了,而不是如原始人蚕食鲸吞上一辈,并以此结束本章的漫长的论证。

毫不夸张地说,所有这一切皆发生在人类的原初时期,正如每一个人出生之前在娘肚子里的那段时期。人类为人的真正历史,其区别于其他动物的真正历史,——人类这一种族与其各种组织形态的真正历史——,直到我们刚刚所描述的阶段过去,直到我们刚才所追溯的人类的成长时期过去,才算是拉开了序幕。我们说,人类及其历史始于其对于在相当漫长的摸索期里逐渐形成的感受的明显感知。于是,他将他的**习惯**,——从那已被忘却了的过程中积累起来,——称之为**天性**,并在固定下来的习俗、规则、法律及组织机构中得以强化。他的宗教信仰在于承认、尊重那些可怕的制裁。他相信,这便是人类应走之道,时由超越人类的、无处不在的上帝所安排;他愈强调维护这些制裁的感受,那关于上帝的力量的证词就愈发使人印象深刻。当以色列人将孩子对父母的天然的情感用诫命的形式加以巩固之时:**你当孝敬父母,使你的日子在耶和华你神所赐你的土地上得以长久**,就以表明他已经达到了把这一情感——根据我们的假设,也许经历了一个缓慢而不确定的过程——当作人类天性中无可或缺、神圣不可侵犯的一部分的阶段。

不过,除了假设道德习惯是从自我保护之本能逐渐演化而来,我们接下来将探讨道德习惯与规则如何从繁衍之本能逐渐进化。在这里,的确,在关于两性关系这一点上,我们则处于稍微拿捏不准就会引起混乱的境地。是谁,在人类的早期努力挣扎之时,首次发现了这些危险,领会到小心每一步的必要性?是谁,在人类初始阶段,面对着淫乱的纳妾制度的盛行,——假如我们认为人类必然从原始动物生存状态中演进,——是谁,在经历了对偶尔结成的伴侣的依恋和对他们的后代的爱的情感之后,鼓起勇气,给他混沌的欲望拴上了缰绳,圈出来属于自己的东西,划出了尚不完整的家的范围,为接下来的家庭的基本概念的形成做好了准备?是谁,面对着各种模糊不清的感官诱惑,仍然遵循(他本人并没有创造)那**非人类**的上帝所制定的道德秩序,任道德的洪流裹挟着,夹带着其他人一起,冲向了真理之岸?——是谁对此有了意识,并决定遵循?无论他是何人,想必当时很快便有人效仿;因为,没有比这更能使人类生存状况进步一大阶段,并由此而带来更多福祉的了。因此,人们纷纷效仿榜样,习惯形成了,婚姻制度由此得到确立。

因此,我们再一次回到了希伯来人的历史与宗教发生之初,正是在这一时刻,我们首次发现,一妻多夫或一夫多妻制作为无知的产物尽管仍苟延残喘,神圣而严格的婚姻制度却由此建立。正如我们所见亚伯拉罕与撒拉所缔结的婚姻关系。很快我们目睹同样的这群希伯来人,以一种天生的对道德秩序的标志性的亲近,在《十诫》里把婚姻制度置于永在的主那庄严而特别的命令之下,便是那第七诫命:**不可奸淫**。

现在,我们可以一跃至希伯来历史的尽头,耶稣基督正以他的方式使第七诫命重获新生,其内涵得以延展,如同他赋予第五诫命新生,清除了诡辩与形式主义,使其焕然一新,正如它们曾经对以色列人而言那样地新鲜。但是,在倾听了以色列人在《十诫》里所言之两性关系后,让我们先把以色列人置于他们事业的中间阶段,正如我们在《箴言》所见到的。在该书里,作者谈到了我们的哲学家们常常说的所谓"社会学"的议题:**陌生的女人**。作者关于被她所迷惑的男人的原话是:**他却不知有阴魂在她那里。她的客在阴间的深处**。①

现在,我们请《季刊评论》的评论者仔细考虑一下《箴言》,在以色列历史之初,第七诫命使之成形,并经之后耶稣那著名的对第七诫命的审判而集大成②。如我们所知,宗教起源于道德观念与人类情感交融之际。这可能同样适用于道德观念的起源,不管最初它们是从哪个源头而来。而见证了这些观念的起源的民族,便是上帝的选民。我们已经同意这样一种观点,即关于两性关系的道德观念与习惯可能以进化或继承的方式,在以色列人中或是其他任何民族中得以成形。另外,我们也同意宗教及其所涉及的名字、仪式等皆有可能产生于人类原初时期的无知与恐惧。但是,对于我们现在而言,我们说宗教即道德与情感相融合时产生的火花,并且因情感而变得愈发有力量。那么,当道德与情感融合之际,无论是起源于某个非自然的、放大的、云朵间的人,还是以上述阐释的方式,产生的宗教信仰皆有着同等的分量。而那些最易被情感打动之人,即我们所谓最有宗教缘分之人,最富同情与忧虑之心之人;某个人或某一民族在某一方面似乎天赋异禀,而其他人或其他民族则在其他方面天资超凡。如此的天赋与情感在显现之时,我们称其为本能。以色列人便拥有这样一种本能,即对于我们正在讨论的宗教信仰及类似事物的本能,我们便说以色列人是上帝的选民。

那么,这样一种道德认识的特殊天赋与情感累积到一定程度时,又如何表达呢? 正是通过以色列人言语的力量和口音得以体现;——以色列人言语中的坚定信仰,倾听者所受的巨大震撼。根据我们的假设,道德观念及加以巩固的规则的形成,都是通过经年累月形成的。这漫长的时光里,有前进、亦有后退,有时甚至让人不禁怀疑这股力量是否最终得以修成正果。然而,最终出现了以色列人这样的民族,刻下了第七诫命这样的信条,并通过类似《箴言》这样

---

① 《箴言》9:18。
② 《马太福音》5:27,28。比较:"不放纵私欲的邪情,像那不认识神的外邦人;""因为往日随从外邦人的心意,行邪淫等的事,时候已经够了。"——《帖撒罗尼迦前书》4:5;《彼得前书》4:3。

的书以及耶稣的山上圣训加以巩固。我们说以色列人因此在道德行为与宗教信仰上处于先行地位,而这也将一直真实地伴随着他们。

因为,正如前面反复提到的,对所有人而言,道德观念并非一直保持像最初成为类似第七诫命的准则时,那样鲜明生动。人性有许多面,人受着种种冲动的驱使;我们所确立的规则也许会失去人们的认可,而规则制定的思想基础也许会动摇。在道德践行中,也许会生出 1 000 种矛盾,比如丹纳①所言的"忧伤的游行队伍"——伦敦干草街两旁站街的妓女们,又如某位智者或圣人也许会类似地提及巴黎布朗尼森林旁的妓女们。不仅仅实践过程会与严格的规则相冲突,就连指导实践的理论也会与之相冲突。我们关于自由的爱与肉体康复的体系是充满争议的,甚至连密尔②先生这样的哲学家不得不告诉我们,出于某些特殊的考虑,他们仔细审视了第七诫命,认为应当加上这样一句,"尽管我们不考虑,一个社会的法条须受到如此私人的规矩的约束。"因此便出现了同样的这一群哲学家们所说的,作为第七诫命的道德基础的消解。那么,我们不得不追问的便是:该道德认知及以此为基础制定的法则,究竟是否永远适用,是否能将人性提升至另一高度;这样的话,无论该道德认知及相关法则如何使人生疑、缺乏基石,我们都将毫不动摇地推进?而且,现阶段无论何种原因致使我们对这一观念及法则摇摆不定,到目前为止,它是否实现了人类的解放,而非将其置于古老、混沌、黑暗、甚至史前时期的束缚,人类好不容易从中缓慢而痛苦地成长,人类的历史才算真正开始?另一方面,无论是什么重新赋予了该观念以活力,它是否使得人类获得更大的自由、安全与进步?因为,如果是这样的话,在有关所谓自由的爱这一议题上,以色列人那清晰、果断的信仰,着实让人印象深刻、无可媲美,这也使得他们成为洞察深刻、受到神启的人类的精神领袖,成为宗教信仰的先行者。**他却不知有阴魂在她那里。她的客在阴间的深处。**

那么,这里让我们请出在这方面最崇尚自然、最自由、最为冷静的观察

---

① 伊波利特·丹纳(Hippolyte Adophe Taine,1828—1893),法国文艺理论家与史学家,实证史学的代表。
② 约翰·密尔(John Stuart Mill,1806—1873),英国著名哲学家、经济学家,19 世纪影响力很大的古典自由主义思想家。

者——歌德①。他曾经对冯·缪勒②监察长提出对于为离婚提供过度便利的条件的反对:"凡是文化对于人类天性的胜利,我们都不应让其消失,我们都不能放弃。在婚姻神圣性这一点上,基督教拥有了文化对于天性的胜利,这可是无价的,尽管可以说婚姻本身是一种非自然的产物。"这里歌德所说的"非自然的",意指对于处于原始阶段的人类而言,即在人类的道德习惯使其正确本质形成之前。因此,从正确的本质的解放只会是回到混沌之初。人类的进步有赖于诸如此类的"文化的胜利",包括基督教的婚姻观念。毋庸置疑,基督教的婚姻观念源于以色列人的观念。以色列人关于道德秩序与权利的天才之处恰恰在于此,他们关于永在的正义的主的直觉感知使得他们从未怀疑,用庄严的语气令人印象深刻地说道,"自由的爱"——就像我们现代的哲学家们说的——"对于人类的进步是致命的。"**他却不知有阴魂在她那里。她的客在阴间的深处。**

尽管道德观念与习惯可能如达尔文先生所言乃进化的产物,但也许现在,第二位评论者仍会让我们勉为其难地谈论,以色列人对于永在的、爱义的上帝的"直觉"。而第一位评论则会让我们一再重复,这位永在的主关于以色列人所言是正确的,即以色列人与古代其他任何民族都不同,即便以色列人曾出现过献祭和一夫多妻/一妻多夫的行为:**在地上万族中,我只认识你们。**

6

最后,还有一位与《威斯敏斯特评论》的评论者很不同的《旁观者》的 M. 查尔斯·塞克雷坦③,但他们有一点意见一致,极其反对用实证的方法来解释《圣经》与基督教,使人们接受。"上帝的爱义的力量,"他说道,"及耶稣基督之秘密,均无法用实证的方法被任何人所证明。恰恰相反。上帝的力量与耶稣之秘密唯有用信仰来解释。每一天,我们的生活经验都与该力量的真实状况相悖。"

《文学与教条》的读者关于这一点毫不怀疑,这很重要。因为那本书的立

---

① 约翰·沃尔夫冈·冯·歌德(Johann Wolfgang von Goethe, 1749—1832),德国作家、自然科学家、文艺理论家。
② 弗雷德里希·冯·缪勒(Friedrich von Müller, 1779—1849),德国政治家。
③ M. 查尔斯·塞克雷坦(M. Charles Secretan, 1815—1895),瑞士哲学家。

论即，正义乃人类的救赎这一点是可证实的，正义即耶稣秘密之所在这一点亦是可证实的；而这便是《圣经》中反复传达的信息。可是，信徒当中所普遍流行的恰恰是这些评断者的观点，这一点我们很确定：即认为生活经验与耶稣秘密之所在的爱义的救赎的力量相冲突，那救赎的力量只有在人死之后，通过上帝之审判或与之相应的一系列赏惩措施才能向人类显现；而信仰便是相信这一切确会发生。无需怀疑，这些观点都来源于以色列人，他在生命的默契便是如此安慰自己，正如我们可从《但以理书》中窥探，通过诸如重生、审判、补偿等概念来安慰自己，而相信这一切都将发生便是其坚定的信仰。

但是，我们说，耶稣基督对他的子民施教的一个重要课题即肃清、转变这一**额外的信念**。关于这一点，我们暂时不讨论。不去考虑犹太教徒或基督教徒的这一**额外的信仰**究竟是否站得住脚，我们目前也暂不以实证的方法去证明正义乃人类的救赎或是正义即耶稣秘密之所在。关于这些真理的实证性，这是宗教研究不可回避的问题，我们已在别处做了必要说明。但是，它们关系到如今依然继续存在的人类的重大经验，对此表达不同意见、找出貌似不利的证据是很容易的；然而，总体而言，它们是不证自明的，并且发展势头越来越猛。这些真理存在于人性之中，每个人都能感到与之相亲近之处，即便人与人之间有程度的差异。不过，如果某人对之毫无亲近之感，以至于无法接受其存在于人性和经验的事实，那么，《文学与教条》这本书不是为他而写。

因此，我们假定《文学与教条》的读者承认，这些真理乃存于人性与经验之中。现在，我们说《圣经》的主要作用便是加强人们对这些真理的信仰，无论究竟是谁讲"我们每一天的生活经验都与这些真理的真实状况相悖"。由于诞生于以色列最辉煌时期的真理之伟大见证者的激励，正义即救赎这一真理对人类产生了双重作用。这也就是为何这些经文的确是"为教训我们写的，叫我们因圣经所生的忍耐和安慰，可以得着盼望"。的确，在以色列人较晚的时代，他们在理想国里寻找庇护，确保正义的胜利；想象着亘古常在者的末日审判是不可或缺的，人子即将驾云而至；想象着他的**危机**、他的**复活**，以及他的圣人弥赛亚式的统治。从某种程度而言，所有这些都是以色列人追求道德秩序与是非判断的证明。不过，其最伟大的、永恒的证明，即早期辉煌时代的以色列人的信仰——他们相信这些观念本身将会取得胜利，而不是所有的一切如幻影般为这些观念服务。**暴风一过,恶人归于无。义人的根基却是永久。恒心为义的,必得生命。追求邪恶的,必致死亡。**

尽管以色列人的后期被乌云所笼罩,但真正的以色列人所不可磨灭的信念在耶稣基督那得到了继续,并加以完善,从最初耶稣的门徒对此的半懂不懂,甚至很容易错误百出,最终却成就了《旧约》的辉煌。他们那不可磨灭的信念,——相较于我们任何一个人,——更好地回答了第三位评断者 M. 塞克雷坦的所有质疑。"爱义的力量",该评断者说道,"并不是一个实证的概念;恰恰相反,它是不可被人所证实的。"那么,让以色列人自己来回答。**我从前年幼,现在年老,却未见过义人被弃。也未见过他的后裔讨饭。我见过恶人大有势力,好像一棵青翠树在本土生发;我从那里经过,不料,他没有了!**[①] "每一天的经验,"M. 塞克雷坦说道,"都与这些真理的真实状况相悖。"以色列人是怎么说的?**我若不信在活人之地得见耶和华的恩惠,则早已丧胆。**[②] 以色列人未能有足够耐心等待他们所信仰的正义乃救赎之证明;因此也就注定了他们日后的失望与幻灭。不过,对于任何一位相信义的救赎力量乃人性之根本法则而言,以色列人在其最辉煌的时期所拥有的信仰,为我们打开了喜悦、勇气与热情的大门;这是古代任何其他民族都未能做到的。因此,在这里,爱义的永在者所赋予以色列民族的独特地位再一次得到了确定。**在地上万族中,我只认识你们。**

7

《旁观者》评论者道,"假如我们认为以色列人在谈到上帝之所言所思所爱时,其论述并不充分,那么我们又如何知道,其正义乃救赎的论述是充分可信的呢?"当然,这是因为后者的情况乃基于其经验而谈,我们可以理解,而前者的情况却是无法基于经验的。因此,当他说,**散布亮光,是为义人,**[③]他的话语不难理解,我们也能相信其所言;但当他谈到上帝走在云端之时,我们就不得不从其他的源头而非实际经验中找寻出处。凡是对人类的精神史有所了解的,很快便会发现,追溯其源头并非难事。

---

① 《诗篇》37:24,25,35,36。
② 同上 27:13。
③ 同上 97:11。

《旁观者》评论者又问道,既然我们用华兹华斯①对自然的拟人化语言来解释以色列人对上帝的拟人化语言,那么在他的诗作中,何处可以找到他谈及自然之时,那类似"《诗篇》中普遍可见的真正的期待与信心。"为什么华兹华斯说,"大自然从不抛弃那些爱她的人们"? 或者,《旁观者》评论者又问道,我们从何处可以找到他讲"不信大自然的承诺,其实是一种罪恶?"为什么呢? 其实无需从诗歌中寻找解释,散文便可;在巴特勒②关于**人的无知**的布道中,有这样一段见解十分深刻,令人难忘。"假如生活使人们意识到,人生来便处于道德法则的约束之下,哪怕是最微小的暗示或预兆,怀疑精神也足以使他严格遵守,不去违反道德的法则;**他将不至于离开自然已为其指明的道路,无论自然为何,不至走向固执己见的道路,那道路他无法知道究竟有无危险或是尽头。**"还有什么比这番言论更加庄严伟大的吗? 这番言论如同希腊悲剧般伟大。然而,以色列人对于人之生来便处于道德法则的约束之下的感知,绝不仅是一种微小的感知,他们对此有着难以拒绝的直觉。因此,以色列人难以抑制他们的喜悦,而巴特勒或希腊悲剧却没有。尽管如此,正如我在别的地方讲到,巴特勒的伟大之处在于,他对于"自然已为人指明道路,无论自然为何"的清楚的认识和有力的运用。他的尴尬和失败之处在于,他试图为大众神学建立一个尽可能清晰准确的概念,并加以有力的运用。然而,正是巴特勒将**自然**与神学紧密联系的思路,使我萌发了坦诚、充分地以自然与神学的紧密联系为基础来架构《文学与教条》一书的想法,对此我倍感荣幸;的确,对于他的这种深刻而努力钻研的精神,我内心充满无尽的感激。

最后,有人因为我们引用关于幸福的证明而指责我们的幸福说、功利主义。有一位外国评论者指责我们具有功利主义的倾向,——"很容易就沿袭了英国学派的传统,使自私成为人类行为的动力。"《威斯敏斯特评论》的评论者假如听到,将备感惊讶,他们的同道之人都是怎样的人! 功利主义! 肯定是某个学究发明的这个词;噢,是什么样的学究才会使用这样的词! 喜悦与幸福才是驱使人类行为的磁石,希望《文学与教条》的读者切莫对此有丝毫怀疑。我

---

① 威廉·华兹华斯(William Wordsworth,1770—1850),英国浪漫主义诗人。
② 约瑟夫·巴特勒(Joseph Butler,1692—1752),英国圣公会主教、神学家、哲学家。

们真正要反对的是关于人类幸福由何组成的错误而低级的看法。欢愉与功利是两个很不好的词语,因为它们表达了相应的观念。但是,总体而言,**喜悦**与**幸福**不是坏词。那么,我们可以放心地说,喜悦与幸福才是对人类具有无法抵挡的吸引力的磁石。在这里,让我们看看有着积极经验的人士,也包括宗教主要人士,是怎么说的:圣·奥古斯丁①:——"我们**必须**以追求最多的喜悦为行动的指南。"帕斯卡:——"无论每个人的具体方式是什么,人类毫无例外都在追求同一个目标,——幸福。"巴罗②:——"我们最美好的事物,我们所有行动的最终指向,我们所有的欲望之和,——幸福。"巴特勒:——"对人类或所有生物造成影响的,唯有幸福。"这一真理不容反驳;因许多人对它的扭曲而反对这一真理本身,则是致命的错误。反对幸福说的最大的呼声来自功利主义学派的神学家们。该学派目前似乎最关心的就是如何表示对反幸福说及对上帝的形而上学特性的支持。尽管该学派意欲展现其好意与机智,然而却似乎注定对宗教的解释是了无生气的。

8

我们相信,目前已经尽我们所能地对那些最棘手的有关《文学与教条》的批评做出了回应。而其他的评论,我们将不再回应,因为这些评论不会对读者们造成过多困扰。《威斯敏斯特评论》的评论者抱怨说,我们不应当讲耶稣的**秘密**,因为,他说,耶稣没有秘密。永在者亦未曾对正义的以色列人讲过自己的秘密,然而以色列人却要谈永在的主的**秘密**。人们所谓的**秘密**,应当是指某个人独享的或有特殊的途径得以了解的秘密。我们又一次被告知,勿以为耶稣在为肮脏的灵魂驱魔时,会有真正的治疗作用,因为犹太术师也曾这样驱魔过。什么?就因为有骗子为了达到自己的目的而去扰乱人的神经系统,我们就认为没有良医能真正帮助他们?我们再一次强调,耶稣乃爱义的永在者之子是可证实的。《威斯敏斯特评论》的评论者反对,"无论何人被认定是自然法则之子,都是十分荒诞的想法。"可是,《圣经》从未说过永在者乃自然法则,而是说永在者似乎一直存在、呼吸、感知着。从《圣经》的角度,耶稣被证明是上

---

① 圣奥古斯丁(St. Augustine, 354—430),思想家、神学家。
② 伊扎克·巴罗(Issac Barrow, 1630—1677),英国数学家、神学家。

帝之子。而按照《威斯敏斯特评论》的评论者的说法认为上帝乃自然法则的角度，耶稣被证明是该自然法则之子。最后，《季刊》的那位评论者不同意我们说，唯有耶稣才能实现正义是可被证实，他说因为在基督教时代以前，正直已经存在。第四福音其实已经回答了他，耶稣说了，**还没有亚伯拉罕，就有了我**。① 但是，尽管是《季刊》的评论者，他也许早已受杜宾根学派的影响，宣称第四福音纯属编造。那么，让我们试着用圣·奥古斯丁的话来回答：——**我们现在所说的基督教其实自古有之，自人类诞生以来一直存在**。

我们刚刚援引了第四福音，而劳温霍夫②教授却认为，《文学与教条》最弱的部分即基于第四福音里耶稣的言语进行论证。在弥留之际，鲍尔③以一种令人愉悦的方式，对他的杜宾根学派说了这一句话，通常被以为是被打败的，其实是圣保罗所言之真理：**似乎要死，却是活着的**。鲍尔大可这么说。至少他和他的学派对于第四福音的批判已经受到人们的接受，大有愈演愈烈的趋势。这个国家的自由派评论者已经开始把他们的观点当作正确无误的了。尽管目前相关讨论在我们中间尚不算频繁，然而有关讨论的进行已经越来越热烈。我对于这一类型的问题以及这些问题的本质，已经在《文学与教条》里面说明了。不过，再花一点时间回到这个话题上，更加仔细地谈一谈，也许不失为一个好的选择。很可能，《文学与教条》的读者也在期待我们，对于那本书里第四福音的自由的运用加以说明。尽管耶稣的方法、秘密、衡平、脾气乃独立于第四福音的，但是第四福音仍是用于解释这些的最重要的文本。

然而，关于第四福音的质疑，实际也是关系到整个《新约》经典或者说整个《圣经》经典的问题。那么，关于这个更大的问题，我们不得不讨论；不过，我们将主要讨论第四福音以及相关评断。为了证明这些评断的无效性，我们将采用两种验证：外部证据与内部证据的分别验证。在宏观讨论关于整个圣经经典的必要问题之后，我们将首先验证第四福音的外部证据，包括其成书时间和所包含的文本。而内部证据，即文学批评的检验，则完全取决于鲍尔和他的学派。因此，我们最后也将用这种方法检测第四福音。**你既上告于该撒，可以往该撒那里去**。

---

① 《约翰福音》8：58。
② L. W. E. 劳温霍夫（Loderwijk Willem Ernst Rauwenhoff，1828—1889），荷兰莱顿大学教授。
③ 费迪南德·克里斯汀·鲍尔（Ferdinand Christian Baur，1792—1860），德国神学家，基督新教图宾根学派创始人。

附录3 "英国人与美国人"[①]

特里·伊格尔顿

编者按：英国人的民族文化心态有诸多方面的特质，但也许在与其他的民族的比较对照中，这些特质才能看得更加清楚。马克思主义文论家特里·伊格尔顿有关英国人与美国人民族性格的观察便提供了这种比较对照的一个范例。

牢骚，牢骚[②]

英国人总是在发牢骚，这也许让人觉得，他们深陷在完美梦想当中。可并非如此。他们发牢骚，大多是因为乐在其中，要是哪天所有的抱怨都得到满意的处理，恐怕他们会不知道如何是好。他们如此酷爱谈论天气的原因之一，是由于天气常常很糟糕，而他们好比慢性受虐狂，能从中获得一种阴郁的快感。这还能让他们在抱怨时，不至于像在用怨言搞人身攻击，从而避免被打断肋骨的风险。既然没人会把针对冰雹而发的一大通慷慨训词当作人身攻击，那就可以发泄一通脾气而不至于遭到肉体攻击。这种话题对于植根于英国民族的那种听天由命的观念也很有吸引力，显然暴风雨没法阻挡。这也是个秘密源头，全体公民由此能享受到自我折磨的快乐。英国人有点乐于觉得无能为力，他们不像美国人。完全没有办法这种念头，在美国被视为虚无主义、失败主义并且隐隐是不爱国的。在英国，它会带来一种奇妙的、富于启示的、半神秘的和平。

[①] 本文摘编自 Terry Eagleton, *Across The Pond: An Englishman's View of America* (W. W. Norton & Company, 2013).

[②] 本部分英文原文参见原书95—98页。

有一点很重要,即英国人不光在又冷又潮时埋怨天气;天气又热又干时他们也埋怨。在他们看来,阳光太多,几乎和一场海啸一样让人反感。英国人一般不是首席芭蕾舞女演员那类的人,往往也一点都不喜欢那种挑剔的行为。然而,说到天气,他们总是不会满意,就像被宠坏了的摇滚明星,会把几瓶法国酩悦香槟砸了,因为他要的是苹果汁。天气,和海滨度假与出国看足球赛一样,是英国人借以像婴儿般自我放纵的好由头。

英国人大谈特谈天气,还有一个理由,即它是一个社会破裂的国家里每个人都有同感的极少数事物之一。这也是因为英国的天气总是在变化,不可预测到了极点,故而适合加以兴致勃勃的谈论,像撒哈拉那种一成不变的酷热就没这么适合。和生病一道,它是日常生活少有的几个戏剧性侧面之一。要是蒙上天赐福,该国天气可以预测的话,其国民可能会吃惊得说不出话来。谈论下雨和起雾,也是一种办法,可以避免谈论私隐色彩更强的事情,这是英国人出了名地不好意思做的。(爱尔兰人其实也一样,他们表面上比其前东家更加坦率,但内心其实有着种种不愿人知的块垒。)性作为谈资,是众所乐闻的,但过于露骨,而16世纪葡萄牙人口状况倒是没什么露骨,却没人爱听。因此,必须用暴风雨云层和低压影响地区取而代之。

发牢骚在英国是一种社会异议的温和形式。它是反叛当前事物秩序的一种方式,可也不必费力气真去做点什么加以改变,由于具有这种非常英国式的坚忍,抱怨就能显得不那么辛辣。它也涉及一种消极的团结:某人对他人发发牢骚,后者也顺着报以急切的牢骚,这就是在举行一种人类学仪式,其中的搭话技巧和规则是参与者心知肚明的。以令人毛骨悚然的细节谈论某人的身体疾病,这是英国人另外一种老字号般打发时间的方法,也是一种类似的消极团结形式。人们想当然认为,医生差劲,医院不称职到了犯罪的地步,他们还会比着编造,看谁的医院轶事最让人胆寒。意外遭遇截肢,心脏被拿出来但没放回去,眼珠子随意耷拉在腮帮子上,手机、猪肉饼和打火机不小心给缝在病人肚子里:这些都是这场灵通舌战当中的重头戏。不过,虽然你对生病这事儿念念不忘,却不会被它搞得神经质,不像有些美国人那样。英国人认为身体时不时就会出毛病,要是它真的不出毛病,他们可能会觉得给剥夺了一个极佳的谈资。一个超级高效的公共医疗系统将会侵吞该国宝贵的牢骚资源,会让人们彼此可说的东西大大缺少。染上梅毒或许是结识邻居的唯一办法。

很多英国人有个永远不会错的信念,即将来肯定和现在不一样,也就是更差。新的灾难总是迫在眉睫。对于有些美国人来说,也有一种灾难迫在眉睫,但它是所谓的世界末日,而且会带来正面影响,至少对信徒是这样。就连世界末日也不是世界末日。有些英国人对于未来的态度可以说是没有宗教色彩的末日主义。从那无法确定的黄金时代以来,历史就处于直线衰落之中。这个民族最好的日子总是已成往昔。套句奥斯卡·王尔德的话,就是英国人在他们过去有一个伟大的将来。就连昔日的黄金时代也是名不符实。即便身处那个时代,人们也怀旧回眸,思念某个之前的乐园。可就算是在伊甸园里,那里边还有条蛇。美国的情形则有着强烈反差,人们常常听到的是,这个民族最好的日子还在前头。可实际上,这很可能是清教先辈时代以后一种一贯如此的腹诽。它心照不宣地承认现在并不是完全辉煌的,只不过不想表现得过于沮丧地纠缠在这个事实上。

模式化观点下的英国工匠所具有的那种态度,可以阐明这个民族那种普遍的阴郁心情。面对被堵住的下水管或有故障的暖气片,他会瞪上好几分钟,阴郁地一言不发,双手支在臀部位置上,缓缓摇着头,最后叹出一声"不是吧"。绝对没有办法,他会这样带着阴森森的满足感建议道,可以补救这场巨大变故。经过一场漫长的焦急询问,当你像参与伏都教①仪式最重要的程序那样,满心感激地参与进来之后,他这才会不情不愿地承认说,可能会有解决办法,就是会复杂得要死,也贵得离谱。十分钟之后,他就会修好,接着一笔数目不大的钱就会易手,而工匠又会到下个什么地儿,搞一阵他的"不是吧"和摇头去了。

这是与日常美国相差最远的。美利坚合众国这样的土地上,一切大多称职。那里都是现代化的、有效率的、节约劳动成本而且经济实惠。酒吧饭馆的服务人员动作敏捷、心情愉快、富有效率。欧洲截然不同,那里的侍应生为了躲避招待你,会别出心裁。你会怀疑他们之间是不是有一场比赛,就看谁能拖到最后把你的菜端上来。他们终于端着你的菜过来时,看上去比你点菜的时

---

① 伏都教(Voodoo),一种西非原始宗教。

候要显老一些。高效服务不是英国人的考虑重点。实际上,在有些酒吧和小餐馆里,这种做法被视为一种道德缺陷。我认得一个曼彻斯特的大巴司机,他毕生追求的是看能把多少乘客甩在站台上。他对自己这个成就自豪得没法说。每当我在拥挤的酒吧中见到他时,他都会开心地竖起几根手指,示意被他甩下的乘客的最新人数。英国工人们是一个典型的不会为雇主单位深感自豪的群体。他们当中有很多都不会用"我们"去指代自己的公司,不像美国工人们所习惯的那样。要是试图诱导他们把公司看成和他们是一体的,可能会遭到他们奚落。他们不会看重什么"本月明星员工"的搞法,对穿着印有"狂怒讨伐体制"①字样 T 恤衫,要求以"甜甜派"称呼自己的那些总裁,他们也懒得多理。

喜剧与妥协②

爱尔兰流传着一个故事,讲的是西部偏远地区的一次小提琴比赛,获胜者将成为全爱尔兰冠军。("全爱尔兰冠军"这种头衔得承认有点空泛:我们往往会在该国上下碰到很多全爱尔兰冠军音乐家,好比在美国街头,你碰到的女子每隔一个就会有一个是美国小姐。)第一个前来夺奖的走上舞台:一位皮肤光洁、仪容高贵、满头银丝的绅士,身着晚礼服,头戴科伊夫帽,分外雅致,手里拿着一把真品史特拉第瓦里提琴③。一个熟练的花式动作,把小提琴夹好在颌下后,他把琴弓干净利落地划过琴弦,开始演奏起来。

可老天爷,他差劲得要死。

接着,第二名为明星宝座而来的选手转身面向观众——这是个头发光溜溜、牙齿亮晶晶派,灰色西装做工考究,手里拿着一把昂贵但不属于经典的小提琴。带着媚人的微笑,他用下巴夹好琴,开始表演。

可老天爷,他差劲得要死。

评委们正要宣布这次比赛没有冠军时,房间后面起了一阵小小的骚动。尽管本人明显不情愿,第三位竞争者还是被朋友推到前面来了——他是一个

---

① "狂怒讨伐体制"(Rage Against the Machine),美国的说唱金属乐队,1991 年成立,以其左翼的政治倾向而闻名。
② 本部分英文原文参见原书 91—95 页。
③ 史特拉第瓦里提琴(Stradivarius),意大利人史特拉第瓦里(Stradivari, 1644? —1737?)制造的小提琴等弦乐器。

矮小干巴的八九十岁老头，一身旧西装皱皱巴巴，一截绳子代替着领带，裤子和上装完全不搭。在他皮包骨的手爪里，是一把和他一样老朽的小提琴，琴弦磨损剥落，琴身用橡皮筋箍牢。虽然面对人群畏畏缩缩，但在朋友好意催促下，他一只手颤颤巍巍，把琴用下巴夹好，把那只破破烂烂的琴弓缓缓划过琴弦。

可老天爷，他也差劲得要死。

这可以看成是个反美的故事。一则它代表了对情感泛滥的人的一记大耳刮子，而这类人在美国多得不得了。再则，它诉诸平民主义者的感受，但结果只是要让他们泄气。它先是逢迎平民的拥护者们，接着在故事最后一刻发起突然进攻，让他们尴尬不已。它和爱尔兰文化的风格极为相似，也是先吊起种种自负的预料，但不过是为了拆它们的台。它还以其乖戾而成为这种文化的典型。它先是承诺，会满足我们对传统乐观结尾的渴望，接着就虐待癖似的，突然拆我们的台。它利用自由派的前提，即外表绝不是通往真实的可靠向导，最后却揭示出一点，最后那个琴手的实力和他的外表完全一样差劲。和很多爱尔兰幽默一样，这个故事暗含攻击性。它象征着对自满的、可顺利预测这类叙事怀恨在心之人的报复举动。它以典型的爱尔兰风格，叙述了失败而非成功，而且这失败是喜剧式而非悲剧式的。

爱尔兰人奥斯卡·王尔德的诙谐短诗一般会取用一截传统的英国名言，然后把其中内容扯掉，再把它头下脚上摆着，和这一样，上面这个故事取用了传统的童话，乞丐终于成为国王的那种，可它结果让乞丐落得比起初还惨。就所有这些手法而言，这个故事所符合的，不是一般美国人的幽默感，而是美籍犹太人的幽默感。爱尔兰迄今最优秀的小说，即詹姆斯·乔伊斯的《尤利西斯》，它的主人公叫布鲁姆(Bloom)，看来不是没原因的。提琴手玩笑的工作原理是突降法，这是最典型的爱尔兰文学手段之一。把世界狠狠几下砍回其原有尺寸，是爱尔兰人聊以打发时间的活动。放气和戳穿纸老虎，是这个民族最偏爱的活动之一。就这一点而言，爱尔兰文化在感受性上和数个世纪以来一直对她慷慨相待的美国非常不同。戳穿是一种过于消极的举动，对于很多美国人而言很难轻松对待。

爱尔兰人的消极，也许得理解成是在讽刺，而不能理解成事情出错时，他们会怨天怨地。这部分原因在于他们的国家,该国在如今活着的人的记忆里,是摇摆在第一世界和第三世界之间,如今再次倒向第三世界地位。于是不能指望生活有多么地高效化。比方说,交通时刻表有时完全就是个装饰品,与显著的事实不那么符合。但爱尔兰人不愿埋怨,也是因为在这么一个大家低头不见抬头见的小国里,硬要找麻烦是鲁莽之举。英国人埋怨得有点多,也有很多事情可埋怨;可他们这么做时,用的是一种喃喃低语、羞羞答答的方式,省得别人也用喃喃低语、羞羞答答的方式埋怨他们不该埋怨。

悲剧和喜剧写的都是失败。不同之处在于我们对待这种大败的方式。喜剧这种艺术形式的理解是,失败是再平常不过的。时不时自己绊了一跤、突然崩溃和没实现自己崇高的理想,这都是日常生活的一部分。然而,如果你不好高骛远,你也永远不会摔得重到哪里去,永远不会过于垂头丧气。小心谨慎,拒绝伟大梦想的诱惑,这样你就能死里逃生。你永远不会成为圣人和征服者,但你的错误也犯得小。在古典悲剧里,那些有抱负却失败的人之所以跌得更像样,是因为他们一心要成为命运的宠儿、英雄这类人。与此形成强烈反差的是,喜剧是一种反英雄形式,它里边的人物接受事物不可避免会出错,最后学会以坚忍的态度处之。它能避免悲剧中的苦痛,是因为它舍弃了悲剧中的辉煌。喜剧安于不完美,宽容而不执迷,怀疑一切天真的理想主义和强烈的激情,精通妥协这一艺术。它不是愤世嫉俗的一种形式,因为它相信人类价值的真实存在;可它相信的是,这种价值要保存得最好,就得靠不对这种价值小题大做。这是一种非常英国式的观念。

和喜剧一样,英国人历来怀疑那种成功伦理。和美国人不同,他们不是积极的民族。列在他们的民族标志里的,有一艘沉船("泰坦尼克号"),还有一场军事大败(敦刻尔克撤退)。失败是英国人尤其擅长的。他们精通如何大败。毫无疑问,白厅的地下深处有地堡,那里会召开紧张的研讨会,讨论如何秘密搞砸事情。犹荣的失败,如轻骑兵冲锋[①]之举,差不多就抬得比诸多大胜还高。英国人从不主动当英雄,英雄之举都是迫不得已而为之。和美国人不一样,英国人偷偷仰慕的只有一种英雄主义,即局势没了希望而被逼入绝境时你不得

[①] 轻骑兵冲锋(The Charge of the Light Brigade),1854年10月25日在克里米亚战争当中的英军对俄军的军事行动,结果英军因为情报传输出错,导致轻骑兵旅伤亡惨重。

已而采取的那种。这类自我牺牲的荣耀稀稀拉拉闪现过后,他们会继续他们那正常的、骂骂咧咧的、不英雄的生活,直到下一场大难碰巧降临。他们需要偶尔的艰苦,来显示他们是什么材料做的,也怀疑美国文明在这方面太安逸,太疲软。美国也许遍地是阳刚的、英俊的、留着胡茬的这类人,可那到处可见的加长豪车和"佳骨肌"漩水浴缸就女里女气得不得了。这是个反讽,因为有不少美国人觉得英国人自己同样娘娘腔。这大致是因为,他们讲话的口音隐约有点同性恋的感觉,和他们的散文风格一样。

英国人绝对不热衷于走极端。他们不相信真理是那种当你被逼到危险边缘时就会显现的事物。这种情况偶尔会有,比如当德军潜艇正在击沉你的补给船时,但这属于特殊情况。不能把它当成标准,用来刻画日常生活。真实的自我是平凡的、走中间路线的那种。它很适合写成小说,这是英国人一直擅长的形式,而不适合写成史诗或者悲剧。例如,英国人看重自由,但往往也怀疑,美国人为了表现它,又唱又跳弄得有点过头了。查尔斯·狄更斯在他的《美国札记》叙述了他与一个美国医生的偶遇,后者坚称自己完全没想过要离开美国。"目前这段时间还没有,阁下,还没有。眼下您是发现不了我会那样想的啦,阁下。我可不会的,我实在有点喜欢自由,阁下。哈,哈!可不是件容易的事,让一个人和这样一个自由国家生生分离,阁下!哈,哈!不,不!那不可能,除非逼不得已才会做,阁下。不,不!"后来才知道,这个医生是个苏格兰人,到这个国家仅仅才三四个月。该国风行的华丽修辞显然是会传染的。

站道路中间或许是一个有危险的立场。你有可能遭到来往双向碾压。它也可能是种幻觉。种族主义和反种族主义之间,或者挠某人痒痒与折磨某人之间的中间道路是什么?尽管是这样,中间道路主义,这种在英国几乎和曼联队一样的崇拜对象,与在美国能看到的那些明显的极端做法比起来,很可能危害要少一些。比方说,好人和坏蛋。其实没有绝对好的人,当然这不是说没有圣人。只不过是圣人无论如何也不是绝对好的人。天主教也允许自己偶尔发火,偶尔思春。或许彻底的坏蛋也没有。再混蛋的暴君也会为病床上的子女抽泣。英国人相信,生活是好坏参半的,一言难尽的,这种世界观的化身即他们的天气。它是个再好不过的例子,说明了事物本质是斑驳的,它们具有偶然性和不可预测性,以及当生活一帆风顺的时候,你也不能真的信任它,因为阳光多半会变成阵雨。这是个适合描绘这个民族心态的比喻说法。

英国人喜欢这类说法,如"丰富多样才能构成世界","人人都有点好,也有点坏",以及"要是我们想的都一样,那会是个滑稽的世界。"大打出手的局面有时是能够避免的,如果你能告诉你的对手,他有权表达他的意见,你也有权表达你的。真令人吃惊,这种过时的自由主义智慧竟能屡屡防止吃上一拳。它能起到这样的作用,部分在于它暗示着人们不要彼此干涉,而这是英国人通常最喜欢的行为。英国人喜欢"混过关",这指的是他们达到了自己的目标,但不太清楚是怎么干成的,而且可能险些就过不了关。他们心怀悲悯地承认,意外和近似在人类事务中会起作用。世事在美国人看去,更像是出自有意而为,其轮廓更清晰,就和他们有些城市的规划一样。目标不是妥协,而是成就,你制订计划,然后以有效率的方式付诸实施。这种想法唯一的问题在于,即便你不搞砸,现实很可能也会替你搞砸。至少大西洋对岸的人生观就是这样。

令人不快的身体[①]

就外貌而言,在伦敦或都柏林中心的美国游客容易被辨认出来。首先,他们是海外游客当中穿着最没品位的。男子多穿格子呢质地的伐木工衬衫,这种衬衫如此普遍,不由得让人怀疑,它们是不是由联邦政府发给所有可能去海外旅游的男性的。或许华盛顿已经让这种穿戴成为强制性的,因为舍此很难发现为什么有人会这么穿。老人穿裤子提得太高,皮肤有白斑,呈鳞片状,犹如蜥蜴的鳞片一样,这种皮肤我见过唯有美国男性老人有。他们三三两两拖着脚步行走,有如获准外出一天的一群麻风病人。

美国来的游客引人注目,也是由于他们中有相当多的人往往一瘸一拐、摇摇摆摆,这是超重和不习惯走路所致。事实上,在斯特拉福或爱丁堡,到了一天的最后,他们一瘸一拐、摇摇摆摆得肯定比过去 10 年在国内还多。和其他游客一样,美国游客抵达时装备了一种巧妙的设备,省得他们还得去看自己就站在其正面的景点。这被称为相机和手机。或许全球各地的游客只需要把自己的相机和手机邮寄给各种游客委员会,付一小笔费用,让对方替自己拍下快照

[①] 本部分英文原文参见原书 58—59 页。

寄回。这会省去潜在游客大量的时间、钱财和吃力的摇摇摆摆。

关于美国的众多反论之一,是它既纵欲又禁欲,既世俗又超脱。这个国家既追求物质,又超然物外。驱使你积累财产的意志,也让你和它们分离。它这么做,是因为这些财产都是有限的,因而是不完美的。即便是意志自身贪婪吞噬它们,它同时也目不转睛地盯着有限性。消费资本主义有一种深沉的宗教意味,这是理由之一,可以解释为何美国是地球上最为虔敬的地方之一,同时也是最为渎神的。

然而,结合与分开之间的平衡是很难达到的。在美国,它往往会偏向一侧,倒向完全浸入——当人们大获全胜般吃完 75 个热狗而仅用两分钟时,而与之相反,则倒向彻底远离肉欲。在一种熟悉的自恋情形下,身体成了一个对象,被你带来带去,有如一个无价的、脆弱得烦死人的花瓶。把什么放在它里边,是个恼人的问题,和把什么放在你的意志里边一样。很多富人吃得节制,这是他们与穷人之间的唯一纽带。你照料你的身体,不是因为你爱它,而是由于你可能得应付某种有能力随时袭击并猛咬你的喜怒无常的野兽。有这样一种人,面对递来的阿司匹林,其反应犹如递来的是塔兰托毒蛛①。

吃喝是违反戒律的举动,因为你内部空间的纯洁有受到肮脏的物质世界污染的危险。身体有如一个象征性的门槛,在这两者之间。以一种暧昧的方式悬停在这两个区域之间,于是它在哪边都不十分自在。身体横竖是个暧昧的区域。如果说它是把我们和他人联系起来的东西,它也是把我们和他人隔开的东西。你可以任它衰弱,安心理得于一点,即真实的你埋藏在它的深处("重要的是你的内在")。或者,你可以惩罚、纯化它,一天跑步 30 英里,将它改造成为你意志的一种钢铁般坚硬的工具。无论怎样,真正的自我仍是脱离肉体的。它和堕落的肉体格格不入。真实的你要么在身体如此深处,以至于完全不是它的一部分,要么操纵着它——从极高远处。

失 意 与 成 功②

和英国人不同,美国人普遍不会在失意和失败中获得一种阴郁的快乐。

---

① 塔兰托毒蛛(tarantula),在美国西南以及南美大陆都有发现。多藏身于地穴,体长可达 5 厘米,腿长可达 12 厘米左右。

② 本部分英文原文参见原书 98—106 页。

这是因为他们被训练得仰慕成就。于是与好运少得堪比好莱坞里边的谦逊的那些人相比，他们没么眼红妒忌。与此同时，像美国那种主张成功的社会，一定会制造出大量失事人类残骸。不过，这也得到有效的考虑。有一种强效的、极为有利可图的体系可以打扫残局，从心理治疗到教堂祷告，从神秘的泥浆浴到印第安康复仪式。体制中的一部分因试图从人们身上尽可能多地榨取利润，结果把他们弄成疲惫不堪的空壳，而体制中的其余部分则从尽量将他们再次缝合起来谋取利润。

一个民族的行为受其大小影响。就一个文明而论，大小很重要。在美国，你可以毫无顾忌地谈论自己的种种成功，因为成功一般会获得掌声，但也是因为美国人口众多，有很多其他人也可能获得了成功，故而嫉妒不那么成为一个问题。在爱尔兰和挪威这样的小国家，诽谤和怨恨无处不在，这是因为它们人不够多，不足以支撑很多人超常冒尖。寥寥几个竟然出头的，由此面临被一下打回原形这样的险恶境地。平等主义在美国是一种美德，在瑞典也是，可在更小的社会里，它也很可能是一种负面价值观。它意味着，不许大胆去超过其他人。出人头地了反而会让人觉得可疑，而且你要是运气差到竟然成了一个亿万身家的银行家，或一个世界级的单簧管演奏家，那你最好是不要声张。你飞得越高，头就得埋得越低。最好的对策是不露声色地上升。熟悉会滋生怀疑：对自己邻居熟悉不过的人不会觉得对方顺风顺水属于实至名归。你得和众人保持一致，而不能想着让他们黯然失色。

英国人的习惯是抹去自我，可美国人习惯张扬自我。这至少符合各自国家意识形态的要求，无论它和公民的行为离得有多远。傲慢的英国人和不愿张扬的德克萨斯人有的是。德·托克维尔指出，美国人把利己主义变成了一种社会学和政治学理论。在英国，抹去自我与服务伦理密切相关。你不能只考虑一己私利，而得将它们置于王室、帝国、捍卫国家和公众利益之下。这么做的人是特权精英，因而服务伦理尽管有某种程度的真实性，也是以无私外表来掩盖特权的一种方法。

有点类似的是，贵族会通过投身于保障所属佃户和侍从的福利，来证明自己显要地位的合法性。他注重取得其仆人的好感，而股票经纪人这类粗俗的暴发户就是要对仆人态度粗鲁，以便显示自己高高在上。只有没教养的人才是势利小人。这个词一开始是指制鞋匠，之后用来指代社会底层。它不是指看不起下层人物的上层人，而是指嫉妒上层人物的下层人。因为可以为所欲为，贵族是一种无政府主义者，由此更像是个偷猎者，而不是猎场守卫。他深知真正的权力没必要张扬，就像真正的男人不需要老是为自己的精子数量而发愁。真正的权威地位稳固到了可以认为自身无需受到特别关注的程度，和许多备受英国人珍视的事物一样。

美国社会既不特别具有喜剧精神，也不特别具有悲剧精神。它积极到难以富有悲剧精神；它深爱着英雄主义，也难以富有喜剧精神。说到积极，肯干（can-do）精神是美国与欧洲之间的巨大分水岭之一。在我儿子就读的美国学校，墙上贴有"成功来自肯干"这样的标语。在美国有些地方，"没法"（can't）这个字眼无比难听。成功还来自不停的"赶呢"（"CANIs"），这词对于某位美国自立派作家而言，意味着持之以恒、永不休止地提高。既然总是会有更多的奋斗目标，那么，其实他所追求的是一种永不满足的生活。

失败不在选项范围内，就像"挑战"这个典型的美国字眼所暗示的那样。陷在齐脖子深的屎尿堆里，还有饿得要死的乌鸦啄你的眼睛——这不是一个问题，而是挑战。"挑战"意味着，问题存在是为了测试你的胆量，于是得将之看成正面的而非负面的。诸多问题都算不上问题。要是化学战争在密西西比爆发，那不是一个问题，而是上帝降下的机会，能让你"最终走出来时更加强大"。时下英国与这种虔敬的陈词滥调对等的用语是"吸取教训"，这是在间接承认你已经犯下残暴的大错。要是警察开枪打死了幼儿园整整一个班的人，其原因在于印象当中认为他们是一帮武装毒品贩子，那么就有"教训应该被吸取"。其中的被动语态是强制使用的。说你可能有些教训要去吸取，这已经是你体面不过的道歉方式，须知在这个年代，哪里还会有什么人认真道个歉。

凡是把监狱叫成"矫正设施"的社会，都是乐观得过了头的。监狱几乎没有矫正得了任何人。在美国，你得尽可能持肯定态度。当有人问到你假期过得怎么样时，说"糟透了"是不合适的。我女儿曾经在美国上过学前班，班里的老师接受过训练，从不在孩子面前说消极的话。当被问到对不良行为如何反应时，他们虔诚地答道，"我们不做反应。"一个矮个男孩被同学劈脸一记重拳，却受到了表扬，"谢谢你，詹姆斯，你没有做出反应。"换而言之，处理麻烦的方法,就是假装没有麻烦。我的女儿天性爱搞恶作剧,当即利用这种纵容精神,把所有的火灾报警器都触发了。她老师的反应是"天哪,爱丽丝真是爱学习!"形容她搞出的这个大乱子,还有其他方式。

在某种意义上,这种地方性的乐观是完全没用的。据某个国民幸福指数统计,美国位列区区世界150位。与大多数别的国家相比,美国人较不愿意从原来的社会阶层往上走。由于这是令人失望的统计数字,最好不要理它们。为了它们耿耿于怀会弄得你脱发。实际上,对于某些美国人而言,这么做才是正儿八经的冒险。持消极态度会让你心情不好,从而可能得癌症,会自毁发财的机会,也会逼得你的配偶和整整一个足球队通奸。

疾病,无论它多么微不足道并且可以治愈,都是对死亡滋味的试吃,于是也是我们终究无力这一情形的纪念品。有两种方法对付这种无力,头一种是压制它。提醒人们说,他们是脆弱的、容易受伤害的生命,这不是最好的方法,不能从他们身上榨出一天劳动所带来的利润,也不能让他们为了保卫这块地方而甘冒敌人的弹雨。还有一种方法是悲剧道路,悲剧积蓄力量,靠的不是绕过人类的脆弱,而是直面并且拥抱它。它并不认为受苦是正面的,就和《新约》的看法一样。相反,它坚信,要是有人不幸大难临头,一定不能试图拒绝接受它,而得经历它的全部,憧憬着自己最终或许能在彼岸的某个地方再次浮出。人必须得释放自我,坚信可以再次找到自我。这不同于为了锤炼性格、提升男子气概而去找罪受。这么干的人不是富于悲剧精神,而是荒谬。

能够和失败保持协约关系的文化,是不止于能够繁荣壮大的。文明得从各自尊重父母的程度加以判断。圣经中的禁令和家庭毫无关系。但在属于它的时代,它也算是提到了如何对待部落中的老弱病残。美国不像贝克特[①]所写的那样,它不怎么痴迷于与失败之间的协约。它是一个极度反悲剧的民族,因此近来经历了其历史上最为黑暗的一章。包围它的,是那些觉得自己因美国强权而如临深渊的国家,它们正在凶狠地反击。从军事上而言,美国装备超级精良,足以对付这些危险。从精神而言,它反悲剧的存在观恰恰让它裁减了

---

① 塞缪尔·贝克特(Samuel Beckett,1906—1989),爱尔兰剧作家,代表作有《等待戈多》(1952)、《克拉普的最后一盘录音带》(1958)和《快乐的日子》(1961)等抽象作品。

军备。

不是说美国没有自己的悲剧精神。我曾经到过一个中西部的书店,当时扩音器里自豪地播报说,《印第安纳谷仓》的作者莅临本店,愿意签名售书。我绕过一个书架后,看到一个矮小的、面容皱巴巴的、带些羞涩的男子坐在桌子后边,手里拿好了笔,旁边的一摞书似乎顶到了天花板。他周围20码之内一个人影也没有,虽然店里人很多。我在店里又逛了有一个多小时后,拣路走到入口时,只看见他还坐在桌旁,看得出眉头皱得更深了,钢笔还停在手里,那一摞书原封未动,他周围仍然没有任何人走近。我转过身去,不忍看这辛酸的一幕,赶紧大步离开了。"印第安纳谷仓"这个书名,直到今天,还会让我夜里带着负罪感惊醒。我在梦里会把历史的线轴往回绕,我回到了那间书店,友好地大步走到那个矮个儿人的桌子跟前,买了一打他的书。可事实上,我可耻地退缩了,也从此永远不能挽回这个可鄙的举动。

美国那种梦想精神当然有其积极的一面。归根到底,人类事务中最重要的不是乐观主义,也不是悲观主义,而是现实主义,而有时候符合现实的是充满希望。希望不必是幼稚的,而美国人在解决问题上是一流的。他们足智多谋、心灵手巧、敢于独创,也富于建设性。只是有一点,即你在保有上述优秀品质的同时,可以无需对人类终究会遭到毁灭这个真理加以压制。其实,这些美德如果你能付诸实践,同时也能坦率面对失败,那它们将更加值得加以颂扬。不然你的得意就是廉价的。早年美国清教徒已经意识到,一个美德如果没有和负面性搏斗过,它就是一钱不值的。

这大概能被称为病态乐观主义,它其实是虚弱的一种形式,即使它下巴棱角分明,眼神也坚定。它反映出害怕面对失败,而对于人之所以为人而言,失败比取得成就重要得多。就此而言,它不顾现实的程度,就和很多英国人那种职业的悲观主义一样:对于这些英国人而言,阴郁是一种宗教义务。热衷于自我激励的美国人在该领域的专家参观其所在公司时,常被警告,不要看电视新闻,不要看报纸,因为这些都有负面内容。关心孟买的贫民窟会毁掉他们的升职机会。因为对于埃塞俄比亚饥荒他们做不了什么,所以这类事情都是与意志膜拜为敌的。这种范儿的乐观主义完全是对现实的否认,和精神错乱一样,虽然多少没有后者那么闹腾。美国没能利用负面思维这一能力,实属凄惨。它一直拒不接受布莱希特①那富含真知灼见的格言："怀疑精神可以移动大山。"

英国人截然不同，他们对心灵的魔力完全不持这样的轻信。他们毫不动摇，认定问题好比原罪对于福音派，烈酒对于嗜酒者互诚协会那样，是一个明显的事实，在其面前我们无能为力。假如一个英国人和一个美国人都被关在战俘营里，那么英国人可能会带着一丝爷们的露齿微笑死去，而美国人会逃出去。当然，多了去了的美国人会拒绝全能意志这种谎话。如果对于战争如何，存在一种统帅的看法，那么也存在一种医疗兵的看法，他们的任务是揩干血迹。例如，劳动人民往往比他们的顶头上司更注重现实，因为他们距离基层更近。对于那些距离事实更远的人来说，乐观主义是轻松的，而现实主义艰难得令人筋疲力尽。

美国人为何被鼓励要充满希望，原因之一是阴郁会被人觉得是具有政治颠覆性的。就这一点来说，合众国也是一个极具维多利亚时代特点的地方。维多利亚时代的小说确实不被允许有不好的结尾。艺术的意义在于让你振奋。悲惨的人往往会对社会不满。你因此要么能让他们露齿一笑，要么就能让他们更惨，惨到既没能力，也没心思去改变现状。有权势但不满足的人才是尤其危险的。总的说来，振奋是站在现状这一边的。左派与右派之间的斗争，如果不考虑其他因素的话，可以说是在讽刺与那种善意的、纯洁的、有利健康的幽默之间的斗争。善意的、纯洁的、关注健康的幽默家们往往觉得讽刺是虚无的，讽刺总是焦躁地打听那些已经说了会搞好的事情，可正在争论的事情一概不去打听。恶意的、不纯洁的、不利健康的幽默家应该抵制这种道德要挟。讽刺可能内容上是负面的，但形式上是超级正面的。没有批评，无论它多么有伤风化，是不含蓄地赞同不同的事物观的。

你能够通过积极思考改变世界，这种信仰有点魔法色彩。这种信念，可以想象，是婴儿可能会有的。或许一抹这种魔法色彩在政治正确膜拜中存在，因为对于后者而言，清洗语言就是在净化现实。要是你不能真的消除种族主义，改变你的说话方式总能间接消除它。这不是在说言语和思想不重要。欧洲人

---

① 贝尔托·布莱希特（Bertolt Brecht, 1898—1956），德国诗人和剧作家，代表作有《大胆妈妈和她的孩子们》(1941)、《伽利略传》(1943)、《四川好人》(1943)等。

往往把乐观主义和悲观主义当成评判局面的方法，可美国人把它们当成是创造局面的方法。要是你对你的前景过于消沉，你就不会成功。由于没有朋友而乖戾暴躁的人，可能以后也不会有朋友。在另一方面，乐观主义是一种力量，能够变出你想要的东西，像巫师的魔杖一样。由于旁人对待他们的方式不同，快活的人比消沉的人更有可能获得成功，虽然快活的人似乎到头来也更容易遭到谋杀。电视新闻几乎总是会把杀人狂手底的年轻受害者描述成是个生前兴致勃勃、快活调皮的人，朋友成堆，也拥有辉煌的前途。愁眉苦脸的人哪会遭到谋杀。

照这么来说，乐观主义和悲观主义都可以具有一种自行生效的属性。对于美国人来说，它们是做事的方法，而不仅仅是形容某事的方法。没有得到你想要的，这是个问题，但它也是某种解决方法，因为对于需要你的感受足够强烈的话，你就会有动力去获得你想要的。要说这句话的意思，或许和马克思当年在说人类只会为自己竖起可以解决的问题时所指的一样。希望是一种旨在实现抱负的预言。这话当中或许有几分真理，但此外也有一大堆的错觉。觉得有希望，不等于可以把一个嗑药成瘾的穷光蛋弹射到白宫里面，当然，把一个改过自新的有钱佬派进那里是有用的。况且，要是一个嗑药成瘾的穷光蛋自我感觉很好，那也不应该。他觉得对自己满意，是错看了自己，就如一个人过得大红大紫却不断地妄自菲薄一样。对自己感觉不好的人可以有非常理性的自我衡量。不应该用大量的安慰式谎言去说服他们不要这样子。

对有些美国人来说，自我感觉良好是一种神圣职责，就像在某些爱国场合把手放在左胸上一样。"我体重400磅，一天抽4包烟，刚刚还挥起砍刀，把我3个小东西都结果了，但我还是对自己感觉很好。"在某些美国电视秀上，这是那种会让你赢得自发掌声的宣言。这个国家的问题之一在于，对自己感觉不好的人不够多。有太多的人对自己感觉很好，即便证据明显不足，这有点像有太多的人相信守护天使存在，即便证据一样不可靠。有一个苦于妄自菲薄、缺少一个拥抱的人，就会有一个妄自尊大的家伙，只欠给上一脚。德·托克维尔认为，美国人处在一种"永恒的自我暗恋的境地"当中，得不断有人奉承。"【美国】作家，"他这样评论说，"不管有多出名，也没有哪个能逃脱这样的一种职责——朝他的同胞们敬献奉承的馨香。""自我暗恋"说得太过头了，当今的美国人和别的民族一样，对批评持开放态度，但是他们的自我信仰膜拜还是让人觉得有点太过头了。你可以在美国买一个拖杆箱，用大写体写上你的名字和网址，这样就可以在公共地带一边溜达，一边推销自己。总会有人停下脚步，被你的厚脸皮举动打动，邀请你去当联美影视公司的总裁。

然而，成功伦理得付出一种代价。一项最近研究显示，美国富人一般比穷人自私，同情心较少。同情心在大多数情况下是属于劳动阶层的美德，不属于上层人士。劳动人民对于挨饿小孩的照片的反应，会比富人的强烈得多。这对于政治左派是个莫大的难堪。多少年来，他们一直在奋力指出一点，即他们所谴责的利己主义是一个社会问题，而不是个人问题。他们所批判的，是一整个阶层，而不是这个或者那个银行家、工业家，因为这些人无疑也可以心肠软得像个圣诞老人。不是个人的贪欲在驱动体制，而是积聚资本以保障竞争力这一需要，这一需要和月光一样不带个人色彩。可如今这种真相给弄得复杂得了不得，罪恶的、头戴圆顶礼帽的、撇嘴不屑的资本家的形象拥有大量有利辩词。

不是你觉得如何，你就是如何。比方说唐纳德·特朗普就清楚地觉得自己是人类当中令人称奇的成功典范。无论如何，这是在假设我们总是能够确切知道我们的感受是什么，但这哪里符合事实。我可以完全不知道我的感受到底是什么，或者在想象我觉得愤怒的时候，其实那感觉是恐惧。你对我的感受的描述，可能比我自己的描述好得多。你感受如何，你就是如何，这一信仰是在假设我们对于自我从来都是忠诚的，我们永远不会自己欺骗自己。告诉我说我惨极了，从来就没有人可以靠这个来让我大吃一惊。照这个理论，我对我的所有经验拥有全部产权，就像对我的百慕大短裤拥有全部产权一样。

这样的理论也是在假设，快乐是一种心态，而不是一种现实状态。一个帆船上的奴隶如果明知未来40年会每天划桨16个钟头，加上每15分钟挨一次鞭子，他是不可能快乐的，即便他自认为是快乐的。要是他说自己快乐，这无非会让人觉得他不懂如何恰当使用这个词，或许这是因为他从来就无法将他目前的处境和那种真正的快乐做个对比。快乐，对于亚里士多德而言，包括对于黑格尔和马克思而言也一样，关键在于健康发展，这又在于在多大程度上你能够像对待本质上值得享受的目标那样，自由地实现你的能力。你或许觉得你就是在这样做,但你或许想错了。你或许并非身处在一个恰当的社会环境,哪里能这样做。

反　　语①

我曾经给《纽约时报》写过一篇东西,其中有少许反语,哪里想到后来有个吓坏了的报社人员就这篇文章通知我说,反语在他们的专栏是不被允许的。给禁止反语的报刊写东西,得像给旨在反对移民的报刊写东西那样小心。与此形成反差的是,英国有些报刊规定必须使用反语,犹如必须使用逗号。来稿可能会被打回,如果它们不够拐弯抹角的话。

如果认为美国人不懂反语,那就错了。不过,他们虽然会对反语有回应,但很少主动去说。他们偶尔也因讽刺调子太露骨,把反语的味道弄没了。对于一个清教文明而言,反语太像是为了不撕破脸皮而撒谎。一个大名鼎鼎的美国哲学家曾向我说起他在牛津院长与导师会餐上的窘境。整个晚上,他都拿不准人们对他说的每一句话是认真的还是开玩笑。"该死!"他愤愤对我说,"我是个美国人呐!"于这位哲学家而言,反语是一种宝贵的道德态度,虽然他似乎不懂欣赏反语。

美国人严重道德缺陷之一就是他们往往出言直白,口无遮拦。他们为了矫正这种恶习,已经有了各种尝试,包括设立矫正中心,给予他们深切治疗,让他们甩掉那种讨厌的严肃口气。即便强制他们每天阅读奥斯卡·王尔德②,也难以让他们摆脱一种偏见:所见即所是。("我一生总是怕不遭误解,"王尔德曾这么说过,这话很难想象会出自帕特·罗伯逊③之口。)对于清教徒类型的人而言,外表一定和真实对应,外在是呈现内在的一幅忠实图画,可反语涉及扭曲了这两者的联系。在清教徒眼里,唯有传达了实在的内部真相,外表才能被接受。否则,就可视为矫揉造作、缺乏深度而不能信任。由此在美国有个常见的主张,即一个人重要的是他的内在。正是这个主张,和一个痴迷于自我呈现的社会格格不入。在这个社会当中,完全没有余地留给列宁所谓的外表的真

---

① 本部分英文原文参见原书 26—30 页。
② 奥斯卡·王尔德(Oscar Wilde, 1854—1900),爱尔兰才子、诗人和剧作家。
③ 帕特·罗伯逊(Pat Robertson, 1930—　　),美国电视福音布道人,商人,极端保守派。

实,完全没人欣赏外表所能达到的深度,完全没人对种种形式、假面和符号自身兴味十足。亨利·詹姆斯在《美国景象》中写到过这个国家无视外表的灾难性做法。对于加尔文教徒而言,对于任何事物,欣赏其本身是罪恶的。肉欲的满足必须有助于实现更为崇高的目的,比如繁殖,与此极为相似的是,在美国,儿童电视节目上的游戏必须与严肃的道德说教目的有关,而极少仅限于游戏本身。其实,社会真实无不掺有其策略,真理就是靠假面和常规才得以运作,但这一点遭到致命的忽视。

哲学家维特根斯坦曾指出说,"一条狗不会撒谎,但它也不会真诚。"这话包含的意思之一,即真诚是在社会中习得的,和大笔银行存款余额以及隐居带来的名声一样。简·奥斯汀①深知,坦率,其实和反语风格一样,是一种社会行为,都是通过学习才获得的。在她看来,遵从社会常规实质上涉及尊重和考虑他人。仪式都属空洞,彼此半斤八两。没有什么比对笨拙坦率的崇拜更加做作。有意识地不客气、坦率、直白的一群人其实是受制于其自我形象,和自认为就是埃尔维斯·普雷斯利②或特蕾莎修女③的人一样。

对于清教徒来说,语言能牢牢抓住朴实无华的真实时,才是最优美的。这种偏见导致数以千计的写作课堂出现这样的句子,如"于是我们溜达到城里,仍然拖着那头死骡子,接着大卫说吃吃烤鸡蛋,一边偷笑,因为他想到之前查理对着那条该死的草场上的狗大吼,接着我们到了乔伊的家里,太阳仍暖暖照在我们背上,咖啡又香又够劲",而且这种句子被认为是一流的,远远超过那个在斯特拉特福④像嗑了药的雇佣文人试图推出的任何东西。美国属于罕有的地方之一,在那里,无风格成了一种风格,一种以伍尔夫们和乔伊斯们那种激情和准确培育出来的风格。正是迎着这种潮流,贝娄、莫里森和里奇⑤一类人

---

① 简·奥斯汀(Jane Austen,1775—1817),英国小说家,代表作有《理智与情感》(1811)、《傲慢与偏见》(1813)等。
② 埃尔维斯·普雷斯利(Elvis Presley,1935—1977),又称"猫王",美国流行歌手,"摇滚乐之王"。
③ 特蕾莎修女(Mother Teresa,1910—1997),天主教仁爱传教会的创立者,逝世两年后被宣布为圣徒。
④ 即埃文河畔斯特拉特福(Stratford-on-Avon),是英国大戏剧家莎士比亚的诞生地。
⑤ 托尼·莫里森(Toni Morrison,1931—),美国女作家,代表作有《最蓝的眼睛》(1970)、《所罗门之歌》(1977)等,1993年获诺贝尔文学奖。艾德里安·里奇(Adrienne Rich,1929—),美国诗人、学者及评论家,诗集有《潜入沉船》(1973),写实文学作品《生自女人》(1976)。

物才被迫逆游而上。

但情况并非从来如此。杰弗逊时代的弗吉尼亚州以其雄辩和修辞著称。新英格兰的上流阶层备受赞誉,是因为他们具备某位观察家所谓的"活跃的心智,崇高的道德,古典文学的修养以及高雅的品位"。优雅的言谈受到推崇。言语和修辞利落,在那个时期的某些美国人看来,就是提供了一个堡垒,能够抵制煽动群众的行为。无疑也有些人认为修辞属于危险事物。它是一种操纵人的语言形式,属旧世界统治势力所特有,因此和名副其实的民主制度不相宜。即便如此,一位19世纪的美国作家还是赞扬说,该国一流的法学学问风格具有一种"简朴的古典美"。当时还有一位观察家写道,律师总会展现"那种浑然一体的风采,其中融合了知性力量,绝妙却朴素的修辞,纯净的语言,冷静的自制,优雅而庄重的举止,有一种洗练、充实以及优美之风,其原因在于"他们对古典文明有研究。与之相比,茱迪法官①差得多了去了。

亨利·詹姆斯觉得,在美国看不到故弄玄虚和讳莫如深的风气,它完全就是显山露水,可他发现在欧洲有一种浓烈的神秘氛围。他认为,这无论如何不完全算是欧洲的优点。那些推崇矫揉造作、刁滑、玩笑、拐弯抹角之风的文明,一般都有根深蒂固的贵族派头,因为你很难一边矫揉造作,言辞刁滑,大开玩笑,一边开凿煤层或干洗外套。而且如詹姆斯在后文指出的那样,在各色贵族制社会中,到处都是嘴上圆滑,内心狠毒的人。少许的美式直截风格不会对这类社会造成任何害处。反语文化需要一定程度的闲暇。你得有足够的特权,才不会迫切需要大实话。实情可以留给工厂主们。

即便如此,到了有些时候,反语是一个人手头仅有的武器。例如,碰到美国那群反常的右翼基督教徒挥舞旗子,上面写着"上帝憎恨同性恋",或者在伊拉克或阿富汗阵亡的男女军人的葬礼上集会欢庆。这些家伙只欠一个不存偏见的路人经过,将其怒斥一顿,揭露他们的顽固盲从和同性恋恐惧症。这么做无疑是个严重错误。其实可以另行问问他们,他们怎么能是这样一帮没有宗旨的孬种?为什么他们明明可以像上帝的复仇军团那样把他的敌人从地球表面铲除,却只知道挥舞旗子?为什么他们不真正去干点啥以求得改变,去鼓起

---

① 茱迪·沙因德林(Judy Sheindlin,1943—),美国律师,原法官,电视节目名人,制作人,亲自主演过模拟庭审类节目《茱迪法官》。

勇气去实现自己的信仰,而不是像个孬种样站在边上?为什么他们只是这样一帮没脊梁的话痨?

美式幽默的经典形式之一是插科打诨,这标志着美国人要与日常生活的严肃保持距离,与头戴棒球帽标志着某位美国男性正在度假很是相似。头戴棒球帽标志着"我玩得很开心",即便你玩得并不开心,这很像主教的法冠标志着"我是圣人",即便法冠底下的他沉溺于有伤风化的幻想。从这种角度看去,幽默代表着一个远离现实的假期,而不是对于现实的一种一贯立场。没有人会把幽默当成现实。插科打诨大多不会迫使你重新评估你和现实的关系。

与此形成反差的是,对于某些英国贵族而言,反语与其说是一种修辞,毋宁说是一种生活方式。如同亨利·詹姆斯的《欧洲人》中一个高度欧洲化的美国人所说,"我认为,一个人做或不做什么,这不能产生乐趣,能产生乐趣的是一个人的生活观。"贵族那种乐天的、充满反语色彩的人生观是一种风格:既投入到世界当中,又慵懒地与它保持一定距离。它暗示着对种种不同可能性的意识,这是为了生存必须埋头于现实的那些人所无法做到的。贵族之所以能够玩味各种观点,是因为它们都不能破坏他本人的观点。而这是因为他压根没有自己独特的观点。意见是适合平民的事。对事物表现出强烈的感情不合社会礼仪。执持观点显得粗野、固执,有如激进的工会主义分子。这可能会威胁到一个人的**镇定状态**,继而威胁到他的权势。发现宇宙略微有点怡人,这在不列颠从来就是一种权力的象征。这是隐藏在牛津剑桥那种风趣背后的一种政治现实。严肃适合科学家和店主们。

在美国的英语语言一流高手之一是艺术批评家克拉克[①]。另一个是已故的希钦斯[②]。他俩都从英国来到这个国家。可以断言,要写得像他俩那样风格蕴藉,用词自信,对细微差别把握妥帖,你骨子里得有一种源远流长的文化传统。在英格兰,那种文化多半一直显得势利、恶毒且目空一切。小说家沃[③]那

[①] T. J. 克拉克(T. J. Clark, 1943—),英国艺术史家、作家,也在美国的众多大学如哈佛和加州大学伯克利分校教授艺术史。
[②] 克里斯托弗·希钦斯(Christopher Hitchens, 1949—2011),英裔美国人。牛津大学贝利奥尔学院(Balliol College, Oxford)毕业,知识分子、作家、新闻媒体人。
[③] 伊芙琳·沃(Evelyn Waugh, 1903—1966),英国作家,被认为是当时最优秀的讽刺小说家。曾在牛津大学求学。

里,这些恶习都有且多到极点,虽然这些恶习也与他壮丽的风格有极其复杂的联系。

常住英格兰的亨利·詹姆斯将英语写作风格中的微妙和隐晦坚持到底,以至于精致得反倒找不到直白的地方。原因之一可能是想将他本人和他那习惯口无遮拦的祖国之间划出一道鸿沟,和他那吹捧一帮脑袋不开窍的英国贵族的习惯一样。没有什么能比詹姆斯那做作、挑剔、过于讲究的晚期风格更为反美,即便对这一点它十二万分讨厌直说出来。和詹姆士一样,英国贵族重视某种用词拐弯抹角的做法。这是因为自白式口气会让人觉得缺乏阅历,而他们这个阶层的人宁可让人觉得邪恶,也不愿让人觉得幼稚。就这一点而言,他们和巴黎本地人相同。和巴黎本地人初次见面时,你最好不要问什么他有几个孩子之类的,不是因为这样问很粗鲁,而是这样会令他很难做出一个应景的回答。

都说如何应景即可窥见其人如何。我纽约有个朋友一次将我写的那本《文学理论:简介》拿给她的一个朋友看,对方是个美国妇女,属于那些该死的没听说过我的全地球少数人类之一。她一边把书递还给我的那个朋友,一边问,"他是男同吗?""不是,"我的朋友回答。这位妇女愣了一下。接着问了句,"他是英国人吗?"

讽　　刺[①]

多数美国人说话太直白,因而自己成不了讽刺能手,虽然其中很多人对于讽刺他们的人逆来顺受,尤其是听到讽刺他们不懂讽刺时。评论员也对权力人物过于恭顺,不会觉得取笑一把无所谓。很难想象一个美国的电视主持人会把同一个令人难堪的问题向一个已在椅子上坐不太住的政治人物提出大约16次,而BBC有个新闻记者曾因有此一举而远近闻名。至于爱尔兰人,他们对本国政治人物的尊重程度,大概和对本国恋童癖的尊重程度差不多。

就算政治专家在美国电视上彼此吵吵嚷嚷时,通常也会遵从一个不成文的规矩,最后一笑言和。他们必须留下一个印象,即他们的叽叽喳喳基本上是

---

① 本部分英文原文参见原书31—32页。

善意的。或许这是早已写在他们的合同里的。政治争论终究不过是场娱乐。些许论战风味对收视率有好处,但论战太多了就会让观众觉得不舒服,这在美国可是死罪。美国人所谓硬式作派在欧洲是软式作派。美国的公开争论,至少就媒体上的而言,普遍比欧洲的要和缓,更热衷于强调共识,更害怕不加掩饰的冲突。又称小男生的众议员们如果扎堆大吵大闹,在美国恐怕多半会以内乱罪名给逮起来。

在多次英国学术会议上,第一个下午到了最后,地板上会有血。争论会是带刺的,甚至有不明说的恶意。然而美国人不同,他们批判你的发言之前,都会客客气气说"您那篇大作",这和美国政治人士很像,后者在电视上彼此唇枪舌剑时,通常会细心表明对彼此观点的尊重。彼此舔靴的现象在欧洲少见。在某种程度上,这种客气是美国文化极为迷人的一面,虽说它未必是确立真理的最好办法。有些美国人真诚流露的友好叫人很难和某种呆板区别开。极端主义者和其他人的不同在于他们总觉得真理一般是叫人难以启齿的。由此真理鲜有公开在目的,必须要有某种程度的恼人摩擦,否则挖它不出来。你看到的极有可能不同于你挖到的。

然而,呆板一词很难说刻画出了整个美国国民的特征。我第一次到纽约时,是去执行一项大胆的任务:教授 200 个修女;当时我信步走进一家礼品店,随便看了一下,就朝门口走去。我的去路被一个大汉挡住,他留着两绺长胡子,背对着大门。"好的,那你想要买点啥?"他问道。我过了片刻才看出这是店主,便给了他一个淡淡的、英国上层白痴式的微笑。"赶紧的,过圣诞节你想买点啥?"他带着威胁口气重复了一遍,拒绝让出门口。过了一阵我这才看出,对方这种未经思索的进犯其实是一些纽约人眼里的幽默。这当然算好得多的了——和那些有意的揶揄、存心的戏弄和童子军式胡闹比起来。

不擅长讽刺和反语当然不意味着缺乏幽默感。相反,美国喜剧片产量大得惊人。这代表着美国对世界文明所做贡献之一。都认为英国人是幽默的人群,但他们的大众传媒中如今还没有什么能盖过《宋飞正传》《居家男人》《人生如戏》《办公室》以及《辛普森一家》的早期剧集。不过,英国人超会搞怪,这种幽默在美国不太普遍。英国人重视古怪行为,所以欣赏那种离奇的、异想天开的、令人难以捉摸的幽默风格。几年前,英国流行了一阵"园林守护精灵像解救运动",其行动计划是把装饰用的守护精灵像从人们的花园中绑走,主人付出糖果赎金才给回。主人不理会这种敲诈的,有时会发现被绑走的精灵倒在家门口台阶上,脑袋搬了家,割断的颈脖周围还有一圈恶狠狠的红。

这种幽默风格的事例还有。《卫报》在愚人节那天通常会在报页中间夹一个戏仿玩意,有一年它出现在"招聘"广告版面中。那是个招工广告,说啥"招聘有活力的协调员,从事前瞻性项目,必须在进步性资源再分配中有高品质表现",其实再细看一下,完全是胡说一通。可能很难想象美国有哪家大报会干这事儿。工作在美国可是正事。

有关希望的华丽辞藻①

美国那种乐观的氛围与该国意识形态的直率紧密相连。要让这个民族保持警觉,你就得不断提醒它,它精力十足,它的命运特殊。举个例子,携带武器(bear arms)的权利得站到房顶上大声宣布,即便有些学者如今认为这是对美国宪法的误读。其实宪法保障的是**赤手空拳**(bare arms)的权利,哪里知道原稿上有个小污迹,结果掩盖了这个事实。对于这种意识形态的坦诚,英国人往往会看成是焦虑而非自信。当英国国旗飘扬在北爱尔兰条条街道上时,人们就敢肯定那里的新教徒开始觉得不安全了。

英国人往往相信,理念在融入社会的血液当中,以至于能成为第二天性时,才算最有效。从理想状态而言,质疑君主制和质疑人有膝盖这个事实一样不可能。和呼吸一样,信仰赋予某个文明以生命,可也像肺一样,只有当我们并没有意识到它们的存在时,想法才处于最正常的工作状态。最好是不要去把这些理念拽到亮处,以免引起争辩与质疑。也许要是我们对它们太过在意,这些信仰就将不再起作用,就好比戏法将会失去效果——如果我们对它想得过多的话。

相比之下,美国往往喜欢让它的意识形态表露无遗,这在英国人看去,就是最没效果的症结所在。连有些美国地名也充满意识形态色彩:后埔、锡安、

---

① 本部分英文原文参见原书106—107页。

普洛维敦士①等不一而足。连"新英格兰"也算是一个地名,同时也是一种信条,其含义之一是比旧英格兰要好。或许内华达州有个城市叫"市场力量",密歇根州有个叫"核攻古巴"。美国不像英国那样早就把执政理念安顿在日常经验当中。这是理由之一,可以解释为什么它不得不对这些理念大声宣扬。这也是因为有些正在加以讨论的理念是如此的崇高,以至于没有不断的劝勉,它们就很难实现。

德·托克维尔相信,笼统概念在美国比在英国吃香,这是原因之一,可以解释为什么美国人说起上帝和自由这样的概念时,不像英国人那样羞愧。英国人笼统概括时,态度情不自禁是尖刻的。有谁要是试图在英国传播文化和政治理论,是可以为我这个说法然否作证的。亚里士多德思考问题时,德·托克维尔这样认为,倾向于不考虑普遍人性而是考虑具体家庭、地点和传统。像美国之类的民主社会更喜欢采用普遍角度去考虑问题。无疑地,现代的美国养成了一个不幸的习惯,即喜欢把它本民族的利益混同于全人类的利益,更不用说造物主的利益。

形式和传统②

在欧洲,传统、习俗和社会形式历来对缔造民族团结产生着作用。美国不是这样,这个国家对形式和习俗颇不耐烦,对传统在态度上有点满不在乎。相反,创新是美国人超级擅长的。他们算得上是地球人类中最具有发明头脑、最具有想象力的。英国人本能地会去适应某个既定的模式,遵循某个给定的框框,但美国人有种冲动,要打破模式,创造一个新的框框。美国人是天生的先锋派。

举个例子,比方说美国人取名这事。如果你想取名叫"东戈"③或者"鸭蛋",就算从来没有其他人这么干,又有什么大不了的呢?名字为什么要局限于少数听上去显得传统的、夸张的字眼(威廉、乔治、玛丽、查尔斯、伊丽莎白),和英国王室一样呢?为什么不能有个叫戴夫的国王,不能有个叫特蕾西的王后呢?干吗不能把你的宠物乌龟叫伊曼纽尔·康德?美国人可以随心所欲的

---

① 这三个地名的英文意思分别是"希望"(Hope)、"锡安(天国)"(Zion)和"天意"(Providence)。
② 本部分英文原文参见原书111—115页。
③ Dongo,多义词,可指澳洲野犬的杂交后代,也可以是对男性生殖器的俚称。此处用音译。

给自己的小孩取名,这标志着一个摆脱了传统束缚的社会。"痛打""哔哔""饱嗝""咔咔""麻痹""膀胱""胡椒""污垢华斯""酒窝""主动脉"[①]:所有这些都是可以考虑的。要是你喜欢给你小孩取个有 16 个音节的名字,有什么能拦着你呢?毕竟,英国人的名字比美国人的要啰里啰嗦得多了。伦敦最近报道了一桩大婚,缔结双方是詹姆士·洛克特·查尔斯·安格纽-萨默维尔爵士,以及露西·卡瑟琳·福特斯克·戈尔郡主,她的父母是阿兰岛伯爵和伯爵夫人。你在英国社会阶梯中等级越高,你积攒的名字往往就越多,老爷车和地产也越多。

英国人有种不安的感觉:有些美国人的名字把姓名位置弄反了。他们猜测,托马斯·B. 休斯顿其实应该念成休斯顿·B. 托马斯,只是在洗礼仪式上不巧出了岔子罢了。这是因为英国人的名听上去像姓的不是很多。最近有个叫米芙(Meave)的女人出现在美国的电视上。把第二个和第三个字母反过来,你就能看出它本是一个大家熟悉的爱尔兰人名,除非它完全是个创新。美国某个地方肯定有个叫薇吉尼亚(Verjinnia)的女子,就和肯定有一两个小个男孩叫恩利(Enry)的在曼彻斯特到处乱跑。我认得一对美国夫妇,心里想着要给自己的儿子取个爱尔兰名字——泼里克(Padraic),由于夫妻俩按常规发音来念这个词[②](这个词原本念作"泼里克"),很幸运后来他们改变了主意。

对于英国人来说,传统是一种节省劳动的装置。和有效率的私人秘书一样,它能替你完成大量不引人注目的工作。它对你的生活做出某些例行决定,让你得以腾出空来,将时间和精力花到回报更大的事物上面。传统已有法令:温莎王室不得给儿子取名为文斯,也不得给女儿取名为格拉迪斯。这意味着,王室没必要聚在一起,为这个问题大伤脑筋,而可以继续去做一些重要的事情,比如在苏格兰高地猎杀无害动物什么的。你不必浪费时间,为国宴上是穿晚礼服还是扮成兔女郎而苦恼,因为对此传统事先已为你定好。

在地球上曾居住过的男男女女,其中绝大多数已经生活在传统之中,有些仍然如此。非传统生活是最近的一种发明。和你偶然福至心灵而撞到的好点子相比,你祖先的集体智慧明显是更为可靠的生活向导。照这么说来,信仰传

[①] 原文是"Bash, Blip, Burp, Chugger, Palsy, Bladder, Pepper, Cruddingsworth, Dimple, Aorta",这里用意译,以突出作者幽默隽永的文风。

[②] 可以想象的是,按美式英语常规发音,Padraic 可与 patriotic 相近,后者是"爱国"的意思。

统有点谦卑色彩。你必须知道的东西，绝大多数都已经是可得的。上帝不可能轻率得骇人，以至于忘了让我们从一开始就懂得那些要获得拯救而必备的真理。令人无法理解的是，他可能忘了告诉我们不要通奸，直到为时已晚，在1905年左右，才把这个想法灌输到某位卫道士的头脑里。创新，在传统主义者看去，都得谨慎对待，它通常到头来是个赝品。每个所谓的新奇事物，不过就是从有时间以来就存在的事物的小小变化形式。没有什么想法不是早就有其他人也想过的。我们的知识，绝大多数是对古人的注脚。关于真人秀的提议和单车维修的暗示，很可能在某些逸失的亚里士多德手稿中就存在。宣扬牙膏是在现代时期发明的那些演讲者，一定是在自找麻烦。一管这玩意儿，三个礼拜之后肯定会出现在玛雅人的神庙里。

于是，传统分担了你的一些自由选择权，这是有些美国人觉得要加以反对的。他们更喜欢把自己生活看成是努力自我定义的决定总和。这具有某些积极的政治含义。自由民主制中，重要的与其说是你决定了什么，不如说是由你做了决定。这起码是一种值得赞美的政治制度，即便它也多少有点不成熟。青少年有时多少会觉得，能自己做决定，这比做了什么决定要重要。民主政治的不寻常之处我们一直没有充分领略。它意味着，拥抱错误的，乃至灾难性的决定，仅仅因为那是我们的决定。我们会拒绝出自一个开明专制政府的想法，就算我们事先知道它想出来的政策比我们自己拼凑出来的要高明得多。这不同寻常，却也再寻常不过。人类或许会滥用自己的自由权利，但没了自由他们称不上真正的人。

美国人怀疑，把你的选择权交给传统和常规，是褫夺了生命的本真。种种形式是天主教式的，而个人决定是新教式的。仪式和常规，对于欧洲人而言，是联合彼此的因素，而对于美国人来说，它们是人际的干涉因素。查尔斯·狄更斯在小说《马丁·翟述伟》中，对一个美国将军做了怪诞风格的讽刺，这个角色悲伤地喊着说，"但，噢，奇怪的欧洲，那里的因袭守旧！……那种排斥、傲慢、形式、过场……那人与人之间设立的人为障碍；全人类被分为王牌和副牌，安上各种各样的名称，分成了梅花、方块、黑桃，什么都有，就是没有红心①！"在

---

① 这里 heart 译作"红心"，取其双关，在牌戏中也叫"红桃"。

美国，形式和感受是对立的。这是为什么在正式场合，一句亲民的话能够让你当选总统。种种常规是死板的、没心肠的、桀骜不驯的东西。它们一定得被不断打破，不断重构，以让它们适应人们变化着的生活。干吗不能在午饭前把你的小孩叫作"哔哔"，晚饭后又叫作"污垢华斯"呢？

传统和常规是不带个人色彩的，这在欧洲人看去，能够让不同类型的人团结起来。可是，在美国人看去，传统和常规一点个人热血精神都没有。讲究个人主义的社会往往会觉得社会形式不真实，即便没了它们，也就无所谓个人的存在。礼仪在美国，德·托克维尔这样写道，"可以说，是一种透明的薄纱，透过它，每个人的真实感受和个人思想很容易被看到。"它们是"有妨碍的薄纱，挡在美国人与真理中间。"形式唯有能直接表达内容，才是正当的。不然，它就有几分冷淡和老套的味道。美国津津乐道于那种未琢钻石般的警察和治安官，会听命于内心人性的召唤，丢开手册，不顾一切程序限制的那种。英雄和不法之徒在美国很难截然分开。有时在梦想家和治安团成员之间，没得选择余地。

这毫无疑问自有它的种种长处。有一种欧洲对于形式的盲目崇拜，美国人觉得不好也是对的。我在剑桥读书时的导师，习惯性拒绝在假期和他的学生握手，因为这明显不符合某种神秘莫测的、中世纪就有的规定。要是我们希望把他当作大学主管，而不是当作学院导师前去咨询的话，就必须先离开他房间，然后再进去。这种行为美国人觉得像是在发神经什么的，那是没错的。美国人拒绝为形式而牺牲感受，这种态度是值得欧洲人大加学习的。

然而，对形式漫不经心可能会使人忽视一个事实，即规则和程序的存在可以保护弱势群体免受伤害，也可以庇护特权阶级。罗伯特·鲍特①围绕托马斯·莫尔爵士②写过一个剧本，叫《全年无休的男人》，里边莫尔有个鲁莽的女婿叫罗博，宣称他想要"砍倒欧洲的每一条法律，好亲自面对魔鬼"。"哦？"莫尔答道，"要是最后一条法律也被砍倒了，到魔鬼转身对付你的时候，你能躲到哪里去？法律都躺倒在地上了。这个国家密集种植着各种法律，从东边到西边都是这样——是人类的法律，而不是上帝的——要是你把它们都砍倒

---

① 罗伯特·鲍特(Robert Bolt, 1924—1995)，英国剧作家。
② 托马斯·莫尔(Thomas More, 1477—1535)，英国人文主义者和政治家。

了——你也就是会这么干的那种人——你还真的觉得当那大风刮起的时候,你能够在风里站起身吗?"罗博的态度是新教徒式的,而莫尔的是天主教式的。莫尔对法律和形式有那么点太过尊重,可罗博把它们全然看成是妨碍。在美国电影里,有很多这种头脑发热的罗博们。

就谨遵礼节而言,写《美国札记》的狄更斯被一个美国人吓了一跳,此人"进出房间时,总是不脱帽子;停下来搭话时,还是这种无拘无束的样子;接着躺倒在我家沙发上,从口袋里拔出一张报纸,舒舒服服地读起来。"不脱帽子如今几乎不会让我们觉得是无拘无束的表现,尽管狄更斯明显觉得在室内不脱帽子这种行为,更不用说在和别人说话时也这样,是一个隐约让人吃惊的关于美式懒散的例子。狄更斯接着写道,他在故乡的话,可能会怪罪这样的举止,但在这个大西洋隔岸的尚处于胚胎状态的国家,他会加以宽容地忽略。

谨遵礼节的确束缚难受,可美国人讨厌它,却意味着尊严并非它最拿手的。近来有三位年轻女士出现在电视上,恳求把杀害她们兄弟的凶手逮捕,她们似乎和如此悲惨使命在身的世上所有年轻人一样,除开一点:三位当时都在嚼着口香糖。扣篮和全垒打的间接说法,仪式般地插在严肃的政治评论当中。出于戏谑的比喻渗入官方话语,其比例远远高于欧洲的情形。从前乔治·W. 布什在电视上讲话时,并非不可能的是,他可能会突然从裤兜里掏出一个玩具消防车,沿着袖管推上推下,一边"哔呜——,哔呜——"给它配上警报声。缺少庄重举止,是美国人为其有魅力的自在举止付出的代价。如果说奥巴马是一个非典型美国人,那并不是因为他出生在金星上,而是因为他能做到自在时不失庄重。

索　引

A

阿多诺(Adorno, Theodor)　125,148,172,301

阿克罗伊德(Ackroyd, Peter)　ⅩⅩⅡ,116,117,119,121,122,161—163,302,305,309,310

　《新文化札记》(Notes for a New Culture, 1976)　161,162,302

　《英国音乐》(English Music, 1992)　116,117,120,121,162

　《阿尔比恩：英格兰想象的起源》(Albion: The Origins of the English Imagination, 2002)　119,162,302

阿利(Aly, Gotz Haydar)　19

　《累赘：第三帝国的国民净化》(Die Belasteten: Eine Gesellschaftsgeschite, 2017)　19

阿诺德(Arnold, Matthew)　ⅱ,ⅳ,4,7—9,12,40,58,59,64,137—140,152,154,155,163,169,175—177,218—227,230,231,233—236,240,258,273,287—298,300,302—304,309,446,486

　《诗歌研究》("The Study of Poetry", 1850)　58

　《法国的伊顿》(A French Eton, 1864)　137

　《论批评(一辑)》(Essays in Criticism: First Series, 1865)　177

　《文化与无政府状态》(Culture and Anarchy, 1869)　4,7,40,64,137,138,170,175,218—220,224,226,288—293,297,298

　《多佛海滩》("Dover Beach", 1867)　154

　《文学与教条》(Literature and Dogma, 1873)　446,447,451,453—455,458,461,481,484—487,498—500,505,506,508—510

　《上帝与〈圣经〉》(God and the Bible, 1875)　446

埃里金纳(Erigena, John Scotus)　170,473

艾布拉姆斯(Abrams, Meyer Howard)　54,56

艾迪生(Addison, Joseph)　93,98,178,243,300,304

艾略特(Eliot, Thomas Stearns)　120,142,152,160,164,165,172,173,175—177,194,195,197—199,203,204,212,245,249,258,297,301

　《圣林》(The Sacred Wood: Essays on Poetry and Criticism, 1920)　177

　《荒原》(The Waste Land, 1922)　144,194,198

　《四个四重奏》(Four Quartets, 1943)　172

　《论布莱德利》("Francis Herbert Bradley", 1846—1924)　164

　《文化定义札记》(Notes Towards The Definition of Culture, 1948)　142

《批评批评家》("To Criticize the Critic", 1961) 176
艾米斯(Amis, Martin) 157
　　《时间之箭——罪行的本质》(Time's Arrow: Or the Nature of the Offense, 1991) 157
爱略特(Eliot, George) 12,13,68,94,101-103,158,161,163,184,185,207,208,224,227-234,237,239,240,254-256,258-261,267,298,300,302,305,309,310
　　《福音派的教诲：卡明博士》("Evangelical Teaching: Dr. Cumming", 1855) 230
　　《亚当·比德》(Adam Bede, 1859) 13,185,228,254,255,260
　　《教区生活场景》(Scenes of Clerical Life, 1857—1858) 228,230
　　《弗洛斯河上的磨坊》(The Mill on the Floss, 1860) 68,233
　　《织工马南》(Silas Marner: The Weaver of Raveloe, 1861) 185,228-230
　　《罗摩拉》(Romola, 1862—1863) 230,233
　　《米德尔马契》(Middlemarch, 1872) 68,228,233
　　《丹尼尔·德隆达》(Daniel Deronda, 1876) 101,102,161,185
安德森(Anderson, Benedict) 119,304
　　《想象的共同体：民族主义的起源和散布》(Imagined Communities: Reflections on the Origin and Spread of Nationalism, 1983) 119,304
安东尼(Anthony, P. D.) 63
奥登(Auden, Wystan Hugh) 25,189,303
　　《1939年9月1日》("September 1, 1939", 1939) 189
奥利芬特(Oliphant, Margaret) 44

奥斯汀(Austen, Jane) ⅱ,94,99-102,208,240,305,309,528
　　《傲慢与偏见》(Pride and Prejudice, 1813) 100,101,528
　　《爱玛》(Emma, 1816) 99
奥威尔(Orwell, George) 44,72,179,208,250,303

B

巴恩斯(Barnes, Julian) 189,190,306
　　《10½章世界史》(A History of the World in 10 ½ Chapters, 1989) 189,190
巴尔赞(Barzun, Jacques Martin) 37
　　《从黎明到衰落：西方文化生活500年,1500年至今》(From Dawn to Decadence: 500 Years of the Western Cultural Life, 1500 to the Present, 2001) 37
巴特勒(Butler, Samuel) 65,462
柏格曼(Bergmann, Gustav) 48
柏拉图(Plato) 48,96,126,146,173,252,488,492
　　《理想国》(The Republic, c. 375 BC) 173
　　《蒂迈欧篇》(Timaeus, c. 360 BC) 126
拜厄特(Byatt, A. S.) 94,102,103,111,112,157,162,163,302,305,310
　　《糖》("Sugar", 1987) 102
　　《占有》(Possession, 1990) 103,305
　　《天使与昆虫》(Angels and Insects, 1992) 157
　　《孩子们的书》(The Children's Book, 2009) 111,112
班扬(Bunyan, John) 4,116,173,181,243,298,299
　　《天路历程》(A Pilgrim's Progress, 1678) 173,181,243
　　《坏人先生传》(The Life and Death of

Mr. Badman, 1680) 173
保守主义　8,77,145,219,234,235,242,245,253,265,298,299
悲观主义　244,523,525
贝蒂(Beatti, James)　165
　　《论诗歌与音乐对心智的影响》(*Essay: On Poetry and Music, as They Affect the Mind*, 1779)　165
贝尔(Bell, Daniel)　20
贝拉米(Bellamy, Edward)　71,72
　　《回顾》(*Looking Back*, 1888)　71,72
贝特(Bate, Walter Jackson)　54,57
本哈比卜(Benhabib, Seyla)　105
边沁(Bentham, Jeremy)　106—109,136,184,265,266
波德莱尔(Baudelaire, Charles)　147,148
　　《现代生活的画家》(*Le Peintre De La Vie Modern*, 1863)　147
伯顿(Burton, Robert)　166,299
　　《忧郁的剖析》(*The Anatomy of Melancholy*, 1621)　166
伯克(Burke, Edmund)　4,8,50,53,97,128,130,132,235,241,242,299,304
　　《关于我们崇高与美观念之根源的哲学探讨》(*A Philosophical Enquiry into the Origin of Our Ideas of the Sublime and Beautiful*, 1756)　50,130,132
伯克利(Berkeley, George)　96,97
　　《希勒斯和斐洛诺斯三篇对话》(*Three Dialogues between Hylas and Philonous*, 1713)　96
勃朗宁夫人(Browning, Elizabeth Barrett)　64
　　《奥罗拉·李》(*Aurora Leigh*, 1855)　64
勃朗特(Brontë, Charlotte)　103,106—108,240
　　《维莱特》(*Villette*, 1853)　107,108
博雅教育　43,170,171

不从国教者　236
不从国教运动　236,237
不可知论　40,217,227—229,232
布迪厄(Bourdieu, Pierre)　140,141
　　《区隔：关于趣味判断的社会批判》(*Distinction: A Social Critique of the Judgement of Taste*, 1979)　140
布尔沃-利顿(Edward Bulwer-Lytton)　65
布莱克(Blake, William)　120,121,155,156,159,160,163,182,302
　　《天堂与地狱的婚姻》(*The Marriage of Heaven and Hell*, 1790—1793)　156
布雷顿(Breton, Rob)　63,77,250
布鲁姆斯伯里团体(Bloomsbury Group)　177,178,277

C

财富　viii,3—5,8,13,14,21,22,25—30,32—34,37—40,42,43,47,48,95,138,153,263,265,269,278,280,287—289,301,304,309,339,380,381,452,493
常识　xiii,95,105,164,217,219,221,222,224,227,459
陈德如　270
城市　xiv,5,20,23,24,44—47,64,66—70,73—75,105,210,230,251,255,258,260,281,304,498,518,534
处世智慧　165,167,169,170,172,173,179
纯分析型心智　184

D

大众　iv,x,xiii,xv,xvii,6,8,9,24,29,38,41,51,59,71,78,114,126,142—146,148,160,174,178,193,223,224,245,249—251,264,274,291,305,463,490,508,532
大众趣味　142—146

大众文化　126,144,147,176,305
戴维(Davie, Donald)　96,97
戴维斯(Davis, Robert Con)　xix,447
道(Dow, Alexander)　31
　《苏格兰经济思想史》(A History of Scottish Economic Thought, 2006)　31
道德　iv,viii,xviii,xx—xxi,8,10,12,13,25—27,30,33,39,41,43,47,54,55,63,65,127,130—132,135,138,141,148,153,155,158,159,172—174,176,180,187,188,201,206,207,209—212,215,217—245,252,263,265,269,287,291—295,297—299,301—304,309,446,450,486—489,492—494,496—506,508,514,524,527—529
道德关怀　12,176,228,231,234,236,237
道德焦虑　25
道德剧　166,167
道德律法　222—225
道德深思　175
道德心　12,13,173—176,179,218,220,222,224—227,229,233,237,240,241,244,297
道德原则　xvii,222—225,260
德波顿(Botton, Alain de)　28
　《身份的焦虑》(Status Anxiety, 2004)　28
德拉布尔(Drabble, Margret)　94,95,104
　《光辉灿烂的道路》(The Radiant Way, 1987)　95,104
　《七姐妹》(The Seven Sisters, 2002)　104
狄更斯(Dickens, Charles)　xxi,44—47,63,68,103,109,113,116,184—186,207—209,236,238,239,298,300,309,310,517,536,538
　《莫德佛格学识进步协会的首次会议完整报告》("Full Report of the First Meeting of the Mudfog Association for the Advancement of Learning", 1837—1838)　186
　《圣诞颂歌》(A Christmas Carol, 1843)　184
　《董贝父子》(Dombey and Son, 1846)　45,63
　《荒凉山庄》(Bleak House, 1852—1853)　44—46
　《艰难时世》(Hard Times, 1854)　63,186,208,277
　《小杜丽》(Little Dorrit, 1857)　68
笛福(Defoe, Daniel)　33—35,38—40,42,116,239
　《鲁滨逊漂流记》(Robinson Crusoe, 1719)　33,34,38,39,304
笛卡尔(Descartes, René)　48,49,451,461—468,472,473,477,479
帝国主义　9,12,81,82,85,86
丁尼生(Tennyson, Alfred)　ii,116,185,186,195,196,310
杜林(During, Simon)　ii
断裂　xvi—xviii,6

E

恩格斯(Engels, Friedrich)　21,36,255,266,267,310
　《英国工人阶级状况》(The Condition of the Working Class in England, 1845)　36

F

法诺(Fanu, J. S. Le)　47
　《伦敦生活光影》("Lights and Shadows of London Life", 1867)　47
凡勃伦(Veblen, Thorstein Bunde)　28
　《有闲阶级论》(The Theory of the Leisure Class, 1899)　28
反文化　xxi
非利士人　40,137,289,290,292

非利士主义 289—294
菲尔丁(Fielding, Henry) 94,95,304
　　《论会话》("An Essay on Conversation", 1775) 94
费尔巴哈(Feuerbach, Ludwig) 232,233, 259,260,298,310
费瑟斯通(Featherstone, Mike) 147
　　《消费文化与后现代主义》(Consumer Culture and Postmodernism, 1991) 147
芬尼(Finney, Brian) 157,162
弗莱(Frye, Northrop) xii ,156,159
　　《可怕的对称：威廉·布莱克研究》(Fearful Symmetry: A Study of William Blake, 1947) 156
福尔曼-巴兹莱(Forman-Barzilai, Fonna) 174
福柯(Foucault, Michel) 106,109,113, 172
　　《规训与惩罚》(Surveilier et Punir, 1975) 106
福斯特(Forster, E. M.) xvii,xviii,106, 187,188,206,207,301
　　《霍华德庄园》(Howards End, 1910) 187,188,207,277

G

盖尔(Gale, Maggie B.) 110
高等批评 229
高尔(Gower, John) 167,202
　　《情人的忏悔》(Confessio Amantis, 1386—1393) 167
高眉文学 144
高雅文化 178
戈尔丁(Golding, William) 12,244,299, 303
　　《蝇王》(Lord of the Flies, 1954) 244,303
戈夫曼(Goffman, Erving) 141
　　《日常生活中的自我表现》(The Presentation of Self in Everyday Life, 1956) 141
歌德(Goethe, Johann Wolfgang von) 49, 164,172,226,232,233,504,505
格雷(Gray, Thomas) 160,163,302
　　《墓园挽歌》("Elegy Written in a Country Churchyard", 1750) 160
葛德汶(Godwin, William) 52,98,99,183
个人主义 xix,8,10,11,34,59,69,72—74,131,132,154,234,235,237,245, 265,537
工具理性 xviii,137,138,165,172,194, 254,262,264,265,300,302,311
工业革命 3,5,6,11,14,19,20,22,24,33, 37,47,133,136,160,224,225,240,246, 251,253—255,259,261—263,268,288, 289,299,300
工业主义 63,245
工作 i,iii,viii,xx—xxii,8—10,13,14, 27,73,77—80,85,94,106,111,119, 122,148,174,178,236,246,247,249—258,260,262—264,266—283,287,297, 300,305,409,416,417,515,533,535
工作福音 254,255,264,268—271,273, 275,278,279,283,300
公众 11,27—29,95,111,146,165,178, 238,243,275,296,520
功利主义 13,14,52,106,109,136,137, 164,184,265,266,277,279,283,290, 300,508,509
共同体 viii,xi,xiv,xvii—xxiii,10,11, 13,25,31,36,59,60,66—71,74,80,81, 84,87,89,91—99,102—107,109—113, 115,116,119,121,122,133,134,144, 145,160,162,197,198,201,207,209, 217—219,221,222,224,225,227,230, 232,234—237,239,241,242,265,287, 302—306,309—311
光明 x,4,7,9,19,27,111,138,152,209, 218,219,226,227,235,236,273,291,

293—296,298
贵族阶层　27,37,39,141,289
国家　x—xii,xviii,xxi,xxiii,5,8,9,11,13—15,21,22,24,26,27,31,35,41,64,66,71,72,74,81—85,87,98,112,136,169,193,207,210,211,219,241,246,251,263,265,289,290,293,294,297,299,300,304,370,371,411,461,491,493,510,512,516,517,519,520,522,525,528,530,534,537,538

H

哈贝马斯(Habermas, Jürgen)　105,109,113
哈伯曼(Habermann, Ina)　110
哈代(Hardy, Barbara)　238,239
哈代(Hardy, Thomas)　68,244,245,310
　《卡斯特桥市长》(The Mayor of Casterbridge, 1886)　68
　《无名的裘德》(Jude the Obscure, 1894—1895)　245
哈里森(Harrison, William)　40
哈奇森(Hutcheson, Francis)　4,130,241,242
哈特曼(Hartman, Geoffrey H.)　ii,135,482
　《文化的重大问题》(The Fateful Question of Culture, 1997)　ii
海涅(Heine, Heinrich)　226,232,233,290
赫胥黎(Huxley, T. H.)　207,228,273,297,303,461
黑塞(Hesse, Hermann Karl)　59
　《荒原狼》(Der Steppenwolf, 1927)　59
黑兹利特(Hazlitt, William)　106—109
　《时代精神》(The Spirit of the Age, 1835)　58,106
黑格尔(Hegel, Georg Wilhelm Friedrich)　11,91,459,468,526
后现代　ii,viii,xxii,58,147,148

华兹华斯(Wordsworth, William)　xx,51—54,56—58,67,107,121,131,155,160,163,182—184,203,205,293,294,309,310,507,508
　《坎伯兰的老乞丐》("The Old Cumberland Beggar", 1797)　53
　《漫游》(The Excursion, 1814)　160
　《抒情歌谣集》(Lyrical Ballads, 1798)　54,155
　《颂歌:来自幼年回忆的永恒信息》("Ode: Intimations of Immortality from Recollections of Early Childhood", 1807)　160
　《我们是七个》("We Are Seven", 1798)　155,160
　《我如孤云游荡》("I Wandered Lonely as a Cloud", 1807)　53
　《辛特拉公约》(The Convention of Cintra, 1809)　67
　《序曲》(The Prelude, 1805)　51,53,67,182,183
黄梅　34
霍布斯(Hobbes, Thomas)　xx,29,241
霍布斯鲍姆(Hobsbawm, Eric)　xvi,xvii,40
霍尔(Hall, Stuart)　179
霍加特(Hoggart, Richard)　179
霍兰(Holland, Owen)　64

J

基督教　xiii,127,166,217—219,221—224,226—229,231,232,237—239,242,243,245,259,270,298,446,454,461,467,482—486,505,506,510,529
机械时代　269
机械主义　4,8,12—14,217,254,262—265,267,270,272,287—289,311
基勒姆(Killham, John)　67,68
记忆　viii,130,160,166,167,170,198—201,211,271,306,496,516

记忆力　166
济慈（Keats, John）　55—57, 121, 177, 199, 294
加缪（Camus, Albert）　25
焦虑　xvii, xxii, 3, 6, 10, 19, 24—27, 44, 46, 48, 58, 59, 63, 66, 69, 93, 94, 131, 135, 137, 138, 140—142, 148, 217, 218, 235, 251, 270, 272, 287, 299—301, 303, 309, 414, 533
阶级斗争　82
杰弗逊（Jefferson, Thomas）　241, 529
金（King, Gregory）　37
金斯利（Kingsley, Charles）　ii, 154, 254, 268—272, 275, 301
　　《奥尔顿·洛克》（Alton Locke, 1850）　268
进步　viii, x—xviii, xx—xxii, 8, 28, 29, 35, 63, 79, 86—88, 93, 136, 139, 152, 165, 167, 182, 186, 226, 234, 235, 239, 241, 265, 270, 283, 290, 296, 298, 300, 301, 479, 498, 502, 504, 505, 533
经验主义哲学　xx, 48, 127, 128, 171

K

卡迪-基恩（Cuddy-Keane, Melba）　178
卡莱尔（Carlyle, Thomas）　ii, iv, xx, 8—10, 13, 57, 59, 77, 78, 135, 154, 174—176, 207, 228, 235—237, 250, 254, 260—273, 275, 277—279, 283, 291, 296, 300, 310
　　《时代的特征》（Signs of the Times, 1829）　174
　　《拼凑的裁缝》（Sartor Resartus, 1833）　268
　　《宪章运动》（Chartism, 1839）　277
　　《论历史上的英雄、英雄崇拜和英雄业迹》（On Heroes and Hero-worship and the Heroic in History, 1841, 又译《论英雄、英雄崇拜和历史上的英雄业绩》, 简称《论英雄》）　57, 261, 262, 264, 300
　　《文明的忧思》（Past and Present, 1843）　77, 262—264
凯德蒙（Caedmon）　169
看不见的手　29, 32, 265
康德（Kant, Immanuel）　49, 126, 133, 205, 206, 226, 241, 534
康拉德（Konrad, Joseph）　152, 153, 157, 187, 240, 250, 254, 279—283, 301, 302
　　《黑暗的心脏》（Heart of Darkness, 1899）　152, 153, 187, 302
　　《吉姆爷》（Lord Jim, 1900）　187
柯尔律治（Samuel Taylor Coleridge, 1772—1834）　xx, 51, 54, 56, 121, 136, 155, 161—163, 177, 205, 294, 296, 299
　　《风奏琴》（"Aeolian Harp", 1795）　51
　　《文学生涯》（Biographia Literaria, 1817）　51, 56
　　《论诗艺》（"On Poesy or Art", 1818）　161
柯珀（Cowper, William）　xx, 92, 93
　　《会话》（"Conversation", 1782）　92
科妮努（Corneanu, Sorana）　158
　　《心智疗养：博伊尔、洛克和现代早期灵魂培养传统》（Regimens of the Mind: Boyle, Locke, and the Early Modern Cultura Animi Tradition, 2011）　159
科学　v, vii, xiii, xv, xvii, xviii, 7, 8, 12, 13, 29, 31, 45, 49, 50, 55, 58, 65, 67, 79, 125, 138, 139, 142, 145, 146, 152, 157, 158, 160, 164, 165, 169, 171, 172, 174—176, 180, 182, 183, 185—187, 193, 196, 204, 218, 220—229, 232, 234—237, 241, 262, 266, 291, 292, 294—296, 298, 300, 302, 305, 446, 447, 451, 461, 473, 477, 481, 483, 493, 504, 530
克尔凯郭尔（Kierkegaard, Søren Aabye）　24

《焦虑的概念》(*Begrebet Angest*, 1844) 24
克拉克(Clark, J. C. D.) 5, 23, 36, 465, 530
　《1660—1832年的英国社会》(*English Society*, 1660—1832, 2000) 23, 36
孔德(Comte, Auguste) 230, 232, 233, 500
库珀(Cooper, James Fenimore) 97, 98

L

拉什迪(Rushdie, Salman) 122
　《她脚下的土地》(*The Ground Beneath Her Feet*, 1999) 122
莱恩(Laing, Samuel) ix, 27, 43
劳动 3, 8—10, 13, 14, 21, 22, 27, 29, 30, 32, 34, 36, 38, 41, 76—80, 83, 85, 86, 114, 143, 153, 160, 236, 246, 249—251, 254, 256—258, 260, 264, 266, 269, 271—275, 281, 513, 522, 524, 526, 535
劳工阶层 35, 37, 47, 141, 272
劳伦斯(Lawrence, D. H.) 5, 23, 177, 179, 208, 244, 245
　《查特莱夫人的情人》(*Lady Chatterley's Lover*, 1928) 245
理查逊(Richardson, Samuel) 98
　《查理士·格兰狄生爵士的历史》(*The History of Sir Charles Grandison*, 1754) 98
理解力 166
理性 x, xiii—xv, xix, xx, 8, 19, 20, 22, 25, 29, 42, 49—56, 58, 67, 106, 108, 128, 130, 132, 148, 152, 153, 155, 156, 158—160, 166, 170, 172, 180, 182, 183, 188, 209, 217—222, 224—229, 233—237, 241, 253, 259, 262, 265, 291—295, 297, 298, 300—302, 304, 309, 402, 411, 462, 483, 487, 488, 525
理性化 3, 8, 220, 225, 229, 232

理性时代 153, 232, 304
理性主义 xv, 4, 8, 12, 14, 25, 48, 159, 160, 183, 189, 221, 245, 302
利他主义 133, 230, 260, 298
利维斯(Leavis, F. R.) 12, 95, 109, 143—146, 152, 176, 179, 208, 244, 297, 305
　《大众文明与小众文化》(*Mass Civilization and Minority Culture*, 1930) 144
　《细察》(*Scrutiny*, 1932—1953) 176
　《伟大的传统》(*The Great Tradition*, 1948) 12, 95, 109, 176, 208
　《我的剑不会休息》(*Nor Shall My Sword*, 1972) 143
良心 153, 187, 212, 228, 242, 244, 301, 302
灵魂 xii, xxiii, 45, 49—51, 118, 126, 155, 159, 166, 170, 175, 177, 187, 207, 241, 264, 266, 272, 364, 388, 392, 411, 430, 455, 456, 461, 468, 488, 509
刘易斯(Lewes, George Henry) 228
刘易斯(Lewis, C. S.) 179
刘易斯(Lewis, Wyndham) 204
伦理 viii, xxi, xxii, 11, 33, 65, 68, 125, 127, 132, 138, 148, 172, 174, 176, 210, 211, 217, 219, 221, 223, 226, 227, 229, 232, 237, 244, 246, 257, 260, 263, 265, 268, 287, 292, 294, 297, 304, 516, 520, 526
伦理道德 xxii, 11, 12, 217—220, 222, 224, 225, 227—229, 231—236, 239—242, 244—246
罗斯金(Ruskin, John) ii, 13, 63, 76—79, 135, 138—140, 152, 154, 175, 207, 228, 240, 254, 268, 270—273, 275, 277, 296, 300, 310
　《建筑的七盏明灯》(*The Seven Lamps of Architecture*, 1849) 76, 270—272
　《威尼斯之石》(*The Stones of Venice*,

1851—1853) 63

《现代画家》(Modern Painters, 1856) 63

《芝麻与百合》(Sesame and Lilies, 1865) 272

《19世纪的暴风云》("The Storm-Cloud of the Nineteenth Century", 1884) 138

罗素(Russell, John) 168

《教养宝典》(Book of Nurture, 1450) 168

洛克(Locke, John) XX,29,45,48,49,128,156,165,182,240,241,463,465

《教育漫话》("Some Thoughts Concerning Education", 1693) 165,241

《论礼貌》("Urbanitatis") 168

《人类理解论》(An Essay Concerning Human Understanding, 1689) 49

M

马克思(Marx, Karl Heinrich) 5,10,11,20,21,23,66,80,91,249,255,266,267,288,303,305,310,511,525,526

马洛(Marlowe, Christopher) 152,172,180,203

《浮士德博士的悲剧》(The Tragical History of Doctor Faustus, 1588—1589) 172,180

麦根(McGann, Jerome) 155,156,158,160

《情感诗学》(The Poetics of Sensibility, 1996) 158

麦考莱(Macaulay, Thomas) 5,21,23,207

《麦考莱英国史》(The History of England from the Accession of James the Second, 1848) 21

麦克法兰(Macfarlane, Alan) 22,23,27,37,43

《英国个人主义的起源》(The Origins of English Individualism, 1978) 23

《现代世界的诞生》(The Birth of Modern World, 2013) 22,27,37,43

麦克尤恩(McEwan, Ian) 162,163,189

《赎罪》(Atonement, 2001) 162

《黑犬》(Black Dogs, 1992) 189

曼德维尔(Mandville, Bernard) 28—30,32

《蜜蜂的寓言》(The Fable of the Bees, 1714) 28,29

曼海姆(Mannheim, Karl) 59

梅(May, Rollo) 24,25,59

《焦虑的意义》(The Meaning of Anxiety, 1950) 24,25,59

梅吉(Miège, Guy) 41

《威廉国王和玛丽女王治下英格兰的新状态》(The New States of England Under Their Majesties K. William and Q. Mary, 1691) 41

《大不列颠及爱尔兰的当前状态》(The Present State of Great Britain and Ireland, 1745) 41

梅瑞狄斯(Meredith, George) 113,120,121

《桑德拉·贝诺利》(Sandra Bellonil, 1864) 113,115

梅修(Mayhew, Augustus) 46

《黄金铺路或名伦敦街道的传奇与现实:一部非流行小说》(Paved with Gold, or the Romance and Reality of the London Streets: An Unfashionable Novel, 1858) 46

美好 X,XV,XXII,4,7,9—11,13,65,73,77,85—87,91,93,104,109,111,112,138,174,210,219,226,227,236,250,251,253—256,260,273,277,279,283,

291,293,295,298—300,304,305,341,344,369,465,467,509

美学现代性 146—148

孟德斯鸠(Montesquieu, Charles-Louis) 31

弥尔顿(Milton, John) 4,127,171—173,177,203

《失乐园》(*Paradise Lost*,1667) 127,171,173

米(Mee, Jon) 91,92,94,95,97,99,100

《会话世界:文学、争辩与共同体,1762—1830》(*Conversable Worlds: Literature, Contention and Community 1762 to 1830*, 2011) 91

米勒(Miller, J. Hillis) 67,309,491,492

民族 iii,iv,xxi—xxiii,5,6,12,15,21,70,81—83,85,86,97,113—117,119,121,122,136,148,162,167,193,199,200,206,211,212,217,219,225,227,235,240,242,244—246,249,250,294,301,304—306,471,486,488,491,493,495,497—499,503,505,507,511,513,515,516,518,520,522,526,533,534

民族良心 viii,xxii

莫尔(More, Thomas) 65,66,83,156,252,302,303,537

《乌托邦》(*Utopia*, 1516) xxii,65,66,83,156,209,252,303

莫里斯(Morris, William) ii,9—11,13,14,65,66,68—88,139,140,154,175,240,254,268,272—275,300,303,310

《小艺术》("The Lesser Arts", 1878) 76

《沉闷的人生》("The Dull Level of Life", 1884) 78

《艺术与社会主义》("Art and Socialism", 1884) 82,139

《有益的工作和无益的劳动》("Useful Work versus Useless Toil", 1884) 79

《向希望前进的人们》(*The Pilgrims of Hope*, 1885) 88

《未来的社会》("The Society of the Future", 1887) 70

《狼崽之家》(*The House of the Wolfings*, 1888) 69

《梦见约翰·鲍尔》(*A Dream of John Ball*, 1888) 69

《山根》(*The Roots of the Mountains*, 1890) 70

《乌有乡消息》(*News from Nowhere*, 1890) 9,65,66,68—80,82,83,85—88,274,275,303

《我怎样成了社会主义者》("How I Became a Socialist", 1894) 139,300

默多克(Murdoch, Iris) 188,244,299

《沙堡》(*The Sandcastle*, 1957) 188

穆勒(Mill, John Stuart) 58,59,107,108,136,184,266

《时代精神》("The Spirit of the Age", 1831) 58,106

《自传》(*Autobiography*, 1873) 107,184

N

纽曼(Newman, John Henry) 43,176,224,234,235,240,291,298

《大学的理念》(*The Idea of a University*, 1854) 43

《农夫皮尔斯》(*The Vision of Piers Plowman*, 1370—1390) xix,169,170,202,299

P

《旁观者》(*The Spectator*) 93,94,134,243,300,304,505,507,508

培根(Bacon, Francis) xix,158,159,170,171,176,180,182,302

《论读书》("Of Studies",1597) 176
《论学术的推进》(The Advancement of Learning,1605) 170,171
佩特(Pater, Walter) 58,224
彭慕兰(Pomeranz, Kenneth) 22
　《大分流：欧洲、中国及现代世界经济的发展》(The Great Divergence: Europe, China, and the Making of the Modern World Economy,2000) 22
平衡 vii,xviii,xix,14,21,30,59,98,177,180,182,183,186,188,195,225,227,234,251,267,276,279,287,293,298,305,309,519
破碎 157,189,197,201,249,301,355
普里斯特利(Priestley, J. B.) 110,113,309
　《好伙伴》(The Good Companions,1929) 110

Q

七艺 170,175
启蒙 iii,xii,xiii,xix,xx,3,21,146,147,152,172—174,220,221,225,236,253,262,292,298,300—302,304,454
契约 71,265
钱乘旦 33,35,37,38
钱钟书 250
乔叟(Chaucer, Geoffrey) xix,22,120,168,202,203,252,297,299,304,310,378
　《坎特伯雷故事集》(The Canterbury Tales,1387—1400) xix,168,169,202,203,304
乔伊斯(Joyce, James) 177,199,301,515,528
　《尤利西斯》(Ulysses,1918—1920) 144,515
勤业革命 22
《青年必读》("Babees' Book") 168,169

清教主义 226,298
情感的培育 184
祛魅 174,292
趣味 ii,viii,xx—xxii,7,13,50,99,102,123,125—135,137—146,148,238,274,275,287,305
全球资本主义 157
群氓 261,289
群众 88,145,220,246,255,261,274,529

R

热尔韦(Gervais, David) 115
　《文学英格兰：现代作品中"英格兰特性"的不同版本》(Literary Englands: Versions of "Englishness" in Modern Writing,1993) 115
人类培育 184
认知焦虑 25,58
日常趣味 126,142,148
日常生活 47,109,146—148,260,267,487,512,516,517,530

S

萨义德(Said, Edward) 81,201
　《文化与帝国主义》(Culture and Imperialism,1993) 201
沙夫茨伯里(Cooper, Anthony Ashley, 3rd Earl of Shaftesbury) xx,93,128—131
　《道德家们》("The Moralist",1709) 129,130
　《独白，或给一位作家的建议》("Soliloquy: Or, Advice to an Author",1710) 129
　《人、风俗、意见与时代之特征》(Characteristics of Men, Manners, Opinions, Times,1711) 130
莎士比亚(Shakespeare, William) xxii,4,12,111—113,120,121,156,164,177,180,195,199,203—206,208—211,

242—244,252,253,298,299,304,309,310,528
 《麦克白》(*Macbeth*,1606) 243
 《冬天的故事》(*The Winter's Tale*,1610—1611) 180,181
 《暴风雨》(*The Tempest*,1610—1611) 181
少数人 xiv,11,51,144—146,267,274,501,531
社会主义 9,65,69,71,72,80,85—88,145,240,252,269,270,274,303
社会转型 x,xi,xxii,xxiii,4,5,19—22,24,25,37,48,58,93,244,251,273,299,301,303,306,309
身份焦虑 25,35,46
绅士 27,29,33,40—43,108,125,141,168,176,253,299,514
生活 ii,v,vii—xi,xiii—xv,xvii—xx,xxiii,3—5,7—13,21,22,24,26,27,29,30,32,33,38,39,41—43,45,47,51,55,59,64,66,68,69,71—82,86—88,92—96,98—101,107,108,110,112,115,122,134,136,139,143,146,156,157,161—164,166,167,169,172—174,177,184,185,188,193,200—205,207—210,217,229—233,235,238,249—260,264—267,270,272—283,287,290,292,294,296,297,299,300,302—307,309,311,398,451,457,462,471,474—477,488—490,493,495,497,498,501,505,506,508,516,517,521,530,535—537
生活方式 iii,iv,viii,ix,xxii,3,4,8,13,30,36,38,39,64,68,75,81,109,146,148,152,178,197,247,249—251,253—255,260,265—267,273,279,281—283,287,299,303—306,309,498,530
生态 xv,4,6,9,14,138,220,243
圣埃弗雷蒙(Saint-Evremond) 142
诗歌 4,7,9,51,52,54,55,58,95,107,115,120,154,155,158,160,164,165,167,173,180,184,194,195,197—201,203,208,218,223,225,231,233,244,252,293,294,296,299,302—304,306,446,447,452,489,498,508
施莱伏尔(Schleifer,Ronald) xix
施特劳斯(Strauss,Leo) 164,259,453,459
 《何为通识教育》("What is Liberal Education",1959) 164
石黑一雄(Ishiguro,Kazuo) xxii,122,157,190,254,279,282,283,302,306,310
 《别让我走》(*Never Let Me Go*,2005) 157,190
史密斯(Smyth,Gerry) 117,118
世俗化 xiii,20,29,66,173,220
双性同体 177
思辨策略 xviii
斯宾诺莎(Spinoza,Baruch de) 230,232,233,259,298
斯宾塞(Spenser,Edmund) 252,299,304,339
斯蒂芬(Stephen,Leslie) 228
斯密(Smith,Adam) 4,28—30,32,33,98,174,241,242,264,265,298,300
 《道德情操论》(*The Theory of Moral Sentiments*,1761) 174,241,298
 《国富论》(*The Wealth of Nations*,1776) 32,265,298,300
斯诺(Snow,C.P.) 144,305
斯塔布斯(Stubbs,William) 5,21
斯梯尔(Steele,Richard) 93,94,98,300,304
斯通(Stone,Lawrence) 5,23
 《英国的家庭、性与婚姻:1500—1800》(*The Family, Sex and Marriage in England, 1500—1800*,1977) 23
斯威夫特(Swift,Graham) xxi,157,163,305

《此后皆如此》(*Ever After*, 1992) 157

《洼地》(*Waterland*, 1983) 163,305

《遗言》(*Last Orders*, 1996) 163

斯威夫特(Swift, Jonathan) 4,181,182, 243,298

《格列佛游记》(*Gulliver's Travels*, 1726) 181,182,243,304

《谦卑的建议》("A Modest Proposal", 1729) 243

T

他者 viii,131,140,141

《泰晤士报文学增刊》(*The Times Literary Supplement*) 178

泰纳(Taine, Hippolyte) 26,27

《英国笔记》(*Notes on England*, 1872) 26,27

汤普森(Thompson, Edward Thompson) vii,81

特里林(Trilling, Lionel) 88

特里姆(Trimm, Ryan) 121

特罗洛普(Trollope, Anthony) 237,238

《伯特兰家族》(*The Bertrams*, 1859) 237

《弗兰利圣职》(*Framley Parsonage*, 1861) 238

《我们现在的生活方式》(*The Way We Live Now*, 1876) 238

滕尼斯(Tönnies, Ferdinand) xiv,10,11, 59,66—68,91,310

《共同体与社会》(*Gemeinschaft und Gesellschaft*, 1887) xiv,66,68

通识教育 176,298

同情心 12,13,76,106,158,161,164,174, 176,190,230,239,241,298,302,310, 526

同质社会 47

童明 xviii,146,147,300

图书行会 144

涂尔干(Durkheim, Émile) 22,305

托克维尔(Tocqueville, Alexis de) 5,20, 21,26,39,40,42,43,520,525,534,537

《英格兰及爱尔兰游记》(*Journeys to England and Ireland*, 1835) 26

《旧制度与大革命》(*The Old Regime and the Revolution*, 1856) 21

托马斯(Thomas, Keith) 5,23,24

《人类与自然世界:1500—1800 年间英国观念的变化》(*Man and the Natural World: Changing Attitudes in England, 1500—1800*, 1983) 5,23, 24

W

瓦宁斯卡雅(Vaninskaya, Anna) 69,70, 84

完美 4,7,9,39,40,42,64,96,101,106, 136,138,139,152,154,155,165,166, 180,186,203,205,222—225,256,272, 279,287,288,291—296,298,309,341, 344,452,465,466,477,479,480,499, 511,516,519

完人 13,43,151,179,180,182—187,190, 222

威尔逊(Wilson, Angus) 238

威廉斯(Williams, Raymond) ii,ix, xix,91,97,133,136,137,139—141, 143,145,146,148,151,152,164,179, 249,250,303

《关键词:文化与社会的词汇》(*Keywords: A Vocabulary of Culture and Society*, 1983) 140, 143,249,303

《文化观念》("The Idea of Culture", 1953) 151,152

《文化与社会》(*Culture and Society 1780—1950*, 1958) 133,136,137, 139,145,250

韦伯(Weber, Max) 20—23,172,305,310

韦利弗（Weliver, Phyllis） 104－110,113－116,122
　《英国小说中的音乐群体，1840—1910：阶级、文化与民族》（The Musical Crowd in English Fiction, 1840—1910: Class, Culture and Nation, 2006） 105
维多利亚时代　xvii,21,26,43,46,47,59,64,68,81,82,85,135,143,154,175,183,187,228,240,254,261,263,267,281,298,524
维格纳（Wegner, Phillip E.） 69,76,81
维兰（Whelan, Lara Baker） 46,47
　《维多利亚时代的阶层、文化和郊区焦虑》（Class, Culture and Suburban Anxieties in the Victorian Era, 2010） 46
温馨　218
文化　i－xii,xv－xxiii,4－9,11－14,19,25,31,33,35－37,42,47,58,59,63－65,70,71,76,83,87,91－95,99,102,107,108,117,120－122,125,126,129,131－146,148,151,152,154,155,160,161,164－167,169,170,174－179,185,187,193,195,199,200,202,203,205,209,211,212,218－220,222－229,231－237,239－244,246,249,250,252－254,261,262,269,270,273,274,278,279,283,285,287,291－301,303－306,309－311,454,497,505,511,515,522,529,530,532,534
文化观念　i－v,vii－ix,xi,xix－xxiii,9,10,13,19,29,30,43,46,47,58,60,63－65,67－70,80,88,92,125,126,131－133,142,148,151,152,157,163,164,179,190,193,194,205,207,210－213,218－221,223－225,227－229,231－233,235－237,240,242,244,249,251,260,267,283,287,297,299,301,305,309

文化焦虑　299,301
文化批评　i,13,64,66,67,134,135,137,140,142,143,145,254,287,288,290,296,297
文明　ii－iv,x－xii,xiv,xv,xvii－xx,xxii,3－6,8,10,11,14,21,22,29,31,35,63,64,68,72,79,82,86,93,94,125,135－140,142－144,148,151－158,160,161,163－165,169,179,182,187,189,190,193,194,207,209,226,233,258－260,270,272,273,281,287,290,299,300,302,303,309,340,342,351,482,486,517,520,522,527,529,532,533
文明心智　176
文学语言　viii,xxii,13,152,191,193－195,199,209,212,287
沃（Waugh, Evelyn） 189,530
　《荣誉之剑》（Sword of Honour, 1952—1961） 189
沃茨（Watts, Isaac） 98,99
沃斯通克拉夫特（Wollstonecraft, Mary） 161
乌合之众　145
乌托邦　xiii,xxii,9,10,47,61,64－66,68－74,76,80,81,83,84,86－88,156,211,224,252,302,303
乌托邦共同体　66,68－71,75,87
乌托邦叙事　64－66,68,81,87
无神论　205,217,227－229,231,232,237,260,298
伍尔夫（Woolf, Virginia） 177－179,188,208,254,275－277,283,528
　《现代小说》（"Modern Fiction", 1925） 177
　《普通读者》（两辑）（The Common Reader, 1925; The Second Common Reader, 1932） 178
　《到灯塔去》（To the Lighthouse, 1927） 144,188,276,277

《一间自己的房间》(*A Room of One's Own*, 1929) 177, 275, 276

《小说概观》("Phase of Fiction", 1929) 177

X

西塞罗(Cicero, Marcus Tullius) 174

希伯来特性 220, 224—226, 297

希伯来精神 169, 220, 226, 233—235, 290—295, 297, 298

希腊精神 7, 169, 220, 224, 226, 233, 234, 290—295, 298, 490

席勒(Schiller, Friedrich von) 49, 153, 155, 206

《审美教育书简》(*Über die Ästhetische Erziehung des Menschen*, 1795) 153

《闲话报》(*The Tatler*) 93, 134, 243

现代 ii, iv, vii, xi—xiii, xvi—xix, xxii, 3, 5, 6, 8, 10, 13, 14, 19—25, 43, 44, 48, 49, 51, 58, 59, 64, 69, 70, 76, 77, 79—81, 86, 88, 94, 106, 114, 125, 133, 139, 143, 145, 147, 153, 156, 157, 159, 170, 180, 182, 183, 189, 190, 194—199, 204, 209, 218, 225, 227, 229, 234, 235, 237, 245, 246, 251, 253, 255, 259, 265, 266, 272, 279—283, 290, 294, 295, 300—304, 306, 449, 461—463, 483, 496, 505, 534, 536

现代化 xii, xvi, xviii, xix, xxiii, 20—22, 37, 58, 81, 147, 187, 225, 227, 232, 290, 304, 309, 513

现代化范型 135

现代精神 224, 294

现代体系 146

现代性 viii, xviii, xix, 19, 105, 106, 126, 142, 146—148, 173, 234, 299, 300

现代性赋格 xviii, 146—148, 300

现代性焦虑 63

现代主义 viii, xxi, 70, 146, 147, 176, 196, 244, 298, 301

现金联结 263, 265, 268, 272, 273

乡村 24, 69, 73—76, 230, 238, 251, 253, 255, 256, 258—260, 267, 281, 298

乡村共同体 70, 74, 229

想象力 iii, 27, 51, 53—57, 107, 108, 113, 130, 132, 147, 148, 151, 158—165, 176, 179—186, 188, 190, 193, 194, 199, 206, 207, 302, 309, 457—459, 476, 487, 534

消费文化 143

消费者 xvii, 131, 143

萧伯纳(Shaw, Bernard) 107, 108, 186

《爱在艺术家中间》(*Love Among the Artists*, 1881) 107, 108

《皮格马利翁》(*Pygmalion*, 1912) 186

谢弗(Shaffer, Brian W.) 153

心智培育 viii, xx, xxii, 13, 102, 129—131, 136, 137, 139, 142, 144, 145, 148, 151, 152, 154—159, 161, 163—165, 167, 169, 170, 172, 174—177, 179—187, 189, 190, 302

新封建主义 135

休厄尔(Sewell Jr., Willam H.) 19

《历史的逻辑：社会理论与社会转型》(*Logics of History: Social Theory and Social Transformation*, 2012) 19

休谟(Hume, David) xx, 4, 28—33, 38—40, 43, 48—53, 97—99, 128, 130, 132, 158, 241, 242, 253

《道德、政治、文学论文集》(*Essays, Moral, Political, and Literary*, 1741—1742) 30

《论趣味与激情的敏感性》("Of the Delicacy of Taste and Passion", 1741) 130, 132

《趣味的标准》("Of the Standard of Taste", 1757) 132

《政治论丛》(*Political Discourses*,

1752） 30
休斯（Hughes, Thomas） 175
  《汤姆·布朗的求学年代》（*Tom Brown's School Days*, 1857） 175
修顿（Houghton, Walter Edwards） 183—185
  《维多利亚时期的心智架构》（*The Victorian Frame of Mind*, 1957） 183
雪莱（Shelley, Percy Bysshe） 54,55,120,121,127,182,199,203,205,294
  《为诗辩护》（"A Defence of Poetry", 1821） 54,55

Y

《亚里士多德入门》（"The ABC of Aristotle"） 168
野蛮人 289,495
夜战 154
伊格尔顿（Eagleton, Terry） ii , iii , vii, 64,128,131,134—137,141,511
  《美学意识形态》（*The Ideology of the Aesthetic*, 1990） 128
伊拉斯谟（Erasmus, Desiderius） 170
艺术福音 254,271—273,275,277,283
异化 x , xii ,4,6,8,11,14,25,59,172,213,230,260,264,266,270,276,279,281,288,301
意识形态 vii , xvi ,3,29,128,134,135,144,229,266,276,520,533
意志力 166,193
殷企平 xviii , xxiii ,14,52,93,102,152,154,160,162,260,262,309
  《"文化辩护书"：19世纪英国文化批评》 14,52,93,152,154,262
英格尔哈特（Inglehart, Ronald） 19
  《发达工业社会的文化转型》（*Culture Shift in Advanced Industrial Society*, 2013） 19
英格兰特性 xxi ,97,305

英国国教 205,228,234,236,237,240,245,251,447
英国文化批评 142,148,262
英国状况 277,278
英雄崇拜 57,261,262
英雄观 261,262
永在者 218,221—225,227,446,447,449,450,452,471,475,476,478,479,483,485,494,495,497,507,509
有机体 x , xi ,10,45,80,304,311,497
寓教于乐 174,253
愿景 viii , xiii — xv , xxii ,9—11,61,63—68,72,74—76,79,80,85,88,148,240,251,253,285,287,291,294,297,302—304,306,309—311
约翰斯通（Johnstone, J. K.） 177
约翰逊（Johnson, Lesley） i , xix
  《文化批评家：从马修·阿诺德到雷蒙德·威廉斯》（*The Cultural Critics: From Matthew Arnold to Raymond Williams*, 1979） i
约翰逊（Johnson, Samuel） xx ,98,99,116,174,178,242,243,253,298,299,304

Z

《珍珠》（*Pearl*, late 14th-century） 169
詹金斯（Jenkins, Alice） 143
詹姆斯（James, Henry） 94,95,208,240,305,528—531
张德明 156
知识智慧 169,172,179
秩序 viii , x , xix , xx , xxii ,6,29,30,32,69,72,73,78,81,133—135,139,141,147,175,195,198,200,212,222,253,255,264,271,276,280,300,304,460,488,489,492,493,496,497,499,501,502,505,506,512
智慧诗 167
智力 80,131,140,154,178,179,200,206

中产阶级　6,25,35—47,126,128,129,131—142,207,243,267,289

中世纪　xi—xiii,xix,xxii,22,23,33,43,59,68,70,76,77,85,86,166—171,173,205,234,251,252,254,278,290,304,306,465,537

主体　viii,xviii,49,56,93,127,129,131,132,137,141—143,155,182,201,212,249,264,274,295,300,467,468,472,476—479

转型　ix,xi,xvi,xix,xxii,3—6,10—13,19—21,23,24,35,43,47,58,60,63,65,66,93,125,135,137,140,148,152,156,193,204,207,218,220,225,227,287,300,306,309

转型焦虑　viii,xix—xxii,3,4,6,12,17,25,66,93,94,135,148,297,299—301,309

转型时代　58,215,217,219,233

自然主义　205

自由的眩晕　24

宗教　x,xiii,3,5—9,12,22,29,33,47,58,67,79,82,83,138,166,167,169,172—175,179,181,195,201,202,217—220,222—225,227—240,242,246,249,251,259—262,288,293—296,298,299,301,304,305,426,447,450,451,453,454,460,463,467,475,477,481,483—485,487—494,496—504,506,509,513,519,523